ANE RIEL

BIEST

Roman

Aus dem Dänischen
von Julia Gschwilm

btb

Für Alex

AM FLUSS

Es ist schon ein bisschen ärgerlich, dass ich sie immer totmache. Sie sind ja auch wirklich nicht gefährlich. Es ist nur so schön, sie zu streicheln. Und sie sind klein genug für die Hosentasche. Magst du Mäuse auch gern? Du frisst sie wahrscheinlich. Stell dir vor, so klein zu sein, dass du in ein Loch in der Erde flitzen und darin verschwinden kannst. Das würd ich auch gern können, nur so ab und zu. Ich falle den Leuten immer auf, weil ich so groß bin. »Schau dir den da an«, sagen sie und zeigen auf mich. Es ist zwar gut, groß zu sein, wenn man Bauholz schleppen oder Kornsäcke verladen soll, aber nicht, wenn man die Anweisung bekommen hat, sich zu verstecken. Jetzt gerade wär ich lieber eine Maus als ein Mensch.

Erinnerst du dich an Mirko, der letzte Mal mit mir zusammen war? Auf den warte ich. Er war's auch, der gesagt hat, ich soll weglaufen und mich hier am Fluss verstecken, wenn auf dem Hof was schiefgeht. Ich hätte wirklich nicht gedacht, dass was schiefgeht, wo doch zwei Wochen lang alles gut gegangen ist. Aber dann hab ich ein bisschen zu fest zugedrückt. Ich hab es nicht mit Absicht gemacht.

Es war nur, weil sie geschrien hat. Das Mädchen.

Ansonsten war sie so nett zu mir. Ich glaub wirklich, sie mochte mich. Es war auch schön, sie anzufassen, ganz unglaublich weich. Wenn sie in meiner Tasche Platz gehabt hätte, hätte ich sie wohl mitgenommen.

Mirko ist der netteste Mensch, den ich kenne. Wenn man so will, auch der einzige. Er ist jedenfalls der Einzige, der mich richtig kennt. Wenn ich Mirko jemals was Schlimmes antun würde, hätte ich keine Ahnung, was ich danach machen sollte. Wahrscheinlich würde ich sterben.

Vielleicht würde ich so ähnlich werden wie dieser junge Mann mit den eingefallenen Wangen und den vorstehenden Augen, den wir mal getroffen haben. Den werde ich nie vergessen. Das war auf einer der kleinen Straßen im Süden, glaub ich. Auf jeden Fall war es unerträglich heiß, und das schon lange, denn das ganze Tal war von Norden bis Süden staubtrocken.

Mirko und ich hatten uns unter einen Baum in den Schatten gestellt, als wir den Mann kommen sahen. Er zog die Beine ganz seltsam über den Kies und ging beim Gehen fast in die Knie. »Schau dir den da an«, hab ich zu Mirko gesagt. »Der fällt ja gleich um.«

»Da hast du recht«, sagte Mirko, und dann hat er dem Mann zugerufen: »Hallo, Kamerad, du musst dich ausruhen. Setz dich hier in den Schatten und trink ein bisschen Wasser.«

Der Mann blieb stehen, aber egal, wie sehr Mirko ihn lockte, er wollte sich weder in den Schatten setzen noch etwas zu trinken haben. Er hatte seine Verlobte bei einem Brand verloren, erzählte er. Und es war alles seine Schuld! Er hat beim Sprechen gepfiffen. Wie ein müder, alter Esel. Er sah auch aus wie ein müder, alter Esel.

Der Typ hat nicht verraten, was er getan hatte – ärgerlicherweise, denn ich hätte es schon gern gewusst. Aber er hat erzählt, dass er weiter der Sonne entgegengehen wollte, bis die Hitze das Leben aus ihm herausquälen würde. Stell dir vor, das hat er gesagt. Ich weiß nicht, ob es ihm gelungen ist, auf diese Art zu sterben, aber schön sah es nicht aus. Seine Augen standen so weit aus seinem Kopf hervor, dass sie ihm fast voraus waren.

Als er weiter die Landstraße entlangstolperte, dachte ich mehrere Male, er würde hinfallen, aber das ist nicht passiert. Mirko sagte, wir sollten ihn gehen lassen. Es sieht Mirko ansonsten gar nicht ähnlich, jemanden so leiden zu lassen.

Wir saßen lange da und haben dem Mann nachgeschaut, bis er nur noch ein zitterndes schwarzes Insekt war, das im Licht verschwand.

»Wollte er wirklich sterben, weil er nicht ohne seine Verlobte leben konnte?«, hab ich Mirko hinterher gefragt. »Die muss aber echt nett gewesen sein.«

»Es ging bestimmt eher darum, dass er nicht mit der Schuld leben konnte«, hat Mirko geantwortet, und dann wollte er nicht mehr weiter darüber reden. Er war für den Rest des Tages merkwürdig still.

Ich will nicht von der Sonne verbrannt werden. Es *muss* bessere Arten geben zu sterben, wenn man wirklich will. Man könnte sich zum Beispiel in einem Fluss ertränken. Wenn ich jetzt hier an der tiefsten Stelle hineinspringen würde, wär ich wohl in einer Sekunde tot. Es ist momentan massenhaft Wasser im Fluss, viel mehr als beim letzten Mal, als wir hier waren. Ich wette, die Strömung würde mich zur Biegung an der großen Trauerweide spülen, wo ich an den Wurzeln hängen bleiben würde, die aus dem Wasser ragen. Dort würde man mich dann finden, und ich wäre genauso tot wie der Vogel, nach dem Mirko mich benannt hat.

Er ist nicht nur tot, sagt er. Er ist *ausgestorben*. Ich bin nicht ganz sicher, wie lange man tot sein muss, bis man ausgestorben ist, aber wenn ich nun erst nach einer Woche gefunden würde?

Dronte heißt er. Mirko nennt mich jetzt Dodo. Das ist nur ein anderer Name für den gleichen Vogel, sagt er, und er ist leichter zu sagen, wenn man mich ruft. Das macht er dauernd. Ich selbst bin überhaupt nicht leicht, im Gegenteil, ich bin von Natur aus eher schwer. Ein bisschen schwierig, sagt Mirko.

Und manchmal verdammt beschwerlich.

Zum Glück hat er schon lange aufgehört, mich Leon zu nennen! So hieß ich, als ich klein war. Wenn es dunkel ist und ich noch nicht ganz eingeschlafen bin, kann ich manchmal meine Mutter rufen hören: *Leon, nein, das darfst du nicht! Nein, Leon, nein!* So was hat sie gesagt. Das mochte ich nicht.

Sie hat auch manchmal geschrien.

Das ist jetzt lange her, und ich kann mich kaum daran erinnern. Ich weiß auch gar nicht richtig, ob ich das will.

Wann Mirko wohl auftaucht? Er hat mir versprochen zu kommen. Und ich hab ihm versprochen, mich hinter diesem Gebüsch zu verstecken, wo man mich nur von der Flussseite aus sehen kann – zum Beispiel, wenn man eine Krähe ist, die da hinten auf einem Ast sitzt und alles im Auge behält. Ich wünschte, du würdest näher rankommen, sodass ich dich besser sehen kann. Du bist zwischen all den Schatten fast versteckt.

Ich tu dir nichts.

Stell dir vor, wenn Mirko findet, dass ich nach der Sache mit dem Mädchen so beschwerlich geworden bin, dass er gar nicht kommt. Ich glaube, dann müsste ich mich ertränken.

Aber erst mal warte ich einfach. Ich sitze gern da und schaue auf den Fluss hinaus, wenn er in der Sonne glitzert, so wie jetzt. Das ist so eine schöne Zeit am Tag, auch wenn es verdammt heiß ist.

Ich glaube, ich zieh mir mein Hemd erst mal nicht wieder an. Ich hab es einfach nicht geschafft reinzuschlüpfen, als ich weggerannt bin. Das musste alles so schnell gehen.

Du, wenn man sich wirklich ertränken will, ist es sicher ein Vorteil, nicht schwimmen zu können. Ich kann es nicht, also hab ich da wohl Glück. Mirko hat allerdings mal versucht, es mir beizubringen, als wir ganz bis zur Küste gereist waren, um Tintenfische zu putzen.

»Du musst dich nur richtig bewegen«, hat er immer wieder gesagt, und mir dabei gezeigt, wie ich mit den Beinen strampeln und gleichzeitig die Arme bewegen sollte. »Komm schon, Dodo, es ist ganz einfach. Wenn die Tintenfische das können, kannst du es auch.«

Die haben ja verdammt noch mal nur Arme, an die sie denken müssen!

Da konnte ich echt darauf verzichten, also bin ich einfach im knietiefen Wasser stehen geblieben und hab Mirko angestarrt, bis er schließlich aufgab.

Mann, du hättest wirklich diese Tänzerin sehen sollen, die wir uns letztens in einem der Orte angeschaut haben. Der Wahnsinn, wie die alles auf einmal bewegen konnte! Mirko hat erzählt, sie konnte noch viel mehr als das! Das hat er jedenfalls gesagt, nachdem er mit ihr oben in einem Zimmer im ersten Stock war. Um zu reden.

Während sie das gemacht haben, bin ich in der Gasse hinter dem Haus herumgelaufen und hab nach Mäusen gesucht. Ja, wie gesagt mag ich Mäuse sehr gern, warme Mäuse mit weichem Fell. Die müssen da oben lange geredet haben, denn ich hab es in der Zeit geschafft, tatsächlich drei Mäuse zu fangen. Zwei sind sofort gestorben, also hab ich sie wieder weggeschmissen, aber die dritte hab ich in der Hosentasche mitgenommen. Es war eine hübsche Maus, das konnte ich fühlen, wenn ich sie in der Tasche gestreichelt hab. Dann ist sie auch gestorben.

Ich hab sie weggeworfen, bevor Mirko was gemerkt hat. Er mochte Fell nie ganz so gern wie ich, aber er mochte es wirklich gern, mit dieser Tänzerin zu reden. Hinterher hab ich aus ihm rausgekriegt, dass sie da oben hinter den Vorhängen über Vögel und Bienen und Blumen geredet haben. Was glaubst du, wie ich mich da geärgert hab, dass ich nicht dabei war!

Bienen haben auch eine Art Fell, hast du daran schon mal gedacht? Ich hab einmal versucht, eine zu streicheln, die auf einer Sonnenblume saß. Da hat sie mich gestochen, und dann ist sie gestorben. Ganz von allein. Bum! Mitten auf der Sonnenblume. Es war nicht meine Schuld.

Ich möchte mal wissen, wie es ist zu sterben.

Ich würde nicht gern in der Dunkelheit in einer Hosentasche sterben. Oder im Heu, in einer Scheune liegend und schreiend. Und eigentlich auch nicht in der Hitze auf einer Landstraße. Aber vielleicht ist es nicht so schlimm, auf einer großen gelben Sonnenblume zu sterben. Oder in einem Fluss, der in der Nachmittagssonne glitzert.

Oh, das erinnert mich daran, dass ich ein Geschenk für dich habe! Ich hab es hier in der Hosentasche ... Schau, es ist ein Herz! Von dem jungen Mädchen. Sie hatte es an einer Kette um den Hals, aber die Kette ist kaputtgegangen, als ich sie angefasst hab. So ähnlich wie der Hals. Schau mal, wie es glänzt, das klitzekleine Herz. Mirko hat mal gesagt, dass ihr Krähen glänzende Dinge mögt, deshalb dachte ich, du solltest es kriegen. Du brauchst mir nichts dafür zu geben, wenn du nur versprichst hierzubleiben, bis Mirko kommt. Ich werf es dir rüber... Siehst du's? Ich glaube, es ist im Gras unter deinem Ast gelandet.

Wenn du dich nur trauen würdest, zu mir rüberzufliegen, sodass ich dich anfassen könnte. Und wenn du nur sprechen könntest. Dann könntest du mir erzählen, wie es ist zu fliegen. Die Hummel kann eigentlich gar nicht fliegen, weißt du das? Aber sie macht es trotzdem. Und Tiere können nicht sprechen.

Vielleicht könntest du es trotzdem machen?

Dann würdest du anständig sprechen, glaube ich. Bei den Kerlen, mit denen wir zusammenarbeiten, ist das anders. Tagelöhner haben immer ein so grobes Mundwerk, aber Mirko und ich nicht. Wir sollen anständig sprechen, sagt Mirko. Ich geb mir auch wirklich große Mühe, wenn ich endlich einmal reden darf. Wie jetzt. Ich darf gern mit Tieren reden, sagt Mirko. Dabei kann nichts passieren. Und mit Mirko natürlich. Ansonsten soll ich am besten den Mund halten.

Dann denke ich stattdessen nach. Es gibt vieles, worüber man nachdenken kann, wenn man mal darüber nachdenkt. Ich würde zum Beispiel sehr gern wissen, wie die Hummel fliegen kann, wo doch ihre Flügel im Verhältnis zu ihrem Rest so klitzeklein sind. Und warum Damen nie buschige Augenbrauen haben.

Nicht, dass es mich klug macht, so viel nachzudenken. Es macht mich nur voller Gedanken. Und Fragen! Mirko hat mir gesagt, ich soll niemanden irgendwas fragen, wenn wir bei der Arbeit sind. »Dodo, hör mal zu«, sagt er. »Über all das, worüber du dir so Gedanken machst, können wir reden, wenn wir allein sind. Dann kriegen wir keinen Ärger.«

Aber es kann lange dauern, bis wir allein sind, denn normalerweise arbeiten wir den ganzen Tag in irgendeiner Schicht mit einer Menge anderer Männer, und hinterher essen und schlafen wir auch mit ihnen zusammen. Und das fast immer in einer Art Baracke, wo alle hören können, was man sagt. Also sage ich nichts anderes als *ja* oder *nein* oder *jawohl* und *bitte sehr* und *Entschuldigung*, während ich vor lauter Fragen und Gedanken, die ich nicht vergessen will, ganz wirr im Kopf werde. Ich hatte schon immer so verdammte Angst, Dinge zu vergessen, an die ich mich gerne erinnern will, auch wenn Mirko behauptet, es wäre viel schlimmer, sich an Dinge zu erinnern, die man gern vergessen will.

Wenn wir dann endlich allein sind, kann ich mich nicht entscheiden, was ich als Erstes sagen soll, besonders dann nicht, wenn ich im selben Augenblick etwas Neues sehe, über das ich *auch* gern reden will, und das tue ich ständig. Dann ist es, als würde mein Kopf zu kochen anfangen und als würden alle Gedanken in einem großen, warmen Fluss zusammenfließen, der von innen drückt. Manchmal muss ich dann weinen. Und wenn ich wieder aufhöre, ist der Fluss ausgetrocknet, und die Gedanken liegen im Sand und zappeln wie kleine, dumme Fische, die es nicht wert sind, dass man sie aufsammelt. Oder nach ihnen fragt.

Aber meistens frag ich dann trotzdem.

Es ist anstrengend, wenn es einem so geht. Ich werd nicht leicht müde, auch wenn sie mich immer für die schwersten Arbeiten einsetzen, aber es ist der Wahnsinn, wie müde ich vom Denken werden kann. Mirko ist viel besser darin. Er sagt auch, mit Eindrücken ist es wie mit dem Essen. Wenn man das Essen runterschlingt, merkt man gar nicht, wie es schmeckt, aber wenn man es langsam und lange kaut, dann versteht man, was man eigentlich im Mund hat. Dann wird man nicht nur satt, sondern auch klüger.

»Kau das jetzt mal ein bisschen durch«, sagt er immer. »Ich hab nichts dagegen, dass du mir Fragen stellst, Dodo. Aber du musst den Gedanken Zeit geben, zu wachsen und an ihren Platz zu fallen, bevor du fragst. Dann wirst du merken, dass du auf vieles die Antwort schon kennst. Und wenn nicht, kann es durchaus sein, dass die Frage, die du stellst, klüger ist als die Antwort, die du bekommst.«

Ich versuche zu tun, was Mirko sagt, aber oft frage ich trotzdem, ohne vorher besonders lange nachzudenken. Meistens antwortet er mir, und jedes Mal finde ich, dass die Antwort klüger klingt als die Frage. Aber manchmal antwortet er mir auch nicht. Dann schaut er mich stattdessen mit seinen sehr blauen Augen an, die sagen: *Kauen, Dodo. Kauen!* Und das versuche ich dann.

Jetzt bin ich draufgekommen, dass die Hummel wohl besonders schnell mit ihren klitzekleinen Flügeln schlägt. Aber ich versteh immer noch nicht, warum Damen nie buschige Augenbrauen haben!

Darauf muss ich noch ein bisschen mehr herumkauen.

Von Damen versteht Mirko auch viel mehr als ich. Und von jungen Mädchen. Nehmen wir nur mal das, was vor ein paar Wochen auf dem Hof passiert ist, auf dem wir zurzeit arbeiten. Da kam dieses Mädchen in den Stall und hat Mirko gefragt, ob er nicht Lust hätte, einen Abendspaziergang zu machen. »Wir könnten eine kleine Runde runter zum Fluss drehen«, sagte sie.

Ich glaub nicht, dass sie bemerkt hat, dass ich gar nicht so weit weg saß und das Ganze hören konnte. Oder vielleicht war es ihr auch egal. Mirko hat später gesagt, sie sei so eine, die tut, was ihr passt – und das sei gefährlich. Daran hätte ich wohl heute denken sollen. Dass sie gefährlich ist.

Na ja, ich konnte jedenfalls sehen, dass Mirko gut nachgedacht hat, bevor er dem Mädchen schließlich antwortete.

»Hören Sie, wozu ich Lust habe, ist so gesehen zweitrangig«, sagte er. »Ihr Vater ist mein Arbeitgeber, und wenn ich zu Ihrem Vorschlag Ja sagen würde, könnte das unüberschaubare Probleme schaffen. Mein Freund und ich wollen nur ungern vor die Tür gesetzt werden oder noch Schlimmeres erleben. Das verstehen Sie doch sicher? Allein, dass Sie hier stehen und mit mir reden, könnte schon ein Problem sein. Was, wenn einer Ihrer Brüder gehört hätte, was Sie gerade vorgeschlagen haben?«

Das hat er gesagt. Er ist immer sehr höflich zu allen.

»Es ist doch unglaublich«, sagte das Mädchen da. Sie klang wie ein kleines, heiseres Tier. »Warum soll man sich nicht ein bisschen amüsieren, wenn sich die Gelegenheit bietet? Ich werde noch wahnsinnig von diesem Leben hier. Ich bin kein Kind mehr, und trotzdem darf ich *nichts*! Nicht einmal ohne Aufsicht weggehen. Es ist verdammt noch mal so, als würde man im Gefängnis sitzen. Ich langweile mich zu Tode!«

Zum Schluss hat sie fast gefaucht.

Dann hat sie sich umgedreht und ist aus dem Stall marschiert, mit den Händen in den Hüften und hocherhobenem Kopf. Ihr Mund war zu einem kleinen roten Kranz geworden, das konnte ich sehen. Er sah schön weich aus, der Mund. Ihre Brüste sahen auch rund und weich aus, wie sie da in ihrem Ausschnitt auf und ab gehüpft sind, als sie ging. Das hab ich schon bemerkt. Mirko hat mir mal erzählt, dass solche Damenbrüste voller Milch sein können, aber darüber sollte ich nicht zu viel nachdenken.

Ich kann dir sagen, es ist wirklich schwer, an etwas nicht zu denken, an das man nicht zu viel denken soll! Ganz besonders, wenn es weich und wogend ist und voller Milch sein kann. Dadurch sind Damen ja fast so was wie Kühe, abgesehen davon, dass sie das Ganze nicht zwischen den Beinen baumeln haben.

Als ich Mirko hinterher gefragt hab, warum er Nein zu dem Vorschlag gesagt hat, mit diesem Mädchen eine Runde zum Fluss zu drehen, sagte er etwas sehr Merkwürdiges. »Das war gar nicht das, was sie wollte, Dodo. Sie wollte mit mir eine Runde ins Heu. Und dazu habe ich Nein gesagt.«

Da hab ich ernsthaft begriffen, dass Damen eine ganz andere Sprache sprechen als Männer. Entweder das, oder sie sind nur dümmer als Männer, wenn sie nicht sagen können, was sie wollen. Sie hätte doch auch einfach sagen können, dass sie eine Runde ins Heu wollte.

Nein, daran will ich jetzt nicht denken. Ich will an was anderes denken, bis Mirko kommt. Ich will an Mirko und mich denken.

Ich kenne ihn, so lange ich mich erinnern kann, und er kennt mich ein bisschen länger, sagt er. Er ist wohl fast wie ein großer Bruder, auch wenn ich ganz schön viel größer bin als er. Mirko sagt, ich bin nie richtig erwachsen geworden. Ich bin nur gewachsen.

Einmal haben wir auch so getan, als wäre ich sein kleiner Bruder. Das ist schon lange her. Als ich ihm über den Kopf gewachsen bin und ihm auch sonst gar nicht ähnlich sah, haben wir mich zu einem Vetter umgemodelt. Das ging eine Zeitlang gut, bis jemand etwas über unsere Familie wissen wollte. Dann wurde ich stattdessen ein Kamerad. Das will ich auch gern sein. Mirkos *Kamerad*.

Mir ist aufgefallen, dass ich niemandem richtig ähnlich sehe. Nur, wenn jemand sehr groß und stark ist, sehe ich ihm vielleicht ein bisschen ähnlich, aber auch dann kommt es mir so vor, als wäre ich immer noch größer und stärker. Ich hab wirklich überall viele harte Beulen. Muskeln. Es ist am besten, wir verbergen sie, so gut wir können, sagt Mirko. Deshalb muss ich allein baden und immer ein Hemd anhaben, auch wenn es sehr heiß ist. Die Leute können schon ein bisschen erschrecken, wenn ich kein Hemd anhabe, und es gibt keinen Grund, jemanden zu erschrecken.

Wir wollen auch vermeiden, dass sie sich zu sehr wundern. Ich bin so einer, über den die Leute sich wundern. Ich wundere mich auch manchmal ein bisschen über mich selbst. Ich versteh nicht, warum ich all diese Beulen bekommen hab?

Am allerliebsten würde ich einfach Mirko ähnlich sehen, sodass ich wieder sein kleiner Bruder werden könnte. Wenn ich das erwähne, sagt Mirko jedes Mal dasselbe: »Wir finden wohl nie heraus, warum du so stark geworden bist, Dodo, also lass uns jetzt nicht mehr daran denken. Manche Dinge muss man einfach akzeptieren.«

Ich bin froh, dass du nicht erschrocken und weggeflogen bist, obwohl ich hier mit bloßem Oberkörper sitze. Es ist angenehm, die Luft auf der Haut zu spüren, und weil jetzt keine Menschen hier sind, die mich sehen können, macht es nichts.

Ich wünschte, ich wäre nicht so stark.

Na ja, Mirko hat mir mal von einem Comic erzählt, das er vor langer Zeit gelesen hat. Da war ein Typ in diesem Comic, der noch stärker war als ich – und dann konnte er auch noch *fliegen!* Das würd ich gern können. Aber den Mann gibt es gar nicht, sagt Mirko. Er ist nur einer, den jemand erfunden hat.

Glaubst du, auch ich bin einer, den jemand erfunden hat? Aber wer?

Mirko war in Amerika, als er über den Mann gelesen hat. Er sagt, er hat viel gelesen, als er dort war. Alle möglichen Geschichten. An viele davon kann er sich noch erinnern, und wenn ich Glück hab, erzählt er mir eine, wenn wir allein sind. Ab und zu leiht er sich auch ein Buch von einer der Damen, die er so gern besucht. Oder wir finden eines, das wir wieder weglegen, wenn wir damit fertig sind. Ich mag am liebsten die mit Bildern drin. Und die, die gut ausgehen.

Einmal haben wir eins gefunden, das von einem Mann handelte, der von klitzekleinen Menschen gefesselt wurde. Ich hab ehrlich gesagt zuerst gedacht, dass der Mann riesengroß war und die anderen so wie Mirko. Aber Mirko hat mir versichert, dass die Liliputaner – so hießen sie – ganz winzig klein waren, und der Mann normal. Ich wäre wohl trotzdem lieber ein Liliputaner gewesen, denn die waren ja mehrere von derselben Art. Es kann ja nicht schön sein, normal zu sein, wenn man der Einzige ist, der normal ist.

Die allermerkwürdigste Geschichte war aber trotz allem die, die von einem Mann an einem Kreuz handelte. Also so eine Art Vogelscheuche. Er ist gestorben... aber dann war er trotzdem nicht tot. Was meinst du? Ja, das war wohl als gutes Ende gemeint, aber ich fand ehrlich gesagt, es war etwas seltsam. Tja, er konnte auch auf dem Wasser gehen, dieser Mann. Das weiß ich aber zufällig, dass man das nicht kann!

Zur Sicherheit habe ich hinterher untersucht, ob eine der Mäuse, die ich aus Versehen zu hart angefasst hatte, vielleicht wieder aufleben könnte. Konnte sie aber nicht. Ich hatte sie in eine kleine Zigarrenschachtel gelegt, damit kein Tier kommen und sie fressen würde. Da lag sie und wurde kleiner und kleiner und sah immer toter aus, bis sie vollkommen ausgestorben sein musste.

Ich glaube nicht an diese Vogelscheuche.

Nein, da glaube ich schon eher an diesen Typen, der fliegen konnte.

Stell dir vor, dass ich einmal kleiner als Mirko gewesen bin. So klitzeklein, dass ich in meiner Mutter sein konnte. Ich kann mich überhaupt nicht daran erinnern, und Mirko will nicht darüber sprechen.

Ich weiß nur, dass er ein mittelgroßer Junge war, als ich geboren wurde, und dass wir nahe beieinander gewohnt haben, irgendwo in diesem riesengroßen Tal. Er hat vergessen, wo es war, sagt er. Jetzt wohnen wir überall im Tal.

Horch! Da kommt jemand. Das muss er sein.

MIRKO

Es war nicht der größte Ort des Tales, aber er war doch groß genug, um sich eines kleineren Bahnhofs rühmen zu können. Und nicht weit vom Bahnhof entfernt, ganz im Nordwesten, lag eine Schule für die Kinder des Ortes und des Hinterlands. Mirko gehörte zu letzteren.
Die Schule war in einer längst stillgelegten Meierei eingerichtet, die immer noch schwach nach saurer Milch roch. Die kleinen Fenster hatten Aussicht auf die nächsten Weinberge und das Gebirge im Nordwesten. Den Bahnhof konnte man vom Klassenzimmer aus nicht sehen, aber die Gleise verliefen am Grundstück der Schule entlang. Eine trostlose Hecke aus ausgemusterten Weinstöcken markierte die Grenze und fungierte, zumindest symbolisch, als Schutz für die Kinder. Wenn der Zug draußen vorbeifuhr, stand der Unterricht einen Augenblick still, während die Mauern leicht bebten und die alten Milchkannen, die zusammengepfercht in einem Hinterzimmer standen, metallisch klirrten. Sie wurden manchmal als Reservestühle verwendet, wenn alle da waren, aber das passierte eigentlich nie. Es gab immer ein paar von den Höfen, die wegblieben.
Dadum dadum. Mirko mochte das Geräusch des Zuges. Es klang wie ein Herzschlag. Ein starkes Herz. Trotzdem war er sich nicht sicher, ob es ihm gefallen würde, mit dem Zug zu fahren.

Man unterrichtete mehrere Altersgruppen zur selben Zeit, verteilte jedoch die Jungen und die Mädchen jeweils auf ein eigenes, dröhnendes Zimmer. Den großen Durchgang zwischen den Zimmern verschloss man mit einem Tuch, das zwar die Sicht abschirmte, aber nicht die Geräusche. Jeder Versuch der Geschlechtertrennung war schließlich in dem Moment hinfällig, als die Schulglocke klingelte, die Schüler hinaus in die Sonne stürmten und sich instinktiv mit den Gleichaltrigen zusammenfanden.

Abgesehen von denen, die niemanden suchten.

»Du sprichst nicht viel, Mirko.« Seine Lehrerin sagte das zu ihm, als er nach der letzten Stunde das Klassenzimmer verließ. »Aber deine Antworten sind immer fehlerfrei. Ich hab das Gefühl, du hörst besser zu als die meisten. Hab ich nicht recht?«

Mirko nickte.

Die Lehrerin lispelte. Alth die meithten.

Er war immer der Letzte, der ging. Die anderen rannten. Für Mirko gab es nichts zum Hinterherrennen, und niemand rannte Mirko hinterher. Es rief ihm höchstens hin und wieder jemand etwas zu. In der Regel ging es dabei um seine Ohren.

An diesem Morgen hatte er getan, was er immer tat, wenn er aufstand und in die Schule musste. Er hatte zuerst seinem Vater beim Melken geholfen, sich dann gewaschen und in Ruhe seinen Brei gegessen, während sein großer Bruder eine doppelte Portion in der Hälfte der Zeit verschlang. Und während der Bruder auf seinem lärmenden Fahrrad verschwunden war, sodass der Staub um ihn herumwirbelte, hatte Mirko sich in der Küche von seiner Mutter verabschiedet, seinem Vater auf dem Feld zugewunken und war still und leise den Feldweg in Richtung Stadt entlanggelaufen. Er machte sich weder etwas aus Radfahren noch aus Lärm, und auch nicht besonders viel aus der Schule. Aber er wollte gern etwas über andere Dinge lernen als Kühe, an den drei Tagen, an denen er die Möglichkeit dazu hatte.

Mirko war elfeinhalb und nicht besonders groß für sein Alter. Aber er hatte eine Ruhe im Blick, die die Lehrer dazu veranlasste, ihn in den Raum mit den größeren Jungen zu stecken. In dieser Hinsicht mogelte er. Aber auch nur in dieser Hinsicht.

Jetzt schlenderte er ruhig nach Hause. Er ging durch die gewundenen Gassen des Ortes, wo die zahnlosen Großmütter im Schatten der Hausmauern auf ihren Schemeln saßen und alles kommentierten, was ihnen zu Gesicht kam. »Da ist der süße Junge«, rief eine, als Mirko vorbeikam. »Er ist sicher in der Schule gewesen«, ertönte es schrill von einer anderen ein paar Meter weiter. »Er hat schöne Augen«, rief eine dritte. »Und Ohren wie mein verstorbener Ehemann.«

Dann lachten sie herzlich mit ihrem freundlichen Zahnfleisch und ihren kleinen, funkelnden Augen. Mirko war sich nie ganz sicher, ob sie wollten, dass er sie hörte. Aber er konnte sie gut leiden.

Er überquerte den Marktplatz, auf dem ein paar große Jungen Boccia spielten, und ging die Straße nach Osten weiter. Ein kleines Stück außerhalb des Ortes kam er an der Kirche vorbei, die hinter einigen zerzausten Oleanderbüschen und einer seit Jahren leer stehenden alten Hütte auf ihrem kleinen Hügel stand und leuchtete. Auf der anderen Seite des Hügels lag der Kirchhof mit seinen grauen Steinen. »Grüß deine Mutter«, rief plötzlich jemand, und Mirko nickte erschrocken, ohne den Pfarrer zu sehen, dessen Stimme er jedoch erkannte.

Er überquerte die Steinbrücke, die an der Stelle, an der der Fluss am schmalsten war, einen weichen Bogen über das Wasser schlug. Und wie immer ließ er seine Hand über die groben Steine der niedrigen Mauer gleiten, die den Weg vom Wasser trennte. Ein Junge aus dem Ort war einmal ertrunken, nachdem er von der Mauer gefallen war. Er war übermütig gewesen, sagte man. Er wollte vor den anderen Kindern damit angeben, dass er auf der Mauer lief. Es war nicht weit hinunter zum Wasser und nicht weit von der Mitte des Flusses bis zum seichten Ufer, aber der Junge konnte nicht schwimmen. Er war von der Strömung erfasst und später weiter im Süden tot aufgefunden worden. Kurz danach hatte Mirkos Vater Mirko das Schwimmen beigebracht und ihm befohlen, niemals übermütig zu sein oder an Stellen zu gehen, an die er nicht gehen durfte. Mirko hatte sich nie auf die Mauer gewagt.

Auf der anderen Seite der Brücke hätte er auf dem Weg bleiben können, der ihn zwischen den Feldern nach Hause führen würde. Doch stattdessen bog er in Richtung Norden ab und folgte einem schmalen Pfad, der sich zuerst um einen Weinberg wand und danach in einem kleineren Waldstück verschwand. Dort drinnen hinter den Bäumen traf er auf den Fluss. Da lag auch eine Lichtung, auf der sich die Tagelöhner manchmal niederließen oder jemand zum Fischen kam.

An diesem Tag war niemand dort, und Mirko setzte sich am Ufer ins Gras. Das braune Wasser bewegte sich unter dem flimmernden Schatten der Bäume ruhig gen Süden. Weiter nördlich schoben sich Nebenflüsse aus den Bergen und glitten durch Felder und Wälder, um sich dem Hauptstrom anzuschließen. Wie Arterien zur Aorta, hatte seine Lehrerin gesagt. Oder besser gesagt, sie hatte ihnen ein Bild vom Inneren des Körpers gezeigt und es mit ihrem großen Tal verglichen.

Die Blutadern hängen zusammen, wie die Flüsse zusammenhängen, sagte sie. Und das Herz lag offenbar oben im Norden, hatte Mirko gedacht.

Wenn von Zeit zu Zeit Holz auf dem Fluss zum Sägewerk transportiert wurde, war die Luft an dieser Stelle von Rufen erfüllt. Aber an diesem Tag gab es keine anderen Geräusche als das Summen der Insekten und das Rascheln der Vögel im Laub. Das Wasser stand ziemlich hoch. Das war gut. Wenn der Sommer sehr trocken war, kroch der Fluss in der Mitte seines Bettes zusammen, sodass verlassene Fische auf den Sandbänken lagen und nach Luft schnappten. Mirko konnte den Anblick nicht ertragen. Er versuchte immer zu helfen, doch wenn er wieder hinkam, lagen dort neue Fische und starben. Es war, wie es sein sollte, hatte sein Vater gesagt. Die Natur war hart, aber fair. Sein Vater hatte einmal eine hungrige Bärenmutter mit zwei Jungen ganz unten im Flussbett gesehen. Sie waren von den Bergen hinunter ins Tal gezogen, um Nahrung zu finden, und an diesem Tag hielten sie ein prächtiges Gelage auf Kosten der Fische, hatte der Vater erzählt.

Mirko hatte noch nie einen Bären gesehen und auch noch nie ein Gelage erlebt. Seine Eltern waren keine Menschen, die feierten. Aber sie dankten Gott immer für die kleinen Freuden, und von denen gab es Unmengen, trotz allem. Mirko war eine von ihnen.

Als er wieder aus dem Schatten der Bäume trat, wurde er von der Sonne fast geblendet. Bald kreuzte er die Hauptstraße und bog auf einen kleinen Kiesweg ein, der ihn zwischen die Felder führte. Einmal blieb er stehen, um eine Kuh zu betrachten, die sich von ihrer Herde abgesondert hatte. Ihre Artgenossen hatten unter ein paar Zypressen Schatten gefunden, standen da und glotzten in dieselbe Richtung.

Aber diese Kuh trotzte der Hitze und hatte sich mitten in die sengende Sonne gestellt, weit weg von Wasser und Schatten, mit dem Rücken zu ihnen. Sie wandte den Kopf und sah Mirko mit einem dunklen Blick an, den er nicht deuten konnte. Kaute. Dachte nach, vielleicht. Dann hob sie den Schwanz und verrichtete ihre dampfende Notdurft wie eine Art Gruß. Ein Schwarm von Fliegen tauchte aus dem Nichts auf und nahm den Kuhfladen wie ein falscher Schatten ein. Als die Kuh einen Schritt nach vorn und zwei zurück machte, erhoben sie sich für einen Moment, nur um gleich danach den gelobten Kot zurückzuerobern. Ihr Summen vermischte sich mit dem Gesang der Zikaden und dem Kauen des Tieres und hin und wieder dem Schrei eines Raubvogels. Mirko kannte die Kuh gut, hielt sich immer abseits. Er hatte nie herausgefunden, ob sie scheu oder verwegen war. Vielleicht konnte man beides zugleich sein.

Zu Hause auf dem Hof war sein Vater gerade dabei, die Pferde vor den Wagen zu spannen.

»Na, Mirko, hast du heute was gelernt in der Schule?«

So fragte er immer.

»Ja«, antwortete Mirko wie üblich. »Wo willst du hin?«

»Ich hab in der Stadt was zu erledigen, aber zuerst muss ich rüber zum Nachbarhof. Du kannst mitkommen, wenn du willst?«

»Zu dem großen? Von den Zwillingen?«

»Nein, zu dem kleinen. Von der Witwe.«

Nicht, dass Mirko besonderes Interesse daran gehabt hätte, den Nachbarhof zu besuchen, aber nachdem er keine anderen Pläne für den Nachmittag hatte, wollte er gern mit seinem Vater fahren. Von der Witwe hatte er bisher nur gehört. Ihr

Mann war ein paar Jahre zuvor gestorben, und die Kinder waren weggegangen – bis auf die eine Tochter, die inzwischen sicher erwachsen war.

Er saß auf der Ladefläche des Pferdewagens, während sie auf der schmalen Reifenspur entlangzuckelten, die sich zwischen den Feldern dahinschlängelte und beim Nachbarhof endete. Die mächtigen Hufe des Pferdes wirbelten den Staub auf, sodass der Wagen einen trockenen Nebel hinter sich herzog.

Sie wohnten in der südöstlichen Ecke des lang gestreckten Tales, ganz außen am Rand, wo die Landschaft allmählich hügeliger wurde, bevor sie sich ganz den Bergen ergab. So war der Nachbarhof von ihrem Hof aus nicht zu sehen, wegen eines Hügels mit ein paar struppigen Bäumen, die in einer Gruppe dicht zusammenstanden, als beratschlagten sie über die Grenze. Gerade, weil Mirko ihn von seinem eigenen Heim aus nicht sehen konnte, war dieser Hof ihm immer sehr weit entfernt vorgekommen.

Die Sonne brannte, das Holz knarrte, die Hufschläge fielen dumpf und stetig, und Mirko verfiel in eine behaglich schaukelnde Schläfrigkeit. Derweil saß sein Vater ruhig auf dem Bock des Wagens; seine Hände ruhten in seinem Schoß, und er ließ das Pferd sein Tempo wählen. Die beiden waren vor langer Zeit eine Partnerschaft eingegangen, bei der es keinen Anlass zum Kampf gab. Er machte dem Pferd keinen Druck, und das Pferd tat im Gegenzug, was von ihm verlangt wurde. In vielerlei Hinsicht waren sie sich ähnlich.

Mirko zog es vor, mit dem Rücken zu seinem Vater auf der Ladefläche zu sitzen. Er mochte es, auf das zurückzuschauen, was sie passiert hatten und nun hinter sich ließen. Es war, als führe man aus einem Bild, das sich ihm willig öffnete und größer und größer wurde. Es gab ihm die Zeit, die

Details zu betrachten, und die Ruhe, sie wieder loszulassen, wenn sie schließlich in der Unschärfe verschwanden. Blickte er dagegen in Fahrtrichtung, fühlte er sich, als würde er von Eindrücken angegriffen, die zu beiden Seiten vorbeisausten, bevor er sie einfangen und verdauen konnte. Das eine Mal, als er versucht hatte, in einem Automobil zu sitzen, war ihm schwindlig geworden, und hinterher fühlte er sich, als hätte jemand Essen in ihn hineingepresst, ohne dass er die Zeit und die Erlaubnis bekommen hätte, es vorher zu kauen.

Jetzt sagte sein Vater auf dem Kutschbock etwas, und Mirko drehte sich um, um nach vorn zu sehen. Hinter der nächsten Kurve tauchte der Nachbarhof in der Landschaft auf. Zuerst das Haupthaus, das quer stand und blass leuchtete wie eine müde alte Sau, die sich zufällig zwischen ein paar Zypressen geworfen hatte. Hinter dem Haus konnte man einige andere Gebäude erahnen, und als Hintergrund des Ganzen erhoben sich die Berge in einer Reihe gegen einen tiefblauen Himmel wie Könige. Wie mit einem Axthieb geschlagen öffnete sich in der Ferne eine schmale Schlucht in die Berge und bildete eine merkwürdige Spalte über dem Dach des Hofes.

Mirko war zwar als kleines Kind ein paarmal mit bei den Nachbarn gewesen, aber nichts an dem Hof weckte irgendwelche Erinnerungen in ihm. Mit seinen hellen Steinen und seinem ockerfarbenen Ziegeldach sah er aus wie jeder andere Hof in der Gegend.

Sie folgten der Reifenspur links vom Haupthaus auf den Hofplatz, der verlassen dalag. Nur ein paar verwirrte Hühner pickten in dem gelben Gras zwischen dem Kies. Vom Stall her hörte man ein Blöken. Dann ein Muhen. Mirkos Vater sprang vom Bock, während Mirko still und aufmerksam auf der Ladefläche sitzen blieb. Das Pferd ließ den Kopf ein paar

Zoll sinken, und der eine der großen Hinterhufe fiel in Ruheposition nach vorn. In der Ferne schlug die Kirchenglocke ihre Uhrzeit. Man konnte sie nicht immer hören. Die Richtung des Geräuschs wurde vom Wind bestimmt, und dessen Richtung von Gott. Jedenfalls laut Mirkos Mutter, die in dieser Richtung sehr bestimmt war. Wenn man die Uhr hören konnte, wollte Gott, dass man aufmerksam war.

Mirkos Vater nahm seine Schirmmütze ab und wischte sich mit dem Hemdsärmel über die Stirn, bevor er sich kurz orientierte und dann zur Küchentür hinüberging. Er hatte die Schirmmütze in der Hand und schlug sie beim Gehen lautlos gegen seinen Schenkel. Mirko konnte ihn leise pfeifen hören, auf eine Art, die verriet, dass er sich auf etwas anderes als die Melodie konzentrierte. Sein Vater war erst in der Mitte des Platzes angekommen, als die Witwe wie ein gebeugter Schatten aus der Küche kam.

Erst, als sie vor ihm stand, richtete sie sich ein wenig mehr auf, während sie gleichzeitig die Hände vom Rücken nach vorn bewegte, sodass sie sich zu Fäusten geballt in ihre Flanken bohrten. Ihr schwarzes Leinenkleid war so abgewetzt, dass es eher grau war. Das Haar war streng zurückgekämmt und unter einem Kopftuch versteckt, das ebenfalls einmal schwarz gewesen war. Nur ein Streifen weißen Haars war darunter zu sehen. Weder Farbe noch Flüssigkeit waren in ihr, konstatierte Mirko von seinem Aussichtsposten. Sie war verwelkt.

Die alte Dame, die vielleicht gar nicht ganz so alt war, wie sie den Eindruck machte, kniff vor Mirkos Vater die Augen zusammen und machte einen Laut, der klang, als käme er von einem Tier. Einem Vogel vielleicht.

Mirkos Vater antwortete mit einem höflichen »Guten Tag«. Und da die Witwe nichts mehr sagte, sondern ihn nur durch zwei kleine Schlitze in ihrem zerfurchten Gesicht anstarrte, sprach er weiter. Mirko konnte sehen, wie sich sein Rücken bewegte, und hörte seine gutmütige Stimme irgendetwas über ein paar Kühe erklären, die von einer fernen Weide hierhergebracht werden sollten. Etwas über einen Feldweg und einen Vorschlag. Ja, es war nur ein Vorschlag, aber er hoffte, sie könnte interessiert sein. Es wäre eine solche Hilfe für ihn, wenn er seine Kühe nicht mehr so einen großen Umweg treiben müsste. Er redete und redete, während die Witwe nur starrte und starrte, bis seine Stimme anfing zu klingen wie sein nervöses Pfeifen. Es dauerte ein wenig, bis Mirkos Vater schließlich begriff, dass die Witwe nicht mehr hören konnte, geschweige denn auch nur die Hälfte von dem verstehen, was er zu ihr sagte.

Das Nächste, was passierte, war nichts, was man unmittelbar als bedeutungsvoll ansehen würde. Nichtsdestoweniger sollte es Mirkos Leben für alle Ewigkeit verändern und ihn aller möglicher Dinge schuldig machen.

Unter anderem des Mordes. Oder eines ähnlichen Vergehens.

Aus dem Stall kam nun die Tochter zu ihnen herüber, ihr langes Haar wogte über die Schultern. Mirko hatte noch nie eine Frau langes, offenes Haar tragen sehen. Bis zu diesem Augenblick hatte er noch nie eine Frau richtig angeschaut. Oder angestarrt, besser gesagt, denn er konnte den Blick nicht von ihr abwenden.

Ihr blaues Kleid war zwar zerschlissen wie das der Mutter, dennoch wirkte es nicht so. Es erinnerte eher an die Haut einer saftigen Traube, einer staubigen blau-lilafarbenen Traube. Und über das Kleid floss das Haar wie weiches rotgoldenes Harz. Mirko hatte schon rothaarige Mädchen gesehen, ohne etwas anderes an ihnen wahrzunehmen, als dass sie sich von der dunkelhaarigen Mehrheit unterschieden, aber dieses Mal betrachtete er jedes Detail. Das Haar hatte eine Glut, die es im Sonnenschein sonderbar strahlen ließ, aber es war nicht nur das Haar. Auch ihr Gesicht war leuchtend und voller Leben. Die Sonne hatte Sommersprossen über ihre Nase gestreut und Wärme in ihre Wangen gepflanzt, während der Schatten dort feine weiße Streifen gezogen hatte, wo sie im Licht die Augen zusammenkniff. Mirko schien es, als sähe er einen grünen Schimmer in ihren Augen, und er bemerkte, dass die Lippen rot strahlten, ohne so auszusehen, als habe sie etwas draufgeschmiert wie einige der Damen unten im Ort. Es war, als hätten all die Farben, die die Mutter verloren hatte, bei der Tochter einen Platz gefunden. Sie sagte etwas zu Mirkos Vater, der sich mit einer kleinen, überraschten Bewegung zu ihr umwandte. Er grüßte freundlich und zog dann mit seinen breiten Händen leicht an seinen breiten Lederhosenträgern, während die Schirmmütze am kleinen Finger baumelte.

Sie trafen eine Absprache.

Irgendetwas über Kühe und Feldwege. Mirkos Vater sagte, er sei äußerst dankbar. Dass er den Weg auf jeden Fall gepflegt halten würde. Dass sie immer seinen großen Stier für ihre Färsen benutzen dürften. Und er sagte, er könne sich vorstellen, dass sie in erster Linie eine helfende Hand brauchten. Dass er wünsche, er könne zum Dank seine eigene Arbeitskraft anbieten, aber dass er selbst so viel zu tun habe, dass er unmöglich noch mehr schaffe. Dafür wolle er einen seiner Söhne dazu bringen, bei ihnen mit Hand anzulegen. Seine beiden Töchter seien inzwischen ausgezogen, aber es seien ja noch zwei Söhne da. Der ältere von ihnen sei groß und stark. Ihn könne er bestimmt ein paarmal die Woche herüberschicken, auch wenn er schon eine Arbeit in der Stadt habe, um die er sich kümmern müsse. In der Schmiede.

Plötzlich wandte Mirkos Vater sich zum Wagen um. Er sah aus, als wäre ihm etwas eingefallen.

Ja, unser Mirko könnte vielleicht auch helfen, sagte er. Zu Hause ging ihm Mirko bereits bei den meisten Dingen zur Hand. Er war noch nicht so groß und stark, aber er war ein guter Junge. Ein flinker Bursche. Ging fleißig jeden zweiten Tag zur Schule. Er redete vielleicht nicht so viel, aber ein guter Junge, das war er in jedem Fall. Tüchtig mit den Tieren war er auch. Mirkos Vater bewegte sich in Richtung Wagen, während er sprach, und stand bald neben ihm, die Hand auf der Ladefläche. Jedes Mal, wenn er etwas gesagt hatte, klopfte er leicht auf die Bretter, als würde das seine Aussage untermauern. Ein guter Junge, das war er. Bum!

Mirko selbst hörte kaum zu. Er sah nur die Frau mit dem rotgoldenen Haar. Und sie sah ihn. Sie hatte ihn oben auf der Ladefläche bemerkt, und jetzt lächelte sie ihm zu, mit grünen Augen und weißen Zähnen und kleinen Vertiefungen in den Wangen. Mirko erwiderte das Lächeln mit offenem Mund in einem errötenden Gesicht.

Ein Stück entfernt stand die Witwe mit scheelem Blick wie eine einsame Krähe.

Mirkos Vater erwähnte nichts von dem Besuch, als sie hinterher in den Ort fuhren, um ein paar Einkäufe zu erledigen. Erst als sie zurück auf dem Hof waren und das Pferd abgespannt hatten, kam er darauf zu sprechen.

»Hör mal, Mirko, es war hoffentlich in Ordnung, dass ich dieser Danica deine Hilfe angeboten habe?« Er sah Mirko über den Rücken des Pferdes hinweg an.

Mirko spürte, wie ihm das Blut in die Wangen stieg, und er beeilte sich, auf den Striegel hinunterzublicken, den er in der Hand hatte.

»Jaja, ist gut«, sagte er. »Ich werd ihr helfen.« Er kostete den Namen, ohne ihn laut zu sagen. *Danica.* Sein Vater tätschelte das Pferd und ließ es in seine Box gehen. »Das ist schön, Mirko. Aber lass uns erst einmal sehen, ob es dein Bruder nicht zunächst allein schaffen kann, jedenfalls eine Weile. Dann kannst du vielleicht später übernehmen.« Er schloss die Tür zur Box. »Bis dahin haben wir hier wahrhaft reichlich Arbeit für dich.«

*

Mirkos großer Bruder half eineinhalb Jahre lang bei Danica, die sich anfühlten wie ein halbes Jahrhundert. In der ganzen Zeit kümmerte sich Mirko weiterhin um die Schule und um seine Pflichten, sodass niemand eine Veränderung bemerkte. Nur war er nicht mehr unten am Fluss oder draußen bei den Kühen wie früher, wenn er frei hatte. Das kontrollierte niemand, und deshalb ahnte auch niemand, dass er in aller Heimlichkeit begonnen hatte, dem Nachbarhof Besuche abzustatten.

Anfangs spähte er von ihrem eigenen südlichsten Feld hinüber, wo er sich am Grenzstein versteckte. Von dort aus konnte er den müden Dachfirst des Nachbarhofs sehen, sonst aber nur einen Teil der großen Weide, die sich bis zu ihren Feldern hinauf erstreckte. Als er es eines Tages satthatte, die bunt gemischte Tierherde zu betrachten, wagte er sich an der Weide entlang hinunter. Eines der Pferde folgte ihm neugierig auf der anderen Seite des Zaunes, bis es nicht mehr weiterkam. Mirko kroch noch ein Stück, um über das Luzernenfeld des Nachbarn zu spähen, doch abgesehen von einer Gruppe Elstern war nichts zu sehen.

Am nächsten Tag verhielt es sich anders. Als er wieder dort

hinunterging, erblickte er die Tochter, und sein Schrecken, sie zu sehen, war so groß, dass er augenblicklich in die Knie sank. Sie schaute in die andere Richtung und entdeckte ihn nicht. In regelmäßigen Abständen beugte sie sich hinunter, und er sah das rote Haar in den Luzernen verschwinden, bis es kurz darauf wieder auftauchte. Einmal zeigte sich die Mutter wie eine schwarze Gestalt in der Ferne. Sie schrie etwas, heiser und unverständlich, wieder und wieder, und die Tochter ging ruhig zurück zum Hof. *Danica*. Vielleicht hatte die Mutter *Danica* gerufen. Die Alte war offenbar ziemlich taub, aber Mirko war sich nicht sicher, wie viel sie sehen konnte. Deshalb hatte er sich dicht auf den Boden gepresst, als sie in seine Richtung blickte.

An einem sehr frühen Morgen, noch vor der Morgendämmerung, beschloss er, östlich um den Pferch herumzugehen und dem wilden, hügeligen Gelände entlang der Berge zu folgen. Auf diese Weise konnte er bis zur Rückseite von Danicas Hof gelangen, indem er sich im Schutz von Hügeln und Sträuchern bewegte. Besonders ein Gebüsch eignete sich hervorragend als diskreter Aussichtsposten, da es an einer kleinen Anhöhe wuchs, die er leicht erreichte, ohne vom Hof aus gesehen zu werden. Hier konnte er bequem auf dem Bauch liegen und den Hof beobachten, gut geschützt von einer Myrte mit dichten Zweigen und einem kleinen Granatapfelbaum, die sich über seinem Rücken ineinanderflochten.

Von diesem Gestrüpp aus hatte er Aussicht auf den Giebel eines Schuppens und die lange Rückseite des Stallgebäudes – und auf ein kleines Plumpsklo zwischen den beiden Gebäuden, dessen Tür offen stand. Zwischen dem Klohäuschen und dem Stall konnte er ein wenig vom Hofplatz sehen, und dahinter etwas vom Haupthaus, das sich undeutlich gegen die graublaue Dunkelheit des Morgens abzeichnete. Ein Stück weiter bemerkte er einen kleinen Anbau, fast ganz hinten am Ende des Stalles. Es sah aus, als wäre ein kräftiger Riegel vor der Tür, daher nahm Mirko an, dass er als Tierbox benutzt wurde, wenn auch die Platzierung ein wenig drollig wirkte. Es gab dort auch ein Fenster.

Noch weitaus ungewöhnlicher war jedoch die nächstgelegene Ecke des Stallgebäudes, die nicht aus hellem Stein gebaut war wie der Rest des Stalles, sondern stattdessen dunkel und gewölbt wirkte. Es sah fast so aus, als wäre ein gewaltiger Tierfuß auf dem Weg durch die Mauer in Richtung Berge. Die abgerundete Ecke wurde noch mystischer, als sie zu strahlen begann, während Mirko sie betrachtete. Die Sonne war noch nicht ganz über die Berge hinter ihm heraufgekrochen, aber die schmale Schlucht, die sie durchschnitt, ließ, wie eine angelehnte Tür, einen kleinen Vorboten des Lichts ins Tal hinunter, und diese frühen Strahlen waren es, die nun die Ecke erleuchteten.

Es muss Bronze sein, dachte Mirko. Er konnte es sich nicht anders erklären, als dass es eine alte Kirchenglocke war, die man in die Stallwand eingemauert hatte. Und sie war groß. Augenscheinlich groß genug, dass er Platz in ihr gefunden hätte. Er musste zurück und melken, doch die glänzende Ecke erfüllte ihn den ganzen restlichen Tag mit Bewunderung.

Als er ein paar Tage später zurückkam, nahmen jedoch andere Dinge seine Gedanken in Anspruch, denn diesmal war er nicht allein hinter dem Stall. Jetzt saß Danica dort unten, genau neben der Glocke, und sonnte sich im frühen Morgenlicht.

Sie sah ihn nicht.

Mirko beobachtete sie von seinem Versteck auf dem Hügel aus, während sie die Berge und die aufgehende Sonne betrachtete. Es bestand kein Risiko, dass sie ihn entdecken würde, und trotzdem hielt er den Atem an. Sie hatte nur ein Nachthemd an. Und sie hatte nackte Füße, die sich im Gras aneinander rieben. Ein trockener Ruf vom Hofplatz her ließ sie mit einem Ruck aufstehen. Im Vorbeigehen legte sie flüchtig eine Hand auf die Glocke, als sie in Richtung des Geräuschs um die Ecke bog.

Bald fand er heraus, dass der Platz auf der Rückseite des Stallgebäudes genau neben der Glocke ein Ort war, an dem Danica sich in der Morgendämmerung gern aufhielt. Sie war immer allein, ohne die Mutter, und Mirko stellte sich vor, dass er der Einzige war, der überhaupt wusste, dass sie dorthin kam. Er konnte nicht anders, als sich zu fühlen, als hätte sie ein Geheimnis mit ihm geteilt.

Sie setzte sich immer auf einen niedrigen Schemel, der an der Mauer stand. Ab und zu sang sie, und Mirko versuchte fieberhaft, die Töne zwischen dem Geraschel und Gekrabbel aufzufangen, das im Gestrüpp und im hohen Gras herrschte, wenn die Natur erwachte.

Ab und zu las sie in einem Buch, und Mirko wünschte, er könnte sehen, was es für eines war.

Ab und zu schloss sie die Augen. Wahrscheinlich. Auch das war aus der Entfernung schwer zu sehen.

Und ab und zu lehnte sie den Kopf nach hinten an die Mauer und führte ihre Hand unter ihr Nachthemd.

Mirko war sich nicht sicher, was sie mit dieser Hand machte, aber er war sich fast sicher, dass sie es genoss. Und er war sich ganz sicher, es würde seiner Mutter nicht gefallen, dass er es sah.

Manchmal sah er, wie sein großer Bruder Danica auf dem Feld und unten beim Hof half, und in diesen Momenten verspürte er eine seltsame Wut auf ihn. Das erschreckte ihn. Er mochte seinen Bruder ja wirklich, auch wenn er sich mit der Zeit ziemlich verändert hatte. Es kam Mirko so vor, als wäre sein Bruder in Gedanken meistens woanders. Oft war er mürrisch und unnahbar und brauste bei jeder Kleinigkeit auf. Aber dann, aus heiterem Himmel, konnte er wieder ausgelassen und albern sein, mit seiner neuen, tiefen Stimme und seinem unbeholfenen, großen Körper. Sein Bruder war dabei, erwachsen zu werden, das konnte sich Mirko schon ausrechnen, aber er war auch der Ansicht, dass es vernünftigere Arten geben musste, erwachsen zu werden.

Offenbar bemerkte sein Bruder die Kirchenglocke in Danicas Stallmauer gar nicht. Die wenigen Male, als Mirko ihn auf dem Weg zum Klohäuschen daran vorbeigehen sah, warf er nicht einmal einen Blick zu der runden Ecke hinüber. Sein Bruder sah nichts. Oder vielleicht sah er auch etwas, das Mirko nicht sehen konnte. Mirko wunderte sich, aber er war in erster Linie erleichtert über das mangelnde Interesse seines Bruders an dem Ort und der Glocke. Es war Danicas besonderer Platz, und in gewisser Weise auch Mirkos.

*

Endlich war Mirko an der Reihe! Seinem Bruder war in Verbindung mit der Schmiede ein Zimmer angeboten worden, aber nur unter der Bedingung, dass er die ganze Zeit dort war und seinen Teil der Verantwortung übernahm. Das wollte er liebend gern, und am selben Abend vertraute er Mirko an, weshalb. Es ging in erster Linie um die Tochter des Schmieds und ihr weißes Hinterteil, das er nun schon zwei Jahre lang heimlich berühren durfte. »Sag nichts zu Vater und Mutter«, sagte sein Bruder. »Besonders nicht zu Mutter!«

»Ich sag nichts«, flüsterte Mirko vom anderen Bett im Zimmer aus, während er einen hektischen Augenblick lang versuchte, sich Danicas weißes Hinterteil in der Dunkelheit vorzustellen. Und dann ihre Kartoffelpflanzen und ihre Luzernen und ihre Tiere und ihren Pflug, Dinge, mit denen er um Gottes willen gut zurechtkommen musste, wenn er es denn versuchen durfte. Und dann wieder ihr weißes Hinterteil.

Er war so angespannt bis in jede seiner Zellen, dass er in dieser Nacht überhaupt nicht schlief. Vom Bett des Bruders drangen wohlbekannte Geräusche zu ihm herüber. Dann ein Stöhnen. Und dann ein Schnarchen.

Mirko fand sich zeitig am Hof ein und ging nicht nach Hause, bevor Danica es ihm sagte. Er selbst sagte nichts, nicht einen Ton. Er konnte nicht, nicht einmal, als sie ihn etwas fragte. Er spürte nur die Antwort in seinen Wangen brennen.

Danica tat, als sei nichts. Sie behandelte Mirko freundlich und herzlich, lobte ihn sogar, weil er sich so gut um die Tiere kümmerte. Er bringe mindestens genauso viel Nutzen wie sein großer Bruder, sagte sie eines Tages, aber das solle er dem Bruder besser nicht verraten. Dabei zwinkerte sie Mirko zu, und einen Augenblick lang konnte er weder sprechen noch sich von der Stelle rühren. So stand er da, völlig unbeweglich, während er sah, wie sie den Stall verließ und draußen im Licht des Hofplatzes verschwand, das Haar wie funkelndes Feuer am Rücken. Ein Windstoß hob es an, und das Feuer loderte auf. Dann war sie fort. Zurück blieb ein Huhn, das herumlief und verdutzt aussah.

Eines Nachts träumte er von Danica. Sie lächelten sich draußen auf dem Feld an. Sprachen miteinander, so richtig, wie Erwachsene. Lachten zusammen. Er war derjenige, der sie zum Lachen brachte. Morgens blieb er mucksmäuschenstill im Bett liegen und versuchte, zurück in den Traum zu finden, doch ohne Erfolg. Mehrere Tage blieb ein Gefühl von Wärme in ihm. Aber nur so lange, bis er wieder von ihr träumte. Diesmal saß er auf ihrem Klo und war völlig nackt. Die Tür war weg, und oben auf dem Hügel lagen sein Bruder und Danica und lachten über ihn. An diesem Morgen stand er auf und ging in die Schule mit einem Gefühl im Körper, das so unangenehm war, dass er eine Frage falsch beantwortete, weil er dem Rechenlehrer gar nicht zugehört hatte. Die anderen amüsierten sich halblaut, als er ihm eine willkürliche Zahl hinwarf, während sein Lehrer ihn verblüfft ansah.

Das Gefühl verschwand Gott sei Dank am folgenden Tag, als Danica herauskam und ihn anlächelte, ganz wie immer. »Du erscheinst genauso verlässlich, wie die Sonne jeden Morgen aufgeht«, sagte sie.

Mirko wurde rot. Eigentlich war er schon eine Stunde vorher hinter dem Gestrüpp erschienen und hatte sie dabei beobachtet, wie sie den Sonnenaufgang betrachtete und diese Sache mit der Hand unter dem Nachthemd machte.

Er zuckte leicht zusammen, als sie nun die Arme hob, um ihr Haar im Nacken mit einen Stück Schnur zu bändigen. Hinterher hing das Haar an ihrem Rücken hinunter wie der Schwanz eines Fuchses. Dick, dicht und rot. Sie machte eine Kopfbewegung, die es zum Flattern brachte. Und dann zwinkerte sie ihm wieder zu.

Am Morgen darauf wachte er in einem feuchten Bett auf. Er konnte sich nicht erinnern, was er geträumt hatte. Vielleicht irgendetwas vom Pinkeln. Dann und wann machte er die Wäsche für seine Mutter; an diesem Tag tat er es.

Die Monate vergingen, und Mirko fand sich verlässlich bei Danica ein, manchmal auch ohne ihr Wissen. Er fühlte sich wie ein Fisch an einer Angelschnur. Er spürte den Haken, sobald er die Augen aufschlug, und kurz darauf wurde die Schnur eingezogen, bis er unter der Myrte und dem Granatapfelbaum lag und nach Luft schnappte. Er konnte es weder erklären noch verstehen. Wenn er versuchte, die Logik anzuwenden, auf die er sich sonst zu stützen pflegte, lief er gegen eine Mauer. Etwas sagte ihm, dass es dumm war, das alles. Saudumm. Aber er konnte nicht anders.

Vom Gebüsch aus hatte er begonnen, ihren Körper zu erforschen. Nur ganz vorsichtig. Er hatte Danica nie auch nur annähernd berührt – wenn man von den Malen absah, als sie ihn berührt hatte: Wenn sie ihm eine Hand auf die Schulter gelegt oder nach seinem Arm gegriffen hatte. Oder ihm flüchtig übers Haar strich, sodass er spürte, wie sich seine Haare an allen anderen Stellen als dem Kopf in eiskalten, heißen Schauern aufrichteten.

Mirko stellte sich vor, wie glatt ihr Haar sich in seiner Handfläche anfühlen musste. Wie weich ihr Hals sein musste. Sehr langsam näherte er sich in Gedanken ihren Brüsten, doch er wagte gar nicht daran zu denken, sie zu berühren, nicht einmal außen auf dem Kleid. Er wollte sie nur so gern sehen, erst einmal am liebsten aus der Entfernung. Sie wirkten so klein und fein im Verhältnis zu dem, was er von zu Hause kannte. Seine Mutter hatte viel schwerere. Die der Mutter saßen auch ein gutes Stück tiefer; er war nicht umhingekommen, das zu bemerken, selbst wenn sie immer hinter mehreren Schichten Stoff verborgen waren. Die seiner Schwestern waren ein bisschen kleiner – zumindest, soweit er sie aus der Zeit in Erinnerung hatte, bevor sie zu Hause ausgezogen waren –, aber ansonsten eher so wie die der Mutter und ebenfalls gut versteckt.

Danicas waren gleich hinter dem Stoff ihres Kleides, und manchmal wirkte es fast, als bohrten sie sich hindurch. Dann wusste er nicht, wo er hinsehen sollte, weder im Traum noch in der Wirklichkeit. Sie starrten ihn an. Was weiter unten war, davon hatte er kaum eine Ahnung. Er errötete unvermittelt, wenn seine Gedanken dorthin wanderten, und beeilte sich, sie in andere Richtungen zu lenken.

Bald begann eine ganz bestimmte Fantasie, ihn regelmäßig in Beschlag zu nehmen. Er stellte sich vor, dass Danica ihn oben auf dem Hügel entdeckte, wenn sie morgens neben der Glocke saß. Dass sie seinen Blick einfing und langsam ihr Kleid auszog, sodass er sehen durfte, was sich darunter verbarg.

Selbstverständlich würde das nie geschehen, das wusste er wohl. Trotzdem fand er es schön, daran zu denken, als etwas, das geschehen *könnte*. Er mochte es, Danica zu kennen und an sie zu denken. Auch nur als jemand, mit dem er sich unterhalten konnte, wenn er eines Tages mutig genug sein würde zu sprechen.

Mirko war weiterhin fleißig in der Schule, wie es von ihm erwartet wurde. In den Pausen, wenn er für sich saß und den anderen zusah, dachte er oft, es wäre besser, er würde sich für ein Mädchen in seinem Alter interessieren. Zwar wäre die Chance nicht groß, dass sein Interesse erwidert würde, denn es gab eigentlich niemanden, der sich wirklich für Mirko interessierte. Aber trotzdem. Es wäre wohl natürlicher.

Doch soweit er es mitbekam, taten die Mädchen in der Schule nichts anderes, als zu flüstern und zu kreischen und mit den Fingern zu zeigen und einander die Freundschaft zu kündigen und kichernd Arm in Arm herumzulaufen, wenn sie dann wieder Freunde geworden waren. Das ergab keinen Sinn. Sie wollten alles Mögliche auf einmal sein, aber sie waren kein *Jemand*. Sie flossen nur umher, ineinander hinein und wieder heraus, sodass er sie schwer voneinander unterscheiden konnte. Ihre Bewegungen waren nervös, als würden sie ständig beurteilt. Wenn sie sprachen, konnte er ihnen ansehen, dass sie mit ihren Gedanken woanders waren. Ihre Blicke flackerten. Da war nichts, was funkelte und ihn verzauberte. Er konnte sich nicht einmal vorstellen, dass es schön wäre, ihr Hinterteil zu sehen.

Die Wahrheit war, dass er sich unendlich viel älter fühlte als sie. Er hatte das Gefühl, etwas gesehen zu haben, das sie nicht kannten. Auch nicht die Jungen. Erst recht nicht die Jungen.

Die harte Arbeit schlug sich bald in seinem Körper nieder und machte ihn fester und stärker. Er war auch ein wenig größer geworden. In gewisser Weise fühlte es sich gut an, sich abzurackern. Er konnte besser in seinen Gedanken sein, wenn sein Körper arbeitete, und abends besser einschlafen, wo die Gedanken ihn sonst wach gehalten hätten wie summende Fliegen.

»Du packst ja ganz schön mit an, Mirko.« So sagte sein Vater eines Tages, als sie zusammen auf dem Feld arbeiteten. »Ich hab Danica auf dem Marktplatz getroffen, und sie meinte, du schuftest wie ein junger Mann drüben bei ihr. Das ist gut, mein Junge. Es macht mich stolz, das zu hören.«

Ein junger Mann.

Mirko konnte gar nicht schnell genug erwachsen werden, und wenn Danica ihn einen jungen Mann nannte, war er offenbar auf dem Weg dorthin. Er war sich jedoch absolut klar darüber, dass er nicht erwachsen wurde, nur weil er wuchs. Man musste sich vor allem Wissen aneignen, um groß zu werden. »Mit Dummheit kommt ihr nirgendwohin«, hatte seine Lehrerin gesagt. »Aber mit Klugheit gibt es keine Grenzen.« Sie hatte Mirko angesehen, als sie das sagte. Nur kurz, aber lange genug, dass er verstand, dass sie ihn meinte. Er hatte schon längst aufgehört, sich auf ihr Lispeln zu konzentrieren. Glücklicherweise hatte er ein gutes Gedächtnis, wenn er sich einmal vorgenommen hatte, etwas zu lernen. Seine Lehrerin fragte ihn ab und zu, ob er sich nicht ein Buch ausleihen wolle, wenn er als Letzter den Raum verließ. Er nickte jedes Mal. Aus der bescheidenen Büchersammlung seiner Eltern hatte er bereits alles gelesen. Und selbst wenn er sich noch nicht ganz dazu bereit fühlte, mit Danica über *Sünde und Wahrheit*, *Die Trächtigkeit der Kuh*, *Die Wege des Herrn*, *Die Kraft der Kräuter*, über *Jesu Leben* und *Kreuzstich* zu reden, meinte er doch zu spüren, dass er nicht ganz dumm war. Je öfter sie ihn anlächelte, als wäre er ein Erwachsener, desto klüger fühlte er sich.

Nach und nach wurde er mutig genug, auf ihre Fragen zu antworten. »Ja, danke, es geht mir gut«, sagte er zum Beispiel, wenn sie fragte. Dann richtete er sich auf und wischte sich mit dem Hemdsärmel den Schweiß von der Stirn, genau wie sein Vater es getan hätte.

Umso mehr ärgerte es Mirko, dass seine Hilfe nicht immer ausreichte. Von Zeit zu Zeit stellte Danica ein oder zwei Tagelöhner ein, die in einer Koje in einem halb abgeschirmten Teil der Scheune schliefen. Mirko war merkwürdig unruhig, wenn die Tagelöhner da waren. Glücklicherweise hielten sie sich immer nur für eine begrenzte Zeit auf dem Hof auf, oft nur wenige Tage, und sie waren selten besonders aufregend oder klug. Das beruhigte ihn ein wenig. Im Übrigen war es ein seltsam schmerzvoller Trost, dass es mehrere verschiedene waren. Solange es nicht nur einer war. Einer, der blieb.

*

»Guten Morgen, junger Mann«, hatte Danica zu sagen begonnen, wenn sie herauskam und Mirko auf dem Hofplatz begegnete. Sie lächelte jedes Mal, sodass die kleinen Vertiefungen in ihren Wangen zum Vorschein kamen.

Er hatte bemerkt, dass ihr ein Zahn im Oberkiefer fehlte, ganz außen auf der rechten Seite ihrer ansonsten perfekten Zahnreihe. Das schwarze Loch störte ihn nicht. Im Gegenteil hoffte er immer, es zu sehen zu bekommen, denn es zeigte sich nur, wenn Danica sehr herzlich lachte. Er hatte es damals gesehen, als der Widder sich ihre Wäsche geschnappt hatte; und dann, als er ausgerutscht und im Misthaufen hinter der Scheune gelandet war. Was schrecklich peinlich gewesen war, sodass er vor Scham am liebsten im Boden versunken wäre, allerdings nicht gerade dort. Doch sie hatte mit so viel Wärme gelacht, dass er auch lachen musste, und auf einmal war es nicht mehr peinlich, sondern nur noch wundervoll. Seitdem hatten sie mehrmals darüber gegrinst. »Jetzt nur nicht stolpern«, rief sie, wenn sie ihn mit der Schubkarre auf dem Weg zum Misthaufen sah. Und dann tauchte das kleine, schwarze Loch zwischen den weißen Zähnen auf.

Wenn Danica Mirko entgegenkam, sah sie ihn immer an, als sei er ein Mensch, den sie gern traf. Sie sah ihm direkt in die Augen. So direkt, dass er anfangs sofort den Blick senken musste, auch wenn er nicht wollte. Mit der Zeit wurde er besser darin, ihren Blick zu erwidern, und trotzdem war immer er derjenige, der ihre grünen Augen losließ, bevor sie seine blauen losließ.

Als Mirko fast vierzehn war, fühlte er sich stark wie ein Ochse und voll von Wärme und aufkeimendem Glück, obwohl der Herbst etwas anderes verhieß. Und dann, eines Morgens, war es nicht Danica, die ihn auf dem Hofplatz begrüßte. Es war auch nicht die Witwe; wenn sie es nur gewesen wäre. Nein, an diesem diesigen Herbstmorgen erschien ein Mann. Vielleicht war er ein Tagelöhner, aber er kam nicht aus der Scheune. Er stand in Danicas Küchentür.

Ein riesengroßer Mann.

»Guten Morgen«, sagte der Fremde, während er den Kopf beugte und auf den Treppenabsatz hinaustrat. Seine Stimme war genauso tief, wie er groß war. »Jetzt gehen wir beide aufs Feld.« Als er den Fuß auf den Kies setzte, war das dort, wo Mirko stand, zu spüren.

Mirko sagte nichts. Er glotzte.

Die Hemdsärmel des Mannes waren bis zu den Ellenbogen hochgekrempelt, und die Oberarme spannten den Stoff beinahe bis zum Bersten. Seine Unterarme waren breit und sonnengebräunt, die Hände enorm. Das Hemd stand halb offen und entblößte eine dicht behaarte Brust.

Der Mann knöpfte seine Hose zu und zog die Hosenträger hoch. Dann spuckte er in den Kies. »Ich hab diese Danica so verstanden, dass du ein tüchtiger Helfer bist. Sie kommt ein bisschen später, muss nur noch auf die Beine.«

Er sah Mirko nicht an, während er das sagte. Er schaute sich um. Kniff die Augen zusammen, orientierte sich. Vielleicht, weil er den Hof bis jetzt noch nicht bei Tageslicht gesehen hatte, dachte Mirko.

Woher kam er? Mirkos Bruder hatte einmal behauptet, dass »diese Danica« ab und zu ins Wirtshaus im Ort ging und sich den Gerüchten nach weder beim Alkohol noch bei den Männern zurückhielt. Mirko hatte kein Wort davon geglaubt. Sein Bruder wollte sich nur interessant machen; als ob er etwas wüsste! Mirko hatte auch nicht näher nachgefragt, vor allem aus Angst, sein Interesse für ihre Nachbarin zu verraten, aber vielleicht auch ein bisschen aus Furcht, überzeugt zu werden. Er hatte jedenfalls alles getan, um zu vergessen, was sein Bruder gesagt hatte. In diesem Moment fühlte sich sein Hals trocken und sein Körper seltsam matt an.

Der Fremde sah aus, als könnte er gut das ganze Tal allein umpflügen. Jetzt rieb er sich die Hände und blickte zur Scheune hinüber. »Also, dann lass uns mal loslegen. Ich hab nur ein paar Stunden, bevor ich zum Sägewerk rausmuss.« Er winkte Mirko mitzukommen und begann mit großen Schritten über den Hofplatz zu gehen.

Mirko folgte ihm widerwillig. Drinnen am Küchenfenster sah er die Witwe stehen und aus ihrer Dunkelheit herausstarren.

»Das war schon ein Prachtweib«, hörte er den Mann murmeln.

Es war, als ginge er hinter einem Tier her. Einem großen, brummenden Tier.

Als der Mann das Scheunentor aufschob, wandte er sich um und suchte Mirkos Blick.

»Was für eine Frau. Unter uns gesagt hab ich so was noch nie erlebt, und ich hab wirklich schon einiges ausprobiert.« Seine Augen waren dunkel, fast völlig schwarz. »Na, Marko... war es Marko?... Vielleicht bist du noch ein bisschen zu jung, um was darüber zu wissen?«

Er zwinkerte Mirko zu.

Als Mirko noch immer nicht antwortete – außer mit aufgerissenen Augen –, stieß der Mann ein zufriedenes Grunzen aus und legte eine schwere Hand auf seine Schulter. »Oh,

wenn du nur wüsstest, was dich erwartet. Eines schönen Tages, mein Freund... eines schönen Tages.«
Dann drehte er sich um und ging in die Scheune. Karl hieß der Mann. Und er blieb.

*

Nachdem Karl ins Bild gekommen war, war es schmerzhaft geworden; und trotzdem konnte Mirko es nicht lassen, im Morgengrauen zu Danicas Hof zu stromern, auch an den Morgen, an denen er nicht dort arbeiten sollte. Glücklicherweise konnte sie seine Hilfe immer noch ein paarmal die Woche gebrauchen, da Karl beim Sägewerk verpflichtet und den größten Teil des Tages fort war.
»Ist es wirklich nötig, so früh anzufangen?«, fragte Mirkos Mutter ihn eines Morgens. Der Tag war noch nicht mehr als ein Streifen am Himmel über den Bergen, und sie trat in die Küche, als er gerade auf dem Weg hinaus war. »Und so oft?«
Mirko lächelte etwas vorsichtig und nickte zögernd.
Seine Mutter schüttelte den Kopf. »Ja, pflichtbewusst warst du schon immer, Mirko. Auf dich kann man sich verlassen. Ein guter Junge. Ich danke dem Herrgott jeden einzelnen Tag für dich.«
Mirko blickte zu Boden und beeilte sich, nach draußen zu kommen. Sie wusste nicht, dass er ein paar Tage zuvor die Schule geschwänzt hatte. Die Lehrerin dachte, es sei etwas mit einer kranken Tante. Mirko hatte seine Tante seit vielen Jahren nicht mehr gesehen. Er hatte auch noch nie zuvor gelogen.
Das achte Gebot.
Er bekam Magenschmerzen, wenn er daran dachte. Aber seine Tante könnte doch durchaus an diesem Tag krank gewesen sein? In diesem Fall wäre es keine richtige Lüge.

Morgen für Morgen fand er den Weg ins Gebüsch hinunter und sah, wie das Morgenlicht die Glocke traf. Und den Schemel, auf dem Danica zu sitzen pflegte. Sie saß nie darauf, nicht mehr, und trotzdem wartete er.

Karl kam immer zuerst heraus. In der Regel völlig nackt, das halblange, dunkle Haar in wilder Unordnung. Meistens musste er aufs Klo, und da saß er mit offener Tür und starrte in die Berge. Andere Male stellte er sich hin und pisste ins Gras, während er in die Sonne pfiff. Karls Körper war beeindruckend, alles an ihm schien größer, länger, dunkler und breiter als bei anderen Männern. Mit einer einzigen Ausnahme, wie Mirko konstatierte. An einer Stelle war Mirko bereits etwas größer gewachsen als Karl. Und nur deshalb spürte er mitten in der Machtlosigkeit eine heimliche Freude, wenn er Karl pissen sah.

Später kam Danica. Immer mit nackten Füßen und weißem Nachthemd. Selbst aus der Entfernung konnte Mirko sehen, wie sich ihre Brüste durch den Stoff abzeichneten. Auch sie saß mit offener Tür auf dem Klo. Sie war ein Gemälde in einem Rahmen, dachte er. Ein bisschen wie das, das zu Hause in ihrem Wohnzimmer hing. Nur ohne Jesuskind.

Und schließlich kam die Witwe in ihrem grauschwarzen Kleid. Mirko überlegte, ob sie wohl darin schlief. Vielleicht war sie mit ihrer Trauer verwachsen, vielleicht war sie sogar unter ihrem Kleid grauschwarz. Danica hatte Mirko erzählt, dass ihre Mutter jetzt vollständig taub geworden war. Es gehe ihr nicht so gut, hatte sie gesagt. Mirko solle Nachsicht mit der alten Frau haben, wenn sie streng wirke.

Mirko hatte Nachsicht. Er hätte alles getan, worum Danica ihn bat. Mit Karl war es schlimmer. Wenn Karl ihm zwischendurch bei den schwersten Arbeiten half, sprach er Anweisungen aus, die Mirko nicht die geringste Lust hatte zu befolgen.

Nicht, dass er etwas dagegen gehabt hätte zu tun, was ihm gesagt wurde. Er wollte es nur nicht für Karl tun. Und dann tat er es trotzdem, weil es letzten Endes für Danica war.

Eines frühen Morgens, bevor Karl sich gezeigt hatte, meinte Mirko, Danica schreien zu hören. Er begriff es nicht richtig, bis es schon wieder vorbei war. Aber doch, da war ein Schrei gewesen. Kein erschrockener Schrei, eher ein klagender Schrei, und es hatte nach ihr geklungen. Danach fühlten sich die Minuten wie Stunden an, und Mirkos Herz pochte so sehr, dass er kaum noch atmen konnte. Er wollte sich bewegen, doch er konnte nicht. Er lag nur da, unter der Myrte und dem Granatapfelbaum, und wagte nichts zu tun.

Dann kam Karl heraus und pisste und ging wieder hinein. Und kurz darauf kam sie. In ihrem weißen Nachthemd. Barfuß. Sie sang vor sich hin.

Es musste ein Raubvogel gewesen sein, den er gehört hatte, schlussfolgerte Mirko. Danica hatte offensichtlich keinerlei Schaden erlitten. In gewisser Weise wäre es besser gewesen, wenn Karl ihr wehgetan hätte, dachte er in einem schwachen Moment. Denn dann hätte er es sich erlauben können, den Mann ernsthaft zu hassen. Hinterher schämte er sich dafür, einen so schrecklichen Gedanken gedacht zu haben.

Das zehnte Gebot!

Ihm war klar, dass das Ganze falsch war. Er war auf Abwegen, im Gebüsch und im Kopf und an allen möglichen anderen Stellen. Aber es war, als würde er jetzt von einer höheren Macht regiert. Einer, die größer war als die, zu der seine Mutter betete. Zumindest waren die beiden nicht verheiratet, also galt das zehnte Gebot in diesem Fall vielleicht nicht richtig.

Und vielleicht würde Karl wieder abreisen. Es lag in der

Natur des Tagelöhners aufzubrechen, hatte Mirkos Vater einmal gesagt. »So froh wir sind, bleiben zu können, so froh sind sie, weiterreisen zu können. Manche Menschen sind einfach nicht imstande, Wurzeln zu schlagen.«

DANICA

Nur ein einziger Mann hatte es jemals vermocht, Danicas Herz in Brand zu setzen. Es war ein hübscher Arzt auf der Durchreise gewesen, der sie behandelt hatte, als sie noch blutjung und beeinflussbar war.

Damals war sie auf einem Markt in Ohnmacht gefallen, wie sich zeigte, wegen einer schlimmen Entzündung im Unterleib, die angeblich mit Medikamenten und wiederholten Streicheleinheiten gesund gepflegt werden sollte. Des Arztes betörende Worte und weiche Hände und seine Erzählungen von Ozeandampfern, Automobilen und dem Großstadtleben hatten Danica dazu gebracht, von einer anderen Welt zu träumen; von anderen Kontinenten, einer Welt mit unendlichen Möglichkeiten und bisher unerreichbarem Wohlstand, in der man mit Rindern und Kartoffeln nur in Berührung kam, wenn sie einem auf blanken Tellern serviert wurden.

Die Träume endeten jäh, als der Arzt ohne Vorwarnung die Behandlung ihres Unterleibs einstellte und weiterzog, neuen gynäkologischen Abenteuern entgegen. Danach schwor sich Danica, nie wieder Ärzten und Männern mit so weichen und gepflegten Händen zu vertrauen. Nichtsdestoweniger war seine Aussage, dass sie nicht imstande war, Kinder zu bekommen, als unabwendbares Faktum in sie eingeätzt, was zu gleichen Teilen Trauer und Erleichterung in sich barg.

Hiernach fand Danica viele Jahre lang Trost und Freude

bei zufällig vorbeikommenden Handwerkern, Gauklern, Knechten und Tagelöhnern. Männer, die nie auch nur in der Nähe eines weißen Kittels gewesen waren, geschweige denn von irgendetwas, das man als steril bezeichnen konnte. Abgesehen von Danica natürlich.

Zurzeit hieß er also Karl.

Sie fand den Tagelöhner attraktiv aufgrund seiner muskulösen Gestalt, seiner tiefen Stimme und seines sexuellen Appetits. An dem Abend, als sie im Wirtshaus mit ihm gesprochen hatte, meinte sie auch einen gewissen Grad an Charme an ihm wahrnehmen zu können, jedenfalls genug für eine Nacht. Sie hatten sich nicht lange unterhalten, bevor sie ihn direkt fragte, ob er mit ihr nach Hause kommen wolle. Er hatte genickt, nicht ohne eine gewisse Überraschung im Blick, und war mitgekommen. Und er hatte einen riesigen Arm um ihre Schultern gelegt, als sie durch die Dunkelheit gingen, ohne etwas anderes als sporadische Bemerkungen auszutauschen. Sie war diejenige, die gefragt hatte. Sie hatte die Führung übernommen. Bis ins Schlafzimmer hinein.

Trotzdem fühlte sie sich von ihm verführt. Flachgelegt.

Danica hatte in dieser Nacht das Gefühl gehabt, dass sie aus der vollen Kraft ihrer Lunge schrie, aber sie war sich nicht sicher. In diesem Moment flog sie und war an einem ganz anderen Ort, hoch über den Bergen. In solche Gefilde hatte sie trotz allem noch kein anderer senden können, selbst der hübsche Arzt nicht, der sich seinerzeit mit ihrer Unschuld davongemacht hatte.

Ziemlich schnell war ihr aufgegangen, dass Karl der Gegenstand eines Gesprächs gewesen war, das sie einmal mitgehört hatte. Es war auf einem Marktplatz gewesen, wo ein paar leichte Damen sich damit amüsiert hatten, Erfahrungen auszutauschen, und Danica hatte es sich nicht verkneifen können mitzuhören. »Karl der Große« hatten sie ihn genannt. Lustigerweise. Er war offenbar im ganzen Tal berüchtigt für seine Gabe, die Frauen der Reihe nach flachzulegen. Er konnte etwas, das musste sie zugeben, mehr, als nur mit seiner Größe und Kraft zu beeindrucken. Es war, als hielte nichts Karl im Bett zurück, keine Gedanken oder Vorbehalte, und das brachte Danica dazu, ebenfalls loszulassen. Sie vergaß sich selbst für einen Augenblick, alle Pflichten auf dem Hof, alle Tiere, sogar ihre taube Mutter im Zimmer darüber.

Ja, sie schrie wahrscheinlich ab und zu. Und es war ihr egal.

Danica hatte sich vorgenommen, es zu genießen, so lange es dauerte. Sie war sich völlig im Klaren darüber, dass Karl weiterziehen würde, sobald seine Anstellung im Sägewerk auslief, wenn nicht schon vorher. Auf einen Menschen wie ihn würde sie sich nie verlassen können. Und trotzdem nahm sie ihn schon am ersten Abend mit in ihr Schlafzimmer. Mit den anderen hatte sie sich in der Scheune oder unten am Fluss vergnügt – oder was eben gerade passte; sie hätte nichts davon gehabt, sie mit ins Haus zu bringen. Doch irgendetwas an Karl gab ihr Sicherheit. Das verwirrte sie.

Sie war weit davon entfernt, in ihn verliebt zu sein. Er war zwar sowohl attraktiv als auch leidenschaftlich, aber er war einfach nicht interessant genug als Gesprächspartner. Seine Äußerungen beschränkten sich auf Floskeln und unbeholfene Betrachtungen. Das würde sie auf Dauer nie aushalten, sie brauchte etwas mehr.

Wie als seltsamer Kontrast zu seiner mangelnden Redebegabung pfiff Karl jedoch ungewöhnlich schön. Das musste sie ihm lassen. Er pfiff wie ein Vogel.

Danicas Mutter blickte dem großen Mann jedes Mal misstrauisch nach, wenn er am Morgen in die Küche kam, wo er sich ein Stück Brot griff, um danach durch die Tür zu verschwinden, ohne ihr mehr Aufmerksamkeit zu schenken als ein kurzes Nicken. Eines Morgens glaubte sie jedoch seine Lippen bei dieser Gelegenheit ein unhöfliches Wort formen zu sehen.

»So ein Rüpel!«, zischte sie ihre Tochter an, die sich kurz darauf in der Küche zeigte. »Kannst du dir nicht endlich bald einen ordentlichen Mann suchen? Es ist höchste Zeit! Deine kleine Schwester hätte sich *nie* mit so einem wie dem da eingelassen. Nein, ich bin sicher, dass Tajana jetzt einen guten Mann gefunden hat. Von ihm hören wir bestimmt, wenn sie das nächste Mal schreibt. Aber du… Oh, so einen Riesentrampel lässt du in unser Heim. Was würde dein Vater sagen?«

»Na, na, Vater ist tot, und das bist du wohl auch bald«, antwortete Danica besänftigend und küsste ihre Mutter sanft auf die Stirn. »Du taube Nuss.«

Die Mutter kam durch die Aufmerksamkeit der Tochter sofort zur Ruhe und hatte bald vergessen, dass überhaupt ein Gast da gewesen war. Stattdessen begann sie nun ihre tägliche Aggression gegenüber all den Menschen aufzubauen, die nicht zur Beerdigung ihres Mannes gekommen waren. Und nicht zuletzt ihre Bitterkeit dem Pfarrer gegenüber, der ausgesehen hatte, als hätte er sich geradezu amüsiert, als die Witwe ihre ganze gepeinigte Seele in ein Lied gelegt hatte, das sie für ihren geliebten Ehemann sang.

Ebendiese Witwe hatte offenbar völlig vergessen, dass sie den Verstorbenen nie sonderlich gemocht hatte und dass sie etliche Jahre kaum ein Wort miteinander gewechselt hatten, bis die Taubheit einsetzte, im Übrigen recht unmerklich. Vielleicht entstand sie als natürliche und ziemlich praktische Folge der Stille, hatte Danica gedacht. So wie manche Reptilien die Farbe ihrer Umgebung annahmen.

Erst als Danicas Mutter ihren Mann leblos auf dem Feld gefunden hatte, hatte sie begonnen, wieder zu ihm zu sprechen. Danach gab es keine Grenzen mehr für den Wortstrom, der in heftig sprudelnden Stößen kam und die meisten auf Abstand zu ihr hielt. Zumindest musste sie sich nicht selbst zuhören, dachte Danica.

Allmählich wurde die Mutter mehr und mehr von ihrer eigenen stillen Dunkelheit umhüllt, und wie eine unglückselige Fliege wand sie sich in einem Spinnennetz von quälenden Gedanken über Vergänglichkeit und Verdruss. In erster Linie hatte sie Angst. Angst, allein zurückgelassen zu werden, wenn Danica auf die Idee kam, mit diesem Fremden wegzugehen, der nach großen Tieren roch und so abgestumpft wirkte, wie er überdimensioniert war. Der Mann war ihren eigenen beiden Söhnen so unähnlich, dass sie es als eine Art Hohn ihnen gegenüber empfand, dass er sich überhaupt in ihrem Elternhaus aufhielt. Sie redete sich selbst ein, dass es gut war, dass die Jungen das nicht erleben mussten, und versuchte auf diese Weise, die Trauer über ihre Abwesenheit zu verdrängen.

Die Familie besaß seit Generationen ein kleineres Stück Land in der südöstlichen Ecke des Tales. Hier bauten sie verschiedene Feldfrüchte an und hielten sich etwas Vieh. Wenn die Ernte nicht gut ausfiel, konnten sie sich gerade noch über Wasser halten, indem sie Eier und Milch und selbst gemachte Wollwaren verkauften.

Es bestand jedoch kein Zweifel daran, dass vor allem die Kartoffeln der ganze Stolz des Vaters gewesen waren, vielleicht nicht zuletzt, weil es sich um eine Feldfrucht handelte, die nicht typisch für die Gegend war. Danica war mit den Geschichten ihres Vaters über die Vortrefflichkeit ihrer Kartoffeln aufgewachsen. Wenn sie über die Dörfer zu den Märkten gefahren waren, die Ladefläche des Pferdewagens randvoll mit goldenen Knollen, hatte sie an seiner Seite auf dem Bock gesessen und ihn über die ganz eigenen Wind- und Sonnenverhältnisse erzählen hören, die in ihrer Ecke des Tales herrschten, über die Wichtigkeit des korrekten Fruchtwechsels und über die optimale Behandlung der Erde.

»Das ist eine ganz besondere Kartoffel, die wir auf unserem bescheidenen Stück Land anbauen. Das musst du wissen, kleine Danica. Sie hat die Kraft der Berge und den Saft des Tales, und sie wächst in einer Erde, die mit Liebe gedüngt ist. Die Liebe ist es, die sie so einzigartig macht. Unsere Liebe zur Erde.« So hatte er gesprochen.

Das mit der Liebe hatte Danica einen Tick zu unglaubwürdig gefunden, auch wenn sie nie gewagt hatte, es ihrem Vater zu gestehen. Für sie blieb es eine Kartoffel wie alle anderen Kartoffeln, die ihr zum Vergleich vorgesetzt worden waren. Sie konnte den Unterschied weder sehen noch schmecken.

Jetzt, wo er selbst unter der Erde lag, war es Danicas Los, sich um die Feldfrüchte des Vaters sowie um die Tiere auf dem Hof und seine Witwe zu kümmern, deren gichtgeplagte Finger kaum noch Wolle karden konnten.

Am liebsten hätte sie auf das Ganze gepfiffen und getan, was ihre älteren Brüder längst getan hatten. Abhauen, wegfahren. Sie hatte keine Ahnung, wohin sie verschwunden waren oder was ihnen widerfahren war; ob sie edelmütig in einem Krieg auf der anderen Seite der Berge gefallen oder einfach nur irgendetwas oder jemandem in einer entfernten

Ecke der Welt verfallen waren. Jedenfalls waren sie nicht wieder heimgekehrt, trotz ihrer dahingehenden Versprechen. Was Danica nicht wusste, war, dass der eine ihrer Brüder in Italien bei einer einsamen Sauftour in den Weinbergen in einen stillgelegten Brunnen gefallen war, während der andere in Amerika in Träumen versank. Sie war sich hingegen vollkommen im Klaren darüber, dass ihre mürrische und etwas fettleibige kleine Schwester draußen an der Küste ein lichtscheues Leben in verschiedenen Lokalen führte; vermutlich unter strenger Aufsicht eines gewissen Alfons, der dafür sorgte, sie zu versetzen, bevor die Ordnungsmacht von dem Geschäft Wind bekam. Danica und ihre Mutter erhielten hier und da einen Brief, in dem Tajana zu verbergen versuchte, woher ihre bescheidenen Einnahmen stammten. Ich nähe und nähe, schrieb sie immer. Auf diese Erklärung verließ sich ihre Mutter. Eine Absenderadresse gab es nie. In diesem Licht betrachtet war das bäuerliche Leben vielleicht gar nicht so schlimm, wenn auch Danicas Natur wohl besser für die Handarbeit im ersten Stock gerüstet gewesen wäre als die ihrer vorsichtigeren Schwester.

Sowohl Landwirtschaft als auch Prostitution waren jedoch weit von dem Wanderleben entfernt, das Danica sich im tiefsten Inneren wünschte. Jedenfalls seit dem Tag, an dem sie als kleines Mädchen eine dunkelhäutige, feurige Sängerin auf einem Markt erlebt hatte.

»Ich gehe kurz da rüber und rede mit einem Bekannten, kannst du hier warten?«, hatte ihr Vater gefragt. Und sie hatte artig genickt und sich direkt vor den Anhänger gesetzt, sodass sie die beste Sicht auf die Darbietung hatte.

Die Sängerin trug ein feuerrotes Kleid und hatte langes, offenes Haar, das schwarz wie die Nacht war. Um sie herum saßen drei ebenso dunkle Musiker mit glänzender Stirn und aufgeknöpftem Hemd. Sie saßen auf kleinen Hockern und hatten ihre Instrumente auf dem Schoß, und während sie spielten, schlossen sie die Augen und traten mit dem linken Fuß den Takt. Nein, sie traten ihn nicht, sie schlugen die ausgetretenen Schuhsohlen gegen die Bretter, sodass ein rollender Donner unter den Tönen entstand. Der Wagen lebte, er hatte einen Puls.

Die Frau hatte nackte Füße, goldbraune Füße. Und sie tanzte auf den Zehen, während sie sang. Der kleine Körper krümmte sich zusammen und entfaltete sich wieder, und zwischendurch drehte er sich im Kreis und um sich selbst, sodass das ungezähmte Haar wie schwarzes Feuer um sie loderte. Es lag eine Kraft und Wildheit in ihr, und sie lag vor allem in ihrer Stimme. Auch wenn die Frau zart gebaut war, war ihre Stimme enorm. Wie ein Urschrei. Sie war Wut und Freude, Aufruhr und Wollust in einem.

Danica hatte keine Ahnung, was sie an diesem Tag hörte und fühlte, aber sie hatte noch nie etwas so Berückendes erlebt. Ihr Vater verstand nicht, warum sie weinte, als er kam, um sie am Anhänger abzuholen. Sie mussten ja nach Hause zum Hof, um rechtzeitig zum Melken zu kommen.

»Du melkst doch gern, meine kleine Danica.«

Er hatte seine Tochter noch nie zuvor weinen sehen.

Seit diesem Tag hatte Danica davon geträumt, dasselbe zu tun wie die Frau auf dem Anhänger – von Ort zu Ort zu reisen und aufzutreten –, wohl wissend, dass es vermutlich nie dazu kommen würde. Singen konnte sie, das war ja schön und gut. Sogar schön und gut! Aber das hatte sie immer für sich behalten. Ihre Brüder hätten gelacht. Das freie Leben war ein Traum, den sie nicht zu verfolgen wagte. Sie war zwar frech und feurig, aber sie hatte auch schreckliche Angst, das loszulassen, was sie kannte. Und im Stich zu lassen. Selbst in den Momenten, in denen sie ihre Mutter hasste wie die Pest, spürte sie, dass sie sie auch mochte. Und selbst wenn sie ihr verdammtes Stück Land verfluchte, wusste sie, dass sie genau diese Erde und diesen Ort wie ihr eigenes Fleisch und Blut liebte. Ja, sogar die Kartoffeln.

Nachdem sie Karl kennengelernt hatte, konnte sie nicht anders, als ihn um seinen unverbindlichen, sorglosen Zugang zur Welt zu beneiden. Er konnte einfach weiterziehen, wenn er wollte, und Danica spürte einen seltsamen Drang, ihn festzuhalten. Die Wahrheit war auch, dass sie es genoss, das Objekt seiner heftigen maskulinen Begierde zu sein. Sie war es gewohnt, ihre Liebhaber in die Richtung zu steuern, nach der ihr gelüstete, aber an Karl war etwas, das sie nicht steuern konnte. Eine Natur. Sie musste sich in etwas ergeben, das größer und stärker war als ihr eigener Wille, wenn sie mit ihm zusammen war.

Nicht, dass sie sich binden wollte. Er sollte nur da sein, mit all seiner Männlichkeit, das war angenehm. Und dann war es ja auch noch so, dass sie seine Hilfe auf dem Hof verdammt gut brauchen konnte. Nachbars Mirko war eine überraschend effektive und grundverlässliche Arbeitskraft; der Bursche schuftete los und war fast nicht mehr wegzukriegen. Aber wenn Karl etwas anpackte, arbeitete er für drei. Das war beeindruckend zu sehen. Und auf ganz eigene Weise sexy.

Eines Tages, als Karl ihr gewohnheitsgemäß über den Hofplatz und in die Küche folgte, um zu Abend zu essen, dachte sie, dass sie ihn in diesem Moment am liebsten los wäre. Sie war müde nach einem langen Tag und brauchte ein wenig Zeit für sich allein, sogar im Bett. Ab und zu war es zu viel, ihn im Haus zu haben, und sie hatte angefangen zu bereuen, ihn damals zu sich eingeladen und zugelassen zu haben, dass er sich auf diese Art niederließ. Jetzt war es zu spät, das zu ändern. Sie konnte ihn nicht bitten, in die Scheune umzuziehen, und die Koje dort wäre wohl auch zu klein für ihn gewesen. Am liebsten hätte sie ihn zusammen mit den anderen Tieren einquartiert und nach Bedarf herausgeholt. Sie schämte sich dafür, so zu denken, aber sie dachte es. Einen kurzen Augenblick.

Dennoch war es schön, das musste sie zugeben, eine andere Stimme als die der Mutter im Haus zu hören, obendrein eine attraktive Stimme. Aber die Hauptsache war wohl, dass jemand da war, mit dem sie sprechen konnte. Ein Mensch, der zuhörte.

Und obwohl Karl kaum lesen und auch nicht mit einer großen Begabung aufwarten konnte, die ihren Horizont hätte erweitern können, erweiterte er doch ihren Horizont, indem er an Orten gewesen war, die sie nie gesehen hatte. Das gesamte große Tal und die umgebenden Berge wohnten in ihm. Die Natur wohnte in ihm. Die Tiere. Sie sah ihn ab und zu innehalten, um an Blumen zu riechen oder dem Gesang der Vögel zu lauschen, und sie merkte, dass er die Vögel immer anlächelte, als kenne er sie persönlich; als wären es Freunde, die er traf.

Es verwunderte sie, dass auch diese Sanftheit in ihm lag.

KARL

Alles, was Karl als schön empfand, verband er auf die eine oder andere Art mit Natur. Mit Kultur konnte er nichts anfangen. Das war etwas, das die Leute in den Wohnzimmern hatten, in die er selten kam. Dass Leute flache Bilder an einem Nagel an die Wand hängten und meinten, das sei schön, kam ihm idiotisch vor. Besonders, wenn das Motiv des Bildes sich gleich vor der Haustür befand, bereit, eingeatmet und betrachtet zu werden, während man sich hindurchbewegte. Auch Bücher erschienen ihm wie farblose, leblose und unglaubwürdige Aussagen. Karl hatte sich aber auch nie bemüht, mehr als das Allernotwendigste zu lesen: Etiketten, Öffnungszeiten, Preise und Schilder, die eine Arbeitsstelle anboten. Schreiben konnte er kaum, wenn er auch imstande war, seinen Namen unter einen Arbeitsvertrag zu setzen und ihn obendrein von Mal zu Mal zu variieren. Was seinen ursprünglichen Nachnamen betraf, hatte er sich nie besonders angestrengt, ihn im Kopf zu behalten, da er sowohl schwer auszusprechen als auch zu Papier zu bringen war. Mit der Zeit war er wie der Rest seiner frühen Kindheit in einem Nebel verschwunden.

All das passte Karl ausgezeichnet, denn er mochte es nicht, zu viel mit sich herumzuschleppen. Er war eine freie Seele. Unter freiem Himmel war es ihm immer am besten gegangen, auch wenn der Winter und wechselnde Anstellungen ihn in feuchte Baracken, Scheunen und Speicherräume zwangen, wo er in der Regel den Platz mit anderen Männern und ihren Gerüchen teilen musste. Wenn Frauen involviert waren, war es etwas anderes. Dann schlief er überall.

Danicas Bett war ungewöhnlich bequem. Trotzdem wunderte er sich selbst darüber, dass er jetzt schon so lange dort schlief.

Das sah ihm gar nicht ähnlich.

»Wo willst du hin?« Er sah zu ihr auf.

Sie war aus dem Bett aufgestanden und hatte ihm die Seite zugewandt, sodass die Hälfte ihres nackten Körpers in kühles Mondlicht getaucht war. Die eine Brust wies keck zum Fenster hinüber, wie ein kleines blaues Vorgebirge. Die Brustwarze ragte empor. Selbst der Schatten war schön.

Sie verschwand um den Bettpfosten und in den Flur hinaus, ohne zu antworten, von Karls Blick verfolgt. Ihr Haar floss wie ein Wasserfall den Rücken hinunter. Es war etwas an der Art, wie sie ging. Der Art, wie ihr Arsch schaukelte. Es war ein verteufelt schöner Arsch, dachte Karl. Sein Glied regte sich leicht. Er konnte es nicht sehen, wegen seines eigenen Brustkorbs, der wie eine breite, bewachsene Ebene dazwischen lag.

Eigentlich war es ihm egal, wo sie hinwollte, wenn sie nur bald zurück war. Er hörte in der Küche ein Glas klirren. Milch, sie wollte Milch. Bald würde sie wieder zu ihm hereinkommen, mit ihrem langen roten Haar, vom Mondschein farblos geleckt. Er dachte an all die Male, die er unter freiem Himmel geschlafen hatte und den Fuchs in seinem grauweißen Nachtgewand vorbeikommen sah. Mit der Morgensonne kehrte die Farbe zurück; so war es auch bei Danica. Er war verrückt nach ihrem roten Haar, den hellbraunen Sommersprossen und den grünen Augen. Dem perlmuttfarbenen Hintern.

Sie ging nicht wie ein Fuchs.

Wie eine Hirschkuh vielleicht? Er dachte an das weißgoldene Hinterteil der Kronenhirschkuh. Nein, auch nicht wie eine Hirschkuh. Deren Gang war eckiger.

Eine Katze. Sie ging wie eine Katze.

Ein Luchs!

Sie war auch verblüffend stark für eine Frau. Er konnte deutlich ihre Muskeln spüren, wenn er um ihre Schenkel griff. Ja, sie hatte etwas Wildkatzenhaftes.

Er hatte Lust, sie zu lecken.

Sie mochte es verdammt gern, geleckt zu werden.

Am Abend zuvor hatte sie wieder geschrien wie ein Raubvogel. Laut, wirklich laut. Das war gut. Er mochte es, dass er sie dazu bringen konnte, auf diese Art zu schreien.

Karl lächelte plötzlich beim Gedanken an die Mutter im Zimmer über ihnen. Sie hatte wohl kaum einen Ton gehört. Es kam ihm unfassbar vor, dass die fahle Witwe Mutter einer so schönen Tochter war. Aber vielleicht war die Alte dort oben früher mal genauso heiß und hübsch gewesen. Dann hatte sie sich verdammt noch mal verändert.

Danica hatte gesagt, er könne sie nicht schwängern.

Das war ja schon mal gut.

Dann hatte er damit keine Scherereien.

Die anderen waren immer völlig hysterisch mit ihrem »pass jetzt auf«. Danica war nie hysterisch, sie war nur wild. Sie gab sich ihm hin und konnte weiter und weiter machen, wenn sie erst einmal in Fahrt waren. Es war... Er suchte nach einem bestimmten Wort... *intensiv*. Es war intensiv. So war es davor noch nie gewesen, nicht so. Er hatte tatsächlich überhaupt keine Lust auf andere, seit er Danica in diesem Wirtshaus aufgelesen hatte.

Im Lauf der Zeit hatte es ein paar Mädchen gegeben, die behaupteten, er sei der Vater ihrer Kinder. Das mochte ja so sein, aber diese Weiber hatten sich nie zurückgehalten, also konnte es so gesehen ja auch jeder andere sein. Für Karl wäre es nicht von Vorteil gewesen, wenn sie ihre Klauen in ihn geschlagen hätten, also hatte er seitdem dafür Sorge getragen, sich so weit wie möglich von ihnen fernzuhalten. Nicht, dass er direkt etwas gegen Kinder hatte, aber so etwas passte ganz einfach nicht zu einem Mann, der seine Freiheit um nichts in der Welt aufgeben wollte.

Ein Kind wäre nur ein Klotz am Bein gewesen.

Trotzdem konnte er nicht anders, als darüber nachzudenken, wie ihr gemeinsames Kind aussehen würde – wenn sie denn eines bekommen könnten, Danica und er. Es wäre ein schönes Kind gewesen, da war er sich sicher.

VON DEM, WAS MAN MITBEKOMMT

Pssst... Nein, es war nur ein Hirsch. Wenn der nächste Hirsch doch nur Mirko wäre. Hast du bemerkt, dass ich Sommersprossen hab? Schau mal! Hier auf den Armen und auf der Brust und im Gesicht. Mirko sagt, das ist das Morgenrot, das auf mich tropft, wenn ich unter freiem Himmel schlafe. Aus irgendeinem Grund tropft es nie auf ihn. Doch, er hat schon auch kleine Flecken, aber nur sehr wenige, und seine sind eher dunkelbraun. Vielleicht tropft auf Mirko die Nacht.

Meine Haare sind auch röter als Mirkos. Ich hab ihn mal gefragt, ob die Haare von meiner Mutter und meinem Vater auch rot waren. Darauf hat er erst ein bisschen herumgekaut, bevor er geantwortet hat. Er denkt immer ziemlich viel nach, bevor er auf irgendwas über meinen Vater und meine Mutter antworten will. Meistens sagt er, ich soll gar keine Fragen über sie stellen, aber an diesem Tag wollte er gern reden.

»Wie die meisten Menschen bist du eine Mischung aus deinen Eltern, Dodo. Das Helle und das Rötliche hast du von deiner Mutter, auch wenn du nicht ganz so hell bist. Die Sommersprossen und die grünen Augen hast du auch von ihr. Dein Vater war da dunkler. Seine Augen waren braun, fast schwarz, genau wie seine Haare. Deine Größe hast du ganz sicher von ihm geerbt, abgesehen davon, dass du noch größer bist, als er es war. Er war sehr stark, aber lange nicht so groß und stark wie du.«

»Gibt es nicht noch was, das ich von meinem Vater geerbt hab?«

Da musste Mirko kurz nachdenken. »Ja, dein Pfeifen«, hat er dann gesagt. »Dein Vater hat gepfiffen wie ein Vogel.«

»Dann würd ich ihn mögen, glaub ich.«

Darauf hat Mirko nichts gesagt. Nur mit den Schultern gezuckt.

Ich hab immer wieder versucht, mich zu erinnern, wie mein Vater aussah, aber es fällt mir schwer, und mit der ganzen Zeit, die vergangen ist, ist es nicht leichter geworden. Er hatte eine tiefe Stimme, das hab ich nicht vergessen. Eine tiefe und angenehme Stimme. Vielleicht kann ich mich auch erinnern, dass er gepfiffen hat, aber das hätte ja genauso gut ich selbst sein können. Aber ich bin mir sicher, dass er mich hoch in die Berge mitgenommen und mir Gämsen und Eulen und Bärenspuren und Fuchsbauten gezeigt hat. Er hat mich auch alles Mögliche anfassen lassen. Glatte Steine und weiches Gras, Gewölle und Käfer. Und an allem riechen lassen. Ich werde so froh, wenn ich daran denke.

An die Gerüche kann ich mich am besten erinnern. Den Geruch von Tieren besonders, und von Blumen. Ab und zu beides auf einmal. Jedes Mal, wenn Mirko und ich diese weiße Orchidee mit den roten Wangen sehen, muss ich an meinen Vater denken. »Riech mal dran, Leon.« Das hat er gesagt, das weiß ich noch genau. Dann hab ich an der Orchidee geschnüffelt und rausgefunden, dass sie nach Ziege riecht.

Da hat er mir auf die Schulter geklopft.

Es war, als wäre mein Vater immer hinter mir gegangen. Vielleicht kann ich mich deshalb nicht erinnern, wie er ausgesehen hat. Ich glaube, manchmal gab es etwas, das um meine Brust gespannt hat. Und manchmal um meinen Hals. Ich glaube, es war ein Seil.

Ich kann mich erinnern, dass er sehr groß war, als er einmal im Dunkeln in mein Zimmer kam und mir von irgendwas erzählt hat, das er mir zeigen wollte. Er hat gerochen, wie Männer meistens nach der Arbeit riechen. Nach Schweiß und Erde, vielleicht auch ein bisschen nach Schnaps. Meine Mutter hat herrlich geduftet! Und sie war so weich! Trotzdem gab es irgendwas an ihr, das nicht so angenehm war. Es ist, als wäre alles dunkel, wenn ich an meine Mutter denke, auch wenn Mirko sagt, dass sie so hell war. Und dann ist da noch dieser Schrei. Manchmal höre ich einen Schrei. Ich bin nicht sicher, ob sie es ist, die schreit, aber ich glaub schon. Ich kann es nicht aushalten, wenn jemand schreit. Können die Leute das nicht einfach bleiben lassen?

Na ja, aber an diesem Tag wollte ich doch gern über meine Mutter reden, wenn Mirko schon mal Lust hatte zu antworten. Deshalb hab ich noch einmal nachgefragt. »Und meine Mutter? Was hab ich sonst von ihr bekommen?«

»Oh, vor allem dein Gesicht, Dodo. Dein Lächeln ist so ähnlich wie ihres, deine Grübchen vor allem. Und der Blick. Es liegt sowohl Süße als auch Kraft darin... Das ist schwer zu erklären. Ich glaube jedenfalls, du solltest über alles froh sein, das du von deinen Eltern mitbekommen hast.«

»Außer die ganzen Muskeln«, seufzte ich.

»Ja, aber über die solltest du auch froh sein. Ihretwegen bist du der beste Arbeiter im ganzen Tal.« Mirko hat seine Hand auf meinen Fuß im Gras gelegt, als er das sagte. »Es ist vor allem deinen Muskeln zu verdanken, dass wir beide fast immer etwas zu tun finden. Vergiss das nicht.«

Er hat seine Hand ein bisschen liegen lassen, und ich konnte nicht anders, als sie anzuschauen. Die Linien an seinen Knöcheln waren schwarz, und die Haut dunkelbraun und lederartig, fast wie mein Schuh. So sehen die Hände von allen Tagelöhnern aus, hab ich bemerkt. Nur meine nicht. Meine sind viel größer und können Dinge umfassen, die andere nicht umfassen können. Sie können auch festhalten. Dann hat Mirko seine Hand zurückgezogen und die Augen zugemacht. Wir saßen an dem Tag im Schatten unter einer alten Weide. Ich glaub, es war irgendwo im Westen des Tales. Vielleicht war es, nachdem wir in dieser Konservenfabrik gearbeitet hatten, in der wir es nicht aushalten konnten. Auf jeden Fall war es verdammt schön, dazusitzen und zu plaudern, während Mirko an seinem Grashalm kaute und den Kopf gegen den Stamm lehnte. Ich saß mit dem Gesicht zu ihm im Gras, mit meinen Beinen an seiner Seite. So sitze ich gern. So, dass ich ihn sehen kann.

Er hatte seine ausgestreckten Beine übereinandergelegt und die Hosenträger von den Schultern gestreift, sodass sie auf beiden Seiten neben ihm im Gras lagen. Ich konnte die hellen Streifen sehen, die sie auf dem Hemd hinterlassen hatten. Neben ihm lag der Seesack, den er immer dabeihat. Mit der Decke, den Kleidern, dem Besteck, der Schüssel, dem Wasserbehälter, dem Rasierzeug. Vielleicht einem Buch. Ich weiß nicht mehr, ob er an dem Tag ein Buch hatte. Einmal hatten wir auch eine Reisetasche aus Leder, aber die haben wir verloren, als wir schnell von einem Ort wegmussten, an dem ich aus Versehen einem kleinen Hund etwas getan hatte. Ich mag Hunde eigentlich gern, besonders, wenn sie weich sind, aber der hier hatte mich gebissen und so gejault, dass es mir in den Ohren wehgetan hat. Da musste ich was machen, damit er aufhört. Und dann sind wir weggerannt.

Ich saß also Mirko im Gras gegenüber und hab versucht, Käfer aufzuheben, ohne sie zu zerquetschen. Käfer sagen zum Glück nichts. Ich hab auch einen Seesack, den ich immer dabeihabe. Mit meinen eigenen Sachen und meinen eigenen Kleidern. Meinen eigenen großen Kleidern. Wir haben eine nette Frau oben in den Bergen gefunden, die mir Kleidung in der richtigen Größe näht, sodass sie nicht zu eng sitzt. Wenn sie bei mir Maß nimmt, dann gluckst sie wie ein kleiner, munterer Bach. Ich darf mich währenddessen überhaupt nicht bewegen, aber ich muss immer lachen, wenn ich dastehe und sie glucksen höre und auf die weißen Haare hinunterschaue, die um mich herum huschen. Oh, ist das schön, wenn ich ihre kleinen weichen Hände auf meiner Haut spüre. Sie muss sich auf einen Stuhl stellen, um an meinen Hals zu kommen.

Hinterher darf ich ihre weißen Locken anfassen, aber ich muss ganz, ganz vorsichtig sein. Das verspreche ich. Sie hat so schöne Locken, ein bisschen wie die von einem Widder, aber sie fühlen sich viel weicher an. Ich darf normalerweise auch ihrem Widder übers Fell streichen, aber nur mit der flachen Hand. Das kratzt ein bisschen, aber das find ich nicht schlimm. Es ist ja Fell. Ich mag Fell gern. Und Brötchenteig. Sie hat gesagt, dass sie mich wirklich immer gut zum Kneten brauchen kann, wenn sie backt. So ein Teig ist ganz unglaublich weich. Ich darf kneten, so viel ich will, hat die Frau gesagt. Was glaubst du, was ich geknetet hab!

Ich wusste schon, dass Mirko am liebsten seine Ruhe haben wollte, als er mit geschlossenen Augen an einem Baum saß. Das war das Zeichen dafür, dass er langsam keine Lust mehr hatte zu reden. Aber ich konnte natürlich den Mund nicht halten. Wir waren ja ganz allein.

»Wollen wir bald wieder die kleine Frau besuchen?«, hab ich gefragt.

»Das dauert wohl noch ein bisschen. Du brauchst doch gerade auch gar kein Hemd?«

»Nein, aber ich will gern kneten.«

»Mhm. Aber das muss warten. Jetzt sind wir hier, im Tal.«

Er hat sich geweigert, die Augen aufzumachen.

»Wir beide gehören hier ins Tal... stimmt's, Mirko? Okay, ins Tal und in die Berge. Es sind auch unsere Berge. Und die von der Frau.«

»Ja, wir gehören hierher. Auf jeden Fall wohnt das Tal in uns, egal, wie weit wir davon wegreisen.«

»Das weißt du, weil du mal in Amerika warst.«

»Ja...«

Irgendwas an der Art, wie er »ja« sagte, hat mir verraten, dass noch mehr kommen würde, deshalb hab ich nichts gesagt. Nur gewartet. Und dann kam es.

»So wie ich das sehe, Dodo... ist es das Los des Menschen, das Fleisch und Blut seiner Eltern zu sein. Jetzt hast du ja gerade gehört, was du von deiner Mutter und deinem Vater mitbekommen hast. Aber ich denke auch, dass der *Ort* in uns wohnt. Dass wir das Wasser sind, in dem wir als Neugeborene gebadet werden. Die erste Luft, die unsere Lunge füllt. Dass wir aus dieser Erde hier gekommen sind.«

Mirko kaute ein bisschen auf seinem Grashalm. Dann hat er noch was gesagt.

»Und auch wenn wir uns nicht fortpflanzen, werden wir doch letzten Endes zu Erde und Pflanzen, Wasser und Luft. Das ist ein schöner Gedanke, finde ich. So lebt man nach seinem Tod weiter und ist obendrein auf eine Art von Nutzen.«

Ich hab mir vorzustellen versucht, dass ich zu Erde werde. Zu einem ganz ordentlichen Haufen Erde würde ich werden, dachte ich. Und wie sehr ich von Nutzen sein würde, wenn ich erst tot wäre.

»Aber Mirko, man muss doch erst von Maden und Käfern und anderen Tieren gefressen werden, bevor man zu Erde wird? Das hast du doch erzählt.«

»Jaja, das muss man. Die Natur muss ihren Gang gehen.«

»Ja, das hab ich gemeint.«

Mirko sah aus, als würde er gleich einschlafen, während ich versucht hab, all die Erde in den Griff zu kriegen, die ich im Kopf hatte. Dann konnte ich es nicht lassen, noch was zu fragen. Wahrscheinlich vor allem, um zu verhindern, dass er einschlafen würde.

»Ab und zu kann es einem schon passieren, dass man Dinge vermischt, findest du nicht, Mirko?«

»Ja. Das kommt schon vor.«

»Ich verwechsle zum Beispiel öfter die Amsel mit der Singdrossel. Und die Ratte mit der Wühlmaus. Ich kann auch keinen Unterschied zwischen der Frau des Pfandleihers und der Schwester des Bäckers in diesem kleinen Dorf mit dem großen Wetterhahn sehen, du weißt schon. Nur wenn die Schwester voller Mehl ist. Ich finde, man muss so viele Dinge im Kopf haben. Ich verwechsle auch die Namen der Dörfer...«

Nur ich hab geredet. Mirko hat nichts gesagt. Er hielt die Augen geschlossen. Dann hab ich einen Käfer zerquetscht, weil ich so darauf konzentriert war, auf all das zu kommen, was ich verwechselt hab. Einen von den normalen. Schwarz und glänzend. Er hat ein bisschen mit den Beinen gezappelt, und dann ist er gestorben. Wie sie es eben tun. Die meisten Käfer ähneln sich auch.

»Wollen wir nicht bald wieder einen Markt finden, Mirko?«

»Du weißt doch, dass wir uns von Märkten fernhalten.«

Jetzt hat er zumindest wieder geredet.

»Wegen dem, was ich aus Versehen mit diesem Typen mit der Pluderhose gemacht hab?«

»Ja, wegen des Schwertschluckers.«

»Aber das ist so lange her, Mirko.«

»Wir wollen nicht noch mehr Unglücke. Du wolltest ja alles auf diesem Markt so verdammt gern anfassen.«

Das hat schon gestimmt. Ich wollte alles verdammt gern anfassen. Die Hose des Schwertschluckers hatte so weich und glänzend ausgesehen. Ich hab sie nur ein bisschen hochgehoben. Ich wollte gar nicht, dass er umfällt.

»Mirko, schau mal! Was ist denn das da für ein... auf deiner Schuhspitze?«

Da hat Mirko endlich die Augen aufgemacht und einen kurzen Blick auf das kleine Tier geworfen, auf das ich gezeigt hab. Es war ein fliegenähnliches Ding mit einem roten Panzer und merkwürdigen behaarten Fühlern, das langsam hin- und herschwankte.

»Ein Wespenfächerkäfer«, hat er gesagt und die Augen wieder geschlossen. »Man kann ihn an seinen haarigen Fühlern erkennen. Du solltest besser nicht versuchen, ihn anzufassen.«

»Mirko?«

»Ja.«

»Warum haben Damen nie buschige Augenbrauen?«

Meine Güte, hat der geseufzt, als ich das gefragt hab.

»Du fragst manchmal nach den seltsamsten Dingen, Dodo. Man sollte meinen, es gäbe andere Fragen, die dringender sind. Nicht zuletzt in diese Richtung. Was Damen angeht, meine ich.«

»Ja, aber...«

»Jetzt musst du mich erst mal ein bisschen schlafen lassen.«

Dann hab ich einen neuen Käfer gefunden, den ich versuchen wollte hochzuheben. Ich mag es, kleine Tiere zu berühren, die in der Handfläche kitzeln. Sie *müssen* kein Fell haben, aber das ist natürlich am schönsten.

Deshalb hab ich auch den Wespenfächerkäfer angefasst, als Mirko geschlafen hat. Ich wollte so gern wissen, wie die Fühler sich anfühlen.

Da ist er gestorben. Ich hab ihn dann ganz schnell weggeworfen.

Ich glaube, Mirko hat es gewusst, denn er hat den Kopf geschüttelt, ohne die Augen aufzumachen.

NACH HAUSE

Karl sagte ihr nichts. Er verschwand einfach, am selben Tag, an dem er beim Sägewerk aufhörte. Fast fünf Monate waren vergangen. Er konnte sich nicht erinnern, wann er zuletzt so lange an einem Arbeitsplatz geblieben war. Er hatte die Typen, mit denen er dort gearbeitet hatte, nicht einmal sonderlich gemocht. Einige von ihnen verstand er auch nur schlecht, also hatte er näheren Kontakt vermieden. Sie hatten sich wohl gewundert, dass er nicht zusammen mit ihnen in der Baracke schlief, aber niemand hatte zu fragen gewagt.

Jetzt musste er fort. Vor allen Dingen von ihr.

Bevor er verschwand, ging er zum Hof, um seinen Reisesack zu holen und sich mit etwas Proviant zu versorgen. Danica war oben bei der Weide, und vielleicht bemerkte sie seine Gestalt weit draußen auf dem Feldweg, falls sie zufällig in diese Richtung sah. Vielleicht auch nicht. Karl blickte sich nicht um.

Er ging zuerst nach Norden und dann direkt nach Westen, bis er auf die Berge traf und über das Tal hinaufstieg. Die kühle Bergluft tat seiner Lunge gut, nach den vielen Monaten mit dem schweren Staub des Sägewerks. Weiter draußen im Westen war das Meer in kleinen, blauen Fleckchen zwischen den Höhenzügen zu erahnen, und über ihm schwebten die großen Vögel wie einsame Majestäten.

Von den Bergen aus hatte man Aussicht auf das ganze

lange Tal. Es erstreckte sich nach Norden, beinahe so weit das Auge reichte. Nur ein undeutlicher dunkler Schatten in der Ferne zeugte davon, dass auch diese Welt ein Ende hatte. Im Osten, auf der anderen Seite der vielen Felder und Höfe und Dörfer, schlängelte sich die Bergkette das ganze Tal entlang nach Norden und Süden, wie ein schlafender, sich aufblähender Riese. Und über der Landschaft lag der Frühling wie ein Perserteppich, der kräftiger in den Farben wurde, mit jedem Tag, der ging.

Karl ging auch. Nach Norden. Die Berghänge waren noch kalt, aber zwischen den Felsen sprossen struppiges Gras und kleine, zähe Blumen hervor. Die Nadelbäume dufteten süß und frisch, der Gesang der Vögel nahm jeden Tag zu. Die Welt um ihn erwachte in einem langen Atemzug, und Karl wurde mitgezogen.

Als er eine Stelle erreichte, an der sich eine Schlucht durch die Berge zog, fand er wieder ins Tal hinunter. Er folgte dem Hauptfluss ein Stück, dann der Abzweigung nach Nordwesten. Da oben musste es jetzt Arbeit geben. In den Wäldern. Sie liebten dort große Kerle wie ihn.

Er fand überall etwas.

Das mit dieser Danica war nichts.

Sie machte ihn zerbrechlich. Er war ja fast bei ihr eingezogen. Fünf Monate! Es war allzu ungewohnt für ihn, jeden Tag in dasselbe Haus zu gehen, im selben Bett mit derselben Frau aufzuwachen. Oder besser gesagt, es war *nicht* mehr ungewohnt für ihn. Es war zur Gewohnheit geworden, und genau das machte ihm Angst. Die Wiederholung. Derselbe Mund. Dieselben schönen Beine, die seinen Körper umfassten. Dieselben schlanken, aber starken Frauenarme. Er hatte einmal gesehen, wie ein Tintenfisch an Land schoss, eine Krabbe ergriff und sie ins Wasser hinunterzog. Auch wenn die Krabbe groß und stark war, sie hatte gegen den Tintenfisch keine Chance gehabt. Karl wollte auf keinen Fall enden wie diese Krabbe; also lieber nichts wie weg von diesen Frauenarmen. Es war auch leichter, ohne sie aufzuwachen. Es würde auf jeden Fall leichter werden. Eine Erleichterung.

Im Grunde wusste er schon lange, dass er verschwinden musste, sobald er beim Sägewerk aufhörte. Sonst würde er auf Danicas Hof schuften müssen wie ein Biest, denn sie konnte die Hilfe eines Mannes gut gebrauchen. Karl hatte nichts dagegen zu arbeiten, aber nur, solange er die Gewissheit hatte, dass es ein Ende haben würde. Danica würde ihn festhalten, wenn sie die Chance bekäme. Da war er sich sicher.

Im Übrigen gab es viele schöne Frauen da draußen, das wusste gerade er am besten von allen. Warum also sich mit einer zufriedengeben? Es gab sicher auch einen guten Mann für Danica. Einen anderen Mann.

Er wollte nicht mehr daran denken.

Karl folgte seinem ursprünglichen Plan nicht. Bevor er die Wälder erreichte, bog er in eine andere Richtung ab. Er ging nun direkt nach Norden, doch ohne eigentliches Ziel. Die Berge zogen ihn an. Der Norden war gut, da oben war er seit Langem nicht mehr gewesen. Warum war er dort nicht mehr gewesen? Das war die Gegend, aus der er stammte, dachte er, ohne richtig darüber nachzudenken. Es war so lange her.

Die Konturen der Berge wirkten bekannt – und auch wieder nicht. Sie waren wie Erinnerungen, die genauso gut aus Träumen wie aus der Wirklichkeit stammen konnten. Er bewegte sich zwischen ihnen hinauf. Zwischen sie hinein.

Er lebte von seinem Proviant, es gelang ihm jedoch auch, sich in den kleinen Wasserläufen ein paar Fische zu fangen, und ein paar Kaninchen in Fallen. Schusswaffen hatte Karl nie gemocht. Schrot war ein unberechenbares Zeug, mit dem die Tiere noch tagelang herumlaufen konnten, bevor sie schließlich verbluteten.

In regelmäßigen Abständen suchte er einen der abseits gelegenen Höfe auf, um den ein oder anderen Gelegenheitsjob anzunehmen. Dann zog er mit neuen Vorräten weiter. In den verlassenen Berggegenden wusste man nie so ganz, was einem begegnen würde. Einmal sah er einen Mann, der in einem Flor von frühen Blumen vor seiner kleinen baufälligen Hütte lag. Er starrte mit einem glücklichen Lächeln auf den Lippen in den Himmel hinauf. Karl fand in einem Schuppen einen Spaten und begrub den Mann dort, wo er ihn gefunden hatte. Dann setzte er einen Stein darauf, der aussah wie alle anderen in der Gegend, der jedoch der schönste war, den er finden konnte. Wer der Mann auch gewesen war, er verdiente wohl einen schönen Stein, dachte Karl. Er hätte keine Ahnung gehabt, was er darauf hätte schreiben sollen, wenn er dazu imstande gewesen wäre.

An einem anderen Ort blieb er ein paar Wochen, um Schafe zu hüten. Die Anstellung endete jedoch jäh, als er eines Tages zum Hof hinunterging, um Vorräte zu holen, und vom Besitzer der Schafherde mit einem Jagdgewehr empfangen wurde, das auf ihn gerichtet war.

»Du glaubst... du glaubst... du kannst einfach so herkommen und meine... meine unschuldigen Töchter verführen! Schau, dass du weiterkommst! Hau ab!«

Karl betrachtete den Mann verblüfft, dessen Hände so heftig zitterten, dass er aller Wahrscheinlichkeit nach ein paar Meter daneben getroffen hätte. Der Kerl hatte einen feuerroten Kopf, ob vor Angst oder vor Wut war schwer zu beurteilen. Sein Vollbart sah aus, als wäre er von der Brust aus nach oben gekrochen und hätte sich zögernd am unteren Teil seines Kopfes ausgebreitet, ohne sich entscheiden zu können, wie dicht er werden und wo auf den Wangen er enden sollte. Das sah erbärmlich aus, dachte Karl. Ein bisschen wie ein Tier, das gerade sein Winterfell verliert. Aber das Tier wurde wenigstens wieder schön.

»Gib mir nur noch was zu essen mit. Und meinen Lohn. Dann werd ich verschwinden.« Karls Stimme war genauso ruhig wie seine Hände, auch wenn die Gewehrmündung vor ihm tanzte wie ein betrunkener Maikäfer. »Ein bisschen Schnaps wäre auch nett. Und dann solltest du besser schnell zu deinen Tieren raufgehen, jetzt, wo niemand mehr da ist, der auf sie aufpasst.«

Er nickte in Richtung des Hütehundes, der ihm stur gefolgt war und sich gerade zu seinen Füßen hingelegt hatte, ziemlich unbeeindruckt vom aggressiven Verhalten seines Besitzers.

Der Mann schnaubte und rief einer seiner Töchter, die offenbar hinter einem Giebel versteckt gestanden hatte, etwas zu. Sie trat heraus und verschwand wieder, und einen Augenblick später kam sie mit einem Korb auf sie zugelaufen. Der Kopf des Mädchens war mindestens genauso rot wie der des Vaters, aber bedeutend hübscher. Sie mied Karls Blick, als sie den Korb vor ihm auf den Boden stellte. Dann lief sie zurück zu der Ecke, hinter der nun die Köpfe ihrer Schwestern hervorlugten, der eine über dem anderen, wie kleine, wachsame Eulen.

Die Wahrheit war, dass Karl die Mädchen gar nicht angerührt hatte, aber er hatte wohl bemerkt, dass sie hinter Felsen und Büschen in den Bergtälern auf der Lauer lagen, wenn er dasaß und die Schafe im Auge behielt. Er konnte sie kichern hören, und er hatte auch das Gefühl, sie wollten, dass er sie sah. Er hätte sich möglicherweise mit allen dreien auf einmal vergnügen können.

Hätte er doch nur Lust gehabt!

Nun bekam er sein Essen, seinen Lohn und seinen Schnaps und ging pfeifend davon, ohne seine eigene Stimmung richtig deuten zu können. Er freute sich auf den Schnaps, zumindest das wusste er.

Der Hund lief mit ihm, auch wenn sein Besitzer ihn rief. Zum Schluss war das Rufen des Mannes zu einem schrillen, hysterischen Pfeifen in der Ferne geworden. »Lauf lieber nach Hause«, flüsterte Karl. »Er braucht dich.« Und der Hund trottete widerwillig dorthin zurück, wo er hergekommen war.

Eines Tages fand Karl sich auf einem steinigen Weg wieder, der ihm auf beunruhigende Weise bekannt vorkam. Er erkannte die Bergformationen und einen besonderen Felsvorsprung, und er wusste, dass er in Kürze ein kleines Bergtal mit vereinzelten Häusern und einer bescheidenen Kirche erreichen würde. Aber zuallererst würde der Weg ihn an einem kleineren Hof vorbeiführen.

Es war ungewöhnlich heiß an diesem Tag. So heiß, dass die Luft flirrte und sogar die unerschütterlichen Berge unruhig erscheinen ließ.

Karls Schritte wurden immer zögerlicher, als er dem Weg um den Felsvorsprung folgte. Als weiter vorn der Hof auftauchte, hielt er ganz inne.

Es war kein Traum. Das war sein Elternhaus.

Er blieb einen Augenblick stehen. Etwas in ihm wollte am liebsten umkehren, doch ein merkwürdig qualvoller Drang stieg in ihm auf und verhinderte es. Er musste sehen, ob die beiden Menschen, die ihn einst aufgezogen hatten, noch da waren. Ob er sie wiedererkannte – und sie ihn. Er versuchte, sich an ihre Gesichter zu erinnern, aber alles schien verwischt. Er verstand nicht, warum. Er konnte sich nur an die Landschaft und den Weg und das Haus erinnern. Es gab keine Erinnerungen an ein anderes Leben.

Sie waren noch da. Sie saßen nebeneinander auf der Veranda und starrten mit leerem Blick in die Luft, als er sich näherte. Ihre Stühle schaukelten in ungleichem Takt, sodass es aussah, als würden sie sich gegenseitig abstoßen und danach vergeblich kämpfen, um wieder zusammenzufinden.

Karls Herzschlag wurde unruhig. Die beiden Menschen kamen ihm so alt und gequält vor, dass er vorbeiging, ohne stehen zu bleiben und ohne den Versuch zu unternehmen, ihre Blicke einzufangen oder sich ihr Aussehen weiter einzuprägen. Stattdessen schaute er den Hof an, der trotz seiner dicken Steinmauern baufällig wirkte. Mehrere Dachziegel lagen an der Fassade entlang verstreut. Ein paar Löcher im Dachfirst hatte man notdürftig mit Ledersäcken abgedeckt, die aussahen wie abgemagerte Tiere. Vom Schornstein fehlte ein Stück.

Es war, als wären sowohl das Haus als auch seine Bewohner dabei, auszutrocknen und unter der Sonne zu zerbröckeln, die über ihnen brannte. Karl hatte das Gefühl, ein plötzlicher Windstoß hätte die beiden kleinen Menschen aus ihren Stühlen wehen können, sodass sie wie willenlose Steppenhexen auf der Straße an ihm vorbeigeflattert wären. Er schauderte in der Hitze und ging weiter, ohne sich umzuwenden.

Getrieben von einer namenlosen und summenden Unruhe kehrte er ein paar Wochen später an den Ort zurück, doch jetzt waren die beiden Menschen fort, und das Dach war zusammengefallen. Auf der Veranda standen die Schaukelstühle und schwankten leicht im Wind, als ob die Alten gerade daraus aufgestanden wären.

»Zu verkaufen«, informierte ein Schild, das vor dem Haus in den Boden gehämmert worden war. Er buchstabierte sich hindurch. Das Schild hing schief an seinem Pfahl und sah aus, als würde es sich selbst nicht glauben.

Karl blieb stehen und starrte die leeren Stühle an.
»Verdammt noch mal«, sagte er. »Verdammt noch mal!«
Er hob einen Stein von der Straße auf und warf ihn mit aller Kraft gegen das Haus. Er traf ein paar Scherben in einem Fenster, das bereits eingeschlagen war. Und dann wurde noch etwas anderes durchbrochen.

Karl erinnerte sich plötzlich, dass der Mann damals einen Bart gehabt hatte. Einen grauweißen Bart, der wie ein Schaumstreifen um Kinn und Wangen lag und sein Gesicht größer wirken ließ, aber nicht weicher. Er war kräftig gewesen. Groß. Seine Züge waren markant, seine Augen dunkel und hart. Das Haar der Frau war mattschwarz und in einem Knoten gesammelt gewesen, ihr Gesicht mager und faltig wie ausgetrocknetes Leder. Sie stand fast immer in der Küche, das Gesicht abgewandt. Das Essen reichte sie nach hinten, ohne hinzuschauen. In der Regel Getreidebrei. Selbst wenn sie Karl ansah, war es, als wollte sie ihn nicht sehen. Sie gab ihm nur Essen. Und eine Art Obdach. Morgens wurde er aufs Feld geschickt, wo er schuftete, bis es dunkel wurde. Doch von Zeit zu Zeit wurde er stattdessen zum Pfarrer geschickt, der ihm das Lesen und Schreiben beibringen sollte und rasend wurde, wenn er es nicht konnte.

Der Pfarrer hatte zwei Bibeln, erinnerte sich Karl jetzt. Die eine hatte einen ausgefransten Leineneinband, sodass es aussah, als wüchsen lange, himmelblaue Haare heraus. Die benutzte er zum Schlagen. Er hatte auch eine aus hellem, glänzendem Leder, die er küsste, aber nie öffnete. »Man muss dir doch zum Teufel noch mal ein bisschen Klugheit einhämmern können«, hatte der Pfarrer gerufen, während er mit der zerschlissenen Bibel auf Karls Handknöchel eindrosch.

»Begreifst du denn gar nichts, Bursche!«

Karl begriff damals gar nichts. Er begriff die Worte im Buch nur selten. Er begriff den Sinn des Ganzen nicht, und auch nicht all das Gerede von Gott. Er begriff nur, dass er auf einem Feld in der Nähe zur Welt gekommen war und dass in dieser Nacht dichter Nebel geherrscht hatte. Dorthin wären jedoch sicher auch dann keine drei weisen Männer gekommen, wenn es sternklar gewesen wäre. Das hatte der Pfarrer gesagt. Karl sagte am liebsten gar nichts. Das Einzige, was die Besuche auf dem Pfarrhof etwas erträglicher machte, war die rundliche Frau des Pfarrers, die Karl zulächelte, wenn ihr Mann nicht hinsah. Er erinnerte sich auch an ihre jüngste Tochter, die gern von der Türöffnung aus herüberstarrte, während sie sich selbst auf die Zehen trat und versuchte, ihre geballte Faust in den Mund zu stecken, ohne den Blick von dem Gast abzuwenden.

Nein, Karl begriff nichts. Er begriff nicht, dass er auf einer harten Klappbank in der Küche schlafen sollte, wenn es eine Kammer gab, die leer stand. Mit einem weichen Bett. In dieser Kammer herrschten ein Duft und eine Stille, die er sehr mochte. Aber Karl durfte nicht dort schlafen. Er durfte überhaupt nicht dort sein. Es war, als würde die Kammer darauf warten, dass jemand zurückkehrte.

Er begriff auch nicht, warum seine Eltern so verbittert waren. Warum seine Mutter so schweigsam war und sein

Vater so wütend. Sie lächelten niemals. Karl hatte das Gefühl, er sei die Ursache ihres Unglücks. Aber er wusste nicht, was er falsch gemacht hatte. Er tat immer, worum sie ihn baten.

Am allerwenigsten begriff Karl, warum sein graubärtiger Vater nachts in die Küche kam, um etwas mit ihm zu machen, worüber er kein Wort sagen durfte, wenn ihm sein Leben lieb war. Immer hing ein saurer Geruch nach dem Alten in der Luft, und Karl musste die Bank selbst saubermachen. Seine Mutter musste es gewusst haben, musste es gerochen haben. Aber sie sagte nichts. Sie sagte nie etwas.

Versuchsweise machte Karl dasselbe mit der jüngsten Tochter des Pfarrers, um zu sehen, wie es sich anfühlte, wenn man derjenige war, der es tat. Es fühlte sich angenehm an, bis der Pfarrer sie hinter dem Brennholzstapel entdeckte. Das Mädchen hatte keinen Ton gesagt, sie hatte Karl nur mit sehr großen Augen angestarrt. Sie war verblüffend weich anzufassen gewesen.

An diesem Tag prügelte der Pfarrer Karl ein, dass ihm der Zugang zum Pfarrhof sowie zu Gottes Reich auf ewig verwehrt bleiben würde. Das könne er zu Hause seinen armen Eltern sagen.

Daraufhin bekam er Prügel von seinem armen Vater. »Du warst ein Fluch, von dem Tag an, an dem du geboren wurdest«, rief er. »Unser Fluch.«

Und endlich packte Karl die Wut. »Dann sag doch, was ich euch getan habe?«, schrie er. »Dann sag es doch!«

Sein Vater sagte es, und dabei peitschte er Karl mit dem Gürtel, härter als je zuvor. »Es war deine Mutter, verdammt noch mal! Unsere Tochter! Du hast deine Mutter umgebracht, als du geboren wurdest. Sie hatte es nicht verdient zu sterben... und du... Du hast es nicht verdient zu leben.«

Er hörte plötzlich auf zu peitschen, stand nur da und

starrte in die Luft, während er keuchte und prustete und sauer roch.

Karl sah die alte Dame mit den blanken Augen und den alten Mann mit dem Gürtel an und begriff vielleicht, wer sie waren.

»Und mein Vater?«

»Dein Vater war ein Teufel, der das Mädchen vergewaltigt hatte.«

Karl war erst ein Bursche von dreizehn Jahren, als er über die Felder davonlief, ohne sich umzusehen. Er hatte einen Ledersack in der Hand, mit etwas Kleidung und einem Messer, einem Brotkanten und zwei Würsten. Dazu eine halbe Flasche Schnaps, weil das das Einzige war, was er in der Eile zum Trinken hatte finden können.

Er hörte den Mann rufen. Es war irgendetwas über den Schnaps. Dann traf ihn ein scharfkantiger Stein im Rücken, während er rannte, doch er lief weiter, ohne zu mucksen. Der Alte konnte ihn jetzt nicht mehr erreichen.

Die Frau stand in der Küche, das Gesicht abgewandt.

Jetzt erinnerte er sich daran. Genau hier, vor dem Haus, in dem er nie zu Hause gewesen war. Und das nun zum Verkauf stand. Karl fühlte sich, als würden die Erinnerungen ihn ausfüllen und beinahe ersticken. Aber da war auch noch etwas anderes.

Eine Wut.

»Hallo, ist man vielleicht interessiert?«, rief da jemand, und Karl drehte sich nach dem Geräusch um. Es kam von einem Mann auf einem klapprigen Fahrrad.

Der Mann lächelte, hob das Bein über den Sattel und rollte auf Karl zu, auf dem einen Pedal balancierend. Sein Haar flog aus der Stirn nach oben, sodass er Karl an einen bestimmten Vogel erinnerte, den er kannte, dessen Namen er jedoch nicht wusste.

»Interessiert? Garantiert nicht!«, zischte Karl. Es klang so wütend, dass er selbst einen Schreck bekam. Es war gar nicht seine Absicht gewesen, unfreundlich zu sein, der Mann war sicher ein netter Kerl. Er wollte noch etwas sagen. Entschuldigung, vielleicht. Aber der Mann sah ihn verschreckt an und schwang das Bein wieder über den Sattel. Dann fuhr er eilig an ihm vorbei auf die Kirche und die vereinzelten Häuser zu.

Karl hatte keine Ahnung gehabt, dass er solche Wut verspüren konnte. Eine erdrückende Wut, die ihn an die Wut des Mannes erinnerte, der nicht sein Vater gewesen war, sondern sein Großvater. Oder vielleicht trotzdem sein Vater?

Er trat gereizt mit dem Fuß gegen ein Huhn, das gerade vor ihm über die Straße spazierte, und er bereute sein Tun, bevor das Huhn seine Route bereuen konnte. Jetzt lag es auf dem Boden und schlug mit den Flügeln, dass Federn und Daunen nur so stoben.

»Entschuldigung«, flüsterte Karl, als er dem Vogel den Hals umdrehte. Und er entschuldigte sich noch einmal, als er ihm den Kopf ganz abriss. »Entschuldigung! Ich weiß nicht, was in mich gefahren ist.«

Er ließ den Kopf fallen, sodass er dalag und verwirrt zu ihm heraufglotzte. Karl starrte ihn einen Augenblick an. Dann nahm er den Rest des Huhns unter den Arm und seinen Reisesack über die Schulter, warf einen letzten Blick auf sein Elternhaus und ging den einsamen Bergweg zurück, der ihn hierhergeführt hatte. Er wusste, dass er nie mehr an diesen Ort zurückkehren würde.

Das Huhn weckte noch mehr Erinnerungen. Während Karl ging, dachte er an die Nacht, in der er abgehauen war. Er erinnerte sich an den Schmerz im Rücken, als ihn der Stein traf. Aber auch daran, wie er sich mit jedem Schritt, der ihn vom Hof wegtrug, leichter fühlte. Dass die Nacht sternklar gewesen war. Und bald erinnerte er sich, was für ein Glück es gewesen war, unter freiem Himmel zu schlafen und erst aufzuwachen, als ein paar Kaninchen im Gras neben ihm herumstöberten. Welche Freude es in ihm hervorgerufen hatte, den Korken aus der Schnapsflasche zu ziehen und zum ersten Mal Hochprozentiges zu schmecken und sich erwachsen und frei und ein kleines bisschen schwindelig zu fühlen.

Er war damals in Richtung Süden gezogen, hinunter ins Tal, und nach kurzer Zeit war es ihm geglückt, eine Anstellung in einem Wirtshaus zu finden, bei dem der Tellerwäscher gerade abgehauen war. Sie dachten, Karl wäre sechzehn, weil er so groß war. Karl selbst wusste gar nicht genau, was er war. Außer groß. Er hatte im Wirtshaus getan, was von ihm verlangt wurde. Er wusch ab. Und bald darauf putzte er auch und hütete die Hühner und strich die Fassade und dichtete das Dach ab. Er war effektiv. Und stark, nicht zuletzt. Doch eines Tages hatte er es satt, zu gehorchen und auf einer vermoderten Matratze im Außenhaus zu schlafen, und so tat er es seinem Vorgänger gleich. Er kehrte dem Ganzen den Rücken – außer dem Huhn, das er unter dem Arm mitnahm. Davor hatten ein paar frische Eier, ein Schinken aus der Küche und ein kleiner Topf den Weg in seinen Ledersack gefunden. Niemand bemerkte etwas, bevor es zu spät war, bis auf den Hahn, der in der Morgendämmerung, aufgebracht über Karls Tat, krähte. Aber krähen sollte er ja ohnehin.

Das war jetzt lange her. Trotzdem erinnerte sich Karl deutlich an das Gefühl, das er an jenem Morgen in der Brust gehabt hatte. Das Gefühl, sein eigener Herr zu sein, vollkommen frei zu sein.

Mit einem Huhn unter dem Arm.

Er verließ die Bergstraße und folgte stattdessen einem Wildwechsel durch ein verkrüppeltes Gebüsch, eine Böschung hinauf, und weiter durch struppiges Gras und noch mehr Gebüsch. Er spürte, wie sein Hemd am Körper klebte und ihm der Schweiß von der Stirn und den Schläfen in den Bart lief, um den er sich seit Wochen nicht mehr gekümmert hatte. Er musste aussehen wie ein Wilder.

Als er so weit in die einsame Landschaft eingedrungen war, dass die Möglichkeit, einen anderen Menschen zu treffen, minimal war, begann er, gegen Grasbüschel zu treten und mit allen Steinen und Felsbrocken zu werfen, in deren Nähe er kam. So ging es viele Stunden, in denen er seine Großeltern lautstark verfluchte. Und den Pfarrer. Er hasste sie für das, was sie ihm angetan hatten. Aber am allermeisten hasste er die verheerende Wut, die sie ihm eingepflanzt hatten. Er wollte weder die Erinnerungen noch die Wut mit sich tragen, wenn er diesen Ort verließ. Verdammt noch mal, nein! Das sollte alles zusammen hier begraben werden. Am Abend fiel er vor Erschöpfung um und in einen traumlosen Schlaf, der ihn bis weit in den Vormittag hinein gefangen hielt.

Als er schließlich die Augen wieder aufschlug und in einen blauen Himmel blickte, hatte sich die Wut in der Bergluft aufgelöst, und die Erinnerungen waren zu leichten Wolken geworden, die hinter den Gipfeln verschwanden. Irgendwo in der Nähe sang ein Vogel.

»Das war's«, flüsterte Karl sich selbst zu. »Du bist frei.«

Letzteres war eine Lüge, das wusste er wohl. Das wusste er schon seit geraumer Zeit.

Es ging um Danica. Immer wieder tauchte sie vor seinem inneren Auge auf. Leuchtend und lächelnd. Aufreizend, mit ihrem schaukelnden Arsch, ihren schlanken Beinen und ihren gewölbten Brüsten. Mit den feuchten Lippen, die sie mit der Zungenspitze benetzte.

Aber sie war nicht allein vor seinem inneren Auge, und es war nicht Karl, den sie verführte. Es waren andere Männer. Große Männer, die kamen und ihr halfen und sich mit ihr vergnügten und sie dazu brachten, vor Lust zu schreien. Horden von schweißglänzenden Männern, die sie abwechselnd auf dem Feld und im Schlafzimmer, in der Küche und im Heu nahmen. Männer, die wohnen blieben und sich mit Freuden für sie abrackern wollten. Um es zu bekommen. Sie.

Genau sie.

»Du Trottel«, flüsterte Karl sich selbst zu, als er sich in Richtung Süden begab. »Du verdammter Trottel.«

*

Sie war gerade beim Pflügen, als er kurz nach Tagesanbruch beim Hof ankam. Es waren keine anderen Männer da. Nur der kleine Bursche vom Nachbarn, der etwas weiter draußen auf dem Feld Steine aufsammelte.

Danica starrte Karl einen Augenblick an, bevor sie ihm, ohne die Miene zu verziehen, die langen Zügel überließ. Er warf seinen Reisesack von sich, legte sich die Zügel um den Hals und die eine Schulter und nahm den Griff des Pflugs.

Karl blickte ihr nach, als sie zurück zum Hof ging. Er konnte den Blick nicht von ihren Hüften abwenden. Sie war so schön wie noch nie, dachte er. Vielleicht war es sein eigener hungriger Blick, der ihr mehr Fülle gab, auf jeden Fall wirkte sie jetzt üppiger. Die Brüste wölbten sich unter dem Stoff ihres Kleides, der Arsch war ein bisschen runder geworden, vielleicht auch der Bauch, der Schoß ... Er dachte an das saftige Geschlecht, das er so gut kannte. Und er stellte sich vor, dass dieser wundervolle Körper kurz davor war, vor feuchter Lust zu bersten, und bildete sich ein, dass er genau auf ihn wartete.

Trotzdem konnte er den Gedanken nicht abschütteln, andere könnten das Vergnügen gehabt haben, während er fort gewesen war. Das quälte ihn, und nachdem er eine Weile gepflügt hatte, pfiff er nach dem Jungen. Er brauchte Gewissheit.

Der Bursche legte seine Steine mit unerträglicher Langsamkeit ab, bevor er zu Karl herüberkam.

»Tag auch, du«, sagte Karl. Er hatte vergessen, wie der Junge hieß. Marko, Mirko vielleicht. »Sag doch mal kurz, sind andere hier gewesen, während ich weg war? Du weißt schon, andere Männer?«

Der Bursche schüttelte vorsichtig den Kopf. »Nein, nur ich.«

»Nur du?« Karl ließ ein lautes, herzhaftes Gelächter vernehmen. »Danke, mein Freund. Dann kannst du jetzt gern wieder zu deinen Steinen rüberrennen. Wir müssen sehen, dass wir das Feld hier fertig kriegen.«

Der Bursche verschwand aus seinem Blickfeld, und Karl vergaß bald, dass er da war. Er dachte an Danica und sog den Duft ihrer frischen Erde ein.

*

Karls Heimkehr ließ Danica nicht ganz so unbeeindruckt, wie sie sich den Anschein zu geben versuchte. Sie spürte ein Ziehen des Erschreckens im Körper, als sie ihn auf dem Feld erblickte. Er kam ihr entgegen wie ein heimgekehrter Krieger, aber ob er geschlagen oder siegreich war, konnte sie nicht beurteilen. Er strahlte beides aus. Sie selbst erlebte einen entsprechenden Zwiespalt, denn obwohl sie Widerwillen darüber verspürte, ihn wieder in ihr Leben einfallen zu sehen, verspürte sie auch Freude, ja beinahe einen Triumph bei seinem Anblick auf dem Feld. Er hatte sie also doch nicht vergessen können.

An dem Tag, als sie Karl mit seinem Seesack den Feldweg hinauf hatte verschwinden sehen, hatte sie sich eingeredet, es sei eine Erleichterung, ihn los zu sein. Aber die Wahrheit war, dass sie ihn vermisst hatte – nicht nur seine Hilfe, auch seine Gesellschaft. Sie hatte sich nicht im Geringsten befreit gefühlt, nicht einmal Lust gehabt, andere Männer aufzusuchen. Im tiefsten Inneren hatte sie wohl gehofft, dass er zurückkommen würde.

Jetzt stand er also da, türmte sich wieder vor ihr auf, nahm ihr den Atem. Und wie so viele Male zuvor vermittelte der Anblick der breiten Schulterpartie, der gewölbten Brust und der definierten Muskeln Danica den Eindruck, alle Kraft und Männlichkeit der Welt sei in dieser Gestalt vereint.

Trotzdem gab es einen Mangel, eine Schwäche an ihm, die sie wohl die ganze Zeit gespürt hatte, aber nie richtig verorten konnte. Erst in diesem Augenblick begriff sie, was es war. Karls Kopf saß nicht wie der eines Königs hoch erhoben auf dem kräftigen Hals. Er war gleichsam verschoben, nach vorn und nach unten, als würde er die ganze Zeit eine große Bürde auf seinen Schultern tragen. Sie musste an den Titanen Atlas denken, von dem sie einmal gelesen hatte. Diesen Riesen, der dazu verdammt war, das Himmelsgewölbe auf seinen Schultern zu tragen. Das einzige Mal, als er die Möglichkeit hatte, seiner ewigen Strafe zu entgehen, agierte er nicht klug genug, sie zu nutzen.

Ja, Karl erinnerte sie in vielerlei Hinsicht an Atlas. Klugheit war auch keine offensichtliche Eigenschaft von Karl.

Trotzdem konnte sie ihm jetzt genauso wenig widerstehen wie früher. Als er da stand, wurde sie sofort von etwas erfasst, das an ein Gefühl von Wärme erinnerte. Karls dunkle Augen sahen Danica mit einer intensiven und schlichten Klarheit an, einer Ehrlichkeit, die ihr ans Herz ging. Sein Haar war halblang und zerzaust, wie man es von einem Tagelöhner erwartete, aber trotzdem von einer kontrollierten Nachlässigkeit geprägt. Einem Willen. Sie bemerkte, dass es eine Spur nass war, also hatte er im Fluss gebadet, bevor er kam. Sogar die Kleider wirkten fast sauber. Das Hemd war bis zur Mitte der Brust aufgeknöpft, die Ärmel über die Ellbogen hochgekrempelt, und die sonnengebräunte Haut war mit Haaren übersät, die sich alle in dieselbe Richtung bogen, wie Wildgras sich im Wind biegt.

Sie betrachtete sein Gesicht noch einmal, ohne ihm direkt in die Augen zu sehen. Die Nase war lang, breit und symmetrisch. Die Kieferpartie kräftig, markant und von einem Vollbart bedeckt, der nur so lang war, dass man die Gesichtszüge darunter deutlich erkennen konnte. Karl gehörte zu der Art von Männern, die es kaum schafften, sich den Bart zu rasieren, bevor die Schatten sich wieder über das Gesicht legten. Über dem zerklüfteten Kinn lagen die Lippen, rissig und durstig, und warteten auf ihre. Sie bewegten sich nicht. Sie warteten.

Sie ging und ließ sie warten. Ließ ihn pflügen.

*

Die nächsten Stunden schuftete Karl ohne Pause, bis sie mit einem Stück Wurst und etwas Brot herauskam. Er stellte das Essen weg und nahm stattdessen Danica. Dort, wo er war, in einer frisch gepflügten Furche, von hinten. Die Vormittagssonne liebkoste sanft ihren perlmuttfarbenen Hintern, als er ihr Kleid hochhob, ihren Slip nach unten streifte und in sie eindrang. Er war willkommen, merkte er. Da war kein Widerstand, nur Wärme, Feuchtigkeit und Wollust. Und dann all die neu gewonnene Üppigkeit. Sie schrie lauter als je zuvor, und er brüllte wie ein Stier, als er kam.

Die beiden schweren Arbeitspferde vor dem Pflug, nicht an den plötzlichen Lärm und Tumult gewöhnt, schnaubten schwach und schickten sich an, unruhig zu trippeln. Sie beschränkten sich jedoch darauf, ihre Ruheposition zu wechseln, indem sie ihr Gewicht auf das andere Hinterbein verlagerten. Einfach wegzulaufen lag nicht in ihrer Natur. Sie gaben sich damit zufrieden zu bleiben, wo sie waren.

Von einer entfernten Ecke des Feldes bezeugte der Nachbarsohn die Begattung. Offensichtlich wie gelähmt von dem Anblick blieb Mirko regungslos stehen, mit offenem Mund, die Arme etwas zur Seite erhoben wie eine entsetzte, rotwangige Vogelscheuche. Seinen Stein hatte er verloren.

Sie hatten noch kein Wort miteinander gewechselt, als Karl vom Feld kam, um zu Abend zu essen. Die Mutter saß an ihrem festen Platz am Tisch, das bleiche Gesicht über einem Teller Suppe hängend.

Sie starrte den Gast verbissen an, als er sich in der Tür zeigte, und während er sich ihr gegenüber hinsetzte, stieß sie einen Laut aus, der sich nur als Ausdruck der Abneigung deuten ließ. Ihre Augen waren wild und alt. Die Kleidung noch immer schwarz.

Karl sah sie mit erhabener Ruhe an und konnte es sich nicht verkneifen, ihr zuzuzwinkern. Sein Benehmen machte die Atemzüge der Mutter hektisch, und sie bewegte sich so demonstrativ, dass sie etwas Suppe auf den Tisch kleckerte.

Die alte Krähe, dachte Karl und betrachtete die Witwe, sie besteht ja allmählich nur noch aus Haut und Knochen.

Bei ihrer Tochter verhielt es sich ein wenig anders. Danica war daran gewöhnt, dass ihr Gewicht zu- und abnahm, genauso willkürlich, wie ihre Blutungen kamen und gingen, wenn sie sich überhaupt bemerkbar machten. Deshalb hatte sie sich ebenso wenig Sorgen darüber gemacht, dass sie aufgehört hatte zu bluten, wie darüber, dass sie etwas zugelegt hatte.

Wie der Zufall es wollte, beschloss ihr Sohn gerade an diesem Abend, durch einen gezielten Tritt gegen die Blase seiner Mutter auf seine Existenz aufmerksam zu machen – und in derselben Sekunde kippte seine Großmutter in ihre Suppe. Jetzt nicht mehr nur stocktaub, sondern auch mausetot.

Nun gibt es natürlich keinen Grund zu glauben, diese Begebenheiten hätten auch nur das Geringste miteinander zu tun, aber zusammengenommen hatten sie den Effekt, dass Danica Karl bat, sie zu heiraten.

Er sagte Ja.

GLAUBE, HOFFNUNG UND MORDSKERLE

Die nächste kleine Kirche lag nicht weit entfernt, und der Pfarrer meinte wohl, sie könnten die Beerdigung und die Hochzeit in einem schaffen, wenn Danica schon darum bat. Er selbst hatte irische Ahnen und einen Hang zum Whiskey, und vor allem Letzteres schien einen rötlichen Schimmer über seine Gestalt, insbesondere sein Gesicht zu werfen. Danica konnte sich nicht erinnern, jemals einen anderen Pfarrer als ihn gekannt zu haben, und er schien auch nie älter zu werden. Seine Augen waren mit der Zeit möglicherweise etwas kleiner geworden, und es hatten sich wohl auch ein paar Lachfältchen dazugesellt. Aber abgesehen davon blieb seine Haut glatt, ja fast glänzend, und in seinem dunklen Haar war keine Andeutung von Grau zu sehen. Vielleicht hielt der Herr seine Hand über seine Pfarrer und ließ sie länger leben als andere, dachte Danica. Oder alles zusammen war dem Whiskey geschuldet. Es gab einige, die meinten, der Pfarrer sei mit den Jahren besser geworden.

Sie entschieden sich dafür, die Beerdigung zuerst abzuhalten, und sie verlief, wie man es sich von einer Beerdigung erwartete. Niemand erhob Einwände, nicht einmal die Hauptperson, die bestimmt irgendeinen Grund zum Nörgeln gefunden hätte, wäre noch ein Funken Leben in ihr gewesen.

Danicas Mutter wurde somit effektiv mit ihrem vermoderten Mann vereint, in unmittelbarer Nähe ihrer ebensolchen Eltern in der hintersten Ecke des Friedhofs. Danach spazierte die sehr kleine Gesellschaft unter Glockengeläut in würdevollem Tempo zurück zur Kirche, wobei man den versteinerten Geistern der Vergangenheit ehrerbietig zunickte. Erneut im kühlen Kirchenraum versammelt legte dieselbe Gesellschaft ihre Gesichter in optimistischere Falten, wobei alle die Kinne hoben, ihre schönsten Kleider mit den Händen glätteten und sich für die Trauung bereit machten.

Der Glaube war ein Teil von Danicas Natur, genauso wie die Natur ein Teil ihres Glaubens war. Trotzdem hatte sie das ausgesprochene Vertrauen ihrer Eltern in das Geistliche immer mit einer gewissen Skepsis betrachtet. Vor allem ihre Mutter hatte die Gewohnheit gehabt, zu jeder Zeit und Unzeit Gott und Jesus anzurufen, und die kleine Danica war nicht umhingekommen zu bemerken, dass diese nie auftauchten. Nicht einmal an dem Morgen, an dem ihr ältester Bruder sich in den Fuß gehackt hatte, kamen sie auf die Idee, zu erscheinen und den kleinen Zeh wieder zu befestigen. Das fand Danica bedenklich, um nicht zu sagen unsympathisch.

Obendrein wohnten sie ganz in der Nähe. In einer Hütte.

Ja, aus irgendeinem Grund hatte Danica sehr früh die fixe Idee entwickelt, dass der Vater und der Sohn zusammen mit dem Heiligen Geist in dem baufälligen kleinen Haus wohnten, das am Fuß des Hügels vor der Kirche an der Straße lag. Vielleicht, weil ihr Vater immer sehr fromm aussah, wenn sie um die Kurve fuhren und die Hütte und die Kirche dahinter in Sicht kamen. Er neigte den Kopf und schloss die Augen und faltete die Hände wie zum Gebet, ohne jedoch die Zügel loszulassen. Die Pferde trabten stur weiter, ohne sich etwas anmerken zu lassen.

Danica schloss nie die Augen, im Gegenteil, sie konzentrierte all ihre mit Vorstellungen aufgeladenen Kindersinne auf das Sehen. Sie war neugierig, aber auch ängstlich. Jedenfalls ein bisschen. Und wie Angst manche dazu bringt, sich die Hand vor die Augen zu halten, bringt sie andere zum Starren.

Danica sah ab und zu, wie sich eine Gardine in einem der Fenster bewegte, wenn sie an Gottes Haus vorbeifuhren, aber nie konnte sie auch nur einen kurzen Blick auf Vater oder Sohn erhaschen, und das machte den Ort auf gewisse Weise noch unangenehmer. Der Heilige Geist dagegen stand immer an einer Kette und knurrte die Vorbeifahrenden gereizt an. Danica graute vor dem Tag, an dem er losgelassen wurde. Trotzdem fürchtete sie sich noch mehr vor den beiden anderen, die sich nie zeigten und sich somit überall verstecken konnten.

Mit einer Mischung aus Verwirrung und Erleichterung ging Danica schließlich auf, dass sie sich in der Adresse geirrt hatte. Die Offenbarung kam, als ihr Vater eines Tages den Pferdewagen direkt vor dem baufälligen Haus anhielt, um dann vom Kutschbock zu springen und neugierig in eines der Fenster zu spähen. Danica blieb sitzen, starr vor Schreck, denn sie sah die Kette schlaff im Kies liegen. Der Heilige Geist war losgelassen worden! Sie wartete jeden Moment darauf, dass er mit wilden Augen und Geifer vor dem Maul wie aus dem Nichts auftauchen würde.

Doch ihr Vater war völlig ruhig, ja, er summte sogar ein wenig beim Herumlaufen. Als er schließlich wieder zu ihr heraufkletterte, berichtete er, dass der alte Mann im Haus letztendlich an seiner Krankheit gestorben und sein vierschrötiger Sohn aus der Hütte abgehauen war und weiter im Norden eine blinde Frau geheiratet hatte. Und der Köter... Der Heilige Geist war eingeschläfert worden.

»Ja aber... Gott? Wo wohnt Gott?«, hatte Danica verwirrt gefragt. Und ihr Vater hatte sie genauso verwirrt angesehen und auf die Kirche dahinter gezeigt. »Aber kleine Danica! Gott wohnt doch gleich da drüben?«

Dann sprachen sie nicht mehr darüber.

Der Pfarrer räusperte sich, und Danica wurde klar, dass sie noch immer nicht bestätigt hatte, dass sie den Mann, der an ihrer Seite stand, ehelichen und ehren wollte.

Die Wahrheit war: Obgleich sie sehr wohl Gefühle für Karl hatte, konnte sie sich nur schwer vorstellen, ihn anders als im höchst fleischlichen Sinne lieben zu können. Sie wurde den Gedanken nicht los, dass es etwas Unehrliches hatte zu heiraten, wenn sie mit dem Herzen nicht richtig bei der Sache war. Aber die Alternative war vermutlich schlechter, redete sie sich ein. Wenn sie nun schon sein Kind erwartete? Das Kind, von dem sie nie geglaubt hatte, dass sie es bekommen könnte, geschweige denn, dass sie es verdient hatte.

Das Kind würde sie lieben!

Letztlich beschloss sie, sich darauf zu verlassen, dass es Gottes Wille war, dass sie gerade dieses Kind und diesen Mann haben sollte. Dass ihr ein neues Leben geschenkt wurde, gerade als ihr mitten in der Suppe ein ausgedientes genommen worden war, wirkte ehrlich gesagt ein bisschen wie ein Wunder. Jedenfalls wie ein Ausgleich, an dem zu rütteln dem Menschen nicht zustand. Dass die Vorsehung noch dazu bei derselben Gelegenheit einen großen, starken Vater und Versorger in ihre Küche geschickt hatte, war ganz einfach zu augenfällig, als dass sie es wagen konnte, sich dagegenzustellen.

In diesem Moment wirkte ihr Zukünftiger allerdings vor allem wie ein großer, unruhiger Schatten, der schwer in ihre Richtung atmete. Karl roch schwach nach Pflaumenschnaps, und sie hoffte, der Pfarrer würde es nicht bemerken. Andererseits roch der Pfarrer schwach nach Malt Whiskey, also war es wohl nicht so schlimm. Die beiden hatten vielleicht mehr gemeinsam, als man auf den ersten Blick glauben würde. Jetzt spürte sie das Kind in sich rumoren. Sie beeilte sich, Ja zu sagen, bevor sie es bereute.

*

Danica gebar den Jungen zu Hause mit der Hilfe der Nachbarsfrau, die in ihrem Leben so vielen Kindern auf die Welt geholfen hatte, dass sie sie kaum zählen konnte. Ihre eigenen Kinder waren erwachsen und in alle Winde verstreut, abgesehen von Mirko, der immer noch daheim wohnte, aber wohl kaum mehr als Kind bezeichnet werden konnte. Nichtsdestotrotz nahmen ihre zerfurchten Hände Danicas Kind mit einer sanften und erfahrenen Sicherheit entgegen, als hätte sie selbst noch einen Säugling zu Hause.

Ansonsten war es alles andere als eine leichte Geburt. In ihrem Verlauf kam Danica mehrmals der Gedanke, sie wäre dabei, ihren eigenen Mann zu gebären. So brutal und so groß fühlte sich der kleine Mensch an, den sie gerade in die Welt setzte.

Ihre Schmerzensschreie waren bis zu den entferntesten Feldern zu hören, auf denen Karl arbeitete, während ihm Schweiß und Tränen die Wangen hinunterliefen. Die Nachbarsfrau hatte ihm den Zutritt zum Haus verwehrt, während die Geburt im Gange war, und er war dankbar dafür, fortgeschickt zu werden. Aber gleichzeitig hatte er unglaubliche Angst. Vor allem. Und ganz besonders davor, seine Frau zu verlieren.

Als die Nachbarsfrau endlich mit dem Neugeborenen in den Händen dastand, verlieh sie ihrer Verblüffung Ausdruck. »Das ist das größte Kind, das ich jemals gesehen habe«, gestand sie Danica.

»Was ist es?«, keuchte Danica vom anderen Ende ihres ausgemergelten Körpers.

»Das größte Kind, das ich jemals gesehen habe!«

»Ja, aber was *ist* es?«

»Ein Junge! Du hast einen richtigen Mordskerl von einem Jungen bekommen. An ihm wirst du wohl Freude haben. Aber wie gut, dass er nicht länger da dringeblieben und noch weiter gewachsen ist. So etwas habe ich wirklich noch nie gesehen.«

Nicht ohne Mühe hob sie den Jungen hoch, um ihn auf den Bauch seiner Mutter zu legen. Danica gelang es kaum zu erahnen, wie das Gesicht des Neugeborenen aussah, bevor es im Spalt zwischen ihren Brüsten verschwand. Sie erblickte zusammengekniffene Augen, einen kleinen, verzagten Mund, große, breite Wangen, kleine Ohren, die am Kopf klebten. Dann sah sie einen Hinterkopf, der von dichtem rotem Haar bedeckt war. Es war eine beeindruckende Haarpracht für ein Neugeborenes. Vorsichtig ließ sie eine Hand durch das Haar gleiten, bevor sie beide Hände auf den Rücken des Kindes legte. Die Haut fühlte sich warm und feucht an. Lebendig.

»Danke«, flüsterte sie. »Ich dachte, ich würde sterben.«

»Das dachte ich ehrlich gesagt auch«, sagte die Nachbarin.

»Ich muss dich da unten ein bisschen zusammennähen. Das wirst du wohl gar nicht merken, nach dem, was du durchgemacht hast. Heilige Maria, was für ein Kind. Was für ein Kind.«

Während die Nachbarin vor Danicas Schoß, den die Geburt tatsächlich fast gefühllos gemacht hatte, leise stöhnte, lag Danica stumm im Bett, in einem Nebel aus Erschöpfung wie Erleichterung zu gleichen Teilen. Ihre Hände suchten die ganze Zeit das Kind. Der Junge atmete ruhig, scheinbar unberührt davon, aus einer Welt in eine neue geholt worden zu sein.

Umso mehr erschrak Danica, als ein plötzliches, heftiges Beben durch das Neugeborene lief. Sie nahm die Hände von dem Jungen, als hätte er sie verbrannt.

»Er zittert! Warum zittert er?«, schrie sie beinahe, die Hände noch immer in der Luft.

Die Nachbarin hob den Kopf von Danicas Schoß und sah das Kind an, das wieder zur Ruhe kam, während sie es betrachtete.

»Es war nur ein Beben«, sagte sie und fand zurück zu ihrer Näharbeit. »Manchmal muss die Seele einfach im Leib zurechtgerüttelt werden.«

»Es gibt also keinen Grund zur Sorge?«

»Kein Grund zur Sorge.«

Beruhigt von diesen Worten fuhr Danica fort, das rote Haar des Neugeborenen zu liebkosen, und langsam spürte sie, wie die Energie in ihren eigenen Körper zurückkehrte. Es war, als flößte ihr das Kind neue Kraft ein.

»Ich weiß es«, brach es mit einem Mal aus ihr heraus. »Er soll Leon heißen! Das bedeutet *Löwe*.«

»Leon? Was ist denn das jetzt für eine Torheit!« Diesmal stand die Nachbarin mühsam auf, eine Hand in die Seite gestemmt.»So heißt doch niemand hier in der Gegend. Hier gibt es auch keine Löwen, soweit ich weiß.«

»Nein, aber ich hab einmal mit einem Gaukler geredet... Erinnerst du dich nicht an die Truppe, die vor ein paar Jahren vorbeigekommen und unten am Marktplatz aufgetreten ist? Na ja, jedenfalls nannte *er* sich Leon, und er hat mir das über den Namen erzählt.«

Danica selbst erinnerte sich noch sehr gut an den Gaukler, sowohl mit als auch ohne Kleidung und Truppe. »Er konnte alles Mögliche heben«, lächelte sie. »Und war im Übrigen sehr gut im Feuerschlucken.«

»Und du musst deinen Verstand verschluckt haben«, sagte die Nachbarin und zeigte auf das Neugeborene. »Du wünschst dir doch wohl keinen Gaukler!«

Danica lächelte noch immer. Dann schloss sie die Augen. »Nein, das vielleicht nicht. Aber er *soll* nun also Leon heißen. Ein starker kleiner Löwe, denk nur. Im Übrigen gefällt mir die Vorstellung, dass mein Sohn ein wenig heraussticht.«

»Daran zweifle ich nicht, dass er das tun wird. Doch was glaubst du, wird dein Mann sagen, dass sein Sohn so einen Namen bekommt?«

Danica öffnete die Augen wieder und blickte die Frau ruhig an, als würde sie sie aus weiter Ferne betrachten. »Karl kann sagen, was er will. Aber er hat nichts zu sagen.«

Die Nachbarin wusch sich gerade in der Küche in einer Schüssel mit Wasser die Hände, als die Tür nach draußen aufging. Der Vater des Kindes hatte sich ferngehalten, wie ihm geboten worden war. Sie hatte ihm gesagt, er solle erst wiederkommen, wenn es eine Zeitlang ruhig gewesen sei.

Jetzt stand er in der Türöffnung und füllte so viel davon aus, dass das Licht sich kaum an ihm vorbeizwängen konnte.

Er war nicht eingetreten, sondern stand auf der Türschwelle und musste den Kopf etwas einziehen, um in die Küche sehen zu können.

»Lebt sie?«, fragte er mit einer Stimme, die so schwach war, dass man nicht erwartet hätte, dass sie in ihm überleben konnte.

»Ja, sie lebt, allerdings nur mit knapper Not. Der Sohn ist ein Abbild seines Vaters, das kann ich versprechen.«

»Der Sohn?«, fragte Karl und riss die Augen auf. »Meinst du damit, dass ...?«

»Ja, du hast einen Sohn bekommen, zum Teufel. Also sieh zu, dass du zu ihnen reinkommst, anstatt hier herumzustehen und zu glotzen.«

Karl drängte sich an der Nachbarin vorbei zu der Tür, die in den Flur hinausführte. Ein herber Geruch nach Erde und Schweiß brachten ihre Nasenflügel dazu, sich zusammenzuziehen, als er vorbeiging.

»Er soll Leon heißen«, fügte sie hinzu.

Die Worte ließen Karl innehalten. Er wandte sich um und sah sie fragend an. »Leon?«

»Ja, Danica hat beschlossen, dass euer Sohn Leon heißen soll.«

»Ja«, sagte Karl. »Na, dann soll er das.«

Die Nachbarin schüttelte den Kopf, sobald Karl die Küche verlassen hatte. Sie verstand diesen Mann genauso wenig, wie sie seine Frau verstand.

Als sie sich später auf dem Heimweg zu ihrem eigenen Hof befand, wurde sie von einer ungewohnten Sorge niedergedrückt. »Dieser Junge war nicht normal, das war er nicht«, wiederholte sie immer wieder für sich. »Die Schenkel und die Arme sollten nicht so aussehen. Da waren ja deutliche Muskeln ... wie bei einem Tier. Und dann war er schwer, so schwer. Oh, wenn das nur nicht das Werk des Teufels ist.«

Sie erschauderte ob ihres eigenen Ausbruchs und sprach noch lauter, in dem Versuch, ihre wirren Gedanken zu übertönen. »Was für einen Mordskerl der Herrgott dieser Frau geschenkt hat. Denk nur, da hat Danica also doch noch ein Kind bekommen. Einen großen und starken Jungen. Der Herr ist so gütig, so gütig.«

Sie schielte ehrerbietig zum Allmächtigen empor, der, wie sie dachte, ihrem eigenen treuen Mann ähneln und daher einen grauen Bart und breite Hosenträger tragen und blaue, tiefsinnige Augen haben musste, vor denen man nicht lügen konnte.

Sie selbst war eine untersetzte Frau mit kräftigem Hintern und einem fast genauso breiten Rücken, und wenn sie ging, schaukelte sie hin und her, die Füße ein wenig nach innen gerichtet, sodass sie von hinten einem müden alten Bären ähnelte. Der Braunbär war eines der Tiere, die ganz natürlich in diese Gegend gehörten. Ungefährlich, solange man ihm nicht in die Quere kam. Dasselbe konnte man von der Nachbarsfrau sagen. Dem Gerücht nach hatte sie vor langer Zeit einmal einen Tagelöhner überrascht, der sich im Stall an ihrer kleinen Tochter vergreifen wollte, und ihm eine Ohrfeige gegeben, die so kräftig war, dass es ihn das Gehör kostete.

Als sie sich ihrer Haustür näherte, kam Mirko ihr entgegen. Ein plötzlicher Windstoß fuhr in das Haar des Jungen, sodass es einen Moment wie eine verwirrte kleine Wolke um sein Gesicht stand. Eine Löwenmähne war es nicht gerade.

Leon! Wieder fiel ihr auf, wie verkehrt es war, ein kleines Kind nach einem fremden, lebensgefährlichen Raubtier zu nennen. Was man damit nicht alles riskierte! Man sollte es bei solchen Dingen nicht darauf ankommen lassen, man sollte im Übrigen überhaupt keinen Umgang mit diesen Gauklertruppen pflegen, die von Zeit zu Zeit durch das Tal reisten. Alles, was fremd und exotisch war, stellte eine potenzielle Gefahr dar, meinte sie. Danica spielte mit dem Feuer.

Mit ihrem eigenen Mirko war es etwas ganz anderes. Sein Name bedeutete »der Friedliche« – das hatte sie untersucht, um auf der sicheren Seite zu sein, bevor sie ihn so taufte. Sie hatte sich einen sanften und vernünftigen Jungen gewünscht, und den hatte der Herr ihr geschenkt. Ja, man bekam, wofür man betete, es galt also, für das Richtige zu beten.

Ziemlich hübsch war er auch, ihr Mirko, trotz des störrischen Haars und der etwas zu großen, abstehenden Ohren, die sonst keiner in der Verwandtschaft hatte. Dass er tatsächlich das Kind seines Vaters *war*, darüber herrschte jedoch kein Zweifel, Gott sei Dank. Er hatte seine dunkelblauen Augen, das längliche Gesicht und die schön geformten Lippen. Zudem war er zweifellos der Nachdenklichste und Gehorsamste aus ihrer Kinderschar.

»Wie lief es mit der Geburt?«, fragte er nun seine Mutter. Die Sonne drang durch die dünne Haut an seinen Ohren und ließ sie aussehen wie rote Fledermausflügel.

»Danica hat einen Jungen bekommen, also lief es wohl gut. Aber ich weiß nicht... Da ist etwas mit diesem Kind.«

»Etwas?«

»Ach nein, es ist nichts.«

Mirkos Mutter ging zur Eingangstür, doch als sie den Fuß auf die erste Treppenstufe gesetzt und mit beiden Händen das Geländer ergriffen hatte, zögerte sie und wandte sich um. Ihre Finger hielten sich gut an dem zerfurchten, abgewetzten Holz fest, mit dem sie im Lauf der Jahre eine gewisse Ähnlichkeit entwickelt hatten.

»Jetzt, wo sie mit dem Kind alle Hände voll zu tun hat, solltest du da oben vielleicht ein bisschen mehr mithelfen. Das schaffst du doch sicher, mein Junge?«

Mirko nickte, und wären seine Ohren nicht schon so rot gewesen, hätte man vielleicht bemerkt, dass seine Wangen ebenfalls erröteten.

VON SCHLIMMEN DINGEN, DIE MAN TUT

Du, Krähe! Weißt du noch, wie ich von diesem Mann erzählt hab, den Mirko und ich mal getroffen haben? Dem, der versucht hat, von der Sonne verbrannt zu werden? Nachdem wir ihn getroffen hatten, war Mirko lange richtig merkwürdig. Ich glaub, es sind sogar mehrere Tage vergangen, an denen er so gut wie kein Wort gesagt hat. Und *irgendwas* sagt er sonst immer, wenn wir die Straße langlaufen, auf dem Weg zu irgendeinem Ort, an dem wir uns vorgenommen haben, Arbeit zu suchen. Besser gesagt Mirko. Ich nehm mir nichts vor. Ich komm einfach mit.

Irgendwann haben wir uns in den Schatten gesetzt, weil die Hitze zu heftig wurde. Mirko saß nur da und hat in die Luft gestarrt, mit dem Rücken zu mir, ich konnte also eigentlich nichts anderes machen als dazusitzen und ihn von hinten anzuschauen.

Seine Ohren waren an diesem Tag sehr rot, das weiß ich noch, aber sie hatten ja auch stundenlang in die brennende Sonne geragt. Eigentlich sogar jahrelang. Und seine dunklen Haare waren so nass unter der Schirmmütze, dass ich den Schweiß in langen Streifen seinen Nacken hinunter in seinen Hemdkragen laufen sehen konnte. Ich schneide sie ihm im Nacken, also weiß ich genau, wie der Nacken aussieht.

Ich versuche, es gleichmäßig zu machen, aber das ist nicht immer so leicht – erstens, weil meine Finger zu groß für die Schere sind, und zweitens, weil seine Haare so viele Wirbel haben. Das weiß Mirko alles ganz genau. Er sagt, ich soll so viel wegschneiden, wie ich kann, die Haare sollen hinten so kurz wie möglich sein, und dann kann er den Rest selber machen. Ich darf seine Haare nicht allzu viel mit den Händen anfassen, das mag er nicht. Und weil es Mirko ist, lass ich es sein, auch wenn ich Lust hätte.

Die Seiten sollen auch kurz sein, ich weiß nicht, warum. Vielleicht, damit die Ohren Luft kriegen. Vorne haben seine Haare so eine Tendenz, nach oben zu stehen und sich da zu einem wuscheligen Klumpen zu formen, sodass es aussieht wie ein Vogelnest, das auf einer hohen Klippe balanciert.

Über die Haare und die Wirbel kann er schon manchmal fluchen, aber auf seinen Schnurrbart ist er dafür sehr stolz. Für den benutzt er ein scharfes Rasiermesser. Er achtet genau darauf, ihn über die senkrechte Vertiefung zwischen der Nase und der Oberlippe und auf beiden Seiten ganz gleichmäßig hinzukriegen. Der Schnurrbart soll die Unterseite der Nase füllen und dann immer schmaler werden, bis er die äußersten Mundwinkel erreicht. Länger soll er dann nicht mehr sein.

Er weigert sich, zum Barbier zu gehen, auch wenn wir uns das ab und zu bestimmt leisten könnten. »Es gibt das Gerücht, dass Barbiere die Fähigkeit haben, den Leuten Geheimnisse zu entlocken«, hat er mir mal erzählt. »Das wäre nicht gut für uns.«

Mirko barbiert mich auch, wenn es nötig ist. Ich darf leider keinen Schnurrbart haben. Dann würd ich nur ständig daran rumfummeln, sagt er.

Na ja, an diesem Tag war sein Nacken also tropfnass. Und als er sich dann plötzlich umgedreht und mich angeschaut hat, war er im Gesicht mindestens genauso nass. Das war das erste und einzige Mal, dass ich ihn hab weinen sehen. Dafür hab ich noch nie jemanden so sehr weinen sehen. Sein Gesicht war voller kleiner Flüsse. Manche davon hörten in seinem Schnurrbart auf, andere in den Mundwinkeln, und einige liefen über die Wangen bis zum Kinn hinunter, bevor sie sein Gesicht in kleinen Tropfen verlassen haben und im Sand gestorben sind.

An diesem Tag war irgendwie was ganz Besonderes an Mirkos Gesicht und seinen Augen. Er hat diese unglaublich blauen Augen, und sie haben mehr geglänzt als je zuvor.

Dann hat er gesprochen. Endlich.

»Dodo«, sagte er. »Eines Tages werd ich dir etwas erzählen. Etwas von damals, als du noch ein kleines Kind warst, das Leon hieß, und ich ein etwas größerer Junge, der bei euch zu Hause geholfen hat. Ich glaube nicht, dass du dich an etwas davon erinnern kannst. Ich hab es ja bisher auch vermieden, viel von deiner Kindheit zu sprechen. Aber ich hab darüber nachgedacht, Dodo. Ich hab darüber nachgedacht, dass ich dir wohl trotzdem erzählen sollte, was in dieser Nacht vor langer Zeit passiert ist.«

»Welcher Nacht?«

»Der Nacht, als du sieben wurdest. Da ist etwas Entsetzliches passiert.«

Oh, du kannst mir glauben, es ging mir schlecht, als er das gesagt hat. Es war, als würde sich mein Magen ganz in den Rücken zurückziehen.

»Hab ich was Schlimmes getan?«, fragte ich.

Ich hab mich nicht getraut, Mirko anzuschauen. Ich hatte plötzlich Angst davor, was die blauen Augen mir erzählen würden. Es ist wirklich nicht schön, etwas Schlimmes getan zu haben, und erst recht nicht, wenn es Mirko so sehr zum Weinen bringen kann.

Ich hab versucht, auf alle schlimmen Dinge zu kommen, die ich im Lauf der Zeit gemacht hatte, auch wenn ich ja eigentlich versuche, sie zu vergessen. Das meiste, an das ich mich erinnern kann, sind Sachen, die kaputtgehen, oder Tiere, die quieken und aufhören zu atmen. Aber da war auch was mit einem Baby, das ich zum Weinen gebracht hab. Und dieser Schwertschlucker. Und die Hand, die ich aus Versehen so fest gedrückt hab, dass sie geknackt hat. Dann weiß ich noch, dass ich einmal ein Fließband zerstört habe – ich hatte mich draufgesetzt. Und einen Schaukelstuhl. Und ein Maultier. Und... ja, heute war dann das mit diesem Mädchen draußen auf dem Hof. Das war bestimmt das Schlimmste.

Aber ich glaub vielleicht auch, dass irgendwas lange davor passiert ist. Ich kann mich nur nicht mehr erinnern, was es war. Ich glaube, es ist das, worüber Mirko reden will. Vielleicht ist es was mit meiner Mutter. Vielleicht war es meine Schuld, dass sie so geschrien hat. Es wird so schwarz in meinem Kopf, wenn ich versuche, mich daran zu erinnern.

Ich mach es doch nie mit Absicht.

Oh, ich finde, es kann schwer sein herauszufinden, wann man ein großer Mann ist und wann man ein kleines Kind ist. Ich kriege dauernd zu hören, dass ich das eine bin, und dann wieder das andere. Es ist sehr verwirrend, beides zu sein. Eine Maus müsste man sein! Dann könnte man verdammt noch mal niemandem was Schlimmes antun. Höchstens ein bisschen an dem einen oder anderen nagen.

Und weißt du, was er geantwortet hat?

»Wir beide haben was Schlimmes getan, Dodo. Aber vor allem ich.«

Das hat er gesagt. Ich kann nicht glauben, dass Mirko was Schlimmes getan hat, und erst recht nicht an meinem Geburtstag.

Nein, ich glaube, er täuscht sich.

LEON UND DAS GLÜCK

»Leon?«, gluckste der Pfarrer, als Danica ihm den Namen präsentierte. »Davon gibt es wahrlich nicht viele hier in der Gegend.« Aber im Übrigen hatte er keine Einwände, und die Taufe verlief dann auch ganz ausgezeichnet.

Karl verhielt sich während der gesamten Zeremonie genauso still wie sein Sohn, was Danica gut passte. Sie bemerkte, dass er mehr schwitzte als sonst und unruhig wirkte, als wäre er gegen seinen Willen in die Kirche geschleppt worden. Als sie geheiratet hatten, war es dasselbe gewesen. Es war für jeden deutlich, dass er sich in dieser Umgebung nicht wohlfühlte.

Bei dem Paar vom Nachbarhof, das die Rolle der Paten übernahm, war das anders. Niemand sonst konnte wie die Nachbarin den Kirchenraum betreten, als wäre es ihr eigenes vertrautes Wohnzimmer, und gleichzeitig eine beinahe leuchtende Andacht an den Tag legen. Ihre Wangen nahmen eine andere Farbe an, und es geschah etwas mit ihrer Haltung und ihrem Blick, wenn sie eintrat. Alles wurde gleichsam erhoben.

Ihr Mann ging wie üblich still und ruhig. Seine Holzschuhe klapperten auf dem Steinboden, während er seine Schirmmütze lautlos gegen den einen Schenkel schlug.

Mirko war auch dabei, natürlich war er das. Der stets verlässliche Sohn setzte sich zwischen seine Eltern und lächelte Danica an, als sie seinem Blick begegnete.

Es war schön, dass Mirko da war. Auch nach der Taufe, als sie zu Hause auf dem Hof für den Pfarrer und die Nachbarn Kaffee servierten. Wie ein diskret dienender Geist glitt Mirko umher und sorgte dafür, dass alle hatten, was sie brauchten. Sie musste ihn nicht einmal darum bitten. Karl versuchte, ebenfalls behilflich zu sein, aber er war wie ein Elefant im Porzellanladen. Zum Schluss musste Danica ihn auffordern, sich zu setzen. Er gehorchte sofort.

Sie hatte das Angebot des Nachbarn, dass Mirko nach der Geburt des Kindes etwas mehr mithelfen könne, längst angenommen. Und das nur für eine bescheidene Bezahlung in Naturalien, denn es hatte zwischen den beiden Höfen nie Geldgeschäfte gegeben. Karl hatte zwar gesagt, noch mehr Hilfe aus dieser Richtung sei wohl kaum nötig, aber Danica bestand darauf, das Angebot anzunehmen, solange Mirko wohlgemerkt selbst Lust hatte.

Und Lust hatte Mirko. Das hatte er jedenfalls gesagt.

Auch wenn die Arbeitskraft des Jungen sich nie mit Karls würde messen können, machte er trotzdem einen Unterschied. Vor allen Dingen war etwas an Mirkos sanftem und aufmerksamem Wesen, das Danica mochte. Sie hatte auch keinen Zweifel daran, dass er eines Tages ein junges Mädchen sehr glücklich machen würde. Sie hoffte nur, dass es noch etwas dauerte, denn sie war so froh, ihn auf dem Hof zu haben.

Mehr als von jedem anderen war Danica jedoch von Leon eingenommen. Anfangs konnte sie nicht einen einzigen Kritikpunkt an ihrem Sohn finden. Sie verbrachte mit Freuden Stunden damit, seine rote Mähne zu liebkosen und seinen kleinen Körper zu küssen, der doch gar nicht so klein war. Und seine Grübchen. Ihre Grübchen. Danica empfand eine

Dankbarkeit und Liebe, die sie noch nie zuvor erlebt hatte. Sie würde sich für dieses Kind opfern, sich dafür in den Tod stürzen, das wusste sie mit Sicherheit. Hatte sie auch früher an der Anwesenheit und dem guten Willen Gottes gezweifelt, jetzt tat sie das nicht mehr. Leon war der Beweis dafür, dass der Herr es gut mit ihr meinte. Ja, das Kind war wohl die Verkörperung seiner Kraft und Liebe selbst.

Ihre Dankbarkeit war so groß, dass sie nach der Taufe eine Zeitlang den Drang verspürte, zur Kirche zu gehen; etwas, das man zuvor nicht gerade als eine ihrer Gewohnheiten bezeichnen konnte. Danica kam allerdings weniger in die Kirche, um Gottes Wort zu hören, auf das sie sich in ihrem Zustand der stillen Freude ohnehin nicht hätte konzentrieren können, sondern eher, um das Wunder vorzuzeigen. Zum ersten Mal in ihrem Leben war sie aufrichtig stolz auf etwas.

Die anderen Kirchgänger blickten das Kind in ihrem Schoß dann auch mit Bewunderung, wenn nicht Verwunderung an. Alle brachten zum Ausdruck, wie hübsch und gesund er aussah. Körperlich stark war er auch, was für eine Kraft schon jetzt in seinen Händen lag, sagten sie – nicht ohne einen gewissen Schrecken, wenn Leon freudestrahlend ihre kitzelnden Finger umklammerte.

Dabei lächelte das Kind sie mit einem Blick an, der so viel Klarheit und unverfälschte Unschuld in sich barg, dass er die Leute dazu brachte, sich auf der Stelle sündig zu fühlen; vielleicht mit Ausnahme der Mutter, die sich in der Gegenwart ihres Sohnes schön und rein wie die Jungfrau selbst fühlte. Und schön war Danica. Es war tatsächlich fast unmöglich, ihrem Körper anzusehen, dass sie geboren hatte. Ein weiteres Wunder, konstatierte sie mit noch mehr Dankbarkeit. Sie war gesegnet.

Der kleine Leon benahm sich in der Kirche immer beispielhaft und gab über ein diskretes Schmatzen hinaus nie einen Laut von sich. Der Junge sah sogar so aus, als würde er den Worten des Pfarrers mit großem Ernst und etwas, das an Andacht erinnerte, lauschen. Ja, Danica meinte direkt spüren zu können, dass Leon über die Botschaft *nachdachte*. Vor diesem Hintergrund zog sie den Schluss, dass sie einen Sohn bekommen hatte, der genauso intelligent war wie gesund und stark.

Das war eine große Erleichterung.

Karl konnte Danica im Schlafzimmer hören. Ihre Stimme, die etwas Liebevolles sagte. Das Kind, das brabbelte. Ihm wurde davon warm ums Herz, oder war es der Schnaps, der ihn wärmte? Er war sich nicht sicher. Aber irgendetwas passierte in ihm, und das war genauso unangenehm wie angenehm. Er trank noch etwas mehr aus der Flasche, die er im Schrank gefunden hatte, und lehnte sich im Stuhl zurück. Dann streckte er die Beine aus und streifte die Holzschuhe ab, sodass sie auf dem Küchenboden lagen und einander anglotzten.

Dort war es schmutzig. Mehr als gewöhnlich.

Jetzt lachte sie dort drinnen.

Sie waren mehrere Wochen nicht mehr miteinander im Bett gewesen. Und er war nicht ins Wirtshaus gegangen, auch wenn er bei Gott Lust gehabt hätte. Es wäre falsch, so etwas zu tun, jetzt, wo er verheiratet war – und Vater noch dazu. Er wollte nicht riskieren, mit einer anderen Frau eine Dummheit zu begehen, so aus guter alter Gewohnheit, wenn er etwas zu viel intus hatte. Danica musste mit ihm rechnen können, das hatte er sich längst geschworen. Er hatte sich jetzt entschieden, sich an diesem Ort niederzulassen. Mit ihr. Das schuf Verpflichtungen.

Aber zum Teufel noch mal.

Sie würde nicht einmal merken, ob er zu Hause schlief oder nicht. Er schlief sowieso die meisten Nächte auf dem Sofa. Vielleicht wäre es ihr auch egal; das war beinahe das Schlimmste.

Karl war schon stolz auf seinen robusten Sohn, das war es nicht. Er war ein hübscher Junge, und es freute ihn zu sehen, wie er groß und stark wurde. Leon würde ein attraktiver Kerl werden, da hegte er keinen Zweifel.

Aber Karl vermisste seine Frau. Danica sprach nur mit ihm, wenn sie ihn um etwas bat, und oft bat sie ihn nur zu gehen. Es half nicht, sie zu berühren. Sie zog sich zurück, wenn er einen Arm um sie legte oder über ihr Haar strich. Neulich hatte sie ihm eine Ohrfeige verpasst, als er ihr versuchsweise einen Klaps auf den Hintern gab. Das hatte sie früher immer gemocht. Sie hatte meistens gelacht und sich zu ihm umgedreht und ihn geküsst. Manchmal jedenfalls. Sie hatte meistens Lust gehabt.

Er wusste nicht, was er sagen sollte. Er hatte doch wohl auch noch etwas zu sagen.

Irgendetwas.

Karl schwankte ein bisschen, als er in den Flur hinausging. Im Schlafzimmer saß Danica auf der Bettkante und stillte. Er starrte sie an, während er sich gut am Türrahmen festhielt.

Sie blickte kurz auf, als er kam.

»Nicht jetzt, Karl«, flüsterte sie. »Wir brauchen jetzt kurz ein bisschen Ruhe. Wir essen gerade.«

Karl war auch hungrig. Mit einer raschen Bewegung hatte er ihr Leon entwunden und in die Wiege in der Ecke gelegt. Es war eine ausgezeichnete Wiege. Karl hatte sie mit viel Sorgfalt selbst gebaut, sie fein und glatt geschliffen und in einer Farbe gestrichen, die Danica ausgesucht hatte. Leon fehlte es an nichts.

Dann wandte er sich wieder seiner Frau zu und hatte sie in der nächsten Sekunde hintenüber ins Bett gestoßen.

»Wie kannst du es wagen!«, zischte Danica, während sie sich mit beiden Händen gegen die Matratze stemmte, sodass sie nicht ganz zum Liegen kam.

»Komm jetzt«, flüsterte Karl und versuchte, liebevoll zu klingen, als er eine Hand um ihre Brust legte. Er spürte, wie die Brustwarze in seiner Handfläche brannte. »Nur ein bisschen, Danica. Wir beide… Wir müssen auch…«

Drüben in der Wiege begann Leon zu weinen.

»Wir… Ich will so gern…«

Karl beugte sich über die Mutter des Kindes und sah ihr in die Augen. Sie waren eiskalt.

»Du stinkst«, sagte sie.

Karl starrte sie einen Augenblick an. Dann schob er sich wieder in den Stand. Danica setzte sich augenblicklich auf.

»Entschuldige«, flüsterte Karl. Er hob Leon aus der Wiege und legte ihn vorsichtig zurück an die Brust der Mutter. »Ich wollte doch nicht… Ich wollte nur… Entschuldige.«

Danica nahm ihr weinendes Kind wortlos entgegen.

Dann machte Karl auf dem Absatz kehrt, zog den Kopf unter dem Türstock ein und ging zurück an seinen Platz in der Küche.

»Verdammt noch mal«, flüsterte er vor sich hin, als er sich wieder an den Küchentisch gesetzt hatte. »Du bist ein Idiot, Karl. Ein Idiot.«

Drinnen im Schlafzimmer hatte sein Sohn aufgehört zu weinen.

Kurz darauf konnte er seine Frau lachen hören.

Karl erwachte mit einem Ruck, als etwas seine Stirn berührte. Es war Danica. Sie stand in ihrem Nachthemd vor ihm in der Dunkelheit.

»Er schläft jetzt«, flüsterte sie. »Sollen wir ins Wohnzimmer gehen? Wenn wir leise sind, können wir schon.«

Karl war auf dem Küchenstuhl zusammengesackt. Jetzt zog er sich hoch und blickte sie verwirrt an.

»Jetzt?«, flüsterte er. Sein Hals war trocken.

»Ja, jetzt.«

Er wusste nicht genau, ob es seinetwegen oder ihretwegen war, doch er tat, worum sie ihn bat. Sie schrie nicht, aber vermutlich vor allem aus Rücksicht auf das Kind.

DER HOF UND DIE RÄTSEL

Für Karl gab es auf Danicas Hof genug zu tun. Nicht nur um das Saatgut und die Tiere musste man sich kümmern. Auch die Gebäude mussten instand gehalten werden. Der kleine Hof war alt und abgenutzt, an manchen Stellen fast schon baufällig. Sie hatte nicht die Kraft und die Zeit gehabt, selbst etwas dagegen zu tun, aber mit Karls Hilfe würde es sicher gelingen. Er tat immer, worum sie ihn bat, das musste sie ihm lassen. In vielerlei Hinsicht war er die Hilfsbereitschaft in Person.

Es war immer so gedacht gewesen, dass Danicas Brüder den elterlichen Hof am Laufen halten sollten, doch aus diesem Plan war nichts geworden, jetzt, wo weder Ivan noch Stefan von ihren Auslandsabenteuern zurückgekehrt waren. Als der Älteste war Stefan dazu ausersehen gewesen, den Hof zu erben, aber Danica war sich sicher, ein Recht auf den Besitz zu haben, nachdem sie sich nun mehrere Jahre lang aufopferungsvoll sowohl um die Eltern als auch um das Stück Land gekümmert hatte. Außerdem war sie jetzt verheiratet, also wollte sie nicht umziehen.

Sie rechnete eigentlich auch nicht damit, ihre Geschwister wiederzusehen.

Ihre Schwester Tajana vielleicht, doch der Weg nach Hause war für ihresgleichen wohl durch Scham versperrt. Vermutlich befürchtete sie, ihre Tarngeschichte sei durchschaut, und sie legte sicher keinen Wert darauf zurückzukehren, wenn die Gefahr bestand, dass sie in ihrer Heimat bereits als Prostituierte abgestempelt war. Tajana hätte jedoch ruhig nach Hause kommen können, denn Danica hatte ihre Vermutung über die Beschäftigung ihrer Schwester niemandem gegenüber erwähnt. Die beiden hatten sich nie sonderlich nahegestanden oder viel gemeinsam gehabt. Nichtsdestotrotz wollte Danica ihre kleine Schwester bis zuletzt verteidigen, wenn es nötig wäre. Sie waren trotz allem Schwestern.

Aber Tajana sollte dennoch nicht damit rechnen, ihren Elternhof zu bekommen. Der gehörte jetzt Danica.

Vor langer Zeit hatte ihr Großvater den Hof allein gebaut. Er war, wie man sagte, nicht kleinzukriegen gewesen, zumindest, bis er in fortgeschrittenem Alter von einem Fieber übermannt wurde, das ebenfalls nicht kleinzukriegen war.

Hinter seinem Hof fiel das Gelände nach Südosten hin ab und wurde immer wilder, bevor es in die Berge überging. Und an einer Stelle in dieser Wildnis – zwischen zähen Büschen, struppigem Gras und kleinen, knorrigen Bäumen – stand ein Grenzstein, für den sich niemand interessierte.

Das Wohnhaus des Hofes war aus unverrückbaren Steinen errichtet und stand genauso fest, wie es damals gebaut worden war. Die roten Dachziegel hingegen hatten sich im Lauf der Jahre ziemlich verschoben, nachdem heftige Stürme durch das Tal gefegt waren und eine Menge Verwirrung und Verwitterung im Schlepptau gehabt hatten.

So sehr man den Wind dafür liebte, dass er bis zum Bersten gefüllte Wolken für die durstige Erde heranwehte, um sie später gnädig wieder wegzupusten, so sehr fürchtete man ihn für seine plötzliche Brutalität. Wenn er auf die Berge traf, wurde er unberechenbar wie eine Billardkugel, die ein neckisches Schicksal angeschnitten hatte. Im Tal kursierten viele Geschichten über die Verwüstungen des Windes: Da gab es die von den robusten Waldarbeitern, die von zwei großen, unzuverlässigen Fichten gefällt worden waren. Die von dem fortgetragenen Klohäuschen, das nie gefunden wurde. Den kleinen Mädchen, die über die Berge geweht worden waren. Und dann gab es noch die mit dem Stier, der in einem Weinberg gelandet war. Einige der Geschichten waren offenkundig wahr, und ansonsten sorgte die Zeit dafür, dass sie wahr wurden.

Im rechten Winkel zum Wohnhaus, aber nach Süden verschoben, lag die große Scheune aus Holz, in deren einem Teil die Ernte und im anderen die Gerätschaften lagerten. Eine bescheidene Ecke mit einer Bettkoje bot mit etwas gutem Willen Platz für einen oder zwei Gelegenheitsarbeiter. Im Lauf der Jahre war die Scheune recht willkürlich nach mehreren Seiten gewachsen: In Richtung Hofplatz waren eine Speisekammer und ein kleiner Waschraum, nach hinten in Richtung der Felder ein größeres Hühnerhaus dazugekommen.

Dem Wohnhaus gegenüber, auf der anderen Seite eines teilweise zugewachsenen Hofplatzes, lag das längliche Stallgebäude. Es war wie das Haupthaus aus hellem Stein, aber nur überwiegend, denn Danicas Großvater hatte bei seinem Bau alles verwendet, was er finden konnte. Deshalb konnte man im Mauerwerk die sonderbarsten Baumaterialien finden. An einer der Giebelseiten sah man beispielsweise den einfach geformten Grabstein einer Frau namens Svetlana. Aus der Inschrift ging hervor, dass Svetlana 1897 gestorben und an einem Fragezeichen geboren worden, und darüber hinaus, dass sie *höchst geliebt von ihrem Sohn und allen ihren Tieren* gewesen war. Niemand wusste, wer sie war, doch nachdem ihr Grabstein in der Erde aufgetaucht war, auf der das Gebäude errichtet wurde, musste sie an diesen Ort gehören, hatte der Großvater gedacht.

Das Vieh des Hofes bestand in der Regel aus drei Arbeitspferden, ein paar Kühen, einigen Ziegen, einer kleinen Schafherde, einem Widder und zwei oder drei struppigen Schweinen. Die Tiere liefen frei miteinander herum, ohne Strick und in Frieden und Einigkeit, sowohl draußen als auch drinnen. Dieses Arrangement hatte – mit einer einzigen Ausnahme – trotz der unterschiedlichen Arten jahrelang funktioniert, vielleicht, weil die Tiere in ihrer mehr oder weniger wiederkäuenden Einfältigkeit längst erkannt hatten, wie viel Mühe es kostete, in dem kleinen Universum miteinander im Zwist zu sein.

Der Stall verblieb auf diese Weise Jahrzehnt um Jahrzehnt eine friedliche Freistatt. Offenbar hatte Danicas Großvater mit seiner Überzeugung recht gehabt, dass der Grabstein zusammen mit allen anderen Dingen, die er in das Gebäude eingemauert hatte, das Unglück fernhalten würde. Hier und da ragte ein Kreuz aus dem Mörtel hervor. Woanders ein eisenbeschlagener Holzschuh, ein verrosteter Handpflug oder ein alter Spaten. An manchen Stellen sah man nur sonderbare Löcher von etwas, das im Laufe der Zeit verwittert war. Vergessene Dinge, die trotzdem Abdrücke in der Zeit hinterlassen hatten.

Am exotischsten war zweifelsohne die große Kirchenglocke, die in die südöstliche Ecke der Stallwand eingemauert war. Danicas Großvater hatte die Glocke bei einer seiner vielen Wanderungen ein Stück den Berghang hinauf in der Wildnis gefunden. Selbst wenn die Wahrscheinlichkeit, an dieser Stelle einen anderen Menschen zu treffen, in etwa genauso groß war wie die Wahrscheinlichkeit, eine Kirchenglocke zu finden, hatte seine Schamhaftigkeit ihm damals geboten, sich abseits des Pfads in ein Stück Wildnis zurückzuziehen, als er ein höchst natürliches Bedürfnis verspürte. Und da stand die Glocke und glänzte in einem Meer aus weißen Blumen.

Es war dem Großvater gelungen, sie mithilfe einer Gruppe hungriger Mazedonier, die ihn zum Dank nur um eine solide Mahlzeit gebeten hatten, in aller Stille nach Hause zu transportieren. Niemand hatte eine Ahnung, wo die Glocke herkam, aber allein die Tatsache, dass sie sich Danicas Großvater in einem Flor von weißem Diktam offenbart hatte, warf einen magischen Schein über sie. Das Bedürfnis, näher zu untersuchen, ob es denn auch durch irdischere Instanzen zugelassen war, eine Kirchenglocke unbekannten Ursprungs in eine Stallwand einzumauern, hatte Danicas Großvater nie verspürt.

Zur Sicherheit hatte er die Glocke in der Ecke des Stalles platziert, an der die Wahrscheinlichkeit, dass sie jemand zu Gesicht bekommen würde, am geringsten war. Mit Ausnahme des Herrgotts natürlich, aber der Großvater meinte wohl, dass der es billigte. Er war es schließlich gewesen, der ihn die Glocke in der Wildnis finden ließ und im Vorfeld auch dafür gesorgt hatte, dass dem Großvater an diesem Tag eine so gute Verdauung beschieden war.

Für Danica war der Stall auf seine Art mehr Kirche als die Kirche selbst. Als Kind hatte sie sich ab und zu vor dem Grabstein der höchst geliebten Svetlana hingekniet und die Mutter, den Sohn sowie all ihre Tiere um Hilfe oder Vergebung gebeten. Jedoch mit begrenztem Erfolg. Sie war zum Beispiel nie von einer Zigeunertruppe mitgenommen worden, und sie hatte auch nie Adlerflügel bekommen, sodass sie selbst hochfliegen und sehen konnte, was auf der anderen Seite der Berge war.

Ihr Vater erzählte, dass es dort andere Täler und andere Berge und in einigen Gegenden auch Landschaften gab, die so flach waren, dass man am Horizont nirgendwo Berge sehen konnte, nur Himmel. Er selbst war nie so weit gereist, er hatte nur davon gehört. Von den flachen Landschaften. In einer davon, oben im Norden, gab es Tulpenfelder in allen Farben, sagte er. Und Danica versuchte, die wogenden, blühenden Felder vor sich zu sehen. Doch in erster Linie versuchte sie, sich ein Tal vorzustellen, das so breit war, dass man die Berge nicht sehen konnte. Eine Welt ohne Grenzen. Einen Himmel, der so groß war, dass er ganz bis zur Erde herunterreichte. Ihr wurde schwindelig, wenn sie daran dachte, genauso schwindelig, wie wenn sie zu den Sternen hinaufblickte und versuchte, sie zu zählen.

»Hattest du nie Lust, die Tulpenfelder zu sehen?«, hatte sie damals ihren Vater gefragt.

»Nee«, antwortete er. »Tulpen wachsen in unseren Bergen wild. Warum sollte ich tagelang reisen, um sie woanders wachsen zu sehen?«

»Aber was ist mit den Menschen, die an den anderen Orten wohnen?«, sagte Danica. »Willst du die auch nicht sehen?«

»Menschen gleichen einander. Manche sind nur etwas dunkler als andere oder haben eine etwas größere Nase. Weit draußen im Osten haben sie kleine Nasen, wusstest du das?«

»Ja, aber willst du die kleinen Nasen denn nicht sehen?«

»Ich hab mal einen Chinesen gesehen. Woanders soll es zwar noch mehr geben, aber die brauch ich ja nicht zu sehen, jetzt, wo ich einen gesehen habe. Er fand im Übrigen, ich hätte eine sehr große Nase, und hat sie mit einer der Kartoffeln verglichen, die ich ihm verkaufen wollte.«

»Bist du da traurig geworden?«

»Aber nein, im Gegenteil! Wer würde denn nicht gern aussehen wie eine meiner Kartoffeln?«

Danicas Vater kratzte sich an dem kleinen schwarzen Fleck, den er mitten auf der Nase hatte. Seine Augen glänzten. Sie waren genauso dunkel wie sein Haar.

»Ich würde schon gern sehen, was auf der anderen Seite der Berge ist«, sagte Danica träumerisch. »Und ganz andere Menschen treffen. Fremde Menschen.«

Sein Vater rümpfte die Kartoffel, als sie das sagte. »Bleib du nur hier, mein Mädchen, dann wirst du schon ein paar Fremde treffen. Es gibt einige, die durch unser Tal reisen, wenn sie sich nicht sogar niederlassen. Und warum glaubst du wohl, dass sie reisen? Denk mal darüber nach! Du wirst nie glücklicher werden als hier, wo du zu Hause bist, das verspreche ich dir. Es gibt keinen Grund zu verlassen, was man hat, wenn es einem gut geht. Dann riskiert man ja auch, es zu verlieren.«

»Aber woher weißt du denn das alles, wenn du nie selbst gereist bist?«

»Jetzt werd mal nicht naseweis.«

Wenn Danicas Vater das sagte, war das Gespräch in der Regel zu Ende, denn sonst bekam sie eine Ohrfeige. Das brachte sie aber nie zum Weinen. Nur einmal war sie nahe daran gewesen, weil ihr Vater wirklich fest zugeschlagen hatte. Damals hatte Danica gesagt, dass ihre Kartoffeln doch irgendwie wie alle anderen Kartoffeln schmeckten. Das hätte sie nie sagen sollen. Sie konnte sich gerade noch beherrschen, bevor ihr die Tränen in die Augen schossen. Allerdings bemerkte sie, dass ihr Vater feuchte Augen bekam. Danica fand nie heraus, ob es war, weil er sie zu fest geschlagen hatte, oder ob er traurig wegen der Sache mit den Kartoffeln war.

Auch ihre Mutter schaffte es nicht, Danica zum Weinen

zu bringen, und der konnte schon auch mal die Hand ausrutschen. Die Mutter sagte nicht sehr viel, als Danica ein Kind war. Sie zog sich am liebsten allein zurück, wenn sie einmal dazu kam. Stefan und Ivan erklärten Danica einmal, dass ihre Mutter so war, wie sie war, weil sie Kälte im Körper hatte. Im Blut. Die Großmutter war aus einer Gegend im Norden gekommen, aus einem eiskalten Land, wo die Leute ständig vor Kälte zitterten und aus diesem Grund eine Tendenz zu schlechter Haltung und klappernden Zähnen hatten. Das konnte nicht das Land mit den Tulpen sein, dachte Danica.

Sie sagten, die Großmutter sei sehr hübsch gewesen, als der Großvater sie kennengelernt hatte, und er habe sie wie eine Königin verehrt. Von ihren fünf Töchtern war Danicas Mutter die einzige, die ihr rotgoldenes Haar, die grünen Augen und die helle Haut geerbt hatte. Und von *ihren* Kindern war Danica die Einzige, die ihre Farben hatte. Die anderen Geschwister hatten die dunklen Augen und das nahezu schwarze Haar des Vaters bekommen, Tajana obendrein seine Knollennase.

Stefan zufolge hatte Danica als Einzige von ihnen auch die Kälte von der mütterlichen Seite der Familie geerbt. Deshalb solle sie aufpassen, dass sie im Alter nicht bucklig wurde. Ihr Körper würde sich mit der Zeit um all die Kälte krümmen, die in ihr wohnte, und sie würde sich in warme Kleidung einpacken, sagte er, auch wenn es nicht besonders kalt war.

Danica glaubte nicht daran, bis sie bemerkte, dass ihre Mutter anfing, sich zusammenzukrümmen. Anfangs war es fast nicht zu sehen, aber Danica sah es. Sie registrierte auch, dass die Mutter begonnen hatte, die ganze Zeit mit Wollschals herumzulaufen, und dass ihr Haar immer trauriger aussah, so, als würde die Farbe herausgehen, wenn sie es den ganzen Tag in ein Kopftuch hüllte. Das Haar verwelkte offenbar, wenn es kein Licht und keinen Regen bekam, dachte Danica. Wie das Gras.

Diese Erkenntnis brachte Danica dazu, von klein auf ihre Brust herauszuschieben und den Rücken aufzurichten. Sie ließ außerdem ihr Haar frei fließen und weigerte sich, ein Kopftuch zu benutzen. Sie würde ihnen schon zeigen, dass sie in die Wärme gehörte und nicht im Geringsten fror.

»Ich bin eine Zigeunerin«, sagte sie eines Tages zu ihren Geschwistern, kurz nachdem sie an einer Gruppe Roma am Straßenrand vorbeigekommen waren. Eine der Frauen hatte gesungen, während sie ihr Kind stillte. Die anderen hatten gelächelt und Danica zugewunken, vielleicht, weil sie sie so entzückt anstarrte.

Die Brüder lachten lauthals über ihre Erklärung. Selbst Tajana lachte, sie gab ansonsten selten einen Laut von sich. »Du? Zigeunerin?«, prustete Stefan. »Schau dich doch an – findest du wirklich, du siehst ihnen ähnlich? Mit deinen Haaren und deinen Augen und deiner hellen Haut.«

»Na und? Ich bin eine helle Zigeunerin!«, sagte Danica mit hocherhobenem Kopf. Sie sollten nicht bestimmen dürfen, was sie war.

Das würde sie hinterher noch lange Zeit zu hören bekommen. Nicht so sehr von Ivan, er hatte den Kopf immer voller erfinderischer Ideen und war in der Regel mehr mit diesen beschäftigt als damit, Danica aufzuziehen. Es war vor allem Stefan, der Älteste und Kräftigste, der gemein zu ihr war, weil er nichts anderes hatte, worin er aufgehen konnte. Er versuchte hartnäckig, Danica zum Weinen zu bringen, doch stets vergeblich. Im Gegenteil, ab und zu gelang es Danica, Stefan zum Heulen zu bringen, besonders, wenn sie ihn schlug. Danica war nämlich nicht nur willensstark, sondern auch körperlich stärker als ihr großer Bruder. Das zu akzeptieren fiel ihm sehr schwer, und daher dachte er zeitweise ausschließlich darüber nach, wie er seine jüngere Schwester kleinkriegen konnte.

Aber Danica weinte nicht. Mit der Zeit gelangten ihre Geschwister zu der Ansicht, dass sie als Einzige von ihnen ganz einfach nicht weinen *konnte*, aufgrund des Eises, das in ihr wohnte.

Danica konnte sehr wohl weinen, aber dafür brauchte es etwas anderes als Schmerz. Wenn sie vor allen anderen bei Tagesanbruch aufstand und sich auf nackten Füßen hinter das Klohäuschen schlich, um das taunasse Gras zwischen den Zehen zu spüren und die Sonne zu begrüßen, die über die Berge hinaufkroch, dann konnte es hin und wieder passieren, dass sie eine Träne vergoss. Dann musste sie sich das Gesicht im Gras kühlen, denn so wagte sie sich niemandem zu zeigen. Es war weniger die Sonne an sich, die sie überwältigte. Es waren die Farben, die sie aus der Dunkelheit heraufbeschwor. Das Licht, das ihr folgte. Die Wärme. Das Erwachen der Natur.

Sie fühlte sich auf eigenartige Weise gesegnet, wenn die ersten Strahlen sich durch die Kluft zwischen den Bergen zwängten und auf die Stallecke trafen. Danica hatte darüber nachgedacht, ob das etwas war, das die Sonne selbst beschloss, oder ob Gott es ihr befohlen hatte. Sie war sich nicht ganz sicher, wer von den beiden mehr zu sagen hatte. Auf jeden Fall fühlte sie sich, als wäre sie in aller Heimlichkeit die Zeugin eines Wunders, bei dem die Berge sich für das Licht zur Seite schoben, damit das Licht sein Ziel erreichen konnte.

Und das Ziel war, aus Gründen, die sie nicht verstand, ihre Glocke.

Den Teil der Glocke, der in den Stall hineinragte, erreichten die Strahlen nie. Außerdem hatten ihn Generationen von fleißigen Schwalben so zugeschissen, dass die Bronze fast völlig unter langen Streifen von Kot verborgen war. Aber die äußere Wölbung glänzte unverdrossen, obwohl sie jahrzehntelang Wind und Wetter ausgesetzt gewesen war und eigentlich gar nicht mehr so hätte glänzen dürfen. Danica war lange überzeugt davon, dass ihr Vater die Außenseite der Glocke ab und zu putzte, auch wenn sie ihn noch nie dabei erwischt hatte. Als er starb und die Kirchenglocke noch immer mehr glänzte, als sie sollte, kam sie mit einer gewissen Überraschung zu dem Ergebnis, dass wohl ihre Mutter dahinterstecken musste.

Nach dem Tod der Mutter fuhr die Glocke nichtsdestotrotz fort, wundersam zu glänzen, und Danica hörte auf, nach einer logischen Erklärung zu suchen. Im Übrigen fand sie es schön, dass nicht alles erklärt werden konnte. Sie hatte in ihrer praktischen Welt eine runde Ecke ihres Bewusstseins für das Unerklärliche reserviert. Für die Träume.

Es war nicht nur der Glanz, der die Glocke wundersam machte. Wenn der Regen direkt von Osten darauf fiel, war aus ihrem Inneren ein gedämpftes Lied zu hören. Waren es nur leichte Tropfen wie die, die von einem neckischen blauen Himmel fallen, war die Musik genauso: leicht, licht und lustig. Aber fielen die Tropfen schwer auf die Bronze, formte sich im Inneren der Glocke langsam ein tiefer und schwermütiger Klang, der erst erstarb, wenn der Regen schon längst aufgehört hatte. Als ob etwas dort drinnen lebte. Und starb.

Eine der liebsten Erinnerungen, die Danica aus ihrer Kindheit hatte, war, wie sie und ihre Geschwister zusammen im Stall saßen und dem Lied der Glocke und dem Kauen der Tiere lauschten. Irgendwann würde einer von ihnen sagen, was sie alle dachten: Hatte ihr Großvater etwas – oder jemanden – im Inneren der großen Kirchenglocke versteckt, als er sie seinerzeit als Eckstein benutzte? Dann rieten sie, was es gewesen sein könnte, und vermuteten alles von Goldmünzen und Wollschweinen bis zu einem gefährlichen Räuber, einer alten Hexe oder unartigen Kindern. Manchmal erschraken sie über ihre eigenen Mutmaßungen, andere Male lachten sie, bis sie in der staubigen Luft husten mussten.

Danica hatte nie richtige Freundinnen gehabt. Es lag nicht in ihrer Natur, Freundschaften zu schließen. Sie sei zu eigenwillig, zu wild, bekam sie in der Schule immer zu hören. Sie mochte die anderen Mädchen auch nicht, sie waren langweilig. Mit den Jungen ging es besser, die waren auch unkomplizierter; doch als sie begannen, sie mit hungrigen Blicken anzusehen, bekam sie eine Macht über sie, die Freundschaften unmöglich machte.

Nur mit ihren Geschwistern konnte sie befreundet sein, und das war sie auch nicht so richtig. Selbst in der Geschwisterschar war sie eine Einzelgängerin, eine Dissidentin, aber gerade im Stall gelang es ihnen manchmal, etwas Verbindendes zu finden. Eine Stimmung.

Danica war nicht die einzige Dissidentin, die sich einst im Stall aufgehalten hatte. In früheren Zeiten hatte ihr Großvater an der Rückseite des Stalls einen kleinen Anbau angebracht, der einen hübschen, aber schwierigen Esel beherbergen sollte, den er trotz allem nicht weggeben wollte. Das stabile Tor an der Rückseite des Stalles wurde ohnehin selten benutzt, also entfernte der Großvater das Tor und benutzte es stattdessen als Außentür für den Anbau. Neben der Tür brachte er ein Fenster an, damit der Esel das Licht und die Aussicht auf die Berge genießen konnte. Nachdem das Tier ziemlich hoch ausschlagen konnte, sah er sich jedoch bald gezwungen, Gitter in die tiefen Fensterrahmen zu setzen, um das Glas zu schützen.

Die ursprüngliche Türöffnung zum Stall hin verschloss er mit quer verlaufenden Brettern, damit der Esel nicht durch eine dicke Mauer von den anderen Tieren getrennt war. Er achtete sorgfältig darauf, dass es zwischen den Brettern Spalten gab, in dem Glauben, dass auf diese Weise vielleicht eine Versöhnung zwischen dem Esel und den übrigen Stallbewohnern stattfinden würde. Seine Hoffnung war, dass die Bretterwand eines Tages wieder entfernt und die Normalität wiederhergestellt werden konnte. Das passierte jedoch nie. Eines Morgens fand er die Stalltür offen und die Eselsbox leer. In der Erde davor waren deutliche Hufspuren, die in die Berge hinaufführten. Den Esel sah er nie wieder.

Nach der Flucht des Esels nahm Danicas Großmutter den verlassenen Anbau in Beschlag und richtete sich ihn als Arbeitszimmer ein. Ihr Wollzimmer, wie sie es nannte. Ihr Mann protestierte, doch Danicas Großmutter war ungefähr genauso willensstark wie der Ausbrecher. Sie wollte einen Ort haben, an dem sie in Ruhe und Frieden Wolle karden, färben und spinnen konnte, ohne dass ihr dabei Hühner, Familienmitglieder und anderes Getier zwischen den Beinen herumliefen. Und so setzte sie sich durch. Danicas Großmutter versorgte die Familie mit den warmen Winterkleidern, die sie benötigte, bis zu dem Tag, an dem sie starb. Daraufhin übernahm die älteste der fünf Töchter die bescheidene Wollfabrikation. Auf diese Weise wurden die Eselsbox und der Spinnrocken und die Verpflichtung an Danicas Mutter vererbt, die schon bald den jüngsten Sohn von einem der etwas südwestlich gelegenen Höfe heiratete. Den, der von Kartoffeln träumte.

Nicht, dass es besonders schön gewesen wäre, in Strick herumzulaufen, aber wenn die Kälte das Tal in ihrem eisernen Griff hielt oder der Wind durch die Zimmer pfiff, war es nichtsdestotrotz angenehm, sich einen molligen Pullover anzuziehen. Besonders Danicas Mutter wertschätzte alles, was sie warm halten konnte.

»Du bist so geschickt im Stricken«, sagte ihr Mann eines Tages, als sie mit einem Pullover für ihn anfangen wollte. Das war zu der Zeit, als sie noch miteinander sprachen. »Könntest du mir nicht einen Pullover mit Motiv stricken?«

»Mit Motiv?«

»Ja, einer Kartoffel zum Beispiel.« Seine Augen leuchteten, als er das sagte.

»Nie im Leben wird mein Mann mit so einer Knolle auf der Brust herumlaufen«, lautete die Antwort.

Danicas Mutter wich dem enttäuschten Blick ihres Mannes aus und starrte stattdessen ihre Wollknäuel an. Da wurde ihr plötzlich klar, dass sich ihr hier eine Möglichkeit bot, ihr größtes Talent zu demonstrieren.

»Du kannst unseren Hof auf der Brust haben. Willst du das?«

»Sehr gerne.«

Als ihr Mann ein paar Wochen später in seinem neuen Pullover in die Stadt ging, kehrte er mit Bestellungen in der Tasche und Reservewolle vom Kaufmann samt einem Bild der Fassade des Ladens zurück.

Und nicht zuletzt Geld. Einem Vorschuss.

»Sie wollen alle gern einen Pullover mit Motiv haben«, sagte er freudestrahlend. »Sie waren wirklich beeindruckt.«

Seine Frau spürte eine ungewohnte Hitze in den Wangen.

Nach kurzer Zeit waren ihre besonderen Wollpullover eine lokale Spezialität, und die Familie hatte in diesem Winter mehr Geld als sonst. Sie konnten sich einen neuen Kartoffelpflug leisten. Was zu Beginn für Danicas Mutter recht vergnüglich gewesen war, wurde jedoch bald zu einer lästigen Pflicht, die noch zu ihren anderen Pflichten dazukam. Es machte ihr keinen Spaß mehr, die privaten Wünsche der Leute zu erfüllen, und sie nahm die Aufträge nur noch wegen des Geldes an. Nur ein Mal weigerte sie sich rundheraus, die Bestellung eines Kunden auszuführen. Das war, als ein alleinstehender Bauer von einem der Höfe im Norden sich einen Pullover mit einem Motiv erbat, von dem er nach bestem Vermögen eine Skizze gezeichnet hatte. Danicas Mutter war der Ansicht, es könne nichts anderes darstellen als das männliche Geschlechtsorgan in aufgerichtetem und etwas schiefem Zustand, genau wie sie es von ihrem eigenen Mann kannte, wenn er das Unsagbare mit ihr wollte. Sie wies die Bestellung schnaubend zurück, ohne eine Erklärung abzugeben. Der Bauer seinerseits war einigermaßen betrübt, dass er nie einen Pullover bekam, der mit der hübschen Bergpartie geschmückt war, die er von seinem einsamen Platz in der Küche sehen konnte.

In einem bestimmten Fall kam die Produktion der Mutter vielen auf einmal zugute: So wohnte in einem kleinen Haus am Rand des Ortes ein alleinstehender älterer Böttcher, der ein besonderes Talent dafür hatte, das Wetter vorherzusagen. Ein Talent, dass sich mehr und mehr entwickelte, je stärker seine Gicht wurde.

Nachdem der Böttcher immer auf seiner Veranda saß und die Vorübergehenden beobachtete, blieben viele stehen und baten ihn, ihnen mit einer Wettervorhersage behilflich zu sein. Das galt nicht zuletzt für die Bauern der Umgebung, die sich besonders für das Thema interessierten, und damit auch für den großen Zeh des Böttchers, der sich als ungewöhnlich präzise erwiesen hatte. Der Böttcher für seinen Teil genoss es, sich mit den Leuten zu unterhalten.

Als der Alte an einem kühlen Herbstmorgen in einem Wollpullover mit einer großen Sonne auf der Brust auf der Veranda saß, hatte ein visionärer Weinbauer eine hervorragende Idee. Es wurde Geld gesammelt, sodass der Böttcher zu jeder wesentlichen Art von Wetter einen Pullover bekommen konnte. Bald musste niemand mehr stehen bleiben, um darüber informiert zu werden, welches Wetter zu erwarten war, da man nur einen Blick auf den Pullover werfen musste, den der Böttcher trug. Besonders der Pullover mit der Sonne verblich mit der Zeit, doch die wollene Botschaft drang trotzdem durch, wenn die Bauern vorbeigingen und zur Veranda hinaufspähten.

Der Wettermann verrichtete pflichtbewusst seinen wichtigen Dienst, wurde jedoch immer einsamer, jetzt, wo niemand mehr stehen blieb und mit ihm plauderte. Alle anderen dagegen waren glücklich über das praktische Arrangement, und niemand dachte daran, dass es für einen alten Mann viel zu warm war, in der Sommerhitze Wolle zu tragen. Das Abenteuer endete in dem Sommer, in dem mehrere Tage lang weiterhin Sonne von der Veranda vorhergesagt wurde und stattdessen Stürme und kräftige Regenfälle kamen.

Erst nach drei Tagen Regen begriffen die Leute, dass der Böttcher in seinem Stuhl saß und mausetot war.

Nach diesem Ereignis endete die gesamte Produktion von besonderen Wollpullovern, und Danicas Mutter atmete erleichtert auf, als sie die mühevolle Arbeit los war. Sie selbst fühlte sich nicht für den Tod des Wettermannes verantwortlich. Dafür hatte sie etwas zu viel Kälte im Körper.

VON ZWEI HERZEN

Ich hab einen Pullover. Mirko hat ihn in einem Dorf weiter im Süden für mich gefunden, bei einer älteren, langhalsigen Dame, die unter einem Schirm stand und die Kleider von ihrem verstorbenen Mann verkauft hat. Ich stand ein wenig abseits und hab gewartet, während Mirko mit ihr geredet hat, aber sie konnte es nicht lassen, zu mir herüberzustarren, und ich konnte es auch nicht lassen, sie anzustarren. Kennst du das? Manchmal weiß man nicht, ob die anderen einen anstarren, weil man sie anstarrt, oder ob es umgekehrt ist. Und um das rauszufinden, starrt man dann noch mehr.

Als ich sie so angeglotzt habe, war das auch deshalb, weil ich wirklich noch nie zuvor eine ältere Dame gesehen hatte, die so aussah. Wegen ihrer Falten. Die sind ja normalerweise ein bisschen überall verteilt, oder? Aber bei ihr nicht. Sie war ganz glatt im Gesicht, als ob jemand von hinten daran gezogen und es dann mit allem Möglichen eingeschmiert hätte. Aber dafür hatte sie ein ganzes Meer von Falten am Hals. Oder einen Fluss von Falten, sollte ich besser sagen, weil ich an die Baumstämme denken musste, die wir manchmal den Fluss hinunter zum Sägewerk treiben lassen. Da waren unglaublich viele Stämme, die den Hals der Dame hinuntertrieben, aber nicht besonders viel Platz. Sie haben gerade noch durch ihre Perlenkette gepasst.

Hinterher hat Mirko mir erzählt, dass ihr Mann Arzt gewesen war. Jetzt war er aber tot. Er muss auch sehr groß gewesen sein, wenn seine Pullover mir passen.

Mirko meinte, er habe ihn einmal lebendig gesehen.

»Ich bin sicher, dass ich ihn mal im Winter auf der Straße gesehen hab, genau in diesem Dorf und in diesem Pullover«, hat Mirko gesagt, als wir allein waren. »Er sah nicht aus wie einer, der besonders gesund lebt.«

»Seh ich aus wie einer, der gesund lebt?«, hab ich da gefragt.

»Aber hallo!«

Es ist ein uralter Pullover, das sieht man ihm an. Aber er duftet so herrlich nach Wolle und Tabak, finde ich, und vielleicht auch ein bisschen nach dem Mann, der darin gestorben ist. Er ist so weich, dass ich am liebsten die ganze Zeit mit ihm auf dem Schoß dasitzen würde, aber das erlaubt Mirko mir nicht. Wenn ich ihn zu oft anfasse, geht er kaputt, sagt er.

Es ist ein Herz drauf. Ein großes rotes Herz. Ich hab vorher noch nie so einen Pullover gesehen, und es ist ja auch nicht normal, mit dem Herz außen auf der Kleidung rumzulaufen. Aber das mache ich nun also, wenn es kalt genug ist, dass ich es darf.

Hast du übrigens schon mal bemerkt, dass eine Farbe nicht nur eine Farbe ist? Sie ist immer voller anderer Farben. Ich kann alle Farben der Welt in dem roten Herz auf dem Pullover sehen. Mirko sagt, er kann das nicht.

Rot ist doch rot, sagt er und schüttelt den Kopf.

Ich versteh nicht, dass ich etwas sehen kann, das Mirko nicht sehen kann, aber das ist wahrscheinlich so, weil ich nie richtig sehen gelernt hab. Ich hab auch nie richtig lesen gelernt. Vielleicht hängt das zusammen.

Ach, verdammt! Jetzt fällt mir ein, dass mein Pullover immer noch in meiner Koje draußen auf dem Hof liegt. Hoffentlich nimmt Mirko ihn mit.
Oh nein, jetzt macht mein Herz das schon wieder.
Es schlägt mich.
Das tut wirklich richtig weh.
Ich bin lieber still, bis es aufhört.

So.

Einmal hab ich Mirko gefragt, ob alle Herzen schlagen, und er hat gesagt, das tun sie, so lange man lebt.
»Es ist nur gut, dass sie schlagen«, hat er gesagt. »Dafür sind sie da.«
Um zu schlagen! Hast du so was schon mal gehört?
Herzen dürfen also innen im Menschen schlagen, aber Menschen dürfen nicht schlagen. Und ich darf es auf GAR keinen Fall. Das ist ein bisschen seltsam, finde ich. Deshalb konnte ich es auch nicht lassen, noch mal zu fragen. »Aber sind Herzen so wütend?«, fragte ich.
»Wütend?«
»Ja. Normalerweise sind es doch immer wütende Männer, die andere Männer schlagen. Denk mal an diesen kleinen blassen Kerl, der diesem Großen die Zähne ausgeschlagen hat, der dann in Unterhosen die Straße runtergerannt ist. Der, den wir aus dem Fenster haben klettern sehen. Der Kleine war ja wohl ganz schön sauer.«
»Ja, und dafür hatte er sicher einen guten Grund.«
»Ja, aber dann muss ein Herz, das sehr fest schlägt, doch auch wegen irgendwas böse sein?«
Mirko wollte an diesem Tag nicht so richtig reden, das hab ich schon gemerkt. Wenn er so drauf ist, geht er ein Stück vor

mir, und wenn ich ihn einhole, geht er noch schneller. Es ist, als wollte er mich nicht anschauen.

»Was redest du nur immer für einen Unsinn«, hat er gesagt und dabei mit dem Fuß einen Stein weggetreten. »Sei du nur froh, dass dein Herz da drinnen schlägt. Das sagt dir, dass du am Leben bist.«

»Manchmal muss es aber wirklich superböse sein, weil...«

»Halt jetzt den Mund mit deinem Herz!«, rief er. Jetzt war er selber wütend geworden. Das wird er öfter mal, wenn ich zu viel rede, aber besonders, wenn wir gleichzeitig Probleme haben, Arbeit zu finden, oder wenn es lange her ist, dass er bei irgendeiner Dame war und mit ihr geplaudert hat.

»Noch ein Wort über schlagende Herzen, und du kannst allein weitergehen. Ich ertrag es nicht, noch mehr zu hören.«

Das hat er gesagt. Und da hab ich mir geschworen, dass ich nie, nie wieder etwas über Herzen sagen werde. Nicht einmal, wenn mein eigenes Herz plötzlich so fest schlägt, dass es sich anfühlt, als würde ein Bär auf mir herumtrampeln. Dann bin ich einfach ganz still und warte, bis es wieder aufhört, während ich versuche, froh zu sein, dass mein Herz mir erzählt, dass ich am Leben bin.

Es spricht ganz schön laut.

Ganz unter uns – ich glaub eigentlich immer noch, dass es zwischendurch sauer auf mich ist. Wahrscheinlich wegen irgendwas, das ich getan hab.

WAS DAS HERZ BEGEHRT

Sobald Karl über das Feld hinter dem Haus verschwunden war, zog Mirko seinen Stiefel aus und fischte einen klitzekleinen Stein heraus. Karl hatte gesagt, er wolle etwas in der Scheune holen und auch kurz ins Haus gehen und nach seiner Frau sehen.

Der Stein hatte Mirko schon den ganzen Vormittag geplagt, aber er wollte nicht mit der Arbeit aufhören, wenn Karl es sah. Karl sollte nichts gegen ihn in der Hand haben, schon gar nicht einen unseligen Stein, der allerdings schon ein rotes Mal an seiner Fußsohle hinterlassen hatte.

Wenn der Stein schon eine Irritation war, so war er jedoch nichts gegen das, was Karl in Mirkos Leben war. Karl war ein Felsen, der vom Himmel gefallen war und sich groß und schwer zwischen ihn und Danica gelegt hatte. Mirko konnte ihn weder bewegen noch ignorieren, er konnte nur hoffen, dass es einen Weg um ihn herum gab. Er hatte noch nie zuvor eine so starke Abneigung gegen einen Menschen verspürt, und das erschreckte ihn ein wenig. Im Grunde seines Herzens wollte er keine Abneigung gegen jemanden hegen, aber es lag auch eine seltsame Befriedigung darin. Vielleicht fühlte es sich so an zu hassen, dachte er, wenn er Karl ansah und ihn dorthin wünschte, wo der Pfeffer wächst.

Das Schlimmste war, dass Karl der Vater von Danicas Kind war.

Mirko blickte zum Wohnhaus hinüber. Sicher saß sie mit Leon im Schlafzimmer. Vielleicht stillte sie ihn. Es fiel ihm schwer, an etwas anderes zu denken. Vielleicht war Karl dort drinnen. Vielleicht trieben sie es? Nein, hoffentlich stillte sie nur.

Als Karl ihm seinerzeit erzählt hatte, dass Danica und er ein Kind erwarteten und im Übrigen heiraten würden, war Mirko fast die Luft weggeblieben. Das war die schrecklichste Nachricht, die er jemals bekommen hatte, jedenfalls seit damals, als er als kleiner Junge erfahren hatte, dass sein Hundewelpe von einem Luchs geholt worden war. Nach diesem Erlebnis hatte Mirko nie wieder einen Hund gewollt. Mit Danica war es etwas anderes. Sie wollte er immer, davon träumte er Tag und Nacht. Zumindest wollte er gern in ihrem Leben sein, ihr etwas *bedeuten*. Er wusste nur zu gut, dass das lächerlich war.

Doch nicht einmal der Anblick von Danicas schwangerem Bauch, der ihn nun wirklich daran hätte erinnern sollen, dass in ihrem Leben andere Menschen wichtiger waren als er selbst, hatte etwas an seinen Gefühlen geändert. Im Gegenteil, in den Monaten bis zur Geburt hatte er wilde Fantasien gehabt, hatte davon geträumt, die Hände auf ihren nackten Bauch legen zu dürfen, um zu spüren, wie das Kind sich dort drinnen bewegte. Und vielleicht vor allem, um ihre Haut zu spüren. Er hatte selbstverständlich nie zu fragen gewagt. Auch nicht, wenn sie ab und zu einmal allein auf der Terrasse hinter dem Haus oder auf einer Bank draußen auf dem Hofplatz gesessen und ihn angesprochen hatte, als er vorbeikam. Sie hatte immer ihre Hände auf dem Bauch liegen, und es sah aus, als würde sie ihn durch den Stoff ihres Kleides hindurch liebkosen.

»Siehst du, wie er gewachsen ist, Mirko? Bin ich nicht dick geworden?« Solche Dinge hatte sie gesagt, und ihre Augen hatten dabei gestrahlt. Es war der Bauch, der sie zum Strahlen brachte. Die Erwartung. Mirkos Mutter hatte ihm erzählt, wie wichtig es für eine Frau war, ein Kind zu bekommen. Durch seine älteren Schwestern hatte Mirko mit der Zeit auch begriffen, dass das mit dem Körperumfang bei Frauen eine sensible Sache war. Man musste wirklich aufpassen, was man sagte, und am besten sagte man gar nichts. Zur Sicherheit begnügte er sich also damit, Danica zuzulächeln, wenn sie fragte – selbst als ihr Bauch so dick geworden war, dass es aussah, als schiebe sie einen kleineren Planeten vor sich her.

Ja, er sah sehr wohl, dass er gewachsen war.

Es war ihm glücklicherweise gelungen, die schreckliche Hoffnung zu verdrängen, die er zu Anfang gehabt hatte. Karl hatte so verdammt zufrieden ausgesehen, als er erzählte, dass Danica schwanger war, dass in Mirko sofort der Wunsch aufgekeimt war, mit dem Fötus solle ein Unglück geschehen. Ja, das Kind sollte sterben, einfach verschwinden, am besten zusammen mit Karl. Später, als die Schwangerschaft fortschritt, hörte er jedoch auf, so zu denken, und als das Kind zur Welt gekommen und ein kleiner, lebendiger Mensch geworden war, schämte er sich dafür, ihm den Tod gewünscht zu haben. Er sagte sich, dass Leon in erster Linie Danicas Fleisch und Blut war, und wenn er nur eine Chance bekäme, den Jungen kennenzulernen, würde er nicht anders können, als ihn zu mögen. Vielleicht würde er auf diese Weise auch Danica ein bisschen näherkommen. Wahrscheinlich war es vor allem das.

Was Karl betraf, so würde Mirko ihn wohl kaum jemals

mögen können. Dieser Mann war und blieb in seinem Leben unerwünscht. Trotzdem, das musste er widerwillig zugeben, war da ein Schimmer von etwas Nettem und Gutem an Karl, und das war in gewisser Weise das Schlimmste an ihm. Das Gute konnte sich zeigen, wenn Karl stundenlang kämpfte, um ein neugeborenes Kalb zu retten. Oder wenn er Mirko geduldig eine einfachere Art zeigte, Schafe zu scheren. Oder alles wegwarf, was er in den Händen hatte, um etwas zu holen, worum Danica ihn bat. Er war wirklich hilfsbereit, besonders ihr gegenüber.

Auf diese Weise konnte Karl irritierend sympathisch sein.

Dasselbe machte sich geltend, wenn er Mirko plötzlich bat, seine Arbeit zu unterbrechen, um zu kommen und sich irgendetwas anzusehen, das er entdeckt hatte. Vielleicht einen Vogel auf dem Feld oder eine besondere Blume. Dann saßen sie nebeneinander in der Hocke. Manchmal legte Karl dabei seine Hand auf Mirkos Rücken – wie ein Freund oder ein richtiger Vater mit richtigen Gefühlen. Das hatte er vor allem zu Beginn getan. Bevor er ein richtiger Vater wurde.

Einmal wollte er, dass Mirko in der Arbeit innehielt, um herüberzukommen und sich einen Schmetterling anzusehen. »Er ist so schön«, flüsterte Karl, als Mirko neben ihm in die Hocke gegangen war.

Und Mirko wunderte sich, denn der kleine Schmetterling war in seinen Augen nichts Besonderes. Jedenfalls nicht, wie er da mit geschlossenen Flügeln saß. Die langweilige Farbe und die paar Flecken auf der Unterseite der Flügel ließen ihn aussehen, als würde er gerade von Rost und Verschleiß zerfressen werden. Der Schmetterling hielt die Flügel beharrlich geschlossen, und als Mirko begann, ungeduldig zu werden, legte Karl eine Hand auf seine Schulter.

»Warte«, flüsterte er. »Und schau.«

Im selben Moment öffnete der Schmetterling seine Flügel und offenbarte seine strahlenden Farben und sein zauberhaftes Muster. Karl hatte recht gehabt. Die Schönheit währte einen Augenblick. Dann schlossen sich die Flügel wieder um die Farben, und daraufhin schloss Karl zwei große Finger um das kleine Wesen.

»Nein!«, brach es aus Mirko heraus. »Du darfst ihn nicht anfassen. Dann stirbt er!« Das hatte sein Vater ihm erzählt. Es hatte irgendetwas mit dem Staub auf den Flügeln zu tun. Die kleinste Berührung von Menschenhand würde ihn entfernen.

»Er stirbt nicht«, lächelte Karl.

»Aber jetzt kann er nicht mehr fliegen!«

»Quatsch.« Karl ließ los, und der Schmetterling flatterte weiter über die Luzernen, offensichtlich ohne Schaden genommen zu haben. Dann stieß er Mirko etwas zu fest in den Rücken und stand auf. »Da siehst du«, sagte er munter und begann zu pfeifen.

Ein kleiner, abscheulicher Teufel in Mirko wünschte, der Schmetterling wäre zwischen Karls Fingern zerquetscht worden. Auf diese Weise wäre es leichter gewesen; dann wäre Karl einfach böse gewesen. Es wäre auch leichter gewesen, wenn Karl nicht so schön gepfiffen hätte. Es ist schwer, jemanden zu hassen, der schön pfeift.

Jetzt erschien Karl oben am Hof. Er ging auf die spezielle Art über das Feld, in der er sich immer bewegte. Die Knie zeigten ein wenig nach außen, und er setzte die Füße so schwer auf, dass die Erde unter ihm erzitterte.

Er sah nicht froh aus.

Die Munterkeit, die früher so typisch für Karl gewesen war, war allmählich immer seltener an ihm zu entdecken.

Seine Augen hatten einen harten Ausdruck angenommen, und er lächelte fast nie mehr. Es war auch mehrere Monate her, dass er Mirko zu sich gerufen hatte, um ihm das ein oder andere zu zeigen. Selbst sein Pfeifen hatte sich verändert. Dieses Kind hatte den Vater nicht glücklich gemacht, so viel konnte Mirko sich ausrechnen.

Es gelang ihm, Karls Blick aufzufangen, als er auf dem Weg zum Kartoffelpflug an ihm vorbeiging. Mirko sagte nur selten etwas zu Karl, aber jetzt konnte er sich nicht zurückhalten.

»Gibt es ein Problem?«, fragte er mutig.

Die Antwort kam prompt. »Ob es ein Problem gibt? Das Kind ist ein Problem. Man schuftet hier wie wild, und dann will sie nicht mal ... Nein, vergiss es.«

Mirko vergaß es nicht. Und als er sich hinunterbeugte, um Unkraut auszureißen, spürte er eine blubbernde Freude in sich hochsteigen, die ihn zum Lächeln brachte.

Es lag eigentlich nicht in Mirkos Natur, sich über das Unglück anderer zu freuen, aber genau wie bei Karl hatte sich auch in seinem Wesen etwas verändert. Es schien, als wäre er dabei, ein anderer zu werden, und er war sich nicht immer so sicher, ob er diesen Menschen leiden konnte.

Was die körperlichen Veränderungen betraf, so nahm er die Sache gelassener. Mirko hatte aus nächster Nähe mitbekommen, was mit seinem Bruder passiert war, und jetzt konnte er selbst erleben, wie er Tag für Tag größer, kräftiger und stärker wurde. Wie die Stimme mit sich kämpfte, um ihre neue Lage zu finden, wie seine Haut sich benahm, und wie sein Geschlecht bei allen möglichen und unmöglichen Gelegenheiten anschwoll. Auch wenn das Ganze, besonders Letzteres, recht verstörend wirken konnte, war es doch insgesamt eine Entwicklung, die er mit Zufriedenheit verfolgte. Er fühlte sich mehr als bereit, sein kindliches Ich abzuwerfen und stattdessen als junger Mann betrachtet zu werden. Nicht zuletzt war er sehr zufrieden damit, dass er endlich langsam überall Haare bekam, auch auf der Oberlippe. Letzteres hatte Danica sogar kommentiert.

»Der Schnauzbart wird dir stehen, Mirko.« Genau das hatte sie gesagt, und er hatte nicht gewagt, etwas zu antworten, aus Angst davor, wie seine Stimme sich verhalten würde.

Karl wandte sich plötzlich um, und Mirko beeilte sich, mit dem Lächeln aufzuhören.

»Ich glaub, du solltest das Pferd nach oben in den Stall bringen«, sagte Karl. »Es hat jetzt genug gearbeitet. Ich mach den Rest selbst. Du brauchst heute nicht mehr hier herunterzukommen. Geh du nur nach Hause.«

Seine Stimme war nicht so voluminös wie sonst. Sie war merkwürdig klanglos.

Mirko nickte. »Dann sehen wir uns am Mittwoch.«

Karl hatte ihm den Rücken zugekehrt und antwortete nicht.

Als Mirko kurze Zeit später das Pferd über den Hofplatz führte, schielte er vorsichtig zu den Fenstern des Wohnhauses hinüber. Er ging absichtlich auf der anderen Seite des Pferdes, damit es nicht so auffiel, dass er dorthin blickte.

Hinter den Fensterscheiben war nichts zu erkennen. Keine Bewegung. Er hatte in letzter Zeit nicht viel von ihr gesehen. Am Anfang wollte sie das Kind allen zeigen. Jetzt hielt sie sich meistens zu Hause und hinter verschlossenen Türen auf.

»Mirko!«

Sein Herz machte einen Satz, als sie sich in der Küchentür

zeigte. Sie hatte Leon nicht auf dem Arm und war offenbar nur herausgekommen, um Mirko zu rufen.

»Kommst du kurz zu mir rein, wenn du mit dem Pferd fertig bist?«

Er starrte sie einen Moment ungläubig an. Es war windig an diesem Tag. Der Wind fuhr in ihr Haar und blies einen kleinen, rotgoldenen Schweif über ihren Kopf, der auf der anderen Seite wieder herunterfiel. Sie hatte ihr dunkelblaues Kleid an und nackte Füße in Holzschuhen. Sie sah müde aus.

Er nickte. »Mach ich.«

Seine Stimme blieb unten, wie sie sollte. Aber sein Herz schlug hinauf bis zum Hals.

Danica hatte die Küchentür angelehnt gelassen, sodass sie leicht im Windzug quietschte, während sie in kleinen, willenlosen Stößen gegen den Türrahmen schlug. Mirko ging zögernd die beiden Stufen zur Tür hinauf. Er wusste, dass er wohlerzogen war, aber in diesem Moment wusste er nicht, ob er anklopfen oder gleich hineingehen sollte. Galt eine angelehnte Tür als offen oder geschlossen? Er entschied sich dafür, so vorsichtig zu klopfen, dass er es selbst kaum hören konnte. Dann schob er die Tür langsam ein klein wenig mehr auf.

»Entschuldigung?«, sagte er mit der Hand an der Tür, ohne etwas anderes als einen kleinen Teil des Küchenschranks und einen Besen sehen zu können, der daran lehnte. »Ich bin jetzt da.«

Drinnen war es still. Mirko blieb stehen, die eine Ferse in der Luft und den Kopf etwas gesenkt, während er den Atem anhielt und horchte.

»Entschuldigung?«

Nicht ein Laut.

Er überlegte, ob er sich vorhin vielleicht nur *vorgestellt* hatte, dass sie ihn fragte. Wie peinlich wäre es doch, wenn das der Fall wäre. Wenn er das Ganze nur geträumt hätte. Er stellte sich so oft Situationen mit sich selbst und Danica vor. Was, wenn er nicht mehr zwischen Fantasie und Wirklichkeit unterscheiden konnte? Vielleicht wurde er ja langsam verrückt.

Er blickte zurück über den Hofplatz. Dort war kein anderes Leben als jenes, das der Wind schuf, wenn er am Scheunentor rüttelte oder einen Ledersack im Kies herumrollen ließ wie einen trägen Körper.

Da hörte er ein Geräusch aus dem Haus. Ein Krachen. Etwas, das fallen gelassen wurde, oder etwas, das heruntersfiel, vielleicht. Und wohl auch eine Stimme, ein Ausbruch.

»Danica?« Mirko holte tief Luft und ging hinein.

Die Küche duftete nach etwas, das in einem Topf auf dem Herd köchelte. Es war einigermaßen aufgeräumt, aber nicht richtig sauber. Nicht wie bei Mirko zu Hause. Mirkos Mutter würde nie aus einer Küche gehen, ohne zuerst die Tische abgewischt und die Gerätschaften an ihre Haken an der Wand gehängt zu haben. Hier lag eine Suppenkelle auf dem Tisch, in ihrem eigenen kleinen grünlich gelben See, umgeben von summenden Fliegen.

Mirko ging vorsichtig durch die Küche und an dem kleinen Esstisch vorbei. Jetzt konnte er einen schmalen, dunklen Gang hinunterschauen. Er war noch nie weiter im Haus gewesen als in der Küche und der Wohnstube. Die Tür zur Stube war offen, und er blieb stehen und blickte hinein. Durch das nach Westen gewandte Zimmerfenster konnte er Karl als winzig kleine Gestalt im entferntesten Feld sehen. Vor dem Fenster standen ein Sofa und ein kleiner Tisch mit einer Petroleumlampe. Auf dem Boden lagen ein Stapel Bücher und eine große Katze, die ihn mit aufgerissenen Augen anstarrte.

»Hallo? Danica?«, rief er erneut. »Ich bin jetzt da.« Beim Geräusch seiner Stimme floh die Katze hinter das Sofa, ohne dass es ihr jedoch gelang, sich ganz zu verstecken. Die schneeweiße Schwanzspitze ragte hinter der Lehne heraus und wedelte vorsichtig, wie in einer Art des zögerlichen Sich-Ergebens.

Und endlich antwortete sie.

»Mirko, hier... Bist du so lieb und kommst hier herein? Das hinterste Zimmer.«

Sie saß auf einem Stuhl, das eine Bein auf einem Hocker. Ihr Kleid war aufgeknöpft, und sie stillte ihr Kind. Mirko trat erschrocken einen Schritt zurück, als er die nackte Brust sah.

»Nein, komm nur rein. Das darfst du gern sehen«, sagte sie mit einer Monotonie, die ihrer Stimme völlig fremd war.

Und Mirko sah sie. Sie lächelte, aber er nahm wahr, dass es kein echtes Lächeln war. Sie war gequält. Zwischendurch leuchteten ihre Augen kurz auf, aber nicht vor Freude. Eher wie in kleinen, schmerzhaften Blitzen, die sie zu verbergen versuchte.

Als sie einen Augenblick zu ihrem Kind hinunterblickte, traute sich Mirko, in dieselbe Richtung zu schauen. Danica hielt Leon mit der einen Hand und hob mit der anderen ihre entblößte Brust zu seinem Mund. Der Junge saugte so gierig an der Brustwarze, dass seine Wangen sich bewegten wie ein Blasebalg. In kurzen Abständen bohrte er seine Finger tief in ihre Brust.

Es sah brutal aus, und in Mirko stieg eine wilde innere Unruhe auf. Danicas Brust war übersät mit roten, braunen, gelben und blauschwarzen Flecken, als wäre der Herbst darüber hinweggefegt. Es war zugleich das Schrecklichste und das Ergreifendste, das Mirko jemals gesehen hatte.

Er war völlig unvorbereitet auf das heftige Beben, das der Anblick des gierigen kleinen Mundes um die große Brustwarze in ihm auslöste und das sich in einem kleinen, unkontrollierten Laut äußerte. Als Danica ihm das Gesicht zuwandte, beeilte er sich, ihr in die Augen zu schauen, und versuchte, unbeeindruckt zu wirken. Das Beben wurde von einem schwachen, aber anhaltenden Zittern abgelöst, als würde er frieren. Er betete, dass sie es nicht bemerkte.

Es schien nicht so.

Es schien überhaupt nicht so, als würde sie ihn richtig ansehen.

»Mirko, ich brauche kurz ... Ich hab kurz etwas drüben im Wollzimmer zu erledigen.«

Für Mirko bestand kein Zweifel, dass sie nur eine kleine Pause brauchte. Sie war erschöpft.

Erst jetzt bemerkte er, dass neben ihr ein kleiner Tisch umgefallen war. Das musste es sein, was er vorhin gehört hatte. Er sah auch das schlanke, nackte Bein, das auf dem Schemel ruhte. Das Kleid war über das Knie hinaufgerutscht, und er sah mehr von dem Bein, als er bisher gesehen hatte. Und er sah zum ersten Mal ihren nackten Fuß aus nächster Nähe. Der Holzschuh war heruntergeglitten und lag auf dem Boden. Sie hatte den Fuß nach vorn gestreckt, sodass eine perfekte weiche Linie vom Knie bis zu den Zehen entstand.

Mirko hatte noch nie darüber nachgedacht, wie schön ein Bein sein konnte. Seine älteren Schwestern hatten zwar beide Beine und Füße, doch die sahen nicht so aus wie Danicas. Die der Schwestern waren schwer und ein bisschen schief, so wie die seiner Mutter. Gut, um darauf zu gehen, zweifellos. Robust, aber nicht schön. Und es war überhaupt nicht so, dass Danicas Bein schwach aussah. Er konnte ihre Wadenmuskeln sehen, und ein Schatten über dem Knie zeugte von einem starken Schenkel.

»Dürfte ich dich bitten, einen Augenblick auf Leon aufzupassen?«, sagte sie jetzt. »Er schläft bestimmt gleich ein, aber er war heute so unruhig. Ich muss ein bisschen raus.«
»Selbstverständlich«, antwortete Mirko.

Das Haar war ihr in kleinen, filzigen Strähnen übers Gesicht gefallen, und es glänzte bei Weitem nicht so wie sonst. Die Haare sahen müde aus, genau wie sie. Sie brauchte ein Bad und ein bisschen Ruhe, dachte Mirko. Ihn überkam eine unbändige Lust, ganz zu ihr hinzutreten und die Strähnen aus ihrem Gesicht zu streichen.

»Nimm ihn mal, Mirko.« Sie hob Leon von ihrer Brust, und Mirko sah zu seiner Verblüffung, wie der Junge sie umso fester umklammerte und den Mund noch mehr um die Brustwarze zusammenpresste. Leon weigerte sich ganz einfach loszulassen, und deshalb zog er die Brust mit sich.

»Er ist... ziemlich schwer.« Ein fast unhörbarer Schmerzenslaut entglitt Danica. »Du musst ihn gut festhalten.«

Mirko ergriff Leon von hinten, unter den Achseln, während sie versuchte, das Kind von sich zu lösen. Sie drückte Leons Mund auf, wie man ein Pferd dazu bringt, das Maul für die Trense zu öffnen. Die Brustwarze war angeschwollen und dunkelrot. Vielleicht war auch Blut daran.

Er musste sich darauf konzentrieren, Leon festzuhalten, während Danica es schaffte, ihre Brust loszuwinden. Da, wo die Finger des Jungen sich ins Fleisch gebohrt hatten, sah man fünf kleine Löcher. Endlich konnte Mirko Leon ganz von ihr wegheben. Er sah, wie die Brust schwer auf den Stoff ihres Kleides fiel, zitterte und dann zur Ruhe kam.

»Danke«, flüsterte Danica. Sie blieb einen Moment apathisch sitzen, noch immer mit entblößter Brust. Mirko bemerkte, dass sie ein kleines Medaillon an einer Kette um den Hals trug; es glänzte blass auf ihrer Haut. Plötzlich schreckte sie auf. Schnell schob sie die Brust an ihren Platz und knöpfte das Kleid zu.

Mirko tat, als hätte er nichts Ungewöhnliches erlebt. Außerdem hatte er genug damit zu tun, Leon zu halten. Er hatte seinerzeit die Babys seiner Schwestern gehalten und sich dabei sicher gefühlt, doch Leon war anders. Vor allem war er so unfassbar schwer, dass Mirko ihn nur mit Mühe heben konnte. Deshalb drehte er Leon um und lehnte ihn an seine Brust, sodass er den Jungen unter dem Hinterteil stützen konnte. Jetzt lag der Kopf mit dem roten Haar an seiner Schulter, und er spürte, wie eine Kinderhand sein Hemd in Brusthöhe ergriff.

»Ich glaube, du solltest dich mit ihm hinsetzen«, sagte Danica. »Das ist leichter.« Sie sprach noch immer mit ihrer farblosen Stimme. Es war, als gehörte sie jemand anderem.

Mirko nickte und setzte sich vorsichtig aufs Bett, Leon vor sich auf dem Schoß. Der Junge hielt immer noch sein Hemd fest, jetzt mit beiden Händen, sodass der Stoff wie zwei kleine Wimpel von der Brust abstand. Das verschaffte Mirko zum ersten Mal die Gelegenheit, Leon aus nächster Nähe zu betrachten. Der kräftige Unterkiefer und die breite Nase ließen keinen Zweifel an der Vaterschaft, von der Größe ganz zu schweigen. Doch erst jetzt, wo Mirko Leon berührte, wurde ihm richtig klar, wodurch der Junge sich so sehr von anderen Kindern unterschied.

Leons Arme waren durch die Ärmel seines baumwollenen Oberteils verhüllt, aber Mirko spürte sie deutlich durch den Stoff, und sie fühlten sich nicht an wie die kleinen, weichen

Arme eines Babys. Nein, es war eine Härte in diesen Armen, eine Muskulatur, die nicht zu einem Menschen dieses Alters passte. Auch Leons Schenkel waren groß und zeichneten sich ab. Die Muskeln lagen wie ein Felsen über dem Knie. Es war kein Wunder, dass er schwer war! Die Ähnlichkeit mit Karl ließ Mirko einen Moment lang Unbehagen dem Kind gegenüber verspüren, vielleicht sogar etwas, das an Abscheu erinnerte. In der nächsten Sekunde schämte er sich. Er saß hier mit einem unschuldigen kleinen Menschen. Und es war *ihr* Kind. Er hatte sich geschworen, dass er es mögen würde, und jetzt hatte er endlich die Chance dazu.

Mirko kämpfte mit seinen Gefühlen, als bei Leon eine plötzliche Veränderung stattfand. Die Augen des Jungen bekamen einen anderen Glanz, und bald leuchtete das ganze Gesicht in einem Lächeln auf, das Mirko direkt anstrahlte. Die Augen waren Danicas, der Mund war auch ihrer. Und die Grübchen. Der Junge mochte wohl die Statur seines Vaters haben, doch sein Ausdruck war ohne Zweifel der der Mutter.

Mirko erwiderte das Lächeln unwillkürlich und musste sogar lachen. Im selben Augenblick spürte er Danicas Hand in seinem Nacken. Sie ließ sie eine Weile dort liegen, und Mirko fühlte, wie sie sie ein wenig bewegte, als würde sie ihn liebkosen. Vielleicht drückte sie ihn ein bisschen. Was es auch sein mochte, das sie da tat, es brachte die kleinen Haare in seinem Nacken dazu, sich aufzustellen, und er hoffte, dass sie es nicht in der Handfläche spürte.

»Danke«, flüsterte sie. »Ich komme gleich wieder. Du kannst ihn aufs Bett legen... oder auf den Boden... aber pass auf, er kann jetzt selbst aufstehen. Er ist sehr stark. Man kann ihn nicht mehr in die Wiege legen. Wir müssen zusehen, dass wir ein Gitterbett für ihn bekommen.«

Danica verließ den Raum, ohne sich noch einmal umzudrehen, und Mirko blickte ihr nach, wie so viele Male zuvor. Er konnte die Augen nicht von ihrem Hinterteil abwenden, wenn sie ging. Es wippte auf eine ganz besondere Art.

Ihr Sohn lächelte ihn noch immer an. Jetzt hob Leon seine Hand zu Mirkos Gesicht, und Mirko zog sich zuerst etwas erschrocken zurück. Dann spürte er die weiche Kinderhand, die ihm sanft die Wange streichelte, und bekam ein merkwürdiges Gefühl im Bauch.

»Hallo, Kamerad«, flüsterte er dem Jungen zu.

Leon gluckste als Antwort. Er starrte Mirko weiter fasziniert an, während seine Handfläche ruhig das Kinn und den Hals untersuchte. Und den Schnauzbart, besonders den Schnauzbart. Die Augen des Jungen glänzten, und die Grübchen tanzten und schufen ein wundersames Leben in seinem Gesicht. Dann lehnte er sich plötzlich nach vorn und schmiegte sich zutraulich an Mirkos Brust. Sein Atem wurde ruhiger, und bald schlief er.

Mirko selbst empfand eine ungewohnte und vollkommen unerwartete Freude.

*

Die nächste Zeit über bat Danica Mirko mehrmals um Hilfe mit Leon, und er willigte ohne Zögern ein. Er begann auch, alle möglichen Entschuldigungen zu finden, um zurück zum Hof zu gehen, während Karl auf dem Feld war. Oft hatte er das Gefühl, dass Danica ihn vom Fenster aus beobachtete, denn kaum hatte er einen Fuß auf den Hofplatz gesetzt, stand sie schon in der Tür und rief nach ihm. Mirko merkte, dass er wichtig für sie war. Ihre Miene hellte sich auf, wenn sie ihn sah. Er wusste zwar, dass das wohl eher der Aussicht auf eine dringend notwendige freie Viertelstunde von Leon geschuldet war als der Freude, kurz mit Mirko zusammen zu sein. Nichtsdestoweniger machte es ihn glücklich.

Und offensichtlich bedeutete er auch ihrem Sohn etwas. Jedenfalls stieß Leon immer einen kleinen, jubelnden Laut aus und streckte die Arme aus, sobald er Mirko erblickte. Die unverhohlene Zuneigung traf Mirko direkt ins Herz und bewirkte, dass er den Jungen jedes Mal noch ein bisschen mehr mochte. Wenn er mit Leon spielte oder mit dem schlafenden Kind auf dem Schoß dasaß, gab es manchmal Momente, in denen er einfach alles andere vergaß. Sogar Danica.

»Er lässt dich wirklich nicht gern los«, sagte sie eines Tages, als Mirko ihr Leon reichen wollte. Sie war wieder drüben im Wollzimmer auf der Rückseite des Stalls gewesen. Der Raum strahle eine solche Ruhe aus, hatte sie ihm anvertraut.

Leon starrte Mirko weiter an, während er mit der einen Hand seinen Hemdsärmel festhielt. Er lachte über irgendetwas, das er sah. Vielleicht war es die Röte. Mirko spürte die Wärme in seinen Wangen, während er Leons Griff löste. Es fühlte sich fast wie ein Übergriff an, die Kinderfinger loszuwinden, doch Leon zeigte nicht das geringste Anzeichen von Schmerz, im Gegenteil.

»Nein, offenbar nicht«, sagte Mirko und versuchte, jedes Zeichen von Anstrengung zu verbergen. Leon war in kurzer Zeit so schwer geworden, dass es wirklich ein Kraftakt geworden war, ihn zu halten, aber solange Danica nicht so aussah, als hätte sie Probleme in dieser Richtung, wollte Mirko seine Mühe damit nicht zugeben. Sie musste beeindruckend stark für eine Frau sein, dachte er oft. Noch stärker als seine Mutter.

»Danke für die Hilfe«, flüsterte Danica, während sie Leon etwas besser auf ihrem Arm zurechtrückte. »Du solltest besser rüber in die Scheune gehen und das Pferdegeschirr in Ordnung bringen, bevor Karl zurückkommt.«

Mirko nickte und lächelte sie flüchtig an, bevor er ihr den Rücken zuwandte und versuchte, mit festen Schritten über den Hofplatz zu gehen. Er konnte kein natürliches Tempo finden. So war es öfter, wenn sie in der Nähe war. Sein Körper wollte ihm nicht gehorchen. Jetzt gerade hoffte er nur, die Scheune zu erreichen, ohne über seine eigenen hoffnungslos ungeschickten Beine zu stolpern.

Er spürte ihren Blick in seinem Nacken.

Vielleicht war ihr das durchaus bewusst.

Karl drückte ab und zu seine Verwunderung darüber aus, dass Mirko so oft zum Hof hinunterrannte, anstatt seine Zeit auf dem Feld zu verbringen. Nicht, dass das etwas ausmache, sagte er. Er hatte kein Problem damit, allein dort draußen zu sein. Mirko hatte schon lange das Gefühl, dass Karl ihn am liebsten los gewesen wäre. Danica ihrerseits bat Mirko, so zu tun, als ob er ihr bei anderen Dingen am Hof half. Dass er für sie auf Leon aufpasste, würde Karl wohl nicht verstehen, sagte sie.»Karl denkt nicht wie wir beide, Mirko.«

Wir beide.

Mirko fühlte sich nicht ganz wohl in der Situation. Er war trotz allem dazu erzogen worden, nicht zu lügen, und es fühlte sich nicht weniger falsch an, je länger er es tat. Er beruhigte sich selbst damit, dass das achte Gebot wohl zu den harmloseren gehörte, und wenn ihn Danica doch darum bat... Gott würde ihm schon vergeben. Bei seiner Mutter war er sich da nicht so sicher. Sie hatte schon immer viel Wert darauf gelegt, dass man sich an die Zehn Gebote hielt, und keine Gelegenheit ausgelassen, sie vor ihm aufzuzählen.

Was er jedoch noch mehr fürchtete, war Karls Reaktion, würde er jemals entdecken, dass sie etwas vor ihm verbargen. Auch wenn Karl allein durch seine Erscheinung auf viele bedrohlich wirken mochte, war er Mirko nie gefährlich erschienen. Doch in letzter Zeit war diese Düsternis über ihn gekommen, die schwer einzuordnen war. Darüber hinaus haftete Karl ein Geruch nach Alkohol an, der früher nicht da gewesen war, nicht so oft jedenfalls. Man konnte nicht wissen, was passieren würde, wenn man bei ihm in Ungnade fiel, besonders, wenn er betrunken war.

Schüttest du Schnaps auf eine gequälte Seele, kriegst du einen Teufel, hatte Mirkos Mutter einmal gesagt. Das war damals, als Gerüchte über einen Weinbauern kursierten, der seinen Bruder und seine Frau erschossen hatte. Der Bauer war sternhagelvoll gewesen, als er es tat. Davor hatte die Frau es über längere Zeit mit ihrem Schwager getrieben.

Mirko plagte auch noch ein anderer Gedanke. Der Gedanke, dass Karl brutal zu Danica sein könnte, wenn sie allein waren. Er hatte nie den Morgen vergessen, an dem der Riese nach seinem Verschwinden zum Hof zurückgekehrt war. Er hatte sich auf dem Feld auf Danica gestürzt, einfach so, wie irgendein Tier. Und sie hatte so laut geschrien, dass es unmöglich einen anderen Grund haben konnte als Schmerzen.

Aber vielleicht war es doch etwas anderes gewesen. Mirko war ein wenig im Zweifel.

Schließlich hatte sie sich hinterher entschieden, den Mann zu heiraten.

Jedes Mal, wenn das Bild der beiden auf dem Feld in Mirkos Kopf auftauchte, krampfte sich sein ganzer Körper vor Wut und Verdruss zusammen. Er hatte in seiner Fantasie immer wieder all das durchgespielt, was er an diesem Tag hätte tun sollen, anstatt dazustehen wie ein gelähmter Junge, der nicht kapierte, was vor sich ging. In den hitzigsten Momenten stellte er sich vor, wie er losstürzen, die Hacke aufheben und Karl mit einem mutigen Schlag aus ihrem Leben hätte entfernen können.

Wäre da nicht das fünfte Gebot gewesen – und nicht zuletzt die Tatsache, dass Mirko einfach nicht so ein Mensch war. Er konnte niemanden töten, nicht einmal Karl. Er konnte ihn nur dorthin wünschen, wo der Pfeffer wächst. Und seine Frau begehren.

Natürlich wagte er Danica nicht zu fragen, was wirklich zwischen ihr und Karl vorging. Aber es machte ihm Sorgen, dass sie so erschöpft war. Er konnte ihren Augen ansehen, dass sie nicht genug Schlaf bekam. Auch wenn sie versuchte, es sich nicht anmerken zu lassen, hatte er die ganze Zeit das Gefühl, dass sie sowohl körperlich als auch psychisch litt. Es war für ihn schwer zu sagen, wie viel davon Karls Schuld war und wie viel Leons. Einiges war natürlich Leons. Trotzdem wünschte er, Karl wäre die Ursache all ihres Unglücks und all ihrer blauen Flecken. Dann hätte er unbestreitbar einen Grund, den Mann zu hassen. Er konnte ja verdammt noch mal nicht Leon hassen. Das Kind wusste nicht, was es tat, wenn es zu fest zugriff. Es würde wohl auch eines Tages darüber hinauswachsen.

Im Übrigen versuchte Mirko zu ignorieren, dass auch Danica manchmal ein bisschen riechen konnte, wenn sie aus dem Wollzimmer zurückkehrte. Nach Schnaps.

Eines Vormittags kam er zu ihr ins Zimmer und sah sie auf dem Stuhl sitzen, mit einem schlafenden Leon auf dem Schoß. Sie hatte Mirko selbst gebeten zu kommen, sobald er mit den Tieren fertig war.

Karl war auf den Markt gefahren.

Danica saß aufrecht auf dem Stuhl, doch das Kinn war ihr ein wenig auf die Brust gesunken, und sie atmete ruhig. Auch sie schlief. Leons Wange ruhte an ihrer Brust, die vom Stoff ihres Kleides bedeckt war. Sie lächelten beide ein kleines bisschen im Schlaf, genau auf dieselbe Art und Weise. Mutter und Kind. Mirko musste beinahe weinen. So sollte es sein. So hatten seine Schwestern mit ihren Babys dagesessen, bevor sie mit ihren Männern und Kindern viel zu weit weg gezogen waren.

Er betrachtete Danica und Leon einen Augenblick. Zuerst die schlafenden Gesichter, dann Danicas nackte Füße, die unter dem Kleid hervorragten und völlig symmetrisch auf dem Boden ruhten, beide ein bisschen zur Seite gekippt, als würden sie da liegen und einander im Staub betrachten. Es waren abgenutzte Füße, ein wenig schmutzig waren sie auch. Aber schön. Er bekam plötzlich eine unsagbare Lust, vor ihnen niederzuknien und sie zu berühren. An ihnen zu riechen. Das erschreckte ihn. Er hatte bei Gott noch nie zuvor die Lust verspürt, an irgendjemandes Füßen zu riechen.

Mirko fühlte, wie es in seinem Unterleib spannte. Das tat es in letzter Zeit ziemlich oft, und wenn er allein war und die Möglichkeit hatte, gab er dem Druck nach und suchte sich einen Ort, an dem er sich selbst erlösen konnte. Mirkos großer Bruder hatte ihm einmal gezeigt, wie man es machte. Das taten alle Jungs, hatte er gesagt. Sein Bruder hatte es von einem Freund gelernt. Das Einzige, worauf man achten musste, war, *nie* entdeckt zu werden. Insbesondere nicht von seiner Mutter. Das war der Tod. Das würde sie nie verzeihen.

Mirko bekam Lust, es jetzt zu tun.

Und wieder bekam er ein schlechtes Gewissen. Denn war es nicht völlig verkehrt, so zu fühlen, wenn er vor etwas so

Unschuldigem stand wie einer schlafenden Mutter und ihrem kleinen Kind? Aber der Anblick von Danicas nackten Füßen machte ihm solche Lust. Und der Gedanke an die Brüste, die unter dem Kleid lagen. Der Gedanke daran, ihre nackte Haut zu küssen, sie zu schmecken. Der Gedanke an die Brustwarzen. Daran, wie die kleine rote Kugel sich auf der Zunge anfühlen würde. Er hatte bemerkt, dass die Warze sich verändern konnte. Anschwellen und sich zusammenziehen.

Er konnte es fast nicht mehr aushalten.

Mirko schlich lautlos aus dem Haus und versteckte sich hinter der Scheune und dem Hühnerstall. Dort zog er sich die Hose herunter und nahm sein steifes Glied in die Hand. Er musste die Lippen zusammenpressen, um nicht laut zu stöhnen.

Ein paar Hühner hielten inne und sahen verwundert zu, bevor sie weiter in der Vormittagssonne gackerten.

VOM ANFASSEN

Abgesehen von der alten Dame mit den Hemden ist Mirko der Einzige, der mich anfasst. Nein, ab und zu gibt es den ein oder anderen Kerl, der mich am Oberarm oder irgendwo anders berühren will, aber dann bittet Mirko ihn, es sein zu lassen.

Falls das passiert, wenn Mirko nicht da ist, soll ich versuchen wegzukommen, sagt er. Ansonsten soll ich ganz still stehen, mit den Armen an den Seiten. Ich darf auf keinen Fall was machen.

Einmal war da einer, der mich geschlagen hat. Kannst du dir das vorstellen, er hat mich einfach geschlagen, ohne dass ich ihm das Geringste getan hätte. Direkt in den Bauch, mit einer geballten Faust. Bum! Er war nicht mal wütend, denn hinterher hat er gegrinst und sich die Hand gerieben. Das war sehr merkwürdig.

Mirko kam im selben Moment in die Baracke, also bin ich einfach ganz still stehen geblieben, mit den Armen an den Seiten, und hab darauf gewartet, dass er irgendwas tut. Er hat gesagt, ich soll drinnen bleiben, während er hinausging und mit dem Typen geredet hat. Etwas später kam er mit einer blutigen Nase zurück und sagte, der Typ würde mich nicht mehr belästigen.

Er wollte nicht darüber reden.

Ich hab den Typen nie wiedergesehen, aber ich hab andere

sagen hören, dass er viel schlimmer aussah als Mirko. Ich versteh nicht richtig, was passiert ist, denn Mirko hat immer gesagt, dass wir uns niemals prügeln dürfen. Weil da nichts Gutes dabei rauskommt.

Wenn ich nur begreifen würde, warum manche Typen unbedingt andere schlagen wollen. Schlagen ist wirklich nichts Schönes. Kuscheln ist was Schönes.

Mirko streichelt mich, wenn wir allein sind. Aber wir müssen GANZ allein sein, sagt er. Wenn Leute es sehen würden, würden sie es missverstehen. Ich weiß nicht, was es da misszuverstehen gibt.

Manchmal darf ich ihn auch streicheln, aber es muss sehr vorsichtig und mit der flachen Hand sein. Ich darf auf keinen Fall zugreifen. Er hat solche schönen dunklen Haare auf der Brust, die in der Handfläche kitzeln. Ich kriege schon manchmal Lust reinzugreifen, aber ich mach es nicht. Wenn ich ganz viel Glück hab, darf ich mit einem Finger über seinen Schnauzbart streichen, aber dann will er meinen Finger selbst führen dürfen.

Ich mag es am allerliebsten, wenn er mich im Nacken und an den Schultern streichelt. Das fühlt sich so schön an, dass sich all die kleinen Haare auf meinen Armen aufstellen. Dann sage ich zu Mirko, ich kriege eine Gänsehaut. Und dann sagt Mirko, dass ich verrückt bin.

DAS UNNORMALE KIND

Hier und da gab Danica Karl, worum er bettelte. Sie war sein Gequengel leid. Der große starke Mann suchte die ganze Zeit ihre Aufmerksamkeit, wie ein kleines Kind, das bestätigt werden wollte. Und wenn er sie nicht bekam, soff er sich mit Schnaps zu. Oder wurde eifersüchtig. Zum Teufel, wie konnte er auf seinen eigenen Sohn eifersüchtig sein? Das war so erbärmlich wie erschöpfend. Und nicht sonderlich sexy.

Doch auch sie selbst bekam hin und wieder Lust, wenngleich nicht mehr so sehr auf *ihn*. Es handelte sich eher um ein grundlegendes körperliches Bedürfnis, das befriedigt werden wollte, und für diesen Zweck war Karl trotz allem der richtige Mann. Es passierte in der Regel in der Wohnstube, wenn Leon endlich im Schlafzimmer eingeschlafen war.

»Warum jaulst du nie mehr?«, murmelte er eines Nachts, als sie es getan hatten. Draußen über den Feldern hing der Mond wie eine kühle Sonne und schien durch die Zimmerfenster herein.

»Jaulen?«

»Ja, schreien. Du hast früher am Ende immer geschrien.«

»Na... ja, das hab ich vielleicht.«

»Soll ich irgendwas anderes machen?«, flüsterte er mit einer ungewohnten Unsicherheit. »Ich weiß ja nicht genau, ob...«

»Nein, Karl. Es ist alles so, wie es sein soll.«

»Liegt es daran, dass Leon es nicht hören soll? Er schläft doch. Außerdem ist es ihm sicher egal.«

Sie horchte nach ihrem Sohn im Schlafzimmer. Jetzt machte er dort drinnen Geräusche, und sie stand vom Sofa auf.

Karl griff sofort nach ihrer Hand. »Du machst auch nicht mehr so viel bei mir. Du weißt schon, früher hast du immer...«

»Gute Nacht, Karl.«

Natürlich war es wegen Leon. Ihr Sohn sollte sie nicht hören. Es war in jeder Hinsicht zu nah, aber es war nicht nur das. Zu schreien würde bedeuten, sich vollkommen hinzugeben und die Kontrolle zu verlieren. Die Erde loszulassen. Die Verantwortung loszulassen. Das wollte sie nicht.

Und doch sehnte sie sich danach, alles loszulassen.

*

Inzwischen war überhaupt nichts Sanftes mehr daran, wie Leon an der Mutterbrust trank. Er saugte nicht nur Milch und Kräfte aus seiner Mutter, er biss sie und hielt Brüste, Haut und Haar mit solcher Kraft fest, dass sie sich selbst in dieser Situation beherrschen musste. Sie weigerte sich, vor Schmerzen zu schreien, die ihr eigenes Kind ihr zufügte.

Leon war wie ein großer, unbeholfener Welpe, der keine Kontrolle über seine Bisse und seine Kräfte hat. Der Welpe, den niemand haben will, weil seine Heftigkeit nicht zu steuern ist. Er hatte schnell gelernt, sich selbst in den Stand hochzuziehen, weil er die Muskelkraft hatte, die dazu nötig war. Das Krabbelstadium übersprang er völlig. Von einem Tag auf den anderen war er imstande, auf seinen kräftigen Beinen zu laufen. Oder genauer gesagt zu *taumeln*, denn es dauerte lange, bis es einem normalen Gang zu ähneln begann, und ganz normal wurde es vielleicht nie. Es war, als hätten Leons Muskeln vollständig die Oberhand gewonnen, und der Rest von ihm würde einfach mitkommen.

Einzelne Male, als er noch ganz klein war, hatte er Krampfanfälle gehabt wie den, der gleich nach der Geburt über ihn gekommen war. Danica hatte jedes Mal den Atem angehalten und gebetet, es möge vorübergehen. Das tat es. Nach einem halben Jahr sah es so aus, als wäre die Seele endlich in seinem Leib zur Ruhe gekommen.

Von Zeit zu Zeit weinte Leon jedoch, ohne dass Danica verstehen konnte, weshalb. Er saß einfach ganz still da und weinte fast lautlos, während er auf seine Beine oder Arme zeigte, und die Grübchen verschwanden in Tränen, wie wenn das Meer Spuren im Sand verwischt. Sie überlegte, ob es Wachstumsschmerzen waren, die ihn plagten. Das sei wahrscheinlich, meinte die Nachbarin. Ein Körper, der in diesem Tempo wuchs, musste wohl mehr schmerzen als gewöhnlich.

In diesen Momenten war Danica machtlos, und der Schmerz fühlte sich schlimmer an als je zuvor, weil es nicht ihr eigener war.

Und dann war da der Vater. Jetzt, wo Karl endlich mit seinem Sohn spielte, warf er Leon herum und schien wie das Kind keinerlei Gefühl für Grenzen zu haben. Ja, selbst wenn er Leon nur aus dem Weg haben wollte, warf er ihn, als wäre er ein Schaf oder ein Sack Korn. Danica machte Karl dieses Benehmen zum Vorwurf und meinte, er trage einen Teil der Schuld daran, dass Leon nicht lernte, sich im Griff zu haben. Aber Karl hörte ihr offenbar nicht zu. Vielleicht sah er das Problem einfach gar nicht.

Leon für seinen Teil nahm seine Knuffe klaglos hin, meistens sogar mit einem Lächeln. Schnell und furchtlos war er wieder auf den Beinen.

»Jetzt beruhig dich mal«, sagte Karl eines Tages zu ihr. »Es passiert doch nichts.« Er hatte ihren Sohn gerade ins Heu auf die Ladefläche des Pferdewagens geworfen, zu dessen offensichtlichem Vergnügen und dem ebenso offensichtlichen Missfallen der Mutter.

Danica saß auf einem Schemel in einem Sonnenstrahl auf dem Hof und war dabei, die Wolle zu karden, die sie gewaschen und getrocknet hatte. Mirko war an diesem Tag nicht hier. Sie wünschte, er hätte anstelle von Karl mit dem Kind gespielt. Er überschritt nie irgendwelche Grenzen.

Einen Augenblick lang war Leon hinter dem Rand des Wagens verschwunden. Dann tauchte sein zerzauster Haarschopf auf, und bald sah sie ihn über die Kante taumeln und mit einem lauten Rums in den Kies fallen. Der alte Schimmel, der vor den Wagen gespannt war, hörte auf zu kauen und wandte langsam den Kopf, um sich den Jungen auf dem Boden anzusehen. Dann drehte er den Kopf zurück, senkte ihn ein wenig und kaute mit halb geschlossenen Augen weiter. Die Tiere hatten sich allmählich an das Kind gewöhnt, das zwischen ihren Beinen herumstolperte. Sie verstanden es beiseitezugehen, wenn es nötig war.

Bevor Danica sich erheben konnte, um Leon zu Hilfe zu kommen, stand er auf und grinste Karl mit in die Luft gestreckten Armen an. Er wollte noch einmal geworfen werden. Karl verschaffte ihm einen weiteren Flug, und Danica schnaubte irritiert, während sie die Karden hart auseinanderzog.

Sie hatte nicht viel für die Wollarbeit übrig, die sie von ihrer Mutter und Großmutter übernommen hatte. Wenn sie

sie seinerzeit dennoch auf sich genommen hatte, dann vor allem, um eine Entschuldigung dafür zu haben, ins Wollzimmer zu gehen. Es herrschte ein gesegneter Frieden in der alten Eselsbox. Das ruhige Rumoren und Wiederkäuen der Tiere auf der anderen Seite der Bretter tat ihr gut, und sie mochte es, am Spinnrad zu sitzen und es zu ihrem rhythmischen Treten singen zu hören. Durch das Fenster konnte sie in die Berge hinaufsehen, während sie spann. Sie waren so schön, diese Berge, wenn die Sonne hinter ihnen aufging und sie in Gold rahmte; oder wenn sie sie im Lauf des Tages von Süden und Westen her in allen möglichen warmen Farben anstrahlten. Über ihnen lag der Himmel mit seinen Blautönen. Oder die Wolken mit ihren Grautönen. Es war nur ein bisschen ärgerlich, dass immer Gitter die Aussicht versperrten.

Bei Tagesanbruch saß sie am allerliebsten draußen auf ihrem Schemel neben der Glocke, aber sie hatte sich nicht mehr getraut, seit Karl eingezogen war, weil sie nicht wollte, dass er ihr Geheimnis kannte. Dann würde er nur auch dort sitzen wollen, und alles wäre zerstört. Sie wollte den Tagesanbruch für sich selbst.

Zum Stricken hatte sie selten Lust; außerdem war es zweifellos leichter, das Garn zu verkaufen. Sie wusste zwar, dass ihre Mutter einmal eine Art von Ruhm erlangt hatte, indem sie für die Leute strickte, aber Danica verspürte keinen Drang, sich an etwas Ähnlichem zu versuchen.

Außerdem war da die Sache mit den Farben. Sie sah nicht dasselbe, was die anderen sahen. Stefan hatte sie aufgezogen, als sie sagte, sie könne alle Farben der Welt in Ivans dunkelbraunen Augen sehen. Bald sah sie ein, dass sie ihre Aussagen vereinfachen musste, um verstanden zu werden. Braun war braun. Das Gras war grün und der Himmel blau. Anfangs hatte es ihr beim Gedanken an all die Nuancen leidgetan, die sie als Einzige sehen konnte und von denen deshalb keiner verstand, dass sie sie sah. Aber mit der Zeit hatte sie sich daran gewöhnt, damit allein zu sein. Auch damit.

Erst nach dem Tod der Mutter hatte sie darüber nachzudenken begonnen, ob ihre Mutter vielleicht das Gleiche gesehen hatte wie sie – oder ihr Vater. Und jetzt überlegte sie, ob Leon ihre besondere Veranlagung geerbt haben könnte. Das wünschte sie sich für sie beide, denn sie wollte ihm so gern diese Fülle an Farben zeigen, sie mit ihm teilen. Gleichzeitig machte sie sich immer mehr Sorgen darüber, was es für Fähigkeiten waren, die ihr Sohn mit auf die Welt gebracht hatte.

Leon landete noch einmal mit einem Rums im Kies neben dem Pferdewagen. Er grinste.

»Da siehst du es«, sagte Karl. »Der Junge hält alles aus, und er ist stark wie ein Ochse. Wir sollten ihn mit auf die Tierschau nehmen.«

Danica war sich nicht sicher, ob das als Scherz gemeint war, um sie zu foppen – oder in vollem Ernst. Sie konnte den Humor ihres Mannes nicht mehr deuten. Er ging ihr grenzenlos auf die Nerven.

»Ja, das würdest du wohl gern«, murmelte sie und starrte auf ihre Karden hinunter. Sie wollte viel lieber für sich allein im Wollzimmer sitzen, aber sie traute sich nicht recht, wegzugehen und Karl die ganze Verantwortung für Leon zu überlassen.

Karl ignorierte die deutliche Unzufriedenheit seiner Frau mit der ganzen Situation und zog das Zaumzeug des Pferdes fest.

Als Danica wieder aufblickte, kam Leon mit einem Stein in den Armen auf sie zugewatschelt. In seinen grünen Augen lag eine Fülle von Farben. In diesem Moment strahlten sie darüber hinaus vor Kraft und Stolz.

Es war ein sehr großer Stein.

Danica verstand allmählich, dass ihr Sohn mehr konnte als andere kleine Jungen. Gleichzeitig musste sie einsehen, dass Leon etwas *fehlte*, das andere hatten. Sie wusste nur nicht, was. Sie befürchtete, dass es ihm an Klugheit mangelte, wenn sie ihn gegen ein Hindernis schlagen sah, immer und immer wieder, oder unablässig einen Finger in die Flamme halten. Leons Verhalten besorgte sie, manchmal erschreckte es sie geradezu. In besonders verzweifelten Momenten konnte sie auf den Gedanken kommen, dass er aus Bösartigkeit handelte. Dann fühlte sie sich wie die schlechteste Mutter der Welt.

Im nächsten Moment ließ Leon den Stein schwer auf den einen Fuß seiner Mutter fallen. Er klatschte begeistert, als sie die Karden von sich warf und sich an den Fuß griff. Er pochte vor Schmerzen, aber abgesehen von einem erschrockenen Atemzug, als der Stein sie traf, ließ sie keinen Laut über ihre Lippen kommen.

Währenddessen setzte sich Leon fröhlich neben sie in den Kies. Er bekam eine der kleinen Rollen gekardeter Wolle zu fassen, die gestapelt auf dem Boden lagen, und strich mit der Hand darüber. »Weich«, flüsterte er und lächelte zu ihr hinauf.

Karl blickte zu ihnen hinüber und schüttelte den Kopf. »Der verrückte Bursche«, sagte er. Dann sprang er auf den Kutschbock, nahm die Zügel und schnalzte mit der Zunge, sodass die Pferde losliefen.

Er sah nicht, dass seine Frau hinter ihren trockenen Augen innerlich weinte.

Er begreift gar nichts, dachte Danica. Und jetzt hab ich einen Sohn bekommen, der genauso ist.

Danica war nicht mehr stolz auf ihren Jungen, sie schämte sich. Weniger wegen seiner Kraft als vielmehr wegen seines Verhaltens, und vielleicht am allermeisten wegen ihrer eigenen Unzulänglichkeit. Deshalb hielt sie sich nun so weit wie möglich auf Abstand zu anderen und blieb am liebsten zu Hause. Die Leute sollten nicht sehen, dass mit Leon etwas nicht stimmte. Diese Niederlage hätte sie nicht ertragen.

Sie sorgte dafür, dass immer eine Flasche drüben im Wollzimmer stand. Es beruhigte sie, ein bisschen zu trinken, manchmal auch ein bisschen zu viel. Karl hatte nicht bemerkt, dass sie begonnen hatte, mehr zu trinken, er sagte nichts. Er trank ja selbst. Aus diesem Grund achtete er darauf, dass sie reichlich von dem billigen lokalen Wein und Schnaps auf Vorrat hatten – und aus demselben Grund hatte er keine Kontrolle darüber, wie viel davon verschwand. Er füllte einfach nur auf.

Doch auch für die Trinkerei schämte sich Danica. Nicht so sehr vor Karl wie vor Mirko. Deshalb gab sie sich viel Mühe, dass er es nicht mitbekam.

Was Leon anging, war sie sich sicher, dass Mirko aufgefallen war, dass irgendetwas nicht stimmte. Trotzdem hatte er es sich nie anmerken lassen. Mirko behandelte Leon wie ein ganz normales Kind, und Leon vergötterte ihn. Es war deutlich zu sehen, dass Mirko das Beste in dem Kind zum Vorschein brachte. In gewisser Weise war Mirko derjenige, der Danica Hoffnung für Leon gab, doch auch mit Mirko konnte sie nicht bis in alle Ewigkeit rechnen. Er würde wohl irgendwann in seinem Leben weitergehen, sich ein Mädchen suchen. Sie versuchte, nicht daran zu denken.

Als Karl kurz außer Sichtweite war, nahm sie Leon mit in den Stall. Alle Tiere waren draußen, das große Tor am einen

Ende stand zur nördlichen Weide hin offen. Sie konnte ein Stück weiter oben am Hügel ein paar von den Schafen sehen. Irgendwo in der Ferne hörte sie eines der Pferde wiehern.

Leon folgte ihr neugierig. Als sie vor der Wand mit Svetlanas Grabstein auf die Knie fiel, setzte er sich dicht neben sie ins Stroh.

»Was hab ich getan?«, flüsterte sie zum Grabstein hin. »Was soll ich tun?«

Höchst geliebt von ihrem Sohn und allen ihren Tieren stand auf dem Stein.

Sie dachte an Svetlanas Sohn. Und an die Tiere. Danica war sich nicht mehr sicher, mit wem Leon mehr gemeinsam hatte. Sie war sich nicht einmal sicher, ob Leon seine Mutter liebte. Und trotzdem. Ab und zu war er so lieb, dass auch das wehtat.

Jetzt nahm er ganz vorsichtig ihre Hand und blickte mit großen, aufmerksamen Augen zu ihr auf. Er streichelte sie. Jetzt, in diesem Moment, glaubte sie vielleicht doch, dass er sie liebte.

Dann drückte er zu.

*

Jemanden um Rat zu fragen, was Leons Verstand anging, war undenkbar. Danica wollte die eventuellen Defizite ihres Sohnes unter keinen Umständen preisgeben, und was wäre es darüber hinaus für eine Scham, die fachkundige Bestätigung dafür zu bekommen, dass Leon minderbegabt war. Im Übrigen gab es diese Art von Fachmann im näheren Umkreis gar nicht. Man müsste wohl in eine der Städte im Norden. Als sie jünger war, hatte sie einmal jemanden über einen Mann von dort reden hören, der Frauen wegen Hysterie behandelte. Das klang nicht sonderlich beruhigend.

Nein, sie wollte sehen, was die Zeit brachte. Wenn Leon erst richtig zu sprechen anfing, würde sie selbst bewerten können, wie schlimm es in seinem Kopf aussah. Wenn er überhaupt sprechen lernte. Sie schauderte bei dem Gedanken an einen Idioten, der der Sprache nicht mächtig war.

Ihr war sehr wohl bewusst, dass sie eines Tages gezwungen sein würde, Leon in irgendeiner Form in die Schule zu schicken, und dass ihn das entlarven würde. Es gab nur eine Schule im nächsten Ort. Wenn Leon geistig zurückgeblieben war, würden es sofort alle wissen. Sie erinnerte sich an ihre eigene Zeit auf dieser Schule, und nicht zuletzt daran, wie getratscht worden war: über den Jungen, der einen Klumpfuß hatte, und über das Mädchen mit der fetten Mutter, die nie aus dem Schlafzimmer kam. Über Danicas eigene Schwester, die sich dem Gerücht nach für ein einfaches Stück Schokolade von den Jungen begrapschen ließ. Und vielleicht am allermeisten über den einen ihrer Brüder, der viel zu fein für einen Bauernjungen war. Wenn der Sohn eines Kartoffelbauern nach Amerika wollte, um reich zu werden, konnten die anderen Kinder nicht anders als lachen. Und verhöhnen. Nein, Ivan sollte nicht glauben, dass er etwas war – etwas anderes, als von seinem Schicksal an das Kartoffelfeld gebunden.

Die Erinnerungen ließen Danica das Ganze vollkommen klar sehen. Die Schule hatte sich wohl kaum geändert. Leon würde Aufmerksamkeit erregen und sicher für seine Unnatürlichkeit verhöhnt werden. Wenn er so weiterwuchs, gab es vermutlich niemanden, der mit ihm in Streit geraten wollte, aber er würde ein Außenseiter sein, ein Sonderling, von dem man sich fernhielt. Und wenn dann auch noch das Gehirn nicht mitkam? Oh, er würde sich so lächerlich machen. Es zerschnitt ihr das Herz, wenn sie daran dachte, was ihr Sohn dann würde erleben müssen.

Bevor Danica überhaupt wissen konnte, ob wirklich etwas mit Leons Gehirn nicht stimmte, hatte sie beschlossen, ihn zu Hause zu unterrichten. Wenn sie selbst Lesen und Schreiben gelernt hatte, konnte sie es wohl auch ihrem Sohn beibringen. In aller Ruhe in der Küche und ohne gnadenlose Zuschauer.

Karl konnte ihm dann die praktischen Dinge beibringen.

Auch im Hinblick auf Leons außergewöhnliche Physis wollte Danica keinen Fachmann aufsuchen, um eine Erklärung zu bekommen. Sie konnte den unsoliden Arzt, der sie auf grausamste Weise im Stich gelassen hatte, als sie blutjung und unsterblich verliebt gewesen war, immer noch nicht vergessen. Er war es gewesen, der ihr eingeredet hatte, sie könne keine Kinder bekommen, sicher nur, damit er sich selbst mit ihr vergnügen konnte, so lange er Lust hatte.

Diese frühe und schmerzhafte Erfahrung mit der Zunft der Ärzte hatte ein so grenzenloses Misstrauen in ihr gesät, dass sie es von Anfang an als sicherer empfunden hatte, auf den Rat der Nachbarin zu hören. Wenn sie Leon reichlich Sud aus Scharlachrotem Feld-Thymian zu trinken gab, würde das das Wachstum schon verlangsamen und Balance schaffen, hatte die Nachbarin damals gesagt. Wenn Gott es wollte.

Offensichtlich wollte Gott es nicht.

Danica hatte auch daran zu zweifeln begonnen, was Gott eigentlich mit *ihr* wollte. Vorläufig hatte er ihr ihre Familie genommen, sie mit einem Mann zusammengeführt, den sie nicht lieben konnte, und ihr ein Kind geschenkt, das man wohl kaum als eines unter seinen besten bezeichnen konnte. Und doch hatte er sie erst einmal glauben lassen, sie sei gesegnet. Es kam Danica so vor, als hätte Gott mit ihr gespielt, wie die Katze mit einer Maus spielt. Als wäre sie ein

Teil irgendeiner Art von göttlicher Komödie. Sie hatte keine Ahnung, was sie glauben sollte.

Sie glaubte an Gott, selbstverständlich, aber sie *vertraute* ihm nicht. Nicht mehr. Jedenfalls nicht, bevor er irgendetwas täte, das die Misere zurechtrückte.

Ihr ein normales Kind schenken, zum Beispiel.

Letzteres war ein Gedanke, der sie immer mehr beschäftigte. Vielleicht war es das, was passieren musste. Etwas Normales, um das Unnormale auszugleichen; etwas Richtiges, um das Falsche aufzuwiegen. In diesem Fall würde sie mit Freuden eine weitere Schwangerschaft durchstehen.

DER FREMDE

Auf einem der vielen kleinen Wege des Tals rollte hinter ein paar kräftigen Pferden ein ungewöhnlicher Wagen voran. Ein dunkler Mann mit glänzender Glatze und gewaltigem Schnurrbart saß auf dem Kutschbock und sang in einer fremden Sprache vor sich hin. Von Zeit zu Zeit hörte er mit dem Singen auf und nahm einen Schluck aus seiner Flasche.

Über ihm brannte die Mittagssonne von einem saphirblauen Himmel und quälte die Farben aus dem Gras und den Feldfrüchten des großen Tals. Überall war es trocken, und doch trieb es ihm den Schweiß aus den Poren. Der Mann kniff die Augen zusammen und spähte in die Landschaft hinaus. Er musste seinen großen Wagen im Schatten parken, aber er wollte nicht anhalten, bis er angekommen war. Er musste bald da sein.

Jetzt tauchte in der Ferne eine Kirche auf. Sie lag auf einem kleinen Hügel und leuchtete im scharfen Sonnenlicht fast weiß. Dort lag sie, tagaus, tagein, mit ihren romantischen Gucklöchern und ihrer schweren Tür und starrte wie ein ewig erstauntes Gespenst auf die Kinder Gottes hinunter.

Der Mann glaubte nicht an Gespenster.

Nein, sein Zugang zum Leben war weit bodenständiger. Aber ansonsten hatte er schon einiges gesehen.

Als etwas weiter vorn ein Marktplatz auftauchte, brummte er zufrieden und trieb seine Pferde noch etwas mehr an.

VOM NAMEN

Mirko hat versucht, mir das Lesen beizubringen. Das ist jetzt schon lange her. Jeden einzelnen Tag wollte er, dass ich in ein Buch schaue und zuhöre, was er über die Buchstaben erzählt. Ehrlich gesagt wollte ich eigentlich lieber hören, wovon das Buch handelt. »Komm schon, Leon«, hat er immer gesagt. Das war damals, als er mich noch Leon nannte. »Was ist das für ein Wort? Probier mal, es mir zu buchstabieren.«

Dann hab ich versucht, mich zu erinnern, wie die Buchstaben heißen und wie sie klingen. Vor allem, weil ich gemerkt hab, wie Mirko sich gefreut hat, wenn ich den einen oder andern noch wusste. Ab und zu hab ich es geschafft, ein Wort zu buchstabieren, oder vielleicht sogar einen kleinen Satz zu lesen, aber dann hab ich es sofort wieder vergessen. Ich finde, es sind viel zu viele Buchstaben, die man behalten muss, und einige davon sind sich so ähnlich. Ich kann mir am besten das S merken, weil es so aussieht wie eine Schlange und auch so klingt. Oder vielleicht auch deshalb, weil Mirko erzählt hat, dass der aus dieser Comicserie ein S auf der Brust hatte. Ich hab vergessen, warum.

Einmal saß Mirko dann mit Feder und Papier auf dem Schoß da. Jetzt wollte er mir auch noch das Schreiben beibringen! Auch das war keine besonders gute Idee, weil meine Hand viel zu groß ist, um eine Feder zu halten. Ich hab überall Tinte verschmiert, und als ich versucht hab, einen Buchstaben zu schreiben, wie er mich gebeten hatte, sah er nur aus wie ein Klecks auf dem Papier. Zum Schluss hat er aufgegeben, Gott sei Dank. Das war schrecklich mühsam.

Neulich haben wir von einem der Bücher von damals gesprochen. Das war, weil ich Mirko gefragt habe, warum ich irgendwann Dodo statt Leon hieß. Ich konnte mich plötzlich nicht mehr erinnern, woher der Name kam.

»Aus einem kleinen Buch, das wir in einem Mülleimer gefunden hatten«, meinte er. »Da waren Bilder von ausgestorbenen Tieren drin, und ihre Namen standen auf Englisch darunter. Ich wollte versuchen, dir damit ein bisschen Englisch beizubringen. Weißt du nicht mehr?«

»Ja, doch, vielleicht«, hab ich gesagt. Ich hab mich ganz schwach an ein kleines Buch mit Bildern von Tieren erinnert.

»Du warst besonders von einem Tier begeistert, einem großen, seltsamen Vogel mit einem dicken Schnabel und einem kleinen, zotteligen Schwanz.«

»Ach ja, jetzt erinnere ich mich! Er sah so weich aus, dieser Schwanz. Und der Vogel hieß Dodo!«

»Genau. Zu diesem Zeitpunkt hatten wir angefangen, nach einem anderen Namen für dich zu suchen, aber egal, was ich für Namen vorgeschlagen habe, du hast alle abgewiesen. Der einzige, den du haben wolltest, war Mirko, und das ging ja nicht. Also hab ich dich gefragt, ob wir dich nicht Dodo nennen können, nach dem Vogel. Es würde leicht für mich sein, dich Dodo zu nennen.«

»Ich hab bestimmt sofort Ja gesagt!«

»Nicht ganz. Du hast ein bisschen darüber nachgedacht und dann gefragt, ob der Vogel gefährlich ist, weil du nicht nach einem gefährlichen Tier benannt werden wolltest. Ich hab erzählt, dass die Dronte vollkommen friedlich war und im Übrigen niemandem etwas zuleide tun kann, weil sie längst ausgestorben ist. Und dann hast du endlich eingewilligt. So bist du zu Dodo geworden.«

Erst viel später hat Mirko mir erzählt, dass die Dronte gar nicht fliegen konnte. Das ist ein bisschen ärgerlich, finde ich. Dann wäre es vielleicht besser gewesen, Hummel zu heißen. Aber da hatten wir uns schon an Dodo gewöhnt.

DAS ZEHNTE GEBOT

Eines Tages kam Danica zu ihm in den Stall. Karl war mit einer großen Ladung Waren weggefahren. Er fragte glücklicherweise nie, ob Mirko mit auf diese Fahrten wollte. Mirko konnte sich fast nichts Klaustrophobischeres vorstellen, als stundenlang neben Karl auf einem Kutschbock sitzen zu müssen.

Er war gerade beim Ausmisten, als sie in der offenen Stalltür erschien. Leon ging auf seine spezielle unbeholfene Art neben ihr. Sie hatte die Hand des Jungen in festem Griff, oder vielleicht war es auch umgekehrt. Drei Jahre war Leon jetzt, und ungewöhnlich groß und stark. Sie hatten nie darüber geredet, dass Leon anders war. Es musste Danicas Entscheidung sein, darauf zu sprechen zu kommen.

In seiner anderen Hand hielt Leon eine kleine Holzfigur, die Mirko für ihn gemacht hatte. Natürlich hatte er an Leons Geburtstag gedacht. Er war sich allerdings nicht ganz sicher, ob das auch für seine Eltern galt, denn Danica hatte etwas merkwürdig gelächelt, als er Leon beglückwünscht und ihm das Geschenk gegeben hatte. Er wusste sehr wohl, dass der kleine Holzvogel in Leons Obhut wohl kaum lange überleben würde, doch trotzdem hatte er sich Mühe damit gegeben. Vielleicht vor allem, um Leons Mutter zu beeindrucken.

»Was für ein hübscher Vogel«, hatte sie gesagt. »Unglaublich, dass du den selbst gemacht hast, Mirko!«

Jetzt ließ Leon den Vogel fallen, und Mirko sah gerade noch, dass der eine Flügel abgebrochen war, bevor er im Streu auf dem Boden landete. Der Junge schenkte dem Spielzeug keine Beachtung, sondern lachte glücklich beim Anblick eines halbwüchsigen Lammes, das zur Tür, die zur Weide hin offen stand, erst hinein- und dann wieder hinaussprang. Offenbar konnte sich das Lamm in seiner Ausgelassenheit nicht entscheiden.

Auch Danica lächelte über das Lamm. Sie sah schön aus, wie sie da stand und von einem lichten Sonnenstrahl beleuchtet wurde, der durch eines der Stallfenster hereinfiel. Mirko blickte das kleine, dunkle Loch an, wo in ihrem Oberkiefer ein Zahn fehlte. Sein großer Bruder hatte einmal gesagt, diese Danica habe einen ausgezeichneten Hintern, aber ihr fehle ein Zahn, und das sehe nicht so schön aus. Mirko hatte an diesem Tag gute Lust gehabt, seinem Bruder alle Zähne auszuschlagen. Oder zumindest, ihm eins auf den Hintern zu geben.

Mirko liebte alles, was er gerade sah, auch die unperfekten Zähne. Ja selbst das müde, filzige Haar und die schmutzigen Unterarme. Er wollte so gern etwas für sie tun. Nur für sie. Sie baden. Sie betten. Sie retten.

»Alles gut hier draußen?« Sie wandte Mirko den Blick zu, bevor er darauf vorbereitet war.

Er nickte, vielleicht eine Spur zu eifrig.

»Ja, ich bin fast fertig mit Ausmisten. Hinterher will ich noch rübergehen und den Zaun reparieren.«

Seine Stimme klang inzwischen richtig gut. Sie war sogar ziemlich tief, aber leider nicht annähernd so tief wie Karls.

»Wo denn?«

»Auf dem Feld drüben hinter der Scheune. Es ist nur ein Pfosten, der wieder aufgerichtet werden muss.«

Er fühlte sich angenehm selbstsicher.

»Du bist schon immer eine große Hilfe gewesen, Mirko.« Sie lächelte. »Jetzt sind es mittlerweile schon ein paar Jahre. Ich weiß es wirklich zu schätzen, dass du immer noch herkommst. Das sollst du wissen.«

Mirko spürte, wie seine Ohren und seine Wangen brannten. Davor war er nie gefeit. »Danke«, sagte er etwas zu leise. »Ich bin gern hier.«

»Denk daran, einen Sack Kartoffeln und ein Huhn mit zu deinen Eltern zu nehmen. Und ein bisschen Wolle für deine Mutter. Ich hab etwas für sie zur Seite gelegt.«

Er nickte und wusste nicht recht, ob er weiter ausmisten oder einfach mit der Mistgabel in der Hand stehen bleiben sollte. Auf ihren Zinken saß ziemlich viel Mist, und er würde seinen Holzschuh nehmen müssen, um die letzten Reste davon herunterzuschieben. Das würde nicht gut aussehen.

Abgesehen von den zeitweiligen Besuchen des Lammes waren alle Tiere draußen. Nur ein paar Schwalben segelten wie schwarze Schatten zur Tür aus und ein.

Leons Aufmerksamkeit war die ganze Zeit auf das Lamm gerichtet gewesen, doch jetzt wandte er sich zu Mirko um und lächelte. Er ließ Danicas Hand los und stolperte nach vorn, um Mirkos Bein zu umarmen.

»Hallo, Kamerad«, flüsterte Mirko und strich mit seiner freien Hand durch Leons Haar. Als er zu Danica aufblickte, lächelte sie mit genauso viel Wärme wie ihr Sohn.

»Ihr seid sicher mehr als nur Freunde, ihr beiden. Du bist wohl fast wie ein Bruder für Leon.«

Mirko nickte. Eigentlich sollte er sich über ihre Worte freuen, dachte er, doch stattdessen fühlte er eine schreckliche Enttäuschung. Eine Enttäuschung, die er nicht ganz verstand, bevor sie weitersprach.

»Oder vielleicht eher ein Vater, so eine Art Reservevater. Du bist ja kein Kind mehr.«

Diese Worte hinterließen augenblicklich ein Ziehen in Mirkos Magengegend, und gleichzeitig merkte er, wie Leon sein Bein losließ.

Leon war nicht der Einzige, der gewachsen war. Mirko war so sehr in die Höhe geschossen, dass er Danica jetzt überragte. Ab und zu fühlte er sich zwar noch immer etwas unbeholfen, als wäre er noch nicht ganz in seinen neuen, langgliedrigen Körper hineingewachsen, aber er begann sich doch wie ein junger Mann von sechzehn zu fühlen.

Bald siebzehn.

Sein Schnurrbart war allmählich auch recht schön geworden. Er hatte ein wachsames Auge darauf, genau wie er seine Haut hegte und pflegte, so gut er konnte. Glücklicherweise war er nie so von Pickeln geplagt gewesen wie die Gleichaltrigen, sicher aufgrund des Rates seiner Mutter, die Haut mit Zitrone und einem Aufguss von Gewürzen zu reinigen.

Besonders jedoch war er mit seiner Größe zufrieden, denn jetzt würde er Danica küssen können, ohne dass es verkehrt aussah. Der Gedanke wollte ihn nicht loslassen. Oh, er würde so sanft zu ihren Lippen sein, falls es jemals passierte. Wenn es passierte.

Es *musste* eines Tages passieren. Er hatte an einem Kissen geübt und sich vorgestellt, wie er ihr Gesicht in seinen Handflächen halten würde. Vorsichtig. Und seine Lippen gegen ihre drücken.

Jetzt richtete er sich auf und setzte an, ruhig und mit einer etwas tieferen Stimme zu antworten als der, die die Natur ihm gegeben hatte.

»Ja, ich betrachte Leon auch fast als meinen eigenen Sohn«, sagte er.

Es klang verkehrt.

Ganz, ganz verkehrt.

Seine Stimme war merkwürdig. Sie hörte sich an, als hätte jemand viel zu viel Luft hineingeblasen, sodass sie beinahe brach.

Mirko spürte eine Hitze ohnegleichen in seinen Wangen aufsteigen und wagte es nicht, Danica direkt anzusehen. Stattdessen starrte er irgendetwas hinter ihr an. Ein altes Hufeisen, das etwas schief an einem Nagel an einem Balken hing. Er war sich sicher, dass sie innerlich fast platzte vor Lachen über den Grünschnabel, der da stand und sich wie ein zweiter Vater für ihr Kind fühlte.

Oder sie war nur richtig peinlich berührt, genau wie er selbst. Warum hatte er nicht etwas Kluges sagen können? Oder den Mund halten? Hätte er doch verdammt noch mal einfach den Mund gehalten.

Idiot!

Idiot, Idiot, Idiot!

Danica sagte nichts.

Mirkos Brust begann sich zusammenzukrampfen. Sie würde ihm nicht vergeben, dass er so etwas gesagt hatte. Jetzt würde sie ihn hinauswerfen, und er würde nie mehr herkommen dürfen. Er würde sie und Leon nie wiedersehen.

Verdammter Idiot!

Und dann sprach sie weiter.

»Es ist so schön, dass du da bist, Mirko. Karl ist nicht immer so... Er ist nicht so... Ich weiß nicht.«

Mirko stockte der Atem.

Jetzt blickte er sie an.

Sie schlug die Augen nieder. Sie sah gequält aus.

Und sie blieb stehen.
Sollte er sie küssen?
Er hatte solche Lust.
Sollte er?
Oder sie nur berühren? Die Hände um ihr Gesicht legen. Ganz vorsichtig?
Aber er war sich nicht ganz sicher, wie sauber seine Hände waren. Wenn sie nun rochen? Nach Mist?
Er war sich auch nicht ganz sicher bei der Sache mit der Zunge. Sein Bruder hatte gesagt, dass man auch die Zunge benutzen konnte. Aber konnte man sie einfach hineinstecken? Und was genau sollte sie dann dort drinnen tun?
Vielleicht sollte er sie einfach ohne Hände küssen. Und ohne Zunge.
Karl würde ihn erschlagen.
Mirko zuckte zusammen, als Leon ein Stück von ihnen entfernt ein Geräusch machte. Mirko sah hinüber. Der Junge saß auf dem Boden und starrte andächtig eine große Katze an, die den Kopf aus dem Stroh streckte. Offenbar hatte die Katze die ganze Zeit dort gelegen, ohne dass sie sie entdeckt hatten. Sie betrachtete Leon misstrauisch, als er sich vorsichtig nach vorn beugte und eine Hand auf ihren Rücken legte.
Als Mirko den Blick wieder Danica zuwandte, sah sie ihm in die Augen. Sie war so dicht bei ihm.
War sie nicht dichter herangekommen?
»Es gibt niemand anderen, dem ich Leon anvertrauen würde. Und er mag dich, Mirko. Es ist so deutlich, dass er dich gernhat.«
»Ich hab ihn auch sehr gern.«
Seine Stimme klang wieder normal, unglaublicherweise.
»Auch wenn er oft ein bisschen zu heftig ist?«

Mirko zögerte einen Moment. Er war nicht darauf vorbereitet, dass sie jetzt darüber reden würde.
»Ja... das macht nichts«, log er.

Die Wahrheit war, dass sich Mirko mehr und mehr mit Leon verbunden fühlte, beinahe schon für sein Glück verantwortlich. Aber er war inzwischen auch ernsthaft besorgt über die Gewaltsamkeit des Jungen. Danica war nicht die Einzige, die Leons unerklärlichen Kräften ausgesetzt war. Wenn Mirko auf ihn aufpasste, war es, als würde er auf einen großen, verschmusten Hund aufpassen, bei dem man immer Angst haben musste, dass er beißen würde. Er hatte Leons Unkontrollierbarkeit mehrmals zu spüren bekommen, wenn der Junge ihn plötzlich kniff oder drückte – oder sogar schlug. Mirko mochte es nicht, ihn von sich wegzuschieben, aber er war ständig gezwungen, es zu tun. Jede Liebkosung war mit einem gewissen Grad an Gefahr verbunden. Leon war nicht böse. Er tat nur weh.

An einem späten Nachmittag vor nicht allzu langer Zeit hatte Mirko gesehen, wie Danica dem Jungen draußen einen Strick umgebunden hatte. Der Strick war an einem Pfosten befestigt, der so in die Erde gehämmert war, dass Leon – mit dem Strick um den Leib – sie gerade nicht mehr erreichen konnte. Sie selbst hatte auf einem Schemel gesessen und irgendetwas geordnet. Das war hinter dem Stall gewesen, wo sonst niemand hinkam. Nicht, dass Danica und Karl normalerweise Besuch von außerhalb bekamen, aber trotzdem. Es war ganz offensichtlich nichts, das jemand sehen sollte, auch nicht Mirko. Sie dachte, er wäre an diesem Tag schon gegangen. Sie konnte nicht wissen, dass er zurückgeschlichen war und sich im Gebüsch versteckt hatte, weil er dort etwas mit sich selbst machen musste, bevor er nach Hause ging. In diesem Gebüsch wohnte auch immer die leise Hoffnung, einen Blick auf Danica zu erhaschen.

Mirko konnte sie so gesehen gut verstehen. Leons Gewaltsamkeit bekam in erster Linie sie zu spüren, und es fügte dem Jungen wohl kaum Schaden zu, auf diese Weise festgebunden zu sein. Sie behielt ihn ja auch im Auge.

Und trotzdem verstand er es auch wieder nicht, es wirkte so falsch. Leon war kein Tier. Konnte man einen Menschen anpflocken?

»Ich bin so froh, das zu hören«, sagte Danica.

Sie sah ihn plötzlich sehr lange an. »Mirko, willst du mir versprechen, anderen nichts über Leon zu erzählen? Darüber, wie er ist, meine ich ... wenn er ein bisschen schwer zu haben ist.«

»Natürlich«, antwortete Mirko. »Das versteht sich von selbst. Ich habe es auch noch nie jemandem gegenüber erwähnt.«

Er war wieder erstaunlich ruhig.

»Nicht einmal deinen Eltern gegenüber?«, fragte sie vorsichtig.

»Nein. Das bleibt unter uns.«

Uns.

Er mochte es wirklich sehr, »uns« zu sagen.

Sie hörten Leon über irgendetwas herzlich lachen und mussten beide lächeln, ohne hinzusehen. Sie blickten einander immer noch an. Oh, wie gern er sie doch küssen wollte. Karl war auf dem Markt, sie waren völlig allein. Sein Herz begann heftig zu schlagen.

Und plötzlich begriff Mirko, dass sie seinen Blick festhielt. Er konnte nicht wegsehen. Er wollte auch nicht.

»Es ist so viel mit dir passiert, seit du damals gekommen

bist«, sagte sie. Ihr Lächeln war zu einer Andeutung geworden. Er sah ihre Zungenspitze aufblitzen, als sie in einer raschen Bewegung über ihre Lippen glitt und sie eine Spur glänzender hinterließ.

Jetzt starrte er sie an.

»Weißt du, was ich glaube, Mirko?« Ihre Stimme war zu einem weichen Flüstern geworden.

Mirko schüttelte langsam den Kopf.

»Ich glaube, du willst mich gern küssen.«

Mirko war sich nicht sicher, ob er nickte. Vielleicht dachte er nur daran, es zu tun. Er dachte jedenfalls ganz sicher daran, sie zu küssen. Und daran, dass er eine Mistgabel in der Hand hielt.

Sie war diejenige, die es tat. Sie ging einen Schritt auf ihn zu, legte ihre Hände um sein Gesicht und presste ihre Lippen auf seine. Ihre Hände fühlten sich warm und ein klein bisschen rau an seinen Wangen an, nicht annähernd so weich wie ihre feuchten Lippen. Sie schmeckte ein wenig nach Kräuterwurst und auch ein kleines bisschen nach Schnaps. Da war keine Zunge. Aber sie blieb lange. Es fühlte sich lang an.

»Du siehst gut aus«, flüsterte sie, als sie sich wieder ein wenig zurückzog und langsam den Griff um sein Gesicht löste. »Das sollst du wissen.«

Mirko nickte.

Er war sich nicht ganz sicher, was er jetzt tun sollte.

Vielleicht hätte er gerade jetzt nicht nicken sollen.

Danica lächelte ihn wieder an. Es war sonderbar. Er war merkwürdigerweise eher ruhig als aufgewühlt, aber es fiel ihm trotzdem schwer, sich zu bewegen. Er hatte auch ein bisschen Angst wegen dem, was in seiner Hose passierte. Sie spannte etwas, aber nicht so sehr, wie man befürchten konnte. Wahrscheinlich sah man es nicht, aber er wagte nicht, an sich hinunterzublicken.

Sie sah ihm immer noch in die Augen, doch jetzt lag eine kleine Veränderung in ihrem Blick, als würde sich ihr Fokus ändern.

»Du hast die schönsten blauen Augen, die ich je gesehen habe«, sagte sie. »Es sind so viele Farben darin.«

Er nickte wieder.

Sie lächelte.

Er verstand das mit den Farben nicht ganz. Seine Augen waren doch einfach nur blau.

Dann blickte sie sich im Stall um.

»Hast du mal die Glocke gehört?«, fragte sie plötzlich in einem völlig anderen Tonfall. Sie klang nicht wie jemand, der gerade jemanden geküsst hat. Wenn sie es nur nicht schon vergessen hatte.

Endlich konnte Mirko sich wieder bewegen. Er schielte zu der merkwürdigen runden Ecke am hintersten Ende des Stalles hinüber.

»Sie gehört?« Er hatte wohl bemerkt, dass die Glocke Töne von sich gab, wenn es regnete, aber er war sich nicht sicher, ob es das war, was sie meinte.

»Ja, sie singt, wenn es regnet. Man kann es hören, wenn man ganz dicht dran ist.«

»Dann hab ich es gehört.« Ihm gelang ein Lächeln. Er konnte nicht vergessen, dass er sie gerade geküsst hatte. Beim nächsten Mal würde er besser darin sein. Beim nächsten Mal würde er auch nicht mit einer Mistgabel in der Hand dastehen.

Sie sah ihn erneut an.

Er musste irgendetwas sagen. Es war bestimmt nicht so gedacht, dass sie sich jetzt noch mehr küssen würden.

»Warum ist da eigentlich eine Kirchenglocke in der Mauer? Und ein Grabstein und solche Sachen? Das Ganze wirkt so ein bisschen... ein bisschen anders. Ein bisschen merkwürdig vielleicht.«

Mirko hatte seinen Eltern nie von dem Stall erzählt, sie hätten wohl kaum etwas dafür übriggehabt. Aber er hatte Danica schon immer fragen wollen.

Danica lachte. »Oh, ich weiß es ehrlich gesagt nicht. Mein Großvater wollte es so. Er war vielleicht ein bisschen ein Sonderling, aber...«

Genau in diesem Moment erklang ein lauter Schrei, der all ihre Aufmerksamkeit in Anspruch nahm. Für den Bruchteil einer Sekunde sahen sie die Katze in einer eigenartigen Bewegung aus dem Stroh springen. Leon griff verzweifelt nach ihr, erreichte sie aber nicht und landete stattdessen selbst auf dem Bauch. Sie beobachteten, wie die Katze zur Tür flitzte und draußen im Licht verschwand. Sie bewegte sich nicht so, wie sie sollte. Sie zog das eine Hinterbein nach. Es wirkte verdreht, das Bein.

Gebrochen.

Danica schaute Mirko an. Ihr Blick war jetzt völlig verändert, und er merkte, dass sie Angst hatte. Dann ging sie zu Leon und zog ihn am Arm nach oben. Die Augen des Jungen waren dunkler als sonst, als er zu Mirko hinüberblickte. Die Pupillen füllten sie völlig aus.

Sie ging aus dem Stall, ohne sich umzuwenden, und Leon taumelte an ihrer Seite auf seine eigene komische Art nach draußen. Wie die Parodie eines Menschen.

Seinen Vogel vergaß er.

Mirko blieb stehen und starrte ihnen nach.

Kurz darauf ließ er die Mistgabel los und ging zu der Stelle, an der Leon im Stroh gesessen hatte. Dort hob er das Silbermedaillon auf, das er Danica hatte verlieren sehen, als sie sich über ihren Sohn beugte. Die Kette war von ihrem Hals geglitten, ohne dass sie es bemerkte. Das Medaillon selbst war klein und einfach und ohne Gravur. Er öffnete es vorsichtig mit einem schmutzigen Fingernagel. Zwei kleine ovale Bilder waren darin, eines von Leon in seinem Taufkleid, und eines von Danica.

Beide lächelten den Fotografen an.

Und Mirko.

Mit einem leisen Klicken schloss er das Medaillon wieder. Dann wickelte er es in ein Taschentuch und steckte es in seine Hosentasche.

Du sollst nicht stehlen.

Aber wenn er es nun nicht stahl? Wenn er nur darauf aufpasste?

Und es putzte?

Er schwor sich, dass sie es zurückbekommen würde.

VON EINEM AUGENBLICK

Hm, jetzt knurrt mein Magen. Ich hab ja auch seit heute Morgen nichts mehr gegessen. Mirko sorgt immer dafür, dass wir was zu essen kriegen, also muss ich warten, bis er kommt. Glaubst du, er hat mich vergessen? Schildkrötensuppe! Einer von den Typen draußen auf dem Hof hat gesagt, heute Abend gibt es Schildkrötensuppe. Mann oh Mann, darauf hätte ich jetzt Lust, aber ich kann ja schlecht zurücklaufen.

Vor ein paar Wochen sind wir von einem Mann mitgenommen worden, der aussah wie eine Schildkröte, als er den Kopf aus seinem Pritschenwagen streckte. Als Mirko ihm erklärt hat, dass wir zu dem Hof mit dem Wasserturm wollten, hat er nur genickt, seinen Kopf zurück in die Fahrerkabine gezogen und mit dem Losfahren gewartet, bis wir mit unseren Reisesäcken auf die Ladefläche geklettert waren. Es war einer dieser Wagen, von denen wir jetzt immer mehr sehen. Aber Pferdewagen mag ich immer noch lieber.

»Du fasst ihn nicht an«, sagte Mirko, sobald wir oben waren. Und da hab ich den alten Köter gesehen, der in der Ecke saß und uns mit milchigen Augen anstarrte. Es war eine Hündin, das konnte ich an den Brustwarzen erkennen, die gewissermaßen über ihren Bauch geflossen sind, sodass sie aussahen wie kleine, tote Mäusekinder.

Wir haben uns mit dem Rücken zu dem Köter und dem Führerhaus hingesetzt, sodass wir beim Fahren nach hinten schauen konnten. So will Mirko immer am liebsten sitzen. Jedes einzelne Mal, als ich den Kopf gedreht hab, um wenigstens nach dem Hund zu sehen, machte Mirko ein Geräusch, das bedeutete, dass ich es bleiben lassen soll. Also hab ich schnell wieder in die andere Richtung geschaut. Ich glaube, er hätte das gleiche Geräusch dem Hund gegenüber gemacht, wenn der etwas tun wollte, das er nicht durfte.

Die Straße war lang und gerade, und draußen in der Ferne konnte ich sehen, wie sie kleiner und kleiner wurde, um sich zum Schluss zwischen den gelben Feldern zu schließen. Sie hat mich an den Reißverschluss an Mirkos Jacke erinnert. Meine Jacke hat Knöpfe, die viel zu klein für meine Finger sind, sodass Mirko mir helfen muss, wenn es kalt ist. Ich hab mir vorgestellt, wie der Reißverschluss sich wieder öffnen würde, wenn der Mann das Auto anhalten und stattdessen rückwärtsfahren würde. Ich war allerdings nicht sicher, ob Mirko das gut fände. Jetzt wollten wir ja zu dem Hof und arbeiten. Er hatte irgendwo gelesen, dass sie dort Leute wie uns brauchten.

»Dieser Mann sieht aus wie eine Schildkröte«, hab ich gesagt.

»Du siehst überall Tiere, Dodo. Aber du hast recht. Er sieht im Grunde einer Schildkröte sehr ähnlich.« Mirko hat weiter auf die Straße geschaut, aber ich konnte sehen, dass er lächelte.

»Ich könnte mir ja gut vorstellen, diesen Hund da hinten zu streicheln«, meinte ich dann.

Dazu hat Mirko nichts gesagt. Nur den Kopf geschüttelt.

Als wir an einem kleineren Kiesweg angekommen waren, hat der Wagen an der Seite angehalten, und wir sind runtergesprungen. Es stand irgendwas auf einem Schild am Wegrand, das ich nicht lesen konnte. Der Schildkrötenmann streckte den Kopf wieder heraus, und ganz kurz kam auch eine Hand, die den Kiesweg hinunter zeigte. Dann haben sich der Kopf und der lange, faltige Hals wieder zurückgezogen, worauf das Auto Gas gab und verschwand.

»Warum hat er nichts gesagt?«, hab ich gefragt.

»Vielleicht hatte er nichts zu sagen, und wir haben ihn ja trotzdem verstanden. Wir müssen den Weg da runter.«

»War es nicht irgendwie, als hätte ihm etwas im Gesicht gefehlt? Ich kann mich gar nicht erinnern, dass er eine Nase hatte. Oder Ohren. Er muss doch zumindest eine Nase gehabt haben, oder?«

»Ja, das will ich meinen.«

»Und Augenbrauen? Ich kann mich nicht erinnern, ob er überhaupt Augenbrauen hatte. Und du?«

»Nein.«

»Ich wünschte, wenigstens einer von uns könnte sich daran erinnern.«

»Das ist doch wohl nicht so wichtig, Dodo.«

»Ich finde, es ist wichtig.«

Mirko hat nur den Kopf geschüttelt. Das macht er dauernd.

Als wir ein Stück gegangen waren, war es, als würde er doch noch antworten.

»Hör mal«, meinte er. »Du willst dich so gern an alles erinnern, Dodo. An jedes Detail. Aber du wirst dich nie an alles erinnern können, was du erlebst. Und das, woran du dich erinnerst, wirst du kaum in die absolut richtige Reihenfolge bringen können, auch wenn du es versuchst. Es wird Momente geben, vielleicht sogar lange Perioden, die in der Dunkelheit des Vergessens verschwinden. Darüber musst du nicht traurig sein. Es können nicht alle Augenblicke gleich viel Platz einnehmen.«

Daraufhin musste ich darüber nachdenken, ob gerade dieser Augenblick viel Platz einnehmen würde, wenn ich später versuchen würde, mich daran zu erinnern, was ich erlebt hatte. Mir wurde ganz schwindelig davon, darüber nachzudenken. Denn wie lang ist eigentlich ein Augenblick, und wie kann man wissen, dass er vorbei ist, und man schon mit dem nächsten zu tun hat?

Und wie lange sitze ich jetzt eigentlich schon hier? Eine Stunde? Zwei?

Ich glaube auf keinen Fall, dass ich diesen Mann vergessen werde, der aussah wie eine Schildkröte, aber ich wünschte trotzdem, ich könnte mich besser an ihn erinnern. An seine Hündin kann ich mich erinnern. Sie hatte schlaffe Zitzen und buschige Augenbrauen. Findest du nicht auch, es ist merkwürdig, dass Frauen nie buschige Augenbrauen haben, wenn sogar Hündinnen welche haben können? Und Männer. Es gibt wirklich viele Männer, die welche haben, besonders alte Männer. Meine Augenbrauen sind nur ein ganz klitzekleines bisschen buschig. Ich mag es, sie mit dem Finger zu berühren. Schau, so.

Na ja, jedenfalls hat Mirko etwas später auch noch was anderes gesagt. Da hatten wir den Hof schon weiter vorn in der Landschaft entdeckt. Er ist gleichsam gewachsen, je näher wir kamen. Anfangs war er ein dichter kleiner Schatten in der Ferne, aber bald hat er sich in mehrere Gebäude ausgebreitet. Ich konnte ganz hinten ein Haupthaus mit zwei Etagen erkennen, und davor einen Wasserturm, einen Stall und drei große Scheunen. Da war auch noch ein niedriges Gebäude, wahrscheinlich das, in dem wir schlafen sollten. Ja, das war schon wirklich ein großer, schöner Hof. Wir konnten auch schon Leute dort sehen.

Ich hab eine Gruppe Männer bemerkt, die draußen vor einer der Scheunen standen und dabei waren, irgendwas auf einen Wagen zu laden. Es sah aus wie Getreidesäcke. Ein anderer Wagen kam auf einem Feldweg aus der Ferne immer näher, und weit draußen in den Feldern tanzten kleine Köpfe über dem Korn herum. Es war Erntezeit. Bald würden unsere Köpfe da draußen herumtanzen, bis kein Getreide mehr da war.

Plötzlich ist Mirko stehen geblieben. Das tat ich dann auch. Er hat mich auf diese Art angesehen, die mich ein bisschen unruhig macht, weil ich weiß, dass er was Wichtiges sagen will, an das ich mich auf Teufel komm raus erinnern soll. Es darf auf keinen Fall einer der Augenblicke werden, die im Dunkel des Vergessens verschwinden!

»Hör jetzt gut zu, Dodo. Wenn auf diesem Hof irgendetwas schiefgeht, dann haust du ab. Lauf da lang.«

Er hat mit dem Finger gezeigt, wo ich laufen sollte. »Die Wiese da drüben runter und zwischen die Bäume. Halt dich weit weg von der Straße. Wenn du beim Fluss ankommst, folgst du ihm nach Westen, bis du ein paar Steine am Flussbett und in der Kurve weiter vorn eine große Trauerweide sehen kannst. Wir sind ein paarmal dort gewesen, wenn wir von den Bergen aus am Fluss entlanggegangen sind. Du mochtest die Stelle immer gern. Da war eine kleine Lichtung, wo man sitzen und aufs Wasser schauen konnte. Es gibt keine richtigen Wege, die von der Straße aus dahin führen, also werden dort wohl kaum andere Menschen als wir hinkommen.«

»War das da, wo eine Krähe gewohnt hat?«, fragte ich.

»Ja, genau. Auf der kleinen Lichtung sollst du auf mich

warten. Geh kein Risiko ein. Versteck dich, so gut du kannst, hinter dem Gebüsch. Ich werd dich schon finden. Du wartest einfach und hältst dich versteckt, bis ich komme.«

Ich hab getan, was er gesagt hat. Ich hab dich gefunden! Jetzt warten wir nur darauf, dass Mirko mich findet. Und weißt du was, ich bin kein Risiko eingegangen. Nein, ich hab alles genau so gemacht, wie er gesagt hat. Er muss mir verzeihen, dass ich das mit diesem Mädchen gemacht hab.
»Aber versuch jetzt, nichts Dummes zu tun!«
Okay, das hat er auch gesagt. Das sagt er dauernd. Ich versuche immer, nichts Dummes zu tun. Ich versuche es wirklich, aber es ist schwer, wenn meine Hände irgendwie einfach was anderes wollen als mein Kopf. Vielleicht kann er sich ja damit begnügen, wütend auf meine Hände zu sein, und meinem Kopf verzeihen?

Danach hat Mirko wieder zum Hof rübergeschaut. »Na, dann lass uns weitergehen«, meinte er. »Das ganze Getreide erntet sich ja nicht von selbst.«
Dann hat er mich angelächelt und mir ein paar Klapse auf den Rücken gegeben.
»Jetzt sollen die da drüben mal einen Kraftmenschen zu sehen bekommen. Einen besseren als dich kriegen sie nicht, Dodo.«
Und dann sind wir weitergeschlendert, Mirko und ich. Nebeneinander, so wie wir es immer machen. Wir haben rausgefunden, dass ich drei Schritte mache, wenn er vier macht. Das klingt unordentlich, bis man sich aufs Zuhören konzentriert. Dann kann man hören, dass es zusammenhängt. Dass Mirko und ich auf unsere eigene, schräge Art zusammenhängen.

BESUCH AUS AMERIKA

Danica starrte durchs Fenster die Staubwolke an, die sich hinter dem Kartoffelacker erhob. Weiter vorn konnte sie sehen, wie Karl bei der Arbeit innehielt, sich den Schweiß von der Stirn wischte und zum Feldweg hinüberblickte. Es war ein Automobil, das sich näherte. Ein großes schwarzes Automobil, das unruhig Richtung Hof hinaufkroch. Sie hatte keine Ahnung, wer das sein konnte, und spürte, wie sich ihr Magen zusammenzog. War es irgendwas mit Geld? Was waren sie schuldig? Hatte Karl etwas getan? Konnte es etwas mit Leon zu tun haben?

Die Zypressen vor dem Haus schwankten. Der Wind hatte aufgefrischt. Man wusste nie, was das bedeutete. Der Wind konnte sich noch vor dem Mittag wieder legen – oder zu einem Sturm anwachsen, der mehrere Tage dauerte.

Sie strich sich etwas Schmutz von ihrem Kleid und sah in den Spiegel über dem Toilettentisch. Mit raschen Bewegungen zwang sie die alte Bürste ihrer Mutter durch ihr Haar. Die kleinen, verfilzten Knoten, die sich wie winzige Vogelnester in ihrem Nacken gesammelt hatten, wurden brutal herausgezogen, zusammen mit etwas zu viel gesundem Haar. Anstatt die Bürste sauberzumachen wie sonst drehte sie sie einfach nur um, als sie sie hinlegte, sodass das gebogene Holz nach oben wies. So ähnelte sie einem Tier, einem Tausendfüßler, mit den Haarsträhnen, die überall darunter hervorragten. Sie schielte zu Leon hinüber, der auf einem Lammfell auf dem Boden lag und tief schlief. Er war mitten in einem Haufen Holzklötze eingeschlafen. Dann schlich sie an ihm vorbei hinaus in den Flur.

Als sie auf die Stufen vor der Küchentür hinaustrat, sah sie drüben auf der anderen Seite Mirko in der Stalltür auftauchen. Er hatte den Wagen auch gehört und starrte nun abwechselnd zur Ecke des Haupthauses, an der er in Kürze zum Vorschein kommen würde, und fragend zu Danica hinüber. Sie zuckte mit den Schultern, und im selben Moment bog der Wagen um die Ecke und fuhr zwischen ihnen auf den Hofplatz. Er hielt an und hustete. Dann gab er einen Seufzer von sich und schwieg. Es war ganz offenbar ein schicker Wagen, auch wenn der braune Staub von den Wegen das Seinige dazu beitrug, es zu verbergen.

Danica starrte verblüfft den Passagier an, der die Beine zur nächstgelegenen Autotür herausstreckte, ohne ganz auszusteigen. Es war eine Dame. Sie hustete laut, während sie in einer kleinen Tasche auf ihrem Schoß herumkramte und sich gleichzeitig ein rosafarbenes Taschentuch vor den Mund hielt. Danica hatte keinen blassen Schimmer, wer sie war, doch sie konnte ganz deutlich sehen, dass sie nicht aus einem Ort in der Nähe kam. Sie hatte perlmuttfarbene Handschuhe an. Und einen Hut in der Größe einer Briefmarke. Und hohe Schuhe. Und eine Hose! Eine hoch geschnittene, helle, weite Hose mit messerscharfen Bügelfalten.

Jetzt trug sie Lippenstift auf.

Die Dame blinzelte, als sie sich schließlich ganz aus dem Sitz schob und sich aufrichtete. Sie war von der kräftigen Sorte, in dem Sinne, dass sowohl ihr Gesicht als auch ihr Körper die Form einer Birne hatten. Das schuf drolligerweise eine spezielle Harmonie. Die Hose saß jedoch ziemlich stramm an den Schenkeln, und Danica dachte unwillkürlich, dass ein Kleid vielleicht die bessere Wahl gewesen wäre.

Trotzdem war sie hingerissen von der Hose. Sie hatte noch nie eine in dieser Art gesehen, oder doch, vielleicht in einem dieser Magazine, in die hineinzugucken sich ihr ganz selten einmal die Möglichkeit bot. Und wahrscheinlich auch auf einem Foto von dieser Rita Hayworth, das so ein Typ Danica einmal gezeigt hatte, weil er meinte, sie würden einander ähnlich sehen. Aber nicht auf ihrem Hof.

Nicht nur von der Hose war Danica fasziniert. Auch von den kontrollierten blondierten Locken unter dem Hut, dem roten Lippenstift, der flügelförmigen Brille und der taubenblauen Hemdbluse mit der langen Bindeschleife. All das war, wenn nicht schön, dann in jedem Fall exotisch, weil es so anders war. Und so unpraktisch.

Jetzt bemerkte die Frau Danica oben auf dem Treppenabsatz und winkte ihr mit ihrem Taschentuch zu.

»Oh, hello!«

Sie hatte eine ziemlich schrille Stimme.

Danica sagte nichts und bewegte sich auch nicht.

Auf der anderen Seite des Autos stieg ein Mann aus. Sein Gesicht konnte Danica nicht sehen, nur dass er einen breitkrempigen Hut aufsetzte und sich einen dünnen Mantel über die Schultern legte, ohne die Arme in die Ärmel zu stecken. Der Mann entdeckte als Erstes Mirko in der Stalltür und ging hin, um ihn zu begrüßen. Danica beobachtete, wie Mirko mit der einen Hand grüßte und mit der anderen zur Küchentür hinüber zeigte. Sie merkte, dass die Dame näher kam, konnte jedoch den Blick nicht von dem Mann abwenden. Es war etwas an seinen Bewegungen. Als er sich endlich zu ihr umwandte, erkannte sie ihren großen Bruder.

»Ivan«, flüsterte sie vor sich hin. Sie spürte plötzlich, wie ihr Herz schlug. Sie fühlte sich wütend, auch wenn sie es nicht sein wollte.

»You must be Danica, the ginger sister ... hi, hellooo!«, kam es von der Dame. Jetzt stand sie direkt vor den drei Stufen. Danica lächelte sie vorsichtig an. War sie Ivans Frau? Konnte Ivan wirklich eine Frau bekommen haben?

So eine Frau?

»I'm Agathe, John's wife«, antwortete die Dame von selbst. Sie sang es beinahe. In einer sehr hohen Tonlage. Danica war sich nicht ganz sicher, ob sie richtig verstanden hatte. John?

Ivan war auf dem Weg zu ihnen herüber. »Ja, Aggie nennt mich John«, rief er. »So heiße ich drüben ... in Amerika. Das ist einfacher.«

Amerika! Er *war* also nach Amerika gereist, wie er es damals gesagt hatte. Sie hatten nie erfahren, ob er angekommen war. Kein Wort hatten sie von ihm gehört.

Seine Stimme hatte einen anderen Klang angenommen. Sie hörte sich an, als käme er aus dem Ausland. Aber sie hatte immer noch diese Trockenheit. Ivan hatte immer geklungen, als bräuchte er Wasser.

»Danica«, sagte er. »Es ist so schön, dich zu sehen.« Er stellte sich lächelnd in den Kies vor die Treppe, die Hände auf dem Rücken verschränkt und die Schultern an den Ohren. So hatte er früher schon immer dagestanden. Aber er sah jetzt älter aus, viel älter, und die Schultern waren noch weiter zu den Ohren hinaufgezogen. Allerdings hing jetzt natürlich auch noch ein hellgrauer Mantel an ihnen.

Die Dame trat an Ivans Seite und nahm ihm in einer routinierten Bewegung den Hut vom Kopf, um dem Wind zuvorzukommen. Dann legte sie einen kräftigen Arm um seine Taille, sodass es aussah, als hielte sie ihn aufrecht. Agathe war eine

Spur größer als ihr Mann. So standen sie nebeneinander als Ehepaar, beide in Hosen. Sie mit seinem breiten Hut in der Hand und ihrem eigenen kleinen Fetzen auf dem Kopf.

Danica bekam fast keine Luft.

»Tag, Ivan«, sagte sie mit einer Stimme, die ihr selbst fremd war.

Im nächsten Moment klappte ein plötzlicher Windstoß den Hut der Dame wie einen Pfannendeckel hoch, und sie ließ Ivan los, um ihn zu retten. Dann sagte sie irgendetwas sehr laut und ging schnell zurück zum Wagen. Von dort aus redete sie weiter. Und lachte, aber es klang unnatürlich. Vielleicht lachte man in Amerika anders, dachte Danica flüchtig.

Sie selbst ging langsam die drei Stufen zu ihrem Bruder hinunter.

Ivan blieb im Kies vor der Treppe stehen, die Hände auf dem Rücken und den Oberkörper eine Spur vornübergebeugt. Seine kleinen runden Augen blinzelten, wie sie es immer getan hatten. Voll von Ideen. Ivan hatte einen schon immer angesehen, als wäre er mit den Gedanken ganz woanders. In Wirklichkeit war er ihnen nur gefolgt, als er nach Amerika gereist war.

Sein schwarzes Haar war weniger geworden, ein Teil davon war einer länglichen Glatze gewichen. Von den Ohren glitt das Haar in zwei Bahnen nach hinten, sie vereinten sich am Hinterkopf und legten sich wie ein dünnes schwarzes Stück Samt den Nacken hinunter. Er musste sich etwas ins Haar getan haben, denn es war glänzender, als Danica es in Erinnerung hatte, und der Wind konnte ihm nichts anhaben. Nicht ein einziges kleines Haar entschlüpfte, wenn ein Windstoß kam. Seine Haut war blasser geworden, seine Lippen dünner, aber mehr mit Blut gefüllt. Und seine lange spitze Nase stach beinahe etwas drohend mitten aus all dem hervor. Sie war ziemlich rot. Es sah aus, als hätte sie einen Sonnenbrand, während sich sein restlicher Körper im Schatten aufgehalten hatte.

Es war etwas Vogelartiges an ihm. An der Art, wie er sie betrachtete. Sie musste an die Graureiher unten am Fluss denken. Ja, so wie Ivan hier vor ihr stand, ähnelte er bei Gott einem alten Graureiher mit seinen schwarzen Haarstreifen und einem langen spitzen Schnabel, der jeden Moment hervorschießen und seine Beute aufspießen konnte. Und gleichzeitig signalisierten seine gestreckten Beine und die hinaufgezogenen Schultern, dass er absolut nirgendwohin wollte. Es war, als sähe man einen bewaffneten Pazifisten.

Danica musste lächeln. In Ivans Wesen hatte nie etwas Kriegerisches und Böses gelegen, höchstens etwas Ungeschicktes – etwas gleichzeitig Unreifes und Professorenartiges. Er wohnte in seinen Gedanken, hegte und pflegte sie, so wie andere ihre Erde hegten und pflegten. Er war der erfinderische, kluge große Bruder mit den schönen braunen Augen gewesen. Der sympathischere ihrer beiden Brüder. Und der außergewöhnlichere.

Trotzdem fühlte sie eine seltsame Hilflosigkeit, keine größere Freude über das Wiedersehen spüren zu können. Er war nicht mehr der Bruder, den sie gekannt, geliebt und bewundert hatte, er war ein anderer geworden. Nicht weil er älter aussah, sondern weil er sie im Stich gelassen hatte. Das hätte sie vielleicht von Stefan erwartet, der immer nur an sich selbst gedacht hatte, aber nicht von Ivan. Ivan hätte schon längst heimkehren und ihr mit dem Hof helfen müssen, wie er versprochen hatte. Es war vor allem Ivan, der sie enttäuscht hatte.

Sie spürte noch immer die Wut in sich, als liefe sie in ihrem Blut und weigerte sich, sie zu verlassen.

Was wollte er überhaupt hier? Was für Gedanken und Pläne wohnten hinter diesem Blick?

Es war jetzt ihr Hof.

Sie streckte die Hände aus, griff um seine Oberarme und umarmte ihren Bruder kurz, es war kaum mehr als eine flüchtige Berührung. Er war nie sehr für Zärtlichkeiten gewesen, es sei denn, es war irgendein selbst konstruierter Apparat, mit dem er kuschelte. Oder besser gesagt eine Skizze davon.

Einen kurzen Moment lang stellte sie sich Ivan zusammen mit der Amerikanerin im Bett vor. Agathe wie eine große, reife Birne auf ihm sitzend, während er steif wie ein Brett dalag und im Schutz seiner langen Nase an irgendetwas anderes dachte. Sie beeilte sich, das Bild wieder zu vergessen.

Jetzt kam das Frauenzimmer vom Wagen zurück. Sie stürzte sich sofort auf Danica, ergriff ihre Schultern und küsste sie begeistert zuerst auf die eine, dann auf die andere Wange.

Danica lächelte verwirrt und versuchte, nicht mit ihrem Kopf zusammenzustoßen.

»Ja, guten Tag und willkommen«, sagte sie zaghaft und war erschrocken über ihre eigene Vorsichtigkeit. Sie hatte keine Lust, sich an ihrem äußerst sparsamem Schulenglisch zu versuchen.

Ihr fiel auf, dass die Amerikanerin etwas älter sein musste als Ivan. Fünfzehn Jahre, mindestens. Sie hatte sich schrecklich viel Zeug ins Gesicht geschmiert, wodurch es schwer zu beurteilen war. Sie war alles auf einmal, jung und alt, smart und unbeholfen. Und fast beängstigend freundlich, dachte Danica. Vielleicht war es reine Gefallsucht.

Agathe sagte eine ganze Menge, während sie in alle Richtungen gestikulierte und ab und zu ihren Mann in der Seite traf. Danica gab den Versuch auf, sie zu verstehen, hatte jedoch den Eindruck, dass sie das Tal und die Landschaft rühmte, und nicht zuletzt Ivan. Ivans glückseligem Ausdruck nach zu urteilen war er sehr zufrieden mit der Botschaft.

»Ja, Aggie wollte so gern sehen, wo ich herkomme«, ergänzte er, und seine Frau nickte eifrig, auch wenn sie ihn wohl kaum verstand. »Und wir wollten sowieso nach Paris, um dort mit jemandem zu sprechen. Ich bin gerade dabei, in Kalifornien ein kleines Business auf die Beine zu stellen, verstehst du. Mit Aggies Hilfe. Sie stammt aus einer wohlhabenden Familie und ist sehr interessiert daran, meine Ideen zu finanzieren.«

»Und die wären?«

»Gipsschaufensterpuppen. Völlig naturgetreu! Wir haben sie im ganzen Haus stehen. Aber nur, bis wir ein größeres Lager haben. Sie sind ganz, ganz anders als die, die du vielleicht bei den Manufakturhändlern hier oben gesehen hast. Warte, ich hab eine Broschüre dabei. Die Kunst ist nicht nur, einen stilvollen und harmonischen Körper mit einem hübschen Schwung in der Hüfte zu schaffen. Nein, es geht um den Ausdruck, Danica. Augen, die echt aussehen. Du ahnst nicht, wie viele Farben eigentlich in so einer Iris sind! Und das genau richtige, etwas kecke Lächeln... nicht zu viel, nur eine Andeutung. Man muss eine Form von Nähe zu der Puppe spüren. Dann verkauft sich die Kleidung. Eines Tages werden die Leute auch noch die Puppe mitkaufen wollen. Sie werden sich in die Puppen verlieben, warte nur ab!«

Danica starrte ihren Bruder ungläubig an und stellte sich Ivan mit blinzelnden Augen in einem Haus voller keck lächelnder Münder und harmonischer Gliedmaßen aus Gips vor. Er sprach in derselben Art über sie, in der ihr Vater über seine Kartoffeln gesprochen hatte.

»Wir hatten drei mit im Gepäck nach Paris. Separat natürlich. Und einen zusätzlichen angewinkelten Arm. Du hättest die Zollbeamten sehen sollen! In Paris haben sie sie auch geliebt, also werden wir wohl bald exportieren! Und dann haben wir ein Auto gemietet und sind hierhergefahren.«

Danica sah ihm in die Augen, bis diese auch sie mit all den Farben anblickten, die Dunkelbraun ausmachten.

»Wozu?«, fragte sie.

Ivan zog seinen Kopf mit einem Ruck zurück, als hätte jemand versucht, ihn zu schlagen. Auch mit seinen Augenbrauen passierte etwas.

»Wozu? Ja aber, meine Liebe! Um euch zu besuchen, natürlich. Euch zu überraschen! Und um Agathe unseren Hof zu zeigen. Ihr wollt doch wohl auch meine Frau kennenlernen und von meinem neuen Leben hören?«

Seine überreife Frau nickte besonders eifrig, als ihr Name genannt wurde, und Ivan legte eine Hand auf ihren Arm. Selbst wenn sie jetzt nicht redete, floss doch ein Strom von kurzen, frohen Lauten aus ihr, als wäre sie ein kleines, begeistertes Nagetier mit einer besonders süßen Karotte.

»Du willst also gern Mutter und Vater begrüßen?«

»Ja, zum Teufel, wie geht es ihnen? Und Tajana?« Ivan sah sich strahlend um.

Mirko war wieder im Stall verschwunden, doch Danica konnte ihn hinter der Scheibe eines der Stallfenster erahnen.

»Vater und Stefan halten den Hof ja wirklich gut in Schuss«, fuhr Ivan fort. »Aber wie ich sehe, habt ihr auch Hilfe. Den flinken jungen Mann, den ich begrüßt habe. Und da war ein großer Kerl draußen auf dem Feld...«

Karl! Würde er nach Hause kommen, um nachzusehen, wer es war? Nein, Karl ließ wegen etwas so Unwichtigem wie anderen Menschen nur ungern die Arbeit liegen. Und Automobile interessierten ihn nicht, wie schön sie auch waren. Aber treffen würden sie sich ja irgendwann, Karl und Ivan.

»Also, zuerst muss ich Vater und Mutter sehen. Sie sind doch wohl zu Hause?«

»Nein, Vater und Mutter sind nicht hier...« Danica zögerte. »Aber wir können ja hinfahren und sie besuchen, Ivan.« Sie lächelte, ohne zu lächeln. Sie spürte wieder die Wut in sich, und jetzt war es, als wäre ein Tropfen reine Bosheit untergemischt. Sie würde ihrem Bruder zeigen, wie er sie im Stich gelassen hatte. Wie man verliert, wenn man den Rücken zukehrt. Als könnte er sie einfach verlassen und dann erwarten...

Im nächsten Moment geschah etwas mit Ivans Blick, das seinen Ausdruck völlig veränderte. Etwa gleichzeitig formte seine Frau ihre roten Lippen zu einem runden Trichter, der einen kleinen, verblüfften Laut ausstieß.

Danica folgte ihrem Blick und wandte sich um.

Leon war auf dem Weg die Treppenstufen hinunter, in einem beeindruckenden, holprigen Tempo. Das rote Haar hüpfte auf seinem Kopf wie ein eifriger kleiner Heiligenschein. Er war groß genug, um die Treppe hinunterzugehen, wenn er sich am Geländer festhielt, aber er hatte seine eigene Art, die Stufen zu bewältigen. Er setzte sich auf die oberste Stufe, stand auf der nächsten wieder auf, setzte sich wieder, stand wieder auf, setzte sich und stand bald unten an der Treppe. Dann lief er zielbewusst zum hellen Hosenbein seiner Tante Agathe hinüber. Bevor jemand reagieren konnte, hatte Leon den zarten Stoff in einem begierigen Glücksrausch umarmt und einen Streifen Schmutz auf den Bügelfalten hinterlassen. Als Agathe sich zu ihm hinabbeugte, zog er so fest an der langen Bindeschleife der Bluse, dass man hören konnte, wie der Stoff zerriss. Dann ergriff er die rechte Hand seiner Tante in dem perlmuttfarbenen Handschuh und brach ihr den Mittelfinger.

*

Die nächsten Tage vergingen sehr langsam. Es war, als warteten alle nur darauf, dass Ivan und Agathe auf die Idee kamen weiterzureisen, aber niemand hatte den Mut, es zu sagen. Danica wollte nicht ungastlich sein. Ivan war zu erschüttert. Agathe war viel zu freundlich.

Karl ließ Danica entscheiden. Er scherte sich nicht um das Familienleben und hatte nicht die Kraft, sich all die Regeln anzueignen, die er ohnehin nicht verstand. Er hielt sich so weit wie möglich im Hintergrund, was Danica nur recht war. Ivan ebenfalls, denn er war offenbar nicht gerade beeindruckt von Karls Intellekt, wenngleich durchaus von seiner Größe.

Es sollte sich für Ivan auch als völlig unmöglich erweisen, Karl mit seinen Gipsschaufensterpuppen zu beeindrucken. Sein großer Schwager saß nur da, in seinem verschwitzten Hemd, und starrte ihn mit leerem Gesichtsausdruck an, als Ivan während ihres einzigen Versuchs, ein richtiges Gespräch zu führen, auf das Thema zu sprechen kam. Karl sah Ivan an, als wäre Ivan ein Idiot, und daraus schloss Ivan, dass Karl nicht sehr viel verstand, denn jeder musste doch die großartigen Zukunftschancen sehen können, die sich bei genau diesem Geschäft abzeichneten. Die Möglichkeiten zum Export erkennen, zum Wachstum. Aber Karl nicht. Karl sagte nichts.

Auch als Ivan erzählte, dass er anfangs Fischkonserven von der amerikanischen Westküste verkauft hatte, weckte das nicht das geringste Interesse des Schwagers, obwohl Fischkonserven eigentlich etwas sein sollten, zu dem er sich verhalten konnte. Danach gab Ivan auf. Er dachte nie daran zu fragen, womit Karl sich beschäftigt hatte. Wäre Danica nicht bereits mit dem Mann verheiratet gewesen, hätte er seiner kleinen Schwester wohl dazu geraten, sich einen anderen zu suchen.

Karls Meinung über Ivan und Agathe beschränkte sich auf eine einzige Äußerung Danica gegenüber, am selben Tag, an dem die Gäste ankamen. Es war sogar nur eine knappe Stunde, nachdem das Unglück passiert war. Mirko passte zu Hause auf Leon auf, während die anderen mit Ivans Leihwagen in den Ort gefahren waren, damit Agathe mit ihrem Finger zum Arzt konnte. Karl war nur widerwillig mitgekommen, weil Danica ihn dieses eine Mal darum gebeten hatte. Danica hatte ansonsten vorgeschlagen, dass sich stattdessen die Nachbarin den Finger ansehen konnte, aber davon wollte ihr Bruder nichts hören. Was würden sie in Amerika sagen, wenn Agathe nach Hause kam und von einer Behandlung mit Kräutern und Gebeten erzählte? Dann würde es ja sofort Gerede geben, dass Ivan aus so primitiven Verhältnissen in Europa kam.

Nun war Ivan mit Agathe zum Arzt hineingegangen, um das Problem zu übersetzen, während Danica und Karl auf einem kleinen Platz in der Nähe warteten. Es war angenehm ruhig auf dem Platz, als sie sich auf eine der Bänke setzten. Der unberechenbare Wind hatte sich mitsamt Wolken wieder verzogen, sodass das Städtchen träge im lauen Mittagslicht lag.

Ein Stück von der Bank entfernt spielten zwei Welpen mit einer Sandale. Etwas weiter hinten gingen zwei ältere

Männer vorbei, die ununterbrochen und ungewöhnlich laut miteinander redeten. Hätten sie nicht jeden zweiten Augenblick genauso laut gelacht, hätte man gedacht, sie würden einander beschimpfen. Danica versuchte zu verstehen, was sie sagten, doch es fiel ihr schwer, die Worte zu identifizieren. Sie glaubte die beiden schon einmal gesehen zu haben.

»Dann ist es jetzt zwölf Uhr«, sagte Karl. »Jemand hat mir mal erzählt, dass die zwei Alten dort immer um zwölf Uhr über den Platz gehen. Das machen sie schon seit Jahren.« Kaum hatte er das ausgesprochen, begann die Kirchenglocke zu schlagen.

»Siehst du?«

»Warum sprechen sie so seltsam?«, fragte Danica.

»Sie sind beide stocktaub«, lachte Karl. »Sie sollen dem Gerücht nach dasselbe sagen, was sie schon immer gesagt haben, wenn sie ihre Runde gegangen sind. Genau dieselben Witze und Lästereien; sie haben nur mit der Zeit einen merkwürdigen Klang bekommen. Keiner versteht sie mehr. Abgesehen von ihnen selbst natürlich, und sie können es ja gar nicht hören.«

Er brummte vergnügt und kratzte sich an den Bartstoppeln. »Na ja, so ähnlich war es ja bei deiner Mutter auch.«

Die Glocke schlug weiterhin in der Ferne, und jetzt setzte sich einer der Welpen hin und heulte herzergreifend mit. Der andere setzte sich ihm gegenüber und legte den Kopf schief. Dann versuchte er ebenfalls zu heulen, jedoch ohne Erfolg. Zum Schluss gab er auf und lief fröhlich davon, sodass die Sandale über das Kopfsteinpflaster tanzte. Eine Frau beschimpfte in der Nähe ihren Mann. Dann beschimpfte er sie. Eine Tür knallte, und etwas fiel herunter und ging entzwei. Eine Gruppe Jungen rannte über den Platz, als wäre der Teufel hinter ihnen her. Sie hielten jedoch jäh inne, als sie Ivans

Auto sahen, das ein Stück weiter hinten geparkt war. Karl rief, sie wandten sich um, dann rannten sie weiter. Sie grinsten. Ihre Schultaschen hüpften auf den jungen Rücken, und einer von ihnen winkte.

Danica musste lächeln. Es war schön, mit Karl auf der Bank zu sitzen. Sie hatte ihn eigentlich nur gebeten mitzukommen, weil sie kein gutes Gefühl dabei hatte, ihn mit Leon und Mirko zu Hause zu lassen. Er hatte etwas gestutzt, als sie vorschlug, dass Mirko auf Leon aufpassen sollte, aber schließlich eingewilligt.

Sie hatte absolut nicht erwartet, dass sie seine Gesellschaft auf dieser Fahrt wertschätzen würde. Es fühlte sich beinahe angenehm normal an, dort zu sitzen, Mann und Frau. Als würden sie zum ersten Mal seit Langem Atem holen. Es war auch das erste Mal seit Langem, dass sie Karl lachen hörte. Ja, es war schön. Sie war froh, dass sie nicht so waren wie Ivan und Agathe.

Dann fiel ihr plötzlich wieder ein, weshalb sie hier saßen. Der Finger! Ihr Sohn entwickelte sich langsam, aber sicher zu etwas, das sie nicht verstand und mit dem sie nicht umgehen konnte, und der einzige Grund, weshalb es schön war, auf der Bank zu sitzen, war, dass sie Leon nicht dabeihatten. Sie war eine schreckliche Mutter mit einem unmöglichen Sohn, und jetzt bekam sie Lust auf Schnaps.

Sie bekam auch Lust, ihren Bruder und ihre Schwägerin zu bitten, zur Hölle zu fahren und sie mit ihrem Hof und ihrer verkorksten Familie in Ruhe zu lassen. Sie hatte genau gesehen, wie Ivan sie anblickte, als sie Leon auf dem Hofplatz von seiner Frau weggezogen hatte. In seinem Blick hatte nicht nur ein Vorwurf gelegen; auch Verachtung für das, was sie ihm präsentiert hatte.

Wie konnte er es wagen!

Agathe für ihren Teil hatte ausgesehen wie jemand, der unter Schock stand, aber trotzdem darauf beharrte, bei Laune zu bleiben. Wenn Danica sich nicht völlig verhört hatte, hatte Agathe das Ereignis sogar entschuldigt, als wäre es ihre eigene Schuld, dass sie angegriffen worden war. Abgesehen von dem kleinen Schrei, der ihr entglitt, als der Finger brach, hatte sie keinen Schmerz gezeigt. Sie hatte nur gelächelt und gelächelt, sogar Leon gegenüber, auch wenn es mehr als gequält ausgesehen hatte. Mirko war Gott sei Dank sofort vom Stall herübergelaufen gekommen und hatte den Jungen weggebracht. Er hatte Danica nur mit seinen tiefblauen Augen angesehen und Leon ohne ein Wort übernommen. Wieder war er ihr Retter gewesen. Danica wusste allmählich nicht mehr, was sie ohne Mirko tun sollte.

Einen Augenblick später war Karl aufgetaucht, um irgendein Werkzeug aus der Scheune zu holen, nicht etwa, um die Gäste zu begrüßen. Das hatte er dann aber trotzdem gemusst.

»Das sind schon ein paar Vogelscheuchen, die zwei«, sagte Karl, während er in die Luft über dem Platz starrte. »Wie die sich aufgedonnert hat. Und dann der Lärm, der von ihr kommt.«

Danica antwortete nicht, aber sie war sich mit Karl nicht ganz uneinig. Dieses Amerikanisch war wirklich eine absonderliche Sprache. Ihr Vater hatte einmal gesagt, dass es klang, als sprächen sie dort oben in Amerika mit Kartoffeln im Mund. Da war was dran. Er hatte es zweifellos als Kompliment gemeint.

Ivan sprach die Sprache offenbar mühelos, mit Kartoffeln und allem, und Agathe sah aus, als wäre sie für jedes Wort dankbar, das von seinen Lippen floss. Für sie musste er die Inkarnation des jungen exotischen Europäers sein. Danica war sie ein Rätsel, diese Beziehung.

Überhaupt kamen ihr die Menschen und ihre Entscheidungen oftmals unbegreiflich vor. Sie verstand nicht, dass Ivan damals abgehauen war, aber sie verstand auch nicht, warum sie nicht dasselbe getan hatte. Nein, am wenigsten von allen verstand sie sich selbst. Wenn schon, dann hätte sie diejenige sein müssen, die wegging. Aber vielleicht war das alles auf der anderen Seite der Berge und Meere gar nicht so aufregend. Vielleicht bestand das Ganze nur aus Schaufensterpuppen. Und Fischkonserven. Oder importierten Tulpen.

Sie blickte über die Hausdächer zu den Bergen in der Ferne. Die wilden Blumen an den Hängen warfen ein magisches Licht über sie, wenn die Sonne sie wie jetzt beleuchtete. Sie kannte keinen schöneren Anblick. Sie blinzelte rasch und etwas erschrocken, als sie merkte, wie ihre Augen feucht wurden.

»Aber sie tut mir schon leid mit ihrem Finger«, sagte sie schließlich. »Wenn Leon nur nicht so ... ja, so heftig wäre.«

»Ach, hör auf. Er ist nur ein starker Junge«, antwortete Karl sofort. »Sie hätte ihre Finger ja auch nicht in solche albernen Handschuhe packen müssen. Da kommt nichts Gutes dabei raus. Es ist noch nicht einmal kalt.«

»Ich finde, er sah aus, als wäre er gebrochen.«

»Aber das sag ich doch. Da kommt nichts Gutes dabei raus.«

Etwas später kam Agathe aus der Arztpraxis heraus, ohne Handschuhe, dafür aber mit einem auffälligen Verband um den rechten Mittelfinger. Sie solle am besten den ganzen Arm ruhig halten, hatte der Arzt gesagt, also ging sie mit dem Verband herum, als balancierte sie einen großen umgedrehten Kegel auf der Handfläche. Währenddessen fuchtelte ihr anderer Arm herum, um all das zu schaffen, was der rechte nicht konnte. Nicht zuletzt deuten. Auf dem Weg über den Platz zum Wagen deutete sie auf alles, was sie um sich sah. »Oh, look!«, sagte sie ständig, offenbar, um die Aufmerksamkeit von ihrem erigierten weißen Finger abzulenken. Sie sah schrecklich beklommen aus, auch wenn ihr Lippenstift nicht stillstand. »How adorable!«

Die anderen blickten pflichtschuldig all das an, worauf sie deutete: einen übervollen Blumenkasten, eine schlafende Katze auf einer Mauer, eine junge Frau mit einem Jungen in Leons Alter. Der Junge zeigte zurück auf Agathe. »Schau!«, rief er und zog seine Mutter am Ärmel. Kein bisschen gewaltsam. Natürlich nicht. Genau wie ein normaler Junge seine Mutter eben am Ärmel zog. Die Mutter nickte und lächelte Agathe freundlich zu.

Diese Mutter war glücklich über ihr ganz normales Kind, dachte Danica. Und stolz. Auch wenn es auf Leute zeigte.

Erst als sie im Auto saßen – Karl auf dem Beifahrersitz, die langen Beine bis zu den Ohren angezogen, und Danica und Agathe auf dem Rücksitz –, fragte Ivan noch einmal nach der Familie. Er hatte gerade den Motor gestartet.

»Wo, sagtest du, sind Mutter und Vater? Wir könnten doch jetzt dorthin fahren. Agathe hat nichts dagegen, nicht wahr, Aggie?« Er drehte den Kopf und warf einen raschen Blick auf Agathe, die hinter ihrem Finger lächelte und nickte. Das Nicken bedeutete offenbar »nein«. Nein, sie hatte nichts dagegen, was auch immer er sagte.

»Ja, dann machen wir das!«, beschloss Ivan und klopfte aufs Lenkrad. Sie waren noch nicht losgefahren. »Wo finden wir sie, Danica?«

Danica streckte den Arm zwischen Ivan und Karl hindurch und zeigte eine Straße hinunter, die direkt auf die Kirche zuführte.

»Vielleicht sind sie in der Kirche?«, vermutete Ivan und legte den Gang ein. »Oder zu Besuch beim Pfarrer?« Im nächsten Moment machte der Wagen einen kurzen Ruck, der Agathe dazu brachte, hinter ihrem Lächeln einen kleinen, gequälten Laut auszustoßen.

»Nicht ganz, aber in der Nähe«, sagte Danica. »Ich hab ihnen eine ausgezeichnete Wohnung gleich hinter der Kirche besorgt. Vater ist zuerst eingezogen, dann kam Mutter ein paar Jahre später nach. Aber du solltest besser nicht damit rechnen, dass sie sehr viel sagen. Oder für dich aufstehen.«

Vorn wurde es sehr still.

Ivan fuhr den Wagen an den Straßenrand. Er ließ den Motor laufen und wandte sich nicht um, starrte nur stumm durch die Windschutzscheibe. Weiter vorn am Wegesrand zog ein Bursche mit einer lahmen Stute davon. Danica erkannte in ihm den Sohn von einem der Höfe in der Nachbarschaft. Er war ein bisschen verrückt, aber sie hatte ihm trotzdem einst die Unschuld genommen, als seine Brüder sich gerade aufmachten, in den Krieg zu ziehen. Vielleicht hatte sie ihm das Leben gerettet, jedenfalls wollte er hinterher nicht fort, und die Brüder kehrten nie zurück.

»Willst du damit sagen, dass Mutter und Vater tot sind?«

Ivans Stimme hatte noch nie so trocken geklungen. Es schien, als wäre ihm erst in diesem Moment aufgegangen, dass das Leben ein Verfallsdatum hatte.

»Ja, sie sind tot. Und was Stefan und Tajana angeht – sie sind fortgegangen, und ich weiß nicht, ob sie jemals wieder nach Hause kommen.«

Sie fuhren schweigend zurück zum Hof. Agathe war zum ersten Mal verblüffend still. Sie saß nur da mit ihrer weißen Antenne und konnte nicht empfangen, was nicht stimmte.

Nur, dass etwas nicht stimmte. Sie tat Danica fast ein bisschen leid. Als sie auf dem Hofplatz anhielten, brach Danica endlich das Schweigen und bot ihrem Bruder und ihrer Schwägerin an, sie könnten natürlich auf dem Hof übernachten, wenn sie wollten. Sie würde ihnen oben ein Zimmer richten. Agathe lächelte freundlich und sicher auch etwas erleichtert darüber, dass wieder jemand sprach. Ivan lehnte dankend ab. In der Erwartung, dass alle Zimmer des Hofes belegt wären, hatten sie sich schon im einzigen Hotel des Ortes einquartiert, auch wenn es Ivan zufolge im Vergleich zu dem, was sie gewohnt waren, sehr primitiv war. Agathe verbarg ihr eventuelles Unbehagen hinter ihrem Finger und einer Extraschicht rotem Lippenstift; es war ihr gelungen, diese mit der linken Hand aufzutragen, während sie schweigend über den Feldweg holperten. Danica war aufrichtig beeindruckt.

Ivan zeigte seiner Frau den Hof, während Danica das Mittagessen machte. Sie betrachtete sie durch das Küchenfenster, als sie über den Hofplatz zum Stall hinüberschritten. Nur er redete. Währenddessen lauschte Agathe aufmerksam, Bestürzung legte sich über all das andere auf ihrem Gesicht. Endlich wurde ihr also erklärt, wie alles zusammenhing.

Danica bemerkte, dass Ivan sie nur flüchtig in den Stall blicken ließ und dass er sie nicht mit auf die Rückseite nahm. Vielleicht wollte er nicht, dass sie die Eselsbox und die Kirchenglocke und die anderen unkonventionellen Dinge in der Mauer sah. War es ihm peinlich? Machte es ihm Angst? Dass dieses Spezielle in seinem Blut floss, dieses Verrückte in seinem Fundament wohnte? Vielleicht war es letztendlich das, wovor er geflüchtet war. Aber genau das hatte ihm wohl auch die Fähigkeit verliehen zu träumen.

Als sie in der Scheune verschwunden waren, sah sie Mirko

mit Leon hinter dem Stall auftauchen. Er hatte ihn anscheinend drüben im Wollzimmer versteckt, zumindest hatte er ihn auf Abstand gehalten.

Plötzlich kam ihr der Gedanke, dass Ivan und Agathe sofort abreisen sollten, jetzt gleich – und Karl mitnehmen. Mirko und Leon konnten dann bei ihr bleiben. Ihr war völlig klar, dass es falsch war, so zu denken, aber in gewisser Weise wäre es das Beste, was passieren konnte. Sie hatte Mirko auf eine Art liebgewonnen, die sie ab und zu etwas erschreckte. Er war ja so viel jünger als sie. Aber trotzdem so reif.
Und nicht zuletzt so unglaublich gut für Leon.
Mit Mirko war alles einfacher.
Dass Mirko sie vergötterte, bezweifelte Danica nicht. Seit geraumer Zeit hatte sie bemerkt, wie er sie ansah, und sie musste zugeben, dass sie es genoss. Diesen jungen, begehrenden, aber auch sehr liebevollen Blick, der über ihren Körper strich und ihr immer entgegenstrahlte. Er war von Natur aus so sanft und vorsichtig, dass es beinahe wehtat. Und gleichzeitig offensichtlich so wahnsinnig von ihr angezogen. Es gab kaum eine Stelle ihres Körpers, die er noch nicht mit den Augen verschlungen hatte. Sie hatte es sich auch nicht verkneifen können, ein bisschen mit seiner Faszination zu spielen, indem sie etwas mehr mit dem Hintern wackelte, wenn sie wusste, dass er hinsah. Oder das Kleid aufknöpfte, sodass er ihre Busenfurche besser sehen konnte. Das hatte sie amüsiert. Ja, sie war so an erfahrene Männer und deren Libido gewöhnt, dass das jungfräuliche Begehren ihr anfangs komisch vorgekommen war. Unseriös. Aber da war gleichzeitig diese Ernsthaftigkeit an Mirko. Er war der Einzige, der sie wirklich und tatsächlich ergründete. Karl sah gar nichts, er wollte nur Sex. Doch Mirkos blaue Augen, die sahen sie.

Ihr war absolut bewusst, dass sie ihn an jenem Tag im

Stall nicht hätte küssen sollen. Es war ein wenig schäbig, so mit seinen Gefühlen zu spielen, aber sie hatte *Lust* gehabt, ihn zu küssen. Es hatte nicht viel gefehlt, und sie hätte Lust zu mehr als nur dazu gehabt. Er war ja kein Junge mehr, nicht richtig, und er sah inzwischen ziemlich gut aus. Dann schüttelte sie den Gedanken ab. Er war töricht. Und nicht zuletzt unzulässig. Sie hatte ja Karl.

Dann seufzte sie und beugte sich hinunter, um die Flasche Schnaps zu suchen, die sie immer in einem Küchenschrank versteckt hielt.

Während des restlichen Besuchs war es, als hätte Agathe eine Umlaufbahn um ihren Mann eingeschlagen. Danica kam es so vor, als versuchte die Frau in ihrer Angst, Ivan könnte etwas Schlimmes zustoßen, dies zu verhindern, indem sie ihn umkreiste und ihn mit einer konstanten Portion Licht und Wärme und schützender Aufmerksamkeit bedachte. Sie spürte wohl wie Danica, dass etwas mit Ivan geschehen war. Seitdem er schließlich der Wirklichkeit ins Auge gesehen hatte, befand er sich in einer Art Schockzustand. Agathes Fürsorge hatte sowohl etwas Komisches als auch etwas sehr Rührendes an sich. Und Ivan sowohl etwas Trauriges als auch etwas Erbärmliches.

Außer mit Besuchen am Grab verbrachte das Paar die Tage damit, in der Umgebung herumzufahren und kürzere Wanderungen zu machen. Sie fuhren auch weiter weg, um sich einige andere Orte im Tal anzusehen. Wenn sie auf dem Hof waren, um zu Mittag oder zu Abend zu essen, sorgten Danica und Mirko dafür, dass Leon so weit wie möglich von ihnen weg war, ohne dass es jedoch allzu sehr auffiel. Agathe lächelte immer, wenn sie den Jungen sah, doch die Angst drang selbst durch die flügelförmigen Brillengläser. Karl hatte sich in der

Regel auf die Felder und Weiden verzogen, bevor das Automobil auf den Hofplatz fuhr.

Nach dem Mittagessen konnte Ivan seine Frau jedes Mal dazu überreden, in einem der Zimmer im ersten Stock eine Ruhepause einzulegen. Agathe war letzten Endes vielleicht am erschöpftesten von allen. Besonders nach einer Mahlzeit, bei der es ihr nicht nur der verbundene Finger erschwerte, so zu essen, wie die Gastgeberin es tat, sondern auch ihre mangelnde Erfahrung im europäischen Umgang mit Besteck. Es fiel ihr in jeglicher Hinsicht schwer, die Gabel mit der linken Hand und das Messer mit der rechten zu führen, doch sie wollte auf keinen Fall auffallen.

Eines Nachmittags, als Agathe im ersten Stock tief und fest schlief und Danica Leon gegen ihre Gewohnheit und nur, um ihn auf Abstand zu den Gästen zu halten, mit zum Müller genommen hatte, kamen Ivan und Mirko miteinander ins Gespräch.

Mirko stand an der Hobelbank in der Scheune und war dabei, ein paar Holzgeräte zu reparieren, die eine liebevolle Hand brauchten. Er war gründlich, denn er legte Wert darauf, die Dinge sorgfältig zu machen. Die Griffe wurden nach allen Regeln der Kunst geschliffen und gebeizt, sodass sie aussahen wie neu. Das Metall wurde gesäubert und lackiert und neu ausgerichtet, wo es erforderlich war. Nicht der geringste Splitter, die geringste Unregelmäßigkeit entging Mirkos Blick. Er pfiff leise bei der Arbeit, und von Zeit zu Zeit blickte er aus dem kleinen Fenster in Richtung Süden. Irgendwo da draußen krähte der Hahn nach seinen Hühnern.

Ivan stand lange im Eingang und beobachtete ihn, bevor er sich durch ein Räuspern zu erkennen gab.

Mirko wandte sich mit einem Ruck um.»Ja?«

»Ich muss schon sagen, du bist gründlich.« Ivan kam nun ganz zu ihm herüber und studierte die Geräte eingehend.
»Und so geschickt! Das hat Hand und Fuß, will ich meinen.«
»Ja...«
»Glaub mir, davon verstehe ich eine ganze Menge«, lachte Ivan. »Du wohnst drüben auf dem Nachbarhof, nicht wahr?« Mirko nickte.
»Ich glaube, ich kann mich an dich erinnern. Aber damals warst du ja noch klein. Kann es sein, dass du der Jüngste von allen bist?«

Mirko nickte wieder. Er mochte es nicht besonders, ausgefragt zu werden. Andererseits konnte er Ivan eigentlich gut leiden, vielleicht weil er Karl so unähnlich war. Seine drollige Frau war auf ihre Art ebenfalls reizend, wenn auch völlig anders als Danica.

»Sag mir, bist du mit der Schule fertig?«
»Ja, seit nicht allzu langer Zeit.«

Mirko war froh, dass er mit der Schule fertig war, aber gleichzeitig hatte er Angst vor dem Druck, der nun vonseiten der Eltern auf ihn ausgeübt werden konnte. Sie hatten noch nicht richtig darüber gesprochen. Das Schlimmste war, dass er allmählich das Gefühl nicht mehr loswurde, dass es zu Hause nicht besonders gut lief. Seine Mutter hustete viel, und auch sein Vater hatte sich irgendwie verändert. Vielleicht war er einfach älter geworden.

Mirko wusste im tiefsten Inneren, sie würden ihn bald darum bitten, seinen Einsatz bei Danica zurückzufahren und mehr daheim zu arbeiten. Das war nur logisch, er sollte das Ganze ja irgendwann übernehmen. Er versuchte, die Dinge in seinem Kopf zurechtzurücken. Trotz allem würde er noch Danicas Nachbar sein, dicht bei ihr. Allerdings wollte er am allerliebsten mit ihr *zusammen* sein. Und mit Leon. Im Übrigen konnten sie ihn momentan einfach nicht entbehren, die beiden, aber das würde er seinen Eltern nie erklären können.

Er erwartete, dass Ivan noch mehr sagen würde. Ihn fragen, was er jetzt tun wolle. Ob er irgendwo in die Lehre gehen oder einmal den Hof seiner Eltern übernehmen würde. Die üblichen Fragen. Ivan sagte nichts. Er sah Mirko an, doch seine Gedanken schienen woanders zu sein. Dann richtete er sich plötzlich auf, klopfte Mirko auf die Schulter und verließ die Scheune.

Etwas später hörte Mirko draußen jemanden reden. Er ging zum halb offenen Scheunentor hinüber und blickte hinaus. Danica stand drüben an der Küchentür mit Leon an der Hand. Er konnte sehen, dass sie kämpfte, um Leon unter Kontrolle zu halten, während sie mit ihrem Bruder sprach. Mirko überlegte einen Moment, ob er seine Hilfe anbieten sollte, beschloss dann aber, es sein zu lassen. Er zog sich zur Hobelbank zurück und begann aufzuräumen. Er hatte seinem Vater versprochen, ihm zu Hause mit einem Kalb zu helfen, und war schon spät dran.

*

Leon hatte keine große Lust, die Treppenstufen zu bezwingen und mit in die Küche zu gehen. Er wollte lieber versuchen, die Katze zu fangen, die er hinter der Pumpe hatte verschwinden sehen. Danica musste ihn ordentlich ziehen. Sie versuchte, es zu tun, ohne dass Ivan sah, wie viel Kraft es erforderte.

»Soll ich dir mit ihm helfen?«, fragte Ivan dennoch.

»Nein, nein, es geht schon«, sagte Danica mit einem Lächeln. »Komm jetzt, mein Schatz.«

Und Leon kam, Gott sei Dank. Er stolperte in die Küche und verschwand den Gang hinunter ins Schlafzimmer. Danica hoffte inständig, dass er irgendeine friedliche Beschäftigung finden würde. Da krachte es, und kurz darauf kam er mit ihrer großen Haarbürste zurück, die sie erneut vergessen hatte zu säubern. Wie er an das Regal über dem Toilettentisch herangekommen war, wusste sie nicht. Er setzte sich auf den Küchenboden und begann, Haare aus der Bürste zu ziehen.

»Schau!«, jubelte er.

Danica lächelte verlegen, und Ivan tat, als würde er nichts sehen. Eine der Katzen kroch angespannt an Leon vorbei, wobei sie sich dicht bei den Küchenschränken hielt. Er bemerkte sie nicht.

Sie setzten sich an den Esstisch in der Küche, sodass Danica ihren Sohn im Auge behalten konnte. Sie servierte ihrem Bruder starken Tee. Und sie achtete darauf, dass er nicht sah, wie sie ihren eigenen Tee mit einem Schuss Schnaps verdünnte.

Ivan wollte mehr über das Schicksal seiner Familie wissen, auch wenn Danica merkte, dass es ihn quälte, es zu hören. Er war noch immer nicht über die Nachricht vom Tod seiner beiden Eltern hinweggekommen. Sie erwähnte nichts davon, dass seine jüngste Schwester augenscheinlich Prostituierte war, sondern hielt sich stattdessen an die Version mit der Handarbeit. Vielleicht mehr aus Rücksicht auf Tajana, als um Ivan zu schonen. Trotzdem sah sie in Ivans Augen, dass er verstand. Irgendetwas darin war löchrig geworden. Er war noch nie so anwesend gewesen. Danica vermochte den Blick nicht von den Farben in seiner dunkelbraunen Iris abzuwenden.

Von Stefan konnte sie nichts anderes berichten, als dass er kurz nach Ivan abgereist war. Er wollte nur auf einen

Sprung nach Süden, hatte er gesagt. Über die Berge. Dann würde er nach Hause kommen und die Verantwortung für den Hof übernehmen. Vielleicht war er doch in den Krieg gezogen, auch wenn er versprochen hatte, es nicht zu tun. Das war absolut nicht undenkbar, denn Stefan war eher der spontane und dummdreiste Typ. In ihrer Kindheit hatte er Danica zwar tyrannisiert, aber er war auch der Bruder, der einen plötzlich liebevoll umarmen konnte, wenn man es am wenigsten erwartete oder es am wenigsten verdient hatte. Es hatte Danica immer verwirrt, dass sie nie wusste, wie sie ihn gerade einschätzen sollte. Die unerwarteten Zärtlichkeiten hatten etwas Beunruhigendes, besonders, wenn man nicht sicher sein konnte, ob sie echt waren. Trotzdem vermisste sie Stefans Umarmungen manchmal. Und ihn auch.

Der Krieg dort draußen, das war nicht ihr Krieg. Sie wusste nicht, wofür sie kämpften. Und sie verstand nicht, warum die jungen Männer sich an ihm beteiligten. Es war auch nicht deren Krieg. Taten sie es, um zu töten? Oder um getötet zu werden? Gab es im Alltag nicht genug Kämpfe auszufechten – nicht zuletzt im eigenen Inneren? Da war es doch heldenhafter, den Kampf gegen seine eigenen Dämonen aufzunehmen, dachte Danica. Und wichtiger. Es kam ihr so vor, als würden viele der jungen Männer, die der Krieg dort draußen angezogen hatte, vor sich selbst flüchten, indem sie sich hinter einer Nummer im Pulvernebel versteckten. Zumindest Stefan, wenn er denn überhaupt diesen Weg eingeschlagen hatte. Mit all seinem Egoismus war er selbst sein schlimmster Feind gewesen.

Sie hatte das deutliche Gefühl, dass er gefallen war, aber sie wusste nicht, wo oder wie. Sie wünschte, er hätte sich als der Mann erwiesen, der er so gern sein wollte. Der robuste und starke, der alles schaffte. Das Oberhaupt der Familie.

Auf der anderen Seite: Wenn Stefan den Hof übernommen hätte, wie er es damals versprochen hatte, wäre Danica vielleicht irgendwo da draußen verloren gegangen. Sein Verrat hatte sie in jedem Fall gezwungen, die Bodenhaftung zu behalten, ganz buchstäblich, also sollte sie vielleicht dankbar sein. Sie hätte nur gern eine Wahl gehabt.

Danica sagte zu Ivan, dass sie nicht damit rechnete, ihren großen Bruder jemals wiederzusehen, und Ivan nickte zunächst, ohne etwas zu antworten. Dann sagte er etwas, das sie nicht erwartet hatte.

»Stefan hatte ein Problem mit Alkohol, Danica. Das könnte ihn auch auf die schiefe Bahn gebracht haben. Ich dachte damals, er würde diesen Kampf nur gewinnen, wenn ich nicht mehr mit im Bild wäre und er als einziger Sohn die Verantwortung für alles hätte. Zusammen mit Vater natürlich. Ich war der Ansicht, das könnte ihn vielleicht dazu bringen, sich zusammenzureißen. Ja, ich war mir da sogar ganz sicher.«

»Ich hätte nie gedacht, dass er getrunken hat«, flüsterte Danica. Sie glaubte jede einzelne Schwäche ihrer Brüder durchschaut zu haben.

»Und ich hätte nie gedacht, dass er abhauen würde«, sagte Ivan leise.

Danica bemerkte, dass seine Augen feucht wurden. Es dauerte nur einen Moment, dann schlug er den Blick nieder. Sie überlegte, ob er um seiner selbst oder um Stefans willen traurig war. Oder vielleicht um ihretwillen.

Jetzt zog er eine Pfeife hervor und begann sie zu stopfen. Sie betrachtete ihn, während er sie anzündete. Wieder sah sie den Reiher, der aus einem weißen Nebel auftauchte. Der Tabak duftete süß.

Sie hatte Lust nachzubohren. Ivan zu fragen, warum er selbst nicht nach einem halben Jahr zurückgekommen war, wie er es ihnen versprochen hatte. Doch sie kannte die Antwort. Seine Gedanken waren woanders gewesen als bei ihnen. Er hatte sich selbst eingeredet, dass alles gut war und dass er es sich deshalb erlauben konnte, sie zu vergessen, bis es ihm passte, sie wieder aufzusuchen. Vielleicht hatte er tatsächlich vergessen, was er versprochen hatte. Er hatte die Gabe, alles von sich wegzuschieben. Sie verspürte keine Lust, seine lügenhaften Entschuldigungen zu hören oder ihn in Tränen ausbrechen zu sehen. Sie war nicht in der Lage auszumachen, ob sie ihn hasste oder liebte – oder ob sie irgendwann imstande sein würde, ihm zu verzeihen. Auf jeden Fall fiel es ihr verdammt schwer, irgendeine Form von Dankbarkeit für diesen Bruder zu empfinden.

Agathe mit ihrem Lächeln war nicht da. Sie hatte sich hingelegt.

Auf einmal ertönte ein lauter Knall vom Küchenboden, und Danica wandte sich schnell zu ihrem Sohn um. Leon blickte mit großen, erschrockenen Augen zu seiner Mutter auf. Dann grinste er und hob die Bürste hoch. Die Hälfte davon blieb auf dem Boden liegen. Er hatte es irgendwie geschafft, die robuste Holzbürste in der Mitte durchzubrechen. Ihr rotes Haar war überall verteilt.

Ivan sagte nichts, und Danica mied seinen Blick. Sie spürte einen irrsinnigen Drang nach Pflaumenschnaps. Nein, am allermeisten spürte sie den Drang, sich in das schwarze Automobil zu setzen und weit wegzufahren, wenn sie nur hätte fahren können.

Jetzt hustete Ivan etwas gekünstelt, als wollte er den Hals freibekommen, um sich zum Sprechen vorzubereiten. »Sag mal, dein Junge da, Leon... Was stimmt eigentlich nicht mit ihm?«

Leon lachte herzlich. Danica sagte keinen Ton.

»Ja, also, ich will ja nicht... aber er ist doch nicht ganz, wie er sein sollte? Irgendetwas an ihm ist nicht normal, nicht wahr? Unnatürlich.«

Ivan zog an seiner Pfeife und fuhr fort, als seine Schwester noch immer nicht antwortete. »Meinst du nicht, du solltest ihn untersuchen lassen? Er sollte vielleicht irgendeine Art von Behandlung bekommen. Vielleicht ist er eigentlich eines dieser Kinder, die irgendwo untergebracht werden sollten. Also, um ihrer selbst willen.«

Danica kniff die Lippen zusammen, lächelte jedoch zu Leon hinunter, der sie mit seinen strahlenden, fröhlichen Augen ansah. Da stand der Junge auf und lief zu ihr, um sie zu umarmen. Sie unterdrückte einen Schmerzensschrei, als er ihr Schienbein gegen die Kante des Stuhlbeins presste. »Mutter!«, sagte er. Kurz darauf war er wieder fort. Zurück bei der zerbrochenen Bürste.

Ivan starrte ihn lange an und fuhr fort. »Ja, dein Mann ist vielleicht auch nicht... Ich meine, man erntet, was man sät. Karl ist ja zweifellos ein guter Arbeiter, aber im Hinblick darauf, Kinder in die Welt zu setzen, war er vielleicht nicht die beste Wahl, Danica.« Ivan nahm noch einen Zug von seiner Pfeife und ließ den Rauch in ihre Richtung ausströmen.

»Ich sage das wirklich nicht, um boshaft zu sein«, fuhr er fort. »Es ist nur, weil ich mir Sorgen mache, wenn ich den Jungen sehe. Es ist meine Pflicht als dein Bruder, das zu sagen, finde ich.«

Danica hatte sich noch nie so eiskalt gefühlt wie in diesem Moment. Sie hatte gute Lust, ihren Bruder mit bloßen Händen zu erwürgen.

Jetzt starrte sie auf ihre zu Fäusten geballten Hände hinunter, die auf dem Tisch lagen.

»Ich finde, ihr solltet so bald wie möglich abreisen«, sagte sie schließlich, ohne aufzusehen. Ihre Stimme war tonlos. »Fahr zurück nach Amerika zu deinen lächerlichen leblosen Puppen. Und nimm deine hysterische Ehefrau mit. Lass dich hier nie wieder blicken.«

Ivan sagte zuerst nichts, und Danica wusste, dass sie ihn genauso hart getroffen hatte wie er sie. Als er sprach, klang seine Stimme rau.

»Es ist ja auch mein Hof, weißt du. Ich könnte einfordern...«

»Wage es nur!«, zischte Danica. »Ich bring dich um. Und wenn nicht, tut es mein Mann.«

Ivan starrte sie mit wilden, erregten Augen durch den weißen Tabaknebel an. »Drohst du mir? Meine eigene Schwester! Was ist nur aus dir geworden. Bist du so sehr mit der Erde hier verwachsen, dass du wahnsinnig geworden bist?«

»Vielleicht.«

»Ich will dir nur Gutes, und dann behandelst du mich so?«

»Du willst mir nichts Gutes. Du willst mir etwas Gutes wegnehmen«, sagte Danica. »Aber diesen Hof bekommst du nicht, Ivan. Du hast ihn nicht verdient. Du bekommst gar nichts.«

Leon hatte irgendwie eine große Tüte Mehl aus dem Schrank gekriegt. Sechs Kilo. Jetzt stand er da und hielt sie mit ausgestreckten Armen von sich weg. Er ließ sie genau vor seinen Onkel auf den Boden fallen, der innerhalb einer Sekunde in Weiß gehüllt war. In noch mehr Weiß. Ivan stand auf, hustend vor Mehl und Rauch und Wut. Er schubste Leon zur Seite und warf seinen Stuhl um, was bei Leon nur Lachen und Händeklatschen auslöste.

Als Ivan die Tür erreichte, wandte er sich um und starrte das Kind mit unverhohlener Verachtung an. »Da ist zum Teufel noch mal irgendwas nicht ganz richtig im Kopf dieses

Jungen. Und dann ist er noch... viel zu kräftig. Das ist ja grotesk. Er ist grotesk. Eine Missgeburt! Siehst du das denn nicht?«

Dann ging er hinauf, um seine Frau zu wecken.

Danica sah es sehr wohl. Und Leon sah eine tote Maus an der Wand und hob ohne Mühe den Küchentisch beiseite, um an sie heranzukommen.

Agathe winkte und lächelte aus dem Wagen, als das Paar etwas später vom Hofplatz fuhr. Der weiße Finger ragte hinter dem Autofenster empor. Danica stand auf der Treppe und winkte auch. Nur ihr.

Ivan hatte seine Schwester seit ihrem Zusammenstoß in der Küche keines Blickes gewürdigt. Danica bereute nicht eine Sekunde, was sie über ihn und die Puppen gesagt hatte, aber es tat ihr leid, was ihr über seine Frau herausgerutscht war. Die Wahrheit war, dass sie inzwischen eine gewisse Sympathie für Agathe empfand.

Die optimistische Persönlichkeit der Amerikanerin hatte etwas aufrichtig Unschuldiges. Und dazu etwas Bewundernswertes. Es erforderte trotz allem eine gewisse Stärke, in hellen Hosen und hohen Schuhen auf ihrem Grundstück herumzuspazieren; und auch, diese Fassade von vollkommener Zufriedenheit, wenn nicht gar Begeisterung für alles um sich herum aufrechtzuerhalten, selbst für Dinge von offensichtlich kritisierbarem Charakter.

Sie musste eine beeindruckende Selbstbeherrschung haben, dachte Danica. Oder vielleicht war Agathe ganz einfach einer der Menschen, in denen es nicht eine Spur von Wut und Rebellion gab.

In diesem Fall war es ein sehr ungünstiger Finger gewesen, den Leon gewählt hatte, um ihn seiner Tante zu brechen.

Nicht zuletzt, da sich später zeigen sollte, dass der Finger – trotz des schnellen und gründlichen Einsatzes des Arztes – absolut nicht geheilt war, wie er sollte. Er war für alle Ewigkeit steif.

Sie hätten zur Nachbarin gehen sollen.

DAS MEDAILLON

Trotz ihres beträchtlichen Gewichts konnte Mirkos Mutter sich sehr leise bewegen, wenn sie wollte. Darüber hinaus war sie durch ein langes Leben vollkommen vertraut mit den knirschenden Dielenbrettern auf ihrem Hof und wusste genau, wohin sie treten musste, um keinen Lärm zu machen. So war es ihr möglich, sich von ihrer sauber gescheuerten Küche bis zum Zimmer ihres Sohnes am Ende des langen Ganges zu bewegen, ohne ein einziges verräterisches Geräusch zu erzeugen.

Mit anderen Worten hatte Mirko nicht die leiseste Ahnung, dass seine Mutter vor seiner Tür stand, als er zum Gott weiß wievielten Mal Danicas kleines Silbermedaillon öffnete und es neben seinem Kopfkissen auf das Laken legte. Er hatte auf dem Nachttisch eine Petroleumlampe angezündet, sodass er sehen konnte, wie Danica und Leon ihn aus ihren kleinen Ovalen anlächelten. Mirko platzierte eilig ein kleines Stück Stoff auf Leons Konterfei. Er hatte es so zugeschnitten, dass es passte.

In diesem Moment wollte er nur Danica sehen.

Er hatte es schon so oft getan. Immer mit großer Vorsicht, immer mit einem Lappen, den er anschließend unter dem Bett versteckte und ausspülte, wenn niemand es sah. Er konnte nur schwer einschlafen, wenn er es nicht getan hatte. Jetzt tat er es wieder. Lautlos. Beinahe lautlos. Er konnte es nicht *völlig* lautlos tun, doch seine Eltern schliefen in dem Zimmer, das am weitesten von seinem entfernt war, sodass ein kleines, erlösendes Stöhnen ihn nicht verraten würde. Im Übrigen waren die schweren Atemzüge seiner Mutter allmählich so markant geworden, dass er sie aus weiter Entfernung würde hören können. Mirko wusste nicht, dass Mütter dazu in der Lage sind – jedenfalls für ein paar Minuten –, alle Gebrechen der Welt zu unterdrücken, wenn sie den Eindruck haben, ihr Jüngster hätte etwas Schmutziges vor.

Im denkbar ungünstigsten Moment stürzte sie zur Tür herein. Da stand sie nun wie ein großes, schweres Tier, das sich über ihm erhob. Mirko stieß ein kleines, erschrockenes Quietschen aus, starrte seine Mutter mit wilden Augen an und zog dann die Decke über sich, als könnte ihn das vor der Gefahr beschützen. Seine Hände versuchten diskret, aber fieberhaft, das nasse Beweisstück unter dem Laken zu verstecken, aber es nutzte nichts. Er war auf frischer Tat ertappt worden, im lustvollsten und schamvollsten Augenblick. Doch das war nicht das Schlimmste. Das Schlimmste war, dass das Medaillon dabei auf den Boden fiel. Er konnte das leise Klicken hören. Von Silber, das auf Holz traf.

»Mirko.« Mehr sagte seine Mutter nicht. Sie stand nur da und wartete, ohne sich zu bewegen, bis er den Kopf unter der Decke hervorstreckte und zu ihr aufsah, während das Blut hysterisch in seinem ganzen Körper pochte.

»Ich... ich wollte gerade... gerade schlafen, aber...«

»Schweig.«

Seine Mutter musste sich mit einer Hand auf dem Bett abstützen, als sie sich nach dem Medaillon hinunterbeugte. Mirko konnte sehen, dass es aufgeschlagen dalag, mit den Bildern nach unten. Das kleine Stück Stoff, das Leon bedeckt hatte, war herausgerutscht und lag ein Stück weiter weg. Jetzt rang seine Mutter nach Atem. Es klang, als wäre nur noch ein minimaler Durchgang durch ihren breiten Hals übrig und als säße eine kleine Flöte darin. Sie ergriff das Medaillon und stand mit äußerster Mühe auf, als wöge das kleine Schmuckstück eine Tonne. Erst als sie wieder aufrecht stand, blickte sie in ihre Handfläche hinunter. Ein kleines Beben lief durch ihren Körper. Dann schüttelte sie den Kopf. Nicht schnell, wie sie es zu tun pflegte, wenn ihr etwas gegen den Strich ging, sondern langsam. Unheimlich langsam und kontrolliert, als würden die Gedanken sie in halbem Tempo durchfließen und als würde sie sich Zeit nehmen, jeden einzelnen zu drehen und zu wenden.

Mirko schaffte es nicht, die Augen von seiner geliebten Mutter abzuwenden, die er in diesem Moment mehr fürchtete als alles andere auf der Welt. Auch er konnte nicht mehr atmen. Jetzt kam das Urteil. Der Tod.

»Gute Nacht, Mirko.«

Das war alles, was sie sagte. Dann ging sie mit dem Medaillon. Mirko fand nicht in den Schlaf. Er weinte und hasste sich selbst, sowohl für seine Sündhaftigkeit als auch für seine Unvorsichtigkeit. Er konnte nicht die ganze Wahrheit sagen. Er musste seiner Mutter erklären, dass er das Medaillon gerade erst gefunden hatte und am nächsten Tag zurückgeben wollte.

Also lügen.

Aber dann war da noch das Begehren. Das zehnte Gebot. Sie wusste es, sie hatte es ja gesehen. Seine Mutter würde ihm niemals die verbotenen Gefühle vergeben, die er für eine verheiratete Frau nährte. Eine erwachsene Frau, die obendrein noch ihre Nachbarin war. Es hätte schlimmer nicht sein können.

Mirko fühlte sich nicht mehr als Mann oder Reservevater.

Er war in sein viel zu kleines Jungen-Ich zurückgekrochen und weinte die ganze Nacht hindurch ununterbrochen. Seine Mutter hörte es aus dem Flur, als sie aufstand, um ihren schmerzenden Rücken zu strecken. Erst als der Hahn zum Krähen ansetzte, fiel Mirko in einen erschöpften, todesähnlichen Schlaf. Er schlief, bis er am Vormittag geweckt wurde.

Es war sein Vater, der ihn weckte.

»Komm schnell in die Küche, Junge.«

Die wohlbekannte warme Hand klopfte ihm auf die Schulter. Dann verließ sein Vater das Zimmer wieder. Aus der Küche drangen Stimmen.

Mirko rieb sich verwirrt die Augen und wunderte sich, wie geschwollen sie waren. Er wunderte sich auch über das Tageslicht im Zimmer. Dann fiel ihm plötzlich alles wieder ein, und eine schwere, unsichtbare Dunkelheit legte sich über ihn.

Der Gang schien länger als sonst. Er erkannte die Stimmen aus der Küche, und ein Teil seines Gehirns wunderte sich, während es dem Rest verblüffend gleichgültig war.

»Da ist er ja«, sagte Danicas großer Bruder, sobald sich Mirko in der Tür zeigte. »Wir haben etwas Wichtiges mit dir zu besprechen.«

Ivan lächelte. Neben ihm saß seine Frau und lächelte noch mehr. Sie hatte ihren kleinen Hut auf dem Kopf und den Finger unter dem Tisch.

Auf dem Tisch standen Kaffeetassen und kleine Teller. Das feine Service. Die Teller waren voller Kuchenkrümel. Auf einem lag der Kuchen unberührt. Es war der Teller, der vor Mirkos Mutter stand.

Mirko blickte seine Eltern an, die nebeneinander auf der

Bank saßen. Sie wandten ihm gleichzeitig die Köpfe zu. Sie sahen traurig aus.

»Komm und setz dich«, sagte sein Vater und zeigte auf den Platz am Ende des Tisches. Mirko setzte sich vorsichtig und wusste nicht, wo er hinschauen sollte. Wieder war sein Vater derjenige, der das Wort ergriff. »Danicas Bruder ist sehr beeindruckt davon, wie geschickt du mit deinen Händen bist.«

Bei diesen Worten sah Mirko unwillkürlich seine Mutter an, und sie erwiderte den Blick mit einem Ausdruck, der alles andere als angenehm war. Der Vorwurf leuchtete aus ihm, aber auch etwas anderes. Vielleicht war es Trauer.

Er beeilte sich wegzuschauen.

»Ja, Mirko«, sagte Ivan. »Ich hab dich ja gestern an der Hobelbank arbeiten sehen.« Er klang fröhlich, fast begeistert. »Du hast offensichtlich Talent für das Handwerk, und du hast ein angenehmes Gemüt, finde ich. Dein Vater sagt, dass du auch in der Schule immer fleißig und tüchtig warst. Genau so jemanden wie dich hab ich schon seit einer ganzen Weile gesucht.«

»Gesucht?«

Mirko blickte Ivan verwirrt an, und danach seine Frau, die den Kopf etwas nach vorn streckte und so intensiv lächelte, als versuchte sie, einen fremden Hund anzulocken.

»Genau, mein Junge. Und jetzt habe ich mit deinen Eltern abgesprochen, dass du mit Agathe und mir nach Amerika kommst!«

Irgendetwas brachte seine Frau dazu, unter dem Tisch spontan in die Hände zu klatschen und einen kleinen Schrei auszustoßen, der sicher vor allem mit ihrem Finger zu tun hatte.

Mirko sah seine Eltern an.

Seine Mutter nickte ein einziges Mal zur Bestätigung.

Sein Vater lächelte angestrengt und nickte ebenfalls.»Ja, deine Mutter und ich finden, du solltest gehen«, sagte er.»Wir wissen, dass es sehr plötzlich ist. Auch für uns. Aber wir wollen dich wirklich bitten, es zu tun, Mirko. So eine Chance bekommst du nicht noch einmal.«

Als sein Vater das so sagte, gab es keine andere Möglichkeit mehr. Mirko sollte nach Amerika.

Er fühlte sich schwer wie ein Berg.

»Das wird ein Abenteuer für dich!« Jetzt sprach Ivan wieder.»Du wirst es dort drüben lieben. Wir haben ein großes Haus mit massenhaft Platz, und du wirst in der Werkstatt arbeiten und vielleicht auch mit mir herumfahren und Schaufensterpuppen verkaufen. Du bekommst einen guten Lohn, das verspreche ich. Das ist selbstverständlich, wenn man fleißig, zuverlässig und pflichtbewusst ist. Und ich weiß, dass du das bist.«

Niemand erwähnte Danica, und Mirko wagte es nicht.

Als Ivan und Agathe zurück ins Hotel gefahren waren und Mirko zum Packen verdonnert worden war, kam sein Vater zu ihm ins Zimmer. Mirko stand am Fenster, tief verzweifelt bei der Aussicht, weit weg von allem zu reisen, das ihm im Leben etwas bedeutete.

Sein Vater setzte sich auf das eine der beiden Betten. Das, in dem Mirkos Bruder früher geschlafen hatte.»Wir schulden dir eine Erklärung, Mirko. Es ist ja nicht so, dass wir dich loswerden wollen.« Seine Stimme war tief und belegt, und seine freundlichen Augen sehr klar.»Setz dich doch kurz, mein Junge.«

Mirko setzte sich auf sein eigenes Bett ihm gegenüber.

»Du darfst über das, was ich dir jetzt erzähle, nicht traurig werden. Es ist nichts, was wir nicht bewältigen können. Aber deine Mutter ist zurzeit nicht so gesund. Sie hat nicht so viel Kraft und schafft nicht mehr so viel wie früher. Ja, sie gibt das natürlich nicht gern zu; du kennst deine Mutter.« Mirko nickte, aber sein Vater sah es nicht. Stattdessen streckte er seine Hände aus und blickte auf die Handflächen hinunter. Langsam bewegte er alle Finger, als würde er etwas greifen. »Ich kriege das meiste immer noch hin«, fuhr er fort. »Aber ich werde ja auch älter. Meine Hände sind nicht mehr das, was sie einmal waren. Sie schmerzen ab und zu. Na ja, aber deshalb sollst du dir wie gesagt keine Sorgen machen. Wir kommen zurecht. Aber wir können nicht mehr ganz so viel bewältigen wie früher. Deshalb sind wir schon seit einiger Zeit mit den Zwillingen vom großen Nachbarhof oben im Gespräch; die haben ja Maschinen und so was. Sie wollen sich gern um die Felder kümmern, die an ihren Grund grenzen, und mir auch mit den Tieren helfen. Das würde uns die Arbeit sehr erleichtern, Mirko. Aber es kostet. Wir müssen sie dafür bezahlen.«

Er machte eine kleine Pause, wandte den Blick jedoch immer noch nicht von seinen Händen ab. »Deine Geschwister haben alle etwas Eigenes. Dein Bruder ist mit seinen Dingen beschäftigt, und er will ja absolut kein Bauer werden. Ehrlich gesagt ist er dafür auch nicht geeignet, aber er ist ein tüchtiger Schmied! Und deine Schwestern und ihre Männer haben mehr als genug, worum sie sich kümmern müssen; außerdem sind sie weit weg.«

Er schielte zu Mirko hinüber.

»Aber kann *ich* denn nicht, Vater? Ich würde es gern tun.«

»Das weiß ich schon, mein Junge. Aber... deine Mutter meint, du solltest ein bisschen von hier wegkommen. Sie macht sich Sorgen. Du bist etwas zu verbunden mit allem hier. Und mit... ja, du weißt schon. Mit *ihr* da drüben. Vielleicht auch mit ihrem Kind.«

Wieder machte er eine Pause. Drüben in der Waschküche war Mirkos Mutter dabei, die Kleidung zu waschen, die bis zum nächsten Tag trocken werden musste.

»Das ist einfach nicht gut, Mirko. Wir wollen keine Probleme mit unseren Nachbarn. Erst recht nicht mit diesem Karl.«

Mirko starrte zu Boden. Sein Herz fühlte sich an wie ein Knoten, der mit sich selbst kämpfte. Es wand sich mehr, als dass es schlug. »Aber ich verstehe nicht«, sagte er. »Ich kann euch von da drüben doch überhaupt nicht helfen.«

»Doch, genau das kannst du, Mirko. Du wirst ausgezeichnet verdienen, und jeden zweiten Monat kannst du etwas von dem Geld zu uns nach Hause schicken. All das haben wir schon mit Danicas Bruder abgesprochen. So kann das Ganze funktionieren. Es ist ja nur für eine gewisse Zeit, mein Junge. Um die zwei Jahre, möchte ich meinen, vielleicht mehr, aber das müssen wir Ivan überlassen. So hat deine Mutter ein bisschen Ruhe, um sich zu erholen, und ich muss mich nicht mehr so abrackern. Und du kannst etwas von der Welt sehen und dich von... ja, dem anderen... lösen. Wenn du dann zurückkommst, bist du vielleicht bereit, den Hof hier zu übernehmen.«

»Aber Vater... Danicas Junge. Leon. Ich glaube, er braucht mich. Und ich glaube nicht, dass sie...«

»Du musst die beiden vergessen, Mirko.«

»Aber der Junge...«

»Nein, Mirko. Denk nicht an ihn. Es ist auch kein ganz gesunder Junge, sagt man. Es ist irgendetwas Unnatürliches an ihm, meint deine Mutter. Unser Gürtler hat ihr erzählt, dass er einmal gesehen hat, wie der Junge zwei sehr schwere Messingstangen mit ausgestreckten Armen hochgehoben hat, als Danica Knöpfe kaufte. Das ist gegen die

Ordnung der Natur. Du musst sehen, es gibt schon einen Grund dafür, dass sie sich mehr oder weniger nie mehr mit dem Kind zeigt.«

»Aber...«

»Nein!«

Mirkos Vater erhob nur selten die Stimme. Es klang auch völlig verkehrt. Normalerweise war seine Frau für diese Art von Dingen zuständig. Er zog mit seinen krummen Daumen etwas an seinen Hosenträgern, und Mirko sah, dass er Anlauf nehmen musste, um das Nächste zu sagen.

»Da ist auch noch was anderes, Mirko, etwas sehr Wichtiges. Jedenfalls für deine Mutter. Sie hat heute Nacht etwas gesehen.«

Mirko starrte seinen Vater erschrocken und ein bisschen beschämt an. Sein Vater bemerkte es und schüttelte den Kopf.

»Nein, nicht *das*. Nicht dich. Sie hatte eine Erscheinung, eine richtige Erscheinung. Sie hat Gott gesehen.«

»Gott?«, fragte Mirko verblüfft.

»Ja, sie sah die Hand des Herrn. Sie erschien als großer weißer Finger, der auf dich zeigte.«

Mirko spürte einen Stich in der Brust.

»Und danach sah sie die Engel des Herrn. Eine ganze Schar davon, in Weiß und Hellblau gekleidet. In einem Schaufenster.«

»Einem Schaufenster?«

Sein Vater nickte und blickte vor sich hin. »Ja. Sie waren sehr gut gekleidet, meinte deine Mutter, wenn auch ziemlich fremdartig. Die Wege des Herrn sind wahrhaftig unergründlich.«

»Ja...« Mirko wusste nicht, was er von den Wegen des Herrn halten sollten. Aber unergründlich waren sie. Das sagten alle.

»Sie hatte mir gerade von dieser rätselhaften Erscheinung erzählt, als es an der Tür klopfte. Und da standen die beiden. Sie in Weiß und Hellblau. Von weit her. Mit dem Finger des Herrn an der Hand... ja, gewissermaßen, jedenfalls. Deine Mutter ist fast in Ohnmacht gefallen, und es braucht schon wirklich einiges, um diese Frau umzuwerfen.«

Mirko konnte es vor sich sehen.

»Habt ihr denn verstanden, was diese Agathe gesagt hat?«, fragte er. Er selbst verstand ein paar wenige Brocken Englisch; er hatte das Fach immerhin in der Schule gehabt, selbst wenn das extreme Lispeln seiner Lehrerin es etwas schwer gemacht hatte, sich auf ihre Aussprache zu verlassen.

»Nein, sie hat in Zungen geredet. Oder so hat es sich jedenfalls angefühlt. Und dann all die Freundlichkeit, die aus ihr strahlte. Es war sehr heftig.«

Mirko konnte sich gut vorstellen, dass es heftig gewesen sein musste. Er war selbst etwas erschrocken über Agathes Freundlichkeit.

»Als Ivan sich dann vorgestellt und sein Anliegen erklärt hat, ja, da mussten wir uns ja fügen. Dem Willen des Herrn.«

Sein Vater räusperte sich. »Du verstehst doch wohl, Mirko. Auf den Schock hin, den deine Mutter gestern Abend in deinem Zimmer bekommen hat, und die Erscheinung, die sie daraufhin in der Nacht hatte, ja, da war die Entscheidung schon für uns getroffen worden, von oberster Stelle. Wir haben keine Wahl, mein Junge. Du musst gehen, um deine Schuld zu sühnen. Und uns währenddessen zu helfen.«

»Könnt ihr mir vergeben?«, fragte Mirko den Tränen nahe.

Die Antwort kam prompt und bestimmt.

»Ja! Aber du sollst auch tun, was der Herrgott befiehlt. Und was Mutter sagt.«

Mirko nickte. Sein Vater wollte noch etwas sagen, zögerte

aber. Als er wieder sprach, war seine Stimme etwas milder und deutlich leiser. Es war fast nur ein Flüstern.

»Du musst dich deshalb nicht allzu sehr grämen. Es soll auch noch andere junge Männer geben, die so wie du gesündigt haben. Ich meine, du bist nicht... unnormal... aber das bleibt unter uns. Versprich mir, kein Wort zu deiner Mutter!«

Es war das erste Mal, dass Mirkos Vater ihn bat, ein Geheimnis zu bewahren. Er nickte. Und er dachte an all die Male, die er seinen Bruder im anderen Bett gehört hatte.

»Das wirklich Sündige daran ist, dass du dein Begehren so auf sie da drüben gerichtet hast. Das verstehst du doch sicher, Mirko. Das zehnte Gebot.«

Ja, Mirko verstand absolut.

»Und dann hast du sie obendrein noch bestohlen! Das hätte ich auch nie von dir gedacht. All diese Lust muss dich verhext haben.«

Mirko senkte den Kopf vor Scham.

Mirko durfte sich der Natur der Sache nach nicht von Danica und Leon verabschieden. Er wagte auch nicht, nach dem Medaillon zu fragen. Am nächsten Tag kamen Ivan und Agathe und holten ihn mit dem schwarzen Automobil ab. Sie sollten erst in die Hauptstadt fahren, um ein paar Formalitäten zu regeln, und dann den ganzen Weg nach Paris. Und dann würden sie fliegen. Agathes reiche Familie hatte Verbindungen zu irgendjemandem bei der Luftfahrt.

Mirko würde fliegen. Von der Erde abheben.

Seine Mutter weinte, als sie ihn zum Abschied küsste.

»Jetzt tu, was sie sagen«, flüsterte sie. »Du bleibst dort, so lange sie dich brauchen. Und dann kommst du mit reiner und guter Seele zurück. Wir warten auf dich.«

»Schreib uns«, sagte sein Vater mit Augen, die so blau waren, dass in jedem von ihnen ein ganzer Ozean wohnte.

Mirko nickte, wohl wissend, dass er vermutlich keine Antwort bekommen würde, wenn er schrieb. Die Fähigkeiten seiner Eltern lagen nicht im Briefeschreiben, aber sie lasen gern. Langsam und laut. Einander vor.

VON DEM DA UNTEN

Na ja, der da unten. Der, den ich zwischen den Beinen hab. Den möchte ich zwischendurch auch gern anfassen, aber Mirko sagt, es ist wohl am besten, ich lasse es bleiben.

Wenn wir *ganz* allein sind und es dunkel ist und er eingeschlafen ist, dann darf ich schon dran rumfummeln. Aber er will es nicht sehen und nicht hören und rein gar nichts darüber wissen, sagt er. Es muss mein ganz eigenes Geheimnis sein, wenn ich es mache.

Und ich darf absolut nur an meinem eigenen herumfummeln!

Seiner ist übrigens ein bisschen größer, hab ich bemerkt. Ich könnte mir gut vorstellen, ihn schon mal ein bisschen anzufassen, aber davon kann keine Rede sein. Da zieht Mirko die Grenze.

»Wenn du jemals versuchst, mich dort anzufassen, sind wir keine Freunde mehr. Dann ist Schluss, Dodo.«

Und das nützt mir ja dann auch nichts.

»Und du darfst um Himmels willen auch nicht versuchen, die von anderen anzufassen. Absolut niemals!«

Es ist offenbar gar nicht gut, da unten hinzufassen. Und trotzdem *darf* ich also meinen eigenen anfassen, wenn ich es nicht lassen kann und wenn es Nacht ist und wenn wir allein sind. Aber dann muss es ein Geheimnis sein. Das ist doch ein bisschen seltsam, findest du nicht?

Na, aber es bringt ja nichts, ein Geheimnis zu haben, wenn man es seinem Freund nicht erzählen kann, also lasse ich es einfach sein und fasse ihn nicht an, außer ich muss pinkeln. Dann achte ich dafür darauf, ihn ausgiebig zu befühlen. Okay, manchmal fummele ich ja schon ein bisschen daran herum, wenn Mirko schläft. Weil er so weich und lustig ist.

Aber nur ein bisschen. Ich will ja wirklich nichts Schlimmes tun. Manchmal streichle ich auch nur die Haare. Die gibt's da unten nämlich auch.

Stell dir vor, dass seiner größer ist als meiner. Das finde ich gut! So bin ich also trotz allem eine Art Liliputaner.

DAS VERFLUCHTE KIND

Danica starrte dem Rücken des Nachbarn nach, als er zurück zu seinem Pferdewagen ging. Man konnte dem Rücken ansehen, dass er traurig war. Würde man auch ihrem Rücken ansehen können, dass sie unglücklich war? Sie richtete sich auf und schob die Brust nach vorn, doch sie fühlte sich trotzdem schwer wie Blei. Dem Himmel musste es genauso gehen. Jedenfalls hatte er sich zu einer undurchdringlichen dunklen Masse gesammelt, in der es so viele Schattierungen von Grau gab, dass sie ein ganzes Buch darüber hätte schreiben können.

Mirkos Vater schlug mit den Zügeln, und das große Pferd machte ein paar gemächliche Schritte, woraufhin es in einen bedächtigen Trab fiel, der ihn vom Hofplatz wegzog. Er blickte sich nicht um. Danica ging zur Giebelseite des Hauses, sodass sie ihn wegfahren sehen konnte. Er wurde kleiner und kleiner, je weiter weg der Wagen dem kurvigen Feldweg von ihrem Hof folgte. Einige Zeit konnte sie ihn immer noch durch die Felder gleiten sehen, doch allmählich war er nur noch ein dunkler Fleck, und zuletzt verschwand er in der Ferne hinter dem Hügel und den Bäumen, die die Sicht auf seinen Heimathof verdeckten.

Es war erst Nachmittag, aber die Dunkelheit, die sich über die Felder gelegt hatte, erinnerte fast schon an die Schwärze der Nacht. Trotzdem war da ein Licht, ein schwacher Schein, der sich an die Erde klammerte. Es war auf eine eigene Art schön, dachte Danica. Auch wenn die Natur unbarmherzig war, war sie schön. Das war eine Art Trost, wenn auch kein Glück. Aus der Dunkelheit begann es zu tröpfeln.

Mirko war nach Amerika geschickt worden, und sie sollte nicht damit rechnen, ihn wiederzusehen. Ivan hatte ihn mitgenommen.

Ihr Bruder hatte ihn ihr genommen!

Danica wusste sich keinen Rat mehr. Leon lag im Wohnzimmer auf dem Sofa und schlief, aber es würde nicht lange dauern, bis er aufwachte und ihre Aufmerksamkeit einforderte. Sie blickte das Medaillon in ihrer Hand an. Sie hatte schon so ein Gefühl gehabt, dass Mirko es genommen hatte. Es vielleicht sogar ein wenig gehofft. Bei dem Gedanken, dass er sie und Leon in aller Heimlichkeit mit sich herumgetragen hatte, wurde ihr warm ums Herz, und sie wurde noch trauriger. Sie würde ihn vermissen, Mirko und seine liebevollen blauen Augen.

Und er würde ihr fehlen. Sie war sich nicht sicher, ob sie ohne Mirkos Hilfe mit Leon zurechtkommen würde. Es war, als würden mit jedem Schritt, den sie zum Wohnhaus hinüberging, die Kräfte sie mehr und mehr verlassen. Sie war sich auch nicht sicher, ob sie noch Hoffnung für ihren Sohn hatte.

Karl zuckte mit den Schultern, als sie ihm später erzählte, dass Mirko weggegangen war. »Eigentlich gab's ja auch gar keinen Grund, dass er noch hier herumgerannt ist«, sagte er. »Und es ist doch nur gut, wenn der Nachbar jetzt eine andere Lösung für sein Vieh gefunden hat. Dann stehen wir nicht mehr beieinander in der Schuld. Es ist am besten, frei zu sein.«

Danica sagte nichts. Sie stand nur da und blickte aus dem

Wohnzimmerfenster. In der Ferne konnte sie sehen, wie Mirkos Vater seine Kühe zum letzten Mal ihren Feldweg hinunter nach Hause trieb. Die Tiere sahen aus wie kleine dunkle Geister, die sich einer nach dem anderen im Nebel auflösten. Zum Schluss löste sich auch der Nachbar auf, und zurück blieb nur der Nebel.

»Ich war immer sehr froh über Mirkos Hilfe«, sagte sie.

Karl gab auf dem Sofa ein kurzes Grunzen von sich. Dann stand er auf. »Jaja, aber er ist trotz allem nur ein junger Bursche. Es gibt Grenzen für das, was er leisten kann. Wollen wir nicht essen? Ich hab verdammten Hunger.«

In diesem Moment stand Leon vom Fußboden auf. »Essen?«, sagte er und fiel hin. Dann stand er wieder auf.

*

Mit jedem Tag wurde Leon stärker. Seine Muskeln hatten sich an mehreren Stellen deutlich abzuzeichnen begonnen, und Danica bekam täglich seine Kräfte zu spüren, wenn er an ihr riss und zerrte oder seinen Kopf in ihren Unterleib und ihre Schenkel rammte. Sie konnte ihn nicht mehr auf dem Schoß haben und mit ihm kuscheln, sie konnte ihn kaum noch anfassen. Jedes Mal, wenn sie vorsichtig versuchte, ihn zu liebkosen, erwiderte er ihre Zärtlichkeiten mit schmerzhaften Knuffen, offenbar nur, um mehr Liebkosungen zu bekommen. »Nein, Leon, nein!«, hörte sie sich selbst Hunderte Male am Tag sagen. »Hör auf, Leon.«

Irgendetwas sagte ihr, dass Mirko auch Leon fehlte. Sein Blick und sein Verhalten hatten sich verändert. Mirko hatte es immer geschafft, das Beste in Leon hervorzubringen. Das Lichte und Fröhliche, die tiefe Freude. Danica bekam nur die Dunkelheit.

»Vermisst du Mirko?«, fragte sie ihren Sohn einmal. Leon antwortete ihr nicht. Er sah sie nur mit Pupillen an, die alle Farben in seiner Iris verschluckt hatten.

Karl kam mit der überbordenden Kraft seines Sohnes besser zurecht, aber auch er hatte Probleme, Leon zu liebkosen. Es lag Karl ganz einfach nicht, ein Kind auf natürliche Weise zu liebkosen. In anderer Hinsicht musste Danica jedoch zugeben, dass er etwas für den Jungen tat. Jedenfalls versuchte er es.

Nachdem Mirko weggegangen war, hatte Karl angefangen, Leon auf kleine Ausflüge nach oben in die Berge mitzunehmen, um ihm die Natur und die Tiere zu zeigen. Danica hatte der Idee zuerst etwas skeptisch gegenübergestanden, doch Leon strahlte immer, wenn sie nach Hause kamen; beinahe so, als wäre er mit Mirko zusammen gewesen, und Danica begann daher, Karls Einsatz zu schätzen. Er gab ihr ein wenig Hoffnung. Er verschaffte ihr auch die willkommene Gelegenheit, ein bisschen Zeit allein mit einer Flasche zu verbringen. Ob aus dem einen oder aus dem anderen Grund forderte sie Karl also häufig auf, ihren Sohn mit in die Berge zu nehmen.

Doch eines Tages, als sie den Vorschlag machte, schüttelte er den Kopf.

»Das Kind ist sauanstrengend geworden«, sagte er. »Er ist nicht mehr zu bändigen. Er rennt allem und jedem hinterher. Letztes Mal ist er einer Gämse hinterhergelaufen und wäre beinahe abgestürzt. Ich konnte ihn nur noch mit knapper Not am Kragen packen. Diesen Ärger tue ich mir nicht mehr an.«

Einen Moment lang sah Danica vor sich, wie Karl und Leon oben in den Bergen verschwanden und nie mehr zurückkehrten. Das Schlimmste war das Gefühl, das sie dabei hatte. Erleichterung. Sie beeilte sich, den Gedanken abzuschütteln, stattdessen irritierte es sie, Zeugin von Karls Machtlosigkeit zu sein. Er wirkte jämmerlich, wie er da mitten auf dem Hofplatz stand. Ein großer, starker Mann, der seinen kleinen Sohn nicht kontrollieren konnte.

»Dann denk dir eben was aus«, fuhr sie ihn an. »Er muss ja wohl mal raus.«

Und Danica musste etwas zu trinken haben.

Karl zuckte mit den Schultern und blieb eine Weile stehen. Dann wandte er sich plötzlich um und ging zur Scheune hinüber. Er kam mit einem Strick in der Hand zurück. »Ich binde ihn fest«, sagte er nur und ging weiter in die Küche.

Einen Augenblick später kam er mit Leon am Ende des Stricks zurück. Er hatte ihn dem Jungen um die Brust gebunden, der über den Hofplatz rannte, sodass der Strick sich schnell spannte. Bald waren erst Leon, dann Karl zwischen der Scheune und dem Klohäuschen verschwunden und auf dem Weg in die Berge.

Es ist richtig so, dachte Danica. Es war schließlich zu Leons eigener Sicherheit. Es hatte ihm ja auch nicht geschadet, ab und zu mal angepflockt zu sein.

Ja, so musste es nun einmal sein.

Ein paar Wochen später sah sie zufällig, wie Karl in der Scheune einen kleineren Riemen holte. Sie selbst war gerade dabei, Wäsche aufzuhängen, während sie Leon im Auge behielt, der auf dem Hof ein paar Steine hin und her trug. Der Junge lachte jedes Mal, wenn ein Stein einen anderen traf. Vielleicht wollte er etwas damit bauen, sie war sich nicht sicher. Sie war sich nicht sicher, ob er überhaupt etwas konnte. Sprechen konnte er jedenfalls kaum. Er hätte eigentlich schon viel mehr sagen können müssen. Kinder in diesem Alter redeten normalerweise.

»*Hallo, Kamerad*«, hörte sie ihn zu sich selbst sagen, während er spielte. »*Hallo, du. Nein, Leon, nein. Hallo, Kamerad. Stopp.*«

Er klang wie der Beo des Kaufmanns. Vielleicht war er in seinem Inneren nicht anders als ein Beo.

Konnte er überhaupt denken? So richtig?

Sie selbst konnte an nichts anderes denken als daran, dass sie noch etwas trinken wollte. Sie hatte schon einiges getrunken, aber noch lange nicht genug. Als Karl an ihr vorbeiging, sah sie, dass er den Halsriemen eines Pferdes in der Hand hielt. Es saß ein Metallhaken daran.

»Was machst du mit dem Riemen?«, fragte sie. »Wolltest du nicht mit Leon rausgehen?« Sie wollte sie gern aus dem Weg haben. Sie würde sich nicht wohlfühlen, bis sie mehr aus der Flasche bekam, die im Küchenschrank auf sie wartete.

»Ja, aber jetzt lege ich ihm das hier an. Dann lernt er vielleicht, nicht mehr so zu ziehen!«

Karl beugte sich hinunter und passte den Riemen an Leons Hals an, während der Junge ihn verwundert ansah. Dann machte er mit seinem Messer ein Loch ins Leder und zog den Riemen richtig fest.

»Nicht zu stramm«, hörte Danica sich selbst sagen.

In Wirklichkeit war es ihr egal. Sie spürte ihre innere Kälte, wenn sie trank. Das war ihr eine Hilfe geworden. Es tat gut, das Gewissen in den nüchternen Stunden zu parken und sich dann davonzumachen. Viel schlimmer war es zurückzukommen.

»Komm, Leon«, sagte Karl, als er den Strick an dem Metallhaken im Nacken seines Sohnes befestigt hatte. Leon stand mit einem Satz auf. Er gab ein Geräusch von sich, ein kurzes Wimmern, als der Riemen einen Augenblick spannte.

»Jetzt kannst du mal lernen, ordentlich zu gehen«, murmelte Karl, und Leon folgte ihm etwas zögernd, während er den Halsriemen mit beiden Händen festhielt. Wenig später sah Danica, wie er nach vorn lief und zurückgezogen wurde. Er stolperte und kam wieder auf die Beine. Sie konnte ihn husten und lachen hören.

»Wir gehen raus«, rief er ihr zu. »Wiedersehen!«

Hätte er einen Schwanz, würde er damit wedeln, dachte Danica. Dann stellte sie den Zuber ab und ging zur Küche hinüber.

*

Nach ein paar Wochen mit Halsriemen war trotzdem Schluss.

»Das war's!«, verkündete Karl, als Leon und er in die Küche kamen, wo Danica stand und Essen aufwärmte. »Es wird keine Ausflüge mehr geben mit diesem verfluchten Kind. Er ist unmöglich.«

Karl schmiss seine Schirmmütze auf den Tisch und ließ sich schwer auf den Stuhl fallen. Er knarzte, aber er hielt. Er hatte dafür gesorgt, ihn beizeiten zu verstärken.

Es roch nach dem gleichen langweiligen Eintopfgericht, das sie am Tag zuvor gehabt hatten. Etwas anderes bekam sie nicht auf die Reihe. Das nervte ihn, aber er sagte nichts.

»Mehr Ausflüge!«, sagte Leon und blickte zu seinem Vater auf. »Wir sollen Tiere finden. Du sollst erzählen. Und pfeifen.«

Karl schüttelte den Kopf, ohne seinen Sohn anzusehen.

»Er zieht immer mehr. Ich werd ihn noch erwürgen. Ich glaube auch nicht, dass er zuhört, wenn ich ihm was darüber erzähle, was wir sehen.«

»Dann solltest du es vielleicht besser erklären«, sagte

Danica mit gedämpfter Stimme. Sie stand mit dem Rücken zu ihnen.

»Du hast gut reden. Sobald er etwas sieht, das sich bewegt, erschreckt er es und vertreibt es damit. Ich sag es doch die ganze Zeit... Er ist unmöglich.«

Karl fischte eine Zigarette aus seiner Hemdtasche und zündete sie an. »Leon muss das irgendwann selbst rausfinden, wenn er mal lernt, sich unter Kontrolle zu haben. Ich hab hier übrigens genug zu tun. Ich kann mich verdammt noch mal nicht um alles kümmern.«

Danica hielt plötzlich in ihrer Bewegung inne, blieb jedoch mit dem Rücken zu ihnen stehen. »Aber dann verrätst du ja deine Natur, Karl. Du hast mal gesagt, wenn es etwas gibt, das du außer mir noch liebst, dann ist es die Natur.«

Karl starrte in die Luft.

»Es ist nicht mehr dasselbe.«

Karl dachte an den Luchs, den er an diesem Tag gesehen hatte. Er hatte mit seinen hellwachen Ohren hoch oben auf einem Felsvorsprung gethront. Früher einmal hatte der seltene Anblick eines Luchses ihn glücklich gemacht. Jetzt war er ihm gleichgültig. Es ist verdammt noch mal nur ein Tier, hatte er gedacht, als er es sah. Wie alle anderen Tiere. Den Luchs hatte sein Anblick wahrscheinlich auch nicht sonderlich glücklich gemacht.

Leon hatte ihn nicht gesehen, und Karl hatte den Mund gehalten.

Jetzt nahm er einen Löffel von dem Teller, den sie vor ihn hinstellte. Es hätte genauso gut Grütze sein können. Alles war grau.

»Bitte schön«, sagte sie.

»Danke«, sagte er. »Gibt's Wein?«

Sie stellte eine Flasche von dem örtlichen Gesöff vor ihn

hin. Das war auch grau, selbst wenn es rot war. »Ja, hier... Au, Leon, lass los! Setz dich doch auf den Stuhl.« Karl sah sie nicht an. Er war müde.

»Pfeifen, Vater.«

Karl pfiff nicht mehr. Er aß, schlief, arbeitete, vögelte und trank. Die grundlegenden Dinge. Das reichte.

*

Die Nachbarn bekamen sie nicht mehr zu Gesicht. Im Dorf hieß es, das Paar bekam Hilfe von den Zwillingsbrüdern vom großen Hof mit den Maschinen. Über die Zwillinge sagte man, sie seien herzensgute Menschen, doch sie hätten immer nur einander gehabt. Nie eine Frau. Deshalb seien sie so umtriebig.

Danica hatte keine Ahnung, wie es Mirko in Amerika ging, und sie hatte nicht den Mut, seine Eltern aufzusuchen, um sie zu fragen. Der Nachbarhof schien weiter weg als jemals zuvor.

Sie selbst hatte wieder begonnen, sich ab und zu im Ort zu zeigen, aber immer ohne Leon. Wenn jemand nach ihrem Sohn fragte, lächelte sie und sagte, es gehe ihm ausgezeichnet; er sei groß und stark und fühle sich zu Hause auf dem Hof wohl. Ja, alles war, wie es sein sollte. Leon ging es gut.

An einem Wintertag sah sie Mirkos Eltern, die ihr in einer der schmalen Straßen des Ortes entgegenkamen. Sie gingen Arm in Arm und änderten die Richtung, als sie sie bemerkten. So wirkte es jedenfalls, denn sie bogen in ein Gässchen ein, in dem sie sicher nichts zu tun hatten, außer von Danica wegzukommen.

Es war beißend kalt an diesem Tag. Die Alten hatten sich so eingepackt, dass sie aus der Entfernung aussahen wie zwei runde Käfer, die auf der Flucht vor irgendeiner Gefahr davonwackelten. Etwas schneller, als es eigentlich in ihrer Natur lag.

Danica verspürte einen Stich von Kränkung, als sie sah, wie sie ihr den Rücken kehrten. Was zum Teufel hatte sie ihnen getan, dachte sie. Hatte sie sich nicht immer an ihre internen Absprachen gehalten, ihren Jüngsten nicht immer gut behandelt? Sie hätte ihn vielleicht damals im Stall nicht küssen sollen, aber von diesem Kuss konnten sie unmöglich etwas wissen. Mirko würde nie etwas ausplaudern, so gut glaubte sie ihn doch zu kennen. Sie war sich fast sicher, dass Ivan den Nachbarn irgendeine Lüge aufgetischt hatte. Vielleicht hatte er auch Mirko etwas über sie gesagt. Etwas Schlechtes. Ansonsten fiel es ihr schwer zu verstehen, warum Mirko nicht herübergekommen war, um sich zu verabschieden. Das war Ivans Werk. Ivans Rache.

Jedes Mal, wenn sie daran erinnert wurde, was Ivan getan hatte, stieg eine kalte Wut in ihr auf. Jetzt erschauderte sie in der Kälte. Sie fühlte sich sehr einsam mit dieser Wut, nicht einmal mit Karl konnte sie sie teilen. Sie war sich allmählich auch nicht mehr sicher, ob Karl überhaupt etwas fühlte.

Aber vögeln wollte er ständig. Es war, als wäre das der letzte Faden, der sie noch zusammenhielt. Würden sie damit aufhören, wäre alles verloren. Sie tat es auch, um die Wärme zu halten. Um das bisschen Wärme zu halten, das noch übrig war.

Sie hatte ihm nicht erzählt, dass sie wieder schwanger werden wollte. Das hatte sich mit der Zeit beinahe zu einer Obsession entwickelt. Ein gewöhnliches Kind in normaler Größe mit einem normal ausgebildeten Gehirn und Kräften, mit denen man umgehen konnte. Ein Kind – vielleicht ein Mädchen, gern ein Mädchen! –, mit dem sie reden konnte, auf das sie stolz sein konnte und das sie mit in die Stadt nehmen konnte. Ein kleiner Mensch, für den sie eine richtige Mutter sein konnte. Das würde alles wieder ins Lot bringen, dachte sie. Dann würde sie auch besser mit Leon zurechtkommen. Vorerst hatte sie jetzt eine ausgezeichnete Lösung für ihren Erstgeborenen gefunden. Eine, die ihr mehr Freiheit verschaffte. Und Karl auch.

Ja, denn es *konnte* schließlich nicht zweimal hintereinander schiefgehen, dachte sie.

Oder doch? Jedes Mal, wenn Danica mit Karl zusammen war, wuchs der Zweifel. Vielleicht war Karl nur in der Lage, kleine, groteske Klone von sich selbst zu produzieren. Es würde sie umbringen, noch so einen zu kriegen, falls sie denn überhaupt noch mehr Kinder bekommen konnte. Vielleicht hatte sie auch nur diese eine Chance gehabt.

Eines Tages, als Karl weit in den Norden hinaufgefahren war und sie wusste, dass er erst spät nach Hause kommen würde, fasste sie einen Entschluss. Als sie geheiratet hatte, hatte sie aufrichtig vorgehabt, die Ehe und den Herrn zu ehren und ihrem Mann treu zu sein. Doch jetzt gab es etwas, das sich wichtiger anfühlte. Als der Glaube.

Und sicherer.

Es gab keinen Grund dafür, dass es Karls Fleisch und Blut sein musste. Im Gegenteil, die Wahrscheinlichkeit, ein normales Kind zu bekommen, war wohl ein beträchtliches Stück größer, wenn ein anderer Mann der Vater war. Karl musste davon nichts wissen. Er würde sie sicher nicht verlassen, wenn das Kind nicht exakt seine Nase oder seine Größe hatte. Und sie würde alles leugnen, natürlich, falls er misstrauisch werden sollte. Sie brauchte Karl genauso dringend auf dem Hof, wie sie jetzt dieses Kind brauchte.

Danica wusste genau, welches der drei örtlichen Wirtshäuser sie aufsuchen musste. Sie war in ihren jüngeren Tagen sehr oft dort gewesen, und sie kannte die Klientel. Oder besser gesagt, sie wusste, dass sie dort wohl kaum jemanden kennen würde, denn es war das Wirtshaus, das die meisten Männer ohne private Verbindung zum Städtchen anzog. Wie namenlose Ameisen fanden sie immer zum Honigtopf. Dass sich in der Regel eine leicht bekleidete Versuchung im ersten Stock befand, sagte wohl auch einiges. Karl hatte längst beteuert, dass er nie mehr seinen Fuß an diesen Ort setzen würde, und Karl hielt immer, was er versprach.

Nur den Bartender erkannte sie wieder, und möglicherweise erkannte er auch Danica. Er ließ sich jedoch nichts anmerken. Nickte ihr nur zu, als er ihre Bestellung aufnahm, als hätte er sie noch nie zuvor gesehen. Das beruhigte sie. Im Übrigen unterlag der Bartender doch bestimmt irgendeiner Form von Schweigepflicht.

Danica hatte ein Kleid angezogen, das ihre Kurven betonte. Es war das Kleid, in dem Karl sie zum ersten Mal gesehen hatte, fiel ihr plötzlich ein. Sie fühlte ein behagliches Summen im Körper, das man nicht dem Alkohol zuschreiben konnte.

Es war noch früh am Nachmittag, nicht viele waren im Wirtshaus. Aber sie brauchte auch nur einen. Er fand sich nach wenigen Minuten neben ihr an der Bar ein. Groß, gut gebaut und mit einem recht hübschen Gesicht, wenn auch die Stirn ein wenig niedrig war. Seine Stimme war angenehm. Er war Handelsreisender. Und lüstern, nicht zuletzt.

Nach einem einfachen Drink gingen sie zum Fluss hinunter und trieben es auf einer Lichtung. Und nach nur eineinhalb

Stunden war er wohlbehalten auf dem Weg nach Italien und sie zurück auf ihrem Hof, mit neuer Hoffnung und dem Bedürfnis, das Erlebnis sofort hinunterzuspülen. Sie setzte sich mit einem Glas an den Küchentisch. Es würde immer noch lange dauern, bis Karl nach Hause kam.

Auf diese Art sollte es doch eines Tages gelingen, davon war Danica überzeugt. Sie musste sich nur die Gewöhnlichsten aussuchen, und natürlich Leute, die sie nie wiedersehen würde. Sie sollten nichts über sie wissen, sie nur in aller Heimlichkeit ficken. Dieses Angebot würden die meisten Männer nur schwer ausschlagen können. Sobald sie schwanger war, würde sie damit aufhören, und mit dem Trinken auch. Das schwor sie sich.

Sie würde das Kind schon ohne die Hilfe der Nachbarin zur Welt bringen können. Karl konnte es in Empfang nehmen, das hatte er bei den Tieren schon oft getan – und er war gut darin. Es würde ihn nur glücklich machen, für sie da zu sein, dachte sie. Es würde sie sicher auch näher zusammenbringen.

Doch jetzt sollte sie sich besser umziehen.

Und im Übrigen auch nach Leon sehen.

DER BULGARE

Am Anfang war Karl nicht besonders scharf darauf gewesen, auf die Märkte in der Umgebung zu fahren. Dort gab es zu viele Menschen und zu wenig Stille. Doch mit der Zeit begann er sich an den Tumult zu gewöhnen und ihn sogar zu schätzen. Es war schön, weg von zu Hause zu sein. Zu Hause herrschte eine andere Art von Tumult, die an den Kräften zehrte, und auch wenn Karl reichlich Kräfte hatte, von denen er zehren konnte, war es doch ziemlich anstrengend. Aus diesem Grund machte er es sich nach und nach zur Gewohnheit, auf den Marktplätzen hängenzubleiben, wenn er die mitgebrachten Waren verkauft und eventuelle Einkäufe erledigt hatte.

Auf den größeren Märkten und Tierschauen gab es in der Regel Gaukler verschiedener Art. Früher hatte Karl so etwas als lächerlichen Zeitvertreib für Verlierer betrachtet, aber jetzt, wo er etwas Zerstreuung selbst gut gebrauchen konnte, ließ er sich willig von der Stimmung und den Marktschreiern einfangen. Es hatte, das musste er zugeben, etwas Fesselndes, die Gaukler und die Reaktionen, die sie beim Publikum hervorriefen, zu erleben, ob es nun Spott oder Bewunderung war.

Oft waren es dieselben, die auftraten; sie kehrten Jahr für Jahr zurück. Da gab es die abgehalfterte menschliche Kanonenkugel, die nie weiter als fünf Meter kam und immer die

Zähne verlor. Erst als er dabei eines Tages auch die Hose einbüßte, dankte der Mann aus Scham ab. Dann war da noch die bärtige Dame, in der viele zwar einen Schmied aus der Gegend wiedererkannten, die sie aber deshalb nicht weniger mochten. Da waren der Rattenkönig mit den Bissspuren an der Nase und der fette Zauberkünstler, der in regelmäßigen Abständen eine der Tauben unter seinem Gewand erstickte. Und nicht zuletzt die anmutigen akrobatischen Schwestern, die mit unbegreiflicher Leichtigkeit ihre gekreuzten Beine hinter den Kopf legen konnten. Karl erinnerte sich noch sehr gut daran, wie die eine von ihnen sich einmal hinter einem Heuhaufen so für ihn verknotet hatte, dass er kaum wusste, wo bei ihr oben und unten war. Es war schon fast zu verwickelt gewesen.

Seitdem hatte das Mädchen ihm immer schöne Augen gemacht, wenn es ihn in der Menge entdeckte, aber Karl hatte nie reagiert. Wie schwierig es mit Danica auch geworden war, er hatte nicht die Absicht, sein Versprechen ihr gegenüber zu brechen. Sie war die Mutter seines Kindes und noch immer gut im Bett. In letzter Zeit hatte sie zudem wieder angefangen, sich ihm hörbar hinzugeben, auch wenn es trotzdem nicht mehr dasselbe war. Es war trist geworden, das Heim mit Danica zu teilen. Dieses Kind hatte sie zu einer anderen gemacht.

Sie trank auch zu viel, hatte er bemerkt. Eine Mutter sollte nicht auf diese Art trinken. Zwischendurch dachte er darüber nach, ob sie noch einmal schwanger werden konnte. Er hoffte es nicht.

Marktboxer waren natürlich auch von Zeit zu Zeit da. Die Leute liebten es, dabei zuzusehen, wie die Männer aus der Umgebung, meistens übermütige junge Burschen, die Herausforderung annahmen und zu Brei geschlagen wurden. Karl selbst kam nie in den Ring, denn sowohl die Boxer als auch die Veranstalter ignorierten ihn beständig, obwohl alle dastanden und auf ihn zeigten. Andernfalls wäre es leicht verdientes Geld gewesen.

Und dann war da noch der Bulgare.

Der Bulgare mit dem großen Schnurrbart.

Karl suchte gern seine Gesellschaft, weil er stets einen hervorragenden Pflaumenschnaps dabeihatte, den er bereitwillig mit Karl teilte – wahrscheinlich, weil niemand anders da war, der ihn mit ihm trinken wollte. Ansonsten waren die Leute ganz wild auf seine Nummer. Sie lachten und johlten, und der Bulgare scheffelte Geld.

»Wäre es nichts für dich, das Ganze von mir zu übernehmen?«, sagte er eines Tages zu Karl. Er sprach gebrochen, und seine Stimme war eine Spur heller, als man vermutet hätte, wenn man ihn sah.

»Der Wagen ist eine Spezialanfertigung, den würde ich dir also überlassen. Aber du musst dir selbst ein paar Pferde besorgen, die ihn ziehen können. Ich kann meine nicht entbehren.«

»Aber was ist dann mit dir?«, fragte Karl. Er war etwas verblüfft über den Vorschlag des Bulgaren.

»Ich war jetzt lange genug unterwegs, finde ich. Ich glaube, es ist langsam an der Zeit, dass ich mir ein kleines Haus und vielleicht auch ein Frauenzimmer suche. Ich könnte außer Landes reisen. Vielleicht sogar dorthin zurück, wo ich hergekommen bin.« Er nahm einen langen Zug von seiner Zigarre. »Ich wäre dankbar, wenn du Ja sagen würdest.«

»Und der Preis?«, fragte Karl. »Ein bisschen was würde es mich ja wohl kosten.«

»Ach, der Preis.« Der Bulgare kratzte sich im Nacken.

»Weißt du was, über den Preis mach dir mal keine Gedanken. Du hast mich schon mit deiner Gesellschaft bezahlt. Die Leute da draußen wollen mit jemandem wie mir nichts zu tun haben. Du bist nicht wie sie. Du bist anders. Und du hast die Größe und die Kraft, die nötig ist.«

Karl nickte. Er fühlte sich überraschend verlockt, wusste aber gleichzeitig, dass es nicht gehen würde. Er konnte ja nicht. Da waren Danica und der Hof. Und Leon.

Der Bulgare spürte sein Zögern und klopfte ihm auf die Schulter. »Hör zu, du kannst es dir überlegen. Du findest mich unten am Fluss; da, wo die Weinstraße zu einer Lichtung zwischen den Bäumen führt. Du kannst einfach kommen. Da bin ich wahrscheinlich noch ungefähr einen Monat, aber auch nicht länger.«

Karl nickte wieder. Er fühlte sich an Händen und Füßen gebunden, verdammt gebunden, und das war ihm so peinlich, dass er nicht wusste, was er sagen sollte. Ein Mannsbild sollte sich von nichts und niemandem binden lassen. Erst recht nicht von einer Frau.

Von allen Männern, die Karl in seinem Leben getroffen hatte, war der Bulgare der einzige, der sich – beinahe – mit ihm messen konnte, was die Statur betraf. Imposant war er auf jeden Fall mit seinem gewaltigen Schnurrbart und seiner glänzenden dunklen Haut. Der große Oberkörper und die muskelbepackten Arme waren mit dichtem schwarzem Haar bedeckt, das fast wie Fell wirkte. Ja, der Bulgare erinnerte an Karl, und gleichzeitig erinnerte er Karl daran, wie sehr er sich von sich selbst entfernt hatte.

In diesem Moment fühlte Karl sich in seiner Männlichkeit übertrumpft. Vor allem, weil er nicht einfach tun konnte, wozu er Lust hatte.

Sein eigener Herr sein. Er selbst.

»Karl, mein Freund. Du weißt genauso gut wie ich, dass du dafür hervorragend geeignet wärst.« Der Bulgare zwinkerte und nahm einen Schluck.

»Ich überleg es mir«, sagte Karl und nahm die Flasche entgegen.

An diesem Tag blieb er auf dem Marktplatz hängen, bis die Dunkelheit hereinbrach. Nachdem er beim Bulgaren gesessen hatte, lief er ziellos zwischen den Ständen umher. In ihm brodelte eine Rastlosigkeit, die ihn nicht loslassen wollte. Er war auch betrunkener als sonst, als er endlich zu Hause die Pferde ausspannte. Die Dunkelheit fühlte sich schwer an und der Hofplatz viel zu eng, als würden die Gebäude sich einander nähern und ihn einsperren.

Im Küchenfenster konnte er Danicas Silhouette sehen. Karl fühlte sich seltsam verloren.

VON DER DUNKELHEIT

Wie geht's euch Krähen eigentlich mit der Dunkelheit? Ich weiß gar nicht, wo du nachts bist. Vielleicht fliegst du da oben rum und wirst eins mit dem Himmel.

Mir geht's mit der Dunkelheit ein bisschen gemischt. Auf der einen Seite mag ich sie gern. Ich mag es gern, die Eule rufen zu hören, und ich mag es gern, dass die Konturen wollig werden und die Kanten weich. Alle Dinge fließen ineinander. Die Nacht ist weich, finde ich. Findest du nicht?

Aber ich mag es nicht, allein in ihr zu sein. Das ist irgendwie komisch, denn man ist ja nie allein, oder? Immer sind Tiere in der Nähe. Wenn nicht gerade ein Fuchs oder ein Hirsch, dann zumindest eine Maus oder eine Kröte. Oder vielleicht ein Käfer. Es gibt immer irgendwas, das irgendwo raschelt, wenn man nur gut hinhört. Und dann ist man ja nicht allein. Aber trotzdem will ich am liebsten Mirko hören. Ich will ihn neben mir atmen hören und nicht nur irgendeine Kröte.

Es macht nichts, dass er jetzt gerade nicht da ist, denn du bist ja da, und es ist immer noch hell. Aber wenn die Sonne erst mal untergegangen ist, soll Mirko am besten in der Nähe sein. Ich weiß nicht richtig, warum.

Ich weiß nur, dass es sehr lange her ist, seit ich in der Dunkelheit allein war. Also ohne Mirko. Ich war überhaupt noch nicht so groß wie jetzt. Damals hatte ich mein eigenes

Zimmer! Stell dir vor ... mein eigenes Zimmer! Ich kann mich nicht an so viel erinnern, aber ein bisschen erinnere ich mich an eine Kommode voller spannender Sachen. Und an einen Stuhl, der geknarzt hat, wenn ich draufgekrabbelt bin. Und an Tiere. Da waren Tiere, die ich anfassen konnte. Weiche Tiere. Mäuse, glaub ich.

Ich muss der größte Glückspilz im ganzen Tal gewesen sein.

Aber trotzdem war da was an der Dunkelheit, das ich nicht mochte.

Ich hoffe wirklich, dass Mirko vor der Nacht kommt, sodass er die Decke über mich legen kann, so wie sonst immer. Er soll am besten auch sagen, dass ich den Mund halten soll mit meinem ganzen Gequatsche, damit er ein bisschen Nachtruhe kriegt.

»Schlaf gut, Dodo. Und träum süß.« Das sagt er danach immer.

Dann sitzt er da und raucht ein bisschen, bevor er sich selbst hinlegt. Er zieht immer seine Schirmmütze über die Stirn, wenn er schläft. Normalerweise schläft er so ruhig, dass ich mich anstrengen muss, seine Atemzüge zu hören, aber wenn er nur das kleinste bisschen Schnaps intus hat, klingt er wie eine Kröte. Und wenn er zwischendurch ganz selten mal ein bisschen mehr getrunken hat, macht er einen Lärm wie ein Wildschwein. Dann fällt es mir manchmal etwas schwer zu schlafen, aber das macht nichts. Hauptsache, er ist da. Mit seiner Schirmmütze und seinen Geräuschen.

Ich trinke keinen Schnaps. Der ist viel zu stark. Ich versteh nicht, warum was so stark sein muss.

Glaubst du eigentlich, dass Kröten denken?

Mirko hat gesagt, dieser Arzt, von dem ich meinen Pullover habe, hatte ein ordentliches Truthahnkinn. Ich sollte vielleicht auch eins haben, so wie ich hier sitze und schnattere. Oder einen Schnabel. Einen großen, dicken Schnabel.

SEIN EIGENES ZIMMER

Sie hatten irgendwann versucht, Leon in einem Gitterbett im Wohnzimmer schlafen zu lassen, aber es ging nicht. Er schlief vielleicht ein paar Stunden, doch dann brach die Hölle los. Als es dem Jungen mehrere Male gelungen war, über die hohen Seiten zu klettern, legte Karl einen schweren Deckel darauf. Den hob Leon in der ersten Nacht ab, sodass er krachend auf dem Boden landete. Und als sie einen Riegel davor anbrachten, rüttelte er stattdessen so sehr an den Gitterstäben, dass sie zerbrachen. Es brauchte mehr, um ihn dort drinnen zu halten. Das war Danicas Schlussfolgerung, jedes Mal, wenn sie davon aufwachte, dass Leon in der Dunkelheit ihren nackten Fuß drückte oder an ihrer Bettkante stand und sie an den Haaren zog. Karl war nie der Leidtragende. Immer nur sie.

Karl ging einfach nach oben, wenn unten zu viel Unruhe herrschte. Und schlief dort unbehelligt weiter.

Es nutzte auch nichts, Leon in einem gewöhnlichen Bett schlafen zu lassen. Er kam trotzdem ins Schlafzimmer und bestand darauf, mit seiner Mutter zu kuscheln. *Au! Nein, Leon, nein!*, sagte sie im Schlaf. Eine abgesperrte Tür brachte er immer auf, im Zweifelsfall dadurch, dass er so fest dagegen schlug, dass man ihn hinausließ. Oder herein.

Es ging nicht.

Die Eselsbox war mit ihren Steinwänden im Sommer angenehm kühl, und im Winter hielt die Wärme der Tiere im Stall daneben die Kälte fern. Wenn das Bett dicht an der Bretterwand zum Stall hin angebracht würde, konnte Leon wunderbar dort liegen. Danica wollte ihrem Sohn ja nichts Böses, sie wollte nur etwas Abstand zu ihm haben. In Frieden schlafen können. Einfach nur Frieden.

Eines Nachmittags, als er ihre Hand besonders fest gedrückt hatte, traf sie die Entscheidung. Sie trug das Spinnrad, den Schemel, die Wollkiste und all ihre Gerätschaften aus der Eselsbox und machte im Raum sauber. Sie stellte auch ein paar Möbel hinein, sodass es fast aussah wie in einem richtigen Zimmer, wenn man von der Ecke mit dem Steintrog absah, den sie verwendet hatte, um darin Rohwolle zu waschen.

Sie hatte Leon draußen angepflockt, während sie den Raum instand setzte. Sie ließ ihn nach Mäusen graben, auch wenn er davon schmutzig wurde. Das beschäftigte ihn und hielt ihn davon ab, zu viel am Strick herumzufummeln. Den Knoten um seine Taille würde er nicht aufkriegen, aber er würde vermutlich den Pflock aus der Erde ziehen können, wenn er auf die Idee kam, es zu versuchen. Als sie für einen Moment hinausblickte, sah sie, dass er in den Schatten hinter dem Klohäuschen gegangen war.

Es war schön in der Eselsbox, das wusste Danica. Sie würde ihr Wollzimmer vermissen, aber jetzt musste sie ihre Freistätte eben für ihren Sohn opfern. Es würde ihm gefallen, mit den Tieren zusammenzuwohnen, da war sie sich sicher.

Erst als Karl hereinkam, um zu Abend zu essen, weihte sie ihn in ihren Plan ein. Leon lag da und fuhrwerkte mit ihrem Schal auf dem Küchenboden herum. Sie hatte einiges getrunken. Mehr als Karl.

»Karl, du musst drüben im Wollzimmer ein Bett für Leon bauen.«

»In der Eselsbox?«

»Ja. Dann kann ich ihn dort einsperren, wenn er zu viel wird.«

Karl hörte auf, seine Kartoffeln zu kauen, und betrachtete sie einen Augenblick, bevor er sich die Zeit nahm, fertig zu kauen.

»Ein Kind in dem Alter, sollte das nicht etwas näher bei seiner Mutter schlafen?«, sagte er schließlich. »Er ist doch gerade mal… vier Jahre… wenn ich mich recht erinnere. Also, ist das nicht ein bisschen früh?«

»Du hast gut reden. Du gehst einfach rauf und schnarchst, während ich den ganzen Ärger mit ihm hab. Ich hab nichts dagegen, dass er bei mir schläft. Das Problem ist nur, wenn er *nicht* schläft.«

»Du bist ganz schön empfindlich geworden«, lachte Karl, ohne richtig zu lachen. Im Innersten wusste er sehr gut, dass Danica alles andere als empfindlich und Leon verflucht anstrengend war. Es gab einen Grund dafür, dass er selbst sich verzog.

Danica starrte ihn missbilligend an und schüttelte den Kopf. Dann änderte sie ihre Stimme etwas.

»Ich dachte, es würde uns beiden auch mehr Möglichkeiten geben…«

»Ich baue es morgen.«

Und so wurde es gemacht. Leon bekam, im Gegensatz zu den meisten anderen Kindern in der Gegend, sein eigenes Zimmer mit Bett, Tisch und Kommode. Dazu einen kräftigen Riegel vor die Tür, den man nur von außen öffnen konnte.

So war es leichter. Und sicherer, auch für Leon.

In der Natur wäre Leon – wenn er ein Tier wäre – entweder der König geworden oder aus der Herde ausgestoßen worden, dachte Danica in ihren klarsten Stunden. Seine Kraft hätte ihn vielleicht unüberwindlich gemacht, doch sein Geist war seine Achillesferse. Dort konnte man ihn treffen.

Ihren Erstgeborenen selbst direkt ausstoßen wollte sie jedoch nicht. Egal, wie anstrengend er war, sie konnte sich nicht vorstellen, sich von ihrem eigenen Sohn zu trennen, so wie Ivan es vorgeschlagen hatte. Wenn ihr Körper das Kind seinerzeit nicht abgestoßen hatte, hatte ihr Wille auch kein Recht dazu. Trotzdem träumte sie manchmal, dass sie Leon erwürgte, und erwachte mit einer unerklärlichen Erleichterung im Körper, bis die Wirklichkeit und das Gewissen über sie hereinbrachen und schwer auf ihr lasteten.

Man tötet keinen Menschen, dachte sie. Nicht einmal im Traum. Menschen sollten von selbst sterben, wenn es Zeit war. Sogar Kinder starben manchmal von selbst. An irgendetwas. Danica konnte sich jedoch nur schwer vorstellen, dass Leon an irgendetwas sterben würde.

Es war eher, als würde in Leons Händen alles sterben.

Danica war nicht die Einzige, die begonnen hatte, regelmäßig zu trinken. Karl trank offensichtlich auch mehr. Es gab keinen rechten Grund, sich zu bemühen, es noch voreinander zu verbergen, aber sie versteckte ihre Flaschen trotzdem, damit er sie nicht zuerst leerte.

Karl war relativ zufrieden damit, etwas freieren Zugang zu seiner Frau zu haben, wie sie bemerkte. Aber glücklich war er nicht. Seine Augen glänzten nicht mehr. Sein Blick war matt, in der Regel auch hart. Es war, als würde man in ein versteinertes Gewissen sehen. Da half es, wenn ihr eigener Blick etwas verschleiert war.

Auch was den Liebesakt betraf, war eine Veränderung bei Karl eingetreten. Früher hatte sie den Eindruck gehabt, dass er sie mit allen Sinnen nahm. Dass er sie hörte, spürte, roch und schmeckte. Jetzt war es, als würde er sie nur *ansehen* – und nehmen. Was bei ihm einmal an Zärtlichkeit erinnert hatte, war offensichtlich weg. Sie würde zurückkommen, wenn sie ein richtiges Kind bekamen, dachte Danica. Wenn die Dinge wieder ins Gleichgewicht kamen. Auch sie war ja nicht ganz sie selbst.

Mit der Zeit sprachen sie nur noch selten miteinander. Es gab nicht wirklich etwas zu sagen, außer über die praktischen Dinge, und die praktischen Dinge hatten sie längst zwischen sich aufgeteilt. Eines Tages fiel Danica auf, dass sie dabei waren, so zu werden, wie ihre Eltern zum Schluss zueinander waren. Still.

LEON IN DER DUNKELHEIT

In dem kleinen Raum konnte es sehr dunkel werden. Wenn die Sonne das Fenster verlassen hatte, wurde das wunderliche Morgenlicht langsam von einer stillen Dunkelheit vertrieben, die während des Abends zur Schwärze anwuchs. Schwarz jedoch nur für den, der von draußen eintrat und unwillkürlich die Arme nach vorn streckte, um sich vor Gefahren abzuschirmen.

Für den dagegen, der mit ihrem langsamen Eindringen in den Raum lebte, war die Dunkelheit nur eine zwischenzeitliche Abwesenheit von Farben. Die Konturen waren für den Eingeweihten noch deutlich zu sehen. Die Bewegungsfreiheit war nicht eingeschränkt, außer durch die Begrenzungen, die nun einmal in den groben Steinwänden und der sparsamen Möblierung lagen. Man blickte *durch* die Dunkelheit, nicht auf sie. Man atmete sie ein und lebte in ihr, ohne die Dunkelheit an sich zu fürchten. Was man fürchtete, war etwas anderes.

Leon lauschte dem schnarrenden Geräusch, mit dem seine Mutter den Riegel an seinen Platz fallen ließ. Es war ein großer, schwerer Riegel, der von Anfang an den Zweck gehabt hatte, ein unkontrollierbares Wesen im Raum zu halten. Die innere Seite der Tür war in unterschiedlichen Höhen von Eselshufen gezeichnet; dasselbe galt für einige der dicken

Bretter, die in der ursprünglichen Türöffnung zum Stall hin saßen. Ein einzelnes Brett war in der Mitte durchgebrochen, doch die beiden Enden hatten einander nicht ganz losgelassen; sie bogen sich in einem traurigen V eine Spur nach unten und hingen an den zersplitterten Enden noch immer zusammen wie eine qualvolle Liebesaffäre.

Leon starrte ins Halbdunkel hinaus, seine ganze Aufmerksamkeit war auf die Tür gerichtet. Draußen war es still, und er hielt den Atem an. Auf der anderen Seite der Tür stand seine Mutter und horchte, um sicherzugehen, dass sie keinen weinenden Sohn zurückließ. So hielten sie beide den Atem an.

Danica hörte Leon nie weinen. Niemand hörte Leon jemals weinen. Natürlich weinte er manchmal, doch sein Weinen war lautlos. Seine Pupillen konnten in kürzester Zeit vor Traurigkeit so anwachsen, dass die Regenbogenhaut von einer glänzenden Dunkelheit verschluckt wurde, und schon bald flossen die Tränen in langen Streifen die Wangen hinunter. Es gab nie ein hörbares Wimmern oder Schniefen oder Rotz, der aus der Nase lief. Nur Tränen, die nebeneinanderher glitten wie Zugvögel.

Und wie Zugvögel nur einen Augenblick am Himmel auftauchen, verschwanden auch Leons Tränen genauso schnell, wie sie gekommen waren. Es dauerte nicht lange, und die Farben waren in seinen Blick zurückgekehrt und hatten alle Spuren von Trauer verdrängt. Man hätte nicht geglaubt, dass das Kind gerade geweint hatte.

Jetzt gerade weinte Leon nicht. Er lauschte – der Stille vor der Tür mit dem einen Ohr und den Lauten der Tiere nebenan mit dem anderen. Jetzt hörte er, wie sie von der Tür wegging.

Als das Geräusch der Schritte verklang, richtete sich Leon in seinem Bett auf und legte die Hände an die abgeblätterte

Mauer. Er mochte es, die Mauer zu berühren, besonders dort, wo etwas Moosartiges in den Ritzen wuchs. Das fühlte sich auf der Handfläche schön an. Und wenn ein kleines Tier in dem weichen Bewuchs herumkroch, kitzelte es so herrlich in der Hand, dass er nicht anders konnte, als zu lachen. Dann presste er die Handfläche dicht an das Weiche, bis das kleine Tier aufhörte, sich zu bewegen.

Es war sowohl schön als auch schrecklich, dass es zu kitzeln aufhörte. Manchmal war es so schrecklich, dass Leon zu lachen aufhörte und stattdessen zu weinen anfing.

Jetzt kaute irgendwer ganz dicht bei ihm, das hörte er, und er kroch schnell ans andere Ende des Bettes. Hier lag die verblendete Türöffnung zum Stall. Hier konnte er die Finger zwischen zwei Bretter stecken und etwas berühren. Und berührt werden. Oder gebissen.

Manchmal spreizte er die Finger und presste die Handfläche auf die größte Öffnung, da, wo ein Brett kaputtgegangen war. Wenn er besonderes Glück hatte, kam dann eine raue Zunge und schleckte an seiner Handfläche. Dieses Gefühl konnte Leons ganzen Körper zum Zittern bringen. Ab und zu konnte es ihn auch dazu bringen, vor Freude ein bisschen zu pinkeln, weil er es so gern mochte, dass ihn jemand berührte. In gewisser Weise mochte er es auch, in seine Hose zu pinkeln, denn dann berührte ihn seine Mutter, wenn sie es entdeckte.

Diesmal war da keine Zunge. Jetzt steckte er stattdessen die Finger zwischen den Brettern hindurch und wartete. Er war es gewohnt zu warten.

Da kam es.

Es war weich und warm, und da waren kleine Haare, die kitzelten. Leon lächelte breit. Er liebte weiche Pferdemäuler mit kleinen weichen Haaren. Das Pferd zupfte vorsichtig an seinen Fingern, aber es biss ihn nicht. Es war ein liebenswürdiges altes Maul, das immer lächelte, wenn es nicht die Zähne in jemanden schlug, der es verdient hatte. Manchmal hatte Leon es verdient. Aber jetzt offenbar nicht.

Er versuchte zu erraten, ob es der Schimmel oder einer der großen Wallache war, den er da berührte. Der Schimmel war der Älteste. Er versuchte, zwischen den beiden anderen Brettern hindurch in die Dunkelheit zu blicken und sah etwas Helles – ja, er war es. Der Schimmel, der eine Frau war wie seine Mutter. Das hatte sie selbst erzählt. Jetzt zog er das Maul wieder weg, und Leon steckte die Finger weiter zwischen die Bretter hinein und bewegte sie, so gut er konnte.

»Komm«, flüsterte er. »Komm. Brrr brrrr. Komm jetzt!«

Er hörte das wohlbekannte Geräusch von ruhigen, schweren Hufen, die durch das Streu auf den harten Boden trafen. Zuerst das leichte Geräusch der Zehe, dann das dumpfe Geräusch der Ferse. *Da-dum, da-dum.* Das Pferd ging langsam. Langsam weg von ihm.

Alle Geräusche dort drinnen waren jetzt viel zu weit weg.

Er wollte so gern noch mehr fühlen. Eines der Schafe zum Beispiel, wenn er es nur zu sich herüberlocken könnte. Sein Vater pfiff immer nach ihnen.

Leon spitzte die Lippen und presste Luft heraus, wie er es seinen Vater hatte tun sehen. Er wünschte, er würde es so können wie sein Vater. Die Luft heulte über seine Lippen wie ein eifriger Wind, aber es kam kein richtiger Ton. Er versuchte und versuchte es. Draußen sang ein Vogel sein Abendlied. So konnte sein Vater klingen, genau so! Er pustete weiter, und währenddessen verteilte sich die Herbstdunkelheit im Raum; die schwerste krabbelte unters Bett und legte sich für die Nacht zurecht, die etwas leichtere schlüpfte in die Nische neben der Tür, in der immer noch ein

Strick und altes Zaumzeug hing, das nach Leder und warmem Tier duftete.

Pfffffffiiiiii ... plötzlich war da ein zarter Ton ... Leon verstummte erschrocken, ohne die Stellung seiner Lippen zu ändern. Der Ton kam wieder. Pfffiiiiiiiiiii. Er spitzte die Lippen noch etwas mehr, und er verschwand. Löste die Lippen. Da war er wieder. Er hatte ihn! Er konnte es! Eine plötzliche Freude durchströmte ihn, sodass er aufstehen und im Bett herumhüpfen musste – auf und ab, auf und ab, bis er über den Rand purzelte und auf den Steinboden fiel.

Er gab einen erschrockenen Laut von sich, als er auf den Boden traf, blieb aber unten liegen, im Staub und Schmutz, immer noch hingerissen von seinem Erfolg. Er lag genau zwischen dem massiven Bett und dem schmalen Tisch, der an der einen Wand stand. Neben dem Tisch stand ein Stuhl, der wackelte. Eine niedrige Kommode war zwischen das Bett und den gemauerten Trog in der Ecke gepresst. Sie war voll mit den Dingen, die er gesammelt, und ramponiert von den Schlägen, die er ihr versetzt hatte, wenn die Schubladen klemmten. Darauf standen ein Krug mit Wasser und ein Korb mit Brot. Da war auch ein kleiner Schemel, den er im Raum herumschob, meistens vors Fenster. Und ein Eimer. In der Ecke des Bettes, an die Wand gelehnt, saß ein kleiner gestrickter Teddy mit lieben Augen. Danica hatte ihn gemacht, so gut sie konnte. Aber der Teddy war keine Spur warm und auch nicht besonders weich.

Leon hielt die Lippen weiter gespitzt; er küsste die staubige Luft, versuchte, sie einzusaugen, um sie danach wieder auszupressen. Bald klang er wie eine kleine Pumpe, und vielleicht auch ein bisschen wie eine müde Kohlmeise. Aber Leon war alles andere als müde. Er musste ein kleines Tier hinunterschlucken, oder was auch immer es war, das ihm in den

Mund geflogen war, und sog nun deshalb die Luft durch die Nase ein, bevor er sie durch den Mund hinauspustete. Das war besser. Und leichter.

Pfiiiiiiii.

Als die Sonne unterging, hatte er Halsweh und sich selbst das Pfeifen beigebracht. Drüben im Stall lauschten die Tiere den neuen Lauten. Ein paar der Schweine kamen irgendwann her, um das Ganze näher zu untersuchen, und grunzten vergnügt auf der anderen Seite der Bretter.

Leon hörte sie. Er kroch auf dem Bauch unters Bett und zu den Brettern; der Staub wirbelte um ihn auf, sodass er für einen Moment die Augen schließen musste. Seine dunkelblaue Latzhose und das vergilbte Baumwollhemd hatten ihre Farben schon längst an den Staub und die Dunkelheit verloren. Dann steckte er einen Zeigefinger durch ein großes Astloch im untersten Brett. Ein weicher, warmer Rüssel berührte ihn, und Leon versuchte zu pfeifen, doch er schaffte es nicht vor lauter Grinsen. Er versuchte, mit dem Finger die Löcher im Rüssel zu finden, und das Schwein zog sich beleidigt zurück. Neugierige Schweine eines gewissen wettergegerbten Kalibers sind jedoch nicht sehr lange nachtragend, denn eine Sekunde später bot sich ihm erneut ein eifrig vibrierender Rüssel dar.

»Hier, komm!«, flüsterte Leon, und der Rüssel verschwand. Da steckte er die Finger der anderen Hand durch einen Spalt ein Stück weiter weg, und der Rüssel suchte einen Augenblick die neuen Finger, bevor sich das ganze Tier mit einem dumpfen Laut schwer gegen die Bretterwand legte.

»Ja!«, jubelte Leon. Jetzt konnte er den Rücken des Schweins mit den Fingerspitzen berühren. Es war ein warmer Rücken mit borstigen Haaren. Kein richtiges Fell wie bei der Katze oder dem Pferd, aber trotzdem angenehm anzufassen. Wenn er den Rücken mit einem Fingernagel kratzte, konnte er ihn zum Beben bringen.

Jetzt war alles ruhig. Das Kauen der Tiere flocht sich in die Dunkelheit und legte sich wie eine weiche Decke über Leon. Er hörte in der entferntesten Ecke des Stalles ein Pferd schnauben. Das Schwein lag still hinter seinen Fingerspitzen und atmete ruhig. Der Geruch von Tieren und Stroh, Staub und Mist erfüllte seine Nasenlöcher. Leon legte sich auf die Seite, zog die Beine an den Bauch und schlief unter dem Bett ein. Seine eine Hand hing immer noch an den Brettern.

Als plötzlich eine Maus über seinen Arm flitzte, wachte er mit einem Ruck auf und zog die Hand erschrocken zu sich.

»Maus!«, flüsterte er. »Wo bist du? Komm zurück.«

Er drehte sich auf den Rücken und machte Engelsflügel in den Staub auf dem Boden. Er stieß mit einer Hand gegen den Bettpfosten.

»Wo bist du, kleine Maus?«, flüsterte er zum rohen Bretterboden des Bettes hinauf. Hier hatte sich eine kleinere Kolonie von dünnbeinigen Spinnen in allen Zwischenräumen eingerichtet, mit grauweißen Netzen und einer beeindruckenden, abwartenden Geduld. Leon kannte sie gut und konnte sie auch jetzt in der dichten Dunkelheit erahnen. Aber er interessierte sich nicht für die Spinnen und ihre Netze. Spinnennetze waren trügerisch, sie sahen weich aus, waren es aber nicht und klebten stattdessen unangenehm an Fingern und Gesicht. Er versuchte, sie zu meiden. Die Spinnen selbst anzufassen war auch nicht so toll, jedenfalls nicht bei diesen hier, und im Übrigen gingen sie immer sofort kaputt. Nur wenn sie groß und behaart waren, weckten sie sein Interesse, denn dann konnten sie ihn so schön an der Hand kitzeln. Aber auch die großen gingen kaputt.

Jetzt lag er still da und versuchte zu hören, wo die Maus

war. Er wusste, dass sie irgendwo an der Wand saß und sich versteckte, während sie in die Luft schnupperte und die langen Schnurrhaare zitterten. Sie würde sich nicht so lange unbeweglich halten können wie Leon. Irgendwann würde sie wieder anfangen, um ihn herum zu rascheln. Und wenn er schnell war, konnte er sie fangen.

In der Ferne erklang der melancholische Schrei einer Eule.

»Hör, die Eule«, flüsterte er sich selbst zu, und vielleicht auch ein bisschen der Maus und den anderen Tieren. Und seinem Vater, der ihm von dem seltsamen Nachtvogel erzählt hatte. Leon stellte sich die mächtige Horneule mit den feurigen Augen vor und dachte darüber nach, wie es wohl sein musste, mit der Hand über ihre großen, gefiederten Füße zu streichen, die in scharfen Klauen endeten, mit denen sie nach Mäusen und Ratten und weichen Kaninchen greifen konnte. Bald schlief er ein und träumte von der Eule, die die Ratte jagte und sie mit dem Kopf zuerst verschlang, sodass der Schwanz heraushing.

Als das Schwein sich hinter den Brettern plötzlich umdrehte, erwachte Leon aus seinem Traum und schob sich unter dem Bett heraus. Er kam auf die Knie und hustete ein bisschen.

Die Beine begannen das zu tun, was sie manchmal taten, besonders nachts. Sie taten von innen weh, als ob die Knochen aus ihnen herauskommen wollten. Leon saß still da und weinte, während er wartete, dass es vorüberging. Es ging immer vorüber, genau wie das Weinen, das wusste er glücklicherweise. Dieser bohrende innere Schmerz war der einzige richtige Schmerz, den er bisher kannte. Meistens waren es die Beine, die wehtaten, aber es konnten auch die Arme sein. Im schlimmsten Fall war es der ganze Körper. Dann fühlte es sich an, als wollte er sich aus sich selbst heraussprengen –

als wäre Leon eine Schlange, die sich zu häuten versuchte, ohne eine Haut zum Abwerfen zu haben.

Sobald es aufhörte wehzutun, kroch er ins Bett und unter die Wolldecke, die seine Mutter für ihn gestrickt hatte. Unter der Decke war es warm und schön. Um ihn herum duftete es nach Wolle und Tieren. Im Stroh auf der anderen Seite der Wand kaute und raschelte es. Alles war gut. Die Welt war grau und gedämpft, bis die Sonne aufging, während seine Träume farbig waren. Jetzt wollte er gern schlafen.

Wenn er doch nur einschlafen könnte.

Es gab etwas, wovor Leon Angst hatte. Und wenn er in der Dunkelheit in seinem Bett lag und er nichts Warmes und Weiches und Lebendiges anfassen konnte, musste er manchmal daran denken, obwohl er sich bemühte, es nicht zu tun.

An den Schrei.

Er kam von einem Tier, das er nicht kannte. Dem einzigen Tier, vor dem er jemals Angst gehabt hatte. Er stellte sich vor, dass es ein enormes, adlerähnliches Biest mit einem großen, krummen Schnabel und leuchtenden Augen war, die nach Menschen spähten, die in der Dunkelheit allein in ihrem Zimmer waren. Leon hatte Angst, es würde ihn eines Tages entdecken und bei ihm einbrechen. Er hatte Angst, hochgehoben und über die Berge davongetragen zu werden. Weg von seinem Zimmer, weg von den Mäusen, weit weg von seinem Vater und seiner Mutter.

Wenn er den Schrei in der Ferne hörte, kroch er unter die Decke. Aber er hörte ihn auch unter der Decke, er hörte ihn weit innen im Kopf und tief unten im Bauch. Und wenn er seine Hände an die Ohren presste, um den Schrei von sich fernzuhalten, hielt er ihn gleichzeitig in sich gefangen. Es war unmöglich, dem Schrei zu entkommen.

Leon dachte ab und zu an einen großen Jungen mit abstehenden Ohren und blauen Augen. Er war sich fast sicher, dass der Junge ergriffen und über die Berge getragen worden war. Ja, er war wohl gefressen worden. Mit dem Kopf zuerst verschlungen.

Irgendwo draußen ertönte der Schrei eines ganz gewöhnlichen Raubvogels. Eine Maus flitzte über die Decke und streifte Leons Arm. Und endlich schlief er wieder ein.

ZWEI BRIEFE

Liebe Mutter und lieber Vater,

heute ist es ein Jahr her, dass ich in Amerika angekommen bin. Ich hoffe, meine Worte erreichen euch und ihr habt auch meine früheren Briefe bekommen. Vor allen Dingen hoffe ich wie immer, es geht euch beiden gut und die Abmachung mit den Zwillingen und der finanzielle Beitrag von hier ersparen euch die schlimmste Schufterei. Ich habe neulich einen Brief von meinem Bruder bekommen, der geschrieben hat, dass ihr den vereinbarten Betrag jeden zweiten Monat von Ivan bekommen habt und dass du, Mutter, auf dem Weg der Besserung bist, soviel er weiß. Es war eine große Erleichterung, das zu hören. Ich habe ihn so verstanden, dass die Arbeit als Schmied ihn jetzt an einem neuen Ort weiter nördlich schwer beschäftigt hält, er aber trotzdem im Sommer zu Hause war, um euch zu besuchen. Er hat auch geschrieben, dass er geheiratet hat und sie ein Kind bekommen. Wie schön zu hören. Danke, dass ihr ihm die Adresse gegeben habt, sodass er schreiben konnte. Und danke für eure Grüße. Über meine Schwestern hat er nichts geschrieben, aber ich hoffe, das bedeutet, es geht ihnen in ihren Winkeln des Landes ebenfalls gut.

Ihr müsst euch keine Sorgen um mich machen. Agathe und Ivan sind immer noch sehr freundlich zu mir, nicht zuletzt Agathe. Sie ist wirklich die Liebenswürdigkeit in Person. Manchmal ist es fast zu viel des Guten.

Leider läuft es mit ihrem Finger nicht so gut. Sie kann ihn immer noch nicht beugen, und ich merke, dass es ihr schwer zusetzt, einen steifen Mittelfinger zu haben. Jedenfalls versucht sie ihn, schon seit wir angekommen sind, in ihrer Tasche versteckt zu halten. Es sieht schon ein bisschen drollig aus, dass sie die ganze Zeit die Hand in der Hosentasche hat, aber es ist offenbar wichtig für sie, dass die Leute den Finger nicht sehen. Sie will auch nicht mit der rechten Hand grüßen, und das schafft doch manchmal ein bisschen Verwirrung.

Nicht zuletzt ist sie von einem Erlebnis gezeichnet, das sie neulich hatte, als ihr ein Dieb auf der Straße die Handtasche entriss. Das Schlimmste war wohl nicht einmal der Diebstahl, sondern der Umstand, dass sie selbst hinterher von einem wütenden Polizisten festgenommen wurde. Er hatte offenbar Agathes Absichten missverstanden, als sie in ihrem Schreck seine Aufmerksamkeit zu erregen versuchte.

Als der Polizist endlich begriff, dass er sich vertan hatte, entschuldigte er sich vielmals und ließ Agathe selbstverständlich sofort frei. Aber da war der Schaden schon passiert. Seit diesem Tag weigert sich Agathe, das Haus zu verlassen. Sie wirkt sehr verzweifelt und will niemand anderen sehen als Ivan und mich. Und die Puppen natürlich. Sie sind überall. Wir nennen sie Prototypen.

Wie ich schon einmal geschrieben habe, lassen sie mich in einem schönen großen Zimmer wohnen, von dem ich Aussicht auf das Leben draußen auf der Straße habe. Es ist ganz unglaublich, was für ein Trubel in solch einer großen Stadt herrscht. Und was für ein Lärm. Aber man gewöhnt sich daran. Dagegen werde ich mich wohl nie so ganz daran gewöhnen, in einem Automobil zu fahren; es geht alles zu schnell für jemanden wie mich. Ivan allerdings ist ganz begeistert davon und hat mich gern dabei, wenn er eine längere Fahrt unternimmt.

Es hat meinem ansonsten sehr spärlichen Englisch sehr geholfen, hier zu sein und gezwungen zu werden, die Sprache zu sprechen. Agathe leiht mir auch ihre Romane, damit ich mich im Lesen verbessern kann. Das schätze ich sehr, nicht zuletzt, weil ich durch die Romane noch so viel mehr lerne als nur Englisch.

Amerika ist ein unermesslich großes Land. Seit ich euch zuletzt geschrieben habe, sind Ivan und ich auf ein paar sehr langen Fahrten gewesen, u. a. in einige andere Teilstaaten. Wenn man erst aus den Städten herauskommt, scheinen die Straßen beinahe endlos zu sein. Ich vermisse das Tal zu Hause. Ich vermisse unsere Berge, unsere wilden Blumen und Mutters gutes Essen, den Anblick und Duft und Geschmack von alldem. Auch wenn hier drüben vieles schön und gut ist, ist es nicht dasselbe.

Ansonsten kann ich vermelden, dass das Geschäft immer noch gut läuft, ich habe ja in meinem letzten Brief ein bisschen davon erzählt. Damals fühlte ich mich immer noch unsicher bei der Arbeit, weil da so viele Maschinen und andere Werkzeuge waren, die ich erst kennenlernen musste. Aber mittlerweile bin ich schon ziemlich firm darin, Gipsschaufensterpuppen herzustellen oder zumindest dabei mitzuwirken. Ivan hat mir neulich die Verantwortung für die Augen der Puppen übertragen. Die Augen sind das Wichtigste, sagt er. Ich tue, was ich kann, um sie natürlich aussehen zu lassen, aber ganz natürlich werden sie ja nie. Es wird immer etwas fehlen.

Es gibt übrigens noch etwas, wofür ich ein gewisses Talent habe. Hier begeistern sich alle sehr für ein Ballspiel, das »Baseball« heißt, das gilt nicht zuletzt für unseren Nachbarn, der der Trainer der hiesigen Jugendmannschaft ist. Er rennt die ganze Zeit mit einem großen Lederhandschuh (ja, nur mit einem) und einem kleinen Ball herum, den man ihm zuwerfen soll. Ein erwachsener Mann!
Als ich es neulich dann getan habe, also den Ball geworfen, bat er mich, noch einmal zu werfen – und dann noch viele Male. Das war drüben im örtlichen Park. Hinterher hat er darauf bestanden, mich mit auf die Trainingsbahn zu nehmen, um meine Fähigkeiten dort zu testen. Das Spiel sagt mir ehrlich gesagt gar nichts, und ich bin weder besonders gut im Fangen noch im Schlagen des Balls. Aber ich bin offenbar von Natur aus ungewöhnlich begabt darin, den kleinen Lederball zu werfen, um den es bei der ganzen Sache geht. Mein Nachbar hat mir beigebracht, es auf eine ganz bestimmte und höchst eigentümliche Art zu tun, bei der man das Bein hebt und was weiß ich noch alles. Es war nicht schwer, aber er hat sich so gefreut, als er es mich hat machen sehen, dass er in seiner weißen Kleidung auf und ab gehüpft ist. Ich werfe härter als viele der berühmten Spieler, sagt er. Er nennt mich »Carl Mays«, nach einem von ihnen. Jetzt will er mich als sogenannten »Pitcher« mit in einer Mannschaft haben, aber ich glaube dann doch nicht, dass ich Lust dazu habe. Es ist nicht annähernd so schön, wie Boccia mit dir zu spielen, Vater, und darin bin ich nicht einmal gut.

Zum Schluss will ich nur noch sagen, dass ich jeden einzelnen Tag an euch denke und dafür bete, dass du bald ganz über deine Krankheit hinweggekommen bist, Mutter. Mir geht es wie gesagt gut, aber ich vermisse euch sehr. Ich freue mich darauf, in einem Jahr zu euch nach Hause zu kommen, wenn Gott will.

Euer ergebener
Mirko

***

Liebe Danica,

ich hoffe, du findest es nicht falsch von mir, dir zu schreiben. In diesem Fall will ich dich bitten, mir zu vergeben. Gleichzeitig will ich dich bitten, meinen Eltern nichts von diesem Brief zu erzählen, falls du mit ihnen sprichst. Ich glaube nicht, dass sie verstehen würden, warum ich dich auf diese Weise kontaktieren muss.

Die Wahrheit ist, dass in den fast drei Jahren, die ich nun hier in Amerika bin, kein einziger Tag vergangen ist, an dem ich nicht an dich und Leon gedacht habe. Ich schreibe ab und zu meinen Eltern und erzähle, wie es mir hier geht. Aber ich erzähle ihnen nicht alles. Ich erzähle nicht, dass ich krank vor Heimweh bin und dass ich weder an der Arbeit noch am Leben hier Freude finde.

Ich mache Schaufensterpuppen für deinen Bruder. Kannst du dir etwas Unbefriedigenderes vorstellen, als den Versuch, glaubhaftes Leben in die Augen künstlicher Menschen zu bringen?

Ivan bezahlt mich gut und ist wirklich sehr freundlich,

aber er wirkt manchmal sehr fern, und es ist schwer, mit ihm in Kontakt zu kommen. Ich fühle mich ehrlich gesagt auch nie ganz sicher, wie ich ihn einschätzen soll. Als ich ihn vor langer Zeit einmal nach dir und Leon gefragt habe, ist er aufgestanden und hat ohne ein Wort das Zimmer verlassen. Seitdem habe ich nicht mehr zu fragen gewagt.

Ich habe allerdings ein schrecklich großes Bedürfnis zu wissen, was damals vor drei Jahren passiert ist. Ich weiß nicht, ob du es als tolle Idee empfunden hast, dass ich mit deinem Bruder nach Amerika gegangen bin oder ob du dir gewünscht hättest, ich wäre geblieben. Das Ganze geschah so plötzlich und wirkte sehr seltsam. Wir hatten ja überhaupt nicht darüber gesprochen. Ich wünschte, ich hätte wenigstens die Möglichkeit gehabt, mich zu verabschieden.

Irgendetwas sagt mir, dass Ivan die Idee hatte und die Entscheidung gegen deinen Willen getroffen hat, aber es kann auch sein, dass ich mir das einbilde (oder es hoffe). Auf jeden Fall ist es merkwürdig, mit deinem Bruder hier drüben zu sein und nichts darüber zu wissen, wie es dir und Leon geht. Ich hoffe, du bist dir darüber im Klaren, dass es ganz sicher nicht mein eigener Wunsch war zu gehen. Ich wäre am liebsten zu Hause geblieben und hätte weiter bei euch mitgeholfen. Aber meine Eltern wollten es anders. Sie meinen es gut.

Was deine amerikanische Schwägerin betrifft, so hat sie sich leider in den letzten drei Jahren drastisch verändert. Es ist, als hätte sich Agathe von einer ungewöhnlich entgegenkommenden und gesprächigen Person in ihr genaues Gegenteil verwandelt. Es ist mittlerweile fast unmöglich, sie zum Reden zu bringen, und sie wirkt beinahe menschenfeindlich. In letzter Zeit hat sie die Tage damit verbracht, am Fenster zur Straße zu sitzen und schrecklich grimmig auszusehen, während sie den Finger abspreizt, den Leon ihr gebrochen hat. In der Regel bleiben die Leute stehen und starren sie an. Manche lachen über den Anblick, aber die meisten werden zornig.

Ivan ist sehr besorgt. Vor allem, weil es schlecht fürs Geschäft wäre, wenn die Leute glauben würden, Agathe wäre eine missglückte Schaufensterpuppe. Er versucht, sie dazu zu bringen, sich dort wegzubewegen, aber Agathe hat längst aufgehört, das zu tun, was Ivan sagt.

Ich hoffe so sehr, dass es Leon und dir gut geht. Ich würde ja gern wissen, wie groß und stark er inzwischen ist. Man kann wohl sagen, dass Leons Kräfte seine größte Schwäche sind, zumindest, solange er sie nicht richtig kontrollieren kann. Aber wenn er das erst gelernt hat – was er vielleicht schon hat –, bin ich sicher, dass seine Stärke ihm zugutekommen wird.

Im Übrigen steckt ja noch so viel anderes in Leon als seine Kraft. Ich denke ständig an seine gute Laune, seine Unverwüstlichkeit, seine Begeisterung für alles Lebendige. Man kann gar nicht anders, als ihn zu mögen. Es war wirklich wahr, was ich dir seinerzeit anvertraut habe, dass ich mich fast wie ein Vater für ihn fühle. Umso schwerer ist es, so weit weg zu sein.

Oh, all diese Gedanken sollte ich vielleicht gar nicht mit dir teilen, Danica, aber ich denke so oft an euch. Wenn ich hier drüben sitze und mich einsam fühle, stelle ich mir vor, dass du zusammen mit Leon im Stall bist – dass es draußen regnet und ihr dem Gesang der Glocke zuhört.

Ich hoffe, Karl behandelt euch gut.

Es gibt besonders eine Sache, die mich fürchterlich gequält hat und die ich dir jetzt schreiben muss, ehe der Mut mich wieder verlässt. Bestimmt weißt du von meinen Eltern, dass *ich* es war, der damals dein Medaillon genommen hat. Ich hatte gesehen, dass du es im Stroh verloren hast, aber nichts gesagt; nicht einmal, als du mich später danach gefragt hast. Das habe ich seitdem so oft bereut. Sowohl, dass ich es genommen habe, als auch, dass ich gelogen habe. Du musst mir glauben, dass es nicht meine Absicht war, es zu stehlen. Ich hätte es dir wiedergegeben, aber es hat mich so froh gemacht, dein Bild – und Leons Bild – darin zu sehen, dass es mir schwerfiel, es loszulassen. Mein Vater sagte, er würde dafür sorgen, dass du es zurückbekommst.

Ich hoffe so inständig, dass du mir vergibst. Ich hoffe auch, du vertraust darauf, dass ich seitdem älter und klüger geworden bin. Drei Jahre klingen vielleicht nicht nach viel, aber ich kann dir versichern, dass die Zeit sich hier drüben wie eine Ewigkeit angefühlt hat. Ich wäre beinahe vor Verzweiflung zusammengebrochen, als Ivan meinen Aufenthalt um ein weiteres Jahr verlängert hat. Aber ich habe gespürt, dass ich meine Eltern im Stich lassen würde, wenn ich vorzeitig nach Hause käme, wo ich ihnen doch schon versprochen hatte, die Zeit durchzustehen.

Über Amerika will ich gar nicht so viel erzählen, außer dass es ein schönes Land ist, ein unüberschaubares, beeindruckendes und unverständliches Land. Hier in der Großstadt herrschen so ein Lärm und Gedränge, dass man fast erstickt wird. Außerhalb der Städte breitet sich das Land dagegen in einer Weite und Ruhe aus, die einem ihrerseits den Atem nehmen kann. Dort gibt es Felder, die erst enden, wenn sie den Himmel am Horizont treffen. Kannst du dir das vorstellen?

Am allerschönsten ist die wilde Natur. Kürzlich habe ich eine Bärenmutter mit vier Jungen über die Straße gehen sehen, und bei dem Anblick musste ich an meine Mutter denken. Es ist sonderbar, wie Tiere manchmal an uns Menschen erinnern können – oder ist es umgekehrt? Ab und zu überlege ich, ob Tiere vielleicht denken – und was sie dann über uns denken. Vielleicht betrachten sie den Menschen als wunderliches Geschöpf? Das würde ich in gewisser Weise verstehen.

Liebe Danica, ich hoffe, der Weg zwischen unseren Höfen ist nicht für immer versperrt, wenn ich bald heimkehre. Ich hoffe auch, du nimmst es mir nicht übel, wenn ich jetzt schreibe, dass ich Leon vermisse. Und dich.

Ich werde niemals vergessen, was damals zwischen uns im Stall passiert ist. Es ist das Schönste, was ich je erlebt habe.

Dein ergebener
Mirko

DER POSTBOTE

Karl betrachtete die Blüten, die wie große weiße Schneeflocken etwas willkürlich über die ansonsten schnurgeraden Reihen der grünen Pflanzen verteilt lagen. Sie waren auf der Kippe, aufzugeben und zu verwelken, und das war ein gutes Zeichen. Jetzt wusste er genau, wann er die Kartoffeln ernten musste, die unten im Dunkeln lagen und wuchsen und darauf warteten, gefunden zu werden.

Bei den Kartoffeln sah alles gut aus. Aber nicht bei Karl. Es ging ihm beschissen.

Als er von der Straße her Geräusche hörte, wandte er sich um. Es war der Landpostbote, der sich auf seinem klappernden Fahrrad näherte. Er winkte aus der Ferne, und Karl ging zur Straße und wartete auf seine Ankunft. Über ihm in der Luft schwebte eine Lerche und sang mit unglaublicher Kraft.

»Post für euch«, sagte der Postbote munter, als er vom Fahrrad stieg. »Aus Amerika.«

»Aha«, sagte Karl.

»Ja, ich wollte sie schon beinahe zu den Nachbarn rüberfahren, weil ich dachte, es wäre für sie... vom Jüngsten, du weißt schon. Aber dann hab ich bemerkt, dass der Brief für euch ist. Ich kann nicht sagen, von wem, es steht kein Absender drauf.«

Er zog ein Kuvert aus seiner Tasche und schaute es an.

»Na ja, er ist zwar an die Frau adressiert«, lächelte er.

»Aber ich kann mich ja sicher darauf verlassen, dass du ihn weitergibst.«

Karl mochte den Postboten eigentlich gern. Sie hatten einmal im Wirtshaus zusammen irgendeinen Fusel getrunken, das wusste er noch. Und einmal wohl auch im Straßengraben, doch die Erinnerung daran war nur sehr schemenhaft. Der Mann hatte ein Meer von Falten, aber nur einen Zahn im Mund. Er hatte ein Funkeln in den dunklen Augen, als wäre er immer noch jung und viril, obwohl er uralt sein musste. Karl hatte auf jeden Fall das Gefühl, dass er bei den jungen Witwen und verheirateten Frauen rundum, die noch ein bisschen in Schwung waren, so einiges erlebt hatte. Einen Moment lang stellte er sich Danica zusammen mit dem Postboten vor. Sein einer Zahn, ihr fehlender Zahn. Schnell schüttelte er den Gedanken wieder ab.

Der Postbote stieg von seinem Rad und zog eine Zigarette aus der Hemdtasche. Er bot Karl eine an, der jedoch dankend ablehnte.

»Es ist wirklich verdammt warm gewesen in letzter Zeit«, sagte er und blickte über die Kartoffeln hinaus. »Halten die das aus, die Knollen da?«

Karl nickte. »Die Knollen werden genau, wie sie sein sollen. Es ist eine gute, starke Sorte.«

Der Postbote blickte zu einem fernen Punkt am Himmel auf.

»Ja, uns fehlt eben der Wettermann. Erinnerst du dich noch an ihn? Nein, das war wohl vor deiner Zeit. Sein großer Zeh hat immer erzählt, wann es regnen würde. Oder stürmen! Er war recht nützlich, der große Zeh.«

Karl hatte vom Wettermann gehört, aber in diesem Moment gab es nichts, was ihn weniger interessierte. Er dachte an den Brief.

»Ja, es ist ja nicht so, dass ich nicht auch ein Unwetter vorhersagen könnte«, fuhr der Postbote fort. »Es entsteht genau zwanzig Minuten nachdem ich ein Wirtshaus mit etwas zu viel Sprit im Blut verlassen habe. Dann kommt zu Hause ein Donnerwetter auf mich zu, das kannst du mir glauben.« Seine schwarzen Augen funkelten.

Karl versuchte zu lächeln. Er mochte den Mann im Grunde und konnte sich auf jeden Fall auch vorstellen, irgendwann mal wieder ein Glas mit ihm zu trinken. Aber nicht jetzt. In Karl war kein Platz für die gute Laune des Postboten. Er hatte im Übrigen auch gar keine Lust, den Schnaps zu teilen, den er ein Stück entfernt im Schatten einer Pflanze stehen hatte.

»Ja, das kennst du wohl, bei der schönen Frau, mit der du das Bett teilst«, fuhr der Postbote fort. »Das Donnerwetter, meine ich. Danica hat ja schon immer einiges an Energie gehabt.«

Er sah Karl in die Augen. »Du passt doch wohl gut auf die Dame auf? Wenn ich eine etwas weniger runzelige Ausgabe meiner selbst wäre, hätte ich es weiß Gott mit ihr versucht. Das kann ich dir versprechen.«

Kaum hatte er das gesagt, warf er den Kopf zurück und lachte herzlich mit weit geöffnetem Mund. Der einsame gelbe Beißer hing an seinem Zahnfleisch wie ein großer Tropfen Harz.

Karl bekam Lust, ihn ihm auszuschlagen.

Die Worte hatten etwas in ihm getroffen, das schon über längere Zeit hinweg in Karl gewachsen war. Ein Gefühl. Wenn er von seinen Fahrten zurückkam, war manchmal etwas an Danica. Ein Schimmer. Ein Geruch. Ein Geruch nach etwas, das nicht von ihm oder dem Hof stammte, sondern vielleicht von einem anderen Mann. Karl sagte nichts. Er hatte ganz einfach keine Worte für die Gefühle, die in ihm wüteten, und wollte unter keinen Umständen seine eigene Unsicherheit verraten. Oder sie auf Ideen bringen.

Der Verdacht fraß ihn langsam immer mehr auf. Manchmal verspürte er eine so plötzlich aufschäumende Wut, dass er in die frische Luft musste, um sie zum Abklingen zu bringen. Andere Male ließ er sie im Bett an Danica aus. Er war brutaler mit ihr geworden, das hatte er wohl bemerkt. Wenn sie sich damit abfand, machte ihn das nur noch sicherer, dass sie etwas zu verbergen hatte. Eine unschuldige Seele hätte protestiert, dachte er. Doch Danica nahm es einfach hin, auch wenn er weit über die Stränge schlug und viel zu hart zupackte. Er konnte es nicht lassen, ihre Brüste zu quetschen. Die Finger in sie hineinzubohren, während sie sich den Schmerz verbiss. Konnte sie zum Teufel noch mal nicht einfach so sein wie damals, als sie sich kennengelernt hatten, dachte er oft. Allmählich erkannte er weder seine Frau noch sich selbst wieder.

Karl hatte nie eine Frau geschlagen oder irgendeinen Drang in diese Richtung verspürt. Das war ein Zeichen der Schwäche bei einem Mann, hatte er immer gedacht. Doch jetzt war er sich seiner selbst nicht mehr sicher. Jetzt konnte ihn der Drang, Danica zu schlagen, so plötzlich und so heftig überkommen, dass er dagegen ankämpfen musste, um ihm nicht zu nachzugeben. Das jagte ihm Angst ein. Aber allein die Tatsache, dass sie diese Wut in ihm wecken konnte, machte ihn erneut wütend.

Der Postbote musste Karls Missbilligung gespürt haben, denn sein Lachen verklang rasch. Dann drückte er seine Kippe am Fahrradlenker aus und trat sie sorgfältig in die Erde.

»Jaja, meine Zeit mit den Damen ist vorbei. Da unten ist alles verwelkt, dafür muss ich verdammt noch mal zu jeder Unzeit Wasser lassen! Sieh du nur zu, dass du es genießt, solange du noch kannst. So eine schöne Frau... Ich würde nichts anderes mehr treiben.«
Er wendete sein Fahrrad und kam mit Mühe auf den Sattel.
»Vergiss nur nicht, ihr den Brief zu geben. Nicht, dass er da draußen zwischen den Knollen verschwindet.«
Als er wegfuhr, winkte er, ohne sich umzudrehen. Die zitternden Knie standen fast rechtwinklig vom Fahrrad ab.

Karls Blick folgte ihm, als er verschwand, und glitt dann zu dem Brief mit Danicas Namen hinunter. Er konnte ihn einigermaßen lesen. Die Schrift war sehr sauber und deutlich, als hätte sich jemand Mühe gegeben. Ohne zu zögern holte er sein Messer aus der Hosentasche und schlitzte den Umschlag auf.

Es war schrecklich viel Text, und er verstand längst nicht alles. Aber ein bisschen verstand er, denn er strengte sich mehr an als je zuvor.

Er verstand, dass er von Mirko war und dass Mirko und Danica ein vertrauliches Verhältnis hatten; warum sollte er sonst so viel schreiben? So viel Gefasel. Mirko war offenbar in Amerika ach so klug geworden.

Er verstand auch, dass Mirko derjenige war, der das Silbermedaillon genommen hatte, das Karl Danica zur Hochzeit geschenkt hatte. Es war ein Bild von Karl darin gewesen, ehe sie es gegen eines von Leon ausgetauscht hatte. Als Karl sich ein paar Jahre zuvor wunderte, dass sie es nicht mehr trug, hatte sie erzählt, sie hätte es verlegt. Und als sie es plötzlich wiederhatte, sagte sie, sie hätte es wiedergefunden. Sie hatte also Mirko gedeckt?

Aber das war nicht das Schlimmste. Mirko schrieb, dass er sich wie ein Vater für Leon fühlte. Dass er Danica vermisste. Dass er hoffte, Karl behandele sie gut... Dieser Grünschnabel – wie konnte er es wagen! Ja, Karl verstand das Wesentliche. Vor allen Dingen verstand er, dass im Stall etwas zwischen Mirko und Danica passiert war. Etwas Schönes.

Karl stand einen Augenblick ganz still da, bevor er den Brief zusammenknüllte. Dann faltete er ihn wieder auseinander, starrte auf das Papier, ohne zu lesen, und begann dann, ihn in Stücke zu reißen. Klitzekleine Stücke, die über die Kartoffelpflanzen herabrieselten, sodass sie aussahen wie kleine, neue Blüten.

Mirko?

Mirko war doch noch ein Junge, zum Teufel. Ein Kind. Was auch immer zwischen ihm und Danica passiert war, musste logischerweise vor mindestens drei Jahren geschehen sein. Und wie alt war Mirko da gewesen, wohl nicht mehr als sechzehn, siebzehn Jahre? Oder ging es schon länger? Konnte sie bereits etwas mit ihm gehabt haben, als er noch jünger war? Vierzehn Jahre... dreizehn Jahre? Noch bevor Karl mit ins Bild kam?

Etwas Schönes im Stall?

Karl spürte einen Stich von Eifersucht auf den Jungen, genug, um ihn wütend zu machen. Auf sich selbst. Ein Mann wie er sollte sich verdammt noch mal nicht von so einem Milchgesicht bedroht fühlen.

Dann besann er sich. Er traute seiner Frau zwar einiges zu, doch Danica konnte unmöglich so pervers gewesen sein, dass sie Mirko gevögelt hatte. Nein, es musste die kranke Fantasie des Jungen sein, die mit ihm durchgegangen war.

Mirko war sicher all die Jahre scharf auf sie gewesen, dachte Karl, und währenddessen hatte er selbst Zeit und Kraft damit vergeudet, einen ehrenhaften Landmann aus dem Burschen zu machen. Zum Teufel noch mal!
Das Schlimmste war jedoch nicht, dass Mirko sich in seine Frau vergafft hatte. Nein, das Schlimmste war der Gedanke, dass Danica offenbar schon jahrelang hinter dem Rücken ihres Mannes ein vertrauliches Verhältnis zu einem kleinen Jungen hatte. Wenn das der Fall war, konnte sie wohl kaum etwas davon abhalten, andere Geheimnisse vor ihm zu haben. Mit erwachsenen Männern mit erwachsenen Lüsten.
Der Brief war nichts. Und trotzdem eine Art Beweis.

Als die letzten Fetzen Papier über einer Pflanze verstreut waren, ging Karl zu der Stelle, an der er den Schnaps in den Schatten gestellt hatte. Er pflegte hier und da einen Muntermacher zu nehmen und ansonsten zu warten, bis er mit der Arbeit fertig war, bevor er noch mehr trank. Jetzt trank er, bis die Flasche leer war.

Währenddessen dachte er an den Bulgaren vom Markt. Es würde nicht mehr lange dauern, bis der Mann weiterzog, und dann war es zu spät. Das Angebot des Bulgaren erschien in diesem Moment verlockender als je zuvor. Karl könnte allein herumreisen und Geld verdienen; er müsste nie mehr auf den Feldern schuften. Es würde ein leichteres Leben werden, dachte er. Eine Befreiung. Dank des Wunsches des Bulgaren, sich eine Frau zu suchen, hatte er die Chance bekommen, seine Freiheit wiederzuerlangen.

Gott, was würde der Mann diesen Schritt bereuen!

In einer der Zypressen sang ein Vogel, und ein anderer antwortete. Karl hörte sie nicht. Er hatte keine Ahnung, was er tun sollte. Er war so wütend, dass ihm fast die Tränen kamen.

MACHTLOSIGKEIT

Danica starrte mit leerem Blick in die Luft über dem Waschzuber. Es war heiß hier drinnen und heiß draußen. Alles brauchte Wasser, nicht nur die Kleider. Gott war wie gewöhnlich keine große Hilfe.

Sie nahm die triefende Wäsche auf ihre Arme, es war ihr egal, dass ihr dünnes Kleid an Brust und Bauch durchnässt wurde. Es kühlte, das war schön, bis es nicht mehr kühlte. Eine Zeitlang stand sie mit dem nassen Bündel ganz still da und wartete darauf, dass sie die Kraft finden würde, die Sachen aufzuhängen. Sie fand sie nicht. Stattdessen ließ sie die Kleider fallen. Einiges davon fiel zurück in den Zuber, der Rest auf den schmutzigen Steinboden. Es war ihr egal.

Sie ging aus der Scheune, quer über den Hofplatz und hinter das Plumpsklo. Als sie die Kirchenglocke erreichte, legte sie eine Hand auf die Bronze. Die Glocke kochte, auch wenn die Sonne sie nicht mehr traf, und sie ließ sie rasch wieder los. Wenn das mit der Hitze so weiterginge, würde sie vielleicht schmelzen, dachte sie in ihrem benebelten Zustand. Was gegossen wurde, konnte wohl auch wieder schmelzen. Wenn die Hölle heiß genug wurde.

Sie umrundete die Glocke und ging weiter an ihrem Schemel vorbei zur Rückseite des Stalls hinunter, wo Leons Zimmer ein Stück aus der Mauer herausragte. Sie verlangsamte ihre Schritte, als sie sich näherte. Das letzte Stück schlich sie.

Als sie vorsichtig zum Fenster hineinblickte, sah sie ihn auf dem Bett sitzen, den Rücken zu ihr gewandt. Er lachte über irgendetwas, das er in der Hand hatte. Sicher etwas, das er gleich töten würde.

Leon redete jetzt ziemlich viel, aber es war noch immer nicht besonders klug. Vielleicht würde es helfen, wenn sie mehr mit ihm sprach, aber sie konnte selten die Energie dafür aufbringen. Als er noch ganz klein war, hatte sie ab und zu ein bisschen für ihn gesungen, das hatte er immer sehr gemocht. Doch als er dann anfing, so heftig zu werden, hatte sie die Lust verloren. Man konnte vielleicht von Schmerz singen, aber es war verdammt noch mal nicht leicht, wenn man mittendrin saß. Nein, sie ertrug ihren Sohn jetzt gerade nicht. Es ging ihm ja auch gut da drinnen, er lachte schließlich.

Sie schlich wieder vom Fenster weg und lief bald quer über das wilde, hügelige Gelände hinter dem Stall. Karl war unten bei den Kartoffeln auf dem Feld auf der anderen Seite. Also weit weg. Einen Moment lang wünschte sie, sie hätte eine Verabredung mit einem Liebhaber irgendwo in der Landschaft. Nur um irgendetwas zu spüren, eine andere Hitze.

Als sie ganz oben angekommen war, wo die Felsen sich wie zerborstene Flächen im struppigen Gras abzeichneten, setzte sie sich in den Schatten eines kleinen Baumes. Unter ihr lag ihre große Weide verlassen da. Das Gras war gelb und trocken. Die Tiere hatten sich in den kühlen Stall zurückgezogen. Das steuerten sie selbst. Die Tiere wussten immer, was sie brauchten und was sie tun sollten. Sie beneidete sie.

Sie blickte zum Feld der Nachbarn hinüber, das sich von ihrer Weide aus den Hügel hinauf erstreckte, und musste an Mirko denken. Es wäre so schön, wenn er noch da wäre. Direkt hinter dem Hügel.

Auf dem Rückweg pflückte sie einen Strauß wilder Blumen, die aussahen wie kleine, weiche Kugeln. Die würde Leon mögen, dachte sie. Ihre Bewegungen waren langsam; es erforderte eine Kraftanstrengung, die dünnen Stiele abzubrechen. Sie würde sie ins Wasser stellen und sie ihm später bringen.

Als sie über den Hofplatz ging, erschien Karl unten an der Scheunenecke. Er hatte ein kopfloses Huhn in der Hand.

»Wo warst du?«, fragte er und starrte die Blumen an, als sie sich mitten auf dem Platz trafen. »Wolltest du nicht waschen?«

Es lag etwas Fremdes in seiner Stimme, oder vielleicht war sie es auch nur nicht mehr gewohnt, ihn etwas sagen zu hören.

»Ja, aber es war so heiß, ich musste ein Stück gehen. Da oben ist es ein bisschen luftiger«, sagte sie und nickte in Richtung Berge. »Ich hab ein paar Blumen...«

»Du solltest lieber was zu essen machen, was Richtiges zu essen. Ich schufte den ganzen Tag, während du dich vergnügst. Ich brauche was Ordentliches zum Essen!«

Karl reichte ihr demonstrativ das kopflose Huhn. Seine Hand war so fest um seinen Hals gepresst, dass man meinte, er versuchte, es noch einmal zu töten.

»Rupf lieber das hier anstatt irgendwelche beschissenen Blumen.«

In seinem Blick lag etwas, das Danica sich nicht erinnern konnte schon einmal gesehen zu haben, jedenfalls nicht im selben Ausmaß wie jetzt. Es war eine Härte ohnegleichen. Eine Dunkelheit.

Eine Wut?

Sie sah ihn erschrocken an. Dann nahm sie das Huhn

und ging in die Küche; in diesem Moment wagte sie nichts anderes zu tun. Die Blumen ließ sie auf der Treppenstufe liegen, wo sie verwelkten, bevor das Huhn gekocht war.

HEIMKEHR

Das Erste, was Mirko tat, als er auf den Bahnsteig hinaustrat, war, die Augen zu schließen und tief durch die Nase einzuatmen. Selbst vom Bahnsteig aus, wo eine Gruppe junger Menschen in verschwitzten Kleidern an ihm vorbeieilte und der Zug grauschwarzen Rauch ausstieß, als er in Richtung Süden weiterfuhr, und wo das kleine, heruntergekommene Bahnhofsgebäude nach all den müden Männern und eifrigen Kötern stank, die an seine Wände gepisst hatten, konnte er den Duft der warmen Erde und der wilden Blumen des Tals erkennen. Nach Weinstöcken, Olivenbäumen, Weizen und Luzernen, nach schweren Pferden und Zaumzeug, nach dem Essen seiner Mutter und den Fürzen seines Vaters. All das war da, in der allerersten Portion Luft, die er in seine Lunge sog.

Als er die Augen öffnete, stand sein Vater vor ihm.

»Willkommen daheim, mein Junge.«

Die Stimme war belegt, und der Vater hatte blanke Augen und blasse Wangen, aber er lächelte. Im nächsten Moment wurde Mirko in eine Umarmung gezogen, und er merkte sofort, dass etwas anders war. Sein Vater war weniger geworden, man konnte die Knochen deutlich unter dem Hemd spüren. Das erschreckte Mirko derart, dass er sich nicht traute, seinen Vater so zu drücken, wie er es sich eigentlich vorgestellt hatte.

»Tag, Vater«, flüsterte er seinem Vater ins Ohr, das jetzt niedriger war, niedriger als Mirkos Mund. Er dachte darüber nach, ob er selbst in den drei Jahren so gewachsen oder ob sein großer Vater so sehr zusammengesunken war? Es war auch ein schwacher Geruch an ihm, den er von früher nicht kannte.

Mirko löste vorsichtig seinen Griff und zog sich etwas zurück, sodass er ihn besser sehen konnte. Sein Vater lächelte ihn noch immer an, doch hinter dem Lächeln verbarg sich eine Geschichte, die zu hören Mirko sich fürchtete.

»Du bist wirklich ein ausgewachsener Mann geworden«, sagte der Vater und klopfte ihm auf die Schulter. »In den drei Jahren ist wohl einiges passiert.«

Ja, mit Mirko war einiges passiert. Und jetzt hatte er Angst vor dem, was währenddessen zu Hause passiert war.

Jemand winkte, als sie aus dem Bahnhof traten, und Mirkos Vater nickte freundlich zurück, ohne anzuhalten. Er ging stabil, aber doch zögerlicher als früher, als müsste er sich darauf konzentrieren, die Füße richtig zu setzen.

Es kam Mirko so vor, als wären seit dem letzten Mal mehr Automobile dazugekommen, aber im Verhältnis zu Amerika waren es auf jeden Fall befreiend wenige. Das Pferd war derselbe große Wallach, den er erwartet hatte, und er stand da, wo der Vater ihn abgestellt hatte, das eine Hinterbein entspannt auf der Zehe unter dem Fesselbehang ruhend. Er war die Verlässlichkeit selbst und genauso alt und grau ums Maul, wie er es immer gewesen war. Als Mirko ihn begrüßte, streckte er ihm zuerst sein weiches Maul entgegen und stieß dann mit seiner breiten Stirn gegen seine Brust. Er kraulte ihn an beiden Seiten des Halses und begrub sein Gesicht in seiner struppigen Mähne. Das Pferd duftete genau so, wie er es in Erinnerung hatte. Am liebsten wäre er so stehen geblieben. Die Tiere. Wie hatte er sie doch vermisst.

Als er seine große Tasche hochheben wollte, war sie weg. Sein Vater war dabei, sie auf den Wagen zu hieven und sah angestrengt aus. Mirko ließ das Pferd los, um ihm zu helfen, schaffte es aber nicht, bevor es zu spät war.

»Du willst sicher hinten auf der Ladefläche sitzen?«, sagte sein Vater, während er selbst auf den Kutschbock stieg und die Zügel nahm. Sein Hemd sah viel zu groß aus. Er lächelte zu Mirko hinunter.

Mirko schüttelte den Kopf und sprang neben ihn hinauf. »Nein, ich will bei dir sitzen.«

Beim Geräusch des leisen Schnalzens aus dem Mund des Vaters und dem Ruck, mit dem sich der Wagen in Bewegung setzte, überkam ihn ein unerwartetes Glücksgefühl. Er schloss einen Moment die Augen, um das Geräusch der Hufe auf dem abgetretenen grauen Asphalt zu genießen, und dann auf dem Kopfsteinpflaster, als sie durch den Ort fuhren. Er betrachtete die alten Häuser, die sich in mehr oder minder zufälliger Ordnung und gleichzeitig schräger Harmonie mit den schmalen, verwinkelten Straßen und der etwas breiteren Hauptstraße aneinanderdrängten.

Vor dem kleinen Bürgermeisterbüro saß eine Gruppe Männer inklusive des Bürgermeisters selbst beim Würfelspiel, während sie aus Kanistern tranken, die im Schatten unter den Klappstühlen standen. Niemand blickte auf, als Mirko und sein Vater vorbeifuhren; ihre wässrigen Blicke waren starr auf die Hand gerichtet, die die Würfel schüttelte. Kurz nachdem der Wagen vorbeigefahren war, erklang von den Männern ein Gebrüll. Das Pferd ließ sich nicht erschrecken, drehte jedoch sein eines Ohr für einen kurzen Augenblick eine Spur nach hinten.

Auf der anderen Seite des Ortes breitete das Tal sich mit vereinzelten Höfen und zahlreichen Feldern zu den Bergen hin aus. In einigen der Felder ließen sich kleine, primitive Steinhütten erahnen, in denen man Schutz vor Regen suchen oder Schatten finden konnte, wenn die Mittagssonne unbarmherzig über der flirrenden Landschaft sengte. Mitten in all dem lag der Fluss mit dem schmalen Waldstück, das sich daran heftete. Und da war die Hauptstraße, die die Orte des Tals von Süden nach Norden verband; die kleinen Kieswege, die in Richtung Osten und Westen davon abzweigten und in alle Winkel führten; da waren die niedrigen Steinmauern, hier und da flankiert von knorrigen Olivenbäumen und alten Zypressen, die dem Wind standhielten wie schiefe Soldaten. Und mit dem Rücken zu den östlichen Bergen lag Mirkos Zuhause und wartete auf ihn.

Die Geräusche der Stadt mit Pferdehufen und Motoren, spielenden und weinenden Kindern, dem Lachen und lauten Rufen der Händler verstummten allmählich und wurden von vereinzelten Stimmen und stillem Rauschen abgelöst. Dazu eine Kirchenglocke, deren weicher Klang die Ruhe durchbrach, als sie zu einer Beerdigung rief.

»Das sind die beiden tauben Alten, die immer zusammen herumgelaufen sind und sich angeschrien haben«, erklärte Mirkos Vater. »Sie sind gestorben.«

»Beide?«, fragte Mirko verwundert.

»Ja, sie sind auf dem Marktplatz umgefallen, bei ihrem üblichen Spaziergang. Mehrere Leute haben es gesehen. Der eine hatte gerufen, der andere gelacht. Dann fiel zuerst der eine um und dann der andere, als hätte sie ein unsichtbares Band verbunden. So hab ich es auf jeden Fall erzählt bekommen. Sie haben beide laut gelacht, als sie dort lagen. Und dann wurden sie plötzlich still.«

Sein Vater machte eine kleine Pause. »Ja, so soll es passiert sein. Sie fielen, sie lachten und sie starben nebeneinander. Um Punkt zwölf.«

Mirko starrte nachdenklich die Reihe von dunkel gekleideten Menschen an, die sich in Richtung Kirche bewegten. Er sah, dass mehrere von ihnen sanft lächelten, als wäre ihre Trauer nicht richtig traurig. »Das ist ja eigentlich eine sehr schöne Art zu sterben?«, sagte er still.

»Ja, das hab ich auch gedacht, als ich es gehört habe. Wenn man zusammen ein langes, gutes Leben gelebt hat, dann ist es doch nur wünschenswert, auch zusammen von hier wegzugehen.«

Mirko nickte, konnte aber nichts sagen. Er spürte einen Knoten in sich, als fehlte ihm etwas, das er noch gar nicht verloren hatte.

»Es liegt auch etwas Schönes darin, in der Erde zu vermodern, mit der man immer gelebt hat«, fuhr sein Vater fort. »Aber wenn ich ganz ehrlich sein soll, würde ich doch am liebsten verbrannt werden. Deiner Mutter geht es genauso. Die Flammen haben etwas Reinigendes, und die Asche kommt ja in dieselbe Erde.«

Mirko starrte ihn an.

Man verbrannte doch keine Menschen.

»Na, das würde unser alter Pfarrer wohl kaum erlauben«, fuhr der Vater fort und lächelte ein bisschen. »Und solange deine Mutter und ich zusammen im Himmel landen, ist es ja auch nicht so wichtig, wie wir dort hinkommen.«

Er wandte den Kopf und lächelte Mirko an. Doch plötzlich lag etwas in seinem Blick, das verriet, dass er bereute, was er gerade gesagt hatte. »Na ja, aber mach dir mal keine Sorgen über all das, mein Junge. Jetzt wollen wir genießen, dass du nach Hause gekommen bist.«

In diesem Moment fuhr ein Wagen an ihnen vorbei und hinterließ eine Rauchwolke, sodass das Pferd laut prustete.

Mirko suchte nach etwas, das er sagen konnte.

»Also lebt der Pfarrer noch?«, fragte er, auch wenn er lieber etwas anderes gesagt hätte. Etwas mit weniger Tod darin.

»Ja, der Mann muss genauso alt sein wie die Kirche. Es ist merkwürdig, wie das Leben so unterschiedlich für uns bereitet ist. Kürzlich ist ein kleines Mädchen an einem Skorpionstich gestorben, das scheint ja vollkommen sinnlos. Aber irgendwie hat wohl jedes Leben seinen Sinn.«

»Auch das Leben des Skorpions?«

»Tja, man sollte es meinen. Das Tierchen hat dann nicht mehr lange gelebt, der Vater des Mädchens hat es erschlagen. Das Mädchen war nur ein unschuldiges Kind, das spielen wollte. Der Skorpion hat sich verteidigt, so gut er konnte, weil er sich von ihr bedroht fühlte. Das Ganze ist ja absolut natürlich. Aber warum so ein tragischer Unfall passieren musste, weiß ich nicht. Das weiß nur der Herrgott.«

Sie bogen nun auf den Kiesweg ein, der sie zu ihrem eigenen Grund hinausführen sollte. Das Pferd trabte von selbst voran, ohne Anweisungen zu empfangen. Sein braunes Fell dampfte in der Hitze.

Schon bald konnte Mirko zu Danicas Grundstück hinuntersehen, und in der Ferne vermochte er das ockergelbe Dach ihres Hofes zu erahnen. Es war dasselbe alte Dach, wie er an dem durchhängenden Dachfirst sah. Der Vater legte eine Hand auf seinen Oberschenkel, als wüsste er, woran Mirko dachte.

»Wir brauchen dich dringend zu Hause«, sagte er. Seine Stimme war anders, sie war tiefer und rauer. Mirko begriff, dass das jetzt seine normale Stimme war. Er musste sich angestrengt haben, seine Stimme leichter klingen zu lassen, als er Mirko am Bahnhof in Empfang nahm. Jetzt war die Stimme dorthin gefallen, wo sie inzwischen hingehörte. Er schaute seinen Vater an, der in dem viel zu großen Hemd und mit viel zu dünnen Handgelenken zusammengesunken dasaß. Es war nicht zu übersehen. Der Tod war dabei, sich an ihn heranzuschleichen.

Das Pferd bog in den Weg zu ihrem Hof ein, aber Mirko blickte nicht nach vorn. Er blickte auch nicht zur Seite, als sie kurz darauf an der Abzweigung vorbeifuhren, die zu Danica und Karl hinunterführte. Sein Vater hatte ihm den Kopf zugedreht, und Mirkos Blick wurde von einem klaren blauen Augenpaar festgehalten.

Nun kam die Antwort auf die Frage, die während der ganzen Fahrt in der Luft gelegen hatte, ohne ausgesprochen worden zu sein.

»Deine Mutter ist sehr krank.«

*

Es hing ein anderer Geruch im Haus als der, den Mirko gewohnt gewesen war. Es duftete nicht nach frisch gescheuerten Holzböden und sauberer Wäsche. Es köchelte kein Topf mit Essen in einer ordentlichen Küche, in der alles, das nicht in Gebrauch war, an Haken an der Wand hing und glänzte. Und seine Mutter stand nicht in der Türöffnung, wie sie es sonst tat, und füllte sie aus wie ein Tier, das seine Höhle bewacht. Sie stand nicht da, in ihrem dunkelbraunen Kleid und ihrer hellen Schürze, und lächelte mit liebevollen, verzeihenden Augen, wie er gehofft hatte.

Sie lag im abgedunkelten Schlafzimmer, und sie schlief tief, als Mirko vorsichtig die Tür öffnete. Sie lag auf der Seite, das Gesicht ihm zugewandt. Das bisschen Tageslicht, das durch die Vorhänge drang, warf nur einen schwachen Schein auf sie, doch genug, dass Mirko sie betrachten konnte. Er stellte fest, dass das Gesicht, das er so gut kannte, sich drastisch verändert hatte. Ihr Kopf war genauso rund wie immer, doch das Gesicht selbst sah aus, als wäre es geschrumpft. Ihre Augen waren dichter zusammengekrochen und hatten sich in tiefen Höhlen versteckt, und zwischen den Höhlen ragte die lange Nase hervor wie ein dünner Knochen. Die Wangen waren eingefallen, wodurch die Wangenknochen und das Kinn aussahen, als versuchten sie, sich aus dem Gesicht zu schieben. Es gab keine Fettschicht zwischen den Knochen und der durchsichtigen Haut. Es gab nichts Weiches mehr in ihrem Gesicht.

Hätte er diese Frau nicht so gut gekannt, hätte er sie wohl kaum wiedererkannt. Und wäre nicht ein wiederholtes Pfeifen aus ihren aufgesprungenen Lippen gedrungen, hätte er geglaubt, sie sei tot.

Mirko blieb bewegungslos in der Tür stehen. Er hörte die Bodendielen hinter sich vorsichtig knarren, spürte eine Hand auf seiner Schulter. Und dann eine Träne, die über seine Wange hinunterlief.

»Hat der Arzt sie untersucht?«, fragte Mirko seinen Vater.

Sie saßen in der Küche, jeder über ein Glas gebeugt. Der Vater hatte ihm wider Erwarten Schnaps angeboten, und er hatte Ja gesagt. Das brennende Gefühl im Körper tat weh, aber gut.

Das Nachmittagslicht lag über dem Esstisch wie eine schiefe Decke. Das Brot und die Wurst hatten sie noch nicht angerührt. Eigentlich hätte Mirko nach der Reise hungrig sein müssen, doch er war es nicht. Sein Gepäck war nicht weiter als in den Flur gekommen.

»Ja, vor Kurzem. Deine Mutter wollte es nicht, aber sie war so benommen, dass ich ... ja, dass ich den Arzt trotzdem geholt habe.« Sein Vater starrte in sein Glas hinunter, offensichtlich schuldbewusst.

»Das verstehe ich gut, es war auch das Richtige«, flüsterte Mirko. »Was hat der Arzt gesagt?«

»Nur, dass sie nicht mehr lange hat.«

Mirko spürte einen Kloß im Hals. »Und was hat er über dich gesagt, Vater?« Seine Stimme klang anders. Zahm.

»Mich?« Sein Vater sah von seinem Glas auf und blickte rasch wieder hinunter. »Ja aber, mich sollte er sich ja gar nicht anschauen.«

Der Vater musste beide Hände benutzen, um einen Schluck zu nehmen. Sie umklammerten das Glas wie krumme Klauen.

Mirko dachte an seine Geschwister. Es schien ihm unendlich lange her, dass sie alle zusammen an diesem Tisch gesessen hatten. Er wusste nicht einmal, wo sie jetzt wohnten.

»Wissen die anderen ... wissen sie, dass ...« Seine Stimme war immer noch kraftlos.

»Von deinen Schwestern haben wir nichts gehört. Sie sind ja so weit weg und haben mit Haus und Kindern genug um die Ohren. Und mit den Tieren, die sie versorgen müssen. Sie können nicht einfach weg.« Sein Vater klopfte mit seinen steifen Fingern vorsichtig auf den Tisch. »Man hat die Verpflichtungen, die man hat. So ist es nun mal.«

»Und mein Bruder?«

Ein Schatten legte sich über den Blick des Vaters.

»Oh, dein Bruder. Wir hatten erwartet, ihn im Sommer wieder hier zu sehen, aber stattdessen kamen ein paar Kerle mit einer Nachricht von ihm. Sie haben erzählt, dass die Frau einen Unfall in der Schmiede hatte, einen schweren. Jetzt muss er also mit allem allein fertigwerden, bis sie sich wieder erholt hat. Er kümmert sich um sie und das Kind und die Schmiede.« Mirkos Vater zögerte. »Ja, also du siehst wohl ... Er kann ja nicht ...«

»Hast du ihnen dann eine Nachricht für ihn mitgegeben?«

»Nein, sie wollten nach Süden. Im Übrigen glaube ich auch nicht, dass er es gebrauchen kann zu wissen, dass ... nicht jetzt.« Er schielte vorsichtig zu Mirko hinüber. »Ich bin so froh, dass du zurück bist, mein Junge.«

Mirko sah seinen Vater an, der ihm gegenübersaß und tapfer lächelte. Er nahm die krumme Hand, die trocken und warm war wie die Erde draußen, und spürte in allen Zellen, wie herzzerreißend er diesen Mann liebte.

»Ich verstehe nicht, warum du und Mutter all das ertragen müsst«, flüsterte er. »Das habt ihr nicht verdient.«

Der Vater drückte seine Hand.

»Mirko, deine Mutter und ich hatten ein gutes Leben. Wir sind sehr dankbar, und der Herrgott wird schon dafür sorgen, dass wir gut hier wegkommen. Nein, das Wichtigste sind jetzt nicht wir. Das Wichtigste ist, was wir weitergeben. Euch! Ihr seid das Wichtigste. Und ich habe nicht den geringsten Zweifel, dass ihr alle vier gut zurechtkommt. Ihr habt die Stärke eurer Mutter geerbt.« Er lächelte gutmütig unter seinen buschigen Augenbrauen. »Wir sind so stolz auf euch.«

»Und der Hof?«

»Der Hof gehört dir, wenn du ihn haben willst. Ansonsten würden die Zwillinge das Ganze gern übernehmen. Du hast vollkommen freie Wahl, Mirko. Dein Bruder wollte etwas anderes; vielleicht willst du das auch, besonders jetzt, wo du deine Flügel ausgebreitet und etwas mehr von der Welt gesehen hast. Ich hab mir immer vorgestellt, dass du hier auf dem Hof wohnen und leben würdest. Aber je mehr ich mich dem Ende meines Lebens nähere, desto mehr denke ich darüber nach, wie wichtig es ist, das Leben zu leben, das man sich wirklich wünscht. Mein Herz ist immer hier gewesen, zusammen mit deiner Mutter, und ich habe es mir nie anders gewünscht. Nie. Aber wenn dein Herz dich woandershin führt, musst du mir versprechen, ihm zu folgen.«

Mirko nickte und dachte an Danica.

Und an Leon.

Und dann an Karl.

Und sein Vater spürte das offenbar.

»Vielleicht, Mirko ... vielleicht ist es das Beste für dich, hier wegzugehen, sobald wir nicht mehr da sind. Such dir ein süßes Mädchen und lass dich mit ihr nieder. Gründe eine Familie.« Er machte eine kleine Pause. »Du solltest nicht an den Nachbarhof denken, er ist verflucht. Es wird dir nichts als Unglück bringen, diese Menschen wieder aufzusuchen. Du musst deinem alten Vater glauben. Dieser Junge da drüben ist ein Pechvogel. Und die Mutter vielleicht auch.«

Er drückte erneut Mirkos Hand. »Nein, such du dir eine Frau, die ist wie deine Mutter. Eine gute, robuste Frau. Dann wirst du glücklich werden. Ich hatte nur ein einziges Mal in all den Jahren das Bedürfnis und einen guten Grund, deine Mutter zu schlagen.«

»Hast du es getan?«, fragte Mirko verblüfft.

»Nein, denn bevor meine Hand sie traf, hatte sie mir eine solche Ohrfeige verpasst, dass ich nie wieder einen ähnlichen Drang verspürt habe.«

Sein Vater lächelte bei der Erinnerung. »Es war gar nicht ihre Absicht, mich zu schlagen. Sie hat es nur aus Reflex getan, aber ich hätte beinahe ein paar exzellente Sinne dabei verloren. Hinterher hat sie sich entschuldigt und mich bis in den Himmel geküsst... so sanft, so sanft. Und dann konnte ich ja nicht anders, als ihr zu verzeihen.«

Eine kleine Träne glitt aus einem seiner Augenwinkel. Die Wangen hatten vom Schnaps ein bisschen Farbe bekommen. Man konnte ihnen ansehen, dass sie so gar keinen Schnaps gewohnt waren.

»Was hatte Mutter getan, dass du sie schlagen wolltest?«, fragte Mirko. Er hatte seinen Vater noch nie an jemanden Hand anlegen sehen, weder Mensch noch Tier.

»Oh, das kann ich dir nicht sagen. Lass mich nur verraten, dass sie eines der Zehn Gebote gebrochen hatte.«

Mirko starrte seinen Vater fassungslos an.

»Das ist nicht wahr! Welches Gebot?«

»Das ist egal. Es ist so lange her, und alles ist wie gesagt vergeben.« Der Vater sah ihn von der Seite an und zwinkerte. Er hatte ein kleines Lächeln auf den Lippen, und für einen kurzen Moment erinnerte er Mirko an einen jungen Mann.

»Ja, selbst die Besten können sündigen, mein Junge.«

Mirko hatte sich noch nie zuvor so dankbar gefühlt.

Als sie aufstanden, musste Mirko seinem Vater hochhelfen. »Wir lassen deine Mutter in Frieden ausruhen«, flüsterte er. »Wenn ich ein Schläfchen brauche, lege ich mich immer in dein Bett, damit ich sie nicht störe. Vielleicht willst du in der Zeit für mich nach den Tieren sehen?«

Mirko nickte und folgte seinem Vater zu seinem Bett. Das Knabenzimmer war so, wie er es verlassen hatte, abgesehen davon, dass eine Pfeife in einem Aschenbecher auf dem Nachttisch lag. Auf dem Schreibtisch lagen Mirkos Briefe aus Amerika. Sein Vater nickte zu ihnen hinüber.

»Danke für die Briefe, mein Junge. Deine Mutter und ich haben sie einander vorgelesen. Es war ein großes Glück für uns, dir auf diese Weise folgen zu können. Du sollst auch wissen, wie dankbar wir für das Geld gewesen sind. Ohne das hätten wir den Hof wohl verkaufen müssen, befürchte ich. Jetzt können wir hier sterben. Das ist gut. Alles ist, wie es sein soll.«

Mirko konnte den Vater aus seinem Zimmer schnarchen hören, als er die Tür hinter sich schloss. Draußen im Flur knarzten die Dielenbretter unter ihm, und die Nachmittagssonne fiel schräg durch ein Fenster und machte den Staub sichtbar, der wie kleine Steppenhexen über den Boden trieb. Mirko erinnerte sich nicht, je zuvor Staub auf diesem Boden gesehen zu habe.

Als er zum Schlafzimmer seiner Eltern kam, blieb er stehen und horchte nach den Atemzügen seiner Mutter. Die Tür war angelehnt. Diesmal ging er hinein und trat an ihr Bett. Er bewegte sich so leise wie möglich. Er konnte ihren Atem hören, aber nur als sehr schwaches Pfeifen.

Sie lag genauso da wie vorher, und er kniete sich neben das Bett, sodass sein Gesicht direkt vor ihrem war. Er zuckte vor Schreck zusammen, als er in ihre offenen Augen blickte.

»Mein Junge«, sagte sie mit einer Stimme, die so schwach war, dass sie kaum mehr enthielt als Luft. »Willkommen zu Hause.«

Ihre Augen glänzten in ihren Höhlen, als wohnte das Licht hinter ihnen. Vielleicht weinte sie.

Mirko suchte ihre Hand und hielt sie vorsichtig fest.

»Danke, Mutter«, flüsterte er und versuchte zu lächeln.

Da schloss sie die Augen, und das pfeifende Geräusch nahm zu wie ein ruhiger, anhaltender Nordwestwind. Mirko küsste ihre Hand, die nur Haut und Knochen war, und legte sie vorsichtig unter die Decke.

Dann stand er lautlos auf und zog sich zur Tür zurück, ohne seiner Mutter zu irgendeinem Zeitpunkt den Rücken zuzuwenden.

VOM PEITSCHEN VON TIEREN

Mirko sagt, man kann von den Leuten nicht verlangen, dass sie mehr tun, als sie können. »Wenn man sein Bestes tut, kann man nicht mehr tun«, sagt er. »Das gilt für Mensch und Tier.«

Ich glaub, das war der Grund dafür, dass er so sauer wurde, als wir einmal einen Mann auf einem Eselskarren getroffen haben. Es war Winter, und der Mann saß in eine Decke eingewickelt auf dem Karren, während er mit der einen Hand aus einem Kanister Wein getrunken und mit der anderen eine Peitsche geschwungen hat.

Der Esel hat gezogen und gezogen. Und geschrien und geschrien.

Es war ein uralter, ausgemergelter Esel. Er war nur noch Haut und Knochen. Und das in dieser Kälte. Ich bin ganz sicher, dass er sein Bestes getan hat, es sah wirklich so aus. Trotzdem hat der Mann immer weiter auf das arme Tier eingepeitscht.

»Du Biest«, hat er geschrien. »Jetzt beweg dich endlich. Vorwärts!« Dann schwang er die Peitsche, sodass sie den Esel auf den Rücken und den Hintern traf, und jedes Mal ging das Tier fast in die Knie.

Mirko und ich haben ihn auf einer Landstraße getroffen, wo er uns entgegenkam. Wir konnten ihn schon von Weitem hören, so wie der gebrüllt hat. Ich hab gemerkt, dass

Mirkos Schritte langsamer wurden, als wir uns dem Karren näherten. Und anstatt zur Seite zu gehen, damit er vorbeifahren konnte, hat er sich mitten auf die Straße gestellt, die Arme zur Seite ausgestreckt, sodass der Esel stehen bleiben musste.

Ich habe mich neben ihn gestellt. Wir waren ja zusammen. Der Mann hörte zu peitschen auf, als der Esel vor uns anhielt. Ich glaub nicht, dass er so ganz verstanden hat, was passierte. Das hab ich eigentlich auch nicht.

»Bleib hier«, hat Mirko zu mir gesagt, »und halt das arme Tier.« Dann ging er zum Karren und riss dem Mann die Peitsche aus der Hand.

»Siehst du denn nicht, dass das Tier völlig erschöpft ist?«, schrie er den Mann an. »Es hat doch gar keine Kraft mehr! Was zum Teufel verlangst du von ihm?«

Ich hab Mirko selten so wütend gesehen.

Der Mann sah völlig wild im Kopf aus, aber ich glaub nicht, dass es deswegen war, weil er sich mit ihm schlagen wollte. Es war eher, weil er sternhagelvoll und auch ziemlich überrascht war, dass jemand ihn beim Eselpeitschen gestört hat. Er hat nichts gesagt, saß nur da und hat mit seinen großen Augen und seinem Weinkanister und ohne die lange Peitsche vor sich hin geglotzt. Dann kam Mirko zurück zu mir. Er nahm die Peitsche unter den Arm und fing an, den Esel vom Karren zu spannen.

»Nein, lass das sein«, rief der Mann, als er begriffen hatte, was Mirko machte. »Ihr könnt mir doch nicht mein Zugtier wegnehmen!«

»Das machen wir auch nicht«, sagte Mirko. »Aber wir machen das einzig Richtige.«

Sobald er von den Wagenstangen befreit war, ist der Esel vor uns zusammengebrochen. Es sah fast so aus, als ob die

Stangen den Esel aufrecht gehalten hätten und nicht umgekehrt. Er hat beim Atmen gepfiffen und konnte seine Augen fast nicht offen halten.

»Du Armer«, sagte Mirko leise und kniete sich neben den Esel. Dann hat er mich angeschaut. »Er hat es nicht verdient, von so einem Ungeheuer wie dem da zu Tode gequält zu werden.«

»Nein«, flüsterte ich. »Er hat ja sein Bestes getan.«

»Genau. Dieser Esel soll jetzt nicht mehr leiden. Ich hab dir mal gezeigt, wie du ein krankes Kalb töten solltest, das wir auf einem Feld gefunden haben, erinnerst du dich? Du solltest ihm den Hals umdrehen. Ganz schnell und fest. Weißt du das noch, Dodo?«

»Ja! Das hab ich gut gemacht. Der Hals ist gebrochen, genau wie du es wolltest.«

Mirko nickte. »Du hast es richtig gut gemacht. Jetzt sollst du es wieder tun. Tu es für den Esel.«

»Okay, ich tu es für den Esel«, sagte ich.

Ich hab es wohl vor allem getan, weil Mirko mich darum gebeten hat.

Ich setzte mich neben Mirko und nahm den Hals des Esels, während er den Kopf des Tieres ein bisschen angehoben hat. Dann hab ich den Hals umgedreht, so schnell und gut ich konnte. Bum. Aber es war nicht gut genug, denn der Esel ist nicht gestorben. Stattdessen hat er angefangen, mir genau ins Ohr zu heulen. Es war ein schreckliches Geräusch. Wie ein Schrei, der gar nicht mehr aufgehört hat.

»NOCH MAL!«, rief Mirko. »Mach es noch mal, Dodo. Noch fester!«

Er hat sehr laut gerufen.

Ich hab es noch mal gemacht, und dann hörte das Geräusch auf. Endlich.

»Du kannst jetzt loslassen«, meinte Mirko, und ich hab den Hals losgelassen, während Mirko den Kopf des Esels zurück in den Kies legte.

»Tut mir leid«, flüsterte ich. »Ich hab wirklich mein Bestes getan.« Ich war den Tränen nahe. Ich hab ja nicht gewollt, dass er schreit, der Esel. Mirko war Gott sei Dank nicht wütend.

»Du tust immer dein Bestes«, hat er gesagt und mir auf die Schulter geklopft. »Auch wenn es nicht so gut läuft, weiß ich, dass du es versuchst. Es war völlig in Ordnung, Dodo. Lass uns jetzt das Tier von der Straße wegbringen.«

Da fing auf einmal der Mann auf dem Karren zu heulen und zu schreien an. »Was zum Teufel habt ihr mit meinem Zugtier gemacht?«, brüllte er. »Wie soll ich denn jetzt vorwärtskommen?«

»Du musst selbst ziehen«, hat Mirko gesagt.

Der Mann blieb sitzen und glotzte, während wir den Esel ins Gras getragen haben. Der tote Körper war warm und nass vor Schweiß, auch wenn ein strammer Wind wehte. Ich hatte den Pullover mit dem großen Herz an, kann ich mich erinnern. Unter meiner Jacke.

Dann sind wir gegangen. Als wir ein Stück weit gekommen waren, ist Mirko stehen geblieben und hat die Peitsche über seinem Knie zerbrochen. Er hat sie in mehrere Stücke gebrochen und sogar sein Taschenmesser herausgezogen und die Schnur durchgeschnitten. Zum Schluss warf er alles in den Straßengraben. »Jetzt wird diese Peitsche keinen Schaden mehr anrichten«, sagte er.

In der Ferne konnten wir den Mann seinen Wagen ziehen sehen. Wir konnten ihn auch hören. Er hat immer noch geheult.

»Das geschieht ihm wirklich recht«, sagte Mirko und

musste lachen. »Man würde sich fast wünschen, der Esel säße jetzt mit der Peitsche auf dem Karren.«
Das hab ich mir dann gleich ganz lange vorgestellt.

ANZIEHUNG

Einige Wochen vergingen, in denen Mirko sich um seine schwächlichen Eltern und ihre Tiere kümmerte. Er stand früh auf, arbeitete den ganzen Tag und ging erschöpft ins Bett. Auch wenn er betrübt darüber war, seine Eltern krank und alt zu sehen, fühlte er sich glücklich in seiner Trauer. Glücklich, zu Hause zu sein, und dankbar, ihnen helfen zu können. In gewisser Weise versuchte er, ihnen all das wiederzugeben, was sie ihm gegeben hatten. Selbst das Leben. Das gelang zum Teil, denn beide lebten ein wenig auf, nachdem er heimgekommen war, als würde frische Luft in ihre Lunge gepustet. Dass es nicht so bleiben würde, wussten alle drei genau. Aber sie genossen es, einander etwas länger zu haben.

Seine Mutter weigerte sich noch immer, einen Arzt zu empfangen, und sie war in dieser Richtung so entschieden, dass Mirko ihr nicht zu trotzen wagte. Auch sein Vater wollte nichts von einem Arzt im Haus wissen.

»Deine Mutter hat ja recht«, sagte er. »Der Arzt kann nichts anderes tun, als uns Medizin zu geben, und keiner von uns will unserem Schöpfer mit Gift im Herzen entgegentreten. Verstehst du, Mirko?«

Mirko verstand sie gut, doch trotzdem hätte er jedes Mal, wenn seine Mutter nach Atem rang oder sein Vater sich an etwas festhalten musste, um nicht plötzlich umzufallen, am liebsten den Arzt gerufen. Aber sie wollten nun einmal keine Schmerzlinderung. Eines Tages fragte Mirko seine Mutter, ob er nicht wenigstens den Pfarrer holen sollte, wenn es Zeit wurde. Darüber wollte sie nachdenken, doch es kam ihm so vor, als hätte sie bereits beschlossen, ohne die Hilfe des Priesters abzutreten. Das wunderte Mirko ziemlich, doch vielleicht war sie so stark in ihrem Glauben, dass sie keinen Mittler brauchte. Als er seinen Vater fragte, kam die Antwort prompt.

»Der Pfarrer ist ein feiner Kerl, aber wie sollte er deiner Mutter beim Sterben helfen können, wenn er es selbst noch nie getan hat? Nee, sie wird schon selbst ihren Weg finden. Wie würde ich mir doch wünschen, dass wir es gemeinsam tun könnten.«

Mirko wurde jedes Mal schwer ums Herz, wenn er so redete.

»Ich bin fast ein bisschen neidisch«, fuhr sein Vater fort.

»Darauf, dass sie sterben wird?«

»Nein, auf den Herrgott, der meine Frau ganz für sich haben darf, bis er beschließt, mich auch zu holen.«

Er zwinkerte Mirko zu. »In Strahlenglanz und all dem.«

Mirko musste wider Willen lächeln.

Niemand erwähnte Danica. Mirko hatte zwar das Bedürfnis, aber er wusste, dass jede Bemerkung über den Nachbarhof das Licht und die Wärme, die gerade ungehindert zwischen ihm und seinen Eltern flossen, augenblicklich trüben würde. Deshalb sparte er das Thema aus und wiegte sie auf diese Weise in Sicherheit, dass die Zeit, in der er sich vom Nachbarhof angezogen fühlte, der Vergangenheit angehörte. Ihr Junge hatte für seine Sünde gesühnt und war mit gesunder und munterer Seele zu ihnen zurückgekommen. Mit reiner Seele. Doch gerade in dieser Hinsicht fühlte sich Mirko keine Spur gesund. Im Gegenteil, er war krank vor Sehnsucht, Danica aufzusuchen, und hätte seine Mutter von den Fantasien gewusst, die sich regelmäßig vor seinem inneren Auge abspielten, wäre sie wohl kaum der Meinung gewesen, dass sie einem besonders reinen Gedankengang entsprängen.

»Die jüngste Tochter des Müllers ist so ein süßes junges Mädchen, Mirko. Du solltest dich vielleicht mal ein bisschen mit ihr unterhalten.«

Es war sein Vater, der eines Tages mit diesem Vorschlag kam.

Mirko tat, als hielte er es für eine gute Idee, die jüngste Tochter des Müllers zu besuchen, an die er sich noch sehr gut erinnerte. Vor allem, weil sie ihm einmal Getreidekörner in die Hose geschüttet hatte, kurz bevor er zur Rechenstunde hineinmusste.

»Ich werd darüber nachdenken«, sagte er.

»Hübsch ist sie auch.«

Mirko nickte und kratzte sich diskret hinten am Oberschenkel, wo die Erinnerung an die Körner ein unangenehmes Jucken zum Leben erweckt hatte.

Ein etwas anderes Jucken erweckte die Erinnerung an Danica in ihm. Er konnte es fast nicht erwarten, die Luzernen auf dem Feld zu ernten, das an ihre Weide grenzte. Wie eine Kopie seines jüngeren Selbst schlich er sich bei mehreren Gelegenheiten zum Feld hinunter, um nach ihr Ausschau zu halten. Wenn er Danica nur eine Sekunde sehen könne, würde das helfen, redete er sich ein. Doch die Wahrheit war, dass er auch unglaubliche Angst davor hatte, sie zu treffen. Die Eltern hatten alle seine Briefe empfangen, also musste sie ihren auch bekommen haben. Alle zwei Sekunden bereute er, ihr geschrieben zu haben. Ihm konnte ganz schlecht werden, wenn er daran dachte. Wie peinlich das doch war. Wie ungehörig.

Seine Eltern durften um alles in der Welt nicht erfahren, dass er ihr diesen Brief geschickt hatte. Das würde sie umbringen, das begriff er jetzt.

Wenn er im Ort war, beobachtete er alles und jeden. Er hoffte, er würde Danica und Leon zusammen treffen. Das würde es leichter machen, wenn noch jemand anders dabei wäre; leichter, ein Gespräch zu führen. Er wollte Leon ja auch gern sehen. Karl dagegen wollte er am liebsten nicht begegnen. Es reichte, dass er ein paarmal in der Ferne Karls Gestalt auf einem von Danicas Feldern gesehen hatte. Sie waren also immer noch zusammen, aber wo war *sie*?

Als Mirko Danica zwei Wochen lang nicht gesehen hatte, begann er unruhig zu werden. Er wagte nirgends nach ihr zu fragen. Im Ort wurde viel getratscht, dachte er, und er wollte nicht riskieren, dass seine Eltern von seinem Interesse an ihr Wind bekamen. Oder Karl!

Danica hatte einmal erzählt, dass Karl nicht in der Lage war, etwas anderes zu lesen als einfache Schilder und derartige Dinge, also hatte Mirko sich einigermaßen sicher gefühlt, als er den Brief geschrieben hatte. Im Übrigen würde sie Karl nie etwas zeigen, das so persönlich war. Sie würde den Brief verstecken, und wenn Karl gesehen hätte, dass sie ihn bekam, würde sie ihm nichts von seinem Inhalt erzählen. Davon war Mirko felsenfest überzeugt, und trotzdem fühlte er sich jetzt nicht mehr annähernd so sicher wie an dem Tag in Amerika, als er den Brief in den Briefkasten geworfen hatte. Jetzt war alles so nah. Danica konnte sich ja auch verändert haben. Vielleicht hatten Karl und sie jetzt ein besseres Verhältnis zueinander, ein vertraulicheres. Oder vielleicht saß sie zu Hause und war einsam und unglücklich. Krank?

Die Gedanken quälten Mirko, und er sehnte sich immer verzweifelter danach, Gewissheit zu bekommen.

*

An der Bar stand ein großer, kräftiger Kerl. Danica kam nicht umhin, ihn zu bemerken. Er erinnerte von der Statur her etwas an Karl, doch dieser Mann hier war dunkler und fast glatzköpfig. Was er nicht auf dem Kopf hatte, hatte er offenbar am restlichen Körper, nicht zuletzt unter der Nase. Er trug einen beeindruckenden Schnurrbart.

Momentan stand er da und zog sie mit Blicken aus. Das erregte sie. Sie befeuchtete ihre Lippen ein wenig und fühlte sich berauschter, als sie eigentlich war. Lebendiger.

Es war anfangs gar nicht ihre Absicht gewesen, an diesem Tag ins Wirtshaus zu gehen, aber Karl war plötzlich an irgendeinen Ort im Westen gefahren. Sie wusste nicht, wohin, und es war ihr auch egal. Die Hauptsache war, dass er erst sehr spät nach Hause kommen würde; so viel hatte er doch gesagt, bevor er ging. Er war so merkwürdig geworden, so versteinert, dass sie jedes Mal eine enorme Erleichterung verspürte, wenn er ging. Manchmal wünschte sie, er würde einfach wegbleiben, aber andererseits würde sie das Ganze nicht allein schaffen.

Der Große starrte sie weiter an, als sie das Wirtshaus verließ. Danica spürte seinen Blick im Rücken und fing ihn auf, als sie sich umwandte, um die Tür hinter sich zu schließen. Seine funkelnden Augen bohrten sich völlig hemmungslos in ihre. Was würde er nicht alles mit einer Frau machen können!

Jetzt bereute sie ein wenig, dass sie schon eine andere Verabredung hatte. Um fünf Uhr wollten zwei langweilige Kroaten kommen. Ja, warum nicht zwei, hatte sie gedacht, als sie sich anboten. Sie hatte nichts zu verlieren, und es hatte an diesem Nachmittag nicht wirklich Alternativen gegeben. Das war, bevor der Große hereinkam und sich mit seinem Schnurrbart und seinem fesselnden Blick an die Bar stellte.

Sie hatte die Chance ergriffen und den Kroaten gesagt, sie könnten sie im Gelände auf der Rückseite ihres Hofes treffen. Es gab eine Stelle hinter einem Gebüsch, die sich gut für diesen Zweck eignete, hatte sie herausgefunden. Dort konnten sie sich völlig unbemerkt vergnügen. Im Grunde war es dort sogar sicherer als am Fluss oder im Wald, wo sie jemand sehen konnte. Die Kerle mussten allerdings einen Weg finden, sich im Süden um ihre Felder herumzuschleichen, um an die Stelle zu kommen. Sie hatte ihnen verboten, sich auf dem Feldweg oder auf dem Hof selbst zu zeigen; das war trotz allem zu riskant.

Sie würden aber nicht vor fünf Uhr da sein. Die Kroaten mussten zuerst das eine oder andere erledigen, und Danica selbst hatte ebenfalls noch ein paar Dinge zu tun. Falls Zeit blieb, wollte sie auch kurz nach Leon sehen. Der Junge war in seinem Zimmer. Sie hatte für Wasser und Essen gesorgt, bevor sie ging, und ihm auch ihren Schal zugesteckt – den weichen, den er immer anfassen wollte. Ja, es ging ihm wohl gut, aber der Schal war bestimmt kaputt.

Sie freute sich darauf, im Begehren der Männer zu baden, besonders jetzt, wo der Große an der Bar ihre Lust angefacht hatte. Die Männer selbst waren ihr egal. Ihre kleinen Eskapaden waren ihre Art und Weise geworden, sich in all dem

Elend selbst zu verwöhnen. Sie hielten sie aufrecht. Ab und zu vergaß sie völlig, dass sie versuchte, schwanger zu werden. Was Karl anging, bemühte sie sich, ihn so weit wie möglich auf Abstand zu halten, wenn die Wahrscheinlichkeit, schwanger zu werden, am größten war.

Sie hatte vergessen, ein schlechtes Gewissen zu haben, oder es war ganz einfach so selbstverständlich geworden, dass sie es gar nicht mehr bemerkte. Vielleicht war es ihr auch schließlich gelungen, es völlig zu ertränken. Sie schaffte es nur noch selten, richtig nüchtern zu werden.

Danica spürte ein Summen in ihrem Körper, als sie die Straße hinunterging. Ein Stück weiter vorn kam sie an zwei älteren Männern vorbei, die mit dem Rücken zu ihr auf einer Bank saßen und plauderten. Wahrscheinlich waren es Bauern aus der Umgebung.

»Jetzt haben sie endlich den Jüngsten wieder aus Amerika zurück«, sagte der eine.

Danica verlangsamte ihre Schritte und trat etwas näher heran.

»Wer?«, fragte der andere Mann.

»Gjuro und seine Frau. Erinnerst du dich nicht, dass der Junge weggegangen ist? Die Zwillinge haben es mir damals erzählt. Es sind ja ihre Nachbarn. Jetzt hat der Junge genug damit zu tun, sich um die Alten zu kümmern. Ja, und um den Hof, er kümmert sich ja auch um den Hof.«

»Er hätte zu Hause bleiben sollen, das hätte er. Einfach so seine alten Eltern zu verlassen.«

»Ja, ich glaube, keinem von beiden geht es so richtig gut. Sie kommen kaum noch von zu Hause weg. Besonders die Frau nicht.«

»Hat der Junge ein Mädchen gefunden? Er sollte zusehen,

dass er sich eines sucht, damit er was zu essen kriegt. Und ein paar Kinder.«

»Davon war nicht die Rede. Aber jetzt will ich mal meine Frau suchen gehen, damit ich was zu essen kriege.«

Danica zog sich zurück, ohne dass die beiden Männer bemerkten, dass sie eine Zuhörerin gehabt hatten.

Mirko war also nach Hause gekommen.

Auf dem ganzen Heimweg befand sie sich in einem ungewohnten Zustand zwischen Freude und Melancholie. Der Gedanke, dass Mirko wieder auf der anderen Seite des Hügels war, fühlte sich unwirklich an. Sie wollte ihn gern sehen. Aber sie war sich nicht sicher, ob sie wollte, dass er sie sah.

Mirko sah alles so klar.

Als sie um die Giebelseite des Haupthauses herumging, sah sie ihn dann. Er stand vor ihrer Küchentür.

*

Mirkos Magen krampfte sich zusammen, als er die Schritte im Kies hörte. Er hatte Karl vorher mit einer großen Ladung wegfahren sehen und die Gelegenheit beim Schopf gepackt, sobald er selbst von zu Hause wegkonnte. Er musste wissen, ob es Danica gut ging.

Jetzt kam sie ums Haus.

»Danica! Tag!«, beeilte er sich zu sagen. »Ich wollte dich... euch... nur kurz besuchen.«

Sie sagte nichts.

Erkannte sie ihn nicht?

»Ich war ja in Amerika«, sagte er unsicher. Er war zu nervös, um zu lächeln. Vielleicht war sie wütend wegen der Sache mit dem Medaillon. Er hätte doch nicht kommen sollen.

Er hätte diesen Brief nicht abschicken sollen.

Sie blieb stehen und starrte ihn an. Und dann sagte sie endlich etwas. »Ja, Mirko! So eine Überraschung!«

Jetzt lächelte sie.

In Mirkos Innerem begann sich ein Knoten zu lösen.

»Ich hoffe, es ist in Ordnung, dass ich einfach...«

»Ja, natürlich, Mirko. Es ist schön, dich zu sehen. Ich hätte dich fast nicht erkannt...«

Mirko spürte, wie ihr Blick über seinen Körper glitt. Es fühlte sich nicht unangenehm an, im Gegenteil.

Sie war immer noch schön. Irgendwo tief in ihm flüsterte eine Stimme, dass sie wohl auch betrunken war. Aber schön war sie jedenfalls. Und die Sonne schien auf sie. Strahlenglanz und all das. Es war beinahe, als sähe er sie wieder zum ersten Mal. Ihre Kurven waren vollkommen, so wie damals. Mirko kam es so vor, als könnte auch ihr Kleid dasselbe sein, das sie an jenem Tag vor vielen Jahren angehabt hatte. Ja, es war dieselbe Frau, die er jetzt ansah. Aber diesmal war es kein kleiner Junge auf der Ladefläche eines Pferdewagens, der sie beobachtete, und es war kein kleiner Junge, den sie so intensiv betrachtete. Das wusste er. Das konnte er spüren.

»Ist Karl...?« Er musste fragen.

»Er ist weggefahren, er kommt spät nach Hause.«

»Und Leon?«

Sie sah plötzlich ganz merkwürdig aus.

Oh Gott, war mit dem Jungen etwas passiert?

»Leon ist auch nicht zu Hause«, sagte sie dann. Jetzt lächelte sie. »Er besucht einen Spielkameraden.«

Mirkos Miene hellte sich auf. »Das freut mich. Dann geht es ihm also gut?«

»Es geht ihm wunderbar«, sagte Danica und ging rasch auf die Küchentür zu. »Du kannst mit reinkommen, wenn du Lust hast. Wir können eine Tasse Kaffee trinken. Oder ... vielleicht einen Drink nehmen?«

»Ja, gern, wenn ich nicht ungelegen komme.«

Sie vergaß den Kaffee und kam stattdessen mit Pflaumenschnaps, und Mirko war froh, dass er so etwas schon mit seinem Vater getrunken hatte; so wusste er ungefähr, was ihn erwartete. Danicas Schnaps war allerdings bedeutend stärker, und er musste nach dem ersten Schluck ein erschrockenes Husten unterdrücken. Aber der Alkohol beruhigte seine Nerven. Das war angenehm. Offenbar brachte er auch sie etwas mehr zur Ruhe.

Sie saßen einander an dem kleinen Tisch in der Küche gegenüber. Eine Weile sagte keiner von ihnen etwas, und wieder spürte er, wie sie ihn so eingehend betrachtete, dass er sich fast ausgezogen fühlte. Aber nicht so, dass er rot wurde, was früher bestimmt passiert wäre. Er fühlte sich wohl in seinem erwachsenen Körper. Er war mit ihm zufrieden, vielleicht sogar ein bisschen stolz, auch wenn er sich nie mit Karl würde messen können, was die Muskeln betraf. Das konnte niemand.

Jetzt saß er da und hoffte inniglich, dass Danica gefiel, was sie sah. Er hatte sich besonders auf seine Rasur konzentriert und sich schön angezogen, aber nicht zu schön, natürlich. Er duftete sogar nach etwas, das er aus Amerika mitgebracht hatte. *Old Spice* hieß die Marke. Es war das erste Mal, dass er sich damit betupft hatte, seitdem er nach Hause gekommen war.

Seinen Eltern hatte er gesagt, er wolle einen Spaziergang in den Ort machen, vielleicht auch zur Mühle hinaus. Sie hatten froh ausgesehen, als er sie angelogen hatte.

»Du duftest gut«, sagte Danica und lächelte.

Da errötete er doch ein bisschen. »Das ist ein *Aftershave*«, antwortete er. »Aus Amerika.«

»Es passt zu dir. Na, aber jetzt erzähl mal von deiner Reise, Mirko«, sagte sie.

Mirko wollte gerade darüber erzählen, als er sich selbst bremste. »Hast du meinen Brief nicht bekommen?«, fragte er vorsichtig.

»Deinen Brief?« Sie blickte ihn verwundert an. »Nein, ich hab keinen Brief bekommen.«

Bei dieser Antwort stockte er. Sollte er jetzt zugeben, was darin stand? Oder es bleiben lassen und hoffen, dass der Brief seinen Empfänger nie erreicht hatte? In gewissen Ländern konnte man sich nicht auf die Post verlassen, hatte Ivan einmal erklärt. Aber diese Länder waren auch sehr primitiv.

»Was hast du geschrieben?«

»Ach, ein bisschen über alles da drüben. Nichts Besonderes.«

In der Ferne hörten sie die Kirchenglocke schlagen. Es war fünf Uhr.

Und plötzlich kam etwas über Danica. Es sah aus wie Schrecken. »Entschuldige, aber ich hab was vergessen«, sagte sie. »Eine Verabredung. Ich glaube, du musst gehen.«

Es war wie ein Schlag in die Magengrube. Sie hatten überhaupt nicht richtig miteinander gesprochen, sie hatten sich nur angesehen. Und Schnaps getrunken.

»Aber, Mirko...« Sie legte ihre Hand auf seine. »Ich will dich wirklich gern wiedersehen. Können wir uns nicht bald treffen? Vielleicht am Freitag? Aber nicht hier, lieber woanders. Was sagst du zu Freitag?«

Mirkos Gedanken und Gefühle sprangen in ihm hin und

her wie verwirrte Kaninchen. Sie wollte ihn sehen, das war wunderbar, aber sie war gerade so hektisch. Was stimmte nicht?, fragte er sich. Was war das für eine Verabredung? War es ein Mann, mit dem sie sich treffen wollte? Ein Liebhaber? Mirko fühlte sich plötzlich rasend eifersüchtig, und unter ihrer warmen Handfläche lag seine Hand und verging fast vor Sehnsucht danach, sie zu streicheln.

»Gern am Freitag. Aber, Danica... ist alles in Ordnung? Du wirkst so...«

»Jaja, ich muss nur um fünf Uhr noch etwas erledigen. Ich hab es vergessen, als ich dich draußen vor der Tür stehen sah. Ich war so überrascht. Positiv, natürlich. Also, wo wollen wir uns am Freitag treffen? Es sollte ein Ort sein, an dem wir allein sein können.«

Mirko zögerte. Er dachte erst an das Gebüsch auf dem Hügel hinter dem Stall, verwarf es aber schnell wieder. Das wäre dasselbe wie zuzugeben, dass er sie dort belauert hatte. Dann sagte er etwas, das er bis jetzt nur in seinen allerheißesten Fantasien vorgeschlagen hatte. Sein Mund fühlte sich trocken an, als die Worte ihn verließen.

»Oben in unseren Luzernenfeldern gibt es eine kleine Steinhütte... in der Ecke oben kurz vor den Bergen und deiner nördlichsten Weide. Dort kommt niemand hin. Außer mir.«

Sie nickte sofort. »Das ist gut! Da treffen wir uns. Sagen wir Freitag um vier Uhr?«

Mirko nickte. »Aber was ist mit Leon? Und Karl?«

»Sie müssen am Freitag woandershin... da findet ein Markt statt. Nein, aber jetzt musst du wirklich gehen, Mirko. Wir sehen uns! Ich freue mich darauf, richtig mit dir zu reden! Und tut mir leid wegen jetzt.« Sie stand eilig auf, sodass der Küchenstuhl krachend zu Boden fiel, und glättete ihr Kleid mit beiden Händen.

Mirko stand auch auf und nickte ihr zu. Dann verließ er die Küche. Als er über den Hofplatz ging, war es, als ginge er auf weichen Wolken. Sie hatten eine Verabredung, nur sie beide. In der Steinhütte. Sie sollte sicher nur Leon um fünf Uhr abholen, beschloss er zu glauben. Er begann zu pfeifen, und in seinem Bauch flatterte ein ganzer Schwarm von Schmetterlingen.

Als er die Ecke des Hofplatzes erreichte, wurde sein Pfeifen von einem schrecklich bodenständigen Geräusch gestört. Dem Geräusch von schweren Pferdehufen und einem klappernden Wagen. Es war zu spät, um über die Weide wegzulaufen. Karl hatte ihn schon gesehen, und Mirko musste stehen bleiben und warten. Er spürte, wie sein Puls in eine noch schnellere Gangart wechselte als die beiden großen Pferde, die sich auf dem Feldweg näherten.

»Tag, Karl«, rief er, als der Wagen neben ihm hielt. Er versuchte, so natürlich wie möglich zu klingen. Er lächelte auch, so freundlich er konnte, aber es war nicht leicht.

Karl sagte nichts. Er saß wie ein großer Schatten auf dem Kutschbock und starrte Mirko lange an. Dann stieg er langsam ab und traf schwer auf den Boden. Er stellte sich genau vor Mirko, die Hände in die Seiten gestemmt, und atmete so tief ein, dass sein Brustkorb sich deutlich hob. Er ähnelte einer Landschaft, dachte Mirko. Einer Erdkruste, die von Magma aus dem Erdinneren nach oben gedrückt wurde.

»Du bist also nach Hause gekommen«, sagte Karl endlich. Es lag keine Spur von Freundlichkeit in seiner Stimme.

Töne und Schmetterlinge hatten Mirkos Inneres längst verlassen. Er konnte fast nichts sagen. Karl schien nicht nur unzufrieden, ihn zu sehen. Er schien wütend. Verbissen.

Mirko versuchte noch immer, mit aller Kraft zu lächeln. Er

musste den Kopf in den Nacken legen, um Karl in die Augen zu sehen. Auch wenn Mirko deutlich gewachsen war, seit sie sich zum ersten Mal getroffen hatten, hatte Karl noch nie größer gewirkt als in diesem Moment. Er war immer noch ein Riese. Ein Goliath.

Karl schnüffelte und rümpfte missbilligend die Nase. »Was zum Teufel«, flüsterte er. Mirko bereute augenblicklich, sich mit Aftershave betupft zu haben.

»Ja, ich wollte euch nur kurz besuchen. Ich wusste ja nicht, dass du nicht zu Hause bist.«

»Nein, das wusstest du wohl nicht. Aber du konntest meine Frau besuchen.«

»Ja, Danica ist in der Küche, sie wollte gerade…«

»Ja?«

Mirko beschlichen Zweifel, ob er noch mehr sagen sollte, da kam Danica zur Küchentür heraus. Sie hatte jetzt ein anderes Kleid an, und sie sah völlig verstört aus, als sie sie an der Giebelseite des Haupthauses stehen sah.

Jetzt näherte sie sich zögernd. »Karl? Jetzt schon? Ich dachte, du würdest…«

»Ich hab vergessen, etwas mitzunehmen, das repariert werden muss«, sagte er. »Ich glaube, ich erledige das lieber am Freitag.« Er kniff die Augen zusammen und blickte sie an. Dann blickte er wieder Mirko an. »Ihr beide hattet vermutlich ein langes, gutes Gespräch? Über Amerika?«

Mirko nickte zögernd. »Na ja, so lang war es eigentlich nicht… es war eher ein sehr kurzes Gespräch. Wie gesagt, ich wollte nur kurz vorbeischauen. Jetzt sollte ich besser gehen.«

»Ich glaub auch, das solltest du besser«, sagte Karl. »Meine liebe Frau muss wohl auch noch irgendwohin. Aber zuerst will ich sie kurz im Schlafzimmer sehen.«

Mirko blickte Danica erschrocken an, die ebenfalls erschrocken aussah, auch wenn sie versuchte zu lächeln.»Ja? Na, dann machen wir das«, sagte sie mit einer Stimme, die voller Unlust war. Ihr Blick flackerte in Richtung Stall und Klohäuschen hinüber. Vielleicht war sie auf dem Weg zur Toilette gewesen, dachte Mirko. Aber dafür brauchte sie ja nicht das Kleid zu wechseln? Jetzt zog sie sich schnell in die Küche zurück.

Karl blieb stehen, begann jedoch langsam sein Hemd aufzuknöpfen. Seine Brust war von dichtem, dunklem Haar bedeckt.

»Leb wohl, Junge.« Sein Blick bohrte sich in Mirkos.»Du hast hier ja wohl nichts mehr zu tun. Brauchen dich deine Eltern denn nicht?«

Mirko nickte langsam. Dann ging er los.

Er ging nicht mehr auf weichen Wolken, im Gegenteil. Die Erde in den Radspuren fühlte sich steinhart an. Als er ein Stück den Feldweg hinuntergelaufen war, sah er zwei Gestalten, die sich in der Ferne vornübergebeugt über die Felder bewegten, und fragte sich einen Moment, wer sie wohl sein mochten. Leute, die eine Abkürzung in den Ort nehmen wollten, wahrscheinlich, aber es ergab trotzdem keinen richtigen Sinn, dort entlangzulaufen. Dann waren sie wieder vergessen.

Er erzählte seinen Eltern, dass er doch nicht bis zur Mühle gekommen war, das aber an einem anderen Tag tun wollte. Er war auf dem Marktplatz gewesen und hatte unten am Fluss gesessen, sagte er. Log er.

In dieser Nacht träumte er von Karl, der Danica vergewaltigte, sodass sie vor Schmerzen schrie, während er selbst wie gelähmt daneben stand und zusah. In den frühen Morgenstunden wurde er von seiner eigenen Wut geweckt, und in den wenigen Minuten zwischen Traum und Wachzustand, in denen alle Gedanken noch frei und verzeihlich sind, stellte er sich vor, wie er Karl umbrachte.

DIE STEINHÜTTE

Danica trat vorsichtig in die klitzekleine, primitive Steinhütte. In dem runden Raum war es dunkel und kühl. Sie legte sich auf die Bank, die der Rundung folgte, und starrte durch die schmale Öffnung hinaus. Eine Maus eilte aus ihrem Versteck unter der Bank und verschwand in den Luzernen. Bis vier Uhr war es noch ein bisschen hin, aber Karl war gefahren, und sie konnte ohnehin nichts Vernünftiges zu tun finden. Sie hatte fast nichts getrunken. Aus irgendeinem Grund hatte sie keine Lust zu trinken, wenn sie Mirko treffen sollte.

Sie hatte auch nichts dagegen, ein bisschen zu warten. Die Hütte war von ihrem Hof aus nicht zu sehen. Sie kannte sie nur, weil sie bei ihren Spaziergängen in die Berge daran vorbeigekommen war. Doch ansonsten hatte sie nie richtig Notiz von ihr genommen. Die kleinen Feldhütten waren in dieser Gegend ein so gewöhnlicher Anblick, dass sie sich natürlich in die Landschaft einfügten. Manche waren nur noch Ruinen.

Danica fiel ein Wunschspiel ein, das sie als Kind oft mit sich selbst gespielt hatte. »Was ist das Beste, das in diesem Moment passieren kann?«, hieß das Spiel. Damals konnte die Antwort alles Mögliche sein, von der Vorstellung, dass es Regen gab, bis hin zu der, dass eine Gruppe Zigeuner kam und sie mitnahm. Oder, als sie etwas älter wurde, dass ein paar große Kerle kamen und sie auszogen und überall liebkosten, bevor sie wieder in der Dunkelheit verschwanden. Es passierte allerdings nie, und mit der Zeit hatte sie vergessen, es zu spielen.

Was war das Beste, das in diesem Moment passieren konnte?

Dass sie herausfand, dass sie mit einem gesunden Baby schwanger war? Vielleicht, aber sie war sich nicht sicher. Sie war sich nicht mehr sicher, ob sie sich noch ein Kind wünschte.

Dass Leon ganz normal geworden wäre, wenn sie zurückkam? Ja, aber das wäre ein wahres Wunder, und an Wunder glaubte sie so wenig, dass sie keine Wünsche mehr daran verschwenden wollte, darüber zu fantasieren.

Dass Leon tot wäre? Nein, das nicht.

Dass Karl nie von diesem Markt zurückkehrte?

Dass Karl tot war?

Vielleicht war das Beste, das passieren konnte, dass Karl starb, dachte Danica. Nicht, dass sie ihn am liebsten umbringen wollte, so war es nicht. Aber man stelle sich vor, er würde einfach sterben. Von selbst. Ohne Leiden. Ohne dass jemand daran schuld war, vor allem nicht sie.

Seit jenem Tag vor ein paar Wochen, an dem er mit dem Huhn nach Hause gekommen war, hatte sie sich bei ihm unsicher gefühlt. Er war nicht mehr nur wortkarg, er wirkte inzwischen irgendwie verbissen, sodass man nicht in seiner Nähe sein wollte. Außerdem war er in allem, was er tat, ungewöhnlich heftig geworden. Besonders im Bett.

Danica hatte Angst davor, was passieren würde, wenn sie Widerstand leistete. Sie hatte Karl immer als ihren Beschützer gesehen, aber jetzt war sie sich nicht mehr sicher, was er war. Und seit er vor ein paar Tagen Mirko auf dem Hof angetroffen hatte, war er richtiggehend unheimlich geworden. Sie konnte immer noch spüren, wie hart er sie gepackt hatte, als er hinterher zu ihr ins Schlafzimmer gekommen war.

»Schrei, verdammt noch mal!«, hatte er gesagt. Das war das Einzige, was er gesagt hatte. Und sie hatte geschrien. Weswegen, wusste sie kaum noch. Schön war es nicht gewesen.

Sie selbst hatte nur daran gedacht, ob Mirko da schon weit genug weg war und ob die beiden Kroaten wohl auf die Idee kommen könnten, auf dem Hof aufzutauchen. Glücklicherweise waren sie weggeblieben. Vielleicht hatten sie Karl gesehen und waren abgehauen.

Vielleicht war *das Beste, das in diesem Moment passieren konnte,* dass Mirko gleich in die Steinhütte käme. Das wäre in diesem Fall das erste Mal, dass das Wunschspiel in Erfüllung ging.

Dann kam er wahrscheinlich nicht.

Sie hatte nicht nur Lust, Mirko zu sehen, sie hatte Lust auf Mirko. Das hatte sie, seit er plötzlich dort gestanden hatte, erwachsen. Gut aussehend.

Der Wind frischte auf. Sie sah durch die Öffnung, wie die Luzernen sich niederlegten und wieder aufrichteten. Oben auf den Berglichtungen krümmten sich die kleinen Bäume zusammen, als zögen sie einen Mantel bis zu den Ohren hinauf und beugten sich vom Wind weg. Ein Heulen und ein Sausen jagten einander durch die Landschaft draußen, und hin und wieder traf der Wind die Hütte so hart, dass es klang, als würde jemand mit einem schweren Tuch auf sie schlagen. Doch in ihrem Inneren herrschte Frieden. Dort drinnen war eine andere Welt. Die runden Wände erinnerten Danica an die große Kirchenglocke, den mystischen heimlichen Raum, in den sie nie eindringen konnte, in den sie jedoch als Kind so viele Fantasien gepflanzt hatte. Jetzt stellte sie sich vor, sie säße in der Glocke. Sicher und geborgen und ohne andere Gesellschaft als ihre Träume.

Sie schloss die Augen, und vorsichtig verließ ein Lied ihre Lippen. Es war ein kleines, albernes Lied, das ihr Vater mit ihr gesungen hatte, wenn sie mit den Kartoffeln herumfuhren. Ein Lied über den Wind und den Regen und die Sonne, die mit dem Getreide der Bauern spielten.

»Danica?« Die Stimme kam aus der Glocke.

Danica schlug die Augen auf und sah die Silhouette in der Türöffnung.

»Vater?« Sie richtete sich langsam auf einem Ellenbogen auf, ohne richtig zu wissen, wo sie war und warum sie dort war. Vielleicht war es ein Traum. Es kam ihr vor, als hörte sie noch immer ihr Lied verklingen, auch wenn sie längst zu singen aufgehört hatte. Sie musste geschlafen haben.

Es war Mirko.

Sie war in der Steinhütte. Sie wollten sich treffen.

»Mirko, du bist gekommen.« Sie streckte die Hand nach ihm aus.

Er trat näher und nahm sie. Seine Hände waren warm und weich. »Hast du geschlafen ... und geträumt? Ist alles in Ordnung?«, flüsterte er.

»Ja, alles ist in Ordnung. Komm, setz dich hierher«, sagte sie und zog ihn dichter heran. Sie setzte sich auf, ohne seine Hand loszulassen, und machte neben sich auf der Bank für ihn Platz.

Sie hatte sich zu ihm umgewandt und konnte seine Augen im Halbdunkel leuchten sehen. Er wirkte in jeder Hinsicht größer als damals, bevor er abgereist war. Er war immer noch schlank, aber er war kräftiger geworden, stärker. Breitschultriger. Eine Harmonie war über ihn gekommen. Einen richtigen Schnurrbart hatte jetzt auch, und das stand ihm. In der Küche hatte sie bemerkt, wie gepflegt sowohl sein Schnurrbart als auch sein restlicher Körper war. Und er duftete.

Heute duftete er jedoch nicht nach Aftershave, das war sehr gut. Sie durfte auf keinen Fall auch danach duften.

Ja, Mirko war in Amerika gewesen, er hatte die Welt gesehen. Sie fühlte sich jünger als er. Viel jünger, als sie war.

»Hattest du es schön in Amerika?«, fragte sie, ohne richtig zu fragen. Sie war sich nicht sicher, ob sie alles hören wollte, was er erlebt hatte. Nicht jetzt.

»Ja und nein«, antwortete er. »Man hat mich wirklich gut behandelt, und ich hab viel gelernt, aber…«

Sie legte ihre freie Hand auf seinen Unterarm. »Ich hab dich vermisst, Mirko.«

Mirko schwieg und sah ihr direkt in die Augen.

Sein Blick war nicht mehr der eines ängstlichen und unsicheren Teenagers. Er war anwesend. Klug. Liebevoll.

Und gierig. Nicht wie bei einem hungrigen Kind oder einem wilden Tier; nicht einmal wie bei einem notgeilen Tagelöhner, der seiner Lust monatelang keine Erleichterung hatte verschaffen können. Mirkos Blick war gierig wie der eines erwachsenen Mannes, der die einzige Frau ansieht, die er sich jemals gewünscht hat.

»Ich hab dich auch vermisst«, sagte er jetzt. Seine Stimme war erstaunlich tief und ruhig.

»Wirklich?«, flüsterte sie und klang wie ein unsicherer Teenager.

Mirko nickte. »Ja, sehr. Und ich habe geträumt…«

Sein Traum blieb in der dünnen Luft zwischen ihnen hängen. Jetzt ließ er ihre Hand los und legte seine Hände stattdessen um ihr Gesicht. Er hielt es so vorsichtig, dass sie sich anfühlte, als schwebte sie vor ihm. Sie war wie eine feine, weiße Feder. Eine klitzekleine Feder, die in seinen Händen zur Ruhe fiel.

Und dann küsste er sie.

Er schloss dabei nicht die Augen, wie es die anderen immer taten, und sie sah einen Abgrund von Farben in seiner Iris. Seine Lippen waren weich und feucht und schmeckten nach etwas Süßem und etwas Salzigem. Sie steckte ihre Zungenspitze zwischen sie und fand seine Zunge.

Da war kein Zwang von seiner Seite, nichts anderes als dankbarer Hunger. Seine Zunge begann, ihren Mund Millimeter für Millimeter abzusuchen, und sie gab ihm Zeit und Raum. Ließ sich erforschen. Auch von seinen Händen, die über ihre Schultern und Schlüsselbeine, ihre Seiten und ihre Hüften glitten. Nie hätte sie gedacht, dass ein Mensch auf so sanfte Weise fordernd sein konnte. Eine Jungfrau. Er war eine Jungfrau, das musste er sein. Und Danica fühlte sich auch wie eine. Weiß und neu.

Es war so unglaublich lange her, dass es ihr so gegangen war.

Vielleicht war es ihr nie so gegangen.

Als er von ihrem Mund abließ und ihren Hals küsste, legte sie ihre Hand um seinen Hinterkopf und drückte ihn dichter an sich. Er hatte jetzt vorsichtig beide Händen um ihre Seiten gelegt, und sie spürte, wie seine Daumen sich zögernd zu ihren Brüsten hinauftasteten.

»Mach weiter, das ist schön«, flüsterte sie. Und seine Hände glitten über ihre Brüste und liebkosten sie vorsichtig durch den Stoff des Kleides. Sie waren durch Karls Behandlung empfindlich, doch in diesem Moment fühlte sich alles nur gut an. Sie merkte, wie ihre Brustwarzen sich in seinen Handflächen zusammenzogen und fest wurden, und sie hörte ihn keuchen, als er es ebenfalls bemerkte.

Ihr Kleid stand wegen der Hitze bereits ein Stück offen. Jetzt knöpfte Mirko es noch weiter auf, sodass er die nackte Haut küssen konnte. Seine Lippen berührten sie mit größter Vorsicht. Alles war so still, so langsam, als würde jeder Kuss und jede Bewegung bis ins Äußerste ausgedehnt, um allen Sinnen Raum und Zeit zu geben. Dem Genuss.

Der Zärtlichkeit.

Danica schloss die Augen und weinte still.

*

»Miiirkooo!«

Mirko erstarrte, den Mund um ihre Brustwarze gelegt, als er in der Ferne seinen Vater rufen hörte. Er hob langsam den Kopf und horchte. Danica horchte auch.

»Das ist sicher dein Vater«, flüsterte sie. Sie trocknete ihre Augen und lächelte. »Dann solltest du wohl lieber nach Hause. Er sollte uns wirklich nicht hier finden.«

Mirko lächelte sie ebenfalls an. Seine Hände lagen noch immer auf ihren nackten Brüsten. Sie waren jetzt ganz vom Kleid befreit. Danica hatte ihm geholfen, sie aus dem Büstenhalter zu heben, als er gezögert hatte. Der Duft nach warmer Haut und frischem Schweiß hing noch in seinen Nasenlöchern. Er blickte wieder auf die Brüste hinunter und strich vorsichtig mit den Handflächen darüber. Im Halbdunkel ließen sich die blauen Flecken erahnen. Dann richtete er sich auf. Er hatte auf dem Rand der Bank gesessen, seitlich über sie gebeugt. Sie war nach hinten geglitten und lag beinahe. Er hatte kein bisschen Lust, jetzt zu gehen.

Weinte sie? Ihre Augen waren feucht, aber sie sah nicht unglücklich aus.

»Er kommt nicht hierher«, flüsterte er. »Aber er braucht Hilfe mit den Tieren, also muss ich wohl gehen.«

Sie nickte. »Natürlich.«

»Aber Danica, ich will dich so gern wiedersehen. Also, wenn du es willst?«

»Das will ich.«

»Aber wie? Und wann?«

»Lass uns wieder hier treffen, hier ist es gut«, sagte Danica, während sie zum Sitzen kam. »Aber Karl darf es um Gottes willen nicht herausfinden. Morgen hat er, soweit ich weiß, unten im hintersten Feld einiges zu tun. Vielleicht könnte ich mich frühmorgens hierherschleichen, wenn er rausgegangen ist? Geht das bei dir?«

Mirko nickte. »Ich glaube schon. Ansonsten schreib ich dir einen Zettel und lege ihn hier unter die Bank.«

Er wollte gerade von der Bank aufstehen, als ihre Hand über die Beule in seiner Hose glitt. Er keuchte unwillkürlich und sah sie ein wenig überrumpelt an.

»Morgen«, flüsterte sie liebevoll.

Er nickte und konnte plötzlich nichts mehr sagen.

»*Miiirkooo.*« Die Stimme klang jetzt weiter entfernt. Sie vermischte sich mit dem Pfeifen des Windes.

»Wenn es für dich in Ordnung ist, würde ich gern noch kurz hierbleiben«, flüsterte Danica. »Ich finde es schön hier. Ich will hier sitzen und ein bisschen dem Wind zuhören.«

Er lächelte und strich ihr eine Haarsträhne aus dem Gesicht. Es fühlte sich absolut richtig an, das zu tun.

Mirko fühlte sich gerade weder jung noch alt, der Altersunterschied war aufgelöst. Dafür machte die Zeit herzzerreißend aufmerksam auf sich und ihre Begrenzung.

Als er erneut aufstehen wollte, hielt sie seinen Arm fest.

»Nein, warte«, flüsterte sie. »Bleib sitzen. Nur einen Augenblick. Ich kann dich noch nicht loslassen.«

Danica knöpfte seine Hose auf, und Mirko rutschte auf der Bank nach vorn und erhob sich kurz, sodass sie sie herunterziehen konnte. Auch die Unterhose. Sie kniete sich vor ihn, zwischen seine gespreizten Beine. Und direkt vor ihrem Gesicht sah er seine eigene Erektion. Zum ersten Mal ohne eine Spur von Scham.

Sie küsste sie.

Oh Gott, wie sie sie küsste.

Jetzt stand sie auf, zog in einer geschmeidigen Bewegung ihr Kleid über den Kopf und ließ es zu Boden fallen. Er betrachtete sie hingerissen. Ihre Brüste hingen aus dem Büstenhalter, den sie hinten löste, ohne den Blick von ihm abzuwenden. Der Büstenhalter fiel ebenfalls zu Boden, auf das Kleid. Und die Brüste fielen etwas nach unten, die eine etwas mehr als die andere. Schließlich schob sie ihren Slip hinunter, das letzte Stück mit dem einen Fuß, und trat aus ihm heraus. Ein paar Sekunden stand sie still da, sodass er sie völlig nackt sehen konnte. Sie ließ ihn schauen.

Sein Blick wanderte von ihrem Gesicht zu ihren Brüsten, von dort aus über den Bauch hinunter zu dem Dreieck von dichtem Haar. Er hatte so eines noch nie gesehen, nur auf undeutlichen Bildern, wo man es nicht richtig erkennen konnte und auch nicht verstand, was es war. Es war schön, dachte er. Und ein wenig mystisch. Wie ein dichter Bewuchs, der etwas verbarg, von dem man nicht wusste, was es war. Er hatte gedacht, er würde sich vor diesem Unbekannten fürchten, doch das tat er nicht. Er war verzaubert. Sie nahm eine seiner Hände und legte sie in ihren Schoß, sodass er spürte, wie die Haare in seiner Handfläche kitzelten. Unter den Haaren fand sein Daumen die Konturen einer wundersamen Landschaft, die er vorsichtig streichelte. Ein Hügel, der Beginn einer Kluft. Etwas Glattes.

Nun trat sie ruhig ganz nach vorn und setzte sich auf sein erigiertes Glied. Er sah sich selbst hinter dem dichten Haar verschwinden, als er in sie hinaufglitt.

In sie hinein.

Es war wundervoll feucht dort drinnen. Er hatte nicht geahnt, dass es so warm und feucht sein würde. Dass es sich so schön und so richtig anfühlen konnte. Es war überwältigend, so in ihr zu sein, zu spüren, wie sie sich auf ihm vor und zurück wiegte, ihre seidenweiche, nackte Haut in seinen Handflächen zu haben, ihren verzückten Blick und ihre bebenden Lippen über sich zu sehen.

So überwältigend, dass er fast sterben musste.

Wirklich fast sterben musste.

Jetzt stöhnte er dankbar in ihre warmen Brüste.

»*Mirko, kommst du?*«, rief sein Vater aus einer fernen Welt.

*

Mirko flog mit dem Sturm nach Hause. Die nächsten Tage fühlte sich die Arbeit leichter an als je zuvor, und er vergaß beinahe, sich Sorgen über den Verfall seiner Eltern zu machen. Die ganze Zeit lief er in einem wahnwitzigen Rausch herum, den zu verbergen er viel Kraft aufwenden musste. Indem sie Nachrichten füreinander unter die Bank legten, gelang es Danica und ihm, sich im Lauf einer guten Woche dreimal zu treffen. Einer unfassbar guten Woche.

»Es ist schön zu sehen, dass dir die Arbeit solche Freude macht«, sagte sein Vater eines Vormittags.

Mirko nickte und versuchte, das Lächeln so zu erwidern, dass es die eigentliche Ursache seiner Freude nicht verriet. Am selben Morgen hatte er den Saft aus Danicas Schoß geschmeckt, und er fühlte sich berauschter als irgendein Mensch es jemals von Pflaumenschnaps gewesen war. Er konnte sie noch immer auf der Zunge schmecken und dürstete nach mehr.

Leider waren es nur kurze Stunden, die sie miteinander hatten. Es gab so vieles, das Mirko gern erzählt und nicht zuletzt gefragt hätte, doch jedes Mal kam es so, dass sie sich stattdessen liebten. In dem Augenblick, in dem er sie sah, konnte er an nichts anderes mehr denken, und ihr ging es offensichtlich ganz genauso.

Als sie zum zweiten Mal zusammen waren, kam auch sie. Jedenfalls glaubte er, dass es das war, was passierte. Er wollte nicht fragen, weil er sich nicht ganz sicher war, ob das bei Mädchen auch vorkam. Bei Frauen. Aber es schien so.

Sie saß wieder auf ihm, das Gesicht nahe an seinem, und er sah den Glanz, der sich in ihren Augen abzeichnete und sie einen Moment lang fern wirken ließ. Er sah auch, wie sie den Mund zusammenpresste, als wäre etwas dort drinnen, das um Himmels willen nicht herausdurfte. Nur ein kleiner, unterdrückter Laut schlüpfte zwischen ihren Lippen hindurch. Man dürfe sie nicht hören, hatte sie mehrmals geflüstert. Mirkos Vater durfte sie nicht hören. Oder Karl. Dasselbe passierte beim dritten und vierten Mal. Sie unterdrückte den Laut. Mirko hätte in diesem Moment gern ihren ungehemmten Ausbruch gehört. Vielleicht eines Tages, dachte er.

Hinterher legte sie sich auf die Bank, den Kopf in seinem Schoß, und er genoss es, ihre Haut zu liebkosen und das leichte Zittern zu spüren, das wie ein plötzlicher, unkontrollierbarer Wind über ihren Körper strich. Wenn sie so dalag, versuchte er, mit ihr zu reden. In erster Linie versuchte er, nach ihrem Sohn zu fragen. Leon war jedes Mal entweder mit Karl weg oder bei einem Spielkameraden. Und ja, er würde auch bald mit der Schule anfangen, sagte sie. Bekräftigte sie. Und ja, er war groß und prächtig geworden. Ein richtig prächtiger Junge. Man konnte jetzt viel leichter mit ihm umgehen. Ja, Leon ging es gut.

Mirko hätte eigentlich froh sein müssen, das zu hören, doch es geschah etwas mit Danica, wenn er fragte. Ihr Blick flackerte, als sagte sie die Unwahrheit, und sie wechselte rasch das Thema oder wollte aufbrechen, wenn er darauf zu sprechen kam. Er hatte das Gefühl, dass sie irgendetwas verbarg; auf jeden Fall gab es etwas, das sie nicht sagen wollte. Inmitten seiner berauschenden und lusterfüllten Verliebtheit war Mirko also besorgt. Er wollte Leon so verdammt gern wiedersehen, sehen, dass es ihm gut ging. Vielleicht hatten sie ihn eingewiesen, und vielleicht war ihr das peinlich. War es deshalb?

Der Brief war noch immer nicht aufgetaucht, sagte sie. Die Landpost hatte sich seit Wochen nicht gezeigt. Mirko begann daran zu zweifeln, dass er jemals ankommen würde, und vielleicht war das auch besser so.

Bei ihrem vierten Treffen nahm er allen Mut zusammen und fragte zum ersten Mal nach ihrer Ehe. Jetzt flackerte Danicas Blick nicht. Im Gegenteil, sie sah ihm tief in die Augen, während sie antwortete.

»Ich bin mit Karl nie richtig glücklich gewesen.«

Mirko empfand eine schreckliche Freude, als er diese Worte hörte. Er hatte ja schon so ein Gefühl in diese Richtung gehabt, doch zu hören, wie sie es sagte, es zugab, verschaffte ihm ein beinahe glückseliges Ziehen in der Magengrube.

»Inzwischen ist er auch...«, fuhr sie fort.

»Was ist er inzwischen?«

»Ja, du weißt schon, sehr grob. Du hast es ja selbst gesehen, als du ihn getroffen hast. Er hat sich verändert. Zum Schlechteren. Ich kann ihn überhaupt nicht mehr einschätzen. Ich weiß auch nicht, woran das liegt. Er ahnt ja nichts davon, dass ich... von dem hier. Mit uns. Ich hab so aufgepasst.«

»Und du bist ganz sicher, dass er meinen Brief nicht gelesen haben kann, oder?«

»Das kann ich mir wirklich nicht vorstellen. Dann hätte er ihn angenommen, ohne mir was davon zu sagen, und lesen kann er ja kaum. Sonst wollte er auch immer, dass ich unsere spärliche Post durchsehe, es gab nichts, was ihn weniger interessiert hat.«

Sie starrte vor sich hin. »Nein, vielleicht hat er nur genug von seinem Leben, Mirko. Ich hab darüber nachgedacht, dass das vielleicht das Problem ist. Es widerstrebt Karls Natur, jeden Tag dasselbe zu tun, und nicht zuletzt, an einen bestimmten Ort gebunden zu sein. Ja, vielleicht auch an eine bestimmte Frau.«

Mirko wusste nicht, was er sagen sollte.

»Aber deshalb muss er sich ja mir gegenüber nicht so benehmen«, fügte Danica hinzu.

Grob. Karl war grob zu ihr.

»Und was ist mit Leon? Ist er auch grob zu ihm?«

»Ja, auch zu Leon«, sagte sie, doch mit einem gewissen Zögern. »Ich glaube nicht, dass Karl für irgendjemanden von uns gut ist. Ich wünschte...«

»Ja?«

»Er wäre nicht mehr da.«

Als Mirko etwas später die Kühe molk, war es kein Rausch, sondern ein Rasen, das ihn plagte. Er konnte nur noch an Karl denken, und daran, was er seiner wehrlosen Frau und ihrem kleinen Sohn antat. Ihre blauen Flecken waren Karls Werk, er misshandelte sie. Und was tat er dann erst Leon an?
Danica hatte noch etwas gesagt, bevor sie die Steinhütte verließ. Sie hatte sich umgewandt und es in der Türöffnung gesagt, während ein Strahl von goldenem Sonnenlicht ihr Bein streifte wie eine verschmuste Katze. »Ich wäre lieber mit dir zusammen, Mirko.«
Das hatte sie gesagt. Und dann war sie gegangen.
Nach Hause zu ihrem brutalen Mann.

Eine der Kühe trippelte unruhig, als er ihre Zitze versehentlich zu fest drückte. »Entschuldige«, flüsterte er. »Ich weiß nicht, was mit mir los ist.«

VON DER WUT

Würdest du wütend werden, wenn ich mir das Goldherz wieder zurückholen würde? Werden Krähen überhaupt wütend? Ab und zu klingt ihr schon danach.
Nein, ich hol es schon nicht zurück, es war ja ein Geschenk. Ich würde es vielleicht im Gras auch gar nicht wiederfinden. Auf jeden Fall würdest du wohl wegfliegen, wenn ich zu dir rüberkäme, und dann würde ich traurig werden.
Ich kann überhaupt nicht wütend werden, sagt Mirko. Jedenfalls nicht richtig wütend wie die Menschen, die rot im Gesicht werden und weiße Knochen kriegen und vielleicht auf die Idee kommen zuzuschlagen. Darüber sollte ich froh sein, sagt er. Und die anderen auch. Was auch immer er damit meint.
Warum um alles in der Welt sollte ich auch wütend sein? Ich hab nichts, worüber ich wütend sein könnte. Ich hab ja Mirko.

DIE ÜBEREIGNUNG

Das Wetter war unberechenbar. Es hatte gestürmt, doch der Wind hatte nicht den Regen mit sich gebracht, nach dem die Felder dürsteten. Jetzt war es wieder still. Allzu still, allzu viel Sonne und Hitze.

Karl war eigentlich auf dem Rückweg zu seinem Pferdewagen, nachdem er verschiedene Dinge im Dorf erledigt hatte, doch einer plötzlichen Eingebung folgend bog er zu dem Wirtshaus ab, in dem er seinerzeit Danica kennengelernt hatte. Es lag in einer schmalen, schattigen Straße und war fast hinter einem dichten Teppich von Efeu versteckt. Man hätte es leicht übersehen können, wäre da nicht das Schild gewesen, das an seinen knirschenden Ketten auf die Straße hinaus baumelte und schwache Seelen anlockte.

Alles sah aus wie damals, auch innen. Die groben Steinwände waren dunkel von Rauch, und hier und da hingen kleine Bilder von verblichenen Landschaften, die dort platziert worden waren, wo ein Nagel zwischen die Steine passte. Es war früher Nachmittag, hätte aber genauso gut Abend sein können. Auf den Holztischen standen Stumpenkerzen und warfen ihre flackernden Schatten ins Lokal, während das Wachs sich um sie aufhäufte wie sahnefarbene Lava. Von den Wandleuchten funktionierten nach wie vor nur einige wenige. Auf den beiden Fensterbrettern kämpfte willkürlicher Krimskrams um den Platz, während das Licht vergeblich durch den Efeu auf der anderen Seite der Scheibe hereinzudringen suchte. Das Radio rauschte im Hintergrund, auch wenn niemand zuhörte.

Karl überlegte, warum er jahrelang nicht mehr dort gewesen war. War es, weil er Danica einmal versprochen hatte, sich vom Wirtshaus fernzuhalten? Oder weil der Ort ihn an etwas erinnerte, das es nicht mehr gab? Danica war nicht mehr das Licht, auf das er seinerzeit seine Liebe geworfen hatte. Und er trat in die Dunkelheit nicht mehr als freier Mann ein, der sich vergnügen konnte, wie er wollte.

Er stellte sich an die Bar, bestellte ein Glas Bier und betrachtete die anderen Wirtshausgäste in der gedämpften Beleuchtung. Sie betrachteten ihn ebenfalls. Eine gute Handvoll Männer saßen auf die Tische verteilt. Er kannte sie nicht. Die Gesichter drehten sich zu ihm wie welke Sonnenblumen, bevor sie sich wieder einander zuwandten. Und flüsterten. Er war jemand, der auffiel und den man für seine Größe bewunderte. So war es schon immer gewesen, wenn Karl einen Raum betrat. Ihn hatte das nie gestört, im Gegenteil.

Trotzdem fühlte es sich dieses Mal anders an. Die Stimmung war eine andere als die, die er gewohnt war. Oder war es nur seine eigene Stimmung, die anders war? Hatte er deswegen den Eindruck, das Flüstern und Tuscheln der Männer hätte einen anderen Charakter als sonst? Etwas Säuerliches. Er verspürte einen Anflug von Unwohlsein.

Er beobachtete zwei Typen, die einander an einem kleinen runden Tisch gegenübersaßen. Der eine von ihnen blickte zu Karl herüber, woraufhin er sich zu seinem Saufkumpan vorbeugte und irgendetwas flüsterte. Was auch immer es war, es brachte den Kumpan zum Grinsen. Er versuchte, das Grinsen hinter seiner Hand zu verbergen.

Karl trank resolut sein Bier aus und knallte die Flasche auf den Tresen. »Was ist denn so lustig?«, polterte er zu den zwei Männern hinüber.

Sie wurden augenblicklich still. Alle im Lokal wurden still. Nur ein heiserer Männerchor sang weiterhin unverdrossen durch einen kratzenden Lautsprecher.

»Nichts«, sagte der eine der Männer. »Gar nichts.«

»Nichts?« Karl spürte, wie die Wut in ihm aufstieg, und wünschte, sie würde es nicht tun. Er ging zu dem Mann, der gegrinst hatte, und starrte ihm in die Augen. »Der Kerl da hat etwas zu dir gesagt, das dich zum Grinsen gebracht hat. Was war das?«

»Aber... es hatte nichts mit dir zu tun.«

»Ach, nicht? Es sah aber so aus! Wenn du mir genau erzählst, was er gesagt hat, dann lasse ich euch in Ruhe. Das verspreche ich. Aber wenn du es nicht sagen willst, dann knalle ich gleich eure Köpfe aneinander.«

Karl legte ruhig seine enormen Hände um die Hinterköpfe der beiden Männer. Sie saßen da wie gelähmt und klammerten sich mit beiden Händen an die Tischkante.

»Raus damit«, zischte Karl. »Was hat er zu dir gesagt?«

»Er sagte, du wärst bestimmt auf der Suche nach...«, piepste der eine Kerl. »Nach deiner...«

»Nach meiner was?«

»Deiner treu... treu...«

»Meiner Treu?«

»Deiner treulosen Frau.«

Die Worte blieben in der Stille hängen. Selbst der Äther war nun stumm, denn der Männerchor hatte gerade zu singen aufgehört. Karl presste seine Hände einen Augenblick um die schweißigen Hinterköpfe der Männer, bevor er endlich seinen Griff löste.

»Das hat er also gesagt.« Seine Stimme war nur ein trockenes Flüstern, das klang, es käme es von einem wesentlich kleineren Mann.

Der Mann nickte zögernd. Er hatte seine Schultern so weit nach oben gezogen, dass es aussah, als wäre sein Kopf in den Hals hinuntergesunken. Ihm gegenüber saß der Urheber des unglücklichen Ausspruchs und starrte fieberhaft auf den Tisch hinunter.

Karl wollte noch mehr sagen. Sie ausfragen. Jeden Mann in diesem Etablissement an die Wand stellen, um herauszubekommen, mit wem Danica zusammen gewesen war. Vielleicht mit einem von diesen beiden. Oder beiden. Sie sahen langweilig aus, zwei Waschlappen. Vielleicht hatte sie sich mit sämtlichen Männern vergnügt, die sich gerade im Wirtshaus befanden. Dem Alten in der Ecke. Den jungen Burschen drüben an der Wand. Den vier Kartenspielern. Dem Barkeeper? Karl hatte gute Lust, jedem einzelnen von ihnen die Zähne auszuschlagen, aber er konnte nichts tun; seine Kraft hatte ihn verlassen. Zum ersten Mal seit seiner Kindheit fühlte er sich gedemütigt.

Er ging zurück zu seinem Platz an der Bar und nahm seine Jacke. Der Barkeeper stand auf der anderen Seite des Tresens und trocknete langsam mit einem Handtuch ein Glas ab. Jetzt suchte Karl seinen Blick und hielt ihn fest. »Ist das wahr?«, fragte er so leise, dass man es ihm von den Lippen ablesen musste, um die Frage zu verstehen.

Der Barkeeper senkte den Kopf in einem einfachen, gemessenen Nicken.

Es war wahr.

Karl brauchte nicht mehr zu wissen.

Sämtliche Sonnenblumen drehten sich im Halbdunkel nach ihm um, als er durch das Lokal ging. Niemand sagte ein Wort, abgesehen vom Radiomoderator, der die nächste Nummer ankündigte. Als die Tür sich hinter Karl schloss, setzte eine Sängerin zu einem schrillen Geheul an, das klang wie höhnisches Gelächter.

Das Wirtshaus lachte mit ihr, er konnte sie drinnen hinter dem Efeu hören. Selbst die kleinen Vögel in den Nestern unter dem Dachvorsprung schienen sich zu amüsieren. *Idiot, Idiot, Idiot,* piepsten sie.

Er peitschte das Pferd, als er nach Hause fuhr. Es war das erste Mal überhaupt, dass er seine Peitsche benutzte. Der Gaul machte einen erschrockenen Satz und legte die Ohren an. Leute am Straßenrand starrten ihm nach. Vielleicht lachten sie auch, vielleicht wusste es der ganze Ort.

Begreifst du denn gar nichts, Bursche! Er erinnerte sich plötzlich an die Worte und die zerschlissene himmelblaue Bibel, die seine Fingerknöchel traf.

*

Danica war nirgendwo zu sehen, weder in den Außengebäuden noch im Haupthaus. Auch nicht bei Leon. Karl saß eine Weile bei seinem Sohn, und Leons Freude, seinen Vater zu sehen, nahm ihm ein wenig von seiner Wut. Zum Schluss hatte Karl jedoch genug davon, dass der Junge ständig kuscheln wollte, und ließ ihn in seinem Zimmer allein. Er ging in die Küche und suchte sich etwas zu trinken. Der Beschluss war gefasst. Er wollte weg.

Er war sich nur unsicher, ob er Leon mitnehmen sollte. Ein kleiner Junge mit so ungewöhnlicher Muskelkraft könnte auf einem Markt sehr wohl ein Anziehungspunkt sein, wenn man dem Jungen beibringen konnte, seine Kräfte richtig zu gebrauchen. Auf der anderen Seite würde es vielleicht zu anstrengend werden, ihn im Schlepptau zu haben. Leon war ja trotz allem nicht ganz richtig im Kopf, dachte Karl, und wenn der Kopf nicht lernte, die Muskeln zu steuern, konnte es ein langer Kampf werden, in dem Leon unter konstanter Aufsicht sein musste. Was würde der Junge nicht alles Unglückseliges anstellen, wenn er frei auf einem Marktplatz herumliefe?

Ja, denn man konnte ja wohl kaum einen Jungen in einem Käfig halten, selbst wenn es für das Kind das Beste war? Früher vielleicht, aber nicht heutzutage. Karl hatte auch gar keine Lust, seinen Sohn wie ein Tier einzusperren. Wenn Leon doch nur nicht so verflucht anstrengend wäre!

Er überlegte, wie Danica reagieren würde, wenn er ihren Sohn mitnähme. Eine Mutter sollte bei so etwas rasend werden, dachte er. Doch in Danicas Fall würde es sie vielleicht von einer Bürde befreien, die sie mit Freuden los wäre. So würde es wohl sein. Sie war nie eine richtig gute Mutter für das Kind gewesen.

Jetzt kamen ihm plötzlich Zweifel, wie alt Leon war. Sechs, sieben? Es fühlte sich an, als wäre es mehrere Jahre her, dass sie seinen Geburtstag gefeiert hatten. Er erinnerte sich nicht an das Datum, aber es war doch zu dieser Jahreszeit? Vielleicht sollte man ihm irgendetwas schenken, dachte Karl.

Karls Kopf summte vor Hitze und Alkohol, als er die beiden großen Wallache herauszog. Es waren gute, ruhige Arbeitspferde, und vor allen Dingen unfassbar starke Tiere. Genau das, was er brauchte. Er konnte auf dem einen reiten und das andere am Zügel mitführen. Die Frage war, ob sie genauso ruhig sein würden wie die Pferde des Bulgaren, wenn sie bald erfahren würden, welche Last sie da ziehen sollten. Er konnte ihn über Nacht in die Scheune stellen. Nur eine Nacht, vielleicht zwei. Dann würde der große Wagen sein neues Zuhause auf den Landstraßen werden.

Eigentlich hatte er keine besondere Lust, zurück auf den Hof zu kommen. Es wäre verlockend, direkt ins Blaue weiterzufahren, dachte er, einfach sofort zu verschwinden. Dann konnte sie sehen, wie sie ohne ihn klarkam, ohne die beiden großen Pferde, die zu nehmen er als sein volles Recht betrachtete – und ohne eine Erklärung.

Andererseits: Danica sollte nicht ungeschoren davonkommen. Sie sollte verdammt noch mal erfahren, dass er wusste, wie sie sich hinter seinem Rücken mit anderen vergnügt hatte. Sogar mit diesem Kind, Mirko, so sah es jedenfalls aus! Und Karl war herumgelaufen und hatte geglaubt, sie würden ihn allesamt beneiden, ja, geradezu bewundern! Stattdessen war er von seiner ewig geilen Frau zum Narren gehalten worden. Sie hatte es geschafft, ihm alles zu nehmen, alles, was etwas wert war. Seine Ehre, seine gute Laune, seine Freiheit, sein Wesen.

Nein, sie sollte nicht so einfach davonkommen!

Karl merkte, wie die Wut sich wieder verdichtete und ihn ausfüllte, sodass zum Schluss keine anderen Gefühle mehr in ihm übrig waren. Er versuchte nicht mehr, sie zurückzudrängen. Danica verdiente seine Sympathie nicht mehr.

Und wo war sie jetzt? Irgendwo zusammen mit irgendeinem Dreckskerl?

Sollte sie nicht auf ihren Sohn aufpassen?

Sie würde schon noch auftauchen, dachte er, als er auf dem einen Wallach saß und den anderen mit sich zog. Und ansonsten würde er sie finden. Aber jetzt wollte er sich zuallererst, bevor es zu spät war, seine Eintrittskarte in ein neues

Leben ohne sie holen. Endlich würde er wieder sein eigener Herr sein. Frei!

Über die Sache mit Leon musste er noch ein bisschen nachdenken. Die Kraft des Jungen war fast zu interessant, um sie geheim zu halten. Und egal, ob er als Attraktion taugte oder nicht, er würde auf jeden Fall eines Tages eine fabelhafte Arbeitskraft werden. Er war ja noch mehr als reine Muskelmasse. Leon konnte recht charmant sein, und er war auf seine Art ein liebes Kind. Verschmust war er auf jeden Fall.

Ja, Leon war für viele Dinge zu gebrauchen, dachte Karl und setzte die Pferde in Trab. Nur nicht als gewöhnlicher Sohn.

*

Karl durfte den Bulgaren nicht verlassen, bevor sie die Übereignung mit einer Flasche gefeiert hatten. Das fehlte gerade noch, sagte der Bulgare. Vermutlich sei es schließlich das letzte Mal, dass sie sich sahen.

Sie saßen im Schatten einiger Bäume ganz unten am Flussbett. Das braune Wasser schien beinahe unbeweglich. Über dem Wasserspiegel hingen Insekten wie ein summender Nebel, und ab und zu zeichnete sich ein kleiner Kranz an der ruhigen Oberfläche ab und verriet, dass es auch darunter Leben gab. Karl hob einen Stein auf und warf ihn auf den Fluss hinaus. Er schlug ein vorübergehendes Loch in den Insektennebel und dann ein Loch ins Wasser, das den Stein mit einem dumpfen Platschen aufnahm. Auf einem Felsen im Fluss stand ein Graureiher und sah ihn empört an.

Karl warf einen Blick zum Wagen und den Pferden hinüber, die ein Stück weiter entfernt im tieferen Schatten abgestellt waren. Seine eigenen Pferde wirkten nervös. Er sah den Fesselbehang des einen tanzen, als es mit dem Vorderhuf in der Erde scharrte. Sie hatten bereits über alle praktischen Dinge gesprochen. Er wusste, was er tun musste.

»Verdammte Hitze«, sagte er.

Der Bulgare nickte. »Ja, in dieser Hinsicht ist es ein bisschen leichter, im Winter herumzufahren. Wenn es kalt ist, kommen zwar nicht so viele; dafür trinken die Leute mehr, um die Wärme zu halten, und dann sitzt das Geld lockerer in der Tasche. Du findest immer einen Ort, an dem du den Wagen aufstellen kannst, und es wird sicher jemand kommen. Es ist unglaublich, was die Leute für einen guten Lacher zahlen.«

Karl nickte. Das hatte er ja gesehen. Die Leute waren verrückt danach, sich zu amüsieren. Besonders über andere.

»Und der Schlafplatz ist wirklich ausgezeichnet. Wenn ich dort liegen kann, kannst du es auch. Es gibt niemanden, der irgendwas versucht, wenn man direkt daneben schläft.«

Jetzt wandte der Bulgare den Kopf und kniff die Augen ein wenig zusammen, während er Karl eingehend betrachtete.

»Bevor wir uns trennen, musst du es mir erzählen.«

»Dir was erzählen?«, fragte Karl verwirrt und nahm einen Schluck aus der Flasche, die ihm gereicht wurde. Die Hitze und der Schnaps und nicht zuletzt die Wut, die er im Lauf des Nachmittags aufgebaut hatte, hatten ihn ziemlich benebelt. Jetzt fiel es ihm schwer, die Erregung vom Rausch zu unterscheiden.

»Wovon willst du weg?«

»Weg?«

»Ja, glaubst du, ich hab das nicht gemerkt? Ist es eine Frau? Nur Frauen können einem Mann auf diese Art den Kopf verdrehen. Die letzten Male, als ich dich gesehen hab, wirktest du frustriert, aber jetzt bist du wirklich verbissen. Ich schätze also, es ist eine Frau. Hab ich recht?«

»Du hast recht«, sagte Karl mit zusammengepressten Lippen. Er ärgerte sich, dass er so leicht zu durchschauen war, aber irgendwie war es auch angenehm, es einfach sagen zu können. »Ja, es ist eine Frau. Meine Ehefrau. Aber jetzt ist Schluss, ich hab genug.«

»Hübsch?«

»Sehr.«

»Das sind die schlimmsten. Ich suche mir eine hässliche«, sagte der Bulgare und kratzte sich am Schnurrbart.

»Ansonsten kannst du gern meine nehmen.«

Der Bulgare lachte. »Das klingt allerdings eher nach einer, von der man sich fernhalten sollte.«

»Sie hat sich selbst nicht gerade zurückgehalten.«

Karl klang verbitterter, als er wollte. Er spürte den Blick des Bulgaren auf sich, als er noch einen Stein ins Wasser warf. Der Reiher glotzte auch. Der beschissene Vogel starrte ihn böse an.

»Ah, diese Art«, sagte der Bulgare verständnisvoll. »Deshalb bist du wütend.«

Karl nickte. Er hatte keine Lust, ins Detail zu gehen und genauer zu erzählen, was Danica getan hatte. Vielleicht hätte er gar nichts über ihr betrügerisches Wesen sagen sollen, doch der Bulgare schien nicht im Geringsten daran interessiert, ihn lächerlich zu machen, auch wenn er jetzt die große Chance dazu hatte.

»Ich suche mir stattdessen eine kleine hässliche Jungfrau.« Der Bulgare klang, als meinte er es ernst. »Auf der anderen Seite der Grenze, glaub ich.«

»Das klingt vernünftig.« Karl musste lachen und versuchte, sich den großen Mann mit einer kleinen hässlichen Jungfrau vorzustellen.

»Man sollte seine Frau verflucht noch mal sorgfältig auswählen«, fuhr der Bulgare fort. »Ich würde keine anfassen, die schon alle möglichen anderen gehabt haben...« Er stoppte sich mitten im Satz selbst.

Karl sagte nichts. Er sah keinen Grund, Danicas Ehre zu verteidigen. Oder seine eigene, in diesem Fall. Nicht jetzt. Stattdessen nahm er einen großen Schluck Schnaps. Der Bulgare war nicht in Danicas Nähe gewesen. Das fühlte sich irgendwie erleichternd an.

»Ihr habt also keine Kinder?«, sagte der Bulgare mit einer etwas anderen Stimme. »Die können ja wohl auch anstrengend sein.«

Karl schüttelte den Kopf. »Keine Kinder.«

Daraufhin stand er auf und musste sich einen Moment an einem Stamm abstützen, um das Gleichgewicht wiederzufinden.

Der Bulgare stand ebenfalls auf und klopfte sich ein wenig Schmutz von der Hose. Seine Glatze glänzte vor Schweiß.

»Hast du geplant, sofort weiterzufahren? Nach Norden?«

»Nee«, sagte Karl etwas zögernd. »Zuerst muss ich noch kurz zurück und... was erledigen.« Er schlug leicht mit seinen Fingern auf die Rinde.

Der Bulgare betrachtete ihn. »Sie?«

Karl sagte nichts.

»Ist es weit?«

»Nein, es ist der letzte kleine Hof vor der Schlucht in den Bergen«, sagte Karl und zeigte die Richtung an. »Wenn ich danach von dort wegfahre, werd ich mich nicht umdrehen.«

Er ging langsam zum Wagen.

»Ich geb dir die hier mit, dann hast du was für den Anfang. Aber trink sie nicht selbst!« Der Bulgare schob eine Kiste starkes Bier in die Schlafkoje unter dem hohen Kutschbock.

»Du hast selbst gesehen, was die Leute bereit sind zu zahlen, damit sie mal dürfen«, fuhr er fort. »Und wenn du jemanden siehst, der es mit seinem eigenen Gesöff versucht, greifst du ein. Manche können wirklich Biester sein.«

Karl nickte. »Ist mir klar.«

»Das hier kriegst du auch. Das hält jedes Biest auf Abstand. Ich hab es vor langer Zeit zu diesem Zweck bekommen, und es hat sich als erstaunlich effektiv erwiesen.«

Er legte eine etwa einen Meter lange Handwaffe neben die Bierkiste. Sie bestand aus einer kräftigen Eisenstange mit einer Kugel am Ende. Aus der Kugel ragten auf allen Seiten scharfe Stacheln heraus.

»Das sieht ohne Zweifel widerlich aus«, sagte Karl.

»Es hat offenbar in grauer Vorzeit mal einem Nachtwächter gehört. Es soll ein sogenannter *Morgenstern* sein.«

Karl lächelte bitter. »Zum Teufel noch mal. Und ich dachte, der Morgenstern wäre am Himmel und abgesehen davon, dass er schön ist, völlig ungefährlich. Aber das macht schon Sinn. Meine Frau behauptet, sie sei nach dem Morgenstern benannt! Weil sie hell ist, glaube ich. Sie hat dieses rotgoldene Haar.«

Seine Bemerkung ließ den Bulgaren in ein so lautes Gelächter ausbrechen, dass der Schnurrbart unter seiner Nase hüpfte wie eine kleine, muntere Wühlmaus. »Mit anderen Worten, deine Frau ist ein hübsches und widerliches Weibsstück. Ist es das, was du sagen willst?«

»Genau das ist sie«, grunzte Karl und kletterte auf den Kutschbock. Es ist, als hätte man ein ganzes Haus dabei, dachte er, als er sich über die Schulter umsah. Vor ihm machten sich die beiden große Wallache bereit zum Ziehen. Sie waren jetzt sichtlich unruhig.

Der Bulgare reichte ihm die Peitsche.

»Ja, dann mal viel Spaß mit ihr«, grinste er. Dann klatschte er dem Pferd neben ihm auf den Hintern, das ohnehin schon mehr zitterte als normal. Der Wagen machte einen Ruck und begann aus dem Schatten der Bäume zu rollen.

Danica war noch immer nicht auf dem Hof zu sehen, und Karl konnte sie auch nirgendwo auf ihren Feldern entdecken, wie sehr er auch Ausschau hielt. War sie in die Berge gegangen? Ins Wirtshaus? Er wollte nicht zurück an diesen Ort.

Wo zum Teufel war sie?!

Plötzlich fiel ihm ein, dass sie mit Mirko zusammen sein könnte. Seit er an jenem Tag bei ihnen aufgetaucht war, in einer Wolke von Parfüm, war sie irgendwie verändert. Es *konnte* ja wohl verflucht noch mal nicht dieser Grünschnabel sein, der ihr den Kopf verdrehte? Der Gedanke daran ließ Karls Wut in neue Höhen steigen, aber er hatte keine Lust, zum Nachbarhof hinüberzugehen, um zu sehen, ob sie dort war. Nein, er wollte sie zu Hause und nur für sich haben, wenn er sie damit konfrontierte. Sie würde schon irgendwann kommen.

Er nahm die Peitsche aus der Scheune mit. Das hätte er eigentlich nicht tun sollen, aber etwas in ihm wollte es. All der Alkohol hatte seine Wut freigesetzt, und er sah keinen Grund, sich noch länger zurückzuhalten. Im Wohnzimmer öffnete er die Flasche Rum, die er im Ort erworben hatte. Dann setzte er sich aufs Sofa und starrte aus dem Fenster, auf das Kartoffelfeld hinaus, das bald abgeerntet werden sollte.

Und wartete.

Draußen am Horizont begann der Himmel dunkle Streifen zu bekommen.

WUNSCHSPIEL

Es war immer schwerer geworden, die Steinhütte zu verlassen. Sie waren jetzt zum vierten Mal zusammen dort. Danica hatte beinahe die Zeit vergessen, bis Mirko angefangen hatte, nach Karl zu fragen, und sie daran erinnert worden war, dass es da draußen eine Wirklichkeit gab.

»Ich wäre lieber mit dir zusammen, Mirko.«

Das hatte sie neulich gesagt, kurz bevor sie ging.

Sie hätte das wohl besser nicht sagen sollen, dachte sie jetzt. Machte sie ihm damit nicht falsche Hoffnungen? Die Wahrheit war, dass sie keine Ahnung hatte, was sie wollte und was sie fühlte. Und am wenigsten, was sie machen sollte. Sie wusste nur, dass sie sich bei Mirko weitaus sicherer fühlte als bei dem Mann, zu dem sie jetzt auf dem Heimweg war. Und weitaus mehr geliebt. In Mirko wohnte eine Erfahrung, bei der es nicht darum ging, es schon einmal getan zu haben, sondern darum, es die ganze Zeit gefühlt zu haben. Das war überwältigend.

Aber war Mirko letzten Endes nicht nur eine vorübergehende Flucht, ein verzweifelter Traum, weil sie all ihre anderen Träume verloren hatte? Dieser Gedanke quälte sie. Das mit ihnen beiden ging ja einfach nicht. Die ganze Welt stand ihnen im Weg, nicht zuletzt Karl. Nichtsdestotrotz fühlte sich Mirko an wie der einzige Anker, an dem sie sich jetzt festhalten konnte.

Danica lief vorsichtig durch die Luzernen, um hinter die Weiden und auf der Rückseite des Stalls herunterzukommen. Karl würde sie nicht sehen können, wenn er nicht gerade ein Stück über der Weide entlangging und Ausschau hielt. Die letzten Tage hatte er nie gesagt, was er für Pläne hatte, sie musste es sich ausrechnen, indem sie ihn im Auge behielt. Glücklicherweise kannte sie seine Routinen. Sie wusste ungefähr, wie lange er weg sein würde, wenn er aufs Feld ging oder in den Ort fuhr. Im Übrigen würde er wohl kaum fragen, wo sie gewesen war. Er sagte ja so selten etwas. Trotzdem hoffte sie, vor ihm nach Hause zu kommen, zur Sicherheit.

Über ihr war der Himmel dabei, sich zu verändern. Die Luft fühlte sich elektrisch an.

Sie wünschte sich ein Unwetter.

Vielleicht auch ein Unglück.

Was ist das Beste, das in diesem Moment passieren kann?

Mirko hatte wieder nach Leon gefragt, und sie wünschte, sie hätte nicht gelogen. Sie hätte ihm so gern die Wahrheit über ihren Sohn erzählt: dass Leon eingesperrt war, dass er gar nicht in die Schule gehen würde und bis auf Mirko damals nie einen Spielkameraden gehabt hatte. Dass es niemanden gab, der mit Leon spielen konnte, ohne dabei Schaden zu nehmen. Dass sie Angst vor den Gerüchten und der Schmach hatte, die entstehen würden, wenn Leon jemandem etwas zuleide tat, nicht zuletzt einem anderen Kind. Dass sie ihren Sohn nur beschützte, bis er groß genug war, um sich unter Kontrolle zu haben. Dass sie versuchte, ihn von einer gnadenlosen Umwelt abzuschirmen, die ihn nie akzeptieren würde, wie er jetzt war. Genau wie es eine gute Mutter tun würde.

Doch Danica befürchtete, dass Mirko das nicht verstand.

Dass er stattdessen all die warmen Gefühle für sie verlieren und sie als erbärmliche Mutter verurteilen würde. Vielleicht war sie das auch.

Sie hätte es nicht ertragen können, wenn er ihr den Rücken zugekehrt hätte.

Als sie das Gebüsch hinter dem Stall erreichte, fand sie eine Flasche, die sie unter der Myrte versteckt hatte, und setzte sich damit ins Gras. Sie fühlte sich betrunken, ohne es zu sein, und trank ein bisschen, um ins Gleichgewicht zu kommen. Vor allen Dingen musste sie sich beruhigen, bevor sie zu ihrem Mann hinunterging.

Sie musste daran denken, wie Karl sie anfangs in der nächtlichen Dunkelheit im Arm gehalten hatte wie ein großer, liebevoller Teddy. Was auch immer sie über ihn dachte, sie hatte immer auf ihn zählen können. Jetzt war es stattdessen, als würde sie mit einem unberechenbaren Bären zusammenleben, der jeden Moment eine tödliche Ohrfeige austeilen konnte. Ja, sie fühlte sich bei Gott bei ihrem eigenen Mann unsicher. Aber konnte sie ihn entbehren?

Sie war sich bei gar nichts mehr sicher.

Sie war sich auch nicht sicher, ob es klug gewesen war, Mirko zu erzählen, dass Karl so brutal geworden war. Im Übrigen war es ja nicht ganz richtig, dass er es auch zu Leon war. Sie wusste nicht, warum sie das gesagt hatte. Vielleicht, um Karl noch schlechter darzustellen, als er war. Soweit sie wusste, hatte Karl seinem Sohn noch nie etwas zuleide getan. Leon war auch niemand, dem man etwas zuleide tat.

Sie hatte sehr wohl gesehen, wie bestürzt Mirko aussah, als sie das sagte, und jetzt machte sie sich Sorgen, dass er vielleicht auf dumme Ideen kommen würde. Karl würde ihn zerquetschen, wenn er etwas versuchte. Danicas Magen zog sich zusammen.

Sie legte sich auf den Rücken und starrte in den Himmel hinauf. »Kannst du zum Teufel nicht irgendetwas tun?«, flüsterte sie. »Mich hier rausholen.«
Einen Augenblick später war sie eingedöst.

Danica erwachte mit einem Ruck, als ein Vogel in ihrer Nähe schrie. Sie geriet in Zweifel, ob es Nachmittag oder früher Abend war. Die blaue Farbe über ihr hatte einen stahlgrauen Charakter angenommen und sich zu einer Masse verdichtet. Vielleicht bekamen sie jetzt Regen, endlich. Alles brauchte Regen. Aber irgendetwas am Himmel war anders. Es sah nicht aus wie eine Wolkendecke, die sich vorübergehend vor das Licht geschoben hatte, sondern eher, als wäre der Himmel selbst hart geworden.

Sie stand auf und strich sich das Gras vom Kleid. So ein verdammter Mist, dass sie eingeschlafen war, dachte sie. Karl war jetzt sicher nach Hause gekommen. Verdammt! Wenn sie wenigstens wüsste, wie viel Uhr es war. Sie hatte keine Ahnung, ob das Essen jetzt auf dem Tisch stehen sollte oder ob noch reichlich Zeit war. Die Kirche in der Ferne verhielt sich still wie ein Grab. Sie starrte zu ihrer eigenen unverrückbaren Kirchenglocke in der Stallecke hinunter; wenn die doch nur helfen könnte. Danica fühlte sich gerade wie diese Glocke. In eine Ecke gedrängt und außerstande, sich zu befreien.

Sie spürte in ihrem Körper, dass sie Sex gehabt hatte. Ihr Schoß fühlte sich feucht und entspannt an. Als sie die Hand unter das Kleid steckte und ihre Klitoris streifte, zog ihr Geschlecht sich zusammen wie eine Muschel. Sie war so empfindlich dort unten, das war sie sonst nicht. Nicht auf diese Art.

Perle hatte Mirko die Stelle genannt. Ihre Perle. Sie hielt sich die Hand unter die Nase, die jetzt nach Sekreten roch. Nach ihren und Mirkos. Sie musste daran denken, sich diese Hand zu waschen. Um Gottes willen. Den Schoß auch. Karl hatte es nie irgendwie genannt. Doch, den kleinen Knopf.

Es war immer noch etwas in der Flasche, und sie trank noch ein bisschen, um sich zu stärken. Der Schnaps war lauwarm, zurzeit war es unmöglich, etwas kühl zu halten. Dann versteckte sie die Flasche und ging zu ihrem Hof hinunter.

Als sie sich der Eselsbox näherte, erwog sie einen Moment, den Kopf zu Leon hineinzustecken. Aber wenn er nun schlief, dachte sie. Oder spielte? Dann gab es keinen Grund, ihn zu stören, und sie würde später ohnehin mit seinem Essen herüberkommen. Dann konnte sie ein bisschen bei ihm sitzen. Sie sollte ihn wohl auch bald einmal wieder mit ins Haus nehmen, es war allmählich schon lange her. Die Tage flossen in ihrer Wahrnehmung immer mehr zusammen. Es passierte so viel. Sie würde sich schon noch um Leon kümmern, aber jetzt musste sie zuerst bei Karl Sicherheit schaffen.

Sie konnte das große Pferd im Stall schnauben hören, als sie über den Hofplatz ging. Die Tiere wirkten unruhig, irgendetwas war anders. Hatten sie Besuch bekommen? Wohl kaum.

Es war wohl nur das Wetter.

Das Haus war auch dunkel.

Sie wünschte, ihm wäre ein Unglück passiert.

VOM BEREITSEIN

Die Schatten sind länger geworden, seit ich hier sitze und auf Mirko warte. Das gefällt mir nicht so richtig. Wenn ihm nur kein Unglück passiert ist. Stell dir vor, wenn ihm etwas Schreckliches passiert ist!

Ich hab das nie vergessen können, was er mal über eine Nacht vor langer Zeit gesagt hat, in der etwas Schreckliches passiert ist. Vielleicht erinnert man sich besser, was die Leute sagen, wenn sie weinen, während sie es sagen. Und wie er geweint hat, damals, als er es mir erzählt hat.

Er ist nicht von selber noch mal auf das Thema gekommen, also konnte ich es nach einer Weile nicht lassen zu fragen. Ich hab gefragt, ob wir damals an meinem Geburtstag wirklich *beide* was Schlimmes getan haben.

Nicht, weil ich hören wollte, was ich selber getan hatte, außer sieben Jahre alt zu werden. Aber ich wollte gern wissen, was Mirko gemacht hat. Ich glaube immer noch, er irrt sich. Vielleicht hat er das nur geträumt. Zuerst hat er nicht geantwortet. Er saß nur da und dachte nach, während ich darauf wartete, dass er etwas sagen würde. Das hat sehr lange gedauert, fand ich. Aber dann, endlich, hat er angefangen zu reden.

»Ich hatte eigentlich gehofft, du hättest es vergessen«, hat er gesagt. »Es war dumm von mir, irgendetwas über diese Nacht zu erwähnen. Aber ich werde es dir wohl eines Tages erzählen, wenn du bereit dafür bist. Oder vielleicht bin auch ich derjenige, der bereit dafür sein muss.«

»Und was, wenn niemand von uns bereit wird?«

»Dann soll es wohl nicht so sein, dass ich es dir erzähle.«

»Bist du jetzt bereit?«

»Nein. Und ich glaube auch nicht, dass du es bist. Ich wollte warten, bis du erwachsen genug dafür bist. Aber du wirst ja nie richtig erwachsen, Dodo. Das ist das Problem – oder vielleicht dein Glück. Ich glaube, eigentlich ist es dein Glück.«

»Das muss eine sehr wichtige Nacht sein.«

»Das stimmt. In dieser Nacht ist alles auf einmal passiert.«

»Alles?«

Das war ja nun wirklich viel, dachte ich. Und das in einer einzigen Nacht.

»Ja, irgendwie schon. Für mich war es alles. Und für dich war es das wohl auch. In dieser Nacht hat das Leben aufgehört, und in dieser Nacht hat das Leben angefangen. Unser Leben.«

Ich finde ehrlich gesagt, das klingt ziemlich heftig. Vielleicht bin ich erwachsen genug, es zu hören, wenn er kommt.

Ich finde, ich hab jetzt sehr lange gewartet.

Und du eigentlich auch!

HINTER GITTERN

An diesem Abend kam Mirkos Mutter nicht zum Abendessen. Die Zeit lief langsam ab, das wussten sie alle drei. Nachdem sie bei Mirkos Heimkehr etwas aufgelebt war, war sie nun wieder deutlich schwächer geworden. Sie hatte ihm selbst einmal erzählt, dass es ein Zeichen war, wenn todkranke Menschen auflebten. Dann hatten sie nicht mehr lange.

Die Zwillinge vom Nachbarhof kamen auf einen kurzen Besuch vorbei. Sie waren so froh, dass Mirko jetzt da war, um sich um seine Eltern zu kümmern. Das vertrauten sie ihm an, als er sie hinausbegleitete. Es war gut, dass nachts jemand bei den Alten war, sagten sie. Schließlich konnte sein Vater auch nicht mehr so viel arbeiten.

Sie sprachen auch über den Wetterwechsel. Vielleicht würde jetzt Regen kommen; wie wäre das schön. Das Korn war erschöpft, sagten sie im Chor, während sie gleichzeitig zum Himmel hinaufblickten. Sie hatten eine Flasche Wein mitgebracht, wollten aber selbst nichts davon. Sie mussten zurück, sagten sie. Sie mussten sich noch um so vieles kümmern. Und für so vieles beten.

Dann verschwanden sie nebeneinander im selben Tempo und selben Schritt über das Feld. Wie eineiige Schatten.

Mirko fühlte an diesem Abend alles auf einmal. Die Trauer um seine Eltern, die Sorge um Danica, die Wut auf Karl. Die Eifersucht. Die Liebe. Die Lust. Er hatte ja am selben Tag mit ihr geschlafen, hatte sie geschmeckt, war in ihr explodiert. Das Ganze war so schrecklich und so wundervoll, dass er sich komplett wahnsinnig fühlte. Alles in ihm brannte.

Mirkos Vater öffnete die Flasche, sobald sie allein waren. Hinterher bestand er zum hundertsiebzigsten Mal darauf, Mirko über alles Praktische rund um den Hof in Kenntnis zu setzen. Er erklärte, worum sich die Zwillinge bislang gekümmert hatten, was er selbst immer noch bewerkstelligen konnte und welche Arbeiten er Mirko in Zukunft gern übertragen würde. Falls sie also den Hof nicht den Zwillingen überlassen sollten. Und Mirko versicherte ihm, dass es keinen Grund zur Sorge gab; sie würden schon eine gute Lösung finden, sein Vater könne getrost die Zügel loslassen. Und indem das Gespräch fortschritt und der Alkohol das Seinige tat, sah Mirko, wie die Unruhe aus dem Blick des Vaters verschwand.

Draußen hatte sich längst die Dunkelheit über das Tal gesenkt. Als Mirko einen Blick aus dem Küchenfenster warf, konnte er ein schwaches Licht von ein paar fernen Höfen im Nordwesten erahnen. Die Lichter des Ortes waren durch die Bäume am Fluss verdeckt, und auch der Hof der Zwillinge lag hinter einem kleinen Waldstück verborgen.

Sowohl draußen als auch drinnen herrschte eine drückende Hitze. Die Luft fühlte sich schwer an, während Mirko sich ungewöhnlich leicht fühlte. Er hatte das Gefühl, er könnte jeden Augenblick in die Luft steigen wie einer dieser Ballons, die er in Amerika gesehen hatte. Sein Vater dagegen sank auf der anderen Seite des Tisches mehr und mehr in sich zusammen. Es war fast rührend zu sehen, wie der Alte versuchte, sich wach zu halten. Er wünschte so inniglich, der Abend würde weitergehen, das war deutlich. Er war noch nicht bereit, sich schlafen zu legen.

Sie sprachen nicht über den Tod, der mit am Tisch saß. Sie sprachen über das Leben. Über Kindheitserinnerungen, über Tiere und über Amerika. Und sie lachten, wie sie noch nie zusammen gelacht hatten. Für kurze Zeit gelang es Mirko, Danica vollständig zu vergessen und nur daran zu denken, wie sehr er seinen Vater liebte.

Am Ende konnte sein Vater die Augen nicht mehr offen halten, und Mirko begleitete ihn ins Schlafzimmer. Er musste ihm helfen, die Beine ins Bett hinaufzuschwingen. Seine Mutter schlief auf dem Rücken, die Hände über der Decke gefaltet, und sein Vater legte sich auf dieselbe Weise neben sie, doch erst, nachdem er ihr mit Mühe einen Kuss auf die Stirn gegeben hatte.

Mirko hatte bemerkt, dass sein Vater beim Atmen manchmal genauso pfiff wie sie. Vielleicht hatte sein Körper begonnen, den einzigen anderen Körper zu spiegeln, den er wirklich kannte. Sie waren vielleicht auch eine Art Zwillinge, die beiden. Oder ein Scherenschnitt, verbunden durch denselben Stoff und denselben Willen.

»Gute Nacht, Mirko.«

Es war nur ein Flüstern hinter ihm, und Mirko konnte nicht hören, wer es sagte. Vielleicht alle beide.

»Gute Nacht«, flüsterte er in die Dunkelheit. »Schlaft jetzt gut.«

Als er dann den knarzenden Flur hinunterging und ihr Schnarchen und Pfeifen hinter sich hörte, dachte er darüber nach, wofür er in seinem Abendgebet beten sollte. Er war sich nicht sicher, ob er imstande war, für das zu beten, was am allerschönsten wäre, denn das wäre gleichzeitig am allerschlimmsten.

Für ihn.

Hatte jemand für die tauben Männer am Marktplatz gebetet? Er war sich auch nicht sicher, ob er an etwas anderes denken konnte als an Danica, wenn er erst in seinem Bett lag.

*

Er konnte an nichts anderes denken als an Danica, als er erst in seinem Bett lag. Je mehr er versuchte, seine Gedanken auf Gott zu konzentrieren, desto deutlicher zeigte sie sich ihm und desto wacher wurde er. Nach ein paar Stunden stand er auf und schlich sich in die Küche. Er trank ein abgestandenes Bier, um schwer und müde zu werden. Es half nicht. Zum Schluss ging er hinaus.

Die Dunkelheit war dicht, inzwischen fast blauschwarz. Der Mond kämpfte, um sie zu durchdringen, und man konnte ihn nur wie ein bleiches Gesicht erahnen. Die Sterne waren zu klein, um eine Chance zu haben. Alles war still wie im Grab, als verhielte sich das ganze Tal abwartend. Mirko hatte diese massive Abenddunkelheit vermisst, als er versucht hatte, in einer Großstadt Ruhe zu finden, die niemals schlief und die Dunkelheit nur in tote Spalten zwischen künstlichem Licht einließ. Im Tal war es die Dunkelheit, die regierte. Die Dunkelheit, die bestimmte, ob das Licht durchgelassen werden durfte.

Trotzdem war etwas Beunruhigendes an der Undurchdringlichkeit dieses Abends. Mirko konnte das Gefühl nicht abschütteln. Jetzt schrie in der Ferne ein Raubvogel. Er konnte nur an sie denken.

Bald suchte er sich durch die Dunkelheit, über den Hügel und hinunter zu Danicas Hof. Da war ja nicht nur sie, da war auch Leon. Er musste, was den Jungen anging, irgendeine Form von Gewissheit haben, herausfinden, was vor sich ging. Er wollte nur zu den Fenstern hineinsehen, nichts weiter. Nur sehen, ohne gesehen zu werden. Als er sich von der Bergseite aus der Rückseite des Stalles näherte, bemerkte er die Fledermäuse um sich herum. Sie wirkten aufgeregt, dachte er, aber taten Fledermäuse das nicht immer? Etwas entfernt rief eine Eule. Es war, als werfe die Dunkelheit die Geräusche zurück. Als er die Ecke mit der Glocke erreichte, blieb er stehen und legte eine Hand auf die Bronze. Diese Glocke hatte etwas Sicheres und Gutes an sich. Sie bedeutete ihm etwas. Vielleicht, weil er wusste, dass Danica sie gernhatte. Er konnte nicht anders, als alles gernzuhaben, was Danica mochte.

Er blickte an der Rückseite des Stalles entlang und sah den kleinen Anbau. Danicas Wollzimmer. Es war dunkel, natürlich, aber er bekam trotzdem Lust, hinzugehen und hineinzuschauen. Nur, um zu sehen, ob das Spinnrad noch dastand und ob alles so aussah, wie er es in Erinnerung hatte. Er wusste, dass Danica diesen Ort wertschätzte, und er hatte mehrere Jahre hindurch heiße Träume davon gehabt, sie dort drinnen zu küssen. Vielleicht hatten sie den Anbau jetzt dem Stall zugeschlagen. Das war ja trotz allem sein ursprünglicher Zweck gewesen.

Er sah weder Tiere noch ein Spinnrad, als er das Gesicht an die Scheibe legte. Er sah das Gesicht, das sich im selben Moment auf der anderen Seite zeigte. Mirko stieß einen kleinen, erschrockenen Schrei aus und zog sich ein paar Schritte zurück, ohne das Gesicht hinter der Scheibe aus den Augen zu lassen. Es war Leon, der dort drinnen in der Dunkelheit stand und ihn mit großen wilden Augen anstarrte. Es war

Leon, der dastand und mit beiden Händen die Gitterstäbe jenseits der Scheibe umklammerte. Es war Leon!

Nun glitt Mirkos Blick zu der kräftigen Tür neben dem Fenster hinüber. Der Riegel lag schwer in seiner Halterung. Leon war eingesperrt.

»Leon«, sagte er leise in die Dunkelheit, als er es geschafft hatte, die Tür zu öffnen. »Hab keine Angst. Ich bin's nur, Mirko. Erinnerst du dich an mich? Wir waren früher oft zusammen.«

Mirko trat vorsichtig ein und konnte Leons Silhouette am Fenster erahnen. Er stand auf einem Schemel. Selbst in der Dunkelheit war deutlich zu sehen, dass Leon in den vergangenen drei Jahren beträchtlich in die Höhe wie in die Breite gegangen war. Er brauchte den Schemel kaum, um ans Fenster zu reichen. Jetzt stieg er herunter, kam jedoch nicht näher.

»Hallo, Kamerad«, versuchte es Mirko. »Sollen wir versuchen, ein bisschen Licht zu machen, sodass wir einander sehen können?« Er fand sein Zippo-Feuerzeug in der Brusttasche neben den Zigaretten, die er in Amerika zu rauchen begonnen hatte.

Sie sahen sich über die Flamme an. Mirko lächelte. »Wir sollten etwas besseres Licht haben«, sagte er und wandte sich von Leon ab. »Da hing doch immer eine Lampe an einem Balken... Ja, da ist sie.«

Er nahm die Taschenlampe vom Haken, machte das Feuerzeug aus, schaltete die Lampe ein und legte sie auf einen kleinen Tisch an der Wand, sodass sie den Raum erleuchtete. »So, Leon, jetzt können wir einander wieder sehen. Es ist wirklich lange her!«

Leon betrachtete ihn eingehend. »Du bist's!«, sagte er plötzlich und lächelte strahlend.

»Ja, ich bin's. Mirko.«

Im nächsten Moment wurde Mirkos Bauch von einer Umarmung umschlossen, die ihm beinahe die Luft abgedrückt hätte. »Oh, nicht so fest, Leon. Nicht so fest. Wie stark du geworden bist!« Als er die Hände um Leons Arme legte, um den Griff zu lösen, konnte er durch den Stoff deutlich die Muskeln fühlen.

Jetzt ließ Leon ihn von selbst los und zeigte auf die Tür, die angelehnt war. »Pass auf die Mäuse auf!«, rief er. »Meine Mäuse dürfen nicht entwischen. Mach die Tür zu!« Er klang beinahe entsetzt.

Mirko zog schnell die Tür zu. »So, jetzt können sie nirgendwohin«, sagte er und registrierte im selben Moment einen Schatten, der über den Fußboden und weiter an einer Mauer entlanghuschte.

»Gut«, sagte Leon und kniete sich an der Mauer hin. Offenbar versuchte er einen Finger in das Loch zu stecken, in dem die Maus verschwunden war.

Mirko sah sich um. Danicas Spinnrad und Wollsachen waren weg, und der Raum war stattdessen eingerichtet wie ein Zimmer, mit Bett und ein paar Möbelstücken. Drüben in der Ecke stand jedoch immer noch ein Trog, der dunkel von Farbresten war. Das Bett sah aus, als hätte Leon sich gerade dort aufgehalten. Die Decke war zusammengeknüllt.

Er setzte sich auf die Bettkante. Hinter den Brettern, die die Öffnung zum Stall verschlossen, bewegten sich die Tiere unruhig. Die Pferde schnaubten auf eine Art, wie sie es sonst nicht taten. Es war wohl auch nicht normal, dass so spät am Abend noch Licht und Leben in der Eselsbox war. Oder doch? Mirko bemerkte, dass die Bretter verstärkt worden waren, aber es war immer noch Luft zwischen ihnen.

Der kleine Raum war nicht direkt ein unbehaglicher Aufenthaltsort, doch er war ziemlich schmutzig, und der Staub hing zusammen mit dem Geruch der Tiere von nebenan in der Luft.

»Leon, wie kann es sein, dass du allein hier drüben schläfst?«

»Das ist mein Zimmer«, lächelte Leon. Er klang stolz.

»Dein Zimmer?«

Leon nickte eifrig. »Mein eigenes Zimmer.«

»Schläft deine Mutter nie hier?«

Jetzt schüttelte Leon den Kopf. Sein Haar war halblang und zerzaust. »Und es sind meine Mäuse«, sagte er begeistert.

Vielleicht war sein Haar etwas dunkler geworden, etwas kupferröter. Ansonsten waren es dieselben strahlenden Augen, an die Mirko sich erinnerte. Dasselbe unwiderstehliche Lächeln und dieselben Grübchen. Ja, Leon ähnelte Danica noch mehr als früher. Aber er sprach merkwürdig. Und seine Kleider saßen eng am Körper, viel zu eng.

Irgendwann musste er doch aufhören, so zu wachsen, dachte Mirko. Karl war zwar groß und stark, aber er wirkte nicht unnatürlich. Bei Leon war das anders. Die Entwicklung des Jungen hatte etwas Widernatürliches. Es war, als fehlte ihm ein Bremsklotz. Vielleicht hatte die Natur einfach vergessen, ihn zu installieren. Oder Gott?

Aber in wessen Verantwortung Leons Physis auch immer fallen mochte, er durfte doch nicht auf diese Art eingesperrt werden. Wie ein Tier! Mirko beschlich das unangenehme Gefühl, dass Leon sich schon sehr lange in der Box aufgehalten hatte. Auf dem Tisch stand eine Schüssel mit vertrocknetem Essen.

»Was bekommst du zu essen, Leon?« Es fiel Mirko schwer,

ruhig zu sprechen, jetzt, wo er langsam begriff, wovon er hier Zeuge war.

»Grütze«, antwortete Leon. Er sah nicht entkräftet aus, er sah unfassbar stark aus.

»Aber kriegst du kein...«

»Schau!«, unterbrach ihn Leon. Der Junge deutete hingerissen auf die Bretter zum Stall hin und stand schnell vom Boden auf. Einen Augenblick später zog er so fest an Mirkos Arm, dass der seitlich ins Bett kippte. »Du musst fühlen.« Leon presste Mirkos Hand an eine schmale Öffnung zwischen zwei Brettern, und Mirko spürte, wie sich ein Splitter in seine Handfläche bohrte. Sonst fühlte er nichts.

»Wann hast du deine Mutter zuletzt gesehen, Leon?«

»Mutter ist weich.«

»Ja, deine Mutter ist weich«, flüsterte Mirko.

»Vaters Teddybär ist auch weich«, sagte Leon. Er drückte immer noch Mirkos Hand an die Bretter.

»Vaters Teddybär? Hast du einen Teddy von deinem Vater bekommen?« Mirko sah sich rasch um. Im Bett saß ein kleiner gestrickter Teddy an der Wand.

»Nein, nein, er hat ihn selber.« Endlich ließ Leon Mirkos Hand los. »Und er ist weich und warm, sagt er. Und er kann von selber aufstehen!«

Im nächsten Moment war Leon neben Mirko aufs Bett gekrochen. Er hob den Oberkörper, sodass er aufrecht auf den Knien stand, die Arme an den Seiten herunterhängend. Durch den Stoff ließen sich die Konturen seiner Muskeln erahnen.

»Schau, so! Er wird riesengroß, wenn er steht. Man kann ihn ganz leicht dazu bringen. Das darfst du nicht Mutter sagen!«

Mirko zog langsam seine Hand zu sich und dachte nicht mehr an den Splitter. Er starrte den Jungen an.

Karl würde doch wohl nicht...?

Oder würde er?

Mirko hatte in Amerika davon gelesen. Männer mit perversen Lüsten, die kleine Kinder zugrunde richteten. Sogar ihre eigenen Kinder.

»Ich darf ihn bald sehen«, fuhr Leon fort. »Und ihn streicheln! Das hat Vater versprochen. Ich soll nur warten, bis er kommt. Dann wollen wir spielen.« Seine Augen strahlten.

Das durfte doch nicht wahr sein, dachte Mikro. In ihm begann es zu kochen. Der Mann war ja krank im Kopf, wenn er sich auf diese Art an Leon vergriff. War es das, was Danica gemeint hatte? Nein, sie konnte unmöglich etwas davon wissen. Da war er sich sicher. Sie liebte ihn.

Aber sie hatte ihn trotzdem in eine alte Tierbox eingesperrt, und sie hatte Mirko angelogen. Leon hatte wohl kaum einen Spielkameraden.

»Hast du einen Spielkameraden, den du besuchst, Leon?«

»Hallo, Kamerad?«

»Nein, einen Spielkameraden. Ich meine, hast du jemanden, mit dem du spielst?«

»Morgen spiele ich mit Vater!«

In diesem Moment fiel Mirko etwas ein, das ihn vor allen Dingen traurig machte. »Morgen ist dein Geburtstag«, sagte er leise.

»Mein was?« Leon sah ihn verwundert an, während er sich bequemer neben Mirko im Bett zurechtsetzte.

»Dein... nein, nichts. Aber sag mal, schläfst du nie zusammen mit deinen Eltern drüben im Haus?«

Leon schüttelte den Kopf. »*Nein, Leon, nein!* Das sagt Mutter die ganze Zeit. *Nein, Leon, nein.*«

Die Worte machten Mirko noch deprimierter. Er verstand Danica ja. In erster Linie war wohl sie diejenige, die es abbekam, wenn der Junge heftig war.

Plötzlich begann Leon zu pfeifen. Es klang ungewöhnlich schön. Wie die reine Natur. Was er nicht an Worten hatte, hatte er an Tönen, musste Mirko zugeben.

»Das muss ich schon sagen, Leon. Du bist richtig gut im Pfeifen geworden.«

Leon nickte. Dann hörte er plötzlich auf zu pfeifen und blickte ernst vor sich hin. »Ich mache es nicht, wenn ich Angst habe, dass das Ungeheuer auf dem Weg ist. Es soll mich nicht hören.«

»Ungeheuer?« Mirko hielt den Atem an. »Ist dein Vater das Ungeheuer?«

»Nein, nein, das Ungeheuer, das schreit! Dann mach ich so.«

Er hielt sich die Ohren zu und presste die Augen fest zusammen.

»Du dachtest also nicht, ich wäre das Ungeheuer, als ich vorhin zum Fenster hereingeschaut hab?«

»Nein, du hast ja keine leuchtenden Augen und großen Flügel. Und du hast nicht geschrien, jedenfalls nicht so.«

Mirko drückte liebevoll sein Bein. »Du brauchst keine Angst zu haben, Leon. Das sind nur die Tiere, die du da hörst. Die Eule ruft ja in der Nacht, und die Raubvögel schreien. Und der Wolf heult vielleicht in den Bergen. Aber sie tun dir nichts. Es sind nur Tiere, und auch wenn sie wild sind, tun sie dir nichts. Das verspreche ich.«

Leon schüttelte still den Kopf, während er Mirko direkt in die Augen sah. Es war deutlich, dass der Junge ihm nicht glaubte.

»Hör zu, Kamerad.« Mirko lächelte und versuchte, beruhigend zu klingen. »Ich bin ganz sicher, dass du nur einen Raubvogel gehört hast. Über die Raubvögel sind wir sehr froh, sie fangen die Mäuse...«

»Ja, aber...«

»Aber nicht *deine* Mäuse«, beeilte sich Mirko hinzuzufügen. »Von deinen Mäusen halten sie sich natürlich fern.«

Er konnte den Gedanken kaum ertragen, dass der Junge ganz allein im Dunkeln lag und sich vor den Geräuschen der Nacht zu Tode ängstigte. Die Vorstellung, was Karl möglicherweise mit seinem kleinen Sohn machte, war jedoch noch viel schlimmer.

»Die Katze wollte die Mäuse fangen«, sagte Leon und blickte zu Boden.

»Welche Katze?«

Leon kniete sich vor einen der Bettpfosten und zog eine gestreifte Katze unter dem Bett heraus. Er sah fürchterlich traurig aus, als er zu Mirko aufschaute. »Die Katze.«

Die Katze schaute auch, wenn auch vollkommen ausdruckslos.

»Ich hab es nicht mit Absicht gemacht«, sagte Leon. »Aber sie wollte meine Mäuse fangen.«

»Und was hast du da gemacht?«

»Ich hab sie festgehalten, aber sie hat so geschrien! Und dann hab ich zugedrückt... schau, so.« Er legte seine Hände um den Hals der Katze. »Da hat sie aufgehört.«

»Ja, das hat sie wohl«, seufzte Mirko. »Ist schon gut, Leon. Aber wo ist die Katze hergekommen?«

»Sie ist reingekommen, als meine Mutter rausgegangen ist, um den Eimer auszuleeren. Sie hat sie gar nicht gesehen.«

Mirko schielte zu dem Eimer hinüber, der in der Ecke neben der Tür stand. Ein kräftiger Deckel lag darauf.

»Du kannst sie gern haben.«

»Nein danke.«

Leon schob die Katze wieder unters Bett und krabbelte dann zu Mirko hinauf. »Sie ist jetzt auch kalt«, flüsterte er.

In diesem Augenblick war aus der Richtung der Bretter ein Rascheln zu hören, und Leon drehte sich blitzschnell um. »Jetzt sind sie da! Du musst fühlen!«, rief er fröhlich. Wieder nahm er Mirkos Hand und führte sie zu einer der Öffnungen zwischen den Brettern. Er drückte schnell ein paar Finger hinein, und Mirko spürte flüchtig etwas Weiches an seinen Fingerspitzen. Einen Moment später legte sich etwas schwer gegen die Wand und stieß einen Seufzer aus.

»Warmes Fell.« Leon lächelte. »Das ist schön.«

Mirko nickte und zog die Hand zurück. Jetzt kroch Leon im Bett dichter an ihn heran und strich neugierig mit einem Finger über seinen Schnurrbart.

»Der ist weich«, flüsterte er. »Und hübsch.«

»Danke. Ich mag ihn auch recht gern.«

»Er sieht aus wie eine dünne Maus.«

»Ja, danke.«

Dann richtete Leon seine Aufmerksamkeit auf Mirkos Haar und berührte es mit einer Hand. »Das ist auch weich, weicher als meins.«

»Ja, es... Au, nicht so fest, Leon... ja, so. Das ist besser. Nein, au! Probier doch stattdessen mal, an meiner Hose zu fühlen. Die ist weich, findest du nicht?«

Leon wandte seinen Blick Mirkos Kordhose zu und betrachtete den Stoff eingehend, während er sorgfältig mit beiden Händen darüberstrich. »Ja, die ist weich«, lächelte er. »Und sie kitzelt ein bisschen.«

Jetzt gerade war nichts Heftiges an Leons Bewegungen. Er wirkte inzwischen auch ein bisschen müde. Mirko konnte nicht anders, als eine Hand auf seinen Kopf zu legen und

ihm übers Haar zu streichen. Es musste gekämmt werden, bemerkte er. Die Liebkosung brachte Leon dazu, einen kurzen Moment verwundert zu ihm aufzublicken, dann legte er den Kopf in Mirkos Schoß und zeigte auf seinen Hinterkopf.
»Mehr, mehr«, flüsterte er in die Kordhose. »Mehr.«
Mirko streichelte Leon weiter, bis er merkte, dass er eingeschlafen war. Dann hob er den Jungen vorsichtig von seinem Schoß ins Bett. Erst als er ganz sicher war, dass Leon ruhig unter seiner Decke schlief, ging er wieder zur Tür. Er nahm die Taschenlampe mit, auch wenn er den Jungen eigentlich nicht gern im Dunkeln zurückließ.
»Ich komme wieder, Kamerad. Das verspreche ich.« Sein Flüstern vermischte sich mit Leons regelmäßigen Atemzügen und einem unruhigen Schnauben aus dem Stall.

Sobald er nach draußen getreten war und die Tür hinter sich geschlossen hatte, lehnte Mirko den Rücken gegen die schwere Tür und rutschte langsam daran herunter. Jetzt kamen die Tränen, die dort drinnen in ihm aufgestiegen waren. Er musste Leon retten, aber wie? Er konnte ja nicht einfach ins Schlafzimmer stürmen und sie ausschimpfen. Mirko wagte nicht einmal darüber nachzudenken, wie Karl reagieren würde.
Aber sollte er dann einfach gehen?
Er überlegte, am nächsten Tag zurückzukommen und einen Arzt mitzubringen. Doch der Arzt würde Leon vielleicht mitnehmen, und was dann? Würde der Junge dann nicht nur woanders eingesperrt werden, weit weg von seiner Mutter? Danica würde ihm das nie verzeihen. Er würde mit ihr darüber sprechen müssen. Sie *mussten* darüber sprechen können, dachte Mirko jetzt. Sie mussten eine gute Lösung für Leon finden können.

Die Frage war, ob nicht in erster Linie Karl das Problem war. Sicher war er derjenige, der darauf bestand, Leon wie ein Tier hinter Schloss und Riegel zu halten! Danica hatte gesagt, er sei grob, aber das hier war Bösartigkeit. Es konnte nichts Gutes mehr in diesem Mann sein, erst recht nicht, wenn er sich an seinem Sohn verging. Mirko ballte die Fäuste und starrte in die Dunkelheit hinaus.

Trotzdem.

Es gab etwas, das er nicht verstand. Nicht weniger als viermal hatte Danica die Gelegenheit gehabt, sich ihm in der Steinhütte anzuvertrauen, und trotzdem hatte sie nichts gesagt. Auch nicht, als er direkt nach Leon gefragt hatte. Sie wusste, dass der Junge ihm am Herzen lag. Sie hätte etwas sagen sollen, ihn um Hilfe bitten. Sie musste doch wissen, dass er ihr helfen würde.

Oder war Danica auch böse? Mirko konnte den Gedanken beinahe nicht ertragen. Nur eine zynische Mutter konnte ihren Sohn in diesen Verhältnissen leben lassen und sich währenddessen dem Genuss hingeben, oder nicht? Verwirrung und Verzweiflung zerrissen ihn fast. Und nicht zuletzt Wut, eine Wut, die in ihm umherpeitschte, ohne zu wissen, wie sie sich Luft verschaffen sollte.

Gab es denn wirklich niemanden, der an Leon dachte?

Vorsichtig stand Mirko vor der Tür auf, um nicht zu riskieren, den Jungen zu wecken. Hoffentlich schlief Leon dort drinnen tief und würde das auch noch eine Weile tun. Er schaltete die Taschenlampe aus, bevor er um die Stallecke bog, aus Furcht, vom Haupthaus aus gesehen zu werden.

Als er am Klohäuschen vorbeiging, zog ein tiefes Grollen seine Aufmerksamkeit auf sich. Donner? Natürlich war es Donner. Diese drückende Nachtluft konnte nur eines bedeuten. Trotzdem war da etwas, das nicht stimmte. Mirko horchte wieder und ging um das Klohäuschen herum. Das Geräusch kam von irgendwo in der Nähe, nicht von einem fernen Himmel. Es klang, als käme es von der anderen Seite der Scheune. Oder *aus* der Scheune?

Er folgte der groben Holzfassade des Gebäudes, bis er ziemlich nah an das große Tor herangekommen war. Es stand halb offen, wie es schon so oft der Fall gewesen war, aber irgendetwas war anders. Aus dem Inneren der Scheune drangen jetzt andere Geräusche. Es kam ihm so vor, als würde sich etwas oder jemand dort bewegen. War ein Tier hineingeraten?

Oder war es Danica?

Es konnte auch Karl sein.

Wer es auch war, Mirko würde nicht umhinkommen, sich zu erkennen zu geben, wenn er durch das Tor trat. Er ignorierte sein heftiges Herzklopfen und holte tief Luft. Dann trat er ein und machte sofort die Taschenlampe an. Er wollte sehen, zu wem oder was er da hineinging.

Es war ein Bär. Der ihn jetzt anstarrte.

Ein einziger, aber höchst merkwürdiger erschrockener Laut entfleuchte Mirko, als er das Tier erblickte. Er war nicht imstande, sich zu bewegen, und trotzdem zitterte seine Hand so sehr, dass etwas im Metallgehäuse der Taschenlampe klapperte. Der Bär schnaubte und ließ den Unterkiefer etwas hängen. Seine Augen glänzten im Licht, und seine lange Unterlippe bewegte sich in kleinen, feuchten Zuckungen.

Mirko wusste, dass man nicht fliehen sollte, wenn man einem Bären von Angesicht zu Angesicht gegenüberstand. Das Schlimmste war zu fliehen, also war es auf seine Weise ein Vorteil, steif vor Schreck zu sein.

Ein anderer wesentlicher Vorteil bestand darin, dass der Bär hinter Gittern war. Das ging Mirko langsam auf, als er den Blick schließlich ein wenig von den Augen des Bären abzuwenden wagte, der ihn mit einer seltsamen Mischung aus Konzentration und Teilnahmslosigkeit betrachtete. Bei dieser Gelegenheit entdeckte er die Metallgitterstäbe zwischen ihnen; eine Tatsache, die das Machtgleichgewicht sofort veränderte und das Gefahrenniveau beträchtlich senkte.

Mirko atmete vor Erleichterung tief ein, wenn auch seine Hände noch immer versuchten, den Schreck abzuschütteln. Er stellte fest, dass der Bär sich in etwas befand, das aussah wie eine Art Zirkuswagen mit Metallgitter auf der einen Längsseite. Diese Seite konnte offenbar mit zwei großen Holzdeckeln ganz geschlossen werden, die jetzt geöffnet waren. Das Holz war grün gestrichen und mit roten Schnörkeln verziert; alles war jedoch etwas abgeblättert und heruntergekommen. Die soliden Metallgitter waren rotbraun vor Rost, doch an mehreren Stellen leuchteten im Licht von Mirkos Lampe Kratzer wie verwirrte Silberfäden.

Er ging vorsichtig zur Rückseite des Wagens, um zu sehen, wie er verschlossen war. Dort fand er eine kräftige Klappe vor, die mit einem langen, soliden Bolzenriegel aus Metall abgesperrt war. Der Bär konnte unmöglich dort herauskommen. Als Mirko sich von seiner eigenen Sicherheit überzeugt hatte, wanderte sein Blick zurück zu dem Bären. Er beobachtete ihn noch immer, während er leise brummte. Es schien, als versuchte er zu fokussieren, schaffte es aber nicht ganz. Oder konnte es nicht.

Jetzt, wo der erste Schreck sich gelegt hatte, fühlte Mirko Mitleid mit dem Tier. Es war ein großer Braunbär, der in keinster Weise in Gefangenschaft gehörte. Manchmal sah man in der Umgebung wilde Bären, doch das war kein gutes Zeichen, denn wenn die Bären so weit aus den Bergen herunterzogen, war in der Regel Hunger der Grund. Noch schlimmer war es jedoch, wenn ab und zu ein Bär wie dieser auf einem Markt auftauchte. Eingesperrt und ausgestellt. Mirko hatte nie verstanden, wie jemand auf die Idee kommen konnte, ein so prächtiges Tier auf diese Art zu quälen und zu misshandeln. Genauso wenig verstand er die Zuschauer, die bei dem Anblick jubelten und alle möglichen Essensreste und Abfälle zwischen die Gitter warfen, die der Bär zu fressen versuchte. Das war reine Bosheit, nicht zuletzt, wenn sie ihn dann auch noch abfüllten. Und leider geschah oft genau das. Man ließ den Bären Alkohol trinken, sodass er sich zum großen Vergnügen des Publikums wie ein betrunkener Idiot benahm.

Sein Blick fiel auf das rote Schild über den Gitterstäben: *Bunda – der versoffene Bär*. Ach, es war einer von ihnen. Er meinte sogar, das Schild und den Wagen wiederzuerkennen. In diesem Fall hatte er diesen Bären auf einem Markt weiter nördlich gesehen, wo er vor langer Zeit mit seinem Vater gewesen war. Der Besitzer des Bären war ein großer, skrupelloser Kerl gewesen. Er saß da und scheffelte Geld, indem er die Leute dazu verleitete, Alkohol zu kaufen, den sie auf das Tier schütten konnten. Mirko hatte gesehen, wie der Teufel in die Menschen fuhr, die vor dem Käfig hängenblieben.

»Sieh sie dir an, Mirko«, hatte sein Vater gesagt. »So sehen Menschen aus, wenn sie klein und erbärmlich sind. Schau, sie geben dem Bären Bier, damit er betrunken und lächerlich wird. So wie sie! Auf diese Weise fühlen sie sich stark. Sie sehen die Jämmerlichkeit des Bären, aber sind blind für ihre eigene. Man kann nur hoffen, dass der Herrgott sie eines Tages die Konsequenzen ihrer Grausamkeit spüren lässt.«

Das war jetzt viele Jahre her, doch das Erlebnis hatte sich in Mirko eingebrannt. »Ich fühle mit dir«, flüsterte er dem Bären zu. »Du gehörst nicht in diesen Käfig.«

Der Bär brummte leise und zog sich etwas von den Gitterstäben zurück. Dann richtete er sich plötzlich zu seiner vollen Größe auf. Sein Kopf reichte bis zum Wagendach, und es sah aus, als würde er sich daran anlehnen. Mirkos Herz schlug etwas schneller bei dem Anblick, der gleichzeitig beeindruckend und traurig war. Der Bär stand eine Weile da, die großen Vorderbeine an den Seiten herunterhängend, und fiel dann mit einem Rums wieder hinunter, der den Wagen ins Wanken brachte. Dann setzte er sich auf sein Hinterteil und griff mit einer Pranke um einen der Eisengitterstäbe, genau da, wo die meisten Kratzer zu sehen waren. Es waren unangenehm große Klauen.

Karl!

Natürlich musste sich Karl das Tier angeschafft haben; warum sollte sich der Bär sonst in seiner Scheune befinden? Karl und seine hübschen Schmetterlinge! Der Mann war ja vollkommen herzlos, wenn es hart auf hart kam. Eigentlich sollte Karl in diesem Käfig sitzen, dachte Mirko gereizt. Zum Teufel, wie er diesen Mann hasste.

Er ging zum vorderen Ende des Wagens, um den Rest zu inspizieren. Der Kutschbock lag hoch und war verstärkt worden, wie man sehen konnte. Darunter gab es eine breite Bank mit einer Decke, die wohl als Schlafplatz diente. Sogar mit einem Vorhang, den man zuziehen konnte, sodass man etwas Privatleben hatte. Oben auf dem Dach entdeckte er eine Kiste und eine Tasche, offenbar war dort oben Platz für Gepäck. Das war ja ein ganzes Haus! Die armen Pferde, die diese Last ziehen mussten.

Karls alte Jacke lag auf der Bank, über irgendetwas hingeworfen, und Mirko hob sie hoch. »Oh nein«, flüsterte er, als er sah, was unter der Jacke lag.

Er erkannte die Waffe sofort von einem Bild in einem Geschichtsbuch. Es war ein *Morgenstern*. Dass jemand es über sich brachte, etwas so Grausames nach etwas so Schönem zu benennen. Aber was hatte die Waffe hier zu suchen?, dachte er nun. Vielleicht benutzte Karl sie für den Bären. Es war auf jeden Fall grotesk, dass beides sich in diesem Schuppen befand.

Mirko hielt es nicht aus, die Waffe so dicht an dem Tier zu sehen. Er würde sie mitnehmen, sodass Karl sie wenigstens nicht mehr verwenden konnte. Der Bär schüttelte den Kopf und schlug mit einem Vorderbein auf den Bretterboden, als er sich mit dem Morgenstern vor ihm zeigte. Jetzt entdeckte er, dass eine Narbe quer über den Nasenrücken des Tieres verlief. Die eine Schulter des Bären sah ebenfalls mitgenommen aus. Da war ein dunkles, dreieckiges Stück ohne Fell.

Auf einmal begriff Mirko, dass er zwar den Wagen kannte, es jedoch unmöglich derselbe Bär sein konnte, den er vor Jahren mit seinem Vater gesehen hatte. Dieser wirkte jünger und stärker, vielleicht auch größer. Der Mann hatte offenbar im Lauf der Jahre mehrere Bären zu Tode gequält. Aber wenn der Wagen sich jetzt hier befand, bedeutete das dann, dass Karl das Geschäft von ihm übernommen hatte? Mirko konnte sich nur schwer vorstellen, wie Karl sich um den Hof kümmern sollte, wenn er auch Bären ausstellte.

Und Danica... Was meinte Danica dazu? Sie konnte eine solche Grausamkeit doch unmöglich gutheißen. Aber auch davon hatte sie Mirko gegenüber nichts erwähnt.

Er war verwirrter als jemals zuvor. Zumindest verstand er, warum die Tiere im Stall nervös gewirkt hatten.

Es konnte vielleicht auch sein, dass der Mann mit dem

Bären nur zu Besuch war. Dass das die simple Erklärung war. Aber war er dann jetzt im Haus?, dachte Mikro. Das widerliche Schwein.

Mirko machte die Taschenlampe aus und nahm sie mit, in der anderen Hand hielt er den Morgenstern. Dann trat er zum Scheunentor hinaus.

Hinter sich konnte er den Bären leise brummen hören, vielleicht war es jetzt auch ein ferner Donner. Es war schwer zu unterscheiden. Der Himmel war immer noch blauschwarz. Die Luft fühlte sich dicht und drückend an, sowohl in ihm als auch um ihn herum.

Und nun? Was nun?

DIE VERGNÜGUNGEN DES BULGAREN

Nachdem Karl den Wagen geholt hatte, kaufte der Bulgare dem Pfarrer des nächsten Dorfes einen kleinen, gebrauchten Pferdewagen ab. Irgendein Fahrzeug musste er ja schließlich haben. Er hatte eine längere Reise vor sich, wenn er das Land verlassen wollte, und das wollte er.

Er brauchte Luftveränderung, nachdem er jahrelang mit dem verdammten Bären herumgezogen war. Was er genau tun und wohin er fahren würde, hatte er noch nicht entschieden. Nach Bulgarien zurückzukehren war wahrscheinlich nicht möglich, doch er würde schon etwas finden.

Er wollte bald aufbrechen.

Aber erst einmal brauchte er noch etwas anderes: eine hübsche, erotische Frau, die ganz allein und verlassen auf ihrem kleinen Hof war.

Hässliche Jungfrauen waren nichts für ihn.

Karls Frau klang, als wäre sie genau sein Typ. Er war sich obendrein relativ sicher, dass er sie schon kennengelernt hatte. Sie musste die schöne, rotgoldene Frau sein, die er neulich in einem Wirtshaus hier in der Gegend gesehen hatte. Als sie von dort weggegangen war, hatte er sich beim Barkeeper ein wenig über sie erkundigt. Das hätte er vielleicht nicht tun sollen, aber die Versuchung war zu groß gewesen. Der

Barkeeper hatte erzählt, sie sei mit einem großen Kerl verheiratet, habe sich jedoch dadurch von nichts abhalten lassen.

Jetzt stand der Bulgare an eben dieser Bar und trank sich ordentlich einen an. Er war um eine Verantwortung leichter geworden, seit er diesen Bären los war, und das musste gefeiert werden.

Erst auf die eine, dann auf die andere Art.

»Du! Diese Frau, nach der du letztens gefragt hast«, sagte der Barkeeper plötzlich, während er ausschenkte. Er lehnte sich über den Tresen, sodass ihn sonst niemand hören konnte. »Ihr Mann war hier. Er hat sie erwischt, also wird sie jetzt vermutlich an der kurzen Leine gehalten. Sie kommt wohl kaum wieder.«

Der Barkeeper zwinkerte dem Bulgaren zu. »Ja, es sei denn, er wirft sie raus; dann bekommst du vielleicht die Chance. Ich hab sehr wohl gesehen, wie du sie angeglotzt hast.«

Der Bulgare zuckte mit den Schultern und lachte ein wenig.

»Ach ja, sie ist verdammt hübsch«, seufzte der Barkeeper. »Aber unmöglich zu kontrollieren. Man sieht und hört ja das eine oder andere, wenn man hier steht.«

Der Bulgare sagte nichts; es war am besten, sich nicht zu äußern. Er lachte ein wenig in sich hinein bei dem Gedanken, dass ein großer Kerl wie Karl dieses kleine Frauenzimmer nicht im Griff hatte. Augenscheinlich war Karl schon unterwegs mit seinem Bären. Er wollte ja nur kurz nach Hause, um seiner Frau eine Tracht Prügel zu verpassen.

Heute Nacht würde sie also allein sein... und morgen früh. Das war ein schöner Gedanke. Der Bulgare würde sich liebevoll des verletzten kleinen Morgensterns annehmen, sobald er mit dem Trinken fertig war. Hinterher würde er besser verschwinden, auch wenn der Verdacht wohl auf ihren Mann fallen würde.

Karl, dieser gutgläubige Trottel.

Hässliche Jungfrauen! Dem Bulgaren war es doch herzlich egal, wie viele Männer sich vor ihm mit einer Frau vergnügt hatten, solange sie nur attraktiv war. Auf jeden Fall würde wohl kaum jemand nach ihm kommen, wenn er der hier erst habhaft geworden war. Es sei denn natürlich, es war jemand mit ungewöhnlich kranken Fantasien; solche gab es vermutlich auch.

Ja, wenn es etwas gab, worauf der Bulgare Lust hatte, dann waren es hübsche, einsame Frauen in abgelegenen Gegenden. In seinem Heimatland hatte er einige davon hinterlassen und wurde im Übrigen deshalb gesucht. Bisher hatte es keine überlebt.

Es waren auch ein paar Kinder dabei gewesen.

DREI WORTE

Danica öffnete vorsichtig die Küchentür. Sie konnte spüren, dass Karl dort drin war. Konnte es riechen. Es roch nach Schweiß und Alkohol. Aber sie konnte ihn nicht sehen. Die Dunkelheit war hereingedrungen. Sie wunderte sich, dass er kein Licht angemacht hatte. Vielleicht schlief er. Aber es war zu früh. Oder nicht? Sie hatten noch nicht zu Abend gegessen. Sie hatte überhaupt kein Gefühl dafür, wie viel Uhr es war, nachdem sie oben hinter den Büschen eingedöst war. Es war, als wäre die Zeit mit der drückenden Dunkelheit verschmolzen und zu einem Zustand geworden. Die Luft schloss die Zeit ein, und die Zeit hielt die Luft an. Als ob alles auf etwas wartete.

Aus irgendeinem Grund fand sie es am besten, das Licht nicht einzuschalten und keinen Lärm zu machen, als sie durch die Küche ging. Sie ging langsam, sehr langsam. Ihr Puls kam nicht zur Ruhe. Das ist meine eigene Küche, dachte sie. Mein eigenes Zuhause. Mein eigener Mann. Warum bin ich so unruhig?

Er liebt mich, versicherte sie sich selbst. Er hat versprochen, mich zu lieben, in guten wie in schlechten Zeiten, und Karl hat immer gehalten, was er versprochen hat. Immer. Sogar beim Treueversprechen war sie sich sicher, dass er es gehalten hatte, trotz seiner ausschweifenden Vergangenheit. In einem plötzlichen Anfall von Klarheit beschloss sie, den Versuch zu unternehmen, mit Karl zu reden. Nicht an diesem Abend, aber am nächsten Morgen, wenn er nüchtern geworden war. Und sie auch. Nur ein bisschen miteinander reden. Das würde helfen.

Sein Schweigen war das, was sie am meisten beunruhigte. Es war wie eine Dunkelheit, bei der man nicht wusste, was darin war: Leere. Oder etwas anderes, etwas Gefährlicheres.

Als sie ein Geräusch aus dem Wohnzimmer hörte, hielt sie inne und horchte. Es war ein wohlbekanntes Geräusch. Es war Karl, der sich im Schlaf umgedreht hatte, sodass er schnarchte. Er musste auf dem Sofa eingeschlafen sein. Deutlich beruhigt ging sie in den Flur hinaus und schaute ins Wohnzimmer. Sie sah seine Umrisse auf dem Sofa, ein Arm hing über die Rückenlehne wie ein schwarzer Schatten in der Dunkelheit, die Füße ragten über die Armlehne hinaus. Und der Geruch nach Alkohol traf sie so heftig, dass er sich anfühlte wie eine physische Größe, die sie zurückdrängen wollte. Er gewann. Sie wich zurück.

Danica war nicht hungrig, sie war müde, beinahe erschöpft. Sie hatte vor allem das Bedürfnis, allein ins Bett zu kriechen, sich in den Schlaf und seine harmlosen Träume zu flüchten. Im Schlaf lag eine Sicherheit. Und noch immer ohne Licht zu machen, schlich sie ins Schlafzimmer, zog sich aus und schlüpfte in ihr weißes Nachthemd.

Sie schlief ein, bevor sie auf den Gedanken kam, ihren Sohn zu füttern.

Und ihren Schoß zu waschen.

*

Zwischen ihren Beinen brannte es. Oder kochte. Sie hatte keine Ahnung, ob es Abend oder Nacht oder früher Morgen war. Sie erwachte von der Hitze; davon, dass sein Bart an ihrem Schenkel kratzte; vom scharfen Geruch nach Alkohol, der ihr in die Nase drang, sodass sich ihr Magen zusammenkrampfte. Von seinen Händen, die sich von unten um die Schenkel schlossen, gleich hinter den Knien, und sie auseinanderpressten. Er leckte sie nicht, er schnüffelte an ihr. Untersuchte sie dort unten. Und zum ersten Mal seit mehreren Tagen sagte er etwas.

Drei Worte.

»Du verdammtes Luder.«

LEON ERWACHT

Leon erwachte in der Dunkelheit. Da waren nur die wohlbekannten Geräusche der Tiere nebenan und die der Mäuse unter dem Bett. Und sein eigener Magen, der ein bisschen knurrte.

Er kroch zu den Brettern, um zu sehen, ob jemand da war, den er anfassen konnte. Einen kurzen Moment spürte er eine raue Zunge. Da holte er die Schüssel mit den Grützeresten, fuhr mit den Fingern in die Grütze, die kalt und fettig war, und steckte dann die Finger mit der Grütze zwischen die Bretter. Die Zunge kam wieder. Sie schleckte und schleckte, sodass er grinsen musste.

Jetzt aß er selbst ein wenig von den Resten. Er nagte an einem Stück Brot, das unter dem Teppich gelegen hatte. Trank etwas aus dem Krug mit Wasser, der auf der Kommode stand. Er musste aufpassen, dass er die Krüge nicht zerstörte. Wenn er sehr durstig war und zu eifrig wurde, konnten sie zerbrechen. Bum! Kleine Stücke auf dem Boden.

Aber dieser Krug hier war nicht wie die anderen Krüge, er fühlte sich in den Händen kälter an. Den konnte er nicht kaputtmachen, hatte seine Mutter gesagt. Es sei denn, er drückte ihn zusammen. Er passte auf. Er hatte ihn nur ein ganz klein wenig zusammengedrückt.

War sie hier gewesen? Nein, sie war nicht da gewesen.

Leon richtete sich plötzlich auf. Jemand anders war da

gewesen, als er eingeschlafen war! Jetzt erinnerte sich Leon an ihn. Er hatte eine weiche Hose und einen Bart unter der Nase gehabt.

Mirko!

Leon blickte sich in der Dunkelheit um. Mirko war jetzt fort, aber er war ganz sicher vorhin da gewesen. Sie hatten miteinander geredet. Und gekuschelt. Das hatte er nicht geträumt. Zur Sicherheit sah er auch unter dem Bett nach. Da saßen zwei Mäuse und starrten ihn in der Dunkelheit an. Neben einer toten Katze.

Konnte das Ungeheuer Mirko geholt haben?

Leon sprang aus dem Bett und lief zur Tür. Er lehnte sich mit dem ganzen Körper dagegen. »Mirko, bist du da?« Er flüsterte, damit das Ungeheuer ihn nicht hören konnte.

Von draußen kam keine Antwort, doch die Tür bewegte sich ein bisschen, als er sich dagegen lehnte. Das hatte sie noch nie getan. Jedes einzelne Mal, wenn seine Mutter oder sein Vater hinausgegangen waren, war die Tür hinterher unverrückbar gewesen. Am Ende hatte er seine Versuche aufgegeben, dagegen zu drücken.

Aber jetzt bewegte sie sich. Nur ein kleines bisschen.

Leon schob mit beiden Händen, und die schwere Tür ging auf. Er vergaß alles über Tiere, die entkommen konnten, und Ungeheuer, die hereinkommen konnten, und trat vorsichtig hinaus in die Dunkelheit, mit einem Kribbeln und Krabbeln im Bauch.

Draußen herrschte eine andere Dunkelheit als im Zimmer, aber er konnte gut durch sie hindurchsehen. Die Luft war auch anders als drinnen. Die Gerüche waren anders. Das wusste er ja schon, aber trotzdem fühlte sich alles neu an, und er war ganz allein damit.

Jetzt musste er pinkeln. Und noch mehr als das.

Seine Mutter hatte gesagt, er solle einhalten oder in den Eimer im Zimmer machen und daran denken, hinterher den Deckel zuzumachen. Er hielt meistens ein, er mochte diesen Eimer nicht.

Aber er mochte das Plumpsklo. Jetzt wollte er aufs Klo! Er war zwar allein und hatte ein bisschen Angst, aber er war auch ein bisschen glücklich, frei zu sein und aufs Klo gehen zu können, wann er wollte. Und musste. Er ging vorsichtig hinüber und öffnete die Tür. Es roch nach allem, wonach es dort drinnen immer roch. Dann setzte er sich auf das Loch und blickte zur offenen Tür hinaus. Wenn er sich ganz nach vorn lehnte und zur einen Seite schaute, konnte er den Rand der Scheune sehen, der etwas dunkler als die Dunkelheit war. Tagsüber war er ansonsten rot.

Jetzt konnte er von dort drüben auch etwas hören.

DER KAMPF

Mirko hatte das Licht am Himmel immer geliebt. Die Venus, die kurz vor Sonnenaufgang zum Vorschein kam. Jetzt lag der Morgenstern in seiner Hand und fühlte sich viel zu schwer an. Er musste auf dem Heimweg einen Ort finden, an dem er ihn verstecken konnte. Oder begraben. Den Morgenstern begraben? Er schüttelte bei dem Gedanken den Kopf.

Er musste mit Danica reden, aber es war nicht der richtige Zeitpunkt. Im Augenblick war ihm das Ganze auch zu viel; er musste nach Hause gehen und seine Gedanken sammeln. Es quälte ihn zu wissen, dass Leon in Einsamkeit aufwachen würde. Etwas sagte ihm jedoch, dass Leon daran gewöhnt war. Das schnitt ihm am meisten ins Herz.

Anstatt an der Scheune und hinter dem Klohäuschen entlangzugehen, trat er zögerlich auf den Hofplatz hinaus und starrte zum Haupthaus hinüber. In allen Fenstern war es dunkel. Sie waren jetzt dort drinnen, sie schliefen wohl. Mirko dachte noch einmal darüber nach, ob der Typ mit dem Bären vielleicht auch da war, wenn nun sein Wagen in der Scheune stand. Er konnte ein Bekannter von Karl sein, der übernachtete... zwei große, widerliche Männer und Danica. Trotzdem tendierte er dazu zu glauben, dass es jetzt Karls Bär war. Karls Wagen. Karls Morgenstern.

Das machte es auch leichter, ihn zu hassen.

Ein starker Drang trieb Mirko zum Schlafzimmerfenster

hinüber, er musste hineinsehen. Er ging so lautlos wie möglich, und die Taschenlampe ließ er ausgeschaltet. Währenddessen umklammerte er seine Waffe. In gewisser Weise fühlte es sich sicher an, eine Waffe zu haben. Seine bloßen Fäuste konnten ja nichts ausrichten, doch wozu sollte er sie auch brauchen? Er wollte verdammt noch mal keine Schlägerei anzetteln. Gegen jemanden wie Karl würde er niemals eine Chance haben. Nichtsdestotrotz hätte er den Mann am liebsten tot gesehen. Fort.

Zwischen den Gardinen war ein Spalt, aber es war zu dunkel, um im Schlafzimmer etwas zu sehen. Mirko spürte eine seltsame Erleichterung, als er sich wieder vom Fenster zurückzog. Wenn er gesehen hätte, wie Danica und Karl miteinander schliefen, wäre er tot umgefallen, dachte er. Und wenn Karl nun grob zu ihr gewesen wäre? Er konnte den Gedanken nicht ertragen. Trotzdem war er leichter auszuhalten als der Gedanke, dass Karl auf eine Art mit ihr zusammen war, die sie mochte.

Dann hörte er einen Laut.

Es war Danica, die etwas rief. Was sie sagte, war unklar. Mirko stand still und horchte. Er hörte sie wieder. Jetzt auch Karls tiefe Stimme. Hatten sie Sex? Nein, sie stritten. Es klang, als würde sie ihn bitten, etwas nicht zu tun.

Das konnte vielleicht auch Sex sein.

Jedenfalls stimmte ganz sicher etwas nicht, ihre Stimme klang schrill. Die Geräusche waren zu weit weg, um aus dem Schlafzimmer kommen zu können. Vielleicht kamen sie aus dem Wohnzimmer auf der anderen Seite des Hauses. Oder aus der Küche?

Mirko lief zur Küchentür und legte sein Ohr daran. Die Laute klangen fern, aber sie waren da, und Danica steckte zweifellos in Schwierigkeiten. Er schob die Tür auf, ohne

Lärm zu machen. Jetzt stand er in der Türöffnung. Mit einem Morgenstern in der Hand.

Das kann ich nicht, dachte er. Ich kann diese Waffe nicht mit hineinnehmen. Trotzdem nahm er sie mit.

Das Haus war dunkel. Die Geräusche kamen etwas näher, als er durch die Küche in den Flur ging. Überall hing ein beinahe erstickender Alkoholdunst. Im Wohnzimmer war eine Lampe umgeworfen, und die Möbel waren merkwürdig schräg verschoben, als hätte jemand versucht, den Weg zu versperren. Ein Schemel war umgekippt und lag mit emporragenden krummen Beinen da wie ein unglücklicher Käfer.

Die Tür zur kleinen Terrasse und dem Feld dahinter stand weit offen. Von dort kamen die Laute. Mirko rannte zur Tür und starrte hinaus. Er konnte dort draußen etwas erkennen. Etwas Helles, das sich irgendwo im Kartoffelfeld bewegte. Es war Danica in ihrem Nachthemd.

Er stellte die Taschenlampe in die Tür. Es gab keinen Grund, damit auf sich aufmerksam zu machen. Im Übrigen wollte er lieber beide Hände für den Morgenstern frei haben.

Drüben auf dem Feld flatterte sie in der Dunkelheit hin und her.

Sie rief etwas. Es war undeutlich, aber Mirko konnte ein paar der Worte ausmachen.

Nein, Karl, nein.

Karl war fast eins mit der Dunkelheit, man konnte ihn jedoch als schwarzen Schatten erahnen, wenn er sich hinter der hellen Gestalt herbewegte. Es sah aus, als umkreisten sie einander und entfernten sich gleichzeitig immer weiter vom Hof. Zwischendurch versperrte er ihm die Sicht auf Danica, wie wenn eine Wolke vor einen Himmelskörper tritt.

Mirko dachte nicht nach, zögerte nicht. Er lief zur Tür

hinaus, sprang von der Terrasse, rannte durch das kleine, vernachlässigte Stück Garten und zwischen die Reihen von Kartoffelpflanzen hinaus. Die weißen Blüten leuchteten blass wie das Nachthemd in der Ferne. Er folgte den Wegen, die die Pflanzenreihen zwischen sich schufen.

Die Erde war steinhart und schlug gegen seine Schuhsohlen, sodass es sich anfühlte wie Stromschläge. Seine Hände umklammerten den Morgenstern. Er hatte nichts anderes, woran er sich festklammern konnte, nicht einmal Mut. Was ihn antrieb, fühlte sich nicht an wie Mut. Eher wie Verzweiflung. Aber retten wollte er sie.

Danica und Karl zogen weiter und weiter ins Feld hinaus, und Mirko lief hinterher, auch wenn alles in ihm stillstand. Mit Ausnahme seines Herzens. Sein Herz galoppierte.

Als er näher kam, konnte er sehen, dass Danica sich nur mit Mühe bewegte. Karl hatte sie bereits geschlagen.

Dieses Monster.

»Karl!«, rief er.

Versuchte er zu rufen.

Das Wort kroch über seine Lippen wie ein ängstlicher Krüppel, mit schmächtigen Konsonanten und schwächlichen Vokalen. Man konnte es kaum als Laut bezeichnen.

Sie hörten ihn nicht.

»*Nein, Karl, nein. Das darfst du nicht. Lass mich erklären.*« Danicas Stimme war schrill und schluchzend.

»*Als könnte ich dir glauben!*«

»*Denk doch an Leon! Er braucht seine Mutter!*«

»*Welche Mutter? Seine Mutter ist eine Hure!*«

»*Nein, nein... So ist es nicht.*«

»*Doch, so ist es. Du stinkst nach Hure. Es sind viele gewesen! Ich weiß es. Ich hab es gehört. Alle deine kleinen Ausflüge... und Mirkos Brief. Glaubst du, das weiß ich nicht?*«

Sie waren stehen geblieben, und Mirko war ein Stück entfernt ebenfalls stehen geblieben. Sein Herz konnte sie nicht übertönen. Er hörte jedes Wort, das sie sagten. Karl hatte den Brief gelesen!

»*Nein, aber das war doch nicht ... Du missverstehst das!*«

»*Zur Hölle, Danica. Zur Hölle! Ist das der Dank? Ich hab mich hier für dich abgerackert, und du hast mit anderen Männern gefickt!*«

»*Nein, Karl, hör mir zu.*«

»*Und Mirko! Du hast verdammt noch mal sogar Mirko gefickt!*«

Sie standen einander gegenüber, direkt vor ihm, beide hatten Mirko die Seite zugewandt. Keiner von ihnen hatte ihn entdeckt. Er konnte sie jetzt atmen hören, Danica rang trocken nach Luft, während Karl beinahe kochte. Es war, als wäre er Zeuge eines Menschen, der einen vulkanischen Ausbruch hatte und nicht gestoppt werden konnte. Bald würde Karl Feuer und Lava spucken und sicher auch töten.

»*Wahrscheinlich treibst du's auch mit den Tieren!*«, tobte er jetzt. »*Du bist eine verdammte, liederliche Nutte, die nicht genug kriegen kann.*« Im selben Moment trat er zu Danica vor und machte eine Bewegung mit dem Arm, auf die ein knallendes Geräusch folgte.

Er hatte eine Peitsche!

Danica gab einen gequälten Laut von sich und fiel auf die Knie.

»KARL!«, rief Mirko. Diesmal war eine Stimme da – und ein Mut, woher er auch kommen mochte.

Karl wandte sich nach dem Geräusch um. Mirko konnte seine Augen nicht sehen, doch er spürte trotzdem den Blick auf sich.

»Mirko? Bist du das?« Karl begann auf ihn zuzugehen. »Stehst du da und versteckst dich in der Dunkelheit?«

»Ja, ich bin's.«

»Oh Gott, Mirko. Er schlägt dich tot.« Danicas Stimme klang verzweifelt. »Hau ab, Mirko. Lauf!«

Mirko lief nicht. Er blieb stehen und hielt den Morgenstern wie eine Lanze vor sich.

»Jetzt ist Schluss«, zischte er Karl zu. »Du fasst sie nicht an!«

»Das soll ich also nicht tun? Dieses Vergnügen möchtest du vielleicht haben?«

Karls Stimme war verblüffend ruhig geworden. Er näherte sich. »Du fasst meine Frau ja offenbar gern an. Wahrscheinlich warst du derjenige, der sie heute gefickt hat. Warst du's, Mirko? Hat sie was Schönes mit dir gemacht?«

Karl war jetzt so nahe, dass Mirko seine Augen sehen konnte. Er konnte auch sehen, dass er den Arm hob, um die Peitsche zu benutzen.

»LAUF, Mirko!«, rief Danica wieder.

Mirko lief, stolperte und fiel. Er schaffte es, den Morgenstern rechtzeitig fallen zu lassen, sodass er nicht darauf landete. Stattdessen traf er mit einem Knie und einer Schulter auf dem Boden auf. Als sein Kinn auf die Erde schlug, quittierte sie es mit einem Schwall von Staub, der ihm in Nase und Mund drang. Er spürte Karls Schritte als Erschütterungen im Boden.

»Hoppala. Wolltest du nicht deine Geliebte verteidigen? Na komm, kleiner Mirko. Zeig mir, was du kannst. Zeige dich als Mann.«

Mirko bemerkte einen Stein an seiner Hand und griff instinktiv danach. Dann rappelte er sich auf und kam wieder auf die Beine. Der Morgenstern lag zwischen Karl und ihm auf der Erde, und er sah, wie Karl sich danach bückte. In der anderen Hand hielt er noch immer die Peitsche.

Mirko lief wieder. Er bewegte sich leichter und schneller als zuvor, jetzt, wo er nicht die schwere Waffe dabeihatte. Karls Schritte bebten hinter ihm, doch Mirko vergrößerte den Abstand. Er brauchte ihn.

Und dann blieb er mit einem Mal stehen.

Er wandte sich halb zu seinem Verfolger um, sodass er mit der Seite zu ihm stand. Karl reagierte und hielt ebenfalls inne, augenscheinlich überrascht von Mirkos jähem Abbremsen. Die beiden standen nun zwanzig Meter voneinander entfernt auf dem Pfad zwischen den Kartoffelfeldern.

Über ihnen begann die Finsternis zu grollen.

Karl sah aus wie ein riesiger Krieger, wie er da mit der Peitsche in der einen und dem Morgenstern in der anderen Hand in der Dunkelheit stand. Groß, wild, wütend und bewaffnet.

Mirko hatte nur seine nackten Fäuste. Und einen kleinen, runden Stein.

Er tat es, ohne zu denken. Zog das linke Bein zur Brust hinauf, verlagerte das Gewicht aufs rechte, schob sich schräg nach hinten, jetzt den rechten Arm zurück und den linken Arm nach vorn, synchron mit dem linken Bein, das in einem langen Schritt nach vorn flog, er verlagerte sein Gewicht, rotierte mit der Hüfte, explodierte, setzte den linken Fuß auf die Erde, zog den rechten Arm vor, den linken nach unten, beugte den rechten Ellenbogen, schob den Arm nach vorn, weiter, weiter... das Handgelenk, die Finger, der Atem. Der Stein verließ ihn, der Stein flog.

Der Stein traf.

Mirko konnte es hören.

Ein kleiner, dumpfer Laut.

Und Karl fiel. Nicht, dass er über seine eigenen Beine gestolpert wäre, oder über einen Erdklumpen oder einen der vielen Steine, die darauf bestanden, sich durch die Erde nach oben zu arbeiten, um die Steine zu ersetzen, die man bereits in stundenlanger Arbeit entfernt hatte. Karl fiel. Tot um.

Neben ihm, verborgen unter den Blättern einer staubtrockenen Kartoffelpflanze, lag ein verschämter runder Stein von der ungefähren Größe eines Baseballs.

»Karl?« Mirko näherte sich langsam dem Gefallenen, der sich wie eine störende Masse zwischen den schnurgeraden Reihen von Pflanzen in der Dunkelheit abzeichnete. Oder ein Fels.

Von der anderen Seite näherte sich Danica noch langsamer. Sie hinkte.

»Pass auf, Mirko. Um Himmels willen, pass auf!«, rief sie. »Gleich steht er ganz plötzlich wieder auf. Man fällt nicht einfach so um, erst recht nicht Karl. Das ist ein Bluff!«

»Vielleicht«, sagte Mirko, ohne den Blick von Karl abzuwenden.

Jetzt war er ziemlich dicht bei ihm.

»Warum ist er umgefallen?« Danica blieb ein Stück entfernt stehen.

»Es war ein Stein. Ich hab einen Stein geworfen.«

Karl war so auf der Erde gelandet, dass er in einer verdrehten Stellung dalag, halb auf der Seite, halb auf dem Rücken, und teilweise von Pflanzen bedeckt. Sein rechtes Bein war unter das linke gedreht. Die eine Hand lag auf der Brust, die andere war unter Blättern verborgen. Die Peitsche lehnte an einer Pflanze, als hätte sie jemand dort abgestellt. Der Morgenstern lag auf dem Boden. Er hatte Karls Schulter fein säuberlich mit der äußersten Spitze eines Eisenstachels durchbohrt, sodass das dunkle Hemd am Stachel festhing. In gewisser Weise hatte Karl also Glück gehabt; er hätte sich genauso gut mit den scharfen Stacheln den Kopf einschlagen können. Mirko erschauderte bei dem Gedanken an diesen Anblick.

Trotzdem war auch etwas Unheimliches daran, Karls Gesicht so zu sehen, wie es dort lag, scheinbar friedlich, nur mit einem dunklen Schatten an einer der Schläfen. Es war Mirko zugewandt, doch Karl starrte Mirko nicht an. Er starrte einen Punkt in der Ferne an und blinzelte nicht. Als plötzlich ein Blitz den Himmel und Karls weit offene Augen erhellte, hatte Mirko keinen Zweifel mehr.

»Danica … ich glaube, er ist tot.«

Danica antwortete nicht, und schließlich sah Mirko sich um und suchte ihren Blick. Sie war jetzt ganz dicht herangekommen. Nur Karl war zwischen ihnen.

»Tot?«, fragte sie leise.

Mirko nickte. Dann ging er in die Hocke und nahm vorsichtig Karls eine Hand. Die, die auf der Brust lag.

»Pass bloß auf«, flüsterte sie ängstlich.

Er saß lange mit zwei Fingern an Karls Handgelenk da, um ganz sicherzugehen, dass er seinen eigenen pochenden Puls von dem unterscheiden konnte, den er zu finden versuchte. Aber wie lange er auch wartete, er fand kein Leben in Karl. Auch nicht, als er es mit der großen Pulsader am Hals versuchte.

Jetzt krachte es heftig über ihnen.

Nach dem Donner sah er wieder zu Danica auf. »Ich bin sicher, dass er tot ist.«

Mirko stand langsam auf, während Danica quer über die Kartoffelpflanzen stieg und in einem Bogen zu ihm hinüberging, ohne den Blick von Karl abzuwenden. Sie war sich offenbar nicht so sicher, dass ihr Mann sterben konnte.

Sie stand einen Augenblick da und betrachtete Karl. Dann zeigte sie auf den Morgenstern. »Dieses Ding, das du dabeihattest. Was ist das?«

»Das ist eine alte Waffe. Aber... hattest du sie noch gar nicht gesehen? Es sah so aus, als wäre sie bei dem Bären dabei gewesen.«

Danica sah ihn mit einem völlig verständnislosen Blick an.

»Mirko, wovon redest du?«

»Von dem Bären. Ihr habt einen Bären in der Scheune.«

»Was haben wir?«

»Einen Bären. Also, in einem Käfig. Eine Art Zirkuswagen. Hast du ihn denn nicht in eurer Scheune gesehen?«

Danica schüttelte langsam den Kopf. »Heute Morgen war kein Bär in der Scheune«, flüsterte sie. »Aber warum? Was macht er da?«

Mirko zuckte mit den Schultern. »Ja, dann muss er heute gekommen sein. Es ist so einer, mit dem man auf Märkten auftritt. Vielleicht hatte Karl Pläne mit ihm? Ihr habt doch wohl keine Gäste, oder?«

Sie schüttelte verwirrt den Kopf. »Gäste? Nein. Aber Karl hat so etwas gesagt, dass er wegfahren will, also passt das vielleicht ganz gut. Er hat aber nichts von einem Bären gesagt!«

Danica hielt einen Moment inne.

»Er war so rasend«, fuhr sie dann fort. »Er war so unglaublich wütend auf mich. Ich hab ihn noch nie so erlebt.« Ihre Stimme zitterte. »Er hatte offenbar deinen Brief gelesen. Und dann, heute Nacht... heute Nacht...«

»Ja?«

»Da hat er entdeckt, dass ich mit jemandem zusammen

war. Er konnte es riechen, hat er gesagt. Ich hab es natürlich bestritten, aber er war sich ganz sicher. Er war sich auch sicher, dass du es warst.«

Mirko nickte, wusste aber nicht, was er sagen sollte. Er dachte an das andere, das er Karl zu ihr hatte sagen hören: dass sie eine Hure war. Dass die Leute das wussten.

»Mirko, er hätte uns beide totgeschlagen.«

»Ja, vielleicht.«

Jetzt weinte sie. Er legte seine Arme um sie und ließ sie an seiner Brust schluchzen, doch die Bewegung fühlte sich mechanisch an. Er liebte sie, das wusste er. Er kannte nichts anderes, als sie zu lieben, und trotzdem fühlte er sich seltsam versteinert. Karl war tot! War es ein Mord oder ein Unfall? Es fühlte sich an wie Mord. Er hatte den Stein in einer Art Selbstverteidigung geworfen, aber er hatte sich Karl tot gewünscht. Er hatte es sich so brennend *gewünscht*.

Es blitzte erneut. Und krachte. Es kam näher.

»Mirko, was machen wir jetzt? Was machen wir mit Karl?«

Mirko antwortete nicht, und sein Schweigen machte ihr offensichtlich Angst.

»Oh Gott«, sagte sie, immer noch mit dem Kopf an seiner Brust. »Du darfst mich nicht verlassen, ich brauche dich jetzt so sehr.«

Sie umklammerte ihn. »Sag doch was, Mirko.«

»Ich gehe nicht weg«, sagte er leise. Er dachte an Leon. »Danica, da ist ja auch noch Leon. Ja, ich hab ihn gesehen. Ihr haltet ihn eingesperrt.«

Er spürte, wie ihr Körper sich anspannte. Dann schob sie sich langsam von ihm weg, bis sie einander in die Augen sehen konnten.

»Ich wollte es dir erzählen.«

»Warum hast du es dann nicht getan?«

»Es war so schwer. Ich wollte nicht, dass du denkst, ich wäre eine schlechte Mutter.«

Sie sah ihn flehentlich an. »Mirko, du musst mir glauben, ich liebe meinen Sohn! Aber Leon ist so schwierig, weil er so... anders ist. Es wurde schlimmer, als du abgereist bist. Und Karl war mir keine Hilfe. Ich hab es nicht mehr geschafft, aber ich konnte Leon auch nicht wegschicken. Es tut mir leid!«

Jetzt drückte sie seinen Arm mit beiden Händen, offenbar frustriert darüber, dass er nichts sagte. »Willst du mir denn nicht glauben? Mir helfen? Du bist so gut für ihn, Mirko. Er mochte dich auch so gern, weißt du nicht mehr? Ich bin sicher, mit deiner Hilfe... Mit *deiner* Hilfe, Mirko, könnte es Leon richtig gut gehen. Ich komme nur nicht allein mit ihm zurecht.«

Mirko nickte langsam. Vielleicht sollte er ihr nicht glauben, aber er tat es. Im Übrigen hatte er gerade ihren Mann umgebracht. Den Vater des Jungen. Natürlich musste er ihnen helfen.

»Danke«, flüsterte sie.

Sie sah aufrichtig dankbar aus. Sie sah auch übel zugerichtet aus, ihr Gesicht war an mehreren Stellen angeschwollen. Karl hatte sie wirklich verdroschen.

Als könnte sie seine Gedanken lesen, wandte Danica den Blick Karls reglosem Körper zu. »Wir müssen der Polizei erzählen, dass es ein Unglück war. Dass du versucht hast, mir zu helfen. Sie können ja sehen, dass er mich geschlagen hat; ich muss auch Spuren von dieser Peitsche haben. Das müssen sie mir doch glauben.«

Mirko seufzte.

»Ich bin nicht sicher, Danica. Das Ganze sieht schon ein bisschen mysteriös aus. Sieh dir nur die Waffe an, die da liegt. Und was ist mit dem Brief? Wenn sie ihn lesen, glauben sie vielleicht, dass ich Karl mit Absicht umgebracht habe. Es ist zweifelsohne etwas merkwürdig, dass ich überhaupt hier bin. Gerade jetzt, mitten in der Nacht. Hast du den Brief?«

»Nein, ich hab ihn nie gesehen und hab keine Ahnung, was er damit gemacht hat, leider. Aber Mirko, sollen wir uns nicht erst mal diese Waffe vom Hals schaffen? Kannst du sie nicht vergraben?«

Mirko nickte. Es fiel ihm schwer, rational zu denken, aber in diesem Moment wirkte es richtig und überschaubar, den Morgenstern zu vergraben. »Okay, das mach ich. Aber dann musst du nach Leon sehen. Ich will nicht, dass er allein in dieser Box sitzt. Und dann auch noch bei Gewitter.«

Sie nickte und blickte zu Boden, offenbar peinlich berührt. »Ich kümmere mich um Leon«, sagte sie und drückte kurz seinen Arm als eine Art Versicherung. »Komm mit, du brauchst einen Spaten. Es steht einer oben an der Terrasse.«

Sie setzte sich in Bewegung, und ihr Gang sah so beschwerlich aus, dass Mirko ernsthaft besorgt wurde. Als ein Blitz sie erhellte, konnte er sehen, dass aus ihrem linken Ohr Blut sickerte.

»Danica, das sieht ernst aus... Du bist schlimm zugerichtet! Wir müssen in den Ort fahren und den Arzt wecken, damit er dich anschauen kann. Wir können Leon mitnehmen, damit er nicht allein ist.«

»Nein, um Gottes willen, Mirko. Das machen wir nicht. Es ist nicht annähernd so schlimm, wie es vielleicht aussieht. Mir ist nur ein bisschen schwindelig, das geht vorbei. Nein, ich sehe jetzt nach Leon und nehme ihn mit ins Haus, und du vergräbst diese Waffe. Und dann... Dann überlegen wir uns, was wir danach tun. Eins nach dem anderen.«

Mirko stützte sie, bis sie die Terrassentür erreichten.

»Schau, da ist der Spaten«, sagte sie und zeigte darauf. Dann bückte sie sich nach etwas in der Tür. »Und hier, nimm eine Lampe mit, damit du besser sehen kannst.«

Mirko nahm die Taschenlampe und machte sie an. Er richtete ihren Strahl einen Augenblick lang auf sie.

»Danica, du solltest wirklich einen Arzt…«

»Nein, nein! Es gibt jetzt Wichtigeres. Ich komme schon klar.« Sie versuchte, tapfer zu lächeln. »Und ich werde auf Leon aufpassen. Jetzt wird alles anders, das verspreche ich.«

Sie zögerte. Er wartete.

Dann sprach sie wieder, doch mit einer etwas anderen Stimme. »Das mit Karl. Vielleicht war es in Wahrheit das Beste, was passieren konnte.«

Mirko zuckte mit den Schultern.

Dann drehte er sich um und ging auf Karls Leiche auf dem Feld zu. Vielleicht sollten sie die Leiche auch begraben, dachte er. Sie konnten sagen, dass Karl abgehauen war. Aber würde die Polizei das glauben? Und was war mit diesem Bären?

Ein Stück von Karl entfernt fand er eine Stelle und begann ein Loch zu graben. Es war schwer, durch die harte, trockene Erde zu kommen. Er blickte zu dem Gewitter hinauf. Es musste doch verdammt noch mal endlich zu regnen anfangen! Das Loch wurde schließlich etwas tiefer als notwendig, weil es sich schön anfühlte, es zu graben. Sich dabei abzurackern. Und vielleicht auch die Zeit ein bisschen auszudehnen, bevor er sich etwas anderes vornehmen musste. Ein Stück unter der Oberfläche kamen Kartoffeln von den am nächsten wachsenden Pflanzen mit nach oben. Sie waren perfekt.

Der Morgenstern traf mit einem dumpfen Geräusch auf den Grund. Mirko starrte ihn dort unten an. Dann ging er in die Hocke, um eine Pause zu machen und seine Gedanken zu sammeln. Die ausgegrabenen Kartoffeln warf er zurück ins Loch. Er versuchte, die Stacheln zu treffen, sodass sie aufgespießt wurden.

War er ein Mörder? Wenn man einem Mann den Tod wünscht und danach schuld an seinem Tod ist, konnte man wohl nichts anderes sein. Er war wirklich bereit gewesen, diesen beschissenen Morgenstern zu benutzen. Jetzt wünschte er, Karl wäre nicht tot. Ihn dort auf seinem eigenen Feld liegen zu sehen, niedergestreckt und harmlos, war absolut nicht die Erleichterung, die es hätte sein sollen. Im tiefsten Inneren konnte Mirko die Wut, deren Zeuge er gewesen war, gut verstehen. Er erkannte etwas darin wieder. Vielleicht war er im Grunde keinen Deut besser als Karl. Und wie viele Gebote hatte er nicht selbst nach und nach gebrochen? Bestimmt mehr als Karl. Konnte er sich überhaupt erlauben, über einen anderen Menschen zu urteilen, wenn er selbst so ein Sünder war?

Und die Strafe. Würde er jetzt bestraft werden?

Er wurde brutal aus seinen Gedanken gerissen, als ein greller Blitz am Himmel zuckte. Er fiel mit einem Donner zusammen, der die Erde so heftig erschütterte, dass es sich anfühlte, als würde das ganze Tal gespalten. Mirko starrte erschrocken zum Himmel hinauf.

Eine Sekunde später hörte er Danica.
Sie schrie.
Warum schrie sie?
Karl war ja tot.
Mirko nahm die Lampe, vergaß den Spaten und rannte, so schnell er konnte. Der Hof schien plötzlich unendlich weit weg. Sie schrie und schrie. Er hielt kurz inne, als er beinahe

stolperte. In diesem Augenblick hörte sie auf zu schreien, und die Stille wurde ohrenbetäubend.

Und Mirko rannte wieder. Er konnte seinen Atem pfeifen hören und fühlte sich auf jede erdenkliche Art und Weise erschöpft, als er das Haus umrundete und anhalten musste. Nicht wegen der Erschöpfung.

Wegen des Bären.

Zum zweiten Mal an diesem Abend stand er dem Tier von Angesicht zu Angesicht gegenüber, doch jetzt waren keine Gitterstäbe zwischen ihnen.

Der Bär erhob sich langsam vor ihm auf die Hinterbeine.

Es donnerte wieder, doch in Mirkos Kopf war es still wie im Grab. Er sah seinem Tod in die Augen. Dann war es also jetzt so weit.

Die Vorderbeine des Bären waren zu ihm nach vorn gestreckt, als stützte er sie auf einen unsichtbaren Bartresen. So stand er einen Augenblick da, bevor er sich wieder schwer zu Boden fallen ließ. Jetzt reckte er den Kopf zu Mirko hin und witterte in die Luft zwischen ihnen. Es war nicht mehr als ein halber Meter bis zu seiner Schnauze.

Diesmal rasselte nichts in der Taschenlampe. Mirkos Hand zitterte nicht im Geringsten. Er stand vollkommen still da und betrachtete seinen Mörder. Und wartete.

Vielleicht war es gar nicht so schlimm zu sterben.

Und vielleicht passierte es genau so: Vielleicht rechnete das Schicksal in barer Münze ab. Karl hatte seine Frau misshandelt, sicher auch vorgehabt, sie zu töten, und jetzt war er tot. Mirko hatte Karl nicht nur durch Zufall umgebracht; er hatte sich Karl tot *gewünscht*, sogar darüber fantasiert, ihn zu töten, und jetzt würde er selbst sterben.

Im Grunde ging es vielleicht um Absichten. Um den Willen. Den Willen zu haben, jemanden umzubringen, ohne es zu tun, war vielleicht ein größeres Verbrechen, als zu töten, ohne es zu wollen?

Ein Bär tötete.

Augenscheinlich, ohne sich viel dabei zu denken.

Das Tier öffnete den Schlund, sodass die Unterlippe vibrierend herunterhing. Sein Zahnfleisch war dunkellila, die Lippen schwarz, die Zähne gelblich und abgewetzt, nicht zuletzt die vier enormen Eckzähne, die krummen Säbeln ähnelten. Alles leuchtete im Schein der Taschenlampe. Auch die Augen. Mirko konnte jetzt ihre Farbe sehen. Sie waren dunkel und golden wie Bernstein, und in ihrem Inneren wohnten zwei kleine schwarze Pupillen. Wieder sah er die Narbe, die über den langen Nasenrücken verlief. Unter dem einen Auge war etwas, das ein Brandmal sein konnte.

Die schwarze Schnauze pustete in kurzen Stößen Luft aus.

Jetzt zog der Bär sein Maul schief und schüttelte still seinen enormen Kopf. Mirko konnte seinen Atem deutlich riechen, beinahe sogar schmecken. Der Bär roch aus dem Maul nicht nach rohem Fleisch und frischen Beeren, er roch nach Fäulnis und Wirtshaus, nach menschlichem Verderben. Plötzlich schlug er mit dem Kopf, sodass ein dicker Spritzer Speichel nahe an Mirkos Ohr durch die Luft flog. Dann brummte er, fast wie ein Gruß, und trottete an ihm vorbei in Richtung Kartoffelfeld. Er hätte die Hand ausstrecken und ihn berühren, ihm über das Fell streichen können.

Mirko blieb stehen und fand langsam ins Leben zurück. Oben im Stall wieherten die Pferde nervös. Ansonsten war es still.

Mirko rannte wieder, quer über den Hofplatz, direkt zu Leons Zimmer hinüber. Er näherte sich der Eselsbox, aber etwas war anders. Als er dichter herankam, konnte er sehen, dass die Tür offen stand. Und dann erinnerte er sich.

Er erinnerte sich, dass er den Riegel nicht wieder vorgelegt hatte, als er vorhin Leons Zimmer verlassen hatte. Er hatte sich an die Tür gesetzt und still geweint, aber er hatte nicht abgeschlossen!

Mirkos Magen krampfte sich zusammen. War Leon draußen gewesen, während das alles passiert war – oder hatte Danica ihn herausgelassen?

Und der Bär, wer hatte *den* herausgelassen?

»Leon?«, rief er. »Danica?«

VOM TRÄUMEN

Träumen Krähen? Menschen machen das. Ich mach es auf jeden Fall.

Ich mag es zu träumen, aber ich werd manchmal auch ein bisschen verwirrt davon, weil ich die Dinge vermische. Dann kann ich plötzlich nicht mehr rausfinden, ob das, woran ich mich erinnere, aus einem Traum stammt oder ob es in Wirklichkeit passiert ist.

Zum Beispiel kann ich mich ganz deutlich erinnern, dass ich einmal einen Bären aus einem Zirkuswagen rausgelassen hab.

Es war so ein richtig großer mit braunem Fell und großen Pranken. Er hat hinter seinem Gitter gebrummt und gebrummt. Der Zirkuswagen stand irgendwo, wo es ziemlich dunkel war. Es war kein Marktplatz, eher eine große Scheune.

Der Bär hat mir so leidgetan, weil er eingesperrt war. Es kann nicht schön sein, eingesperrt zu sein, wenn man ganz allein ist, und das auch noch im Dunkeln. Wenn doch nur noch jemand auf der anderen Seite der Gitter gewesen wäre, den er hätte anfassen können.

Also bin ich auf die Idee gekommen, ihn rauszulassen.

Ich glaube, er hat sich darüber gefreut, auch wenn er mich umgeschmissen hat, als er rausging. Ja, ja, er hat mich geschubst, sodass ich umgefallen bin. Genau wie dieser Schwertschlucker, einfach auf den Rücken. Bumm.

Ich glaub nicht, dass er das mit Absicht gemacht hat. Er wollte mich wohl nur anfassen. Ich kann nicht besonders groß gewesen sein, denn der Bär war riesig, als er sich hinterher vor mir aufgestellt hat.

Danach ist irgendwie alles schwarz. Meine Gedanken wollen nicht weiter, wenn ich versuche, mich daran zu erinnern, aber ich hab das Gefühl, dass da jemand geschrien hat. Das finde ich nicht schön. Vielleicht war es meine Mutter. Ich hab Mirko gefragt, ob er sich daran erinnern kann. Er hat gesagt, es wäre wohl nur ein Traum gewesen.

Ja, es war wohl nur ein Traum. Ich träume so oft von Tieren, also warum sollte ich nicht auch von einem Bären träumen? Vor Kurzem hab ich geträumt, dass ich ein Schmetterling war. Und ein anderes Mal, dass ich eine Biene war. Ich würde am allerliebsten eine Hummel sein.

MUTTERLIEBE

Danica blieb einen Moment in der Terrassentür stehen und betrachtete Mirko, der mit seiner Taschenlampe auf dem Feld verschwand. Dann wandte sie sich um und ging ins Haus. Ihr ganzer Körper schmerzte, am meisten ihr Kopf. Irgendetwas war auch mit ihren Augen. Als sie kurze Zeit später über den Hofplatz humpelte, fühlte sich die Dunkelheit um sie herum an wie ein wogendes Meer und die Blitze wie Splitter, die sich in ihre Augen bohrten. Sie war sicher, dass sie sich nur etwas ausruhen musste, dann würde es schon vorübergehen.

Sie konnte nur schwer fassen, dass Karl tot war. Es war eine Befreiung und ein Schock zugleich. Wenn Mirko ihn nicht mit diesem Stein getroffen hätte, hätte Karl sie zu Tode geprügelt, davon war sie überzeugt. Und Leon, dachte sie. Wäre Karl dann weggefahren und hätte seinen Sohn hinter Schloss und Riegel gelassen? Ihn einfach verhungern lassen?

Essen! Erst jetzt ging Danica auf, dass sie Leon kein Abendessen gebracht hatte, und in diesem Moment schmerzte sie diese Erkenntnis mehr als alle Schläge, die ihr Mann ihr versetzt hatte. Als sie am Stall entlangging, musste sie sich an der Mauer abstützen. All die Entschuldigungen, auf die sie sich sonst zu stützen pflegte, taugten nichts mehr. Sie war keinen Deut besser als Karl, dachte sie. Mirko über den eingesperrten Leon reden zu hören hatte sie dazu gebracht, der schrecklichen Wahrheit ins Auge zu sehen.

Jetzt wollte sie ihren Sohn holen, ihn mit in die Küche hinübernehmen und ihn mit allem verwöhnen, worauf er Lust hatte. Dann würde Mirko vom Feld wiederkommen, und sie würden das Ganze durchsprechen.

Sie musste weinen.

Danicas Herz begann wild zu pochen, als sie sah, dass die Tür zur Eselsbox offen stand. Sie ging hinein, suchte nach der Lampe, bis sie begriff, dass es die war, die Mirko dabeigehabt hatte. Sie schaute unters Bett. Stöhnte vor Schmerzen, weil ihr von der Bewegung schwindelig wurde, und war nahe daran, sich zu übergeben, als sie den Kopf zu schnell hob. Ihr Kopf tat so unfassbar weh. Leon war nirgendwo. Er war draußen, irgendwo draußen.

Sie ging wieder hinaus und rief nach ihm. »Leon?« Es kam keine Antwort, nur das Geräusch des trockenen Donners, der über das Tal rollte. Dann ging sie zum Klohäuschen. Die Tür stand offen, also war er vielleicht dort gewesen. Ja, das war er bestimmt, aber sie war im Zweifel. Sie musste sich gegen den Türrahmen lehnen. Ein weiterer Blitz, der ihr ins Gehirn schnitt. Der Schmerz machte sie wahnsinnig. Sie brauchte irgendetwas, um ihn zu lindern. Sie fand die Flasche, die sie in der Nähe unter einem umgedrehten Eimer versteckt hatte. Trank ein bisschen. Das half. Sie überlegte, ob er in die Berge hinaufgegangen sein konnte. Er wollte immer so gern in die Berge, um Tiere zu suchen.

Erst jetzt erinnerte sie sich an das Merkwürdige, das Mirko gesagt hatte, dass Karl einen Bären in der Scheune eingesperrt hielt.

Leon!

Sie ging, so schnell sie konnte. Zu rennen war unmöglich, denn jeder Schritt war wie ein neuer Peitschenhieb. Sie hatte noch immer die Flasche in der Hand. Nicht, weil sie sich volllaufen lassen wollte, aber... es beruhigte sie. Und das Tier war im Käfig, trotz allem. Dieser Gedanke beruhigte sie ebenfalls.

Wenn er nur nicht auf die Idee kam, die Hände zu ihm hineinzustecken.

Bei Leon wusste man nie.

Leon hatte nicht die Hände zu dem Bären hineingesteckt, Leon hatte ihn freigelassen. Danica sah gerade noch, wie ihr Junge in der Dunkelheit ein paar Schritte zurückwich und ein riesiger schwarzer Schatten vom Wagen heruntertrat. Er landete mit einem dumpfen Laut auf dem Boden.

Sie konnte ihren Sohn lachen hören.

»*Nein, Leon, nein!*«, schrie sie.

Das Tier taumelte auf Leon zu, und er fiel hintenüber, sodass er auf dem Rücken lag. Jetzt erhob der Bär sich vor ihm. Für den Bruchteil einer Sekunde wurde er von einem Blitz erleuchtet, der über den Himmel zuckte und sein Licht zum Scheunentor hineinwarf. Sofort setzte der Donner ein und war so gigantisch, dass die Scheune wackelte.

»Schau, Mutter!«, rief Leon, offenbar unbeeindruckt vom Wetter. Er zeigte auf den Bären. »Schau, wie groß er ist.« Er lachte, während er versuchte, sich aufzusetzen.

Danica schaute, doch sie dachte nicht nach. Sie rannte zwischen ihren Sohn und den Bären. »Du rührst ihn nicht an«, schrie sie. »Weg mit dir!«

Sie hob die Arme, drohte mit der Flasche, machte sich breit, lärmte. Sie tat alles, was man tun sollte, wenn man von einem wilden Bären bedroht wurde. Das Problem war nur, dass dieser Bär nicht mehr wild war. Im Lauf seines eingesperrten Lebens war er von lärmenden Menschen mit Flaschen unschädlich gemacht und gequält worden.

Aber zahm war er auch nicht.

Ihre Flasche flog in die Ecke und zersprang, als die Pranke des Bären ihre Wange traf. Danica flog ebenfalls ein kurzes Stück, bevor sie zu Boden fiel.

Und dann schrie sie. Innerlich war sie in tausend Stücke zerbrochen, doch sie schrie nicht vor Schmerz. Sie schrie vor Angst, dass der Bär ihr ihren Sohn nehmen würde. Das war der einzige Gedanke, den sie in sich hatte. Sie schrie nach Mirko, dass er kommen und Leon retten sollte. Sie selbst konnte ihn nicht retten. Sie konnte sich nicht mehr bewegen. Sie konnte nicht mehr sehen. Nicht mehr hören.

*

Leon kniete bei seiner Mutter. Er sah nicht, dass der Bär aus der Scheune trottete. Er kniff die Augen zusammen und hielt sich die Ohren zu. »Hör auf«, flüsterte er.

Aber sie hörte nicht auf zu schreien.

»Hör auf! Hör auf!«

Es war schlimmer als alle Schreie des Ungeheuers zusammen. Weil es seine Mutter war. Er konnte es nicht ertragen.

Zum Schluss tat er das, was er bei der Katze in seinem Zimmer gemacht hatte. Er drückte und drückte.

Da hörte sie auf.

Endlich.

Aber er fand es nicht schön, dass sie so starrte.

Erst als er vorsichtig an ihrem Augenlid zupfte, hörte sie auch zu starren auf.

Jetzt lag sie so fein neben ihm und schlief. Sie war so schön, seine Mutter. Er fühlte an ihrem Haar, das glatt und weich war. Es war lange her, dass er es berühren durfte. Und er streichelte ihre Stirn. Und ihre eine Wange. Und ihre Bluse. Und ihre Beine. Und Leon konnte nicht anders, als zu lächeln, weil es sich so schön anfühlte, all dies anzufassen.

Irgendwann hörte er draußen jemanden rennen. Dann war es einen Augenblick still, und dann hörte er jemanden rufen. Kurz darauf stand Mirko in der Tür.

DIE SCHULD

Mirko leuchtete in die Scheune. Auf dem Boden vor dem Wagen saß Leon mit seiner Mutter. Danica lag auf dem Rücken, den Kopf etwas zur anderen Seite gedreht. Ihr weißes Nachthemd war nach oben gezogen, und der Junge hatte beide Hände in ihren dichten Schamhaaren vergraben. Er streichelte sie. Jetzt blickte er auf.

»Schau, Mirko ... Fell!«

»Oh Gott«, flüsterte Mirko und näherte sich.

»Das ist meine Mutter«, flüsterte Leon. »Sie ist so weich.«

»Ja, Leon. Aber jetzt musst du damit aufhören. Hör auf.«

Leon entfernte zögernd seine Hände und sah ihn verdutzt an.

Mirko kniete sich neben Danica und zog ihr Nachthemd wieder herunter, während er ihr ins Gesicht sah. »Danica?«

»Meine Mutter schläft«, flüsterte Leon und setzte sich ihm gegenüber auf die andere Seite von Danica.

Ihre Augen waren geschlossen, doch ihr Mund stand offen. Sie lag viel, viel zu still.

Mirko legte vorsichtig die Hand auf ihre Wange. »Danica?« Und das Ohr an ihren Mund.

Sie atmete nicht.

Da rüttelte er sie. »Danica!«

»*Nein, Leon, nein!*«, rief Leon erschrocken. Mirko blickte ihn an. Die Augen des Jungen waren unglücklich.

»Leon, warum atmet deine Mutter nicht?« Mirkos Stimme war fast genauso tot wie die Antwort, die in seiner Frage wohnte.

»Sie hat so geschrien«, sagte Leon leise und senkte den Blick.

Mirko fand Danicas Handgelenk, aber keinen Puls.

»Was hast du getan, Leon?«

Leon sagte nichts, doch er zeigte auf Danicas Hals.

Mirko sah den Hals an. Da waren Spuren, die er zuvor nicht gesehen hatte. Deutliche Spuren von Händen. Fingern.

»Sie hat geschrien und geschrien«, flüsterte Leon. »Ich hab gesagt, sie soll aufhören. Das hab ich.«

»Und dann... Was hast du dann gemacht?« Jetzt zitterte Mirkos Stimme.

Leon zögerte.

»Ich weiß, was du gemacht hast, Leon. Du hast dasselbe gemacht wie bei der Katze unter deinem Bett. Oder stimmt das nicht?«

»Doch, es war wie bei der Katze. Da hat sie aufgehört zu schreien. Jetzt schläft sie ein bisschen.«

»Aber die Katze hat ja nicht geschlafen. Sie ist gestorben!«, rief Mirko verzweifelt.

Leon sah ihn mit seinen blanken Augen an, die fast völlig schwarz vor Trauer waren. Vielleicht auch vor Angst. »Sie sollte doch nur zu schreien aufhören«, flüsterte er.

»Ich weiß schon«, sagte Mirko. Er wollte diesen Jungen hassen, aber er konnte es nicht.

Er wollte auch schreien.

»Der Bär hat das getan«, sagte Leon jetzt.

»Was getan?«

»Sie geschlagen.« Leon stand auf und breitete seine Arme aus. »Sie stand so vor ihm. Er war riesengroß, viel größer als meine Mutter. Sie hat gesagt: *Du rührst ihn nicht an. Weg mit dir.*«

Er fuchtelte mit den Armen, wie er es offenbar seine Mutter hatte tun sehen.

»Sie hatte auch eine Flasche. Und dann hat der Bär sie geschlagen. Da!« Er zeigte auf Danicas Wange, die, die zu ihm wies, und setzte sich wieder hin. »Dann lag sie da und hat geschrien und geschrien.«

Mirko nahm vorsichtig Danicas Gesicht und wandte es ganz zu sich. Er hielt die Laterne hoch, sodass er die andere Wange besser sehen konnte. Sie war geschwollen und dunkelrot, und unter dem Ohr waren tiefe Risse von den Klauen. Das Ohr selbst war zerrissen und blutete heftig.

Mirko schloss einen Moment die Augen.

»Du hast recht«, sagte er leise. »Der Bär hat das getan. Und vielleicht hast du deiner Mutter danach geholfen. So war es, lass uns das sagen.«

»Lass uns das sagen«, wiederholte Leon und strich seiner Mutter übers Haar. »Ist sie richtig tot?«

Mirko nickte. Danica war richtig tot.

Sie blieben eine Weile so sitzen. Leon streichelte ihr Haar. Mirko hielt ihre Hand und versuchte, die Gedanken unter Kontrolle zu bekommen, die ihm wie Kugelblitze durch den Kopf schossen. Draußen war das Gewitter weitergezogen, es rollte nun über die Berge nach Osten. Von Zeit zu Zeit leuchtete die Scheune immer noch auf, aber nicht mehr annähernd so kräftig.

»Leon, es gibt etwas, das ich wissen muss. Hat deine Mutter dich aus deinem Zimmer... herausgelassen?«

»Meine Mutter? Nein, das war ich«, sagte Leon. »Ich hab gemerkt, dass ich die Tür aufmachen konnte.«

»Was hast du dann gemacht?«
»Ich bin aufs Klo gegangen.«
»Und dann?«
»Zuerst hab ich gepinkelt...«
»Aber nachdem du auf dem Klo warst. Was hast du da gemacht?«
»Da hab ich den Bären gefunden und ihn aus dem Käfig gelassen. Es war so traurig, dass er dort drinnen sitzen musste. Er war ganz allein.«

Mirko fühlte sich, als würde jegliche Luft aus ihm herausgesaugt. Weder Leon noch der Bär hatte Danica umgebracht. Das verstand er jetzt. Er selbst hatte es getan. Wenn er daran gedacht hätte, Leon einzuschließen, hätte der Junge den Bären nie freigelassen. Dann hätte der Bär Danica nie geschlagen und Leon hätte sie nie erwürgt.

Die Sache mit Karl war ebenfalls Mirkos Schuld. Karl hatte sie seinetwegen bestraft. Und Mirko hatte sie nicht retten können. Er hätte sie so gern gerettet.

Vor allem gerettet.

Er war zu erschüttert, um zu weinen.

Leon betrachtete ihn mit großen Augen. Dann stand der Junge auf und ging um seine Mutter herum. Er setzte sich dicht neben Mirko und drückte sich an ihn.

»Du darfst nicht weggehen«, flüsterte er.

*

»Hör zu, ich muss jetzt hinter mir absperren, sodass du nicht rauskommen kannst. Aber ich komme zurück, Leon. Ich komme ganz sicher zurück.«
»Aber wohin gehst du?«

Leon hielt Mirkos Hand fest. Ein bisschen zu fest.

»Nein, Leon... nicht so fest. Ja, so.«

Der Junge sah Mirko mit ängstlichem Blick an. Er saß in seinem Bett, die Decke um sich gewickelt. Mirko saß neben ihm auf der Bettkante.

»Aber wohin gehst du?«, fragte er wieder.

»Es gibt noch etwas, das ich erledigen muss.«

»Wenn du den Bär meinst, dann pass auf, dass er dich nicht schlägt.«

»Das wird er nicht, das verspreche ich.«

»Soll meine Mutter drüben in der Scheune liegen bleiben?«

»Ich werd mich gut um deine Mutter kümmern, das verspreche ich auch. Versuch derweil ein bisschen zu schlafen. Oder mit einem der Tiere zu kuscheln.«

»Vielleicht kann ich eine Maus fangen«, flüsterte Leon.

»Ja, das kannst du versuchen. Dann komme ich später und hole dich.«

Mirko legte die Arme um Leon und blickte zum Fenster hinaus. Durch die Gitterstäbe konnte er den Himmel und die Spitzen der Berge sehen. Jetzt wurden die Berge von einem weiteren Blitz erleuchtet.

Das Unwetter fühlte sich ewig an.

»Du hast keine Angst vor Gewitter, oder?«

»Nein, nein, kein bisschen«, sagte Leon und schaute in dieselbe Richtung. Er lächelte.

Mirko drückte ihm liebevoll die Schulter. Dann stand er auf und ging zur Tür. »Du musst entschuldigen, dass ich die Lampe mitnehme, Leon, aber ich muss draußen etwas sehen können.«

»Das macht nichts. Ich kann trotzdem gut sehen.«

Mirko sah den Bären nicht wieder und hatte auch nichts anderes erwartet. Er würde seinen Käfig wohl kaum vermissen, sondern eher seine Freiheit suchen und deshalb in die Berge ziehen, wo er hingehörte. Trotzdem hielt er nach ihm Ausschau, als er am Stall entlang und zur Scheune hinüberging. Ein alkoholisierter Bär war vermutlich genauso unberechenbar wie ein tollwütiger Hund, dachte er. Oder wie ein alkoholisierter Mensch, wenn man es so betrachtete. Glücklicherweise hörte er kein Wiehern und keine Unruhe mehr aus dem Stall. Die Tiere waren wieder zur Ruhe gekommen, das war ein gutes Zeichen.

Er dachte, dass er zur Polizei gehen sollte. Natürlich sollte er das, aber was würden sie von der ganzen Sache denken: zwei Leichen, ein Kind in einer ehemaligen Tierbox, ein entlaufener Bär und ein Nachbar, der sich aus unerfindlichen Gründen mitten in alldem befand. Würden sie wirklich glauben, dass Karl wegen eines kleinen Steins tot umgefallen war? Oder dass Danica zuerst von ihrem Mann geprügelt, dann von einem versoffenen Bären geschlagen und zum Schluss von ihrem bärenstarken kleinen Sohn erwürgt worden war?

Letzteres würde Mirko natürlich nie verraten. Aber es gab deutliche Spuren von Fingern an Danicas Hals, und es würde nicht viele Nachforschungen brauchen, um herauszufinden, dass Karl nicht derjenige war, der sie hinterlassen hatte. Karls Hände waren viel zu groß. Mirkos Hände dagegen waren nicht viel größer als Leons.

Natürlich würde der Verdacht auf Mirko fallen, nicht zuletzt, wenn sie den Brief fanden. Sie könnten glauben, dass er ein Motiv hatte, Karl zu töten, vielleicht auch Danica. Eifersucht? Jedenfalls wäre es ziemlich auffällig, dass er sich hier vor Ort befand, in derselben Nacht, in der beide getötet wurden. Was zum Teufel sollte er sagen?

Was Mirko gerade am meisten quälte, war jedoch die Vorstellung, was sie mit Danica machen würden. Was über sie *gesagt* werden würde. Er zweifelte keinen Augenblick daran, dass nach einem solchen Drama getratscht werden würde. Nicht nur, dass Danica tot war, sie war übel zugerichtet – sogar ausgepeitscht! Niemand sollte sie so sehen und dem Gerede Nahrung geben, das bereits im Umlauf war. Sie sollte auch nicht in einer elenden Ecke des Friedhofs liegen, in der die Leute stehen bleiben würden, um über ihren Charakter zu tuscheln. Er konnte den Gedanken nicht abschütteln, dass Danica in ihre eigene Erde gehörte. Nur dort würde sie Frieden finden. Das hätte sie selbst so gewollt.

Nach und nach formte der Gedanke sich in Mirko zu einem Entschluss: Sie sollten sie gar nicht finden! Er würde Danica sofort begraben, nicht so sehr um seiner selbst willen, sondern um ihretwillen. Er hatte das starke Gefühl, dass er ihr das nach all dem Unglück, das er verursacht hatte, schuldig war. Aber er musste rasch handeln. Die Nacht würde irgendwann zu Ende gehen, und irgendjemand konnte kommen.

Er holte tief Atem und trat in die Scheune zu Danicas Leiche.

Ihr Nachthemd war befleckt von Erde und Blut, und im Stoff waren dünne Risse. Unter dem Nachthemd war sie nackt, die Haut war übersät mit blauen Flecken und roten Schrammen, und ihre Hände, Füße und Knie waren schwarz von dem Ausflug aufs Feld. So sollte sie diese Welt nicht verlassen, dachte Mirko. Sie sollte zumindest sauber sein. Als er kurz darauf zur Küche hinüberging, um eine Schüssel Wasser zu holen, bemerkte er, dass es endlich zu blitzen und zu donnern aufgehört hatte. Doch es war immer noch kein Regen da, nur eine blauschwarze Dunkelheit.

Er wusch sie, so gut er konnte. Er hatte Angst, er würde zusammenbrechen, wenn er auch nur das kleinste bisschen weinen musste, und versuchte deshalb, sich auf die Bewegungen des Lappens über ihren Körper zu fokussieren. Nicht denken, nicht fühlen. Nur zur Kenntnis nehmen, nur machen. Die Verletzungen berührte er nur vorsichtig, als hätte er Angst, sie würde den Schmerz spüren. Das Kleid wischte er sauber, so gut es ging, und es gelang ihm, die Blutflecken notdürftig mit Wasser zu entfernen. Am allerliebsten hätte er sie hübsch angezogen, aber er wagte es nicht, sich die Zeit dafür zu nehmen. Es ging ja auch nicht um die Kleidung. Es ging um sie, und sie war schön. Selbst so, wie sie jetzt dalag, übel zugerichtet, in ihrem bescheidenen weißen Nachthemd.

Als Mirko fertig war und sie einen Augenblick betrachtete, kam es ihm so vor, als sähe sie sowohl jung als auch unschuldig aus. Er fühlte sich plötzlich viel älter als sie. Und viel weniger unschuldig.

Sie hatte ihr Silbermedaillon um den Hals.

Er ließ es dort.

Er begrub sie ein Stück vor der Stallmauer, nahe der Glocke und mit Aussicht auf die Berge im Osten, genau an der Stelle, wo Danica morgens so gern auf ihrem Schemel gesessen hatte. Die Erde war überraschend leicht zu bearbeiten, als wäre sie schon für sie vorbereitet. Mirko arbeitete so leise wie möglich, damit Leon es nicht hörte und sich wunderte. Er wagte nicht zu riskieren, dass Leon entdeckte, was er tat, und es später verraten würde. Glücklicherweise wies das Fenster der Eselsbox zu den Bergen hinaus und nicht zur Glocke.

Bevor er Danica sorgfältig im Grab zurechtlegte, küsste er vorsichtig ihre Stirn, die seltsam kühl war. Er hätte gern Leons Decke über sie gelegt, wollte aber nur ungern zurück zu dem Jungen gehen, um sie zu holen. Im Übrigen hatte Leon ausgesehen, als könnte er die Decke gebrauchen, so wie er vorhin damit im Bett gesessen hatte. Mirko schloss die Augen, während er die erste Schaufel Erde auf sie warf. Als das Grab gefüllt war, rechte er vorsichtig die Erde. Dann grub er noch etwas weiter am Stall entlang, damit es aussah wie ein einfaches Beet. Er stellte auch eine Schubkarre, ein paar Steine und zufälligen Krempel hin, sodass nichts auffällig wirkte. Es sah aus wie die Rückseite jedes Stalles. Mirko hoffte, dass das Gras und die durstigen weißen Blumen, die um die Glocke herum wuchsen, sich schnell über das Grab ausbreiten würden. Danica hätte einen Sarg und einen Grabstein verdient gehabt, doch so sollte es nicht sein.

Dafür bekam sie eine Kirchenglocke.

Gerade als er fertig war, begann es zu regnen. Es waren nur zarte Tropfen, aber es war doch ein Anfang. Die Tropfen fielen wie kleine Töne auf die Bronze. Die Glocke sang, und Mirko lächelte einen Moment.

Danach sorgte er dafür, dass es in der Scheune nicht die geringste Spur von Danica oder Leon gab. Er putzte an der Stelle, an der sie gelegen hatte, etwas Blut vom Boden. Danach streute er Stroh und Schmutz darüber, sodass es dem Rest glich. Das Schloss zum Bärenkäfig ließ er offen stehen. Aus dem Käfig drang ein fürchterlicher Geruch, nicht nur nach den Hinterlassenschaften des Tieres, sondern auch nach Abfall. Die Leute hatten offenbar alles Mögliche dort hineingeworfen, um zu sehen, wie der Bär es verzehrte. Da waren zerrissene Verpackungen von Keksen, Schokolade, Seife, was auch immer. Sogar Tabak. An den Gitterstäben war eine Schüssel befestigt, die nach Alkohol stank.

Bevor er zu Leon zurückging, stellte er sich ins offene Scheunentor und rauchte eine halbe Zigarette, die er in seiner Hemdtasche gefunden hatte. Währenddessen blickte er in den sanften Regen hinaus. Die Dunkelheit war nicht mehr hart und unversöhnlich, sie wirkte jetzt weich.

Mirko hatte keinen Plan in Bezug auf das gehabt, was er getan hatte, und wusste auch nicht, was er von nun an tun sollte. Eigentlich befand er sich wahrscheinlich in einem Zustand von Panik, doch er bemerkte, dass sein Herz regelmäßig und ruhig schlug und dass seine Hände überhaupt nicht zitterten. Am allerliebsten hätte er sich hingelegt und wäre vor Trauer und Reue gestorben. Er würde sich selbst niemals vergeben können.

Niemals.

Aber es gab noch drei Menschen auf der Welt, die ihn brauchten. Drei Menschen, die er nicht im Stich lassen wollte, indem er aufgab. Seine kranken Eltern konnte er nicht einfach ihrem Schicksal überlassen – und dann war da noch Leon.

Leon machte ihm am meisten Sorgen. Ein Kind ohne Eltern würde man irgendwo unterbringen, dachte er. Und in Leons Fall wäre das vermutlich eine Anstalt. Es würde nicht lange dauern, bis man herausfand, wie stark er war und wie viel Schaden er anrichten konnte. Sie würden ihn vielleicht fixieren, ganz sicher einsperren, und dort würde es wohl kaum Tiere hinter einer Bretterwand geben, die ihm Gesellschaft leisten und ihn beruhigen konnten. Oder Mäuse. Das würde ihn so verdammt unglücklich machen, dachte Mirko. Leon würde noch mehr zugrunde gerichtet werden, als er es jetzt schon war.

Das Schlimmste war, dass ihn niemand verstehen würde. Wenn man nicht wusste, woher Leon kam – und von *wem* er kam –, wäre er unmöglich zu begreifen. Wahrscheinlich auch schwierig zu mögen. Ganz sicher schwer auszuhalten. Und wer würde die Verantwortung für so ein Kind übernehmen wollen, Zeit und Kraft dafür opfern… versuchen, ihm ein Vater zu sein? Es gab nur einen einzigen Menschen auf der Welt, der Leon die Chance geben konnte, die er verdiente. Das wurde Mirko jetzt klar. Er selbst musste den Jungen unter seine Fittiche nehmen und ihm ein würdiges Leben geben; er musste es zumindest versuchen. Das Problem war nur, dass er keine Ahnung hatte, wie er das anstellen sollte. Denn man konnte ja nicht einfach ein Kind an sich nehmen?

Er überlegte, ob er die Behörden um Erlaubnis ersuchen konnte, sich Leons anzunehmen; nur, bis Leons verschwundene Mutter eventuell wieder auftauchte, was sie dann leider nie tun würde. Vielleicht würde er die Genehmigung bekommen, weil sie sich dann nicht um ihn kümmern mussten. Die örtlichen Behörden waren generell recht nachlässig. Die Polizei auch, und das konnte sein Glück sein, denn wenn er des Mordes verdächtigt würde, konnte er Leon schlecht helfen!

Doch es gab ja nicht nur die Behörden. Da waren auch noch seine eigenen Eltern. Er würde ihnen eine Erklärung geben müssen, die sie nicht umbrachte, die aber auch keine Lüge war, an der er selbst ersticken würde.

Seiner Mutter und seinem Vater würde es nicht gefallen, dass er Leon zu sich nahm. Aber was auch immer sie gegen die Nachbarsfamilie gehabt hatten, sie würden verstehen, dass man ein Kind nicht im Stich lassen konnte, das alles verloren hatte und ganz allein war. Ein Kind, das man gernhatte.

»Das musst du verstehen, Mutter«, flüsterte er vor sich hin, während er sich den bekümmerten Gesichtsausdruck seiner Mutter vorstellte.

Doch, sie würde es verstehen. Und mit der Zeit, wenn es denn Zeit gab, würden seine Eltern merken, dass Leon nicht irgendein Teufelskind war, sondern ein liebevoller kleiner Junge, der Fürsorge brauchte. Mirko konnte ihn mit aufs Feld nehmen, ihn die ganze Zeit bei sich haben, ihm beibringen, seine Muskeln richtig zu benutzen. Leon konnte ein guter Arbeiter werden, sicher auch gut im Umgang mit Tieren – wenn er die Sache mit den Muskeln gelernt hatte.

Aber *was* genau sollte er ihnen sagen, wenn er mit Leon ankam? Welche Erklärung sollte er ihnen präsentieren? Im Moment war Mirko so ratlos, dass sein Kopf fast zersprang. Schließlich beschloss er, so zu tun, als hätte er Leon am frühen Morgen draußen auf ihrem eigenen Gelände gefunden. Dann konnte er seinen Eltern sagen, dass er den Jungen zum Nachbarhof zurückbringen wollte – und später mit Leon zurückkommen und ihnen berichten, dass auf Danicas Hof alles leer war, und es wohl am besten wäre, die Polizei zu kontaktieren.

Wenn nur Leons Gequatsche nichts verraten würde, dachte er. Das Kind würde vielleicht in all seiner Unschuld versuchen, die Wahrheit zu sagen.

Mirko spürte einen Knoten in der Brust. Man soll die Sonne nicht über einem Streit untergehen lassen, hatte seine Mutter ihm einmal beigebracht. Vielleicht sollte man auch nicht zulassen, dass der Tod sich über eine Lüge senkt.

DIE VERGEBUNG

Mirkos Vater starrte in die Dunkelheit, während er den Atemzügen seiner Frau lauschte. Die Stille machte ihn unruhig.
»Meine Liebe, bist du wach?«, flüsterte er.
Sie lagen beide auf dem Rücken, ganz dicht nebeneinander. Sie bewegte sich ein bisschen.
»Ja«, flüsterte sie mit den traurigen Resten ihrer Stimme.
»Ich liege da und denke nach.«
Zwischen den Worten atmete sie pfeifend.
»Worüber?«
»Über uns... als wir noch jung waren.«
Er lächelte in der Dunkelheit.
»Du warst sehr hübsch«, flüsterte er.
Sie lächelte.
»Und du warst attraktiv, Gjuro. Mit deinen blauen Augen.«
Er lachte ein bisschen. »Oh, da warst du sicher die Einzige, die das fand.«
»Nein, nein. Ich hatte solche Angst... dass ein anderes Mädchen dich kriegen könnte.«
»Du hattest mich immer, Liebste. Immer.«
»Auch als ich...«
»Ja. Auch damals.«
»Ich weiß nicht, was über mich gekommen war.«
»Weißt du noch, wie ich versucht habe, dich zu schlagen«, gluckste er. »Ich war so sauer auf dich.«

»Ja«, flüsterte sie. »Du hättest mich treffen sollen. Ich hatte es verdient.«
»Du hast mir nie erzählt, wer er war.«
Es wurde sehr still.
»Du hast nie gefragt«, sagte sie.
»Nein, ich wollte es nicht wissen. Ich hatte Angst, dass ein Teufel in mich fahren und ich dem Kerl etwas antun würde. Das fünfte Gebot ist dann doch noch schlimmer als das zehnte.«
Sie lagen einige Zeit da, ohne etwas zu sagen.
»Aber du hast mir vergeben, Gjuro.«
»Ja!«
Sie sagte nichts.
Dann sagte er etwas.
»Vielleicht könntest du es mir jetzt erzählen?«
Sie lag lange da und pfiff leise.
Sehr lange.
Und er wartete.
Da fand ihre knochige Hand seine knochige Hand unter der Decke. Und dann kam es.
»Es war der Pfarrer«, flüsterte sie.

Kurze Zeit war es still.

Dann fing er an zu lachen.
Und er lachte.
Und er lachte.
Und er lachte so, dass ihr die Tränen die Wangen hinunterliefen.

Dann fing sie an zu lachen.
Und sie lachte.

Und sie lachte.

Und sie lachte so, dass ihm die Tränen die Wangen hinunterliefen.

Sie konnten vor Lachen kaum noch atmen.

Sie konnten zusammen kaum noch atmen.

Und dann hörten sie auf zu atmen.

Draußen hatte es angefangen zu donnern.

MIRKO UND LEON

Mirko drückte die Zigarette am Scheunentor aus und legte den Zigarettenstummel zurück in die Hemdtasche. Dann trat er ein paar Schritte hinaus, atmete tief durch und blieb einen Moment stehen, während er den milden Regen auf sein Gesicht rieseln ließ. Es lag eine Freundlichkeit in der Luft, die in scharfem Kontrast zu dem Unwetter stand, das vorher gewütet hatte. Zu allem, was vorher gewütet hatte.
Er hatte beschlossen, noch kurz nach den Tieren im Stall zu sehen, bevor er Leon holte und ihn mit nach Hause nahm. Karl hatte in seinem Blutrausch wohl kaum daran gedacht, sie zu füttern. Auf dem Weg über den Hofplatz registrierte er, dass die Sonne allmählich aufging und einen roten Schein an den Himmel warf. Es dauerte ein bisschen, bis er bemerkte, dass sie im Norden aufging.

Er wusste es, bevor er die Bäume auf dem Hügel erreichte und es mit eigenen Augen sehen konnte. Dass der Hof brannte.
 Natürlich brannte er. Natürlich hatte der Blitz genau dort eingeschlagen. Natürlich sollten seine Eltern in ihrem Bett in ihrem Heim sterben. Zusammen. In dieser Nacht. Das war alles so gewollt. Der Herrgott hatte sein Werk so orchestriert, dass sie genau das Schicksal bekamen, für das sie gebetet hatten.
 Und ihr Sohn wurde verschont.

Er wusste mit einer unerklärlichen und untrüglichen Sicherheit, dass sie sich nicht nach draußen gerettet hatten, und fühlte sich merkwürdig dankbar.

Ohne den Blick von seinem Elternhaus abzuwenden, blieb er zwischen den Bäumen stehen. Das Haupthaus brannte lichterloh. Das Schlafzimmer stand in hellen Flammen. Es gab nichts, was man tun konnte. Wenn der Regen zunahm, würde er das Feuer vielleicht löschen, aber es würde auf jeden Fall zu spät sein. Jetzt entdeckte er die Zwillinge vom anderen Nachbarhof. Sie zeichneten sich als schwarze Silhouetten gegen das Feuer ab, das sie aus sicherem Abstand betrachteten. Der eine stand mit großen Eimern in den Händen da. Der andere kniete auf dem Boden und hatte sich voller Verzweiflung die Hände vors Gesicht geschlagen. Irgendwo hinter ihnen brüllten die Kühe draußen auf den Feldern. Sie hatten die Tiere herausgebracht. Das war gut.

Mirko rang nach Atem. Er wollte nicht hinuntergehen und sich zu erkennen geben. Der Ort war ihm auf einmal fremd. Er liebte diesen Grund und diese Tiere, aber es war nicht länger sein Zuhause. Er hatte jetzt nichts mehr dort zu tun. Er dachte an seine Geschwister, die er in ihren jeweiligen Ecken des Landes aufsuchen sollte. Aber er kannte ihre Adressen nicht, hatte in Wirklichkeit keine Ahnung von ihrem jetzigen Leben. Sie waren langsam in die Vergangenheit geglitten. Die Zwillinge mussten mehr wissen als er selbst. Mirko konnte den Gedanken nicht ertragen, seinen Geschwistern in die Augen zu sehen. Oder Leuten, die seine Eltern kannten. Den Zwillingen.

Alle würden ihm vorwerfen, er habe nicht so auf seine schwachen Eltern aufgepasst, wie er es hätte tun sollen. Niemand würde verstehen, dass er sie mitten in der Nacht verlassen hatte, geschweige denn ihm dafür vergeben. Er war sich auch nicht sicher, ob er sich selbst würde vergeben können, selbst wenn er wusste, dass sie sich dieses Schicksal gewünscht hatten. Das Einzige, woran er jetzt denken konnte, war, weit von alldem wegzukommen. Zu sterben. Mit einem Mal wurde ihm bewusst, dass man glauben würde, er sei zusammen mit seinen Eltern verbrannt. In diesem Augenblick standen die beiden Männer dort unten und dachten, auch er sei tot. Natürlich dachten sie das! Das gab Mirko das merkwürdige Gefühl, sein eigenes Leben aus einer anderen Position zu betrachten. Von außen. Ihm ging auf, dass er verschwinden konnte. Da war zwar noch Leon, aber Leon konnte auch verschwinden. Er und Leon hatten jetzt nichts mehr zu verlieren außer einander.

Während er über das Feld auf Danicas Hof zurannte, öffnete der Himmel seine Schleusen über dem Tal. Der stille Regen würde von einem heftigen und drängenden Schauer abgelöst, der die Tropfen auf allem tanzen ließ, was sie trafen. Und endlich weinte Mirko. Es war leichter für ihn zu weinen, wenn alles um ihn herum weinte.

*

Er fand Karls alten Reisesack im Schlafzimmer und einen weiteren Reisesack und eine Ledertasche im Zimmer im ersten Stock. In den Schränken dort oben waren Habseligkeiten, die Danicas Brüdern gehört haben mussten. Er packte ein, was er an Kleidung und Schuhen für Leon und sich selbst finden konnte, sogar ein bisschen von Karls Kleidung nahm er mit, auch wenn sie viel zu groß war. Dazu diverse notwendige Utensilien: ein paar Decken, Kochzeug, eine weitere

Taschenlampe, Batterien, ein kleines Zelttuch, ein paar Messer. In der Vorratskammer fand er Konservendosen, Geräuchertes und trockenes Brot. In der Küche eine Dose mit etwas Geld. Er sorgte dafür, dass er keine Spuren hinterließ. Die nassen, dreckigen Schuhe zog er in der Tür aus, sodass sie keine Abdrücke machen konnten.

Den Brief fand er nicht. Mirko konnte nur hoffen, dass Karl ihn in seiner Wut verbrannt oder auf andere Art zerstört hatte.

Im Stall molk er in aller Eile die dankbaren Kühe und nahm die Milch in Flaschen mit, er gab allen Tieren reichlich Wasser und Futter und öffnete das Tor an der Giebelseite, sodass sie auf die große Weide hinauskonnten, wenn sie wollten. Im Hühnerstall holte er Eier. Er überlegte, ob er sich auch ein Huhn unter den Arm klemmen sollte, brachte es aber nicht übers Herz.

Wenn nur alle Tiere einen Tag oder zwei überstehen konnten, würde schon jemand kommen und sich um sie kümmern. Bei einem Brand wie diesem würde jemand die Höfe rundherum kontaktieren, da war er sich sicher. Man brauchte vielleicht Hilfe beim Aufräumen, aber vor allem würde getratscht werden, und jetzt hatte man eine plausible Entschuldigung dafür, einen näheren Blick auf Danicas Hof zu werfen, wo wohl bisher die wenigsten gewesen waren.

Ja, sie würden schon auftauchen. Und sie würden schnell noch mehr zum Tratschen bekommen als nur eine Familie, die verbrannt war.

Einer plötzlichen Eingebung folgend ging er wieder ins Haus und stopfte auch ein paar von Danicas Sachen in eine Tasche. Er ließ die Schränke offen stehen, sodass es so aussah, als hätte sie gepackt und wäre abgereist. Vielleicht konnte das etwas Verwirrung stiften? So hatten Leon und er zwar ziemlich viel zu schleppen, aber nur, bis sie Danicas Sachen oben in den Bergen verstecken konnten. Es war auf jeden Fall die Mühe wert, wenn es den Verdacht von Mirko ablenkte und die Leute davon abhielt, auf dem Hof gründlich nach ihr zu suchen. Er wollte nur ungern, dass sie ihr Grab fanden. Dann kam ihm plötzlich noch eine Idee.

Er suchte sich blitzschnell einen Zettel und einen Stift aus der Küchenschublade und schrieb eine Notiz, die er liegen ließ. Er erinnerte sich genau an Danicas Handschrift, von ihren Nachrichten in der Steinhütte, und versuchte, sie nachzuahmen, so gut er konnte.

Lieber Karl!

Ich gehe jetzt zusammen mit Leon weg und komme nicht zurück. Wir werden uns im Ausland niederlassen und sicher gut zurechtkommen. Mach dir keine Sorgen. Pass gut auf den Hof und dich auf, mein Freund.

Lieben Gruß,
Danica

Nun würde niemand glauben, ihr sei etwas zugestoßen, dachte er. Vielleicht würde man nach Danica fahnden, wenn ihr Mann irgendwann draußen auf dem Feld tot aufgefunden wurde, aber man würde wohl kaum eine große Suche nach Leon und ihr in Gang setzen. Man würde hoffentlich glauben, sie sei außer Landes gereist.

Erst im letzten Moment dachte er an den Morgenstern, den er noch nicht fertig vergraben hatte. Er war sich nicht sicher, ob es sinnvoll war, ihn jetzt zu vergraben, aber er zog es trotzdem vor, das Loch zu schließen, damit das Ganze nicht allzu seltsam aussah. Karl würde unmöglich zu begraben sein. Es war auch besser, wenn er liegen blieb. Mit etwas Glück würden sie glauben, dass es ein Unfall war. Dass er gefallen und vielleicht mit dem Kopf gegen einen Stein geschlagen war. Mirko nahm die Taschenlampe und rannte hinunter ins Feld, auf den dunklen Schatten zwischen den Pflanzenreihen zu. Karl lag dort, wo er umgefallen war.

Und gestorben.

Mirkos Puls stieg deutlich an, als ihm plötzlich auffiel, dass Karl nicht genauso dalag wie vorher, und auch nicht an derselben Stelle. Er war einen guten Meter nach links gerückt. Als Mirko sich ganz dicht heranwagte und auf Karl hinunterleuchtete, sah er, warum. Der Bär hatte ihn in die Fänge bekommen. Auf der einen Seite des Gesichts waren Bissspuren und Abdrücke von Klauen, das Hemd war an der Brust zerfetzt, der Arm teilweise zerbissen. Ein Stück des Schenkels fehlte. Der Bär hatte Karl an einem Bein gezogen, wie Mirko erkennen konnte. Er hatte ihm halb durch eine Pflanzenreihe geschleppt und ihn hier zurückgelassen. Der Anblick des malträtierten Leibs schickte kalte Schauer durch Mirkos Körper. Zumindest war Karl nicht mehr am Leben gewesen, als es passierte, dachte er. Das war eine Art Trost.

Bald fand er das kleine Grab mit dem Morgenstern und den aufgespießten Kartoffeln. Der Spaten balancierte auf dem Rand. Er fand auch die Peitsche, die er über dem Knie zerbrach und mit in das Loch warf, bevor er es mit Erde auffüllte. Der heftige Regen war auch in dieser Hinsicht ein willkommener Freund; in ein paar Stunden würde man kaum noch sehen können, dass hier gegraben worden war. An mehreren Stellen lief das Wasser in kleinen Bächen die Pfade zwischen den Pflanzen hinunter, und die Regentropfen tanzten auf ihrer Oberfläche. Es sah aus wie unendlich viele parallele Springbrunnen, die jemand mit Sorgfalt angelegt hatte.

Leon schlief tief, als Mirko die Tür zur Eselsbox öffnete. Bevor er den Jungen weckte, entfernte er die Schüssel mit den Breiresten und die Zinnkanne mit dem Wasser. Den Teddy trug er ins Wohnzimmer hinüber, die tote Katze warf er ins Gras hinaus, den Eimer stellte er hinters Klohäuschen. Mit etwas Mühe weckte er Leon und setzte ihn auf den Stuhl, während er selbst das Bett machte. Bald sah der Raum aus wie ein provisorisches Gästezimmer, das lange nicht benutzt worden war.

Leon war immer noch schlaftrunken, als sie sich endlich mit ihrem Gepäck durch das wilde Gelände nach oben bewegten. Der Regen hatte wieder nachgelassen. Es schien fast, als versuchte er hartnäckig, in dieser Nacht alle Bedürfnisse von Mirko zu befriedigen, nachdem er wochenlang ausgeblieben war.

Auf dem ersten Wegstück wagte Mirko nicht, die Taschenlampe einzuschalten, sodass sie in der Dunkelheit davonwanderten, was jedoch Leons Orientierungssinn nicht zu stören schien. Stark und ausdauernd war er ebenfalls, und Mirkos schlechtes Gewissen darüber, dem Jungen einiges zu tragen gegeben zu haben, nahm schnell ab. Leon war stark wie ein erwachsener Mann, vielleicht sogar stärker als Mirko.

Die dichte Wolkendecke tat das Ihrige, um die Morgendämmerung zu verzögern, doch der Tag war auf dem Weg. Mirko nahm jetzt einen helleren Schein über den Bergen wahr. Das war schön. Es kam ihm so vor, als hätte die Zeit sich bis zum Äußersten gedehnt und als wäre es die längste Nacht der Welt gewesen.

Leon folgte ihm ohne einen Mucks. Offenbar war ihm klar, dass er jetzt nur noch Mirko als Stütze hatte. Oder vielleicht war er sich nicht ganz sicher, denn als sie ein Stück nach oben gekommen waren, blieb er stehen und rieb sich die Augen. Er sah sich im Gelände um und erinnerte sich offenbar an etwas.

»Was ist mit meinem Vater? Soll mein Vater nicht mit?«, fragte er.

Mirko sah ihn an und schüttelte den Kopf.

Er musste es sagen.

»Lass uns kurz hinsetzen, Leon.« Sie setzten sich jeder auf einen Stein, und Mirko reichte ihm eine Flasche Milch, die noch ein klein bisschen lauwarm war.

»Leon, es gibt etwas, das ich dir erzählen muss. Dein Vater ist tot.«

»Tot?« Leon sah ihn verblüfft an.

»Ja, leider. Er ist tot, genau wie deine Mutter. Es war ein Unfall, aber er hat nichts gemerkt. Es hat ihm nicht wehgetan.«

»Es hat nicht wehgetan«, flüsterte Leon.

»Nein, kein bisschen. Aber hör zu, du hast immer noch mich, und ich werde gut auf dich aufpassen. Wir kommen zurecht, Leon! Aber wir gehen nicht zurück zum Hof.«

Leon nickte langsam. »Aber wo sollen wir dann hin? Wenn wir nicht zurückgehen?«

»Ich glaube, wir bleiben noch eine Weile in den Bergen.«

»Oh, meine Mäuse. Was ist mit meinen Mäusen?«

»Wir finden andere Mäuse für dich, Leon. Ganz sicher. Es gibt massenweise Mäuse auf der Welt.«

»Ich werde massenweise Mäuse haben«, lächelte Leon. »Und Kaninchen und Gämsen und Pferde und Bären und andere weiche Tiere.«

»Wir werden sehen. Aber du wirst auf jeden Fall nie wieder eingesperrt.«
»Ich werde nie wieder eingesperrt«, wiederholte Leon.
»Jetzt sind wir freie Vögel, wir beide.«
»Freie Vögel?«
»Ja, wir können tun, wozu wir Lust haben.«
»Aber wir können nicht fliegen?«
»Nein, das können wir nicht. Nicht auf diese Art.«
»Das macht nichts«, flüsterte Leon und blickte zum Himmel hinauf.
Er wirkte nicht richtig glücklich, dachte Mirko. Aber auch nicht richtig unglücklich. Wahrscheinlich war er sich über das meiste nicht wirklich im Klaren. Es war schwer zu beurteilen, wie viel Leon begriff.
»Vielleicht können wir irgendwann ein Kaninchen für dich fangen.«
»Ich will gern ein Kaninchen haben«, sagte Leon mit strahlenden Augen.
Vielleicht war es ein Glück, nicht so viel von der Welt zu verstehen, wie man sollte, dachte Mirko. Es würde dem Jungen sicher viel Trauer ersparen, wenn er den Großteil dessen vergaß, was vor diesem Augenblick lag. Wenn sie nun nie darüber redeten und Mirko dafür sorgte, dass sie niemals an diesen Ort zurückkehrten, sondern sich stattdessen auf das konzentrierten, was sie zusammen erlebten. Dann würde sicher ein Tag kommen, an dem Leon sich nicht mehr an all dieses Unglück erinnerte. Kinder vergaßen. Agathe hatte gesagt, dass sie sich an nichts aus ihren ersten sechs Lebensjahren erinnern konnte. Vielleicht war sie in Wahrheit gar nicht immer so glücklich gewesen.
Mirko würde sich wohl für sie beide erinnern. Zwar wollte er nur zu gern die Schrecken dieser Nacht verdrängen, aber

Danica würde er nie vergessen wollen. Eines schönen Tages konnte er Leon vielleicht gewisse Dinge über seine Mutter erzählen, aber vorläufig noch nicht. Jetzt mussten sie sich erst einmal unter dem Radar halten und sehen, wo das Schicksal sie hinführte. Die Wahrheit war, dass Mirko keine Ahnung hatte, was er jetzt weiter tun sollte. Sie würden wohl einige Zeit in der Wildnis leben können, aber dann musste er Geld verdienen. Und er sollte wohl auch versuchen, dem Jungen ein paar Dinge beizubringen. Er hatte noch gar keine Zeit gehabt, so weit zu denken. Sie mussten von einem Tag zum anderen leben, dachte er jetzt.

Hauptsache, Leon würde sie nicht verraten.

»Leon, all das mit deiner Mutter und deinem Vater sagen wir niemandem. Das muss unser Geheimnis bleiben. Wir sagen überhaupt nichts über deine Eltern. Zu niemandem.«

Leon nickte betrübt.

»Meine Mutter hat geschrien und geschrien.«

»Ja, ich weiß. Aber jetzt geht es ihr gut.«

»Wo ist sie?«

Mirko schwieg. Was zum Teufel sollte er sagen?

»Sie ist auch ein freier Vogel.«

Die Miene des Jungen hellte sich ein wenig auf. »Dann kann es sein, dass wir sie treffen?«

»Na ja, vielleicht.« Verdammt noch mal.

»Aber, Leon, das mit deiner Mutter ist also ein Geheimnis. Du weißt doch, was ein Geheimnis ist, oder?«

Leon nickte. »Wir sagen es keinem.«

»Genau. Wir sagen es keinem.«

»Bei meinem Vater sollte ich auch nichts sagen«, sagte Leon, und ein Gefühl des Unbehagens durchfuhr Mirko. Er konnte es nicht ertragen, darüber nachzudenken, was Karl da im Zimmer des Jungen getan hatte. Oder vorgehabt hatte.

»Aber ich durfte ihn sehen!«, lächelte Leon. »Und ich hab ihn ein bisschen angefasst. Und dann hat er sich aufgestellt, genau wie mein Vater gesagt hatte.«

Mirko hielt es kaum noch aus vor lauter Unbehagen.

»Und dann hat er mich umgeworfen.«

»Er hat dich umgeworfen?«

»Ja, der Teddybär hat mich umgeworfen. Bumm.«

Endlich ging Mirko auf, dass sich die ganze Sache um den Bären drehen musste. Schlimmer war es also nicht, selbst wenn es bei Gott schlimm genug war, dass Karl Leon diesen Bären hatte zeigen wollen. Es war eine Erleichterung zu hören, dass Karl wohl doch nicht ganz so widerwärtig gewesen war, wie Mirko befürchtet hatte. Aber es machte auch die Schuld etwas schwerer zu tragen. Er hatte den Mann trotz allem umgebracht.

»Es ist gut, Leon«, sagte er nur. Dann sog er die frische Bergluft tief in seine Lunge. Einen Moment später hörte er, wie Leon dasselbe tat.

»Leon, wenn jemand fragt, dann glaube ich, wir sollten sagen, dass du mein kleiner Bruder bist. Wie klingt das? Willst du gern mein kleiner Bruder sein?«

»Das will ich gern.« Leon lächelte strahlend.

»Dann sagen wir das jetzt. Du bist mein kleiner Bruder, und ich bin dein großer Bruder. Sonst solltest du am besten nicht so viel sagen, wenn wir jemanden treffen.«

Es hing ein Dampf über der Erde. Die Feuchtigkeit war ein Segen nach der langen Zeit der trockenen Hitze. Irgendwo in der Dunkelheit begann ein Vogel zu singen.

Dann war weit entfernt ein Schrei zu hören.

»Das war nur ein Adler«, sagte Leon ruhig.

Mirko nickte. »Ja, das war nur ein Adler. Und, Leon, das Ungeheuer, von dem du mir erzählt hast, dass du es hast schreien hören. Vor dem brauchst du keine Angst mehr zu haben.«

»Nein, denn jetzt bin ich ja nicht mehr allein«, sagte Leon. »Ich hab es nur gehört, wenn ich allein war.«

»Du wirst nie wieder allein sein.«

»Gut«, sagte Leon und begann etwas zu streicheln, das er im Gras fand.

»Ja, bleib nur sitzen und mach's dir ein bisschen gemütlich«, sagte Mirko und stand auf. Leon beachtete ihn nicht, als er mit Danicas Tasche ein Stück weiter wegging. Er warf sie einen Abhang hinunter und bemerkte zufrieden, dass sie in einem Dornengebüsch verschwand, wo sie wohl kaum jemals gefunden werden würde. Dann ging er zu einem Vorsprung, von dem aus er ins Tal hinuntersehen konnte.

Die Dunkelheit hatte begonnen, sich aufzulösen, jetzt, wo die Sonne allmählich hinter den Bergen aufging und sich langsam durch die Wolkendecke brannte. Auf der anderen Seite des Hügels brannte sein Heimathof. Der rote Schein war gleichzeitig schön und traurig. Die Bäume verdeckten die Aussicht ein wenig, doch er konnte sehen, dass dort unten jetzt Scheinwerfer waren. Automobile.

Er wollte sich gerade wieder abwenden, als er eine unerwartete Bewegung registrierte. Es sah aus wie ein kleinerer Pferdewagen, der sich den Feldweg zu Danicas Hof hinaufschlängelte. Der Wagen war überdacht, und es saß jemand auf dem Kutschbock. Offenbar nur eine Person. So viel konnte Mirko sehen, aber auch nicht mehr.

Das ging schnell, dachte er, nicht ohne ein bisschen zu erschrecken. Leon und er waren offenbar in letzter Minute weggekommen. Dann ging er zurück zu Leon und schulterte das Gepäck.

»Lass uns aufbrechen, mein Freund. Wir gehen, bis die

Sonne ganz aufgegangen ist. Dann suchen wir uns eine Stelle, an der wir frühstücken können. Wie klingt das?«

»Gut«, sagte Leon und nahm die Hand von dem, was er im Gras gestreichelt hatte, weg. Mirko sah gerade noch einen dunklen Schatten hinter ein paar Steinen verschwinden.

Sie liefen los, und Mirko blickte nicht zurück. Die Trauer lag ihm wie ein Stein im Magen, und dort sollte sie auch bleiben dürfen, dachte er. Er musste versuchen, sie in zurückgelegten Schritten, Stunden, Jahren, Atemzügen zu verkapseln. Jetzt ging es um Leon.

Sie gingen zunächst direkt auf die aufgehende Sonne zu, die sich als nebliges Gesicht über einem fernen Berg zeigte. Dann wandten sie sich nach Norden. Leon folgte Mirko wie ein treuer Hund. In regelmäßigen Abständen kommentierte er etwas, das er sah, und Mirko plauderte ein wenig mit ihm. Das war schön.

Es war schön, dass sie zu zweit waren.

Irgendwann begann Leon, auf seine eigene, spezielle, aber auch ganz wundervolle Art zu pfeifen. Es war wirklich beeindruckend für einen Sechsjährigen, dachte Mirko.

Siebenjährigen? Siebenjährigen! Verdammt. Er hatte es fast schon wieder vergessen. Es war ja Leons Geburtstag!

Mirko wartete, bis Leon von selbst zu pfeifen aufhörte. Dann legte er eine Hand auf die Schulter des Jungen.

»Du, Leon. Wir beide haben etwas zu feiern!«

DER BESUCH DES BULGAREN

Es war schon sehr spät, als der Bulgare das Wirtshaus verließ. Er hatte sich bestens amüsiert. Eine Schlägerei gehabt, eine Nase gebrochen und hinterher eine Flasche mit seinem Widersacher geteilt. Er genoss seine Freiheit, und jetzt wollte er etwas anderes genießen. Karls unartige Frau schlief sicher süß, so kurz vor dem Morgengrauen, ganz allein und verlassen. Sie sollte eine große, steife Überraschung erleben, bevor die Sonne aufging.

Der letzte kleine Hof unter der Kluft in den Bergen. Er war ihm ja im Voraus schon genauestens beschrieben worden. Während es noch hell war, hatte er vorbeigeschaut und sich gemerkt, welcher Weg dort hinausführte. Es war so einfach, wie sich am Schnurrbart zu kratzen.

Der Bulgare nahm keine Notiz von der anhaltenden Morgenröte im Norden, als er seine Pferde den Feldweg entlangtrieb. Stattdessen stellte er sich vor, wie die Kleine in ihrem Bett aussah und was er mit ihr machen würde. Ja, er würde sie wahrhaftig trösten!

Er machte sich nicht die Mühe, keinen Lärm zu veranstalten, als er auf dem Hofplatz einfuhr und die Pferde anhielt. Im Übrigen war er viel zu betrunken für diese Art von Anstrengung, er war sogar so besoffen, dass er beinahe vom Kutschbock gefallen wäre.

Vielleicht sollte er sich stattdessen ein Automobil beschaffen, dachte er in seinem Rausch. Aus so einem fiel man sicher nicht so leicht heraus.

Er beschloss, zur erstbesten Tür hineinzugehen. Die Tür war nicht verschlossen, und wenn sie es gewesen wäre, wäre er trotzdem hineingekommen. Er kam immer hinein. Bald stand er in der Küche, und nachdem er sich im Wohnzimmer umgesehen hatte, landete er im Schlafzimmer. Alles war dunkel. Und leer. Wo zum Teufel war das Weibsstück?
»Frau?«, rief er. »Weib? Madame?«
Keine Antwort.
»Vaters kleiner Morgenstern?«
Er hatte sich eine Flasche Schnaps in die Tasche gesteckt, für den Fall, dass die Göre keinen hatte. Jetzt legte er sich ins Bett und nahm einen Schluck. Das war schön.

Sie würde schon noch kommen.

Dann fiel der Bulgare in einen tiefen Schlaf. Das beständige Krähen eines Hahns weckte ihn etwas später und erinnerte ihn daran, dass es langsam hell wurde. Er trank ein bisschen, um richtig aufzuwachen, und stand dann auf und ging in die Küche, wo sein Blick auf den Zettel auf dem Küchentisch fiel. Er schüttelte den Kopf, als er ihn gelesen hatte. Wer zum Teufel hatte denn hier nun wen verlassen, dachte er. Es sah so aus, als wäre das Mädel seinem Mann zuvorgekommen und mit einem seiner Liebhaber abgehauen. Dieser Karl war doch wirklich ein unfähiger Trottel.

Der Bulgare kratzte sich im Nacken.

Dann fuhr er wieder.

Als er die Stelle erreichte, an der der Feldweg mit dem Weg zum Nachbarhof zusammenlief, kam er am Pfarrer vorbei, der offenbar gerade zu dem anderen Hof unterwegs war.

Der Pfarrer nickte freundlich, aber besorgt, wie nur Pfarrer nicken können. Verdammt früh für einen Pfarrer, um jemandem einen Besuch abzustatten, dachte der Bulgare. Aber der alte Fuchs hatte vielleicht auch etwas mit einer Frau am Laufen, von der niemand etwas wissen durfte? Bei diesen Erlösten wusste man nie.

Er lachte ein bisschen bei dem Gedanken und knallte mit seiner Peitsche. Jetzt wollte er hinaus aus diesem verdammten Land. Den schwarzen Rauch, der nicht weit entfernt über den Bäumen aufstieg, sah er nicht.

VON DEM, WAS WIR GESEHEN HABEN

Ihr Vögel seht einander ja manchmal ein bisschen ähnlich. Wenn du jetzt doppelt so groß wärst, wärst du wohl ein Adler. Aber wenn ich nur halb so groß wäre, wäre ich immer noch ein Mensch. Mirko und ich haben einmal einen Adler von ganz nah gesehen. Das war unten in einer Ecke des Tals, in die wir sonst nicht kommen. Ganz unten im Süden. Es ist erst ein paar Sommer her. Wir waren nicht dort, um Arbeit zu finden, hat Mirko gesagt. Wir waren dort, weil er etwas sehen wollte. Einen bestimmten Hof.

Wir sind nicht über den Weg gekommen, der vom Tal aus zu dem Hof führte. Nein, wir sind von hinten gekommen, von oben, aus den Bergen. Und wir haben uns ganz dicht rangeschlichen, aber nicht näher als bis zu einem Gebüsch, wo wir versteckt sitzen und ihn beobachten konnten. Wir durften nicht gesehen werden, hat Mirko gesagt. Es war wirklich ein schöner Hof, alles war so hübsch und ordentlich. Das Dach vom Haupthaus sah neu aus. Da war auch eine riesengroße Scheune, die von den Bergen aus aussah wie ein weißes Viereck. Die beiden großen Scheunentore standen offen, und wir konnten sehen, dass sie dort drinnen Maschinen hatten. Wir konnten sogar das Benzin riechen, aber zum Glück noch stärker die Myrte, hinter der wir uns versteckt hatten.

Draußen auf dem Feld waren auch Maschinen. Und junge Männer, die einander etwas zugerufen haben. Sie wollten gerade mit der Arbeit anfangen. Ich hab Mirko gefragt, ob wir denn nicht runtergehen und fragen wollen, ob es für uns was zu tun gibt, aber das wollte Mirko nicht. Vielleicht waren ihre Maschinen so gut, dass sie uns gar nicht gebrauchen konnten. Tiere konnten sie offenbar auch nicht gebrauchen, denn ich hab kein einziges gesehen, weder auf den Wiesen noch auf dem Hof. Nicht mal eine alte Katze.

Es sah auch nicht so aus, als hätten sie einen Stall.

Stell dir vor, ein Hof ohne einen Stall! Ohne Tiere? Wenn ich meinen eigenen Hof hätte, wären da Tiere. Pferde und Schweine auf jeden Fall. Und Mäuse. Vielleicht auch ein Esel.

Dafür hatten sie einen riesengroßen, üppigen Küchengarten gleich unter der Stelle, an der wir saßen. Und weißt du, was in der Ecke des Küchengartens stand? Eine Kirchenglocke!

»Schau!«, sagte ich, sobald ich sie gesehen hatte. »Das ist doch eine Glocke, die da steht?«

»Ja, das ist eine alte Kirchenglocke«, hat Mirko da gesagt.

»Wie sie glänzt!«

Es war eine schöne Glocke, überhaupt war es ein sehr schöner Morgen. Dann hab ich einen Grabstein entdeckt. Er war nicht so leicht zu sehen wie die Glocke, weil er fast ganz mit weißen Blumen bedeckt war. »Und schau, da ist auch ein Grab«, hab ich gesagt. »Genau neben der Glocke.«

»Was?«, sagte Mirko da. Das hatte er nicht erwartet, das konnte man hören. Seine Stimme klang seltsam.

»Ja, schau! Das da unten ist doch ein Grabstein!« Ich hab darauf gezeigt. »Mitten in all den Blumen.«

Mirko hat seinen Kopf ein bisschen näher zu mir gerückt und die Augen zusammengekniffen. Da sah er ihn endlich.
»Ach, DER Grabstein«, meinte er und lächelte. »Den haben sie gut platziert. Und dann noch, ganz ohne es zu wissen.«
»Wer ist denn da gestorben?«
»Eine Dame, die Svetlana hieß. Sie war höchst geliebt.«
»Kanntest du sie?«
»Irgendwie, ja.«

Es konnte also nicht die sein, die ein Stück weiter auf einer Bank saß und strickte. Das war eine kleine, pummelige Dame mit dunklen, lockigen Haaren, die sehr lebendig aussah. Sie sah auch weich aus. Mirko kannte sie nicht. Ich sagte zu ihm, ich könnte mir gut vorstellen, dass wir dort runtergehen, uns auf die Bank setzen und mit der Dame plaudern, aber davon wollte er nichts hören. Wir sollten hinter der Myrte bleiben, sodass uns keiner sehen konnte.

Irgendwann kam ein Mann aus dem Haus und rief.
»Tajana«, rief er. »Tajaaaana?«

Die Dame ist aufgestanden und hat gewunken, sodass er sie auf der anderen Seite des Küchengartens sehen konnte. Da kam der Mann zur Bank hinüber und küsste sie. Sie haben ein bisschen gelacht. Kurz darauf kam noch ein Mann und küsste sie. Dann lachten sie alle drei ein bisschen. Und dann setzten sich die beiden Männer jeweils auf eine Seite der Dame und legten beide einen Arm um sie.

»Die haben es wohl schön zusammen«, hab ich gesagt.
»Ja, es sieht so aus.«

Dann hab ich etwas Lustiges bemerkt. »Nein, schau doch mal«, meinte ich. »Die beiden Männer sehen genau gleich aus!«

Es war kurz still, während Mirko nachsah.

»Aber ja, da hast du vollkommen recht«, sagte er dann. Er klang noch verblüffter als ich. Und dann lachte er. Ich hab Mirko selten so sehr lachen sehen. Er hatte fast Tränen in den Augen.

Ich musste auch lachen, weil er so gelacht hat.

»Ja, das Leben geht weiter«, sagte er, als wir fertig gelacht hatten. »Und jetzt müssen wir zwei auch sehen, dass wir loskommen. Komm, Leon.«

»Dodo!«, sagte ich.

»Ja, ich meinte natürlich Dodo. Entschuldige, mein Freund.«

»Bist du wegen der Kirchenglocke hergekommen?«, hab ich dann gefragt.

Mirko hatte immer noch nicht gesagt, warum wir hier waren.

»Ja genau, es war die Glocke, die ich sehen wollte. Ich fand auch, dass du sie sehen solltest.« Er hat mich seltsam angesehen, während er das sagte.

»Da bin ich froh«, sagte ich. »Ich glaub nicht, dass ich die Glocke so schnell vergessen werde. Oder den Hof. Es ist das erste Mal, dass ich einen Hof mit einem Grabstein und einer Kirchenglocke im Küchengarten gesehen habe. Und mit zwei gleichen Männern und einer Frau.«

»Du hast recht. Von dieser Art von Höfen gibt es nicht so viele.«

»Aber, Mirko… irgendwas an dieser Glocke erinnert mich an etwas, ich weiß nur nicht, was. Glaubst du, es ist was, was ich geträumt hab?«

Mirko hat meine Schulter gedrückt. »Ja, wahrscheinlich ist es was, was du geträumt hast«, meinte er.

Als wir uns dann umgedreht haben, haben wir den Adler gesehen. Er saß nur ein paar Meter von uns entfernt. Ich glaube, er hatte die ganze Zeit dagesessen und uns angeschaut, während wir den Hof angeschaut haben. Dann ist er weggeflogen. Und wir sind gegangen.

Wir gingen ein bisschen an den Bergen entlang, und ich hab gemerkt, dass Mirko sehr still war. Er hat auch immer wieder ins Tal gespäht. Nach dem Hof mit der Glocke kamen ein paar Felder. In einem davon lag eine Steinhütte, von der er die Augen fast nicht mehr abwenden konnte. Dann kam ein kleiner Hügel mit Bäumen. Und hinter dem Hügel waren noch mehr Felder und noch mehr Felder. Und dann ein großer Hof, auf dem sie auch Maschinen hatten. Er starrte und starrte auf ihn hinunter.

»Wonach hast du geschaut?«, hab ich gefragt, als er endlich wieder er selbst geworden war. Das wusste ich, weil er zu pfeifen anfing.

»Nach einem Hof, den es nicht mehr gibt«, sagte er.

»Aber dann konntest du ihn ja nicht sehen?«

»Nein, aber ich hab ihn vor mir gesehen.«

Erst als wir ein gutes Stück weiter weg waren, hat er mir erzählt, dass wir beide dort in der Nähe geboren sind. Stell dir vor, daran kann ich mich überhaupt nicht erinnern! Er hat mir auch erzählt, dass gerade mein dreiundzwanzigster Geburtstag war. Und dann sind wir in einen der Orte hinuntergegangen, und Mirko hat einen Pulli für mich gefunden. Den mit dem Herz.

Wir haben in unserem Leben viele Höfe gesehen, Mirko und ich. In allen möglichen Größen. Aber nur einen mit einer Kirchenglocke, und das war weit weg von hier.

Der Hof, von dem ich heute Nachmittag weggerannt bin,

war einer der richtig großen. Da gibt es für lange Zeit Arbeit, sagte Mirko, aber das hab ich uns jetzt wohl verdorben, weil ich mit diesem jungen Mädchen geredet hab, du weißt schon. Der Tochter des Hofbesitzers. Ich hab ihr ja was Schlimmes angetan, während Mirko Boccia gespielt hat.

DIE TOCHTER DES HOFBESITZERS

Mirko lachte. Er war erbärmlich schlecht im Bocciaspielen, weil er jedes Mal zu fest warf. Präzise, aber viel zu fest. Er hatte keine Chance zu gewinnen, aber trotzdem genoss er das Spiel. Oder besser gesagt, er genoss es, mit den anderen Männern Spaß zu haben. Dodo spielte drüben in der hintersten Scheune mit Mäusen, was ihn wohl noch eine Zeitlang beschäftigt halten würde. Das verschaffte Mirko eine kleine Atempause. Wie gern er Dodo auch hatte, es war schön, zwischendurch ein bisschen Abstand zu ihm zu bekommen.

Er amüsierte sich über das lautstarke Engagement der anderen für das Spiel, das in hohem Maß der Flasche Schnaps zuzuschreiben war, die der Chef als Preis ausgesetzt hatte. Außerdem war gerade Zahltag gewesen. Sie konnten ziemlich rau sein, die anderen Männer. Und geradezu unangenehm, wenn sie keine Mittel scheuten, um den besten Platz auf dem Feld oder der Baustelle zu ergattern; oder auch die beste Koje. Auch einer Schlägerei gingen sie nicht aus dem Weg, wenn es nötig war. Doch sie hatten auch ihre angenehmen Seiten, wie jetzt gerade, wo alle entspannt und gut gelaunt zu sein schienen. Mirko pflegte so weit wie möglich freundschaftlichen Kontakt mit den anderen Arbeitern, aber immer nur oberflächlich. Das Dasein als Tagelöhner war der Natur der Sache nach kein Leben, in dem man Wurzeln schlug, weder an Orten noch in Freundschaften. Man wertschätzte die Zeit, die gut verlief. Und dann ging man weiter, ohne zurückzublicken.

Es war ja nicht so, dass das Zusammensein mit Dodo nicht auch gut gelaunt und entspannt sein konnte. Und angenehm, ja, vielleicht sogar angenehmer als mit irgendeinem anderen Menschen, den Mirko in seinem Leben als Erwachsener getroffen hatte. Der große Kerl war treu wie ein Golden Retriever und wollte niemandem etwas Böses. Aber er konnte weiß Gott auch anstrengend sein. Ein Klotz am Bein, den Mirko in schwachen Momenten manchmal verfluchte und weit weg wünschte.

Aber immer nur für kurze Zeit, denn im Grunde mochte Mirko seinen Weggefährten nicht missen. Das war nichts, was er jemandem erklären konnte. Und neugierig waren viele.

»Ihr seid ein drolliges Paar, ihr zwei«, sagte man ihnen. Dann nickte Dodo eifrig, während er sich auf die Zunge biss und ihm die Augen beinahe aus dem Kopf quollen, zusammen mit all den Worten, die er nicht sagen durfte, weil es so oft schiefging, wenn er einfach losredete. Irgendwie gelang es ihm sehr leicht, die Leute mit all seinen Beobachtungen und Fragen zu beleidigen oder zu irritieren. Wie damals, als er zu einem sehr beleibten Bauern mit einer sehr jungen Frau sagte, er rieche nach altem Schwein. Das war eigentlich ganz buchstäblich und von Dodos Seite absolut als Kompliment gemeint, aber der Bauer fühlte sich nicht gerade geschmeichelt.

Also antwortete Mirko immer für sie beide. In der Regel legte er eine Hand auf Dodos harten Rücken und sagte: »Ja, Dodo hier ist mein bester Freund. Er ist nicht so schnell im Kopf, aber ist ein guter Kamerad.« Mirko konnte fast spüren, wie Dodos Muskeln unter dem Hemd schmolzen, wenn er das sagte. Letztendlich war der Kerl weich wie Butter.

Auch wenn Dodo sich am besten still verhalten sollte, schaffte er es trotzdem immer, genug zu sagen, dass die Leute verstanden, dass das Gehirn dem Körper nicht ganz gewachsen war. Dann entspannten sie sich. Muskelkraft fürchtete man, aber Einfalt und kindliche Gemüter wurden als harmlose Größen betrachtet.

»Du bist dran, Mirko«, rief jemand, und Mirko warf eine Kugel, die viel zu schnell wurde. Um ihn herum erklang vergnügtes Gebrüll.

»Du bist ein flinker Bursche, aber Boccia spielen kannst du bei Gott nicht«, sagte einer.

Mirko grinste über seine eigene offensichtliche Unzulänglichkeit. »Ich glaube auch nicht, dass ich mich über den Gewinn freuen würde«, log er, und die Männer lachten wieder.

Die Sonne schien freigiebig über ihnen, und von Zeit zu Zeit zogen langsam ein paar leichte Wolken vorbei und warfen weiche Schatten auf den Kies. Es bestand kein Risiko, dass es regnen würde, Gott sei Dank. Sie hatten die Ernte noch nicht vollständig ins Haus gebracht.

Sonntage hatten einfach eine besondere Magie, dachte Mirko, während sich der Nächste zum Werfen bereit machte. Die Leute waren netter und friedlicher, wenn sie frei hatten. Sie atmeten auf eine andere Art. Besonders bei schönem Wetter.

Er blickte sich unter den Männern um. Sie waren im Großen und Ganzen alle starke Kerle, die auf dem Feld richtig zupacken konnten. Aber keiner von ihnen konnte sich mit Dodo messen, das mussten sie doch zugeben. Dodo arbeitete wie ein Biest und konnte doppelt so viel heben wie jeder andere. *Der schweigsame Riese* hatten sie ihn hier getauft, aber sie sagten es auf gutmütige Art. Wenn er keine direkte

Bedrohung ihrer Männlichkeit darstellte, konnten sie sich eingestehen, von seiner Größe beeindruckt zu sein.

Mirko behielt die Männer, mit denen Dodo und er zusammenarbeiteten, immer gut im Auge. In der Regel gab es einen oder mehrere, die Probleme mit sich selbst hatten, und genau so jemand konnte ein Problem für andere werden. Vor solchen Typen versuchte Mirko, Dodo zu beschützen.

Gott sei Dank hatte die Bocciakugel, die Dodo am Sonntag zuvor unglücklich aus der Bahn geraten war, als er sich in dem Spiel versuchen wollte, einen der friedlicheren getroffen. Er hatte vergessen, sie rechtzeitig loszulassen, und die Kugel hatte deshalb einen weichen Bogen in der Luft gemacht, bevor sie dem Mann direkt auf den Kopf gefallen war. Auf wundersame Weise war der Kerl mit einer bescheidenen Beule auf der Stirn davongekommen, er hatte sogar hinterher noch darüber lachen können. Aber einer der großen Söhne des Hofbesitzers hatte mit geballten Fäusten daneben gestanden. Als Einziger hatte er Dodo böse angestarrt, der auf den Knien lag und den Wurf auf seine eigene, überwältigend treuherzige Art entschuldigte, die an sich schon die Laune besserte. Der Hofbesitzer und der andere Sohn waren nicht dabei gewesen.

Die beiden Söhne behielt Mirko besonders im Auge. Sie hatten diese Art von Blick, der immer wirkte, als verdächtigten sie einen für irgendetwas. Er hatte einmal zufällig gesehen, wie der eine Sohn eine Pistole in die Innentasche seiner Jacke steckte. Vielleicht war es auch seine Absicht gewesen, dass Mirko es sah. Ein diskretes Signal, wer hier das Sagen hatte, auch über Leben und Tod. Mirko waren Waffen jeglicher Art zuwider, und er konnte nicht erkennen, dass sie irgendeinen positiven Effekt hatten. Sie gehörten in eine andere Zeit und an einen anderen Ort. Aber er hielt den

Mund. Es war immer am besten, den Mund zu halten und seine Arbeit zu machen.

Aus dem Hofbesitzer selbst wurde man nicht richtig schlau. Er wirkte freundlich, doch er hatte auch etwas Unruhiges, etwas Ruheloses und Besorgtes, das offenbar mit seiner Tochter zusammenhing. Sie war eine wohlgestaltete junge Frau, die es liebte, Leute aufzusuchen, um zu plaudern oder andere Dinge zu tun, zu denen sie Lust hatte. Abgesehen davon, dass sie hübsch war, hatte sie noch etwas sehr Frühreifes an sich. Sie war aufreizend, würden die meisten Männer wahrscheinlich denken. Ihr Vater vergötterte und verwöhnte sie, hieß es, wohl nicht zuletzt, weil er seine Frau aufgrund einer Krankheit verloren hatte. Er lag nicht gerade mit einem Jagdgewehr auf der Lauer, aber man munkelte, dass er auch eine Pistole hatte, die er zum Schutz der Tugend seiner Tochter jederzeit zu benutzen bereit war – wenn es auch etwas unklar war, ob es da noch Tugend zu beschützen gab.

Dass der Hofbesitzer seine Tochter nicht im Griff hatte, war für jeden sichtbar. Er hatte genauso wenig Kontrolle über ihr Treiben wie über ihr Wesen. Wenn er sie ins Haus schickte und sie schmollend hineinging und die Tür dramatisch hinter sich zuwarf, tauchte sie kurz darauf immer auf dem Feld oder in einer der Scheunen auf, mit einem hauchdünnen Kleid am Körper und einem kleinen, lockenden Lächeln auf den Lippen. Ja, sie war die Art von Mädchen, die Männer völlig verrückt machte.

Als kleinen Kontrast hatte der Hofbesitzer eine treue ältere Haushälterin eingestellt, schwer wie ein Mähdrescher und alles andere als aufreizend. Zumindest musste er sich um sie keine Sorgen machen, solange sie ansonsten gesund war.

Es war ein großer Hof mit mehreren Angestellten. Ganz

unten in der Hierarchie standen die Erntehelfer. Den beiden Söhnen waren natürlich hohe Posten anvertraut worden, gleich unter dem Vater. Sie flüsterten und tuschelten die ganze Zeit miteinander, und Mirko hatte das Gefühl, eine ihrer wichtigsten Aufgaben war, die Männer im Auge zu behalten, die ihre Schwester im Auge behielten.

Er hatte das schon öfter gesehen. Sobald ein hübsches Mädchen im Spiel war, packte der Teufel die Männer und bemächtigte sich ihrer. Es gab immer jemanden, der sich nicht beherrschen konnte, und dachte, er hätte mehr Recht auf das Mädel als andere. In der Regel waren es dieselben, die meinten, sie könnten über ein Mädchen bestimmen, anstatt das Mädchen über sich selbst bestimmen zu lassen. So entstand Zwietracht, und die Männer beobachteten einander argwöhnisch, bereit zum Kampf.

Mirko selbst hielt sich bei diesen Dingen so weit wie möglich auf Abstand; er wollte nicht riskieren, unnötige Aufmerksamkeit auf sich zu ziehen. Seit Danicas Tod war er daher auch nur bei Frauen gewesen, bei denen er nichts falsch machen konnte. Er hatte geradezu herzliche Freundschaften mit mehreren entwickelt und mochte es sehr gern, sie in den Ortschaften rundherum zu besuchen. Sie befriedigten sein Bedürfnis nach körperlicher Liebe, natürlich, aber auch noch mehr als das. Es gefiel ihm wirklich, unter vier Augen mit ihnen zu plaudern, über alles und nichts. Auch das befreite ihn. Wenn Dodo sich irgendwo in der Nähe aufhielt, bat er die Frauen, während des Akts nicht zu laut zu sein. Um seines Freundes willen. Also passten sie auf. Ein paar von ihnen hatten ihn gefragt, ob es denn nicht auch etwas für seinen Freund wäre, ein Stündchen herzukommen, aber das hatte Mirko abgelehnt. Wie sehr er es Dodo auch gegönnt hätte, die Liebe zu erleben, obendrein im sicheren Rahmen, wagte er doch nicht, es geschehen zu lassen. Es war zu schwer, ihnen zu erklären, weshalb.

An mehr als diesen Damenbesuchen ohne Verpflichtungen war Mirko nicht interessiert. Er wollte sich nicht binden. Nicht an noch mehr.

An diesem Sonntag nahm der Hofbesitzer nicht am Bocciaspiel teil. Er saß an der Buchführung, sagte jemand. Die dicke Haushälterin lag krank in ihrem Zimmer. Es war nichts Ernstes, aber der Hofbesitzer hatte trotzdem einen Arzt gerufen. Und das an einem Sonntag! In dieser Beziehung war er ungewöhnlich fürsorglich und gut zu seinen Leuten. Sie sollten nicht unnötig leiden, und er für seinen Teil wollte seine Haushälterin nur ungern für längere Zeit entbehren.

Der Arzt kam zu den Männern hinunter und spielte mit, nachdem er nach der Patientin gesehen hatte. Er war ein angenehmer Kerl, Mirko mochte ihn sofort. Sein glänzendes Haar und die lächelnden Augen hatten etwas unverkennbar Asiatisches. Als er sich neben Mirko stellte, streckte Mirko ihm die Hand hin.

»Willkommen, Doc. Ich heiße Mirko.«

Das mit »Doc« hatte er seinerzeit in Amerika gelernt. Ivan und Agathe hatten einen Arztfreund gehabt, der nie anders genannt wurde und immer nach Schnaps roch. Jetzt klang es völlig verkehrt, und Mirko bereute, es gesagt zu haben.

Der Arzt lächelte. »Nenn mich einfach Lee«, sagte er zu Mirko und gab ihm eine Hand, die so weich war, dass man hätte denken können, sie gehörte einer Frau. Er sprach mit einem schwachen Akzent, und seine Stimme hatte einen besonderen Klang. Einen bronzenen Klang, dachte Mirko.

Mirko war nicht mehr nervös, wenn er sich mit Namen bei jemandem vorstellte. Diese Zeiten waren schon längst vorbei. Über die ganze Sache war Gras gewachsen, so wie er es damals gehofft hatte. Im Übrigen war »Mirko« kein ungewöhnlicher Name in dieser Region, im Gegenteil.

Nachdem er mit Leon weggegangen war, hatte er anfangs Angst gehabt, dass jemand sie suchen oder erkennen würde, und in den ersten Jahren hatte er sich daher als Schafhirte oben in den Bergen gehalten, wo die Leute sich nicht für die Dramen im Tal interessierten. Es war gut gegangen, und daraufhin entspannte sich Mirko. Hilfreich war auch, dass Leon so stark wuchs, dass niemand ihn für den kleinen Jungen hielt, der er war. Irgendwann ging es daher nicht mehr, ihn als seinen jüngeren Bruder vorzustellen. Er wurde zu einem Cousin. Und zudem zu einem Dodo. Trotz allem war es sicherer, dass er einen anderen Namen bekam als Leon.

In der ersten Zeit hatte Mirko jede Möglichkeit genutzt, eine Zeitung in die Hände zu bekommen, in der Hoffnung, es stünde dort etwas über Karls Tod und Danicas Verschwinden. Doch nachdem der Zugang zu den Nachrichten dennoch sporadisch war und er auch niemanden zu fragen und damit sein Interesse an der Sache offenzulegen wagte, lebte er lange mit der Unsicherheit. Das Einzige, was er gefunden hatte, war eine kleine Notiz darüber, dass in dem Todesfall wegen möglichen Mordes ermittelt wurde. Erst als er nach einem halben Jahr in einer alten Zeitung über einen längeren Artikel stolperte, bekam er endlich eine Art von Gewissheit.

Nichtsdestotrotz war er etwas verwundert zu lesen, dass ein Bulgare in dem Fall verdächtigt wurde. Man hatte offenbar die starke Vermutung, dass dieser Typ Karl auf dem Feld durch einen Schlag auf den Kopf mit einem stumpfen

Gegenstand ermordet hatte. Es konnte aber auch nicht ausgeschlossen werden, dass Karl ganz einfach gefallen und mit dem Kopf auf einen Stein geschlagen war. Und schließlich konnte die ganze Misere auch dem Bären geschuldet sein, der Karls Leib malträtiert hatte. Ja, der Bär konnte möglicherweise auch Karls Tod auf dem Gewissen haben. Ob es sich hier um einen vorsätzlichen Mord handelte oder um einen Unfall – oder ob sein Tod den Launen der Natur zuzuschreiben war, hier in Gestalt eines bösartigen Bären, war also noch immer ungewiss. Dass der Bulgare in irgendeiner Form die Finger mit im Spiel gehabt hatte, darüber bestand allerdings kein Zweifel. Ein Zeuge hatte ihn frühmorgens vom Hof fahren sehen, und man hatte außerdem eine Verbindung zwischen diesem Fremden und einem Zirkuswagen in der Scheune festgestellt. Nicht zuletzt stützte die Polizei sich auf die Tatsache, dass der Betreffende offenbar in seinem Heimatland wegen Sexualverbrechen und Mord gesucht wurde. Sie waren wohl der Meinung, dass man dem eine gewisse Bedeutung beimessen musste.

Was Danica und ihren kleinen Sohn anging, so ging man davon aus, dass sie zusammen mit dem Bulgaren außer Landes gereist waren, möglicherweise auf der Ladefläche seines Wagens versteckt. Es gab ein paar Leute, die wenige Tage zuvor einen gewissen Kontakt zwischen Danica und dem Bulgaren bezeugt hatten, und ein Wirtshausbesitzer hatte erklärt, der Bulgare habe großes Interesse an Danica gezeigt. Man vermutete, dass sie von diesem Sexualstraftäter in eine Falle gelockt worden war, und fürchtete nun um ihr Leben und das ihres Sohnes. Bis das Gegenteil bewiesen wurde, sah man Danica als unschuldig an.

Jedenfalls an dem Mord.

Ganz unten im selben Artikel wurde die ungewöhnliche

Tatsache erwähnt, dass der Nachbarhof in derselben Nacht vom Blitz getroffen worden und eine Familie von drei Personen verbrannt war. *Ein Unglück kommt selten allein,* fasste der Autor in der letzten Zeile passenderweise zusammen. Mirko hatte sich selten so erleichtert gefühlt wie beim Lesen dieses Artikels. Er feierte es, indem er eine Flasche Schnaps öffnete und Dodo ein Kaninchen schenkte, das in den Händen seines neuen liebevollen Besitzers etwa einen Tag überlebte.

Der älteste Sohn des Hofbesitzers spielte an diesem Sonntag mit, und Mirko bemerkte, wie er den exotischen Arzt beäugte. Der andere Sohn war sicher im Haus, um seinem Vater zu helfen oder seine Schwester zu bewachen, dachte Mirko. Doch auf einmal stand auch er da. Er ging zu seinem Bruder und flüsterte ihm etwas zu, worauf sie sich beide mit Bewegungen umsahen, die zu ruhig waren, um natürlich zu sein. Derjenige, der zuletzt gekommen war, ging nun zu den Scheunen hinüber. Der andere ließ sich nichts anmerken und spielte weiter, doch sein Blick folgte dem Bruder. Auch Mirkos Blick folgte ihm, als er die Tür zu einer der Scheunen öffnete und hineinging. Etwas später kam er wieder heraus und öffnete eine andere Tür in einem anderen Gebäude. Er suchte etwas. Oder jemanden. Bestimmt seine Schwester.

Mirko hatte Dodo gebeten, in der hintersten Scheune mit Mäusen zu spielen, um ihn auf Abstand zu halten. Irgendwann würde der Kerl ihn also entdecken, aber das machte wohl nichts aus, dachte Mirko. In der Scheune war nichts, was Dodo beschädigen konnte. Sie war nur ein großes Heulager. Es gab dort keine Tiere, abgesehen von den Mäusen, die er liebend gern erwürgen durfte. Ja, manchmal war da auch eine Katze, aber die hielt sich meist in sicherer Entfernung.

Wenn ihn dieser Kerl nur nicht zum Reden brachte, sodass er verwirrt wurde und nicht mehr zu stoppen war.

»Der Typ da hinten. Wonach sucht er?«, fragte Lee. Er hatte offenbar dasselbe beobachtet wie Mirko. Jedenfalls hatte er bemerkt, dass Mirkos Aufmerksamkeit darauf gerichtet war.

»Es gibt eine junge Tochter im Haus ... seine Schwester. Ich glaube, er versucht, sie zu finden. Die beiden Brüder passen auf sie auf. Sie haben einen starken Beschützerinstinkt.«

Der Arzt lachte leise. »Oh, das kann ich mir vorstellen. Mit so vielen gut gewachsenen Männern um sich herum ist sie wohl ziemlich exponiert. Vielleicht ist sie auch noch hübsch?«

»Sehr«, sagte Mirko. »Aber erzähl das um Gottes willen nicht dem Hofbesitzer oder seinen Söhnen.« Er konnte den Mann jetzt nicht mehr sehen, er war hinter den Schlafbaracken verschwunden.

»Du wirkst ein bisschen besorgt«, sagte der Arzt. »Aber du hast doch wohl nichts zu befürchten, nachdem du ja hier bist?«

»Was? Nein, es ist nur, dass mein Freund da drüben ist.«

»Dein Freund?«

»Ja, ich kümmere mich um ihn. Er ist nicht ganz richtig im Kopf, weißt du. Aber er tut nichts.«

»Könnte er mit diesem Mädchen zusammen sein, glaubst du?«

»Dodo? Nein, nie im Leben, er hat keine Ahnung von diesen Dingen. Er ist völlig unschuldig, wie ein kleines Kind.«

»Na, das ist doch gut. Dann besteht ja keine Gefahr.«

»Nee«, sagte Mirko zögernd. »Er ist nur so ...«

»Nur so?«

»Ungewöhnlich groß und stark.«

»Ach so?« Der Arzt blickte ihn an, offensichtlich neugierig. Seine Augen waren haselnussbraun und Vertrauen einflößend. Es war wirklich lange her, dass Mirko so spontanes Vertrauen zu einem anderen Menschen gehabt hatte. Die Haushälterin musste sich in sicheren Händen gefühlt haben, als er sie untersucht hatte.

»Dodo hat seine Kräfte nicht immer unter Kontrolle. Er ist wirklich ganz unglaublich stark. Und dann das mit dem kindlichen Gemüt... das kann zwischendurch schon schiefgehen.«

Der Arzt nickte nachdenklich. »Das kann ich mir vorstellen. Aber sag mal, was macht er jetzt da drüben, dein Freund? Wenn er nicht hier ist?«

»Er fängt Mäuse, um sie zu streicheln.«

»Mäuse?«

»Ja, das klingt vielleicht seltsam, aber das ist ein besonderer Drang, den er hat. Er liebt es, alles zu berühren, was weich ist. Am allerliebsten Tiere mit Fell. Leider erwürgt er sie dabei oft, jedenfalls die Mäuse.«

»Ah, verstehe. Aber solange es nur Mäuse sind, geht es ja noch«, sagte der Arzt lächelnd. Jetzt war er mit Werfen an der Reihe.

Sie spielten weiter. Die Männer lachten, die Sonne strahlte, und von der Spitze eines Busches erhob eine Singdrossel ihre liebliche Stimme, um den Nachmittag zu preisen. Doch Mirko war noch immer nicht ruhig.

Plötzlich ertönte ein lauter Schrei irgendwo hinter den Scheunen. Und dann ein Schuss.

Die Männer erstarrten in den Haltungen, in denen sie dastanden. Der, der gerade geworfen hatte, richtete sich langsam auf. Nur das Geräusch einer rollenden Kugel war zu hören, die mit einem leisen Klacken auf eine andere traf. Doch niemand sah die Kugeln an, alle starrten zu den Scheunen hinüber. Und dann begannen sie zu rennen. Auch der Arzt und Mirko.

Vor dem Tor zur hintersten Scheune stand der jüngere Sohn des Hofbesitzers und sah zugleich gelähmt und völlig außer sich aus. Außer sich vor Verzweiflung. Er starrte sie an, während er mit erhobener Hand und gen Himmel gerichteter Pistole stehen blieb.

»Sie ist tot!«, schrie er.

VON DEM, WAS PASSIERT IST

Willst du hören, was passiert ist?
 Tja, als ich gesehen hab, dass das junge Mädchen ganz alleine in die Scheune kam, bin ich ihr hinterhergegangen, um zu sagen, dass ich gerne mit ihr eine Runde ins Heu gehen wollte. Heute ist ja Sonntag, also ein freier Tag, sodass Mirko und all die anderen zum Bocciaspielen draußen auf dem Platz vor dem Haupthaus waren. Ich kann nicht so richtig gut Boccia spielen, also haben Mirko und ich uns geeinigt, dass es wohl besser wäre, ich würde stattdessen nach Mäusen suchen. Und das hab ich in der Scheune gemacht, als das Mädchen kam.
 Es war eine große Scheune, und ich sie hatte mich gar nicht gesehen. Ich glaub, sie hat sich ein bisschen erschreckt, als ich plötzlich hinter ihr gestanden und was gesagt hab.
 »Es kann ja sein, dass Mirko keine Lust hat«, sagte ich. »Aber ich hätte jedenfalls nichts gegen eine kleine Runde im Heu.«
 Weißt du, was sie dann gemacht hat? Sie hat sich umgedreht und mich geschlagen. Bumm. Direkt auf die Wange. Und sie ist dabei gehüpft wie ein kleines Tier, weil sie sonst nicht rangekommen wäre. Da musste ich natürlich lachen, weil es doch sehr merkwürdig war, so was zu machen. Besonders für eine Dame!
 Und da musste sie auch lachen.

Dann hat sie mich plötzlich auf so eine komische Art angesehen. Sie hat irgendwie von oben nach unten und hinterher von unten nach oben geschaut. Und dann gelächelt und gesagt, ich wäre ja ein ganz schöner Muskelmann. Die Leute sagen immer, ich bin ein Muskel*paket*, aber ich will eigentlich lieber ein Mann sein als ein Paket. Viele sagen auch, ich bin ein Kraftprotz oder ein Schrank oder ein Tölpel. Aber das junge Mädchen mit den glänzenden Haaren fand trotzdem, ich wäre ein ganz schöner Muskelmann.
Und weißt du, was sie dann gemacht hat? Sie hat gefragt, ob ich mein Hemd ausziehen will! Da hab ich dann wohl leider vergessen, dass ich mich niemandem ohne Hemd zeigen darf. Jedenfalls hab ich getan, worum sie mich gebeten hat. Wahnsinn, wie die mich da angeschaut hat! Dann hat sie ihre beiden Hände auf meinen Bauch gelegt, genau hier auf die harten Beulen. Und als sie daran gefühlt hatte, wollte sie auch an allem anderen fühlen. Alle meine Beulen wollte sie mit ihren Händen spüren, also hat sie mich an der Brust und an den Schultern und an den Armen und am Rücken angefasst. Und weißt du was, es war einfach so schön zu spüren, wie sie mit ihren Händen all diese Dinge gemacht hat. So hat mich noch nie zuvor jemand berührt. Noch überhaupt nie. Nicht einmal Mirko. Ich bekam solche Lust, sie auch zu berühren, denn sie sah wirklich weich aus, und sie hatte auch ein paar Beulen, an denen ich mächtig gern fühlen wollte. Aber Mirko hat ja gesagt, dass ich niemanden anfassen darf, und deshalb habe ich ganz still dagestanden, mit den Armen an den Seiten.
Und weißt du, was sie *dann* gemacht hat? Sie hat meine Schnürsenkel aufgebunden, und dann hat sie mich gebeten, meine Schuhe und meine Hose auszuziehen. Meine Hose! Ich konnte mir um alles in der Welt nicht vorstellen, wozu das gut sein sollte, aber ich tat, was sie sagte, weil sie so süß war.

Danach ist was passiert, das ich nicht ganz erklären kann, aber ich glaube, ich hab jetzt ein bisschen besser verstanden, warum Mirko immer so gern mit Damen reden will. Bist du irre, war das schön, was sie gemacht hat. Alles in mir hat so wunderbar gekribbelt und gekrabbelt. Und der da unten ist gewachsen und hat sich aufgerichtet und in alle möglichen Richtungen gezeigt. Ich hatte gar keine Ahnung, dass er so viel kann.

Und stell dir vor, sie wollte gar keine Runde im Heu machen. Nein, sie wollte nur darin *liegen*. Sie sagte, ich soll mich auf den Rücken legen. Dann würde sie schon dafür sorgen, dass es mir richtig gut geht. Und DAS hat sie wirklich. Wahnsinn, wie gut es mir ging, während sie sich über mir ganz verrückt aufgeführt hat. Sie hopste und hopste, sodass ihre kleinen Beulen mitgehopst sind. Du kannst mir glauben, das sah lustig aus.

Ich wusste nicht richtig, was ich machen sollte, also hab ich meine Arme einfach liegen gelassen.

Jedenfalls eine Weile.

Denn dann hat sie angefangen, diese Geräusche zu machen. Erst waren es so kleine Wimmerlaute, aber dann wurden sie eher zu Schreien. Keine lauten Schreie, die man weit entfernt hören konnte, aber solche kleinen, schrillen Schreie, die mir im Kopf wehgetan haben. Ich hab sie gebeten, damit aufzuhören, aber sie hat nicht aufgehört. Nein, sie hat mehr und mehr geschrien, und sie hat sich ganz nach vorn gelehnt und ihren Mädchenmund dabei ganz dicht an mein Ohr gedrückt. Es war nicht auszuhalten.

Ich sagte *stopp, stopp, stopp*, und sie sagte *ja, ja, ja*, aber sie hat nicht aufgehört, auch wenn sie es gesagt hat. Nein, sie hat einfach immer weitergemacht, und das Schlimmste war, dass all das, was sie gemacht hat, sich gleichzeitig so gut und so schrecklich angefühlt hat. Irgendwann hat sie so laut geschrien, dass ich es nicht mehr ertragen konnte, und da hab ich dann doch die Arme gehoben und ihr mit der einen Hand um den Hals gefasst und mit der anderen den Mund zugehalten, bis ihre Augen sehr groß wurden und sie sich nicht mehr bewegt hat.

Zum Schluss hat sie auch nichts mehr gesagt. Keinen einzigen Laut. Da hab ich sie geschüttelt, denn ich wollte ja nicht, dass sie mit dem aufhört, was sie gerade gemacht hat. Sie sollte nur aufhören zu schreien. Aber sie hat also mit allem ganz aufgehört, auch mit dem Atmen.

Und da konnte ich mir ja schon denken, dass es schlimm war.

Sie lag ganz schlaff auf mir drauf in ihrem roten Kleid, das sie nach oben gezogen hatte, als sie sich auf mich setzte. Und als ich sie hochgehoben hab, fiel ihr Kopf herunter, zusammen mit all ihren dunklen Locken, die sich ausgebreitet und mich am Hals gekitzelt haben. Ich hatte ehrlich gesagt Lust, so liegen zu bleiben und sie hoch und runter zu heben und zu spüren, wie schön es kitzelt. Aber ich hatte das Gefühl, es wäre vielleicht nicht so gut, liegen zu bleiben, also hab ich sie stattdessen ganz von mir heruntergehoben und ins Heu gelegt.

Und *da* hab ich entdeckt, dass sie eine ganze Menge Fell unter dem Rock hatte! Dichtes Fell wie bei einem Wollschwein. Einem schwarzen Wollschwein. Oh, ich wäre so gern ein bisschen im Heu sitzen geblieben und hätte die Wolle gestreichelt und ihre weichen weißen Arme und den roten Mund berührt, der jetzt verschmiert und gar nicht mehr so glänzend war wie am Anfang. Aber ich hab mich nicht getraut. Ich wusste ja, dass ich das tun musste, was ich Mirko versprochen hatte. Ich musste weg und die Stelle am Fluss finden, an der eine Krähe wohnt. Und da hab ich das glänzende kleine Herz gesehen, das sie an einer Kette um den Hals hatte, und da musste ich an dich denken, weil du doch glänzende Dinge liebst. Und ich dachte, das junge Mädchen würde das Herz wohl kaum vermissen, wenn sie schon nicht mehr geatmet hat. Deshalb hab ich es von ihrem Hals abgerissen und mitgenommen.

Damit du es kriegen konntest.

Tja, dann hab ich ganz schnell meine Schuhe und meine Hose angezogen, das Herz in die Tasche gesteckt und mein Hemd unter den Arm genommen. Das Mädchen hab ich im Heu liegen lassen, weil ich nicht wusste, was ich sonst mit ihr machen sollte. Und dann bin ich gerannt, so schnell ich konnte, aus der Scheune, hinter dem Haupthaus entlang, über die Wiese runter, am Fluss entlang und zwischen die Bäume. Ich hab mich genau daran erinnert, was Mirko gesagt hat.

Ja, ich bin gerannt und gerannt, bis ich diese Stelle hier gefunden hatte.

Und du warst hier! Du kannst dir gar nicht vorstellen, wie froh ich war, dich auf diesem Ast sitzen zu sehen. Es war so gut, dass ich mit dir reden konnte. Ich musste wirklich den Kopf freikriegen. Das gibt's echt nicht, wie viel in so einem Kopf drin sein kann.

Ich hoffe also, du freust dich über dein kleines Herz. Eigentlich hätte ich es ja auch gern selbst behalten.

DIE BESTIE MUSS STERBEN

Der Mann klappte vor dem Scheunentor zusammen wie ein Haus, das in einem Brand zusammenbricht. Langsam sank er im Kies auf die Knie, aber immer noch mit erhobener Pistole. Er hatte offenbar geschossen, um sie alle herbeizurufen. »Unsere Schwester ist tot.« Jetzt brach auch seine Stimme. »Sie ist vergewaltigt und erwürgt worden.« Erwürgt. Mirko spürte, wie sein Herz unendlich schwer wurde. Das konnte Dodo getan haben, und einen Augenblick später würde das auch den anderen klar werden. Er hoffte, dass Dodo sich an ihre Abmachung erinnert hatte und geflohen war. Aber vergewaltigt? Dodo konnte sie doch unmöglich vergewaltigt haben?

Das Mädchen lag völlig verdreht im Heu, mit offenem Mund und erschrockenen Augen in einem Flor von glänzenden Locken. Ein Strahl der Nachmittagssonne drang durch eine Luke im Giebel und traf sie so genau, als wäre sie eine Schauspielerin auf einer Theaterbühne, die sich in Kürze wieder von ihrem Totenlager erheben und vor dem Publikum verbeugen würde. Offensichtlich unbeeindruckt von dem Drama tanzte der Staub genauso träge wie sonst im warmen Licht.

Der jüngere Bruder, der sie gefunden hatte, war vor der Tür wieder aufgestanden, und Mirko sah ihn zum Haupthaus hinüberlaufen. Der ältere Bruder kniete vor seiner Schwester. Er zog schnell ihr Kleid hinunter, doch sie alle hatten bereits ihre kräftige Schambehaarung gesehen. Die Unterhose des Mädchens lag ein Stück weiter weg im Heu.

Jetzt beugte der Arzt sich über sie. Er legte zwei Finger an ihren Hals, verharrte einen Moment in dieser Stellung und schüttelte dann bedauernd den Kopf.

Die Männer standen ganz still in einem Halbkreis um sie herum. Diejenigen, die eine Schirmmütze aufhatten, nahmen sie ab und senkten den Kopf. Einen Moment lang herrschte ein Zustand von Schock, doch es dauerte nicht lange, bis die Wut zu schwelen begann, als hätte jemand ein Streichholz ins Heu geworfen.

»Das war dieser Große, dieser Idiot!«, sagte einer. Er blickte Mirko an. »Es kann nur er gewesen sein. Hattest du ihn nicht hierhergeschickt, um sich selbst zu beschäftigen?«

Mirko gab auf und nickte. Es nutzte nichts, Dodo zu verteidigen. Die Abdrücke seiner großen Hände leuchteten auf dem Hals und dem Mund des Mädchens. Der Hals ragte in eine unmögliche Richtung wie ein toter Ast, der vom Sturm geknickt worden war. Auch ihre Arme wiesen deutliche Spuren von festem Druck auf.

»Er wusste nicht, was er tat«, sagte Mirko leise, ohne dass jemand zuhörte.

»Wir müssen diesen Satan finden«, rief einer von ihnen erregt. »Er kann nicht weit gekommen sein.«

»Ja, zum Teufel, er soll...«

Als der Vater durch das Scheunentor trat, verstummten die Rufe der Männer augenblicklich. Der Sohn, der ihn geholt hatte, blieb in der Tür stehen, offenbar konnte er es nicht ertragen, seine Schwester noch einmal aus der Nähe zu sehen.

Der Vater ging langsam auf sie zu, und sie zogen sich automatisch etwas zurück, sodass er ganz an seine Tochter herankam. Alles Blut hatte sein Gesicht verlassen und alles Leben seine Augen. Er fiel neben der jungen Frau auf die Knie, legte seine zerfurchte Stirn an ihre Wange und flüsterte *nein, nein, nein* in ihr Ohr. Sein ganzer Körper zitterte.

»Das unschuldige Mädchen«, flüsterte jemand.

Und dann passierte plötzlich etwas mit den Männern. Der Zorn schlug in hellen Flammen hoch.

»Dieses verdammte Biest«, rief ein anderer.

»Er ist ein Monster.«

»Ich hab die ganze Zeit gewusst, dass etwas Krankes an ihm ist. So ein Schwein!«

»Er wird es wieder tun, wenn wir ihn nicht stoppen.«

»Ja, zum Teufel, wir müssen ihn kriegen, bevor er entwischt.«

»Die Bestie muss sterben!«

Alles, was an diesem Nachmittag unter dem Himmel gut und schön gewesen war, hatte sich in unverfälschte Wut verwandelt. In Rachedurst. Mirko konnte es ihnen nicht verübeln, er verstand sie. Die Männer, die ohnehin schon eine Bedrohung in dem Mann gesehen hatten, der größer war als sie. Die Söhne in ihrer verzw ̟elten Raserei und Unzulänglichkeit. Den Vater, des˙   ̍hlimmster Albtraum Wirklichkeit geworden war. Ja, e   ͘nd sie alle.

»Wir suchen erst überall auf dem Hof, und wenn wir ihn nicht finden, durchkämmen wir jeden Winkel dieser Gegend, bis wir den Teufel haben.«

Es war der älteste Bruder, der sprach. Er hatte eine eiskalte Kontrolle über seine Stimme. Jetzt starrte er Mirko an.

»Er ist dein Gefährte. Wenn du weißt, wo wir ihn finden können, hast du das verdammt noch mal zu sagen.«

Mirko zuckte mit den Schultern. »Ganz ehrlich, ich hab keine Ahnung.«

»Bist du sicher?«, sagte der Bruder. »Du musst dir darüber im Klaren sein, dass wir hier draußen die Dinge selbst in die Hand nehmen. Wenn wir herausfinden, dass du deinen Kameraden deckst, wirst du es noch bereuen.«

»Hör zu, warum sollte ich ihn decken?«, erwiderte Mirko ruhig. »Sosehr es mich auch schmerzt, das zuzugeben – ich glaube genauso wenig an seine Unschuld wie ihr alle. Es kann nur Dodo gewesen sein. Die Abdrücke da... das sind seine.«

Er zeigte zu dem Mädchen hinüber und schüttelte den Kopf. »Das arme Mädchen hat es verdient, dass er gefunden wird und seine Strafe bekommt. Ich helfe euch selbstverständlich bei der Suche, aber wo wir anfangen sollen, weiß ich auch nicht. Vielleicht drüben in der Baracke... oder draußen im Getreide? Er wird sich höchstwahrscheinlich in der Nähe aufhalten und versuchen, sich zu verstecken. Aber das ist wie gesagt nur eine Vermutung von meiner Seite.«

Der Bruder betrachtete Mirko mit zusammengekniffenen Augen, doch er sah so aus, als glaube er ihm. »Okay«, sagte er und wandte sich zu den anderen um. »Am besten, wir teilen uns auf und kontrollieren zuerst die Baracke und die Scheunen. Nehmt Stricke mit. Der Mörder muss gefangen werden!«

Er ging mit hastigen Schritten zum Tor hinaus. Einige der Männer folgten ihm, andere holten zuerst Seile aus dem Werkzeugraum. Ein paar durchsuchten die Scheune, bevor sie am anderen Ende zum Tor hinaus verschwanden. Auf diesem Hof gab es viele Stellen, an denen man sich verstecken konnte. Selbst ein großer Mann wie Dodo.

Der Arzt blieb im Heu neben dem Mädchen und ihrem Vater stehen. Er legte eine Hand auf die Schulter des Vaters.

»Ich gehe ins Haus rüber und rufe an«, hörte Mirko ihn sagen. »Es tut mir furchtbar leid.« Bei diesen Worten blickte er zu Mirko hinüber, und Mirko spürte, dass sein Mitgefühl nicht nur dem Vater galt.

Danach eilte der Arzt aus der Scheune. Der Alte bewegte sich nicht. Er sah aus, als würde er nie wieder die Kraft finden, um aufzustehen.

Mirko ging in die warme Nachmittagssonne hinaus. Er hörte die Rufe aus den anderen Scheunen. Einer war dabei, ein Pferd zu satteln, andere starteten ein paar Motorräder. Das Auto des Arztes stand still und glänzend vor dem Haupthaus.

Mirko fiel ein, dass er den Weg zur Wiese abkürzen konnte, wenn er durchs Haus ging. Alle waren draußen, um zu suchen. Als niemand hinsah, rannte er daher um das Auto herum und ins Haupthaus hinein, wo er noch nie zuvor gewesen war. Er kam in eine Vorhalle. Ein Duft von Pfeifenrauch lag in der Luft und eine Stille, die in krassem Kontrast zu der Erregung draußen stand. Auf halbem Weg durch die Vorhalle blieb er an einer offenen Tür stehen, die den Blick in einen Raum mit einem Ledersessel und einem Mahagonischreibtisch freigab. Auf dem Tisch lagen Stapel von Papieren und eine Pfeife in einem Aschenbecher. Mirko trat lautlos ein. Er öffnete die Schreibtischschubladen. Das Gerücht war wahr, in der untersten lag eine Pistole. Es war fast dieselbe wie die, die Ivan ihm einmal in Amerika gezeigt hatte. Er vergewisserte sich, dass sie geladen war, und steckte sie in die Innentasche seiner Jacke, bevor er das Arbeitszimmer wieder verließ. Von den Wänden her betrachteten die Jagdtrophäen seine Missetat mit Blicken, die weder sahen noch ausplauderten. Ein Rothirsch, eine Gämse, ein Bär.

Die große Doppeltür am Ende der Vorhalle führte in ein

Wohnzimmer, und direkt gegenüber offenbarte eine Tür zum Garten durch ihre Glasfenster eine großartige Aussicht auf die Wiese. Er steuerte geradewegs auf sie zu, doch als er die Klinke herunterdrückte, hörte er, wie sich jemand räusperte. Es war Lee, der Arzt, der aus einem Stuhl in der Ecke aufstand. An der Wand neben ihm hing ein Telefon.

»Weißt du, wo er ist?«, fragte der Arzt mit gedämpfter Stimme.

»Vielleicht«, antwortete Mirko, ohne die Türklinke loszulassen. Er zögerte kurz. »Ich weiß, dass er damit nicht davonkommen kann. Das soll er auch nicht, aber... er ist kein böser Mensch, Lee, nur ein bisschen fehlkonstruiert. Er weiß nicht, was er tut.«

»Glaubst du wirklich?«

»Ich weiß es. Ich kenne ihn. Sie wollen ihn fangen, sagen sie. Aber ich hab Angst davor, was sie danach mit ihm machen. Sie haben Stricke und Schusswaffen dabei.«

Der Arzt zuckte mit den Schultern.

»Ich würde ihn nur gern vor ihnen finden. Zumindest bei ihm sein, wenn sie kommen. Er wird solche Angst haben. Vielleicht kann ich ihn ein bisschen beruhigen.«

Lee sah ihn nachdenklich an, während er mit dem Daumen und Zeigefinger der linken Hand sein Kinn massierte.

»Ich verstehe«, sagte er schließlich. »Ich werd ihnen nicht sagen, dass ich dich gesehen habe.«

»Danke, Lee...«

»Beeil dich lieber. Ich schließe hinter dir ab.«

ENDLICH

Schau! Da ist die Maus wieder, da drüben hinter dem Grasbüschel. Soll ich versuchen, sie zu fangen? Das ist gar nicht einfach, kann ich dir sagen. Hast du schon mal versucht, eine Maus zu fangen?
 Oh, hör mal! Da kommt jemand...
 Das klingt nicht wie ein Tier.
 Nein, das ist ganz sicher ein Mensch.
 Jetzt *muss* es Mirko sein.
 Endlich!

—

MIRKOS ZIEL

Sobald Mirko den Schutz der Bäume erreicht hatte, rannte er, ohne stehen zu bleiben. Zuvor hatte er sich geduckt über die Wiese bewegt, war von Erdhügel zu Gebüsch gesprungen und hatte die ganze Zeit darauf geachtet, ob ihm jemand folgte. Er hatte die Leute in der Nähe des Hofes hin und her laufen sehen und Motorengeräusche und Pferdegewieher gehört, doch offenbar hatte ihn niemand hinter dem Haupthaus zum Fluss hinunter verschwinden sehen. Es war nur eine begrenzte Frist, dessen war er sich bewusst. Irgendwann würden sie am Fluss entlang suchen und Dodos Versteck finden. So weit weg war es nicht, und viele halfen bei der Suche.

Und selbst wenn Mirko zuerst ankam und Dodo mit sich nehmen konnte, würden sie nicht weit kommen, bis man sie finden würde. Früher oder später würden die Männer Dodo zu fassen kriegen. Er war zu groß, um verschwinden oder sich versteckt halten zu können. Er war kein Mann, der mit einem solchen Verbrechen davonkommen würde. Und sie hatten recht damit, dass es wieder passieren konnte. Dodo war eine tickende Zeitbombe. Mirko hatte das immer gewusst, aber solange es nur Tiere betroffen hatte, hatte er gedacht, es würde schon gehen. Aber das tat es nicht. Nicht mehr.

Die Männer, die Dodo gerade jagten, waren erregt und gierten nach Rache, waren vielleicht sogar so aufgewiegelt, dass sie auf die Idee kommen konnten, kurzen Prozess zu machen. Aber selbst besonnene Leute mit feinen Titeln und viel Zeit würden Dodo als nichts anderes als einen Mörder und Sexualstraftäter ansehen können, der ein junges Mädchen getötet hatte und für den Rest seines Lebens eingesperrt werden musste. Isoliert. Es wäre bloß eine andere Art, Dodo zu töten. Eine weniger schonende Art.

Mirko fühlte sich eigentümlich abgeklärt, während er rannte. Es kam ihm so vor, als liefe er neben seinem eigenen Körper her. Betrachtete alles von außen, als wäre es ein Buch, das er las. Er sah den Verlauf jetzt deutlich vor sich. Und er sah auch das Ende. Er war derjenige, der das Ende bestimmte.

Als er sich dem Gebüsch und der kleinen Lichtung am Fluss näherte, rief er vorsichtig.

»Dodo? Bist du hier?«

Die Antwort kam nach wenigen Sekunden.

»MIRKO. Du bist gekommen!«

Dodo stand hinter dem Gebüsch auf. Es war ein Anblick, der jeden erschreckt hätte, der ihn nicht erwartete. Seine enorme Muskulatur trat auf dem nackten Oberkörper hervor wie glänzende Felsbrocken, die sich ineinanderschoben.

»Ich wusste, dass du kommst, bevor es dunkel wird«, sagte Dodo und sah Mirko mit den glücklichsten grünen Augen der Welt an. Dann trocknete er sich eifrig die Stirn mit seinem zusammengeknüllten Hemd.

»Natürlich bin ich gekommen.« Mirko schwitzte auch, doch er behielt Hemd und Jacke an. Er spürte die Kleidung, die an seinem Rücken klebte, und die Pistole wie einen Stein an seinem Herzen.

Die Sonne stand jetzt niedrig, aber die Hitze hing immer

noch überall, auch im Schatten. Mirko horchte. In der Ferne war Motorenlärm zu hören.

»Schau, ich hab die Krähe gefunden!« Dodo zeigte auf eine Birke, die ein paar Meter vom Fluss entfernt stand. Auf einem Ast, der wie ein nackter Arm über das Flussbett hinausragte, saß ein großer Vogel im fleckigen Schatten des Laubes. Er bewegte sich nicht.

»Ich hab ihr eine ganze Menge über uns beide erzählt«, sagte Dodo. Dann änderte sich sein Gesichtsausdruck plötzlich. »Das macht doch nichts, oder?«

Mirko schüttelte den Kopf. »Überhaupt nichts. Ich bezweifle, dass sie es weitererzählt. Aber eine Krähe, sagst du? Der Vogel da drüben ist ein Mäusebussard.«

Dodo kniff die Augen zusammen und blickte den Vogel an. »Ein Mäusebussard? Dann gibt es keinen Grund, ihn noch mal zu fragen. Mäusebussarde sind bestimmt nicht annähernd so klug wie Krähen.«

»Ihn was zu fragen?«

»Warum Damen nie buschige Augenbrauen haben.«

»Lass uns über was anderes reden«, sagte Mirko. »Du, setz dich doch wieder hin.«

Dodo setzte sich gehorsam, die Knie an die Brust gezogen und zum Fluss hin gewandt. Er tat immer, was Mirko sagte. In dieser Hinsicht war er ungewöhnlich einfach und umgänglich, dachte Mirko mit einem Kloß im Hals. Er stellte sich hinter Dodo, legte seine Hände auf seine gewölbten Schultern und strich sanft über die Haut. Es gab fast nichts Schöneres für Dodo.

»Das ist schön, Mirko. Oh, das ist angenehm.«

»Das soll es auch sein«, sagte Mirko leise. »Sitz du nur da und schau ein bisschen auf den Fluss, während ich dich streichle.«

»Schau nur, ich krieg eine Gänsehaut«, gluckste Dodo und zeigte auf seinen Arm.

»Du Quatschkopf«, sagte Mirko automatisch, und Dodo lachte wieder.

Dann blickte Dodo zu dem Vogel hinauf. »Stell dir vor, und ich hab ganz sicher gedacht, es ist eine Krähe. Aber, Mirko, es war doch eine Krähe, die letztes Mal da oben saß?«

»Ja, letztes Mal war es eine Krähe, die auf diesem Ast saß. Aber das macht nichts. Man kann sich leicht irren.«

»Auch in Menschen?«

»Besonders in Menschen.«

Mirko spürte die Tränen in sich aufsteigen. Die Pistole fühlte sich an wie ein tonnenschweres Gewicht in der Innentasche. Jetzt ließ er Dodos Schulter mit der rechten Hand los und zog die Waffe heraus. Seine linke Hand streichelte Dodo weiter.

Vorsichtig entsicherte er die Pistole und zielte auf den breiten Nacken, gleich unter dem Kopf. Das zerzauste rotbraune Haar lag in schwitzigen Strähnen auf der Haut und ließ genau an der Stelle eine Lücke, die er treffen sollte. Es war fast, als versuchte es, ihm die Aufgabe zu erleichtern. Seine Hand zitterte.

Dodo seufzte. »Heute ist ein schöner Tag. Ich mag Sonntage so gern. Findest du nicht, dass Sonntage toll sind?«

Hatte er völlig vergessen, was er dem Mädchen angetan hatte?, dachte Mirko.

»Ja, Sonntage sind toll, Dodo.«

»Und Donnerstage.«

»Donnerstage sind auch ganz wunderbar.«

»Ich mag diesen Ort hier gern. Beim letzten Mal, als wir hier waren, hast du gesagt, es ist ein kleines Paradies. Weißt du noch, Mirko?«

Einen Augenblick lang hatte Mirko keine Stimme, mit der er antworten konnte.
»Mirko?«
»Ja... doch, es ist ein kleines Paradies.« Jetzt musste Mirko Dodos Schulter mit der linken Hand loslassen, um die rechte zu beruhigen, die die Pistole nicht still halten konnte. Er hatte die Kontrolle über seinen Körper verloren. Und die Knie fühlten sich so weich an, dass er befürchtete, sie würden nachgeben. Es war keine Kraft mehr in ihm, und sein Wille kämpfte mit sich selbst.
»Ich hab dem Vogel ein Geschenk gegeben.«
»Das ist gut, Dodo.«
»Willst du nicht wissen, was es war? Huch, hast du aufgehört, mich zu streicheln?«
Mirko sagte nichts.
»Mirko?«
»Ich kann nicht, Dodo. Ich kann nicht.«
»Was kannst du nicht... mich streicheln?«
Mirko antwortete nicht. Jetzt wandte Dodo sich um und sah ihn an.
»Ich kann dir nicht das Leben nehmen, mein Freund.« Ein harmloses Klicken war zu hören, als Mirko die Pistole wieder sicherte. Dann fiel er auf die Knie, die Pistole auf dem Schoß.
Dodo starrte die Waffe verwirrt an. Und dann Mirkos Gesicht. »Du weinst«, flüsterte er.
Mirko nickte, während die Tränen ungehemmt über seine Wangen hinunterflossen. »Ich kann dich nicht retten, Dodo. Diesmal nicht. Die Männer, die gleich kommen, werden dich fangen und... dich im besten Fall einsperren.«
Dodo sah ihn lange an. »Sperren sie dich auch ein?«, fragte er still. »Dann macht es nichts. Wenn wir nur zusammen sind.«

»Ich werde nur eingesperrt, wenn ich dich umbringe. Und wenn ich dich nicht umbringe, wirst du ohne mich eingesperrt. Wir werden nicht mehr zusammen sein, Mirko. Nicht so wie bisher.«

Mirko konnte sehen, wie die Verzweiflung in Dodos Blick eindrang. Das Motorengeräusch war näher gekommen. Jetzt hörten sie auch Männer, die einander weiter flussaufwärts etwas zuriefen.

»Ich weiß, es klingt schrecklich, dass ich dir das Leben nehmen wollte, Dodo. Aber es war, um dir das zu ersparen, was kommt. Deine Strafe für das, was du heute getan hast.«

Dodos Augen waren schwarz geworden.

»War es so schlimm?«, fragte er leise.

Mirko nickte.

»Ich hab es nicht mit Absicht gemacht.«

»Das weiß ich schon.«

Dodo drehte den Kopf und starrte auf den Fluss hinaus. Einen Augenblick saß er schweigend da, ohne sich zu bewegen. Dann stand er auf und wandte sich wieder Mirko zu, der immer noch auf Knien im Gras lag.

In diesem Moment schien Dodo größer als je zuvor. Mirko blickte seine Schuhe an, die losen Schnürsenkel. Seine Hose mit dem geöffneten Schlitz. Als er den Kopf zurücklegte und in Dodos Gesicht sah, fühlten sich die Tränen an wie eine Sturmflut, die dabei war, ihn zu ertränken.

Dodo weinte nicht. Sein Blick war wieder grün geworden, als er Mirkos begegnete. Er lehnte sich etwas nach vorn und legte seine Hände auf Mirkos Schultern. Drückte sie vorsichtig. Lächelte.

»*Jetzt* mach ich es mit Absicht.«

DODOS ABSICHT

Und dann rannte er. Mirko blieb bewegungslos im Gras sitzen und starrte ihm verblüfft nach.

Dodo hatte nie gelernt, normal zu laufen. Er taumelte immer noch davon wie ein riesengroßes Kind, mit losen Schnürsenkeln, das Haar wie tanzende Flammen um seinen Kopf. Jetzt taumelte er auf den Fluss zu, aber nicht auf direktem Weg. Er lief ein wenig nach Osten, zu der Stelle hin, an der das Wasser am tiefsten und die Strömung am stärksten war – dort, wo der Fluss das Bett ausgehöhlt hatte, sodass Erde und Gras in der Luft schwebten. Es war nicht weit weg von dem Baum, auf dem ein Mäusebussard saß. Mirko sah, wie der Vogel sich von dem Ast erhob, als Dodo auf ihn zukam. Er schrie.

Einen Augenblick später sah er Dodo über den Rand der Böschung verschwinden.

HOCH AUF EINEM AST

Der große Mensch hatte Gesellschaft von einem kleineren bekommen, der aussah, als wollte er ihn töten. Ich hab sie auf diese Art schon Stiere töten sehen. Mit so einem Ding. Das hat mir nicht gefallen. Der große Mensch hatte eine Ewigkeit da unten gesessen und vor sich hin geplappert. Ich habe natürlich keinen Ton von dem verstanden, was er gesagt hat. Das ist schon eine seltsame Sprache, die die Menschen da haben. Schön ist sie nicht. Ich bin mir nicht einmal sicher, ob sie einander verstehen.

Tja, aber den großen Menschen konnte ich gut leiden. Er hatte etwas Freundliches und Harmloses, fast als wäre es ein Jungtier, aber das kann wohl kaum sein, so groß, wie er war.

Der größte Mensch, den ich je gesehen habe.

Deshalb bin ich so lange sitzen geblieben. Irgendetwas an diesem Menschen hat mich neugierig gemacht, und ich saß dort wirklich ganz ausgezeichnet, im Schatten, mit guter Aussicht über das Ganze. Und dann ist noch etwas Drolliges passiert, der große Mensch hat irgendwann etwas ins Gras unter meinen Ast geworfen. Es schien, als wäre es für mich. Es war ein kleines, glänzendes Ding, hab ich gesehen. Der Mensch muss gedacht haben, ich wäre eine Krähe. Gott bewahre, die mit ihrem Hang zu Glitzer und Glimmer! Ich ziehe ehrlich gesagt etwas zu essen vor. Aber das konnte der Mensch da unten wohl nicht wissen. Ich glaube, er hat es gut gemeint.

Nein, ich fand es nicht gut, dass der große Mensch getötet werden sollte.

Aber dann ist etwas Seltsames passiert. Der kleine Mensch fiel in sich zusammen, und der große stand auf und rannte zum Fluss hinunter. Es sah aus, als wollte er sich ins Wasser stürzen, genau da, wo die Strömung am stärksten ist. Gar nicht weit weg von meinem Ast.

Das sah nicht richtig aus, der Mensch ist auch merkwürdig gelaufen, also war es vielleicht doch ein sehr großes Jungtier. Ich hab versucht, ihn aufzuhalten, bevor er die Kante erreichte. Das hat aber nichts genutzt, denn hinterher sah ich ihn im Wasser liegen. Er sah tot aus.

Ich möchte wirklich wissen, ob er es mit Absicht gemacht hat, denn er lächelte, während er rannte. Jedenfalls bis ich geschrien habe. Dann hat er die Augen geschlossen und ist gefallen. Vielleicht hätte ich nicht schreien sollen.

Stell dir vor, das ist das erste Mal, dass ein Mensch mir etwas geschenkt hat. Ich weiß gar nicht, was ich ihm im Gegenzug hätte schenken sollen.

Eine Maus?

DER TOD

Die Strömung hatte Dodo zu der Biegung an der großen Trauerweide gespült, wo er zwischen den Wurzeln eingekeilt worden war, die ins Wasser hinausragten. Mirko war ihm in den Fluss hinterhergesprungen, doch als er Dodo erreichte, hielt die Trauerweide ihn bereits in den Armen und weigerte sich loszulassen. Erst, als die Männer oben am Ufer aufgetaucht waren und ihr Seil zu Mirko hinuntergeworfen hatten, war es ihnen mit vereinten Kräften gelungen, Dodo zu befreien und an Land zu ziehen.

Als Dodo am Ufer lag, versuchte Mirko als Erstes, seinen Freund wiederzubeleben. Er massierte das Herz, wie es ihm ein Vorarbeiter einmal gezeigt hatte. Er hörte die Stimmen der Männer um sich herum sehr wohl, und doch hörte er sie nicht. Er spürte sehr wohl ihre Hände auf seiner Schulter, aber er ließ sich nicht anrühren.

Stattdessen beugte er sich über Dodo, um Luft in seinen Mund zu pusten, während er ihm die Nase zuhielt. Er wollte all das tun, was er hätte tun *sollen*, als er Danica damals in der Scheune fand. Das hätte sie vermutlich nicht gerettet, aber dann hätte er zumindest etwas getan. Jetzt wollte er das Leben in ihren Sohn zurückpusten. Etwas tun. Er drückte Dodos Nase zu, legte seine Lippen auf Dodos Lippen...

Erst da stoppte er sich selbst. Das Ganze war unwirklich.

Mirko wusste kaum noch, ob er selbst lebendig oder tot war. Er war Dodo nie näher gewesen als in diesem Moment, Mund an Mund. Und nie weiter von ihm entfernt. Er richtete sich langsam auf und glitt zurück ins Gras, sodass er kniete und auf seinen Fersen ruhte. Seine Kleidung war genauso durchnässt wie Dodos Hose, und seine Schuhe schlossen sich würgend um seine Füße, doch er bemerkte es kaum.

Dodo lag auf dem Rücken im Gras und starrte in die Baumkronen hinauf, die sich in seinen Augen spiegelten. Das Sonnenlicht flimmerte über ihm und streichelte die Muskeln, die immer noch von der Hitze und dem Flusswasser glänzten. Ab und zu flog ein Insekt über ihn und setzte sich einen Moment, um Flüssigkeit von seiner Haut zu saugen. Dann flog es weiter auf seiner Suche. Sommersprossen waren über seine prallen Arme verstreut, die selbst in ihrer absoluten Entspannung hart aussahen. Die Sonnenbräune begann gleich über den Ellenbogen und endete an den großen Händen. Die Brustmuskeln lagen wie zwei schwere Riesensteine nebeneinander und beschützten ein Herz, das keinen Schutz mehr brauchte.

Mirko blickte in das Gesicht, das er besser kannte als jedes andere. Die Stirn war oben, wo das dichte, kupferrote Haar sie bedeckt hatte, hell. Dodo hatte sich immer geweigert, eine Schirmmütze aufzusetzen. Er liebte es, wenn der Wind ihm ins Haar fuhr und hineinblies, sodass es wie eine Löwenmähne um sein lachendes Gesicht stand. Das Haar ließ ihn mehr schwitzen, doch Dodo war das egal. Er wollte gern viele Haare haben, aber noch lieber mochte er es, wenn es geschnitten wurde. Nur ein klein wenig. Dann saß er da und genoss es, dass Mirko an seinem Haar herumpusselte und

gleichzeitig versprach, nicht zu viel abzuschneiden, am besten eigentlich gar nichts. Manchmal pfiff Dodo dabei, andere Male plauderte er über alles und nichts. Und fragte. Es gab fast immer Fragen.
Über den Augen lagen die dichten Brauen. Auch in ihnen lag ein Schimmer von Rot. Die hellen, langen Wimpern waren perfekte kleine Flügel, die Lippen waren trocken, aber voll und freundlich. Ein leichter Schatten von jungen Bartstoppeln bedeckte das Kinn. In den sonnengebräunten Wangen konnte man Grübchen erahnen, die einen Anflug von Frieden in Dodos letzten Ausdruck brachten. Auf diese Weise erinnerte er trotz aller Männlichkeit an seine Mutter.
Mirko streckte seine Hand über Dodos Gesicht und schloss mit einer Liebkosung seine Augen.

Er sah sich unter den Männern um. Manche von ihnen trippelten, als wüssten sie nicht, was sie mit den letzten Resten der Erregung anfangen sollten, die in der Scheune so heftig aufgeflammt war. Sie wären wohl lieber davon erlöst worden, dachte er. Männer mögen keine Erregung, die aus ihnen heraussickert. Sie sollte sich entladen, sodass sie es spüren, am liebsten in einer Explosion.

Hier war die Entladung ausgefallen und die Erregung dabei, sich in der Stille aufzulösen, die mit der Erkenntnis kam, dass der Mörder schon bekommen hatte, was er verdiente. Das Monster war tot.
Den Arzt konnte Mirko nirgendwo sehen.
»Ja, das war wohl das Beste, was passieren konnte«, sagte ein Kerl, der dastand und ein nasses Seil gegen seinen Schenkel schlug. »Er war ja gefährlich wie ein tollwütiger Hund. Jetzt richtet er keinen Schaden mehr an.«

Immer noch lagen ein paar Seile unter Dodo.

»Schaut euch diese Muskeln an«, hörte Mirko einen anderen flüstern. »Habt ihr schon jemals so etwas gesehen?«

»Das ist ja übernatürlich, das Ganze.«

»Aber er ist immer noch ein Schwein.«

»Jetzt verpestet er zumindest nicht den Fluss.«

»Was soll jetzt mit ihm passieren?«

»Mirko? Was sagst du?«

Der ältere der Söhne des Gutsbesitzers blickte Mirko an. Er hatte die Frage gestellt. Seine Augen waren blutunterlaufen, was ihn gleichzeitig verbittert und verzweifelt aussehen ließ.

»Ich weiß, es ist viel verlangt«, sagte Mirko. »Aber wollt ihr mir vielleicht helfen, ihn zu der kleinen Lichtung ein Stück flussaufwärts zu tragen… oder zu ziehen? Dort hab ich ihn gefunden.« Er zögerte kurz. »Ich möchte ihn gern dort begraben.«

Der Sohn runzelte die Stirn.

»Ich werde ihn wohl selbst unter die Erde bekommen«, fuhr Mirko fort. »Aber wenn ihr mir helfen würdet, ihn dorthin zu bewegen, wäre ich sehr dankbar. Danach müsst ihr nicht mehr an mich denken. Ich komme nicht zurück zum Hof.«

Der Sohn kaute auf irgendetwas herum, das er ins Gras spuckte, bevor er seinem kleinen Bruder den Blick zuwandte. »Was meinst du? Sollen wir ihm helfen?«

»Können wir schon machen«, sagte der Bruder und zuckte mit den Schultern.

»Okay, dann lass uns den Mörder hier wegschaffen, damit wir nach Hause können und uns um unsere arme Schwester kümmern!« Der Mann trat mit einem Fuß heftig in Dodos Seite. »Das perverse Schwein.«

Mirko sagte nichts. Er biss die Zähne zusammen.

Es war nicht viel leichter, Dodo über Land zu bewegen, als ihn aus dem Wasser zu bekommen, doch nachdem sie ihn gut in die Seile eingewickelt hatten, gelang es den Männern trotz allem, ihn zurück zur Lichtung zu tragen. Mirko stützte Dodos Kopf, sodass er nicht herunterhing, vor allem, weil er es nicht aushielt, ihn so zu sehen. Er drückte das dichte Haar.

»Danke«, sagte er, nachdem sie Dodo in der Nähe des Gebüschs ins Gras gelegt hatten und mit den Seilen um ihn herumstanden. »Das war nett von euch.«

Sie sahen aus wie die Leute von Liliput um Gulliver.

Mirko hatte nicht bemerkt, dass einer von ihnen verschwunden gewesen war, während sie Dodo wegtrugen. Doch jetzt hörte er das Geräusch eines Motorrads, das oben an der Straße stehen blieb, und kurz darauf tauchte der Mann mit einem Spaten und Mirkos Reisesack auf.

Er warf die Sachen auf den Boden. »Das Gepäck von dem Großen konnte ich nicht auch noch mitnehmen. Aber den Pullover, der in seiner Koje lag, hab ich in deinen Reisesack gesteckt.«

»Da bin ich froh«, sagte Mirko und warf ihm einen dankbaren Blick zu. Der Mann nickte kurz, ohne Mirko anzusehen.

Die Männer begannen den Ort unter gedämpften Gesprächen zu verlassen. Mit dem Geräusch von Ästen, die gegen Stoff schlugen, und kleinen Zweigen, die am Waldboden zerbrachen, verschwanden sie einer nach dem anderen zwischen den Bäumen.

Mirko sah auf, als der letzte von ihnen etwas zurückblieb und sich umwandte. Es war der jüngere Sohn des Hofbesitzers. Der stillere. Er trug eines der Seile aufgerollt über der Schulter. »Bist du sicher, dass du es schaffst, ihn zu begraben?«, fragte er leise. »Er ist ja nicht gerade einer, mit dem man sich allein abmühen sollte.«

»Ich werde es schon hinkriegen. Morgen früh bin ich weg.«

»Und du bist dir des Risikos bewusst, das du eingehst, wenn du ihn hier begräbst?«

Mirko nickte. »Du, warte kurz...«

Er ging zu seiner Jacke hinüber, die etwas weiter weg zusammengeknüllt im Gras lag, und hob sie auf. Er hatte sie von sich geworfen, bevor er Dodo ins Wasser hinterhergesprungen war. Unter der Jacke lag die Pistole. »Die gehört deinem Vater. Ich hab sie genommen. Ich wollte Dodo erschießen, aber... ich konnte nicht.«

Mirko streckte ihm die Waffe auf der flachen Hand und mit dem Schaft zuerst entgegen.

Der Sohn starrte Mirko einen Augenblick an, bevor er die Pistole nahm und sie sorgfältig in seine Tasche steckte. »Okay«, sagte er. Dann ließ er das Seil über seine Schulter ins Gras hinuntergleiten. »Du solltest das Seil nehmen. Es wird dir eine Hilfe sein, wenn du ihn ins Loch kriegen willst, und wir können es gut entbehren. Den Spaten kannst du einfach hierlassen, dann hole ich ihn irgendwann wieder ab.«

Er blickte Dodo an, während er das sagte.

»Danke«, sagte Mirko und versuchte vergeblich, den Blick des Mannes einzufangen. »Es tut mir so unglaublich leid, dass ihr eure Schwester verloren habt.«

»Ja«, sagte der Sohn des Hofbesitzers und blieb stehen. Er wirkte nicht unfreundlich, nur unendlich traurig. Sein Blick war immer noch auf Dodo geheftet, und schließlich fing er wieder an zu reden.

»Er war ein merkwürdiges Geschöpf. Aber arbeiten, das konnte er verdammt noch mal.«

Dann ging er, ohne sich umzuwenden.

Mirko ließ sich neben Dodo im Gras nieder und blieb lange bewegungslos sitzen. In der Ferne hörte er, wie Motorräder gestartet wurden, bevor sie in einem Klangteppich von Vogelgezwitscher verschwanden. Kurz darauf ertönten erneut Motorgeräusche. Dann Geraschel auf dem Waldboden. Er blickte auf, als Lee ein Stück entfernt zwischen den Bäumen hervortrat. Der Arzt sah sich suchend um.

»Hier drüben«, rief Mirko ihm zu und streckte hinter dem Gebüsch eine Hand in die Luft. Lee bewegte sich in seine Richtung, wobei er vorsichtig auf den Waldboden trat. »Ich hab sie hier herauskommen sehen«, flüsterte er, als hätte er Angst, dass jemand ihn hören könnte. »Sie sahen nicht aus, als ob sie noch jemanden jagten, also wollte ich kurz...«

Jetzt starrte er Dodo an.

»Ist er...?«

»Ja. Leider.«

»Haben sie das getan?«

»Nein, er war es selbst. Er ist in den Fluss gesprungen, an der einzigen Stelle, an der er sicher war, dass er ertrinken würde.« Mirko spürte, wie seine Augen feucht wurden, und beeilte sich zu blinzeln. »Zumindest haben sie es nicht geschafft, ihn zu kriegen.«

Lee warf ihm einen mitfühlenden Blick zu und ging auf der anderen Seite von Dodo in die Hocke. Er legte einen Finger an Dodos Hals und zuckte mit den Schultern. »Es tut mir leid«, flüsterte er.

Der Arzt war eine Weile still, und Mirko merkte, wie er Dodos Körper musterte, als registrierte er jedes einzelne Detail. Er sah gleichzeitig aus wie ein Wissenschaftler bei der Arbeit und ein Arzt in tiefer Verwunderung über den nackten Leib der Leiche. Erst jetzt kam Mirko der Gedanke, dass Lee Dodo gar nicht lebendig gesehen hatte.

»Ja, wie du siehst – er ist anders als die meisten anderen.«

Lee nickte langsam und setzte sich etwas besser im Gras zurecht. »Er ist höchst ungewöhnlich. Ich bin ziemlich verblüfft, muss ich gestehen.«

»Das verstehe ich gut.«

»Übrigens...« Der Arzt zog einen Flachmann aus seiner Innentasche und reichte ihn über Dodos Brust hinüber. »Ich dachte, das könntest du vermutlich brauchen, wenn ich dich finde. Ich hatte ihn im Wagen.«

Mirko nahm ihn entgegen, schraubte den Deckel ab und trank dankbar.

»Und was jetzt?«, fragte Lee vorsichtig. »Er sollte doch wohl eine anständige Beerdigung bekommen? Soll ich zurück zum Hof fahren und jemanden anrufen, der kommen und mithelfen kann?« Er blickte sich um, und Mirko sah, dass er den Spaten bemerkte, der ein Stück entfernt lag.

»Das ist nett von dir, Lee, aber ich hab gedacht, ich begrabe ihn sofort. Genau so eine Stelle hätte Dodo sich als letzte Ruhestätte gewünscht.«

»Ihn *hier* begraben... und *jetzt*?« Lee schob die Unterlippe ein wenig nach vorn, sodass er aussah wie ein kleiner Fisch. »Aber solltest du nicht zuerst jemanden kontaktieren? Was ist mit den Behörden?«

»Weißt du, Dodo und ich haben immer ein bisschen, na ja, ohne Kontakt zu den Behörden gelebt. Also nein. Ich begrabe ihn einfach hier, heute Abend. Niemand wird ihn vermissen... außer mir. Ich werde ihn vermissen.«

Der Arzt betrachtete ihn einen Augenblick eingehend. »Das verstehe ich«, sagte er schließlich. Dann zuckte er mit den Schultern. »Und wenn du ihn lieber hier begraben willst, dann soll es so sein. Da mische ich mich nicht ein. Er war dein Freund, nicht meiner.«

»Mein einziger Freund«, sagte Mirko leise und sah Dodos friedliches Gesicht an. Wieder spürte er Lees Blick auf sich. Sie schwiegen eine Weile. »Wie lange hast du ihn gekannt?«, fragte der Arzt dann.

»Schon immer. Ich kannte seine Eltern, noch bevor er geboren wurde. Tatsächlich habe ich mich um Leon gekümmert, seit er sieben war.«

»Leon?«

Mirko blickte zu Lee auf. »Ja, entschuldige... Dodo hieß Leon, als er noch ein Kind war. Wie haben damals ungefähr zur gleichen Zeit unsere Eltern verloren, und Leon brauchte jemanden, der für ihn sorgen konnte. Jemanden, der ihn gut kannte. Und das war so gesehen nur ich. Seine ganze Kraft war die eine Sache, aber er war ja auch nicht ganz richtig im Kopf. Ich wollte nicht, dass er in irgendeiner Anstalt eingesperrt wird. Er war ein guter Junge, das war er wirklich.«

»Entschuldige, aber willst du damit sagen, er war schon als *Kind* so stark?«

»Ja, er ist so geboren. Unnatürlich stark. So war er einfach, von Anfang an.« Mirko hatte keine Lust, darüber zu reden. Die Vorstellung, dass Dodo gerade jetzt zu einem medizinischen Phänomen gemacht würde, war ihm unerträglich.

Offenbar spürte Lee das. »Okay«, begnügte er sich zu sagen, wobei es ihm nicht völlig gelang, seine Verblüffung über diese Auskunft zu verbergen.

»Und dann wart ihr seitdem zusammen, nur ihr beide?«

»Nur wir beide, ja.«

Mirko blickte wieder zu Dodo hinunter. Er versuchte, sich vorzustellen, was dem Arzt jetzt durch den Kopf ging. Lee dachte sicher an Dodos ungewöhnlichen Körper. Oder vielleicht überlegte er, warum Mirko eine solche Verantwortung auf sich genommen hatte. Ob er sich nicht stattdessen ein anderes Leben gewünscht hatte. Eine Frau, ein Heim. Ob Dodo nicht nur eine Belastung gewesen war, wo er nun einmal so war, wie er war. Vielleicht mutmaßte der Arzt sogar, dass er und Dodo eine Art von Beziehung gehabt hatten, von der die Leute nichts wissen durften. Eben das, was Mirkos Vorstellung nach alle dachten, wenn sie erst Dodos Unzulänglichkeiten als ganz gewöhnlicher Mensch entdeckt hatten. Er spürte einen wohlbekannten Druck in der Magengegend.

Als er aufzusehen wagte, begegnete er dem warmen Blick des Arztes. Es lag keine Spur von Verurteilung darin.

»Das klingt wie eine ungewöhnlich schöne Freundschaft«, sagte Lee.

Mirko nickte.

Dann kamen die Tränen, und Lee ließ ihn weinen.

»Was ist mit dem armen Mädchen drüben auf dem Hof?«, fragte Mirko, als er wieder imstande war zu sprechen. Es hatte geholfen, noch ein bisschen mehr von dem Schnaps zu trinken. Jetzt wischte er sich mit seinem Hemdsärmel über die Augen. »Wer kümmert sich um sie?«

»Ach, das macht mein Kollege. Er war derjenige, den ich angerufen habe. Er ist ihr fester Hausarzt. Ich bin heute Vormittag nur eingesprungen, als ihre Haushälterin krank wurde, weil er verhindert war. Ich wohne ein bisschen weiter weg, eine gute Stunde Fahrt von hier.«

Lee nahm den Flachmann zurück und deutete damit in eine Richtung. »Wenn man dem Fluss nach Westen folgt, trifft man irgendwann auf mein Haus. Es ist ziemlich bescheiden, aber ich mag es trotzdem.« Er lächelte ein wenig und nahm einen Schluck.

Mirko bemerkte, dass seine Hand glatt und zart war, genau wie sein Haar so schwarz und glänzend war wie bei einem jungen Mann. Dagegen zeugten die Lachfältchen von einer gewissen Lebenserfahrung.

Als der Arzt den Deckel auf den Flachmann geschraubt hatte, blickte er zu Mirko hinüber. »Hör zu«, sagte er ruhig. »Ich will dir gern helfen, ihn zu begraben. Du solltest bei alldem nicht allein sein.«

»Danke, Lee. Das würde mich sehr freuen.«

Eine schwache Brise kam auf. Das Sonnenlicht flimmerte nicht mehr über Dodos Körper und zog sich nun langsam in Richtung Westen zurück. Mirko konnte den Blick nicht von Dodos Gesicht abwenden. Er fühlte sich in keinster Weise motiviert, ein Grab zu graben und die Leiche mit Erde zu bedecken. Er wollte nur so sitzen bleiben und seinen Freund ansehen.

»Vielleicht…«, begann Lee zögernd. »Vielleicht sollte ich dich zuerst ein bisschen mit ihm allein lassen? Du willst sicher gern in aller Ruhe Abschied nehmen.«

Mirko nickte. Lee hatte genau das ausgesprochen, was er dachte.

»Ja, es ging alles so schnell. Wenn ich hier mit ihm sitzen könnte… vielleicht eine Stunde, oder zwei?«

»Natürlich.«

»Aber ich will ihn noch heute Abend begraben. Er soll nicht mehr hier liegen, wenn die Hitze morgen früh zurückkommt.«

»Hör zu. Wenn ich jetzt zu mir nach Hause fahre und einen zweiten Spaten und ein bisschen Licht hole, sodass wir in der Dunkelheit sehen können… ja, dann kann ich in ein paar Stunden wieder hier sein, so ungefähr?«

»Das wäre perfekt, danke.«

»Dann machen wir es so.« Lee stand verblüffend behände auf, doch anstatt zu gehen, blieb er stehen und biss sich auf die Lippe.
»Was ist es, das du nicht fragen willst?«, fragte Mirko freundlich.
»Ich hab darüber nachgedacht, ob ich nicht auch meine Kamera holen könnte? Ich habe wirklich noch nie jemanden wie Dodo gesehen oder auch nur davon gehört, und irgendetwas sagt mir, dass wir zumindest dokumentieren sollten, dass er existiert hat. Aber ich will ihn natürlich nicht fotografieren, wenn du es nicht möchtest.«
Mirko zögerte ein wenig, bevor er antwortete. Die letzten achtzehn Jahre hindurch hatte er jeden Vorschlag, Dodo zu fotografieren, konsequent abgelehnt, aber jetzt schien es richtig, den einzigartigen Körper zu verewigen, bevor er vermoderte.
»Tu es einfach.«

Mirko sah dem Arzt nach, als er die kleine Lichtung verließ und hinter dem Gebüsch verschwand. Er konnte hören, wie er sich zwischen den Bäumen seinen Weg bahnte und dabei einige Vögel aufschreckte.
Kurz darauf hörte er, wie der Wagen oben auf der Straße angelassen wurde.

MIRKO IN DER DUNKELHEIT

Dodos Hemd lag immer noch dort, wo er selbst es hinterlassen hatte, als er zum Fluss hinuntergerannt war, um sich zu ertränken. Jetzt lag seine Leiche nur ein paar Meter davon entfernt. Mirko hob das Bündel auf, faltete das Hemd auseinander und schnüffelte daran. Es roch nach altem Schweiß und Erde und vor allem nach Dodo.
Aber auch eine Spur nach Parfüm.
Er blickte die Hose mit dem offenen Hosenschlitz an. Dann den Lederschuh, der nicht mit seinem Kameraden den Fluss hinunter verschwunden war. Den losen Schnürsenkel. Dodo konnte seine Schnürsenkel selbst öffnen, aber er brauchte Mirko, um sie zu binden, wenn er die Schuhe wieder anzog. Er hatte sich in der Scheune offenbar die Schuhe ausgezogen.
Vielleicht auch die Hose.
Mirko hockte sich mit dem Hemd auf dem Schoß neben ihn und schloss Dodos Hosenschlitz. »Ich versteh es nicht«, flüsterte er. »Du weißt doch nichts von diesen Dingen. Was zum Teufel hast du gemacht?«
Dann band er den Schnürsenkel.

In diesem Moment gab es nur eine Sache, deren Mirko sich völlig sicher war: Ob es nun einen Sinn in dem Ganzen gab oder nicht, das Leben musste notwendigerweise voller loser Enden sein.

Er würde mit Sicherheit nie herausfinden, was in der Scheune zwischen Dodo und dem Mädchen passiert war. Oder warum dieser Bulgare, von dem die Zeitungen berichtet hatten, damals, vor langer Zeit, in dieser Nacht aufgetaucht war. Oder wo Danicas Kirchenglocke herkam. Oder Svetlanas Grabstein. Er würde nie erfahren, wie die Zwillinge auf Danicas Hof gekommen waren oder wer die Dame war, die zusammen mit ihnen auf der Bank gesessen hatte. Genauso wie er nie mit Sicherheit wissen würde, ob seine Eltern friedlich mit dem Feuer in den Tod gegangen waren, so wie sie es sich gewünscht hatten. Er entschied sich jedoch dafür, sich auf Letzteres zu verlassen. Mirko war sich nicht ganz sicher, ob er an Gott glaubte, aber er *verließ* sich auf ihn.

Was Dodo betraf, so würde auch er für Mirko ein Mysterium bleiben. Es war möglich, dass irgendein Wissenschaftler eine plausible Erklärung für Dodos ungewöhnliche Kraft vorlegen konnte. Ja, möglicherweise waren auch ähnliche Fälle rund um die Welt bekannt. Aber Dodo konnte vielleicht auch der Einzige seiner Art gewesen sein? Ein Mensch, der nicht erklärt werden konnte? Mirko würde wohl kaum jemals Gewissheit bekommen.

Nein, wenn sein eigenes Leben eines Tages enden würde, würde er keinen Haken unter alles setzen und sagen können: *Jetzt verstehe ich, wie es zusammenhing.* Könnte er das, wäre es wahrscheinlich fast ein unglaubwürdiges Leben, dachte er. Das mit dem Haken war vermutlich Gottes Privileg. Wenn es ihn denn gab.

»So muss es sein«, sagte er vor sich hin. »Es wird immer Fragen geben, die niemals eine Antwort finden. Das Leben ist voller Löcher.«

»Wie ein Käse?«, hätte Dodo jetzt gefragt.

Mirko lächelte und blickte auf das große, friedliche Gesicht hinunter, das langsam seine Farben an die Dunkelheit verlor. Und er dachte, dass er wohl irgendetwas Törichtes geantwortet hätte wie:

»Ja, wie ein Käse. Ein Käse ohne Löcher ist ein unglaubwürdiger Käse.«

Dann hätte Dodo etwas zum Nachdenken gehabt.

Jetzt warf er einen Blick auf seinen Reisesack, der ein Stück weiter weg im Gras lag, und überlegte, ob er sich eine Hose anziehen sollte, die nicht im Fluss gewesen war. Im Schritt spürte er noch immer die Feuchtigkeit. Ansonsten waren Hose wie Hemd wieder fast trocken.

Mirko ließ den Reisesack liegen. Stattdessen legte er das enorme Hemd, mit dem er dasaß, über Dodos Oberkörper.

»So«, flüsterte er. »Und jetzt halt den Mund mit deinem Geplapper. Jetzt will ich Abendruhe haben.«

Dann fischte er seine Zigaretten aus der Jacke und setzte sich neben der Leiche ins Gras. Erst als er die zweite Zigarette ausgedrückt hatte, legte er sich auf den Rücken und schob sich die Schirmmütze in die Stirn.

»Schlaf jetzt gut, Dodo. Und träum süß«, murmelte er.

Kurz darauf schob er die Schirmmütze wieder hoch.

Mirko war genauso wach, wie Dodo tot war.

Die sanfte Dunkelheit legte sich allmählich über sie. Aus einem Baum in der Nähe schlug eine Drossel ihre späten Triller, und Mirko dachte an Dodos Pfeifen. Dodo konnte jeder Vogel sein. Oben in den Baumwipfeln wurden die Farben zu einer Welt von Grautönen, die langsam hin und her tanzten, wenn eine kleine Brise sie traf. Ein dunkler Schatten glitt lautlos darunter hinweg. Wahrscheinlich eine Eule. Er sog den wohlbekannten Geruch nach trockenem Gras, Flusswasser und wilden Blumen ein. Nach der Nachtviole, die ihren süßen, milden Duft erst entfaltete, wenn die Dunkelheit sich senkte.

Irgendwo in der Nähe schrie ein Mäusebussard, und Mirko musste an den Vogel denken, der Dodo am Fluss Gesellschaft geleistet hatte. Er fühlte sich ihm gegenüber besonders dankbar. Vielleicht auch all den Mäusen gegenüber, die sich im Lauf der Zeit geopfert hatten. Den Katzen, Kaninchen, dem einen kleinen Pudel. Und den Tieren im Stall gegenüber, die Leon einst mit ihrem gutmütigen Rumoren auf der anderen Seite der Bretterwand bei Laune gehalten hatten.

Jetzt gerade rumorte etwas hinter dem Gebüsch. Ein Fuchs. Es war schön, dass sich etwas bewegte, wo Dodo sich nun ausnahmsweise vollkommen ruhig verhielt.

Plötzlich fiel Mirko auf, dass er in all den Jahren nie ohne Dodo in der Dunkelheit allein gewesen war. Er war sich nicht sicher, ob er sich jemals daran gewöhnen würde. Vielleicht. Er wandte den Kopf und blickte den schweren Leib neben sich an. Sein eigener Körper fühlte sich genauso schwer an. Schwer vor verdammter Trauer, schwer vor gesegneter Erleichterung.

Nach einer Weile setzte er sich wieder auf. Er holte noch eine Zigarette heraus und zündete sie an.

Hoffentlich kommt Lee bald, dachte er.

GELIEBTES KIND

Der Arzt machte einen Lärm wie ein Brauereipferd, als er durchs Unterholz stürzte, und Mirko musste rufen, um ihn in der Dunkelheit auf den richtigen Weg zu bringen. Endlich kam er zwischen den Bäumen heraus, mit einer Stirnlampe auf dem Kopf, einer Tasche in der einen und einem Spaten in der anderen Hand.

Mirko musste bei seinem Anblick lächeln.

Als Erstes zog Lee zwei Decken aus der Tasche und breitete die eine im Gras aus. Sie sollte zum Sitzen dienen, sagte er. Die andere war für Dodo. Dann holte er zwei Taschenlampen und ein paar Biere heraus. Er hatte auch einige Sandwiches geschmiert und reichte Mirko eines. »Wir sollten ein bisschen was im Magen haben, bevor wir das Loch graben.«

Mirko folgte gehorsam dem Rat des Arztes.

»Bist du okay?«, fragte Lee, als sie eine Weile dagesessen hatten. Er sah Mirko in die Augen, als versuchte er, darin die Antwort zu lesen.

»Ja, danke. Es war schön, eine Weile mit ihm allein zu sein. Aber es ist auch schön, dass du jetzt hier bist.«

»Das ist gut.« Lee zögerte ein wenig. »Mirko, verzeih, dass ich frage. Aber Dodo muss doch ab und zu von einem Arzt untersucht worden sein, zumindest als Kind. Ich würde gern wissen, was man zu seinen Muskeln gesagt hat?«

»Soweit ich weiß, ist er nie von jemandem untersucht worden. Nur von meiner Mutter, als er noch ganz klein war. Sie war so eine Art ›weise Frau‹. Leons Eltern vertrauten ihr wohl mehr als dem Ärztestand.«

»Ja, aber wie war es dann später?«

»Wir hatten nie einen Grund, einen Arzt aufzusuchen. Wenn Dodo etwas passiert ist, er sich zum Beispiel geschnitten hatte oder etwas in der Art, war jedes Mal nur eine ganz gewöhnliche, einfache Behandlung notwendig. Und er war nie krank. Er schien in jeder Hinsicht stark wie ein Ochse zu sein.«

Es widerstrebte Mirko noch immer, auf diese Art über Dodo zu sprechen, aber andererseits konnte er das Interesse des Arztes gut verstehen.

»Unglaublich.« Lee massierte einen Augenblick sein Kinn. »Ich hätte eigentlich gedacht, dass Dodo Probleme mit dem Herzen gehabt haben müsste«, fuhr er fort. »Das Herz ist ja ebenfalls ein Muskel, wenn auch ein etwas anderer Typ als die anderen. Der Gedanke liegt nahe, dass es auf irgendeine Art beeinträchtigt war. Vielleicht könnte es auch sehr groß gewachsen sein? Aber wenn er nie über Schmerzen in der Brust geklagt hat, oder...«

»Oh Gott«, flüsterte Mirko. Erst jetzt erinnerte er sich.

Lee schwieg. Abwartend.

»Dodo hat einmal versucht, mir so etwas zu erklären, wie dass sein Herz manchmal *ihn schlagen* würde. So hat er es ausgedrückt. Ich dachte, er redet nur dummes Zeug, also hab ich ihn gebeten, damit aufzuhören. Ich war wahrscheinlich ziemlich grob.«

Mirko schüttelte den Kopf. »Der Arme. Dann hat er wohl wirklich Schmerzen gehabt und sich nicht getraut, noch mal mit mir darüber zu reden, aus Angst, ich würde wütend werden. Ich hab mich manchmal gewundert, warum er plötzlich so seltsam still wurde, wenn wir gingen und uns unterhielten. Er wollte nie sagen, warum. Aber vielleicht war es deshalb.«

Lee legte eine Hand auf Mirkos Knie. »Ich hätte es nicht erwähnen sollen, entschuldige. Hör mal, es nützt nichts, dass du dich jetzt selbst damit quälst. Du hättest sowieso nichts dagegen tun können. Auch wenn du Dodo zu einem Arzt geschleppt hättest, bezweifle ich, dass das etwas geändert hätte. Ein Arzt hätte ihm wohl Ruhe verordnet, ihn möglicherweise auch irgendwo eingewiesen.«

»Das hätte mit Dodo nie funktioniert.«

»Na siehst du.«

Mirko zog sich ein wenig zurück, während Lee fotografierte. Es war zu viel für ihn, Dodo so zu sehen, beleuchtet von dem starken Blitz und so schrecklich still.

Er ging ein kleines Stück am Fluss entlang. Leuchtete etwas mit seiner Taschenlampe umher. Nicht weit entfernt von ihm stand ein Baum mit einem dicken Stamm, und als er den Lichtkegel daran hinaufgleiten ließ, fiel er auf eine Eule, die in einem Loch im Stamm saß. Sie betrachtete ihn ruhig. Ihre Augen leuchteten, und der Kopf drehte sich eine Spur, doch im Übrigen wirkte sie völlig unbeeindruckt von dem, was in ihrem Revier vor sich ging. Vom Fluss her hörte er ein leises Platschen im Wasser. Vielleicht ein Fisch. Oder ein Zweig, der heruntergefallen war. Die Blätter raschelten sanft um ihn herum. Ab und zu rief ein Tier. Es war, als würde die Natur eine kühle Pause genießen, bevor das Licht mit der Hitze zurückkam. Mirko atmete tief ein und versuchte, sich mit der Ruhe zu füllen, die ihn umgab.

Es gab nichts mehr, wovor er sich fürchten musste.

Nur die Einsamkeit.

Er blickte zum Himmel über dem Fluss auf. Dort waren vereinzelte Sterne und offenbar auch Wolken. Der Mond war verborgen.

*

Sie gruben neben Dodo ein Grab, dicht am Gebüsch. Die Taschenlampen hatten sie an Ästen aufgehängt, sodass sie zur Erde hinunter leuchteten. Es gab verdammt viele Wurzeln, und während der Arbeit vermisste Mirko mehrmals die Muskelkraft seines Gefährten. Lee tat trotz seiner schmächtigen Figur jedoch, was er konnte. Erst als sie bis zur Hälfte gekommen waren, machten sie eine Pause. Mirko bot Lee eine Zigarette an, der sie mit einer gewissen Mühe rauchte.

»Mirko...« Lee unterbrach sich selbst mit einem Husten. »Ich muss dich fragen, denn der Gedanke will mich nicht mehr loslassen. Bist du dir wirklich ganz sicher, dass du die Sache hier nicht bereuen wirst? Würdest du ihn nicht lieber auf einem Friedhof begraben lassen, trotz allem?«

Mirko antwortete nicht sofort. Er nahm einen Zug von seiner Zigarette und achtete darauf, den Rauch nicht in Richtung des Arztes auszuatmen.

»Nein, das hier ist das Richtige für Dodo. Er konnte Friedhöfe im Übrigen absolut nicht leiden. Da sind viel zu viele viereckige Steine, sagte er immer. Und viel zu wenige Tiere. Er war sehr tierlieb, auch wenn er sie ab und zu versehentlich getötet hat.«

»Er hat vielleicht nicht an Gott geglaubt.«

»Na ja, nicht so richtig. Zumindest hinter die Sache mit der Auferstehung hat er ein Fragezeichen gesetzt. Er war auf seine Art ziemlich erdverbunden.«

»Und du selbst?«

Mirko zuckte mit den Schultern. »Mit der Zeit hab ich wohl sowohl mit dem Glauben als auch mit dem Zweifeln aufgehört. Ich bin einfach mitgelaufen.«

»Hmm«, sagte Lee und versuchte sich an einem weiteren Zug von der Zigarette. Dann hustete er wieder. »Teufel noch mal«, röchelte er. »Es sieht so einfach aus, wenn du es machst.«

Mirko warf Dodos Hemd ins Grab hinunter. Es gab keinen Grund, dass sie sich abmühten, es ihm anzuziehen, sagte er. Dafür bestand er darauf, dass Dodo in seinem Pullover begraben werden sollte, egal, wie beschwerlich es auch war. Lee willigte ein, ohne zu protestieren.

»Er hat diesen Pulli einfach geliebt«, sagte Mirko, als es ihnen endlich geglückt war, ihn Dodo über den Kopf und anschließend zurechtzuziehen.

Lee lächelte ein bisschen und leuchtete auf das große Herz. »Er scheint auch genauso einzigartig zu sein wie er selbst.«

Die Mühe mit dem Pullover war nichts gegen die Anstrengung, die es sie kostete, Dodos Leiche zum Rand des Grabes zu bewegen, aber es war äußerst hilfreich, dass sie das Seil und die eine Decke hatten. Das, was eigentlich ein behutsames Absenken hätte werden sollen, wurde zwar eine Art Plumpsen, doch zumindest landete Dodo auf dem Rücken, wenn auch ein wenig schief.

Danach standen sie einen Augenblick da und atmeten aus, während sie Dodo vom Rand des Grabes aus betrachteten.

»Es ist eigentlich merkwürdig«, sagte Mirko leise. »Er war nie in der Lage, Verantwortung für sein eigenes Leben zu übernehmen, aber letzten Endes hat er die Verantwortung für seinen Tod übernommen. Und das war wohl meine Rettung.«

Lee nickte. »So langsam begreife ich das.«

Jetzt legte Mirko sich auf den Bauch, um die Enden der Decke über Dodo zu falten. Als Letztes bedeckte er das Gesicht. »Leb wohl, mein Freund«, flüsterte er dabei. Dann stand er auf und warf die erste Schaufel voll Erde ins Grab. Es war ihm egal, dass er weinte, doch er war froh, Lees Hand auf seiner Schulter zu spüren.

Als sie das Grab ganz gefüllt hatten, setzte der Arzt sich hin und wischte sich mit einem Ärmel über die Stirn. Er war offensichtlich erschöpft von der ungewohnten, körperlich anstrengenden Arbeit. »Was duftet hier eigentlich so süß?«, fragte er und blickte sich um, während er in die Dunkelheit schnüffelte.

Mirko deutete mit einem Kopfnicken auf die halbhohen Blumen neben dem Grab. »Das ist die *Nachtviole*. Oder der *Abendstern*, wie man sie auch nennt. Geliebtes Kind trägt viele Namen. Aber was nun, Lee, willst du gehen?«

»Wenn ich ganz ehrlich sein soll, will ich mich am liebsten zuerst hier hinlegen und ein Nickerchen machen. Ich bin ganz einfach zu müde, um die Sachen zum Auto hochzuschleppen und heimzufahren. Was sagst du? Sollen wir uns ein bisschen ausruhen?«

»Meinetwegen gern, ich bin auch müde«, log Mirko.

Sie legten sich nebeneinander auf die Decke.

»Hier sind doch wohl keine Skorpione?«

»Nein, kann ich mir nicht vorstellen. Die gibt es hier nicht.«

Sie lagen eine Weile still da.

»Jetzt kommen mir doch Zweifel«, flüsterte Lee in die Dunkelheit. »Ich hab noch nie so nahe an einem Grab geschlafen, oder auch nur unter freiem Himmel. Ich hoffe, ich kann bei all den Geräuschen einschlafen.«

Daraufhin schlief er ein und schnarchte lautstark.

Mirko schlief nicht. Er lag da und starrte zum Mond hinauf, der hinter seiner Decke hervorgekommen war und mit der Venus um die Wette strahlte.

*

Im Morgengrauen erwachte Lee und starrte zunächst verwirrt in den Himmel und die Baumkronen hinauf. Dann erinnerte er sich, wo er war. Er blickte neben sich auf die Decke, wo Mirko gelegen hatte. Dann wandte er den Kopf und sah sich kurz nach dem Grab in seinem Rücken um. Der Geruch nach Erde war durchdringend. Die Nachtviole duftete nicht mehr.

Mirko war nirgends zu sehen.

Er fuhr erschrocken zusammen, als er direkt hinter sich ein dumpfes, wenn auch leises Geräusch hörte, gefolgt von einem Rascheln im Laub.

»Mirko?«, flüsterte er und wandte sich wieder zum Grab um.

Dort war niemand zu sehen, und Lee registrierte, dass sein Herz jetzt etwas schneller schlug als sonst.

Dann sah er es.

Auf Dodos Grab lag eine tote Maus.

Wenige Minuten später tauchte Mirko am Flussufer auf. Er hatte einen großen runden Stein auf den Armen. »Guten Morgen«, rief er Lee zu, als er sah, dass der Arzt sich auf der Decke aufgesetzt und die Tasche zu sich herangezogen hatte.

»Guten Morgen«, antwortete Lee, der gerade den Deckel von seinem Flachmann abschraubte. Er nahm einen großen Schluck, bevor Mirko bei ihm angekommen war. »Also, normalerweise trinke ich so etwas morgens nicht«, sagte er und wischte sich den Mund ab. »Nur bei besonderen Gelegenheiten, aber wenn man das hier nicht als besondere Gelegenheit bezeichnen kann, was dann?«

»Natürlich kann man das.«

»Ist das ein Grabstein, den du da hast?«

»Ja, das Gebüsch wird wohl mit der Zeit darüberwachsen, aber das macht nichts. Ich will das Grab nur gern wiederfinden können, wenn ich es suche.«

Mirko brachte den Stein an dem Ende des Grabes an, das zum Gebüsch wies und weiter vom Fluss entfernt war. Dann ging er daneben in die Hocke. »Die Maus da?«

»Die ist vorhin vom Himmel gefallen«, sagte Lee. »Wirklich wahr. Ich hab sie plumpsen hören.«

»Ach so?« Mirko zog die Mundwinkel nach oben. »Das ist ein ganz schöner Brocken.«

»Du kannst sie ja da hinten ins Unterholz werfen.«

Mirko sah die Maus eine Weile an, dann schüttelte er den Kopf.

»Nein, weißt du was …« Er beendete den Satz nicht, sondern nahm den Spaten, grub ein kleines Loch in die Erde und ließ die Maus darin verschwinden. Dann deckte er das Loch wieder zu.

»Okay, das hab ich jetzt nicht ganz verstanden«, sagte Lee.

»Ich eigentlich auch nicht«, erwiderte Mirko und lächelte ein wenig, während er die Erde festtrat. Er blickte das Grab und den Stein einen Augenblick an, bevor er sich zu Lee auf die Decke setzte.

»Das war's! Ich kann dir gar nicht genug für deine Hilfe danken, Lee. Das werde ich dir nie vergessen.«

»Unsinn.« Lee reichte ihm ein Stück Brot und eine Flasche Wasser aus der Tasche. »Das fehlte noch.«

Sie saßen einen Augenblick da und genossen die angenehme Wärme, die sich zusammen mit Licht und Vogelgezwitscher allmählich einfand. Eine Hummel flog träge umher, bis sie sich auf Mirkos Knie setzte und ihre viel zu kleinen Flügel putzte. Kurz darauf erhob sie sich mühelos und summte im Sonnenschein davon.

»War es nicht irgendwie so«, sagte Lee, »dass *Dodo* ein Kosename für einen ausgestorbenen Vogel ist?«

Mirko nickte. »Ein großer, harmloser Vogel. Auf seine Art hat der Name sehr gut zu ihm gepasst. Besser als Leon. Aber andererseits ...« Er zuckte mit den Schultern.

Als sie seine Sachen in den Kofferraum des Wagens geworfen hatten, blieb Lee mit den Händen auf der Autotür stehen. »Was ist jetzt mit dir?«, fragte er, während er Mirko eingehend betrachtete. »Wenn du willst, kannst du mit mir nach Hause kommen. Ich habe Platz genug für zwei.«

»Das ist nett von dir, aber ich glaube, ich muss jetzt ein bisschen allein sein.« Mirko zögerte. »Ich muss mich ja auch daran gewöhnen.«

»Okay, aber es würde mich wirklich freuen, dich eines Tages wiederzusehen.«

Es lag eine ehrliche Wärme im Blick des Arztes, und Mirko fühlte sich einen Augenblick versucht, trotz allem mit ihm zu fahren.

»Danke, Lee. Vielleicht eines Tages.«

»Du bist immer willkommen, und das meine ich wirklich so! Kann ich dich noch irgendwohin fahren?«

»Nur bis zur Hauptstraße, von da aus laufe ich.«

»Steig ein.«

An der Hauptstraße stieg Mirko aus, den Reisesack über der Schulter. Er hatte das restliche Brot und ein paar Biere mitbekommen. Lees Adresse stand auf einem Zettel, den er in der Tasche hatte. Zusammen mit einer Telefonnummer, bei der Mirko sich jedoch nicht vorstellen konnte, dass er sie je benutzen würde. Er hatte noch nie versucht zu telefonieren. Jetzt legte er die Hände auf das Autodach und blickte durch das offene Fenster in der Beifahrertür ins Wageninnere. Lee beugte sich vom Fahrersitz aus zu ihm herüber.

»Ich sollte dann besser los, Mirko. Danke für diesmal.«

»Ich hab zu danken«, sagte Mirko, ohne sich zu bewegen.

»Du, bevor du fährst...«

»Ja?«

»Darf ich dich was fragen? Es ist nicht so wichtig, aber trotzdem. Und wo du doch Arzt bist.«

»Schieß los.«

»Die Schambehaarung bei Frauen...«

»Ja?« Lee sah ihn verwundert an und versuchte gleichzeitig, ein Lächeln zu unterdrücken. »Ja, was ist damit?«

»Die kann doch recht kräftig sein, oder? Vielleicht geradezu buschig.«

»Ja, ja, das kann sie schon sein.«

»Aber... warum haben Damen dann nie buschige Augenbrauen?«

Der Arzt machte eine kleine, überraschte Bewegung, die den Sitz knarzen ließ.

»Tja, das ist wirklich eine sehr gute Frage«, lachte er. Dann legte er den Gang ein und zwinkerte Mirko zu. »Komm mich irgendwann mal besuchen, dann unterhalten wir uns darüber.«

AM FLUSS

Der folgende Sommer war der heißeste seit Menschengedenken. So heiß, dass Mirko bis zur Küste weiterzog, wo er einen Job als Tintenfischfänger bekam. Die frische Meeresluft tat ihm gut. Es war leichter geworden voranzukommen. Vieles war leichter geworden ohne Dodo als beschwerlichen Weggefährten, aber etwas war schwerer geworden. Es war Mirko schnell aufgefallen, wie viel Dodo für ihn getragen hatte. Er vermisste ihn jeden Tag. Vielleicht am meisten sein Pfeifen, auch wenn die Vögel ihr Bestes gaben.

Als die ersten goldenen Blätter zu Boden fielen, reiste er ins Tal und an die Stelle am Fluss zurück, an der sie Dodo begraben hatten. Der Tag neigte sich dem Ende zu, während er vom Kiesweg abbog und zwischen den Bäumen hineinging, um einen Wildwechsel zu finden, der ihn zu der kleinen Lichtung führen konnte. Die Sonne stand tief, aber immer noch brennend über der gelben Landschaft, und jedes Rascheln, das früher unhörbar gewesen wäre, machte in der trockenen Vegetation verräterischen Lärm. Mirkos eigene Schritte klangen wie taktlose Explosionen in der Stille der Natur.

Das Jahr, das vergangen war, hatte seine Erinnerung an den Ort ein wenig verschoben. Er traf daher an einer anderen

Stelle auf den Fluss als gedacht und musste ihm ein kurzes Stück nach Osten folgen, um die Lichtung zu finden. Es überraschte ihn nicht, dass der Fluss zu einem dürftigen Streifen in der Mitte seines Bettes zusammengeschrumpft war. Auch der große Hauptfluss, der durch das Tal nach Süden floss, lief Gefahr, fast völlig auszutrocknen. Das war beunruhigend, und dann auch wieder nicht. So war es schon viele Male zuvor gewesen. Eines Tages gab es wieder Wasser, ab und zu auch viel zu viel. Irgendwo entstand ein Gleichgewicht.

Unten im Flussbett befand sich ein Gewirr von Tierspuren im Sand. Mirko konnte gerade noch ein Reh erahnen, das über den Rand sprang und am anderen Ufer verschwand. Es klang wie ein ganzes Rudel, als es sich dort drüben durchs Unterholz bewegte. Das Schlimmste an der Trockenheit waren die armen Tiere, denen es schwerfiel, Wasser und Futter zu finden. Doch die Natur fand immer einen Weg, dachte er. Das hoffte er jedenfalls. Er mochte es nicht, Tiere sterben zu sehen, weder auf die eine noch auf die andere Art. Menschen im Übrigen auch nicht.

Bald erkannte er die Biegung mit der großen Trauerweide wieder, die sich immer im Wasser gespiegelt hatte. Die Dürre hatte die Wurzeln des Baumes bloßgelegt, die wie durstige Fangarme ohne Fang aus der Erdwand herausragten. Noch hielten die Blätter an ihren Zweigen fest wie lange, gelockte Tränen. Mirko erinnerte sich noch sehr gut an seine Verzweiflung, als er versucht hatte, Dodo im Wasser zwischen den Wurzeln herauszuziehen. Aber der Frieden, der jetzt über der Szenerie lag, schuf trotzdem eine angenehme Distanz zu der Erinnerung.

Weiter vorn sah er die Birke, und er musste an den Mäusebussard denken, der darin gesessen hatte. Wie er zu Dodo hinuntergeflogen war und geschrien hatte, kurz bevor dieser sich in den Fluss stürzte. Der verrückte Vogel hatte wohl gedacht, Dodo sei eine Bedrohung, dachte Mirko. Wenn der gewusst hätte, was eigentlich vor sich ging.

Jetzt waren die Blätter der Birke herbstlich goldgelb.

Schon aus der Entfernung konnte er sehen, dass das Gebüsch tatsächlich gewachsen war, der Mangel an Feuchtigkeit die Ausbreitung jedoch ein wenig begrenzt hatte. Er würde den Stein schon finden.

Die Frage war, was er sonst noch finden würde.

Überall in der Erde waren deutliche Spuren von Bärentatzen, die das trockene Gras nur schwer verdecken konnte. Mirkos Magen krampfte sich zusammen. Er hatte Berichte gehört, dass in diesem Sommer mehrere Friedhöfe von hungrigen Bären heimgesucht worden waren, und er hatte die ganze Zeit im Gefühl gehabt, dass Dodos Grab wohl dasselbe Schicksal ereilen würde. So waren die Bedingungen. Genau das hatte auch der Sohn des Gutsbesitzers damals angedeutet. Man konnte keinen Menschen an einem Flussufer begraben und erwarten, dass die Natur sich nicht nahm, was sie brauchte.

Und die Natur brauchte es.

Das war nichts, was er sich wünschte, aber andererseits auch nichts, wogegen er etwas hatte. Dodo hätte nichts dagegen gehabt. Eher im Gegenteil.

Mirko holte tief Atem, schob seine Schirmmütze nach oben und bereitete sich auf den Anblick vor. Er wollte es nicht sehen, aber er wollte auch nicht im Ungewissen bleiben.

Jetzt blickte er verblüfft auf Dodos Grab.

Die Bären hatten es nicht angerührt. Stattdessen hatten sich die Nachtviolen wie eine fruchtbare Decke darüber ausgebreitet. Mirko konnte mit knapper Not noch den Stein erkennen.

»Verdammt noch mal«, flüsterte er. »Jetzt gibt es wohl andere, die auf dich aufpassen.«

»Wer?«, hätte Dodo gefragt.

Und Mirko hätte keine Ahnung gehabt, was er antworten sollte.

Er setzte sich mit dem Rücken zum Grab ins Gras. Das Wasser, das man noch als Flüsschen bezeichnen konnte, funkelte in der späten Nachmittagssonne. Um ihn herum summten die Insekten. Ein paar Schmetterlinge flatterten herum wie in einem Spiel. Einem Liebesspiel vielleicht.

Eine Maus flitzte vorbei und verschwand in einem Loch.

Eine Krähe setzte sich in eine Birke.

Als Mirko ein wenig dort gesessen hatte, stand er auf und schulterte seinen Reisesack. Er hatte sich entschieden. Er ging zum Fluss hinüber und kletterte ins Flussbett hinunter. Der Sand brannte unter seinen Schuhsohlen, doch er blieb trotzdem unten am Fluss, wo die Schatten ihn nicht erreichen konnten. Denn der Fluss wies den Weg, Mirko ging nach Westen – geradewegs der flammenden Sonne entgegen, die auf dem Rand der Welt balancierte. Er blickte sich nicht um.

Schon bald fand er seinen eigenen einsamen Rhythmus. Wenn er sich anstrengte, konnte er noch immer spüren, wann Dodos Schritte gefallen wären, aber sie fielen nicht mehr wie früher. Von selbst. Er und Dodo hingen nicht mehr auf ihre eigene schräge Art zusammen. Etwas fing ganz still und leise an loszulassen.

Es war warm, aber nicht unangenehm. Nicht mehr. Das Schlimmste war überstanden, dachte er. Und jetzt war es an der Zeit, einen Arzt aufzusuchen.

*

Hoch auf einem Ast saß eine Krähe, die schon früher einmal dort gesessen hatte. Sie betrachtete einen Menschen, bis er nur noch ein zitterndes schwarzes Insekt war, das im Licht verschwand.

Dann hob der Vogel ab und wurde selbst zu einem Punkt am Himmel.

NACHWORT

Mir kam die Idee zu *BIEST*, als ich von einem Jungen las, der, seit er 2004 in Berlin zur Welt gekommen war, aufgrund seiner extremen Muskelkraft Gegenstand der wissenschaftlichen Aufmerksamkeit war. Schon als Baby hatte er besonders an Armen und Beinen markante Muskeln entwickelt, und danach wuchs seine Muskulatur schneller und wurde größer, als sie sollte. Er konnte beispielsweise mit nur vier Jahren zwei Gewichte à 3,5 Kilo mit ausgestreckten Armen halten.

Die ungewöhnliche Entwicklung des Jungen war, wie sich zeigte, einer sehr seltenen genetischen Doppelmutation geschuldet, die bewirkt, dass er kein *Myostatin* produziert – ein Protein, das bei Mensch und Tier das Muskelwachstum reguliert, indem es dieses hemmt. Man stellte fest, dass die Mutter aufgrund einer Mutation an einem der beiden Myostatingene eine geringere (aber doch vorhandene) Myostatinproduktion aufwies, und man vermutet, dass sich beim Vater etwas Entsprechendes geltend gemacht hatte. Vor diesem Hintergrund konnte die Doppelmutation bei ihrem Sohn entstehen.

Die Funktion des Proteins als Muskelwachstumshemmer war erst sieben Jahre zuvor bewiesen worden, als es einer Forschergruppe in Baltimore, USA, gelungen war, Labormäuse ohne aktives Myostatin zu züchten. Diese Mäuse wurden ungeheuer muskulös und daher *mighty mice* genannt.

Bevor man auf den Jungen in Berlin aufmerksam wurde, hatte man noch nie einen Menschen mit dieser Diagnose registriert, auch nicht unter den vielen Athleten und Bodybuildern, die man in der Hoffnung darauf getestet hatte.

Der Gedanke an einen Jungen, der als echter *Superman* (oder jedenfalls fast) geboren wird, nahm mich so in Beschlag, dass ich Lust bekam, eine Geschichte um ihn herum zu konstruieren. Ich konnte keine weiteren Informationen über den Jungen in Berlin hinzuziehen, da seine Identität und Entwicklung vor der Öffentlichkeit geheim gehalten wird. Ich habe daher – aus freier Fantasie – meinen eigenen Charakter geschaffen und ihm die Gesellschaft eines intelligenten Freundes und eines frustrierten Elternpaars geschenkt.

Zu Beginn ließ ich die Geschichte in einem kleinen Dorf in Jylland in den 1980ern spielen, doch trotz hartnäckiger Versuche konnte ich sie nicht dazu bringen, in dieser Umgebung und in dieser Zeit zu funktionieren.

Nebenbei las ich noch ein wenig über die Myostatinforschung und konnte die großen Versuchsmäuse nicht mehr vergessen. Ich glaube, sie waren es, die mich auf die Figur des Lennie in John Steinbecks *Von Mäusen und Menschen* brachten. Lennie ist ungewöhnlich groß und stark und bringt Mäuse um, weil er sie streicheln will, und er ist, na ja, ein einfacher Mensch. Und plötzlich entdeckte ich die Ähnlichkeit zwischen der Geschichte, die ich von einem wissenschaftlichen Ausgangspunkt aus zu schreiben versuchte, und Steinbecks berühmter Erzählung.

Ich habe Steinbecks Werke schon immer geliebt und erwähne lustigerweise sowohl ihn als auch *Von Mäusen und Menschen* in meinem letzten Roman *Harz*. Plötzlich war ich versucht, meine Hauptfiguren aus Jylland herauszuholen und sie stattdessen in eine Umgebung zu stellen, die an die erinnert, in der viele von Steinbecks Erzählungen spielen: das Tagelöhnermilieu, die Arbeit auf den Feldern, die staubigen Landstraßen, der Fluss und die Berge im Horizont. In genau dieser Art von Landschaft und Stimmung sollte sich meine Geschichte entwickeln dürfen.

Diesmal wollte ich jedoch versuchen, jede Rücksichtnahme auf einen geografischen und zeitlichen Rahmen zu vermeiden, also warf ich die Charaktere in ein nicht näher bestimmtes Land in Südeuropa in einer nicht näher bestimmten Zeit und gab mir selbst auf diese Weise völlig freie Hand, zu schreiben, was mir gerade einfiel.

Froh und inspiriert durch die Erinnerung an Steinbeck machte ich *Von Mäusen und Menschen* zu meinem offensichtlichen Sprungbrett, zu einer Art Rahmenhandlung, von der aus ich mich jedoch lustig in die Richtungen strecke, nach denen mir ist. In ihrer Umarmung liegt die Hauptgeschichte, und unter all dem rumoren der Junge aus Berlin und die großen Mäuse aus Baltimore herum.

Verstehe das, wer kann!

Die Originalausgabe erschien 2019 unter dem Titel »Bæst«
bei Lindhardt og Ringhof, Kopenhagen.

Sollte diese Publikation Links auf Webseiten Dritter enthalten,
so übernehmen wir für deren Inhalte keine Haftung,
da wir uns diese nicht zu eigen machen, sondern lediglich auf
deren Stand zum Zeitpunkt der Erstveröffentlichung verweisen.

Penguin Random House Verlagsgruppe FSC® N001967

1. Auflage
Deutsche Erstveröffentlichung Juni 2022
Copyright © Ane Riel, 2019
Copyright © der deutschsprachigen Ausgabe 2022 by btb Verlag
in der Penguin Random House Verlagsgruppe GmbH,
Neumarkter Str. 28, 81673 München
Published by agreement with Copenhagen Literary Agency ApS,
Copenhagen.
Umschlaggestaltung: semper smile, München
Umschlagmotiv: © Arcange Images/ Susanna Patras
Satz: Uhl+Massopust, Aalen
Druck und Einband: CPI books GmbH, Leck
cb · Herstellung: sc
Printed in the Czech Republic
ISBN 978-3-442-77064-9

www.btb-verlag.de
www.facebook.com/btbverlag